溺爱 成瘾

NI AI CHENG YIN

SI JIN WORKS

姒锦 作品 〔上册〕

青岛出版社
QINGDAO PUBLISHING HOUSE

图书在版编目（CIP）数据

溺爱成瘾 / 姒锦著. -- 青岛：青岛出版社，2019.3

ISBN 978-7-5552-5560-4

Ⅰ. ①溺… Ⅱ. ①姒… Ⅲ. ①言情小说－中国－当代 Ⅳ. ①I247.5

中国版本图书馆CIP数据核字(2017)第124366号

书　　名	溺爱成瘾
著　　者	姒　锦
出版发行	青岛出版社
社　　址	青岛市海尔路182号（266061）
本社网址	http://www.qdpub.com
邮购电话	010-85787680-8015　13335059110
	0532-85814750（传真）　0532-68068026
责任编辑	郭东明
责任校对	耿道川
特约编辑	崔　悦
装帧设计	千　千　李红艳
印　　刷	三河市良远印务有限公司
出版日期	2019年3月第1版　2019年3月第1次印刷
开　　本	32开（880mm×1230mm）
印　　张	16
字　　数	150千
书　　号	ISBN 978-7-5552-5560-4
定　　价	55.00元

编校印装质量、盗版监督服务电话40065320170532-68068638
建议陈列类别：畅销·青春文学

溺爱 成瘾
NI AI CHENG YIN

|上册|

CONTENTS
目 录

第一章　初遇　　　　　001

第二章　一年以后　　　036

第三章　小傻瓜　　　　079

第四章　觉醒的抑郁症　117

第五章　催命的灵符　　156

第六章　惊雷　　　　　206

溺爱 成瘾

NI AI CHENG YIN

|下册|

CONTENTS
目 录

第 七 章	两个孕囊	253
第 八 章	深入骨髓的瘾	296
第 九 章	蜜里调油的日子	338
第 十 章	更多的挑战	373
第十一章	挟持	416
第十二章	爱情路过死亡	457

第一章 初遇

"J市美女特别多,戏剧学院是个美人窝。"

在这座享誉全球的国际化大都市里,一直流传着这种说法。

元素,戏剧学院校花。她有着牛奶般白嫩的肌肤、精致完美的五官、凹凸有致的身材,媚骨天成,是那种无论男人还是女人都很容易爱上的尤物。没有词能形容她的美丽,却不妨碍她成为"美人窝"中的佼佼者。

入夜,天空下起了小雨。

元素站在J市以豪奢闻名的帝宫娱乐休闲会所的大门口,不知所措。

所谓"帝宫",顾名思义,帝王般的极致享受,这座总共九层的高级娱乐场所在J市,乃至全国都享有盛名,是高端男人的销金窝。她在心中掂量了许久,终于踩着奢华的波斯地毯,迈入了大门。

"你也不必牵强再说爱我,反正我的灵魂已片片凋落……"

刚一进门,她的手机铃声就响了。电话是男友钱仲尧打来的,她犹豫半晌,还是按了接听。

"仲尧,你找我?"

"素素,我在你们学校门口等你。"

"对不起,我不在学校,家里出了点事,我回家了。"

"需要我帮忙吗?"电话那头的钱仲尧有些担心。

"没事,我自己能解决,挂了啊。"

将手机放进包里,元素的心里像是灌满了铅。

现实就是刽子手,不会将人一刀毙命,却会将人慢慢凌迟。过了今晚,她也许再也无法面对仲尧了。元素苦笑着扯扯嘴角,很想转身潇洒地离去,可她的洛叔叔遭遇车祸受了重伤还在昏迷,正等着钱救命,而该死的肇事司机却逃逸了。

为了洛叔叔的命,她不得不拼一把。

而她全身上下唯一值钱的东西,只有这具漂亮的躯壳。

人命和尊严之间,她选择了前者。

"素素……"

元素转过头,看到约她的九姐正在向她招手。

元素点点头,跟着九姐踏上通往"帝宫"第九层的专属镀金电梯。

九姐神情凝重地嘱咐她:"丫头,我跟你说,在这儿工作可不容易,来玩的人都是爷,咱们得罪不起,你千万不要轴着性子……这线是九姐好不容易才搭上的,你可得使点劲!"

元素嗯了一声,露出一抹比哭还难看的笑:"我会的。"

……

"帝宫"第九层乾坤殿。

璀璨耀眼的仿古水晶灯下,钱傲端着酒杯慵懒地靠在铺着水貂皮的沙发上,左手食指上的戒指一下下叩着杯沿,那张颠倒众生的俊脸似笑非笑,看上去玩世不恭,可幽深的双眸里却充满了危险,举手投足间满带杀气,仿佛一匹攻击性十足的狼,随时会将人吞噬入腹。

在 J 市,他是顶级的钻石王老五,是各种娱乐报刊、财经报刊上常见的版面人物,今天在香格里拉大饭店洽谈商贸合作,明天又和某个当红明星春宵一度,私生活极其混乱。钱家老爷子为此伤透了脑筋,想尽了法子想塞给他一个门当户对的名门千金,头发白了一茬又一茬。

"我说钱老二,听老爷子说,你和我家小雅的事定下来了?"白慕年淡笑着问道。

白慕年是"帝宫"会所的老板,白家的长房长孙。钱、白两家是世交,这哥俩更是打小在一个大院里长大的,从玩泥巴、掏鸟窝到打群架、泡妞,一路走来,从未缺席过彼此的生活。

"年子,你是不是瞅着哥哥我风流快活特不乐意?"钱傲冷哼,微眯着眼吸了一口烟,线条刚毅的下巴微微上扬,语气里充满了不屑。

他钱老二怎么可能为了一棵树而放弃一片森林?

白慕年有些失笑,话锋一转:"疯子的事你听说了吗?酒驾撞人,听说被撞的人伤得不轻,那小子丢了车就跑了,警察局那边正在查。这事要是让他爹知道了,非得揍死他不可!"

"那小子活该!"钱傲骂完,又软了语气,"一会儿我打电话问一下情况。我明天还要去 H 市,看上一块江边的地,价钱还没谈好,郝靖那小子,一辈子就知道装疯卖傻。"

白慕年点头,这时见九姐进来,就笑着冲她招了招手:"九姐,人带来了?"

九姐露出职业性的讨好笑容:"来了来了,白老板,这姑娘还是戏剧学院的校花呢,干净!"

钱傲扑哧一笑,晃了晃手上的酒杯:"戏剧学院还有干净的?八成是后做的一层膜吧。"

一听这酒肉臭的"朱门二代"戏谑的话,元素心里的邪火就噌噌往上蹿,一激动,就忘了刚才沉淀好的情绪,冲口就怼了回去:"你不就是投胎投得好吗?凭什么这么糟践人?"

她话音一落，大厅里一阵寂静。

元素愣了愣，魂魄归位，差点咬掉自己的舌头，就那样傻乎乎地踩在昂贵的地毯上，想着那一小块地毯比她所有的衣服加起来都贵，她就不知道应该先迈左脚还是右脚，无力感倍增。

她很想抽身离去，可躺在医院里的洛叔叔还等着钱救命，她没有别的路可以走。

在那个男人戏耍般的注视下，她垂下了眼睑："对不起。"

钱傲浅笑，眼眸里荡出一层潋滟的波光，略显轻佻，气势则越发凌厉："我说妹妹，小性子挺轴呀！"

感觉到他锐利的视线肆无忌惮地在自己身上游走，元素咬了咬唇，第一次鼓起勇气抬眼望向他，顿时怔住了……

他这长相，真是"逆天"了！

有钱有势也就罢了，还长得这么好看。也难怪，这些人在老子的老子那一代可能就娶了美女，接受了优良的基因改造吧？

可他长得这么俊，眼神却那么危险。

无视他，无视他！元素暗自加强了心理建设，转而换上妩媚的笑容，略带腼腆地开口："你满意就成。"

作为表演系的学生，她一直知道如何让自己看起来更迷人。钱傲也不负所望，目光微微一闪，不急不恼地打量着她，慢慢倒了一杯酒："过来，陪哥哥喝一杯。"

元素心里咯噔一下，脊背僵硬着挺直，心不规律地跳动着，走过去坐到他身边，指尖微蜷："我不会喝酒。"

钱傲斜靠在沙发上，冷笑一声，不耐烦地把她拉过来，将酒杯凑到她嘴边："不喝酒，你跑这儿装圣女来了？"

咕噜！元素无奈地张嘴，被他猛灌了几口酒，呛得直咳嗽，凝脂般的双颊上出现了一片酡红："我真的，真的不能喝……"

看她痛苦地咽下酒液，钱傲心里涌起一股燥热，喉咙有些发痒。这小女人，浑身都是销魂的媚，直透骨髓，不用使劲就勾得他火烧火燎的。

见状,白慕年心里有些不落忍,笑着解围:"钱老二,大老爷们的,不会疼妹子呀?"

钱傲嘲弄地勾起唇,放开元素,点燃一根香烟沉默地吸着,白慕年却转过头来,对手足无措的元素淡淡一笑:"这妹子看着挺眼熟的,好像在哪儿见过。"

元素一怔,摇了摇头。钱傲嗤笑一声:"年子,你学宝二爷呢?她也不是林黛玉呀。你勾搭姑娘的手段就没点新鲜的?"

白慕年笑笑,也不分辩,只给九姐递了个眼神。九姐了然地推开椅子站起来敬酒,笑道:"素素,还不快陪钱二爷喝几杯?"

这话听得钱傲舒服了,他瞥一眼元素急成了猪肝色的脸,好笑地将她揽过来,换了一个游戏:"妞,咱们来划拳?"

钱傲长得高大挺拔,衬得臂弯里的元素更显娇小。她僵硬地靠在他怀里,鼻间嗅着他身上淡淡的薄荷清香,浑身的汗毛都竖了起来。

紧张、恐惧!她和钱仲尧谈了三个月恋爱,很少这样肆无忌惮地深拥,这种亲密的接触,让她的胃里止不住地翻滚,好不容易才勉强地笑了笑:"我不会。"

"喝酒不会,划拳不会,除了陪男人上床,你还会点什么?"

他的声音不耐烦地提高了八度,元素听得又羞又怒,转头瞪他,恨不得在他身上刺出几个血窟窿。

"妞,别用这种崇拜的眼神瞅着哥哥,不然……"钱傲满不在乎地笑笑,然后凑到她耳边,低声说了几个字。

他笑得荡漾,元素却倏地红了脸。

禽兽!

看着他俩的互动,九姐意味深长地笑了,白慕年的嘴角微微一抽,没有表情。

气氛慢慢活跃起来,男人们喝酒、调侃,元素也被灌了好几杯,脑子里晕乎乎,搞不清状况。

一夜，就忍一夜。她对自己这样说着，忽然有点想哭，满脑子都是一张张的人民币在嘲笑她的下贱。元素一个人闷闷地想着，当厅里的音乐响起的时候，她都快睁不开眼了，意识也有点恍惚。

眼前的男人，那眉，那眼，真像她的仲尧，人影重叠，一会儿是"禽兽"，一会儿是仲尧，元素莫名地傻乐起来。九姐怕她坏事，把麦克风递给她，并在她耳边轻声叮嘱："丫头，记住九姐跟你说过的话，别使小性子！"

元素点了点越发沉重的脑袋，两眼一抹黑地跟着音乐节奏就哼哼起来，由于酒精的作用，她的歌声变得伤感低沉："繁华声遁入空门折煞了世人，梦偏冷辗转一生情债又几本？如你默认，生死枯等。枯等一圈又一圈的年轮……雨纷纷，旧故里草木深，我听闻，你始终一个人……"

一首《烟花易冷》还没唱完，她的声音越来越低，唱到最后，她居然呜咽了起来。

她一直洁身自好，日子虽然拮据，但至少尊严还在。自从认识了仲尧，她的生活开始有了更多的阳光，她憧憬着幸福的生活，但让她没想到的是，一切都毁了，都毁了！

砰！玻璃碎裂的声音伴着钱傲的吼声袭入她的耳中。

"你在唱丧曲呢？年子，怎么整得我跟强了这小姑奶奶似的？弄走，弄走，老子看着她就烦！"这个不知好歹的小女人，给她三分颜色，她就敢开染坊，大把的女人削尖了脑袋想要往他身边靠，还得看他乐不乐意，她倒好，一而再、再而三地给他甩脸子。

他越想越气，一把扯掉元素手中的麦克风："滚！"

元素的酒被吓醒了大半，走，还是不走？一个声音说：元素，离开这鬼地方，越远越好。另一个声音说：元素，洛叔叔还在医院，你走了，他就没救了……现实逼人，尊严换不来人民币，再高贵的头也只能低入尘埃。

罢了，丢掉那见鬼的尊严吧，脸面不如人命值钱。

  几乎没有怎么考虑，元素突然踮起脚尖，勾住钱傲的脖子往下拉。他长得真高，她伸长了脖子才勉强触碰到他的唇。

  这是元素的初吻，她傻傻地将唇贴着他的，也不懂接下来该如何，只是瞪着小鹿般的大眼睛瞅着眼前放大的俊脸："这样可以了吗？"

  钱傲安静了下来，女人软软的触感，让他的嘴角扬起了鄙夷的弧度。再美的女人，也就这么回事，不给她点颜色瞧瞧，就知道装腔作势玩那套欲擒故纵的把戏。他收紧揽在她腰间的手臂，觉得她的腰真是不盈一握，稍微用力都怕掐断了。

  他没有说话，下一秒，反客为主，俯下脑袋就狠命地啃起那绯红的嘴来。

  音乐声停了，房间里安静下来，彼此的呼吸声清晰可闻。

  白慕年和九姐见此情形，识趣地离开了。

  钱傲从她唇上抽离，女人红红的脸颊越发娇红，湿漉漉的眸子里雾霭沉沉，将他的瞳孔染得更加幽暗，那里面垫伏着的小兽已无法掩饰。

  "告诉爷，你是哪里来的小狐狸精，这么勾人？嗯？"

  他火热的目光仿佛一把利刃剖开元素道德的底线，她惊骇、彷徨，痛恨自己的不堪，只能垂下眼帘掩藏内心的情绪——纵使有一万个理由，她也无法不鄙视自己，现在的她和那些她以前瞧不起的同学有何区别？

  "不说话？怕什么？"钱傲低笑，大拇指抚上她的唇轻轻摩挲，喉头滚动着，发出的声音十分沙哑，一双大手在她身上轻捻慢捏，游移不停。

  空气里全是危险的气息，元素的心脏抽得死紧，胃里不适，脑子完全蒙了。她想得太简单了，想与做根本是两回事，事到临头，她还是做不到……她有些后悔了。

  "你先放开……我们谈谈好吗？我需要一笔钱，你可不可以……可不可以先借给我？"

  钱傲一怔，似笑非笑地捏住她尖细的下巴："你说呢？"借着酒意，他将她死死地摁在沙发上,制止她的挣扎,对着那两片诱惑了他一晚上的唇就是一阵狠命的纠缠,恨不得将她拆吃入腹。

"呀……"

一阵痛楚蔓延至全身,犹如将她凌迟。

元素闭上双眼,死死地咬着下唇,长发散乱地铺开来,白瓷般细腻的肌肤染上了一层粉红,男人却犹如出柙的猛兽,一口一口吞噬着他美味的猎物……

一声声的呜咽,渐渐变得支离破碎,她一直僵硬着的身体突然放软,长而卷翘的浓密睫毛也不再颤动,显然已经晕过去了。钱傲目光一凝,看着她如白纸般苍白的脸,吓了一跳。

"该死!"他火速拿起手机。

钱傲的小姨吴岑是妇产科的权威专家,虽然让她来干这种事有些难为情,可他懒得送这女人去医院让人笑话。

昏迷了的女人像一头受了伤的小兽,四肢蜷缩在一起,原本白嫩的肌肤上布满了他弄出来的青紫痕迹。相较于元素梦魇般的感受,对钱傲来说,这却是一场前所未有的销魂体验,以至于后来白慕年问起时,一向不屑于讨论床上话题的钱二少也忍不住隐晦地说了两个字:"极品。"

不到半个小时,吴岑就到了,她一边给元素检查身体,一边数落钱傲:"瞧你把这水灵灵的大闺女给折腾的,没轻没重的。"

"又死不了,伤得很重?"

"毛细血管轻微破裂,暂时性休克,一会儿把这药膏给她涂上。"吴岑说着,又转头死死地盯着钱傲,"我说二小子,你也不是毛头小子了,怎么就猴急成这样?"

钱傲笑容不变:"小姨,您行行好,别埋汰我了。"

"不是姨说你,你该找个正经的女人过日子了。听你大嫂说,白家那丫头不错,门当户对,和你又是青梅竹马。"

钱傲甩了甩脑袋:"唉,姨,我的亲姨,别一见我就往我床上塞女人行吗？我吃得消吗我？"

"你这孩子，你就贫吧！"吴岑忍俊不禁，而后又有些欲言又止，"这丫头比较……总之你们不太……合适，你下次轻点折腾，办事悠着点……"

吴岑走了，临走时给了他一个意味深长的眼神。

钱傲被她看得发毛，感觉自己的脑袋上被贴上了一个"禽兽"的标签。

元素醒来时，辨不清时间，也辨不清地点，手痛、腿痛、肩膀痛，浑身像散了架一般酸痛不已。一只男人的手臂搭在她的腰间，后颈处暖暖的气息提醒着她发生过的事情。

喝酒、唱歌，然后……她腾一下坐起身来，利索地收拾好自己。等了许久，男人仍旧在睡，她有些烦躁了。自己用尊严换来的钱，干吗可怜兮兮地等他睡到自然醒？

"起来，买完单，你接着睡！"

钱傲不耐烦地睁开眼，从上到下打量她。眼前的女人唇抿成了一条优美的弧线，水汪汪的眼睛里流露出明显的愤恨和厌恶，连眼角都溢出了鄙夷。

平日里，钱老二最瞧不上的就是这种女人，说到底不就为了几个钱吗，做了婊子又想立牌坊！

钱傲嗤笑一声："要钱容易。我说妞，昨晚你跟死鱼一样就不提了，还直接昏了过去，坏了我的兴致，我又请医生，又受惊吓。你说说，这损失谁来赔？"

说完，不等她反应，他伸手用力一拉，女人闷哼一声就倒在了他的怀里，他得意地勾唇，低头吻向她的唇……

啪！一声响过，他的后脑勺传来一阵剧痛，他抬起头，只见元素愤怒的小脸上一副要拼命的表情，微微颤抖着的手用力握着一个烟灰缸："你现在没资格碰我了！"

钱傲一愣，摸了摸后脑勺。

这妞居然敢打他？

钱傲这么一想，浑劲就上来了，左手扯住她的头发，右手掐着她的脖子，狠狠地望向她："妞，别怪我没给你机会。你有两个选择：第一，陪我去H市待三天，陪好了，给你三十万；第二，现在马上给老子滚，一分钱都没有。"

什么？三天！

元素被掐得呼吸不畅，身子颤抖着，胸口急促起伏。这个男人简直恶劣到了极点，别说三天，她连三分钟都不想和他在一起。

被她恶狠狠地瞪着，钱傲却饶有兴趣地放开了她，站起身，静静地点燃一根烟，深吸了一口："好好考虑。"

元素获得自由的脑袋慢慢清明，她想走，脚却沉重得迈不动。

人常说，穷也要穷得有骨气。她只能说，那是因为你还不够穷。

与钱博弈，穷人永远是输家。

"王八蛋！"她咬牙切齿地说道。

钱傲这次没恼，挑了挑眉，居高临下地打量着她气极的样子，一口烟喷到她脸上，得意地笑了笑："小蹄子，爷突然改变主意了，还是两个选择：第一，乖乖跟我去；第二，我让人绑着你去。"

元素头皮发麻，真想撕了这个杂碎，但她也就是想想而已。

三天，七十二个小时，她忍！

H市位于长江中下游，离J市也就两个小时的车程，青山绿水，景色怡人。元素一直想去H市度假，可看着身边的男人那一副"我是大爷"的倨傲姿态，她什么好心情都丢进了大海。

一到下榻的世纪豪庭温泉酒店度假村，钱傲就不知所终，元素当然不会傻到去管他的行踪。她一个人待在酒店里，犹豫再三，还是给仲尧发了一条短信，约他三天后一起吃饭。

不论如何，她再也配不上仲尧了！

从她踏入"帝宫"那一刻起，她就已经走上了一条不归路，她和仲尧的感情也完了。

可她该怎么跟他提分手呢？她愣愣地躺在酒店的大床上思来想去，真希望一觉醒来已是三天后，可以回到J市过正常的生活，彻底摆脱这个噩梦。

笃笃笃。

敲门声轻轻响起。门口站着一位美女，工作牌上显示她是酒店的客房部经理，她手里捧着一个盒子，见元素开门，便恭敬地将盒子递上去，脸上挂着职业化的笑容："小姐，刚才钱先生嘱咐，请您梳洗之后，去华兴池泡温泉。"

元素有些意外，盒子里只是一套普通品牌的波西米亚风格的衣服，不像是"二世祖"的品位。幸好，衣服款式休闲宽松，较高的立领刚好能够遮住她脖颈间的那些青紫。

她点点头，接过衣服。

十分钟后，她到了华兴池。她刚进去，就看见姓钱的被人众星捧月般伺候着，一群男男女女，男的侃侃而谈，女的莺声燕语。说是泡温泉，可除了那几个穿着清凉比基尼的美女，其他人都坐在池边的椅子上吃东西。

在温泉池边吃饭谈事，怎么看怎么怪异，不过，看见她进来，钱傲倒在百忙之中赏了句话给她："戳在那儿干什么？过来坐。"

坐？元素腹诽，他左边是热带风情的美女，右边是比基尼风格的小妞，她该坐在哪儿？

算了，这"二世祖"不就是以让人出糗为乐吗？离他远点就好！她挑了一个靠温泉池边的角落坐了下来。

作为今晚的绝对主角，钱傲没有多余的精力分给她，看她坐在一旁吃东西，就继续跟人虚与委蛇地谈着。别看他一副吊儿郎当的样子，要说在酒桌上谈生意，没有人比他更懂得拿捏分寸。

"来，吃点这个。"听到声音，元素抬头，发现身边不知道什么时候坐了一个戴眼镜的年轻男人，看穿着就知道一定是哪家的公子哥儿。他递过来一块蛋糕,元素看着上面油腻腻的奶油,愣了半天,但还是接过来了。她讨厌甜食,可从礼貌上来讲,也不好直接拒绝。

"谢谢。"

也许是受温泉池的雾气影响,她原本晶亮的眼睛此刻更是水汪汪的,像染了仙池灵气,让人禁不住想进一步探索。男人目光一闪,兴味盎然地凑近她:"美丽的小姐,鄙人姓郝,名靖,能告诉我你的名字吗?"

虽然元素讨厌这人的搭讪方式,可听他自报家门时仍是没忍住,嘴角微微一抽。姓郝名靖,"好贱",这名字取得真有意思。

正笑着,她无意中扫了一眼对面正享受着美女服务的男人,见他坐在椅子上漫不经心地笑着,左手食指上的戒指一下一下地轻叩着酒杯的边沿,与她的目光在空中相遇时,那笑容就更是多出了几分轻慢。

他什么意思?元素皱眉,虽然要收他三十万,但并不代表他的狐朋狗友她都得招呼吧?

"对不起,不能。"

被她拒绝,郝靖也不生气,面色如常地推了推眼镜,摆出一个自以为很帅的造型,在她身边坐下,与钱傲寒暄起来:"二少,你父亲和我爷爷……那关系没的说。但你也知道,兄弟我吃着国家的饭,脑袋上有政策压着,这事还真不太好办。"

钱傲点点头,没搭话,意味深长地笑着,听对方口打官腔,嘴讲政策,可那双眼却骗不了人,直勾勾地看着元素,分明在暗示他——我要这个女人。

作为风月场上的老手,他又怎么会不明白郝靖的意图?只不过,他非常讨厌别人公然跟他叫板,只笑笑,装作没听懂。

男人间的风起云涌元素自然不知道,更不知道自己已经成了他们的交易筹码,好不容易解决掉手里的一大块蛋糕,她刚刚松了一口气,突然感觉耳边有微风掠过。

"你干吗?"元素偏过头去,不悦地皱眉。

郝靖的手里拿着抽纸，趁她不注意，在她脸上轻轻擦了一下："你脸上有蛋糕屑，我替你擦擦。"

郝靖毫不掩饰自己的目光。在他看来，钱傲不说话就代表默认了，那这个漂亮小妞就归他了。这女人外表清纯，骨子里却透着妖媚，他都有些等不及了，恨不得马上扑过去尝尝那小嘴的味道。

色壮狗熊胆，他这么想，还真就这么做了。见元素惊慌后退，他的爪子不退反进，就那么按住了她的肩膀："你躲什么？难道要我再给你擦一次？"

元素大吃一惊，她完全没料到他在大庭广众之下就敢动手动脚，在他下一个动作到来之前，她条件反射地将他推开，使出了吃奶的力气。

扑通！郝靖没注意，脚上一滑，居然被她这一股大力推倒在地，头撞在了池边的大理石上。也许是色迷心窍太过大意，天生贱性又太过倒霉，他这一倒，身形没有稳住，顺势滚入了温泉池，一小片池水顿时被他头上冒出的鲜血染成了红色。

事发突然，几个女人忍不住尖叫了起来。

郝靖很快就被一个疤脸男人给拉了上来，头上的鲜血混着池水流淌到他脸上，看着有些恐怖，他恼羞成怒，二话不说就扯住元素的长发，扬起右手就要打："给脸不要脸的贱人！"

元素完全来不及反应，避无可避，眼看巴掌就要落下，却见郝靖高举着的右手突然被人制住——

是钱傲。他抓住了郝靖的手。

郝靖嚣张跋扈惯了，怎么咽得下这口怨气？他使劲挣脱起来，可钱傲比他高出半个头，块头也比他大，手上竟纹丝不动，惹得他更为恼怒："二少，你这是成心要让兄弟为难了？"

钱傲笑容不变，像没事人一样松开他，转身拿起桌上的一张抽纸若无其事地擦了擦手，侧过身来，慢慢解开衬衣最上面的纽扣，嘴角勾起一抹意味不明的笑容。接着，他快速而准确地对着元素那张漂亮的小脸甩出一个响亮的巴掌。

"滚！自己什么身份不知道吗？还敢耍横！"

他动起手来，就一个字——狠！元素的左边脸上迅速浮起五条清晰的指痕，耳朵被震得嗡嗡直响，一股腥甜之气直往喉头上冲。

姓钱的，你欺人太甚！

她死死地咬着充血的双唇，不发一言，面露讥诮地看着眼前的男人。这是她有生以来第一次这么痛恨一个人，恨到了骨子里，甚至恨不得他去死，如果眼神能杀人，钱傲一定已在她愤恨的眼神里灰飞烟灭了。

读懂了她眼里的情绪，钱傲好看的眉头挑起又放下，不顾她的挣扎，伸手揽过她的肩膀，暧昧地笑着对郝靖说："不好意思，我这人有点洁癖，不喜欢和别人一起玩。回见！"

说罢，他也不和别人打招呼，在众人诧异的目光中拉着别扭的元素扬长而去。

这一幕发生得太突然，剩下的人面面相觑。

他们都懂，钱二摆明了是要护着那个女人的。一个巴掌算是给郝靖的说法，郝靖如果再揪住这事不放，那就是不给钱二面子。也是借这一巴掌告诉大家，那是他钱二的女人，他可以打，别人却动不得。

……

十分钟后，钱傲摔上客房的门，脸上瞬间凝起了一层寒霜。他托起元素的下巴，手上微微用力，就将她被打肿的半边脸抬了起来。

他比元素高了将近一个头，从他的角度看去，她下巴细尖，肤色雪白，一双大眼睛里氤氲着水雾，美得不像凡人，就是脸肿着的样子太狼狈……该，谁让她当着他的面就敢跟别的男人眉来眼去？

"自己是谁的女人都搞不清？还是嫌我的头顶不够绿，想把业务拓展到H市来？"

"王八蛋，你凭什么指责我，凭什么打我？"元素气得浑身发抖，将头扭到一边不看他。

"凭什么？就凭你是老子花钱买来的。"

钱傲说出的话，一个字一个字地撕碎了她本就脆弱的心。

这个世界上怎么会有这么恶心的人存在？明明就是他仗势欺人，却摆出一副正义凛然的嘴脸，嚣张、霸道、横行无忌，仿佛全世界他最大、他最有理。

一时间，元素怒火中烧："姓钱的王八羔子，你就是一个浑蛋！不过就是投胎的时候找了一个好肚皮，仗着家里有钱有势，欺负女人，打女人，你算什么男人？你是天生患有施虐暴力症还是先天智力发育不完全？"

"你再说一遍试试！"

钱傲长这么大还没有被人这么数落过，看着她一张一合的嘴，愣了半晌。

这个女人究竟懂不懂是他帮了她？好心当成驴肝肺！他恼怒地一把将她重重推到门板上，眸子里布满怒火，猛地疯狂地吻上她的嘴。

"呜呜……"元素浑身汗毛倒竖，像一只被逼入绝境的猫，伸出爪子就要摆开拼命的架势，又踢又咬，似要与这个男人同归于尽。可是这家伙皮糙肉厚，好像完全没有痛觉，反而更加用力地困住她，他的手也不知什么时候摸进了她的衣服。

这件宽松上衣真是便宜了这个禽兽，有那么一瞬间，她怀疑，他是故意的。她就像一只无处可避的老鼠，被大黑猫肆意玩弄着，无法反抗，索性闭上眼，放弃挣扎，厌恶地别过头去，任他为所欲为。

钱二含着金汤匙出生，一出生就被人惯着、顺着，何曾受过女人的气？见她安静下来服了软，他也就放开了她，原本铁青着的一张脸也柔和多了。

"其实你挺有种的，敢骂我！"他的拇指摩挲着她红肿的脸，他有点想不明白，就这样一个如水般柔弱的小女人，怎么敢和他叫板，"疼吗？"

"姓钱的，我谢谢你了，别假惺惺地装大尾巴狼，这还不都是拜你所赐？"

元素不看他，语气极狠，不像平时的她，狠得几乎有点飘。

钱傲眉头一挑："蹬鼻子上脸，还没完了你？"

他烦躁地推开她，皱着眉掏出一根烟来点上，恶狠狠地吸了一口，再看她仍旧死死地抓着衣服，像防贼一样看着他，他哼一声，转身进了房间打电话。

一会儿就有服务员送来了冰袋。

钱傲不耐烦地将冰袋丢给元素，见她仍是那副死样子，无名火又烧了起来："把你那张脸弄一下，没了卖相，我这钱可就白花了！"

说完，他狠狠地摔门走了。

元素松了一口气，对着镜子用冰袋敷脸，痛得龇牙咧嘴，收拾好自己之后就倒在了床上。

现在，除了睡觉，她找不到可以麻痹自己的方法。她在床上翻来覆去，脑子里一片混乱，这两天发生的事太乱，她需要想一想，整理一下思绪。

迷迷糊糊间，她身上的被子被人掀开了，消失了一个下午的男人不知啥时候又回来了，二话不说就将她拖出了房间。

钱傲腿长步子大，元素很吃力地跟着他，几乎是被他半搂半抱地拽到楼下的中餐厅的。

她透过玻璃窗往外望，华灯初上，原来天已经黑了。

"想吃什么就点。"坐下来之后，钱傲居然绅士了起来，将菜谱推到她面前，连带着看她的目光也有些深沉。

"我没胃口，不吃。"元素警惕地瞄他一眼，觉得无事献殷勤，非奸即盗。

"减肥？瘦得就剩根苗了。"钱傲看着满脸戒备的女人，很是怀疑她的智商有没有到八十，有没有分辨是非的能力，突然瞄她一眼，摇了摇头，"胸大无脑！"

元素没有听清他在说什么，但看他的表情就知道不是什么好话，她垂下眼睑，不再理睬他。

突然，一阵刺耳的尖叫和怒骂在身后响起："你怎么走路的？把我的衣服弄脏了，你赔得起吗你？"

元素转身看去，却见地上一片狼藉。原来是传菜的小姑娘不小心撞到了人，菜汤洒了一地，小姑娘不断躬身道歉，急得都快哭了："可明明是你撞上来的……"

相较于小姑娘的卑微，那背对着元素的女人简直是趾高气扬。她推搡着小姑娘单薄的身子，嘴里骂骂咧咧，把小姑娘推撞在椅子上还不甘心，顺势又踹了一脚。小姑娘跌坐在地，也没起身，匍匐在地上呜呜地哭。

拼爹的年代果然到处都有仗势欺人的人。

元素瞟了一眼坐在自己对面的男人，他脸上一点表情都没有，似是已习以为常，再联想到自己的遭遇，心都揪得痛了起来。为那小姑娘，也为自己，愤怒上脑，元素紧了紧拳头，几乎没怎么犹豫，站起身就走过去，将那小姑娘扶了起来。

"你谁呀你，谁让你多管闲事的？"

元素看向那撒泼的女人，长得其实挺漂亮，再配上精致的妆容、出挑的身材，完全称得上顶尖的美女了。可她身上那高人一等的戾气，实在影响美感。

"我是谁并不重要，重要的是你凭什么欺负人？人家已经给你道歉了，你还想怎样？"

"知不知道你在和谁说话呢？瞧你那穷酸样，知道我这衣服值多少钱不？你以为道个歉就算了？"郝佳易完全不把元素当回事，尖酸地嘲笑着她。

元素不想和这种人纠缠，将小姑娘扶到旁边坐下，一眼也不看郝佳易。郝佳易是一个打小被惯坏的主，哪儿受得了被人公然藐视，她抓住元素的手臂，抬起手就要打。

"给老子住手！"一直冷眼旁观的钱傲终于忍不住开了口。

本来女人打架，他真不想管，可看着元素又得挨欺负，他心里有点堵。

他的女人凭什么让人欺负？打狗还得看主人呢。

"我说美女，差不多得了。"

郝佳易转过身，像是被施了魔法一般瞬间变脸，她放开元素的手，就朝钱傲的方向款款移动，惊喜地、娇嗔地唤他："傲，是你呀……"

"'傲'你个头呀，别叫得这么肉麻！"钱傲懒洋洋地睨着她，"我说郝大小姐，何必发这么大的火呢？"

郝佳易没想到会撞见钱傲，尴尬地道："她……欺负我，你看我身上。"

"别放屁了，赶紧滚。"

"你……傲，你偏心……"

"还不快滚！"钱傲没什么耐性，抓起一个玻璃杯就往地上砸。

要比谁的脾气坏，钱老二称第二，没人敢称第一。郝佳易难以置信地瞪大眼睛，一跺脚，不敢再说什么，愤愤地离开了。

小姑娘千恩万谢，回去干活了。元素又坐回了钱傲的对面。

犹豫半响，她还是开了口："谢谢！"一码归一码，姓钱的再不是人，这次确实帮了忙，要不然那小姑娘可就遭殃了，哪儿有钱赔那身昂贵的衣服。

钱傲的唇角勾起戏谑的痞笑："别价，你才是路见不平、拔刀相助的女侠。"

元素摇头，盯着自己的指尖不说话，也不动筷子，活像谁欠了她八百吊钱似的。

钱傲脸色一沉："做我的女人，有这么痛苦？"

元素没抬头，咕哝："不是痛苦，是恶心。"

钱傲神色一变，原本端在手里的碗啪一下搁到桌面上，一口饭噎在喉咙里下不去，呛得面红耳赤，好半晌才端起餐桌上的水灌下去，这才松了一口气。

"你不觉得老这么激怒我，是很愚蠢的行为吗？"

元素不吭声。

他气得望天花板："行，你真行！知道我为什么打你吗？"

元素好不容易放下的心又提到了嗓子眼。不就是推了他的狐朋狗友，让他没面子吗，打也打了，骂也骂了，他还想怎样？

"你很怕我。"他这次用的是肯定句，不是疑问句。

不等她回答，他径直拿了张纸巾擦了擦嘴，慢条斯理地说："郝靖那小子看上你了，你知道吧？"

元素心一沉，如果说她连这都不明白，那她不是白痴，就是脑残了。可她并不觉得荣幸，看上，不是喜欢上，更不是爱上，这只是有钱人的取乐方式罢了，和这位钱二爷的行为没有本质的区别。有生以来，元素第一次讨厌自己长了一张漂亮的脸蛋，吸引不了蝴蝶，苍蝇倒是一群一群地往自己身上扑。

"算了，我懒得教你，蠢货！"钱傲自说自话得有些不耐烦了。

可不等他吃完回房间，手机就响了。

他接起，听完很快起身："我有点事出去一下，今晚不一定能回来。你吃点东西就自己回房，不用等我。"

见他的背影远去，元素长舒了一口气。

他可千万不要回来。

她一个人愉快地吃完了晚餐。

可她的好心情持续了不到一个小时，就迎来了一场噩梦。

刚走到走廊，元素就看见郝佳易站在她和钱傲的房间门口，郝佳易看元素的眼神简直像在看杀父仇人。郝佳易的旁边还站着在华兴池时跟郝靖在一起的疤脸男人。

来者不善！元素心里生起一种不祥的预感，她来不及多想，转身就往楼梯间跑，可没跑几步，面前就多了两个身材魁梧的陌生男人。

"小贱人，我看你往哪里跑。"郝佳易阴恻恻地看着她笑。

疤脸男人恶狠狠地走过来，拽住元素，强行将她拉入隔壁的一间客房。他力道很大，元素痛得拧紧眉头却挣脱不开，一颗心惊慌得怦怦乱跳。

她腾出一只手,哆嗦着从裤兜里掏出手机,想要拨打"110",可还没拨出,郝佳易就踢了她一脚,夺过她的手机往地上一掷,手机一下就碎了。

"小贱人,还敢报警?"郝佳易看着元素白瓷般透亮的肤色,心底的妒火顿时燎原。

郝佳易第一次跟着爷爷在寿宴上见到钱傲时,就喜欢上他了,可钱傲从来没给过她好脸色,还总是捉弄她。但是不可一世的钱傲却护着这个女人,还为了这个女人和哥哥翻脸,一想到这个,她就嫉妒得快要发狂了。

"他知道了,不会放过你们的。"

尽管这话元素说得很没底气,但在华兴池时她就看出来了,这帮人都忌惮姓钱的,现在她想要脱身很难,这个时候,能拖一秒是一秒,不得不把钱傲搬出来救急。

可她不提钱傲还好,一提他,郝佳易更是压不住心里那股火,对疤脸男使了一个眼色,疤脸男上前一步,一个巴掌,反手,又补了一个巴掌,打得元素眼冒金星,一阵头晕目眩,视线模糊中,噗地吐出一口腥甜的血水……

"小婊子,你知不知道自己几斤几两?你以为他会在乎一个妓女?实话告诉你,他这会儿正和我哥签意向合同。当然,签约的条件就是你归我哥了。"

元素听清了这句话,耳朵里一阵嗡鸣。

"就凭你是老子花钱买来的!"

"把你那张脸弄一下,没了卖相,我这钱可就白花了!"

"郝靖那小子看上你了,你知道吧?"

想起钱傲那几句不着边的话,她突然明白过来,也相信了郝佳易的话……怪不得他莫名其妙对她转变了态度,原来是想把她转手送给别的男人。姓钱的,你不是人!

她撑着摇摇晃晃的身子,慢慢退到墙角,强打起精神盯着眼前的男女。

郝佳易的唇角扬起笑容，出口的话带着嫉妒的酸味："躲什么躲？你不是会勾引男人吗？怕你欲求不满，我特地给你送了三个男人来，好好享受吧！"

说完，她指使疤脸男将元素拖到屋子中间的床上。

咣当！拉扯之中，元素的脑袋重重地撞在了坚硬的床角上，温热的液体霎时从额际冒出。

头好晕！她晃了晃头，伸手一摸，雪白的手指染上了触目惊心的红。

"给她注射！"

听着郝佳易的叫嚣，看着疤脸男人手上举着的长长的针筒，元素瞪大了眼睛，无力抗拒那白色的液体注入自己体内，她几乎可以猜到自己的下场——

陌生的城市，陌生的宾馆，被陌生的人欺负，心里的屈辱感一波一波地涌上来……她想站起来，可眼前天旋地转，她只能无力地陷入黑暗的深渊，什么也听不见了……

见元素晕了过去，郝佳易不甘心地对着她漂亮的脸蛋啐了一口，冷眼看着那几个男人："我哥说了，这女人是他的，你们千万不要碰，否则，我哥生起气来，别怪我没提醒你们哟。"

"小姐，这事要是让钱二知道了，他的手段……"疤脸男有些不放心。

"我呸！你还真以为他会为了一个女人和郝家翻脸？这种货色，他过几天就忘了。何况，今晚之后，我就会成为钱家的媳妇。"

郝佳易冷笑一声，对接下来将要发生的事胸有成竹，她恨恨地瞪了昏迷着的元素一眼，坐下来小心翼翼地补妆。扑粉、抹唇蜜……她对着镜子，露出一抹诡异的笑。

凌晨一点。

一回到世纪豪庭的房间，钱傲就发现元素不见了。他在房间里搜了一遍，发现她的包和衣物全都不见了踪影，他气得咬牙切齿，一拳砸在墙壁上。

他和郝靖谈了几个小时，那块地的事基本敲定了。他婉拒了郝靖送上的两个水灵灵的嫩模，火急火燎地赶回来，可她却跑了。

这女人居然就这么跑了！真是不知好歹！

他掏出一根烟，阴郁地点燃，那脸黑得可以媲美包公了。说来他也不是非要她不可，可他就是犯贱，人家越不乐意，他还越过不去心底那道坎了。

"笃笃笃。"敲门声响起。

知道回来了？钱傲的心没来由地一松，他打开房门，一股呛鼻的药水味直扑向他，他毫无防备，连门口的人都没看清，就倒在了房间的地板上。

见他倒地，郝佳易将手里特制的防狼喷雾剂丢到垃圾筒里，吃力地将他高大的身躯拖到床上，鬼鬼祟祟地关上房门，又从怀里掏出一瓶据说很好用的"神仙醉"，晃了晃，一脸得意地捏开他的嘴就灌。

这事是她一个人偷偷干的，郝靖只让疤脸男把那女人藏起来，佯装是她自己跑路，过几天这事一过，女人就归他了，而钱傲也不会追究。郝佳易却认为这是一个得到钱傲的大好机会，只要她和钱傲发生了关系，把照片往钱老爷子桌上一摆，不信钱傲不就范。

想到这儿，她心里美得都快开花了，却看到钱傲突然睁开了眼。

"郝佳易？你搞什么？"

"傲，你醒了……"她大吃一惊，一般人被那特制的防狼喷雾剂一喷，至少得昏迷两个小时，这人却不到十分钟就醒了？！

钱傲蒙了一下，突然醒悟过来："敢诓老子！"

他坐起身，拽住郝佳易的手腕厉声逼问："人呢？给弄到哪儿去了？"

见他醒来的第一件事就是追问那个女人的下落，郝佳易脸一白，不仅不抽手，反而俯身上去，用另一只手攀住他的脖子，整个人贴了上去:"人家不是在这儿吗?"

钱傲眼神一冷,甩手就给了她一个耳光:"你敢给老子下药?"

"药?什么药……"

钱傲黑着脸,一把扯住她的头发:"再给你一次机会,你把那女人弄到哪儿去了?"

"嘶……我真的不知道什么女人。"

尽管脑袋疼得要命,郝佳易还是打死都不敢承认。她的行为彻底惹怒了钱傲,他的眼睛里闪着骇人的光,他一咬牙,猛地掐住她的脖子:"不说是吧?信不信我现在就把你从十九楼丢下去?我说到做到。"

他浑惯了,心里这么想,就真这么做了,拖着郝佳易的身体就往敞开着的窗户边去,作势要将她往窗台上撸。

"喀……别……放手,放手,我……说……说……"

"说!"钱傲松开掐住她的手,嗜血的眼神冰冷锐利,像要吃人似的。

郝佳易被掐得咳嗽不止,吭哧吭哧地说:"她、她不想跟你了……在隔壁房间和三个男人……"

"滚!"钱傲一个结结实实的巴掌落到了郝佳易的脸上。

元素觉得自己好像做了一个噩梦,梦里是三个光裸的男人淫邪的嘴脸,丑陋地、恶心地在她眼前晃呀晃,画面很真实,可她听不见任何声音,四周很安静,屋里漆黑一团……她觉得自己被人扼住了咽喉,快要窒息了。

她伸出手,想推开身上的男人,却触摸不到任何东西,难道根本就没有人?

她真的出现幻觉了吗?

门开了。

窗帘是拉着的,屋内很暗,空气中隐隐有一股血腥味。

钱傲摸索着打开灯,刺眼的灯光下,倒下的茶几、玻璃的碎片、白得像鬼的女人……她的额头上有已经凝固的血迹,一头乌黑亮丽的长发凌乱不堪,手腕上有血痕,小小的身子蜷缩成一团,毫无生息。钱傲浑身的火焰瞬间熄灭,心猛地一抽——

难道,她死了?

"妞……"他拍了拍她的脸,声音低沉沙哑。

元素费力地半睁开眼,视线一片模糊。

钱傲?又是这个魔鬼!她想痛骂他,可身子却疲惫至极,根本没有力气开口。

"还活着?"钱傲的声音里有着他自己都没有察觉的惊喜。

"王……八……蛋……"

元素蜷缩起身子,细细的嗓音模糊难辨,钱傲并没有听清,伸出手并不温柔地拂开她的发丝:"什么也别说,先送你去医院。"

元素的意识很模糊,残存的理智告诉她,就是这个男人害她的:"禽……兽……"

这两个字钱傲听懂了,骂他呢。他累积了一晚上的戾气和压抑着的怒火,在这一刻被激到了顶点。

"你欠骂呀?信不信老子现在就办了……"钱傲大吼,可还没吼完,他就发现怀里的小人再次晕了过去。

H市某医院。

一大早,高干病房的小护士们就开始抱怨,昨晚送来的病人,其家属也不知道是什么来头,骂完了院长骂医生,逮谁骂谁,有两个小护士都被他骂哭了,原因很简单,那个女病人一直没醒,男家属就急眼了。不过话又说回来,那个女病人被注射了大剂量的迷幻药,一时半会儿本来就清醒不了,怪得了谁?

可就这么个不讲理的人,院长却对他点头哈腰,不敢得罪,小护士们都认为他肯定是有背景有后台的大人物,要不然敢这么嚣张?居然敢把院长骂得灰头土脸!

昏睡着的元素自然是不知道这些的。她睡得太沉,梦里的人来来去去变换不停,一会儿是醉酒的妈妈,一会儿是仲尧温暖的笑脸,一会儿是姓钱的那张狰狞的面孔,一会儿又是那三个让她想吐的恶心男人……

她好不容易半睁开眼,又被刺眼的白色和消毒水的味道给呛住了:"喀……喀……"

"醒了?"有小护士来给她擦汗,惊喜地高喊,"医生,病人醒了!"

呼!终于醒了,她再不醒,只怕医院都要被人拆了。脚步声越来越多,感觉有很多人进来,元素皱眉,视线模糊,她看不清,更不明白他们为什么这么关心她。

"感觉好些了吗?"

"你饿不饿?"

"我们已经给钱先生打过电话了,他很快就会赶来。"

又有护士过来给她量血压、测心率,里里外外忙成一团。她有些感动,很想哭,可却流不出一滴眼泪。她就这样迷迷糊糊地想着,等彻底清醒过来时,发现钱傲已经坐在了床边,床头柜上放着一碗冒着热气的清粥。

"醒了就起来吃点东西,别装睡。"

听到钱傲的声音,元素的嘴唇止不住地哆嗦。钱傲见状,笑了一声,跟没事人一样笑嘻嘻地看着她,随手端起柜上的粥碗,拿起勺子舀了一勺就要喂到她嘴边。

元素伸手,哑着嗓子说道:"我自己吃。"

她的手背上还扎着针头,脑袋上缠了绷带。钱傲扶她坐起来靠在床头,她接过瓷碗,手抖得异常厉害:"碗里有东西。"

钱傲一愣,凑过头来看,却不料元素猛地将那满满一碗粥倒在他头上,粥顺着他的发、脸流下来,显得又狼狈又滑稽。

"好样的,真是好样的!"钱傲一把捏住她的下巴,她痛得呜咽一声，然后喉咙被他牢牢掐住，男人充血的眼睛里透出恨不得将她撕碎的怒意，"别给脸不要脸，信不信老子现在就掐死你！"

掐死？掐死好呀，王八蛋，那就同归于尽好了。

元素咬咬牙，心一横，抓过桌上的一只插满百合的花瓶就往他头上砸去。

钱傲来不及躲闪，再次被砸中脑袋，鲜血顿时流了出来，流了一脸。

钱傲快气疯了。他不明白为什么他救了她，却遭到她这么不要命的攻击。火气上头，他像抓小鸡一般将她拎到面前，拳头扬起，又下不了狠手，结果重重地砸在床头柜上。

病房里的动静惊动了医护人员，一群人匆匆赶过来，却被暴怒狮子般的男人吼了出去："都给我滚出去，滚！"

元素的痛觉神经已经麻木了。连她自己都搞不明白哪里来的力气冲他发横，她紧紧地揪着男人的衬衣，歇斯底里地吼道："姓钱的，你会不得好死的……"

"有完没完？你究竟要怎样？"

"我要你死！姓钱的，你把自己睡过的女人送给别的男人，心里是不是特爽呀？还一来就是三个，你是不是特有面子呀？王八蛋，除非你现在就掐死我，要不然我一定会先杀了你，杀了你！"

"够了！"钱傲怒不可遏地将她钳制住，咆哮道，"你好好的，被谁睡啦？疯婆娘！老子好心救你，送你到医院，你就一直作吧。"

他这一吼，元素蒙了，安静下来，直愣愣地望着他。

他说没有，真的没有？

"你若不相信，一会儿可以问医生。"钱傲头都大了，这个女人难道是属猫的，动不动就伸出爪子。

他铁青着脸，冷哼一声，摔门而去。

他出去没多久，一个女医生就笑眯眯地进来，说了元素的病情和治疗情况，元素听完，哇的一声大哭起来。以为被侵犯的时候她没有哭，和钱傲打架的时候她也没有哭，可一听到没事了，却像是情绪被瞬间释放，再也收不住了。

"赶紧喝粥，喝完了吃药，你真以为老子愿意伺候你呀？"钱傲不知什么时候进来了。他额头上的伤处理过了，身上也收拾干净了，手里端了一碗粥，蛮横地塞到她手上，然后坐在床边，点了支烟，一声不吭地看着她，不知道在寻思什么。

元素的伤并不严重，只是药物的剂量很大，导致她的身体很虚弱。她不说话，很听话地默默喝粥。

钱傲皱眉，知道她性子轴，索性不管她，拿起电视遥控器打开电视。

挂在墙上的电视机里传来悦耳的女声："今日上午，H市国土资源局常务副局长郝靖因涉嫌滥用职权、受贿被双规。据悉，其落马与'江边一号'工程规划有关……案件正在进一步审理中……"

郝靖？元素怔怔地望向钱傲，眼里满是询问。

"对，你没听错。"钱傲回答得很干脆，"惹到老子的人，不会有好下场。"

可是他们不是朋友吗？他为什么要这么做？

元素当然不会自作多情到以为钱傲是为了她，这其中牵涉的自然是他们之间的经济利益。算了，他们的事与她无关，还是少知道为好。狗咬狗，一嘴毛罢了。明天一过，他俩桥归桥，路归路，再不会有交集。

可能因为药物的关系，这一下午元素睡睡醒醒，醒醒睡睡。到了晚饭时间，她仍只喝了一碗稀粥，就再也吃不下其他东西了。到了半夜，屋外突然狂风大作，随后下起雨来，窗户被风吹得砰砰作响。

元素惊醒过来，却发现自己被钱傲从身后抱在怀里："你怎么跑到我的床上来了？"

她试着从他怀里挣脱出去，可是他的手却将她箍得紧紧的："哪张床是你的？连你都是老子的。"

她不傻，自然知道这家伙是什么样的人，和他理论纯粹是自讨苦吃，钱二爷永远都是对的。

"你……想干吗？"

"妞，你是不是特想我干点什么？"钱傲坏笑一声，往她耳边痞痞地吹气，接着翻身上来就把她压在身下，迷恋地亲吻她雪白的颈窝，一双大手熟练地在她身上抚摸。

元素认命地闭上眼。

"你今天怎么不折腾了？"他停下来看她，在她耳边嗤笑。

他的呼吸近在耳边，她的脑袋有些迷糊，身体忽冷忽热，感觉不受自己控制一般，害怕、慌乱，手脚都不知道往哪儿放。

"无所谓了。你花了钱，不过是在行使你的权利罢了。"

钱傲轻笑："真的假的，这么听话？"

元素不说话，轻轻嗯了一声。

钱傲想笑又没笑出来，觉得捉弄她太有意思了："那你把眼睛睁开，这样才有趣味……"

元素不理会。钱傲等了半晌，见她仍不肯睁眼，大手抓过她柔软的长发用力摩挲着，然后粗鲁地托起她的头，狠狠地吻了上去。

掠夺、妥协、进攻、让步、纠缠……这一夜，元素几番推拒不过，最终与他相拥而眠，但两人什么都没有做。雨滴打在窗玻璃上的声音，和她的心跳一样，充满了复杂的节奏。

次日，当她醒来时，身边已没有了钱傲，只有一张一百万元的支票和一张返回 J 市的机票。

西山别墅。

钱沛国脸色铁青地教训儿子："小王八蛋，你干的好事，为了一个女人争风吃醋，把老子的脸都丢尽了！"他声如洪钟，威严十足，吓得旁边的警卫员端茶的手直打哆嗦，钱傲却不以为意。

"我这是为民除害。"一大早他就被老爷子"请"回 J 市，水都没喝上一口就被骂了一顿，也是一肚子火，"没想到姓郝的挺有种呀，状都告到老爷子这儿了，早知道就该再狠一点。"

一见儿子这副理直气壮的样子，钱沛国就来气，双手背在身后，在书房里来回踱步："就你那点花花肠子，骗得了老子？明天就给老子滚到美国去，别在老子跟前晃悠。"

"老钱！"沈佩思保养得宜的脸上堆满了笑容，略带责备地对钱傲道，"儿子，还不快给老爸认个错？"

"妈，你儿子可是按照老钱同志的教诲在做事，我错在哪儿了我？"

"放屁！"钱沛国怒喝，"老子什么时候教过你？"

对于老爷子的爆发点，钱傲摸得很透："您老打小就教育我'国之疆土不容外敌入侵，自己的女人不让外人染指'，没错吧？"

"你……"钱沛国被噎得小半晌说不出话来，气得脸发绿，却偏偏拿这小子没办法，"小王八蛋，敢和你老子叫板？"

父子俩大眼瞪小眼，俩人一模一样的脾气，一旁的沈佩思无奈地摇头叹息。

作为J·K国际集团董事长唯一的孩子，沈佩思当年发疯一般爱上了比她大将近三十岁的钱沛国，嫁入钱家做了续弦，就连钱家老大都比她年长两岁，差点没把沈老爷子气死。直到钱傲出生，沈老爷子爱孙心切，这才终于肯接受这个匪气十足却被女儿称为有"英雄气概"的女婿。

所以，钱傲一出生就被两家的长辈捧在手心里给惯坏了，脾气也完全随了他爸。

"老钱，好好和儿子说。"沈佩思瞪了钱沛国一眼，赶紧把钱傲拉开，压低声音道，"儿子，你外公年纪大了，他对你这两年在J·K的成绩很赞赏，反正J·K这担子你早晚也得挑起来，去美国好好学学企业经营管理也是好事。"

"惯吧你，这浑小子打小要风得风，要雨得雨，压根不知道自己真正想要什么，让他给我滚到美国去，老子看见他就烦。"

沈佩思含笑嗔他："就我惯，你没惯呀？"

她一个人能惯出这样的宝贝疙瘩？钱沛国头痛得直叹气。

出租车穿梭在J市的大街上，元素默默地听着电台里的音乐声，觉得包里那张巨额的支票很烫手。

没有穷过的人，永远不会知道穷的感受，就像一个乞丐突然捡到一块金砖，哪怕明知道受之有愧，会为此粉身碎骨，也没有丢掉的勇气。

对于钱傲的行事，元素是吃惊的。他在离约定期限还有一天的时候就买单走人，还出乎意料地将三十万变成了一百万，这是为什么？

元素暗自苦笑。

兴许是钱二爷觉得她服侍得不错，既让他练了拳脚，又客串了一下受虐者，感觉很爽？

交易结束，她自由了。可这无端多出来的七十万，她该如何处理？

唉！元素收拾起情绪，微笑着迈进J市人民医院。有钱就是好办事，从医生到护士，对她的态度都有了一百八十度的大转变。不过她也理解，医院已经垫付了近十万元的治疗费，任谁也给不了好脸色。

洛叔叔还没有醒来。医生说他被撞时颅内出血压迫神经，导致大脑功能严重受损，开颅手术后如果还是没有清醒过来，很有可能会丧失意识活动，成为植物人。

这个状况，压得元素快喘不过气来了。

她结清欠款又预存了手术费用，怕招架不住洛阳的追问，借口回家看妈妈就逃出了医院。

她离开医院时已入夜。从霓虹闪烁的大街到低暗简陋的筒子楼，巨大的差距很难让人相信这是在同一个城市。

元素低着头走路，并没有注意到自家门口停着一辆车。

"呀！"手臂突然被人从后面箍住，元素吓得失声惊呼。

下一秒，她跌入一个怀抱。男人不费一点力气就将她娇小的身子扳过去紧紧按在了怀里。

"素素！"

熟悉的气息、强烈的阳刚之气让她的心有刹那间的慌乱，她还来不及仔细看他，唇就被死死封住了。

钱仲尧迫切地、焦急难耐地吻着她。他的吻不断深入，近乎疯狂。

元素觉得赖以呼吸的氧气都快被他吸光了，重重地推搡了他好几下，他才气喘吁吁地放开她："又看到你了，真好！"

眼前的男人一脸宠溺的笑容，一身笔挺的军装衬得他越发丰神俊朗。

元素苦笑。

这是仲尧第一次吻她，这个吻来得快速又突然，可是却错过了太多。

"仲尧！"她强忍着的泪水不受控制地汹涌而出，纵使心中有千言万语，却一个字都说不出口。

钱仲尧轻叹一声，将她拉到怀里，轻拍她的后背："别哭呀，傻瓜，这两天你跑到哪儿去了？手机打不通，学校找不到人，我都快急疯了，只好在这儿守株待兔。"

"仲尧，对不起！"

除了"对不起"，元素不知道该说什么，泪珠一颗颗往下掉，她将脸埋入钱仲尧的怀里，不敢再看他那双干净的眼睛。

"傻瓜！"钱仲尧将小猫似的女人从怀里拉出来，宠溺地捧住她的脸，一一吻去她脸上的泪，心里涌起万般柔情，可她的眼却紧紧闭着。

他拧紧眉头，顺了顺她的头发，轻声问："素素，告诉我，发生什么事了？"

元素的心一窒，痛苦得几乎无法呼吸。

那些龌龊事，她怎么启齿？怎么告诉仲尧，他眼前的元素，已不是曾经的元素了？

她鼓足了勇气，却如鲠在喉："仲尧，我……"

"素呀，是你吗？"一声轻唤打断了她的话。

紧拥着的二人立马分开，元素捋好头发转过头，对来人道："妈！"

"他是谁？"陶子君的语气有些激动，上下打量着钱仲尧，然后将目光停留在那辆车上良久，"你这个不听话的东西，跟我回家！"

"阿姨您好！"发现是元素的母亲，钱仲尧赶紧礼貌地问好，陶子君却冷冷地瞟了他一眼，眼神里分明有一些让他无法理解的恨意。

"妈，仲尧他不是，这车是……部队的！"

元素知道母亲素来痛恨权贵子弟，那辆悍马H2太招摇了。元素苦笑着，走过去握住陶子君的手试图解释，生怕她又气得犯病发疯，不好收拾，还让仲尧看笑话。

然而，陶子君的手很凉，身体也在微微颤抖。

"胡说八道，真以为你妈老了？傻了？"陶子君猛地甩开元素的手，恶狠狠地盯着她，"给你洛叔叔做手术的钱，是他给的？"

元素的脸唰一下变得煞白。

"妈！"她握住陶子君的手腕，保持着最后一丝冷静，"有事咱回家再说，行吗？"

她不想在这种情况下坦承一切，这会让她难堪得无地自容，尤其是在面对钱仲尧那双清澈的眼时，和所有深藏过秘密的人一样，她觉得那股强大的压抑感正在吞噬她的灵魂。

钱仲尧默默地注视着她，或者说注视着她们，眼神越来越幽暗："素素，到底怎么回事？"

"仲尧，明天你来接我，我们见面再聊好吗？我会告诉你，你想知道的一切。"

元素有些慌乱，但她还是狠了狠心，强拉着陶子君扭头回了院子。

这是一个老旧的住宅区，阴暗潮湿。

一只猫从窄小的楼道间跑过，掀翻了一块堆在楼梯角的蜂窝煤，吓得元素出了一身冷汗。然而，透过楼梯间破旧透风的窗户，她注意到那辆悍马H2开着前灯，仍旧停在原地。

一进屋，还未开灯，陶子君就厉声问："钱打哪儿来的？"

除了喝酒之后，妈妈平日对她很好，可她不懂的是，妈妈作为一个普通工人，为什么会那么仇恨有钱人，每每遇到这个问题，都发疯一样愤怒。

"妈，钱是从颜色那里借的。她最近拍了很多广告，赚了不少钱，我会还给她的，你就放心吧。"

陶子君半晌没有言语，直到低低的呜咽响起，元素才发现她哭了。

"素呀，妈没本事，还总是打你。妈这辈子……只希望你和灵儿两个能清清白白地做人，本本分分地过日子。有钱的人不安分呀。他们除了钱，狗屁都不是，什么爱不爱情的，你千万不要做那种梦！"

一番话，她说得语重心长，又唠叨了好一会儿才去睡，但没有再追问钱的来历，似乎是相信了元素。不过这一晚，元素发现，妈妈房里的灯亮到了天明。

第二天，钱仲尧一大早就等在了元素家的院门口，他靠在迷彩绿的车身上，身形挺拔，一身休闲装也炫目得让她几乎睁不开眼。

"走吧。"钱仲尧露出一抹云淡风轻的笑，这是他的招牌动作。

元素的身体紧绷着："我们……去哪儿？"

钱仲尧笑了笑："本来是想带你去过二人世界的，可是不巧，今天一早接到老爷子的指令，委派我去机场送我二叔。他呀，被老爷子发配到美国去了。"

元素轻轻地哦了一声，没有多问，可钱仲尧却似乎对这个话题很感兴趣："按我爸的说法，我二叔这是'冲冠一怒为红颜''出师未捷身先死'，踢到老爷子的痛处了！"

他原想调节一下气氛，可说完却见元素兴味索然。他握住她的手，捏了捏："素素，你究竟有什么心事？"

元素摇了摇头。

俩人一路无话。到了机场，钱仲尧带着元素来回转了几圈也没找到钱傲，他只得拿起手机拨号找人。一接通，那头就传来钱傲苦大仇深的声音："小兔崽子，你急个屁呀？盼我走呢？这不还没到点吗？"

其实钱仲尧就比他小一岁，可打小就被他叫"小兔崽子"。

知道自己二叔的脾气，钱仲尧悻悻地低骂了一句才挂了电话，然后略带歉意地牵着元素走向候机楼的咖啡厅："我们先坐坐。"

咖啡厅里人不多，就数元素长得最好看。钱仲尧直直地盯着她，眼窝里都是笑意："等二叔这事过去，我家老爷子的气消了，我就带你去我家见家长，好吗？"

"仲尧，我……"元素咬了咬唇，眼里浮上一层雾气。

"怎么了？说吧，在我面前，你不需要隐瞒，也不用害怕，无论你说什么，我都爱听。"

元素眸色一暗。

仲尧，你为什么要对我这么好？我不值得。

咖啡厅里很静，静得似乎只剩下他们的呼吸声。

元素用双手捂住自己的脸："仲尧，我……对不起你！"

钱仲尧一愣，眼里满是疑惑。

手机却在这时响了，他接起电话，视线却落在对面的小女人身上，脸上是柔和的笑："喂，我和媳妇在咖啡厅，要不要见个面，介绍给你认识一下？"

他刻意加重了"媳妇"这个词。

他是想告诉元素，他这辈子就认定她了，不管发生什么事，都不会改变。

电话那头的钱傲还是一贯的不正经："别，老子孤家寡人一个，见不得别人撒狗粮。快点出来见你二叔最后一面，此去经年，那是良辰美景虚设，可怜我那后宫三千又该独守空闺了。"

钱仲尧挂断电话，低笑一声，望向元素："要不要去和我二叔见个面？"

元素垂下眼眸："你去吧，我在这里等你，你回来再说。"

钱仲尧没有勉强，走出了咖啡厅，透过明亮的落地玻璃，她能看到他挺拔的背影。

她窝在沙发上，一个人愣愣地出神，隐约听到飞机冲向长空的声音，也不知道钱仲尧是什么时候回来的。他半蹲着身子撑着椅子的扶手将她圈住，嗓音低沉地说道："傻瓜，干吗这么为难自己？不想说的话就永远不要说,你从来不会对不起我。如果有,也是因为我做得不够好。"

元素鼻子一酸,泪水就这么不受控制地涌了出来。

原来,她所有的提不起勇气,只是因为害怕失去。面对这样的钱仲尧,她想说的话,如何说得出口?

"傻瓜。"钱仲尧伸手为她拭去泪水,然后轻轻印上一个吻,"真是个小傻瓜。"

这种被呵护的感觉让元素心里泛起了一层涟漪,她不想打破这份难得的暖意,可负罪感却更重了,这样深情的男人,她真的配拥有吗?

"素素,其实……我也有事瞒着你。这样,你保守你的秘密,我也保守我的秘密,我们都不要再提了,好吗?"

元素怔怔地看着他:"好。"

第二章 一年以后

一年后。

已经上大三的元素仍是公认的校花,可是混得却不怎么样,同班同学有的已经是某热播剧的女主角了,而她只接拍过几支不入流的小广告。她很努力,拍小广告、跑龙套、做家教、做夜场服务员,能干的事都干,但所得的微薄薪酬仍然只够糊口。

她的妹妹元灵刚上经贸大学,正是用钱的时候,那三十万花光了,洛叔叔却还没有醒,剩下的七十万,她一直不敢用,因为心里总觉得不安。

最忙的时候,她一天打三份工,忙得跟陀螺似的,却舍不得为自己买一件漂亮的衣服。钱仲尧总想帮她,可她却觉得恋人之间应该经济独立,何况他只是一个普通的军人,津贴不多,还要孝敬父母,她怎么好意思要他的钱？

接到颜色的电话时，元素正准备离开学校去医院看洛叔叔。

颜色是个样貌清纯、说话直接的女孩，也是元素最好的朋友。她追求时尚，也比较放得开，目前在阿瑞斯传媒做广告模特。阿瑞斯是娱乐界的龙头企业，元素拍的为数不多的几支小广告，都是颜色为她推荐的。

"小圆子，好消息，J·K国际旗下子公司在为新推出的时装品牌'追梦'甄选形象代言人，六位数的酬劳，动心了没？"颜色的声音清亮，直透耳膜。

J·K国际？她听在耳朵里的次数倒是不少，其产业涉及各行各业，珠宝、汽车、零售、服装、医药，等等，遍布全球，就连阿瑞斯传媒也隶属于J·K国际。

元素拿着包走出校门，笑着打趣道："这么好的事，你自己干吗不做？"

"姐是条件不行，要不然能让给你？这个品牌对模特的身材要求高，要屁股要胸的，我哪儿成呀？"颜色在电话那边哀嚎。

元素迟疑了一下，还是答应了。

校门口，一溜的豪车竞相摆酷，钱仲尧那辆迷彩绿的悍马H2越野车尤其醒目。

看到元素，他接过她的包，为她打开车门，笑着说："大忙人，好不容易等到你有空了，咱们上哪儿吃饭？"

"仲尧，我下午要去一趟阿瑞斯，可能不能陪你太久，对不起呀。"

钱仲尧宠溺地捏了捏她的鼻头："傻丫头，别动不动就说'对不起'，我的耳朵都听得起茧子了。"

元素默默垂下头。这三个字，她是说得太多了，可却不及她心里歉意的万分之一。

事情过去一年多了，她想装作若无其事，可是有些东西却变得不一样了。钱仲尧对她用情越深，她就越看不起自己。

"想什么呢?"见她又在神游,钱仲尧侧身在她脸上落下一个吻。

"没,没有!"元素望着专注开车的男人,犹豫着开口,"仲尧,我陪你的时间太少了,实在对不起,如果你厌倦了这样的等待,可以重新找一个好女孩,我会祝福你的。"

钱仲尧握着方向盘的手一抖,注视着前方道路的眼睛里透出些许落寞。顿了顿,他低笑一声,伸出一只手将她的小手反握在掌心里,与她十指相扣:"我说过,这辈子,我都不会放开你的手。"

他的手温柔地、细致地一点一点碰触她的,像是对待一件极珍贵的珠宝般爱惜,而元素的身体却紧绷了起来。

她是爱他的,可罪恶感和歉疚感却无时无刻不在折磨她,有些遥远的记忆也还盘旋在她心底,抹也抹不去,让她不得安生。

二人简单吃了午饭,钱仲尧就送她到了阿瑞斯,虽然这离他之前设想的浪漫午餐相差了太远,但他尊重她的一切决定,没有半点不满。元素站在阿瑞斯公司门口,看着他的车子越来越远,叹了口气,终于转身进了旋转玻璃门。

"小圆子,快快快!"颜色一直等在大厅里,见她进来,立马拉着她一脸兴奋地往电梯口走,"亲爱的,我和陈导一说起你,人家立马答应让你来试镜,他说见过你,还说你条件不错,绝对有戏!"

"不会又需要付出点……什么吧?"

"傻不拉叽的,我还能害你?"见她皱眉,颜色瞪眼,"姐们儿,你看看多少人抢着拍这支广告?等'追梦'时装走俏市场,你的人气还不水涨船高?甚至大红大紫也不是不可能。"

看着电梯口的一众美人,元素对颜色的盲目乐观持保守态度。

"小圆子,你快看那边,咱师姐吧?大明星吧?不也哭着喊着来试镜?不过我觉得还是你比较有戏,纯天然!她全身上下都不知道动了多少刀子了,哼,那对'大白兔',也说不清塞了多少硅胶了,在学校的时候,哪儿有这么大?"

除了元素,颜色讨厌所有胸前海拔高的女人。元素见她夸张地比画着，知道这妮子嘴毒，嘴角一抽，偷偷拉了拉她的衣袖制止了她，因为颜色说的那个"大明星"已经朝她们看过来了。

那女子身材高挑，一袭修身长裙衬得她的气质优雅高贵。她是高元素一届的师姐，名叫赵爱丽，仅凭一部青春偶像剧就迅速蹿红，也算是戏剧学院的荣光了。

赵爱丽举手投足间都是明星范儿，提化妆箱的助理就有两三个。她看见元素，眼神略带不善。

曾经，元素入校就夺去了她"校花"的头衔，这桩往事，赵爱丽还记着呢。

两个人对视，不笑，各自别开眼。

这时，电梯间外已经挤了好几个来试镜的十八线女艺人。

原本这些人凑到一块，除了各种攀比，就是各种嫉妒和尖酸刻薄，可今天却聊起了同一个话题。

"听说J·K国际新任的董事长是从美国总部来的。"

"不仅多金，还长得帅，我要是能嫁给那样的男人就好了！"

"做梦呢？我要求不高，能做他几天的小情妇知足了。"

"呸，节操呢？"

赵爱丽听着，冷笑一声，什么也没说。

元素沉默着捏了捏颜色的手，就听到耳边响起一阵被压低了的兴奋声。

"来了！来了！快看！"

人群嘈杂起来。

阿瑞斯公司的高管们从休息厅出来，一字排开站在玻璃旋转门外，整齐地列成两队摆出欢迎的架势。保安走过来，阻止了小明星们交头接耳。

四周寂静，甚至掉一根针都能听见。

透过华丽透亮的玻璃门，一辆纯黑色的限量版布加迪威航驶了过来，后面紧跟着两辆宾利，车停在公司门外的大红地毯上。穿着黑色制服的司机下车，走到后座打开车门……

六月的阳光有些刺眼，玻璃反射过来的光晕让元素没有看清男人的脸，但那颀长俊挺的身材却有一股熟悉的味道。是……那个男人？

元素以为自己魔怔了。然而，没等她看仔细，小明星们就骚动起来，将她挤到了后面。

叮……电梯门适时开启，元素松了一口气，拉着颜色进了电梯。

电梯门缓缓地合上，外面的盛景与那个盛景中的男人，她都没有看见。

阿瑞斯大厦十五楼。

化妆间里，元素和所有的试镜模特一样任造型师摆弄着，透过化妆镜看见赵爱丽那张经过修饰后更加美艳动人的脸高傲地仰起，她紧张得手心都渗出了汗。

摄像机机位架好……

设备调试完毕……

场地助理开始清场……

"追梦"这个品牌的时装穿在身上无疑是性感、高贵的。闪光灯下，元素一头及腰的长发经过发型师处理后披散开来，摇摆的弧度柔腻似水，她曼妙的身姿在若隐若现的包裹下，妖娆得令人血脉偾张。

无疑，她天生就是属于这个舞台的。

按照导演的要求，她摆好造型，端起一杯红酒，轻啜一小口，然后伸出舌尖诱惑地轻舔唇角，迷离的双眼好像蒙上了一层雾霭，媚眼如丝，动作魅惑至极。

"咔，好！"

她拍摄了两组镜头，接下来等候"追梦"项目组做最后的筛选。元素进更衣室换上自己的衣服后，便回到休息室等候结果。

"你的表现真棒！"

听到赞美，元素抬头，看到一个五官立体的年轻男人正对着她竖起大拇指，那人一双漂亮的桃花眼里盛满了赞赏。他皮肤很白，深棕色的眼瞳和发色异于常人，一看就是个混血，正是刚才的摄影师。

"谢谢。"她礼貌地回应。

结果很快出来了，在试镜的所有佳丽之中，元素中选，成了"追梦"品牌时装最新一季的形象代言人。

"欧耶！亲爱的，我就知道你行的！"颜色兴奋不已。

相对于她的雀跃，元素不敢相信自己会成为这个幸运儿。

太顺利了，她不太适应。尤其是四周或沮丧、或懊恼、或羡慕嫉妒恨的目光，让她感到有些无所适从。赵爱丽轻哼一声，没有任何表情，甚至没有看元素一眼就带着助理离开了。

"恭喜你。"刚才走开的摄影师又回来了，眨了眨电力十足的桃花眼，"你是我见过的最美丽的女孩。请问，我能有这个荣幸邀请你喝一杯咖啡吗？"

元素笑了笑，摇头拒绝了。

她礼貌地和摄影师道别，陪颜色去另一个摄制组看颜色工作了一会儿，正准备一个人先离开时，却被陈导拦了下来："元小姐，麻烦你陪我走一趟。"

陈导的脸上隐隐有些急色。刚才项目组接到通知，说有人向新上任的董事长告了他们一状，说"追梦"形象代言人的选拔有猫腻，让他带着拍好的视频和选出来的代言人上去一趟。这是新董事长上任以来第一次视察阿瑞斯，新官上任，这第一把火就烧到了他头上，怎么能不急？

一路上，元素忐忑不安，到地方了都不知道。

陈导敲了敲门，里面响起一道沉稳而有磁性的男声："进来。"

那扇门开了，下一秒元素的手提包就啪的一声落在了地上。

是他？！眼前的男人，把她吓得差一点落荒而逃。

老板椅上正襟危坐着的男人，穿着一身完美剪裁的英伦风手工西装，表情严肃冷峻，脸色阴沉得让人琢磨不透，举手投足之间散发着成功男人独有的成熟魅力。工作中的他和那个玩世不恭的"二世祖"相比，简直判若两人。

"哪张床是你的？连你都是老子的。"

"要么手，要么嘴……自己选！"

"那你把眼睛睁开！"

一年多前的记忆如潮水般涌来，记忆里的那个男人和眼前的男人慢慢重叠，元素愣在了那里。

"坐。"钱傲瞟了元素一眼，眼神中并无异样，声音平静得毫无起伏。

元素窘迫地拾起手提包走进去坐在沙发上，双手放在膝盖上一动不动。

助理从陈导手上接过视频播放起来。

画面上，穿着"追梦"夏装的元素宛如性感女神临世，清纯的面容、妖娆的身段……很美！

坐在沙发上的元素根本不敢抬头，只觉如芒在背。

打她进来，钱傲就没有正眼瞧过她，似乎根本不认识她，这让她悬着的心稍微放下了一点，几乎想大拜四方神佛……然而，此时他却突然转头，探究的眼神落在她身上，似笑非笑地赞了一句："拍得不错。"

元素的身体瞬间绷紧，迅速坐正身体，表演化地微笑："谢谢！"

钱傲没再看她，随意问了陈导几个问题，就让他带走了视频，并未对形象代言人的事情提出异议。

不反对就是表示认同，陈导笑着走了。可另一边的赵爱丽却坐不住了，她尴尬地站到钱傲的面前："傲……钱董事长，您不是答应要严查这件事吗？"

原来她在试镜之前就已经和项目组的负责人协商好了，"追梦"的形象代言人非她莫属，谁料半路杀出个程咬金，说有人指定了要用那个女人。赵爱丽不甘心，在大厅里匆匆一瞥看见了钱傲，本想凭他们曾经的关系扭转局面，可结果让她再次失望了。

钱傲不耐烦地瞟她一眼:"出去!这种小事,不要烦我。"

他的表情里透出的距离感,让赵爱丽打了个冷战,一声也不敢再吭就离开了。

元素长舒一口气,跟着退出去,愉快地去摄制组和颜色道了别,就一脸微笑地走出了阿瑞斯公司的大门。

他不认识她了。

这个认知让那根一直横在她心底的刺被拔掉了,那里的伤口也不复之前疼痛。

一切都过去了,不是吗?

阳光依旧灿烂,天空还是那么蓝,她觉得真的可以重新开始了,她甚至觉得连空气都清新了起来。可事实却是,再"丰满"的理想也抵不过"骨感"的现实。

她还没走出几步,一辆加长版的黑色宾利就停在了她的面前,一个神情肃冷的男人下车:"元小姐,董事长有请。"

元素握住手提包的手指越来越紧,刚刚生起的憧憬,一下破灭。可交易已经结束了,他凭什么要见就见?

"对不起,我不认识什么董事长。"

"元小姐,请别让我为难。"男人说完,打开宾利的后座车门,做出一个"请"的手势。

元素的心怦怦乱跳,硬着头皮上了车。

咔嗒!车门上锁,她心里骤然一沉。

钱傲坐在车里,手里捧着公司的财务报表在看,尽管企业有专业的管理团队,可他刚刚从外公手里接过J·K国际的指挥棒,凡事还是亲力亲为比较好。

见她上车,他停下手里的动作,将报表放到一边,揉了揉眉心,神态里隐隐露出疲惫。可是一看见元素委屈的样子,他心情不由得大好,伸手稍一用力就将她扯到了怀里:"一年不见都成小明星了?现在和你睡觉要怎么收费呀?"

陌生又熟悉的薄荷清香充斥着鼻端,元素的喉咙难受至极。

"钱……姓钱的,你……别乱来!"一句话说得结结巴巴,她恨不得咬掉自己的舌头,打心眼里鄙视起自己的软弱,"我们已经两清了……"

"这么紧张做什么?你的职业操守呢,对待回头客就这态度?"钱傲收起笑容,手指有意无意地把玩着她胸前的纽扣,"不都已经是代言人了吗,怎么还穿这种便宜货……我给你的钱,这么快就花光了?"

看到自己在网上十五块钱淘来的棉质文胸暴露在他眼前,元素的脸几乎红到了耳根,猛地用手推开他,身体急急往后退:"我警告你……"

"还是这么矫情,没学乖?"男人的笑容里尽是嘲讽。

元素的呼吸有些困难,她不明白这个男人为什么如此恶劣,难道看她出尽洋相,他才开心?

"戏弄我很好玩?起开,我跟你没什么可说的,也没闲工夫和你瞎扯。"

她像只红了眼睛的小白兔,急得想咬人,钱傲瞧着有些好笑,在她身上扫视着,语气霸道依旧:"你开个价吧,出去一年多,爷都快忘了国货是啥滋味了。"

元素心头一颤,下意识地用双臂环住自己:"我不欠你什么,麻烦你让我走。"

钱傲嗤笑一声,伸出手将她一扯,将她禁锢在车门与自己胸膛之间,低头向她呵一口气:"不欠?我记得我预付过七十万,而且,我对你的身体还有一天的使用权,没错吧?"

一阵浓烈的男性气息扑面而来,元素觉得自己快崩溃了。

这个无赖!她深吸一口气,努力保持冷静:"那七十万,我还给你。"

钱傲面色一变:"傍上凯子了?他给你多少钱?"

这"二世祖"考虑问题的方式还真是直接。元素的嘴角扯起一抹嘲弄的微笑:"你真以为钱是万能的?算了,跟你说你也不懂,那钱我会还给你，七十万，包括另外三十万，都会还你。麻烦开一下车门。"

钱傲冷哼一声，松开手，懒洋洋地坐直身体："那行，咱不谈钱。"

元素呆了一呆，这么好说话？

见到她露出呆呆的表情，钱傲忍不住又环住她的小腰，意味深长地笑着说道："咱俩能谈的东西可多了，一件一件来。我是生意人，不爱吃亏，首先我得追回我剩余一天的使用权，再加上一年的利息，你给仔细算算……"

"你……无耻！"

元素心里窝火，低头想咬他的手。钱傲冷哼一声，丢开她的手，拉开车门，不冷不热地道："滚吧，爷不喜欢强求别人。"

元素灰溜溜地下了车，脑子里一片茫然。

宾利从她身边呼啸而去，张狂、不可一世，仿佛贴着那个男人身上独有的标签。

就这样，她担惊受怕、度日如年地过了好几天。然而，钱傲并没有再来找她追回所谓的"身体使用权"，他就像突然出现一样，又突然消失了。

难道他只是一时兴起捉弄她？

忐忑不安的日子里，元素为了能全力以赴拍摄阿瑞斯的广告，辞掉了家教和夜场的工作，每天不是在学校就是在公司，完全配合地接受项目组为她量身策划的一系列形象改造，忙得不可开交，渐渐也就忘了这事。

这天下午，元素刚出学校，就看到钱仲尧的车停在校门口。

好些天的训练下来，他黑了，也瘦了，不过人却更精神、更帅气了。

看到元素，他细心地接过她手里的包，神神秘秘地笑着说："素素，猜猜我来接你去干吗。"

"嗯，干吗？"

"丑媳妇该见公婆了。"

元素一怔，疑惑地望着他。

钱仲尧笑道:"咱俩的事我早就跟家里报备过了,正好前些天我二叔回来,老爷子高兴,说今晚一家人吃饭,也想见见未来的孙媳妇。"说着,钱仲尧在她的手背上落下一个吻,"到时候,我要给你一个惊喜。"

元素呆滞了约半分钟,才点了点头。

也许是因为受了那个禽兽的刺激,这几天她心神不宁,对待这份感情患得患失,像溺水的人一样,心里越害怕失去,就越是想抓牢手中的这块浮木。哪怕不堪,她也不想失去。

"素素,有件事,我一直瞒着你。"

"什么?"元素有些心不在焉。

"其实我的家庭条件……挺好的,跟你想的不一样。不过我保证,我的家人都是很好相处的。"

一开始是为了寻找真爱,他怕对方爱的不是他这个人,所以刻意隐瞒了家世,而现在这反倒成了他心里的负担和枷锁。尤其是一年前,他亲眼见到她母亲对权贵子弟的憎恨,就更加不敢开口了。

元素愣了半秒,笑得有点僵硬:"走吧,别迟到了。"

钱仲尧说得很隐晦,元素原以为他家也就是一般的富贵之家。然而,当悍马H2驶入那幢楼王大别墅时,她才惊觉这不是普通的富裕户。眼前的一切,让她觉得自己像是进了大观园的刘姥姥。露天停车场、花园亭台、人造草坪、池塘、垂柳,外加一栋豪华气派得像中世纪城堡一样的建筑,而这些,还只是她目所能及的前院。

富贵逼人!

元素想想自己家所在的阴暗潮湿的筒子楼,再低头看看自己身上这件朴素的连衣裙,突然有点后悔贸然来他家了,她心里刚打起退堂鼓,手就被钱仲尧紧紧地握住了。

像是知道她的想法一般,钱仲尧拍拍她的手背,温柔地笑着说道:"傻瓜,没人会介意的。"

元素是被钱仲尧牵着手进去的。

她想过万千种见他家长时的尴尬局面,却都不及看到客厅里那个熟悉的身影时的万分之一。

怎么又是他？

元素只觉得脑袋里嗡地一响，一股凉意从脚底直蹿到脊背，扣在钱仲尧臂弯中的手不知不觉越收越紧。

"二叔，这是我女朋友元素。素素，这是我二叔钱傲。"

元素？

钱傲？

一年前，他们从未想过问对方的名字，更没想到会在这种情况下知晓。

钱傲眯起眼打量她，眼底闪过一抹只有她才看得懂的嘲弄："元小姐，幸会。"

钱仲尧以为元素不安是因为拘束，便安抚地揽了揽她的肩膀："傻瓜，叫'二叔'呀。"

元素从恍惚中回神，垂下眼睑，叫道："二……二叔。"

钱傲点了点头，将烟头摁灭在烟灰缸里。

这时候，钱老爷子和钱仲尧的父母进来了。元素忐忑地跟着钱仲尧向他们一一问好，始终掩饰着内心汹涌的洪水，保持着适度又礼貌的微笑。

几个人正说着话，女孩子娇俏的声音从门外传来："佩姨，您都不知道，我上周去巴黎时装周玩街拍，那里可美了……后来我又去了威尼斯和米兰采风，还在意大利南部乡村的一个小镇上……呃，家里来客人了？"

她话音一落，众人都笑开了。

钱仲尧笑着介绍："素素，这位是我未来的二婶白慕雅，这位是我姨奶奶。"

元素有些窘迫地向众人打招呼，白慕雅友好地微笑着，一头齐耳的短发让她看起来俏皮可爱，她的衣着名贵却不显张扬，身上没有郝佳易那种傲娇范儿。她旁边的"姨奶奶"很年轻，一看就是典型的豪门贵妇,脸上挂着温和的笑容,但给人的感觉却是高不可攀的。

她俩一个是钱傲的未婚妻,一个是钱傲的母亲。

元素不自觉地抠紧手指,一脸局促。

白慕雅偷瞄了一眼默不作声的钱傲,脸红地娇嗔道:"仲子,就你会胡说八道,谁是你二婶呀?"

"总算还有点自知之明,别真不拿自己当外人。"钱傲漫不经心地接话。

这话气得白慕雅一跺脚,撇了撇小嘴:"钱老二,你就会欺负人。"

众人再一次失笑,沈佩思更是笑骂:"整天没个正形,我看呀,你和小雅也该早些定下来了,也好让她管管你。"

"就她?"钱傲懒得理会,转过了头。

这一笑一闹,屋子里的气氛更加和谐了。

白慕雅很会哄人开心,从美国加州庄园阳光下的向日葵,谈到在意大利的湖边遛狗的南欧美男,逗得一屋子人笑声连连……

元素一直沉默着,他们的话题离她太遥远,他们的生活和她有着天壤之别,长这么大,她去过最远的地方就是H市,她在这个屋子里显得如此格格不入,一屋子人,除了老爷子和钱仲尧,其他人对她都客气而疏离,恰到好处地拉开阶级距离,和对待白慕雅截然不同。

"行啦,女娃子就是不能出国,学得像个小洋鬼子,还是咱土生土长的好。"还是老爷子爱国,终于出声打断了白慕雅,转头笑眯眯地看着元素,"这女娃,一看就像咱老钱家的人,实诚、性子好。就是你学的那什么专业来着?不合适,趁早改学其他的。"

元素正思维混乱,下意识地点头,点完了才觉得不妥,人家会以为她上赶着进钱家门似的。何况,表演是她的爱好。

她刚想委婉地拒绝,钱仲尧突然没头没脑地冒出一句:"爷爷,既然您喜欢,我就把这孙媳妇给您娶进门来,让您早点抱上重孙子,成不?"

元素错愕。

她没有料到钱仲尧会突然开口,甚至都没有问过她同不同意。

屋子里顿时陷入沉寂。

钱仲尧的父母交换了一个眼神,面露不悦。钱傲从上衣口袋里掏出一根烟来,点燃吸了一口,嘴角淡淡地扯出一抹嘲讽。只有白慕雅,兴奋得拍手叫好。

老爷子思索了半晌,直接切入主题:"仲子,这女娃子是你的人了吧?"

这话问得相当严肃,估计他老人家的思想还停留在封建时代,如果碰了人家闺女,就得把人家娶进门。

元素的脸唰一下红透了,隐隐觉得有数道目光寒森森地射过来,窘得她恨不得找个地缝钻进去。她转头望向仲尧,希望他能解释。钱仲尧却给了她一个安抚的眼神,既不承认,也不否认:"瞧爷爷说的。"

二人这副样子落入众人眼中,那就是眉目传情,于是老爷子更加笃定了。

"臭小子,咱钱家爷们做事得有担当,依我看,这事成,越快越好,我都等不及想抱重孙子了!"老爷子声如洪钟,一言定乾坤。

元素的心脏却差点停止跳动,完全不敢想以后怎么面对钱傲:"爷爷……我,我还没毕业,暂时……不想……"

"不行就先订婚,现在的年轻人思想开放,等怀上我重孙子再结婚也不迟。哈哈,就这么说定了,这事,就交给你姨奶奶去办。"

老爷子一拍板,钱仲尧他爹彻底坐不住了:"爸,这怎么行?太荒唐了。这姑娘才第一次上门,婚姻大事怎么能这么草率?况且,咱家仲尧怎么也该找个门当户对的女孩子……"

"放你娘的屁!"他话未说完,就被老爷子声色俱厉地打断了,"门当户对?当年要不是你爷爷从农田里洗脚上岸扛枪打天下,你还不是农民一个?"

钱老大被父亲好一顿骂,不敢再反驳,他老子的脾气大家都清楚,一根肠子通到底。他悻悻地坐下,看了老婆一眼,沉默了。

"瞧这小模样长得多好,怪不得咱们家仲尧看上了。"在这个家里,沈佩思永远是和事佬,她盯着元素打量半天,又瞟了一眼白慕雅这个她看中的儿媳妇,趁机开口,"不如这样,索性让老二和小雅也一起把事办了,咱老钱家好久没热闹过了。"

白慕雅羞涩地低着头,钱傲正端了杯水喝着,呛得咳了起来。

沈佩思见状,嗔怪地轻唤:"老二,你说句话,成不成?"

钱傲转过头来,若有似无地掠过元素一眼,又垂下眼皮子:"我没意见。"

白慕雅咬着下唇偷笑,一双丹凤眼笑得像个豌豆角。沈佩思没想到这次儿子答应得这么爽快,松了一口气:"得了,别愣着了,张嫂,开饭吧!"

餐桌上的食物丰盛诱人,可元素觉得这饭吃得简直就是受罪。钱家的家规很严,餐桌上没有半点声音,就连爱笑爱闹的白慕雅都规规矩矩地吃着。

元素如坐针毡。

好不容易吃完一顿饭,元素出了一身汗,觉得比参加高考时还紧张。

从钱家辞行出来,她长长地舒了一口气。

钱仲尧从停车场把车开了过来,元素刚要上车,就见钱傲从一旁懒洋洋地踱了出来。

"仲尧,咱叔侄俩好久没一起喝酒了,不如找个地方叙叙?顺便带上你这漂亮的小媳妇"

"没问题,二叔你定地方。"钱仲尧今天晚上很高兴,一直乐呵呵的。

钱傲瞟一眼面色泛白的女人,笑道:"这样,我让年子在'帝宫'给安排安排,我刚回来,还没和哥几个聚过,干脆把疯子他们也一起叫来。"

"帝宫"?元素全身发冷,指甲深深陷入了掌心里,不自然地微笑着说道:"仲尧,送我回家后你再去吧,我就不凑这热闹了……"

钱傲神色一冷,嗤笑道:"那怎么行?不给二叔面子是吧?赶紧的,仲尧,别和我说自己媳妇都搞不定呀。"

"你们去哪儿?我也要去。"白慕雅跑出来挽住钱傲撒娇。

钱傲皱了皱眉,想都没想就直接拒绝了:"那地方不适合你,回去。"

白慕雅嘟着嘴不乐意了:"素素去得,我怎么就去不得?"

"因为你和她不一样。"钱傲玩味地看向元素,"是吧,元小姐?"

元素自然明白他什么意思,在他眼里,白慕雅是正经人家的好姑娘,她元素就是个卖的,当然不一样。钱仲尧不明就里,拍了拍她冰冷的手:"我二叔就这德行,不会吃了你的,那些人都是我们的发小,一块长大的。"

元素默然,只好由着钱仲尧把她塞上车。

"真过分,那你们玩得开心点呀!"白慕雅气咻咻地丢下一句话,一跺脚,委屈地回屋去了。

钱傲看着钱仲尧的车渐行渐远,从等在一旁的司机手里接过车钥匙,突然烦躁不已:"告诉施羽,让他给我仔细查这个女人,查她的一切!"

布加迪威航疾驰而去,路灯的光映在钱傲的脸上,让他的表情模糊难辨,也没有人知道他内心的真正感受。可他自己却知道,喉咙像卡了根鱼刺般难受。

"帝宫"九层,是钱傲他们几个发小的长期据点。

除了白慕年,其他人都带着女伴,圆饼脸叫陈少,长得稍胖的叫吴少,俩女的一个是车模,一个是主播。

钱仲尧是将元素以女朋友的身份隆重介绍给大家的,别的人都不认识她,一个个笑着调侃。到白慕年时,他淡然地看了元素一眼,那若有似无的审视,让她有点无地自容。

很显然,白慕年记得她,以及一年前发生在这里的事情。

"都戳着干吗,坐呀!"钱傲接过白慕年递过来的火柴,划拉几下点燃了烟,见元素不敢抬头的样子,邪气地微眯着眼道,"侄媳妇,第一次来?"

元素微微一僵,这人明知故问,他究竟要干吗?

钱仲尧知道二叔没正形,并未多想,招呼元素坐下:"素素,别介意,我二叔就这样。"

钱傲勾唇,正想开口,手机却响了,修长的手指划过屏幕,他懒洋洋地接起:"你谁呀?老地方呢。你要来?那来呗。"

钱仲尧看着,给元素挑了一块水果,调侃道:"走了这一年,你那后宫三千还没忘了你呢?"

钱傲顿了一秒,气定神闲地说道:"甭扯了,哪儿能呢?不过……也许有那么一个两个小没良心的忘了我也说不定。"

元素心里别扭,下意识地慌乱了一下,又慢慢恢复了平静。是福不是祸,是祸躲不过,除了面对,她找不到任何可以安慰自己的办法。

不一会儿,女侍应领进来一位穿深V领长裙的美女,美女走过来的样子像是在走好莱坞的红毯……不是如今风头正劲的大明星赵爱丽又是谁?

一见钱傲,什么高傲呀、什么范儿呀全没了,她像只画眉鸟似的坐到他身边,几乎整个人都贴了上去:"二少,还以为你已经忘了我呢,那天在公司都不管人家。"

她声音娇软得不行,众人听得骨头都酥了。元素思忖着,这才真是演技派呀,扮什么像什么。和赵爱丽比起来,她更喜欢白慕雅的单纯,也看得出白慕雅对钱傲的情意,可这种男人……难解,更难得去解。

不承想,钱傲满脸不耐烦地抽回胳膊,拉下脸冷笑道:"这么不懂规矩?谈公事先预约,不想玩就滚,赶紧的!"

赵爱丽浑身一颤,纵是习惯了演戏也有点绷不住了:"人家……开个玩笑嘛……"说完,她又娇嗔地在钱傲身上蹭了蹭,以掩饰自己的难堪。

"这才乖嘛。"钱傲笑了一声,在她腿上拧了一把。

这时候,徐丰也带着一个漂亮的女伴到了,几个发小凑在一起,喝酒、侃大山，气氛随意又轻松。

元素默默地坐着，无力感倍增。对她来说，这个地方的回忆太过不堪，是她人生中永远也无法抹去的污点，而污点的制造者，似乎还想把它无限扩大。

"不开心了？"察觉到她情绪的微妙变化，钱仲尧将她圈进怀里，凑到她耳边轻声道，"傻瓜，下次不勉强你来了。我道歉，不许生我的气，来，笑一个……"

见他一脸抱歉的样子，元素莞尔，实在不想扫他的兴，往他怀里靠了靠。

"瞧这小两口，如胶似漆的，感情真好！"那女主播声音悦耳，穿透力极强。

众人大笑。

在这个圈子里，像钱仲尧这种不爱玩的实属异类，这些笑声也就包含了多重意思。钱傲享受着美女的伺候，不置可否地挑了挑眉。

元素窘迫，低头吃喝，装聋作哑。

一群人划拳、掷骰子，很快玩得没了趣味。徐疯子多喝了两杯，起哄要玩真心话大冒险，居然得到了除元素外众人的一致同意。

白慕年让女侍应取来一副纸牌，徐疯子接过来并宣布游戏规则。

"抽到牌面，点数最大的为赢，点数最小的为输，输家可以选择真心话或者大冒险。不过……"他阴恻恻地环顾四周，状似通灵般诡异，"谁要是说谎，是会被诅咒的……"

元素打了个冷战："我可以不参加吗？"

"当然不行。"众人纷纷起哄。

元素顿觉头皮发麻。

游戏开始。大家都惴惴不安地抽牌，然后用上刑场的勇气将牌摊在桌面上。

没想到，提出玩游戏的徐丰第一局就输了，而钱傲赢了。

"'真心话'还是'大冒险'？"

徐丰苦着脸道:"'大冒险'。"

"出门,左转,遇到的第一个男人,与他热吻三分钟。"

一阵哄堂大笑,徐丰暴怒:"那我选'真心话'。"

"自作孽,不可活!"钱傲喟然一叹,搓了搓下巴,不怀好意地盯着他,"做没做过包皮手术?几岁做的?"

"就知道你要问这个。"徐丰将酒杯拍在桌上,有些难以启齿,"做过……十五岁!"

气氛越来越欢乐。

再一局是赵爱丽输了,她毫不犹豫地选择了"大冒险",赢了的陈少两眼放光,要她在沙发上模仿苍井空老师的动作。不愧是"巨星",范儿挺足,赵爱丽俏脸通红地躺在沙发上大方地对自己的演技做了诠释。

随着她的表演节奏,现场的气氛被推向高潮。

元素总觉得那板着一张臭脸的男人有意无意地瞥着自己,脑子里突然冒出一年前和他在这里的那些让人脸红心跳的画面,紧握着的手心竟渗出汗来。

新一轮战局拉开,这回是吴少赢了,输的人是钱仲尧。

"我选'大冒险'吧。"

吴少瞟了瞟钱仲尧旁边坐着的元素,笑得十分猥琐:"仲子,哥哥这回可是照顾你呀,和你家媳妇来个现场直播,'法式'三分钟,现在开始!"

元素错愕,条件反射地瞄了一眼钱傲。然而,不待她思考,身体就落入了钱仲尧结实有力的怀抱里,下一秒,他密密麻麻的吻落到了她的唇上……他的气息炙热而缠绵,神情热情而专注。

"舌吻!舌吻!"

吴少凑到二人跟前来督战,其他人笑着起哄,徐疯子更是疯狂地拍着桌子。

不知是情难自禁还是愿赌服输,钱仲尧扳过元素的后脑勺,在她惊呼时乘虚而入，肆掠着她的温软，轻轻勾着她滑腻的小舌。

纠缠，再纠缠。不论多么温柔的男人，对待情事都一样会有急切的时候，钱仲尧也是如此，那份甘甜让他差一点忘了身处何地，这一吻十分投入……

三分钟，有人觉得很长，有人觉得很短。

终于结束时，元素完全失了神，一屋子人嘘声四起，尽是调笑……

又玩了几局，就在元素忐忑不安时，她输了，而赢的人是赵爱丽。

迎上赵爱丽不太友善的目光，元素悄悄捏了把冷汗："'大冒险'吧。"

"和现场除了仲少之外的任何一个男人热吻三分钟。"

她就知道赵爱丽不会轻易放过自己，头皮发麻地道："那我选'真心话'吧。"

赵爱丽一脸暧昧地注视着她："那你说，你第一次和男人上床是什么感觉？"

元素脸色微变。

条件反射真可怕，完全不受意识控制，她的脑子里瞬间涌上了那些不堪的回忆。

此情此景，相同的地方，很容易让她想起一年前那个混乱的夜晚。她的脸迅速红到了耳根，尴尬、羞涩，甚至还有屈辱交织在一起，她咬紧了下唇，把心一横，一字一顿地说道："被狗咬了。"

众人哄笑。

钱傲狠狠掐断了手中的烟，眼中似是酝酿着暴风骤雨。

元素不敢去看仲尧究竟是什么表情，有些狼狈地直奔洗手间，心疯狂地跳动着，好像随时都要冲出嗓子眼。

她很后悔听从仲尧的话来"帝宫"，她自己找虐不说，还让他这么难堪。

自作孽，不可活。她为什么不干脆撒谎？

元素晃了晃头，心里烦躁不安，逃避般不想出去。

待了一会儿,听到有女人在低声调笑,是赵爱丽和那个美女主播的声音。

"听说吴少向你求婚了?你可真幸运,能嫁入豪门做真正的少奶奶了!"赵爱丽感叹。

"表面风光而已。还是你好,谁不知道钱二少出手阔绰,还有那身材、长相,流口水……"说到这里,她停顿了几秒,声音又飘了过来,"哎,都说钱二技术好,有这回事不?快,给我讲讲……"

"去你的!"

"嘻嘻!"

两个女人的声音带着笑,压得很低,可隔着一层板,元素还是听得清清楚楚,脸上烧得通红。

两人的声音越来越小,渐渐听不见了。元素等了好一会儿才像做贼一样小心翼翼地出了洗手间,见四下无人,长舒了一口气,心虚地拍了拍胸口。可她一转头,却吓得差点尖叫起来。

转角处的阴影里,斜靠着一脸阴沉的钱傲。

见她过来,他将手上的烟蒂甩在地下,还恶狠狠地踱了两脚:"竟敢说老子是狗?"

不等她反应过来,他扯过她的身体就压在墙壁上,像是赌气一般低头就啃。她被他吓了一跳,本能地挣扎起来。这一挣扎,他便更加恼怒地抬起她的下巴,狠狠揽过她的腰,似乎要把她揉入骨髓一般吻了上来。

食髓知味,欲罢不能。

阴暗的光线下,人的感官尤其敏感,男人急促的呼吸里似乎隐忍着很大的怒气。短暂的失神后,元素愤懑地咬了他一口,趁他分神之际猛地推开他:"死色坯,不要脸!"

骂完,她喘息着疾步往包厢跑,胃里直犯恶心。

然而,一进包厢,她就被眼前的一幕惊呆了。

一向节制的钱仲尧居然醉倒在沙发上,人事不省。

简直不可思议!

"年子,将仲尧安排好,我送我侄媳妇回家。"随后跟来的钱傲坦然自若地说着,一副理所当然的表情。

白慕年皱了一下眉头,终于还是点了点头,什么也没问。

元素气得浑身颤抖,几乎咬牙切齿般说道:"不麻烦二叔了!"

"二叔"两个字,她咬得很重,意在提醒他彼此的身份。可钱老二是谁?天都没他大!他甚至连电视剧中惯用的那句欺男霸女的经典台词都懒得换:"喵,那可由不得你。"

"凭什么?"元素气得嘴都在抖。

钱傲一脸笃定地凑到她耳边道:"就凭你上过老子的床,就凭你还差老子一天,就凭你配不上我家仲子。当然了,你如果想在这儿重温旧梦也不是不成,反正别逼老子动手……"

一句话,噎住了元素:"你在威胁我?"

钱傲漫不经心地笑着问道:"那你接不接受威胁?"

"无耻!"元素咬了咬牙,气得满脸通红,"你故意灌醉他的?"

见她这时才反应过来,钱傲嘴角微勾,露出一个嘲弄的笑容,虽然觉得她其实挺傻,但还是违心地夸奖了一句:"算你聪明。"

他那笑容并不寻常,眼里闪着野兽盯着猎物一般的光芒。元素知道,在这个男人面前,所有的挣扎都是徒劳的,她深吸了一口气,违心地随他走出"帝宫"。

身后阴风阵阵,不用回头,她就可以感受到赵爱丽那恨不得咬死她的眼神。

坐上那辆布加迪威航,她全身像长了刺般不自在,胸闷、气短。

也许是因为晚饭吃得少,也许是因为和他在一起,她只觉得胃里止不住地翻腾。一路上,她只管瞧着街面被路灯照出的剪影,压制住随时要崩溃的情绪。

"在阿瑞斯的时候看你还挺像一个衣冠禽兽的,怎么一转眼就彻底变成了禽兽?"

"小嘴还挺能说。"钱傲说道,又想到她勾引自己的亲侄子就浑身不得劲,"不过我还真是小瞧了你,志向挺高的,还妄想嫁入钱家,你觉得自己配得上仲尧?"

配吗?元素心里最柔软的地方像被尖锐的东西狠狠撞击了一下,她不甘示弱地回呛:"我和仲尧是真心相爱的!爱,你懂吗?"

"真心?爱?"钱傲发出闷闷的一声嘲笑,"你的真心、爱值多少钱?我买了!"

元素闭了嘴。

对牛弹琴。

车拐上了高架桥,又穿过了两条街道、几条巷子,转来转去的,不知道他究竟要做什么。路越来越窄,一看外面月黑风高的,元素有些害怕:"姓钱的,你不是要杀人灭口吧?"

钱傲原本烦躁的心情,因她这句话顿时变好:"哪儿能呢?再怎么也要先奸后杀呀。"

元素无力地靠在椅背上:"你恶不恶心?是,你有钱有势,可你就不怕我豁出去了,发到网上,发给媒体,好歹你也是个公众人物,你就不怕受影响?"

"嘀。"钱傲乐了,"真厉害!来,你跟哥说说,发到网上,发给媒体,又能把我怎么样?"

元素抿紧嘴,她悲哀地发现,他说的是事实。胳膊永远都拧不过大腿,她发出去又能怎么样?最后被骂"贱人"的,不还是她吗?不自觉地,她把下唇咬得没了一丝血色。

"地址!"见不得她要死不活的样子,钱傲心烦意乱,脸黑得像炭。

"……"元素有些讶异,"你真的要送我回去?"

"我不缺女人!"钱傲一脸铁青。

狭窄、阴暗、潮湿,一条小巷连着院子,远远可见高低不齐的筒子楼。

钱老二还真不知道原来 J 市有这么破烂的地方。

眼见元素的背影逃也似的消失在那个窄小的院门口，他并没有马上离去，而是将车熄了火，摸索着点燃一支烟，微眯着眼一口接一口地吸着……

"呀！"不过转瞬，那院子里就传来元素的惊呼，"救……"

声音短而急促，就一声，戛然而止。

钱傲忍不住爆了句粗口，掐灭了烟头，迅速下车，在院门口捡起一根废旧的钢管，大步往那个破烂、黑暗的院子奔过去……

黑暗中，元素再一次体会到了那种让人绝望的恐惧。

身体被死死拽住，嘴被捂得死紧，两个男人把她往墙角拖，那儿有个死角，还有一丛丛茂密的万年青遮挡着，从外面根本无法看到。男人在扒她的衣服，她拼了命也没办法与之抗衡。

她真想一头撞死在墙上。慌乱中，她的心极速地跳动着，一年前在 H 市被郝佳易折辱的场景又浮现在了眼前。这次还有谁会救她？谁来救她？

"元素！元素！在哪儿呢？"

不远处传来男人的轻呼，元素从来没有像此刻这般觉得钱傲的声音这么动听过。她瞬间像打了鸡血一般，奋力反抗起来，她一挣扎，那只捂着她嘴的手就条件反射地松开了一点。

元素狠狠咬了他一口，那人吃痛放手，她下意识地叫了出来："钱傲！"

她的声音有些颤抖，甚至带着哭腔。钱傲一惊，奔到声音发出的地方就看见她衣不蔽体的样子，一瞬间，他的火气排山倒海般上来了："去你的！"

骂声未绝，钱傲攥紧手里的钢管就一把捅了过去。

那个男人捂着下身间蜷曲在地上，杀猪般嚎叫了起来。

紧接着，只听砰一声巨响，钱傲一把将那个束缚元素的男人甩了出去。

"钱傲！"获得自由的女人扑了过来，一把抱住他，她忘记了这是她最讨厌的钱二，这一刻，只有人性的本能——奔向最安全的地方。

她从来没有连名带姓地叫过他，以前不是"王八蛋"，就是"浑蛋"，要么就是"姓钱的"，此时此刻听她叫他的名字，钱傲的内心竟没有太过排斥的感觉。

他没有时间犹豫，脱下衬衫套在她身上，又将她置于自己身后，也不顾自己光裸着上身，一把拽起地上的男人，拳头发疯一般往那个男人身上招呼，一双嗜血的眼睛里全是怒火，屈起膝盖专顶男人的下腹。

那两个男人也不甘示弱，三人打成一团。

钱傲到底是练过的，以一敌二也游刃有余，当然，他身上也免不了挂了彩。

元素站在角落里，吓得瑟瑟发抖。

不一会儿，两个男人全趴下了，翻滚着痛苦地呻吟："小子，吃了豹子胆了，敢得罪'赤焰帮'？"

"告诉牟鹏飞，敢碰老子的女人，老子就让他在J市消失！还不快滚！"钱傲的样子像极了一头嗜血的野兽。

两个男人连滚带爬地跑了。

钱傲不着痕迹地把掉落在地上的一支录音笔捡起来揣入兜里，见元素还是一副呆愣的样子，忍不住发火了："瞧你这副模样，真给老子长脸！"

"谢谢！"元素没在意他的毒舌，随即又皱眉，"你受伤了……"

钱傲打小就不让人省心，打架更是家常便饭，对他来说，这点伤还真算不得什么。只是没想到这女人还会关心他，他的怒气消了不少，不顾自己光着上身，抱起她就走。

"你要带我去哪儿？"

"你确定要这个样子回去，让你妈看见？"

元素垂下脑袋，瞧见了自己的狼狈样，是不敢回家，可如果跟着这个男人走，岂不是又入狼窝？

钱傲低头瞟见她一副想哭又哭不出来的样子，不由得弯起了唇角。

似锦园。

元素有点呆住了，古典建筑的唯美被展现得淋漓尽致，但她实在无法将土匪一样的钱老二和以优雅、有内涵著称的中国仿古建筑联系在一起。

她被他粗鲁地拉进屋，除了一个叫兰嫂的中年保姆外，迎上来的还有一只通身雪白的小狐狸犬，纯白的毛色泛着光亮，使它看上去古灵精怪。

"汪汪汪！"小狗欢快地跑来跑去，蹦跳着往元素的腿上扑，然后哼哼唧唧地吐着舌头瞧着她，小模样真招人疼。

元素忍不住逗弄了它一下。

"大象，过来！"

大象？叫谁？元素的脑子一下没转过来。

她瞠目结舌地瞧着小狗往男人身边跑，这才恍然大悟。

钱老二养狗不奇怪，养这种巴掌大的小狐狸犬也不奇怪，可这么小的狗却取名叫"大象"，那就不是奇怪，而是诡异了。元素震惊了，瞥一眼抱着小狗的钱二爷，不禁起了一身鸡皮疙瘩。

这男人，不会是人格分裂吧？

"去洗澡。"男人瞟了她一眼，皱了皱眉头。

元素有些尴尬，觉得气氛有些不对，她不傻，进了狼窝，是好是坏全凭这大爷一句话，洗不洗澡不是问题的关键，反正身上脏了，她也不抗拒。

洗完澡，穿上兰嫂为她准备的一件崭新的睡袍，元素心里别提多别扭了。

一出来，她就看见钱傲靠在沙发上，指间习惯性地夹着一支点燃的香烟，明显也刚洗过澡，原本狂肆的纯雄性气息消散了不少，看上去性感得足以让人迷乱，敞着的睡袍露出的胸膛上那些未经处理的伤痕,竟然让他看起来特别有男人味。

如果只看这张皮,她不得不承认,这男人是有资本嚣张的。

俩人对视一秒,元素慌忙别开视线。

"过来!"

对于他用唤大象的语气唤她,元素有些不舒服,她又不是他养的狗。

见她不动,钱傲索性自己动手,将她扯到自己旁边坐下。

二人距离很近,刚洗过澡的女人白皙的脸上透着粉红,几滴水珠从头发上滴落下来,淌在诱人的锁骨上,丝质睡衣根本无法遮挡微小的焦点……

他的眼神越发幽暗:"你开个价吧!"

元素的脑子有刹那的短路,这男人穷得只剩下钱了吗?

钱傲定定地盯着她,都说眼睛是心灵的窗户,可这女人眼神里的纯净让他有些怀疑自己之前的判断。他别开眼,起身进了隔壁的书房,再回来时,手上多了一张支票,轻飘飘地滑出手指,掉到沙发上。

"离开仲尧,这些钱就是你的!"

元素被他嘲弄的眼神刺得心里一痛,如果说之前的"英雄救美"让她心生感激的话,那么这一刻,他在她心中的形象又跌回了原地,甚至更低。

她不是一个清高得视金钱如粪土的女人,而且事到如今,她也知道没法再和仲尧在一起了,可用钱来买断一段感情,这种狗血剧情,让她感到非常恶心。

"真不枉你姓一回'钱'!只可惜,我不爱钱,我只爱钱、仲、尧!"她一字一顿地道,空气越发紧张起来。

钱傲冷笑:"爱他?你配?你掂量过自己有几斤几两没?别跟我说你不爱钱,你那套把戏,骗骗仲子还可以,在我面前,还是省省吧。是不是嫌价码不够高?"

元素怒了,本以为他就是浑了一点、野蛮了一点,还救过自己,只要自己妥协一点、容忍一点,他就会放过她,此时她彻底明白了,底线放得越低,他就把她踩得越低。

"我和仲尧的事,还轮不到你来管!你算什么东西?"

她话音一落,钱傲立马变了脸,猛地将她推倒在沙发上:"你还真是不能惯,这可都是你自找的,有钱不要?那你和你妈的命你要不要?"

元素又恨又怒,身子有些发颤,完全不敢相信自己的耳朵:"你居然这么无耻?"

钱傲哼声:"给你三天时间,自觉点,否则我不敢保证你和你家人的生命安全。"

悲凉如潮水般席卷了元素全部的感官,她几乎嘶吼出声:"好!好!好!我分!我分!我分还不行吗?"

一听此话,钱傲突然觉得一口热血涌到喉头,他将她搂到怀里,嗓音有些发哑:"你放心,以后乖乖跟着我,我不会亏待你。"

她几乎咬碎银牙:"我呸!你根本不懂,我离开仲尧不是为了钱,而是为了爱!"

"装清高?不爱钱?自己把衣服脱了,躺到床上去。"

"无耻!"

"没点新鲜词了?别忘了,这是你欠我的。"

"好,今天晚上一过,咱们桥归桥,路归路。"

"不识抬举的东西,给脸不要!"

"不要!"

"不要我?你想要谁?仲尧吗?"

"……嗯……仲尧……"

"别叫仲尧的名字,你不配!"

"仲尧,仲尧,钱仲尧!"

"记住,你是我的。"

……

元素从混沌中睁开眼时,脑子里一阵恍惚,四肢酸软无力,身体像是被人撕裂后又重新组装过一般难受。

她头痛地揉了揉额头。

有的事,一旦发生了就不能当成没事一样,她知道她和仲尧再也回不去了。与那个男人所发生的一切,就像一颗毒瘤,深深地种在了她心底的阴暗角落,疼痛慢慢扩散到全身,剜心刺骨。

她甚至想过让那个男人彻底消失……投毒、推他下楼、勒死他……可她悲哀地发现,在这些特权阶级面前,她连讨回公道的能力都没有,更别提报复了。生活不是演戏,她也不是女主角那种打不死的超人。她无钱无势,除了任人鱼肉,她还真想不出能有个什么活法。

不知发了多久的呆,她终于拿起手机编辑短信。

"仲尧,我们分手吧,我配不上你!"

太矫情!

"仲尧,对不起,我们俩的生活差距太大了,不合适。"

太装蒜!

编来编去,一条也发不出去,因为事实真相她无法说出口,要是仲尧知道,她和他的二叔是那种关系,情何以堪?

不能,绝对不能让他知道。事情已经这样了,不能让仲尧背负着这种难以启齿的羞辱去迎接下一段感情,他值得更好、更幸福的生活。

元素放下手机,扯过被子,像蜗牛一样缩了进去。

她的脸上有泪滑落。

仲尧!

……

J·K 国际大厦。

最顶层是豪华、宽敞的董事长办公室,高端的装潢和精致的设计无一不是财富与权势的象征。视频会议开了近两个小时才结束。在工作中,他一贯是雷厉风行的大家长作风,从不拖泥带水。他全面接手J·K国际的时间虽然不长,公司的业绩却持续增长,从高层到普通职员,无不对他心服口服。

切掉视频终端，他皱了皱眉，突然想起那个女人来。

他拿起电话，本想问一下她的情况，又生生压下了这种不正常的念想。不就是一只动不动就伸爪子的小野猫吗，不就是模样好看点吗，这种女人，就算是死在床上也就那样了。

他甩开脑子里那些旖旎的画面，将心思专注到那一大堆文件资料上。

"二哥，我来报到啦！"伴着一阵蒂芙尼清雅的香气，白慕雅推开门走了进来，手里端着一杯纯净水。

"谁让你进来的？"钱傲铁青着一张脸，瞟了一眼她身后的王助理。王助理赶快低下头，腹诽不已，公司里谁不知道，白小姐是钦定的董事长夫人，她要进来，谁敢拦着？

白慕雅微讶，她从没见过钱傲不苟言笑的样子，他们从小在一个院子里长大，生活中的他总是玩世不恭或者嬉皮笑脸，而他什么时候变了，她竟然不知道。

"二哥，我回国这么久，也没什么事做，佩姨让我到公司来历练历练，顺便照顾你的生活。"

"我不需要照顾！"钱傲的语气变得有些严厉，话没说完，视线又转移到了手中的资料上，"出去。"

"还真生气了？"白慕雅有些哭笑不得，靠近一点，拉了拉他的衣袖，有些委屈地勾起唇，"二哥，佩姨说咱们订婚的日子已经定下了，佩姨说……"

钱傲一把将文件搁在桌面上，满脸不耐烦："'佩姨说''佩姨说'，你和我妈订婚去吧，别来烦我！"

白慕雅轻轻咬了咬唇："可是佩姨说，订婚是大喜事，要好好热闹热闹，让你得空了和仲子一起回去，商量在哪里举行订婚典礼呢。"

钱傲叹了口气，靠在椅背上。婚姻对他来说，不过就是为家族添砖加瓦、传宗接代，并没有什么实际的意义，而白慕雅是家里定下的，母亲也喜欢，就那么着吧。

"小雅,这里是公司,我不喜欢在公司谈论与公事无关的事情,那些事,你和我妈商量着办就行。"

见他语气放松,而且没有反对,白慕雅吐了吐舌头,笑容重又变得灿烂:"嗯,这才像话嘛,刚才的样子好凶,不近人情!"

钱傲牵了牵嘴角,把她当小孩,懒得再搭理她。

白慕雅狡黠一笑,自顾自地拿起水杯喝了一大口,眼睛一眨不眨地盯着他:"对了,二哥,素素的电话你知道吗?佩姨把婚纱的事交给我来办了,我得问问她衣服的尺码。"

钱傲眯了眯眼:"我怎么会知道?你去问仲子。"

说完,他正要开口赶人,手机就响了。

电话是兰嫂打来的,刚听第一句,钱傲就炸了:"什么?她跑了?"

兰嫂人实诚,支吾半天才说明白,原来是元素接到派出所的电话,她的母亲酗酒闹事,打伤了一个小姑娘,涉嫌故意伤害,被警察带回派出所了,她得到消息就跑了。

白慕雅愣愣地看着刚才还沉稳得泰山压顶都不变色的男人突然就生气的样子,不由得惊诧莫名。什么人跑了,能让他这么激动?

然而,令她难堪的是,钱傲几乎忘了她的存在,打开办公室的门就冲了出去。

钱傲一边下楼,一边打元素的手机,不接。

他再拨,对方居然直接关机了。

他火冒三丈,打了好几个电话才弄清楚她去的是哪个派出所。

等他赶到一番说和,在拘留室待了近两个小时依然醉醺醺的陶子君才被人扶出来。

估摸着陶子君醉了还没有弄清楚状况,看见衣冠楚楚的钱老二就疯了似的扑了过去,抬起手就往他脸上招呼。

啪!

她速度太快,所有人都蒙了。

因为,那个巴掌抽在了元素的脸上。

元素捂着脸,心里其实也不明白,为什么自己会想都没想就挡在他面前,硬生生地替他挨了这一下。

"你这个白眼狼!"喝了酒的陶子君和平日里完全是两个样子,面目狰狞、语无伦次,扯过元素的长发,劈头盖脸就开始骂,怎么难听怎么骂,看起来又癫又狂。

"我打死你个不要脸的,见到有钱人就往上扑!我打死你!臭不要脸的!"

元素没有反抗,只是熟练地用双手护住头、脸,默默承受着母亲的怒火。

这样的情形,在二十一年的生活中,元素已经习惯了。她知道,母亲需要一个发泄的出口,而她,就是这个出口。

在场的人看得目瞪口呆,钱傲却看不下去了,一把抓住陶子君的手腕。

他二话不说,先把人从她手中抢过来:"住手!这里是派出所,没看见吗?"

"我教训女儿,关你什么事?"陶子君双眼通红,死死瞪着他。

"把她打伤了,谁来照顾我?这保姆我都用顺手了,实在懒得换人。"

保姆?元素错愕。

这个男人真是莫名其妙,不过她也不准备反驳,只要能让妈妈安静下来,说她是什么都无所谓。不对,他好像是在替她打掩护?

"保姆吗?你怎么没告诉过我?"陶子君发泄一通后,头脑清醒了不少,闻言,有些疑惑地望向元素,"你给人家做保姆去了?"

"来,我告诉你。"钱傲把陶子君拉到一边,也不知道说了什么,只见她的脸红一阵白一阵,很快就安静了下来,末了,愣愣地转头,伸手搂住元素,失声痛哭。

"素呀,妈错怪你了……"

元素听她抽泣，麻木地轻轻拍着她的后背，余光看到钱傲阴恻恻地笑，不由得打了个冷战。

"你和我妈说什么了？"半个小时后，元素才有机会问出来。

一向固执的母亲居然被钱傲三言两语说得服服帖帖，还自愿坐上了那辆她一向瞧不起的豪车，让他送回了家，末了还心甘情愿地把元素交给了他，这实在太诡异了。

钱傲顺手揉了揉她的头发，又软又滑，手感真好。

"想知道？今晚你得好好表现了，小保姆！"

看他漫不经心的样子，元素怒目："谁是你的保姆？咱们可是说好的，最后一天，以后两不相欠，再无瓜葛。"

钱傲的手不轻不重地叩击着车沿，轻描淡写地笑着说道："妞，你还真逗，别说我没答应，就算答应了，游戏规则也是我说了算，套句时尚话，对你，老子有最终解释权。"

"王八蛋，你真不是个东西！"元素啐了一口，转过头去不再理他。

他用力将她的头扳了过来，又随手撩起一缕她的长发凑到鼻间闻了闻："哥哥今天心情好，不和你计较。"

他的手弄得她的脸麻酥酥地发痒，可她刚挣开，又被他拽了回来，他这人就是容不得任何反抗："你也别害怕，我这人护短，跟着我，我不会亏待你。不过，丑话说在前头，要是敢背叛我，那后果不是你能承受的。"

元素心里涌起强烈的屈辱感，她气得浑身发颤："如果我拒绝呢？"

"我的字典里，没有你的'如果'。"钱傲沉吟几秒后又放软了语气，"别说我不照顾你，给你两个选择：第一，做我的女人；第二，做大象的保姆。"

"和做你的女人相比，我宁愿做狗的保姆。"

这个男人最喜欢假惺惺地让人选择，可是她知道，其实她根本别无选择。她算是看出来了，他骨子里有一种强烈的征服欲，就因为她拧着他了，所以他处处与她为难，也许真正顺着他了，他反而会放了她。

钱傲罕见地没发怒，甚至促狭地笑了下："一言为定，你可别后悔。"

元素扭头不答，其实，她心知肚明，这两个选择根本没有任何差别。

"那你告诉我，这次是多长时间？我不能一辈子做狗的保姆吧？"

她把"狗"字咬得很重，钱傲知道她是在骂他，却不想和她计较。对于她的问题，他也没办法回答。

"谁知道呢？也许一个月，也许一年，也许过几天我就腻了。"

对于这种不是答案的答案，她除了祈求上天，再没有别的办法。人有的时候很奇怪，一旦心里的感情泯灭了，其他的一切都不重要了，此刻的她就是这样。

俩人一路无话。

尽管钱傲不乐意，最后还是稳稳当当地把她送到了阿瑞斯公司——旁边的街道上，她说什么也不让他把车停在大门口，那不等于全公司人都知道，她成了J·K国际董事长包养的小情人了？

如果这样，还不如直接杀了她。

当然，她更准确的身份是他家狗的保姆，尽管是个幌子，但却是她想牢牢抓住的一根救命稻草。这样，她就能自欺欺人地告诉自己，其实，她没那么下贱。

钱傲看了一眼面无表情的女人，皱眉，转过头目视前方："几点结束，我叫司机来接你。"

"不一定。"

"别忘了，等着你喂狗。"这话一出，他差点咬到舌头，怎么想都觉得有点像在骂自己。

"嗯。"

钱傲想了想，又补充了一句："不准再关机。"

元素不答，打开车门下了车。

街道对面。

白慕雅正陪着沈佩思购物,她一直把自己当成钱家的准儿媳妇,一切儿媳妇要做的事,她都想尽职尽责地做好。

是女人就喜欢购物。沈佩思最喜欢白慕雅陪她逛街,这孩子热情开朗,做事又非常周到,每次出来都不会忘了给钱家所有人都捎带上礼物。所以,儿子冷落这么好的姑娘,沈佩思一直颇有微词,却又想极力安抚好这个准儿媳。

"小雅呀,我们家老二刚回来不久,太忙,等过几天,我说什么也要拉他出来跟你约会。"

"佩姨,二哥忙的是正事,我没关系的。呵呵。"

白慕雅勉强地笑着,透过橱窗玻璃,盯着那辆醒目的布加迪威航,还有从车上走下来的女人。

更衣室里。

"小圆子,你这是怎么啦?"专程跑来看元素拍宣传照的颜色睁大了眼,上下打量着她满身的青紫印。

"钱仲尧干的?这完全是打算把你啃着吃掉呀!"

元素眸色一黯,摇头否认。

她和颜色不只是同学、朋友,还是什么事情都可以分享的闺密。元素的一切,要说谁最清楚,非颜色莫属。而当初介绍元素去"帝宫"的九姐,正是颜色的亲姨,所以元素不打算瞒她,原原本本地把和钱傲再遇后的一切说了出来。

倾诉是女人发泄内心苦闷的第一途径,虽然这种事并不光彩,但除了颜色,她真的再找不到另一个可以倾诉的人了。

"天哪,这可真够狗血的,完全是言情小说的情节呀。"

颜色是一个狂热的言情小说爱好者,整天幻想着哪一天突然从石头缝里蹦出个高帅富的总裁来把她带回家养着。

元素白她一眼,穿上公司准备的服装,而颜色还处于兴奋状态。

"渣男!这是典型的男主形象呀,我喜欢!"

"送给你要不要？"元素扣上最后一颗扣子，慢条斯理地问道。

"我要呀，可惜人家未必看得上我！"颜色叹一口气，似乎豪门梦碎了一地，"小圆子，你还是自求多福吧！"

元素和摄影师艾嘉南配合，工作起来很顺利，他总是能让她很快进入状态，也总能很精准地迅速捕捉到她最美、最动人的一面，所以，也就一个多小时，一组宣传照就搞定了。

手机铃声响起来，是陌生的号码，可元素只看了一眼就知道，像那种尾数全是"8"的号，除了钱傲，不会有别人。

她不情愿地接起电话，还没听到对方讲话，旁边的颜色就大声嚷嚷起来："小圆子，是不是钱渣男？"

元素哭笑不得。

电话那头的钱傲却震惊了。

钱渣男？这女人真有种呀，居然是这样和朋友说他的？！

本来他想问问她工作结束了没有，要不要一起吃个饭，这一下什么心情都没了，手机被他捏得死紧，挂了电话，好不容易才压下怒火。

他那吃人的恐怖表情，把刚刚推门进来的王助理吓了一大跳，王助理愣在当场，差点忘了正事："董、董事长？"

钱傲平复了一下心情："有事？"

王助理手里拿着一沓审核过的文件，小心翼翼地放到钱傲的办公桌上："这、这些文件需要您签字。"

作为董事长助理，她一向懂得揣摩上司的心思，也最懂得察言观色，见他一脸不快的样子，接下来的话就说得有些犹豫："还有一个关于老城区的开发项目，郑局长约您晚上在'万贯'吃饭详谈。"

J·K国际涉及全球各个商业领域，但在中国市场，钱傲目前准备把主要的精力投入到地产这一块，在拆声一片的中国，这无疑是一块最大的蛋糕，谁都想咬一口，而J市的老城区开发，是J市目前最大的市政工程。

"标书不是都递上去了吗？就等招标会了。"

"是，可是郑局长说，有一家叫'翔实'的地产公司，实力很强，所以……"

翔实？钱傲冷笑一声："知道了。"

这边，元素放下手机，一头雾水。

这男人真是莫名其妙！

她刚准备和颜色离开，就被陈导的助理叫住了。

老实说，陈导是她见过的唯一追求纯粹艺术的导演，也亲手捧红了几个选秀出来的小明星，可惜没有大红大紫的戏，这次负责"追梦"的广告片，也算是小出了一把风头。

陈导说，他要拍一部都市情感剧，是由一本目前爆红的网络小说《唯愿此生不负你》改编的，他有意推荐元素这个刚出道的新人担纲女一号，不过投资方要求先见见她。

"这是一次好机会，你要好好把握！"

陈导很欣赏这个性格平和的女孩子，元素也很敬重他，点头表示应允。

和陈导约的时间是晚上八点，在那之前，元素去了一趟医院。洛叔叔仍靠输液维持着生命，情况很不好，主治医生说，如果能联系到国外的脑外部专家会诊，也许会有一线希望。

她默然，这也算是社会底层人士的悲哀吧。

一入夜，路灯就照亮了这个奢靡繁华的城市。

元素出了医院走了一条街，还没打到车，一辆红色的宝马跑车吱一声停在边上。

"元小姐，上车吧。"

半敞着的车窗里，一双深棕色的桃花眼狭长而深邃，在路灯下显得格外明亮，正是摄影师艾嘉南——按颜色的说法，像他这种男人就是一只纯种妖孽，她给妖孽的定义是：无论出现在哪里，都会引来女人狂热的关注。

可元素对妖孽天生免疫。

她皱眉看了一眼那辆豪华跑车,不愿意领这份情。

"元小姐,我也在今晚的受邀之列,只是顺路。"

他看出了她的犹豫,直接下车,为她打开副驾驶的车门,礼貌而绅士地邀请她。

元素实在拉不下这个脸来,只好道了声谢,上了车,一来,她确实打不到车;二来,伸手不打笑脸人。

她一坐上车,他就像打开了话匣子,而她只是低着头,并不怎么接话。

"天哪!"他一双桃花眼乱放电,"元小姐,我长得有那么像坏人吗?你怎么一副苦大仇深的样子?"

元素讪讪地笑了笑:"不好意思,我这人就这样,怪闷的。"

"哈哈哈,没关系,这样才有意思嘛。"

他脸上的桃花又绽开了,一路上说着各种有趣的事情。

元素没法回应,又没法不回应,第一次讨厌起一条路的长度来。

可一到"万贯",她就后悔了。

路为什么不再长一点呢?再长一点,不就碰不上他们了吗?

万贯酒店的门口站着钱傲,他手臂上挂着花枝招展的赵爱丽。

"钱二少,好久不见!"看到钱傲,艾嘉南招呼了一声。

艾嘉南其实是环宇能源的三太子,爱好摄影,所以干了这行。他和钱傲在一些社交场合打过交道,一见面便先打招呼。

可钱傲的脸色却不怎么好看。

司机之前告诉他在阿瑞斯没接到元素,原来她陪男人到这儿消遣来了。

他心里恼怒,面上却不动声色:"艾老三,你最近不去非洲拍野人,跑回J市拍美人来了?"

"哈哈哈,那是,野人哪儿有美人好!"

"呵呵!"

"二少,兄弟还有事,先走一步。"

艾嘉南礼貌地笑笑,搭上元素的肩膀。

元素身子一僵,别扭了一下,就感觉到一道凌厉的目光扫了过来,等她回头,却看到钱傲一言不发地进去了。

中国人有一个坏习惯,那就是酒店的饭桌不是用来吃饭的,而是用来交际和应酬的。

包厢里,男男女女,觥筹交错。

酒可能喝得有点多了,投资方那个体形肥硕的总经理的狼尾巴就露了出来,一副难看的嘴脸用黑布都挡不住,一个劲吹嘘哪部热播剧是他投资的,哪个明星大腕是他捧红的,直到大家都听得不耐烦了,他才将目光转向元素,眉眼间尽显春色:"元小姐还是有潜质的,外形很突出,但毕竟还是新人,还得多打磨打磨。"

他的声音不大,却瞬间吸引了众人的注意力,见众人目光暧昧,元素咬着唇有些难堪。这人话里有话,她大概懂得。所谓"打磨",无外乎就是那点事,就是俗称的"潜规则"。

陈导的脸色沉了沉,而制片主任却满脸期许地望着元素,开口道:"是是是,新人嘛,就是得多练练!"

气氛一时十分尴尬。

突然,艾嘉南轻飘飘地吐出一个字:"走。"

他这话是对元素说的,然后眨巴眨巴妖孽的桃花眼装无辜:"元小姐,把时间浪费在艺术细胞为零的人身上,会降低咱们的格调,不走留着过年吗?"

说罢,他拉着元素的手就往外走,那投资方经理被落了面子,脸上有些挂不住了:"这走了,《唯愿此生不负你》是不想拍了吗?"

众所周知,现在圈里的行情是,最不好拉的是投资,哪怕是像《唯愿此生不负你》这样爆红的网络小说，没有投资，一切也都是扯淡。

艾嘉南冷笑一声，停住脚步，转过头来盯住他："怎么不拍？当然要拍。不过，这些与你无关了。"他反手拉着元素就往外走去。

大厅门口，钱傲的司机一见他俩，立马迎了上来："元小姐，董事长让我在这儿等你，请移步上车。"

元素顿觉头皮发麻，难堪地轻咳一声，面对艾嘉南讶异的目光，她只好硬着头皮点头："今天谢谢你，再见！"

艾嘉南深邃的视线一直停留在她脸上，过了两秒才挥手："再见。"

再次来到似锦园，元素有些恍惚，大象兴奋地跑过来讨好她，兰嫂已经喂过它了，所以，元素这个狗保姆其实什么也不用做，匆匆洗漱后，就让兰嫂给选了间客房休息去了。

一室清冷。

她心里没个着落，根本无法入睡。一整天都没有仲尧的消息，想来他应该是有紧急任务，他的工作太过神秘，每每她问起，他都笑着告诉她有保密条例。

如果生活可以格式化，该有多好。

"我的字典里，没有你的'如果'。"

想到那个男人霸道的宣言，黑暗中的她只有苦笑，能哭的不叫苦，真正的痛苦，是心痛了，却说不出苦。她不知道这样的生活何时是个头，现在的她，正好是自己过去最不屑的那种女人。

临近午夜，钱傲才回来。

大床上没有人，他找到第三间客房的时候，终于发现了那道熟悉的身影，蜷成一团窝在床上。他在床边站了一小会儿，最终还是掀开了被子："睡了？"

他的声音很冷，在寂静的房间里听来格外阴戾。

元素睁开眼，清楚地看出他脸上的负面情绪。

他很生气，可她没有安慰他的心情。

两个人大眼瞪小眼了好几秒,钱傲突然俯身抱起她就往主卧而去。

主卧里只开着一盏壁灯,灯光昏黄而暧昧。

"砰!"钱傲转身一脚将门狠狠踢上。

他的脸色阴沉得可怕,三两步过来,将她狠狠地扔到床上。

"嘶……"元素吃痛地轻呼。

他置若罔闻,俯身压下来,手臂撑在她身体两侧,狼一样的眼睛狠狠地盯着她:"今天干什么去了?"

元素从没见过这样的钱傲,他就像一只饥饿至极的野兽一般凶狠。她条件反射性地推他,可怒极了的男人哪里会给她机会?他猛一低头,就准确无误地堵住了她的小嘴,他又霸道又强势,任凭她如何挣扎,都丝毫不放松。

充斥在她鼻间的酒气里,夹杂了一股馥郁的香水味。元素皱眉,嫌恶地偏开头,避开他如狼似虎的吻,手撑在他的胸口,拼尽了全力,才隔出缝隙般的距离。

"你起开!"

"胆子不小,别忘了自己的身份。"钱傲冷嗤,话里隐含怒气。

她知道他误会了自己和艾嘉南的关系,她本想开口解释,可转念又想,这男人不喝酒的时候都解释不通,何况是喝了酒?所以她闭了嘴。

"你就不能安分一点?"一想到艾老三搭在她肩上的爪子,钱傲心里就不是滋味,扳过她的脑袋,怒道,"难道老子还喂不饱你,你非得去找艾老三那种小白脸?"

太侮辱人了!元素也怒了,一根一根掰开他捏住自己下巴的手指:"姓钱的,你是畜生吗?会不会说人话?"

"你再说一遍试试!"

"我就算再说一百遍、一千遍、一万遍,你都还是个畜生!"

"你……"

气氛一时凝滞。

钱傲紧捏拳头,几乎可以听到指关节摩擦得嚓嚓作响,元素紧张着,可拳头没有落下,他选择了低下头奋力啃咬她的脖子。

那香水味又传了过来,元素拼了命地挣扎,比以往任何一次都要疯狂,心里的想法也脱口而出:"你放开我!你身上的味道,真的让我觉得很恶心,很想吐!"

恶心?想吐?

钱傲的怒火噌噌蹿起,越燃越烈。

他猛地将她抗拒的手腕扳到头顶上,一双黑眸冷冽如冰:"谁让你不恶心?是仲子,还是艾老三?你究竟要多少男人才满足?我恶心?我今天就恶心给你看看,让你知道什么才叫恶心。"

她的睡衣裂成了数片,美好的身体在他面前一览无余,莹白的肌肤泛着瓷器般的光泽,双腿笔直修长,诱惑得他全身疼痛。

"元素,你怎么就这么下贱?不勾引男人你会死吗?"

元素看着魔鬼般暴虐的男人,悲凉地笑了:"对呀,我就是下贱,那你放了我呀。王八蛋,你一脚把我踹了不就完了,你自己找恶心怪谁呀?"

"在老子没有玩够之前,你想都别想!"

男人的情绪已经在失控的边缘,一想到她躺在别人身下,让别人对她做那些他做过的事情,想到她的身体会为别人打开,他就恨不得把她毁了。对,折磨她,毁了她,让她再也无法勾引男人,哪儿都去不了,只能待在他身边。

他在她身上狼吻着,一双眸子里布满森寒。

元素从来没见过他这么吓人的样子,忍不住浑身抽搐。

痛!身上痛,心里痛!这个男人在羞辱她,完全不把她当人看。

她受够了,受够了!意识被撕成了无数片,支离破碎。

她一口咬上他的脖子,她想吸他的血,她想与他同归于尽,不承想却更加激发了男人的征服欲。两个人搏斗了一番,撕了个你死我活。冷汗渗出,凉意爬上她的心头。恐惧,绝望,元素像被人扼住了喉咙徘徊在死亡的边缘,最后只能任由他摆布,不再回应。可这份屈辱,却被她记在了心里。

她恨他，好恨！好恨！

她的泪，无声滑落。

钱傲觉得手臂上一凉，抬头见她哭了，顺手将她翻转过来，撩开她的长发，只见那张巴掌大的小脸上全是泪水，双唇没有一丝血色。

这犟女人也会流泪？

他微眯着眼，喉咙紧了紧，那些讽刺的、嘲弄的话，他一句也说不出口。他也说不清为什么在她面前自己这么容易失控，什么教养、自控力、素质都没了。

她到底是个什么妖精，他真是中邪了！

他叹了口气，心软了，将软软的她抱在怀里，所有的怒火都烟消云散。

她到底有什么不满足的？钱、房子、车子，她想要什么，他都可以给她，他甚至可以宠着她，只要她乖乖地跟着他。

"傻妞，为什么你就不能顺着我？"

"顺着你，你就能放了我吗？"

"我不能。"他的声音低沉沙哑。

……

第三章 小傻瓜

翌日,晴,阳光灿烂。

想了一个晚上,元素觉得,路还得走下去。

她还有家人要照顾,所以,除了咬牙逼自己承受这不知所谓的生活状态之外,别无他法。

一大早,钱傲就精神抖擞地起床了,从东到西地指挥元素做事,自在地把她当成了自己的小保姆。

元素也不反抗,让做什么就做什么,就是不抬眼皮、不说话。钱傲横眼看,竖眼看,斜眼看,看来看去,始终看不出她抽的是哪门子风。

"妞,给我准备衣服。"

元素默然,径直走到衣橱间。

结果被吓了一大跳,她从来没有想过一个男人居然会有这么多衣物、上装、下装、衬衫、领带……春、夏、秋、冬各种款式分门别类，占满了足足一百来平方米的衣橱间，而像这样的地方，谁知道他还有几处。

怪不得这个男人的优越感表现得如此淋漓尽致，原来权贵的衣食住行，是她这种小老百姓无法想象的。她摇了摇头，随便取了几件丢到他面前。

"你也太不懂得搭配了吧！"钱傲故意找碴儿。

元素默不作声。

"我跟你说话呢，听不见还是咋的，大象喂了吗？"钱傲实在受不了她这个样子，他就像在自言自语一般。

元素瞟他一眼，到院子里大象的"住宅"，给它放上香喷喷的狗粮，装上清水。

钱傲站在她身后看她："我去公司了，送我到门口。"

元素提着他的公文包，默默跟上。

"我说，你还真成哑巴了？"钱傲算是彻底服了，从昨天晚上哭过之后，她就再没说过一句话，无论他怎么逗、怎么哄，都无济于事。

钱傲一把将她抓过来就往她嘴上凑。不说话，那亲你总有反应吧？

她睁着眼，瞅他，任他亲吻，面无表情。

这回他是真怒了，他已经把有限的好脾气全都用到她身上了。

"元素，你能不能正常点？你哪里不舒服就说，别像个闷葫芦似的，闹心！"

元素仍旧当他是空气。

他想说什么来着？

跨出门的长腿又撤了回来，他拉着她就上了楼"换衣服，跟我走！"

元素老老实实地换上早上他的私人助理送来的衣服，据说是为她定制的，也不避讳他在旁边瞧着，慢条斯理地穿戴整齐。

钱傲再一次眯起那双锐利的眼，觉得还真看不透这女人了。以前她蹬鼻子上脸敢和他死磕到底他不怕，现在她不吵不闹、任他折腾的样子,反而让他心里发毛。

"元素,看着我!"

元素平静地抬起头看他。

"……"独角戏还真是不好唱。

钱傲觉得放这个发神经的女人在家,他不太放心,索性将她带在身边。

一上午,元素就像个花瓶般被摆在董事长办公室里,看他人模狗样地办公,在秘书、助理们诧异的目光中,面无表情地坐在那里。中午,吃过简单的工作餐,她陪钱傲去了加蓝湾高尔夫俱乐部。他约了郑局长,谈老城区开发的事。

郑局长五十来岁,打扮得一丝不苟,乍一见元素,眼睛里就有细微的亮光闪现。

高尔夫是上流社会的娱乐活动,元素自然不会,钱傲去更衣,她就在外面等候,坐立不安。

阳光下,俱乐部里意大利风格的各种配套建筑看起来奢华富丽,远处高尔夫球场的草坪绿得像一块油布,可她却没有心情欣赏。

"妞,走了。"

她闻声转头,不由得一怔。

钱傲穿了一身白蓝相间的卡拉威运动服,头上戴了一顶球帽,他身材挺拔,健硕而不夸张,没想到他穿运动装也能这样精神、帅气。

"傻了?才知道老子长得帅?"钱傲的黑眸里浮起一丝笑意,他将墨镜往元素的鼻梁上一架,"太阳毒,别把眼睛晒伤了。"

元素沉默,任由他拉着她坐电瓶车去发球台。

郑局长和他的秘书小刘还有钱傲的助理已经等候在高尔夫球伞下了,男男女女好几个,元素不认识,也不想认识。

"钱董,年轻人身体怎么不利索?等你好久了。"

"还是郑局长老当益壮。"

对待郑局长,钱傲既不热络也不怠慢,他将水瓶塞给元素,戴上手套，接过球童送过来的球杆比画，动作熟练，脸上没有多余的表情。

"年轻人，咱们玩个新鲜的赌局，如何？"郑局长似笑非笑，倚老卖老。

钱傲随意一笑，优雅地做了个击球的动作："赌什么？"

郑局长瞥了一眼默然而立的元素："咱杆上见输赢，我输了的话，老城区的开发项目归你；你要是输了……"

钱傲慢慢眯起眼："我要是输了，如何？"

有戏！郑局长握着球杆的手紧了紧，觉得自己肯定被小妖精勾了魂，话说得自己都有些意外了："我想试试一杆进洞……"

"一杆进洞"本是高尔夫术语，可被他么一说，就耐人寻味了。平日里男人们开一些荤素不忌的玩笑本是家常便饭，可这么当众说出来，还是让人心惊肉跳。

看他毫不掩饰的目光时不时瞄向元素，钱傲不怒反笑："这赌注也忒小了，没劲，要玩，咱不如玩点大的？"

"哈哈，那钱董说怎么赌？"

"你年纪不小了，怎么说我也不能欺负你，这样，这局让我的女人陪你玩，不过这赌注嘛，得再加大点……"

元素一愣，转眸死死地瞪着他，心里仿佛裂开了一个巨大的空洞。这男人还真要将自己赌出去？她连球杆都没摸过，不是摆明了要输吗？

看她绷了大半天的小脸上终于有了表情，钱傲满意地眯起眼，揽住她的肩膀："不会玩没关系，我教你。"

见他志得意满，老郑觉得有点邪乎，额头不由开始冒虚汗。

钱傲漫不经心地摸着球杆，嘴角噙着笑，笑得意味深长："郑局长，玩高尔夫和做人是一样的道理，讲究的是力量与技巧，下盘要扎实，稳扎稳打才好，我看你下盘又低又松散，只怕不能流畅地推球，更控不了球。"

郑局长当然听得出钱傲含沙射影指他的仕途，可话说到了这份上，他已骑虎难下，想示弱也不允许，只能硬着头皮道："球要一杆一杆地打，分要一分一分地得,钱董是个明白人,不到最后,谁知道谁输谁赢?"

钱傲低笑一声,毫不客气地反驳道:"我喜欢痛快的,一杆定输赢。"

"赌什么?"郑局长这会儿几乎是被赶鸭子上架了。

"一杆进洞的提议好,不过得看是哪个球洞,还得看是谁的杆……"

"……"

"就怕这一局赌下来,你不仅会输,还会输得血本无归!"

郑局长的心一紧,感觉冷汗爬上了脊梁,一句话都说不出来。钱老二的背景他大概也知道一些,凭自己现在的根基,与钱老二抗衡,无异于以卵击石……小刘不是说钱老二从不在意女人的吗?差点坏事。

老郑还是拎得清的人,他惋惜地怅然一笑:"二少,郑某人多有得罪,你大人大量。这样好了,洞赛太伤身,还是比杆赛吧,谁输了,晚上请吃饭。"

钱傲勾起嘴角,放下球杆,脸上的杀气消散了不少。

他没想到这老东西这么不禁吓。

他们一直打到傍晚才收杆。最后,钱傲以38杆之数赢了郑局长。

晚饭是在俱乐部的餐厅吃的,郑局长执意要请,热情得让人受不了,简直比伺候他爹还殷勤。元素则一脸苦相,只盼着时间能过得快一点,可它依然按照自己的规律慢慢转动着。

"钱董,来,我敬你一杯。"郑局长目光复杂地扫过一直垂着头的元素,"元小姐,你也一起,就当买郑某人一个面子。"

你还有面子?元素心里不爽,没好发作,陪钱傲出来也不能扫他的兴。于是,她什么也没说,举起酒杯,面色平静地一饮而尽。

众人齐声叫好。

元素很少喝酒,一杯酒下肚,顿时面红耳赤。

郑局长见状,爽朗地大笑,满意地仰起脖子,一杯酒瞬间没了。

接下来,又轮了几圈。元素头昏眼花,借口上洗手间,逃也似的跑了。她在厕所里吐了一阵,用清水洗了把脸,跌跌撞撞地扶着墙走出来,结果被同样喝得醉醺醺的郑局长拦住,他眼里是毫不掩饰的欲望:"是你？小美人？"

郑局长觉得自己喝得有点多了，理智告诉他，不行，这是钱老二的女人。可那股燥热直往脑门上冲，他明知道要坏事，却管不住自己，一把扑过去，想要抱住眼前的女人。

"呀！走开！"元素凭着残存的理智，侧身躲开了他。

屈辱和愤怒让她的小宇宙爆发了，她反手抓过靠在墙角的长拖把，朝着郑局长劈头盖脸地砸了过去。

郑局长本来就脚步不稳，而她又是一副拼命的样子，他有点招架不住，只管用手护住头、脸。可他护头，她就打脸，他护脸，她就砸头，一边打还一边歇斯底里地怒骂，也不知道在骂谁。

"贱男人，畜生，打死你们这帮贱男人！"

"你不是有未婚妻吗？还出来勾搭什么玩意？"

"臭不要脸的东西，你昨天晚上不是跟她吃饭吗？又干什么跑回来找我睡觉？一身让人恶心的香水味，恶心！恶心！"

钱傲匆忙跑出来，看到的就是这样一个场景，她非但没有被欺负，反而还像个江湖侠女，挥舞着长拖把，将那姓郑的打得屁滚尿流。

他觉得难以置信，但是她嘴里骂的是什么乱七八糟的呀？

"钱董……这女人疯了……快，帮帮忙！"

郑局长几乎是抱头鼠窜，女人嘴里骂的他听不懂，却明白自己脸上万一挂了彩，明天的工作例会上就要丢人现眼了。

拖把又一次砸在他头上，还没等他做出反应，他就被另一股更大的力量拽住了肩膀，一个恶狠狠的拳头瞬间砸在了脸颊上。

"去你的！"钱傲一拳又一拳打在他另一边脸上，"我揍不死你个老畜生！"

"呀！钱董，不要打了……饶命……救命呀！"

钱傲抬起脚将他踢翻在地，又狠狠补了几脚，还没解气，转头却发现元素一脸不正常的潮红，已经软倒在地，眼神迷离地看着他。

一股热气瞬间从他的小腹蹿了上来，炙热难当……

他喝得并不多，可突然觉得自己也有点醉了。

这酒不对劲！他们喝了，老郑也喝了。

钱傲不再多话，将东倒西歪的元素抱在怀里走出俱乐部，闷不吭声地将她塞到后座上，自己也紧跟着坐了进去，在司机诧异的目光中恶狠狠地下命令："回似锦园！"

加蓝湾高尔夫俱乐部会所一间豪华包房内，郑局长的秘书小刘垂手而立。他的对面，坐着一个戴眼镜的年轻男人，瘦高的身形、太过白皙的肤色，使这个年轻男人看上去十分阴柔。

"郝总，我都照你的吩咐办了，那钱……"

郝靖坐在靠窗的沙发上，弹了弹烟灰，目光里一片冰寒："你急什么？等翔实公司拿到了老城区的开发项目，能少了你的好处？"

"郝总，您说话得算数呀。"

郝靖习惯性地推了推眼镜，从随身的公文包里取出一个大信封，甩在茶几上："今天的事，你做得很好，这是五万块，以后有什么情况马上来告诉我。剩下的十万，拿到项目后，我一分不少地给你。"

"明明说好一次性付清……"

"要钱就好好替我办事，不然，一拍两散，我倒无所谓，而你小子，要是让钱老二知道你在酒里下了药，挑拨他和老郑的关系……你小子这辈子就算是完了！"

小刘冷汗涔涔，垂下头，退了出去。

郝靖靠在沙发上，心里满是怨恨。想当初他被钱老二摆了一道，费了好大劲才被捞出来，还差一点连累老爸被查处。他的仕途毁了，郝家这一脉就算是完了。而钱老二做这一切，竟是为了一个女人！

好在今天总算报了一箭之仇。看那两个男人为一个女人闹掰，他心里痛快。

今后，他的翔实地产还要继续轻松地做渔翁。

似锦园。

被人下了药的两个人像任督二脉全通的武林高手,疯狂了一晚上,战火从地毯、沙发蔓延至浴室,再回到床上,两人自始至终都没有分开过,快天亮时才终于疲乏地沉沉睡去。天刚亮,俩人就被楼下传来的声音惊醒了。

"白小姐,先生还没起床,你不能上去。"兰嫂窘迫地阻止着白慕雅。昨晚楼上那颠鸾倒凤的声音没少落到她耳朵里,她怎么敢放这位大小姐上去?

"我怎么不能上去?二哥睡觉我又不是没见过,二哥……"

"白小姐……"

"你放开。二哥,我上来了呀!"

床上,两道视线骤然相撞,俩人俱是一愣。元素吓得一激灵,猛地从床上坐起,怎么会这样?昨晚的一切在她脑子里重放……然后她羞臊不堪地四处寻找,想找到一个藏身之处。结果她的脚还没沾地,就被钱傲猛地掀翻在被子上死死压住了。

"你怕个屁?看见就看见,有什么大不了?"

"不行,你起开……"

见她像只受伤的小鹿般惊慌失措,钱傲忍不住笑道:"求我呀!要不然,我就给她看现场直播。"

"你……不要脸!"元素有一秒的错愕,这个男人真敢?

不过,下一秒她就相信了,他真敢,因为他那只不安分的大手已经爬上了她的身体……元素咬紧唇一阵哆嗦,又羞又怒:"王八蛋!放手!"

楼梯间传来脚步声,兰嫂显然拦不住白慕雅。

而昨晚他们太过急切,卧室的门都没有关严,元素急得红了眼,钱傲黑着脸叹口气,不情不愿地放开她:"傻妞!"

元素忙不迭地套上睡裙,爬上卧室阳台厚厚的遮光窗帘里的狭小空间,心脏怦怦直跳。

钱傲刚套上睡裤，卧室的门就被推开了，门口站着一脸错愕的白慕雅和面红耳赤的兰嫂。

卧室里是怎样的一幅场景！

乱！整个卧室一片狼藉，稍稍有点常识的人都看得出来这里发生过什么。

白慕雅的眼睛酸胀得疼痛起来，脸色难看到了极点。他有女人，她一直知道，可她也知道他从来不把那些乱七八糟的女人带到似锦园来。

那么，这个女人是谁？

白慕雅暗暗咬了咬牙，不想表现得像个妒妇，踌躇一下就走过去，抱住了钱傲的手臂。这个动作她做起来很熟练，从小到大，她做过无数次，带着撒娇的意味，可此时此刻，她的心里却没有了以往那种满足感，心快沉到谷底了。

"我记得你从来没有睡懒觉的习惯。"

钱傲不动声色地抽回手臂，拿起上衣穿着："凡事总会有第一次……"

"二哥……"白慕雅勉强牵起一丝比哭还难看的笑容，"别这样对我，好吗？你要的东西，我也可以给你！别的女人能给你的一切，我都可以给你！"

"没事的话，你先回去，我还有事要办。"

他话里拒绝的意味太过明显，白慕雅紧紧握住拳头，细尖的指甲掐入手心，她却感觉不到疼痛。

她爱这个男人，爱得心都痛了，爱得没有自我、没有尊严。

纤细的手指颤抖着一颗一颗解开胸前的纽扣，在钱傲诧异的目光中，她突然一笑："二哥，我爱了你这么多年，我的身体一直为你完整地保留着，很干净，你要了我吧？"

如果会为女人几句话就感动，那他肯定不是钱老二。面对着白慕雅炽热的眼神，他很不幸地承认，他的心里真的没有半点波澜。甚至对于之前答应的订婚，他也开始动摇起来。原本的将就，突然觉得不能将就，但小雅毕竟是年子的妹妹，有从小在一个大院长大的情分，他不愿意伤害她，只能不痛不痒地提点几句："你看，我就是这么个人，你也不是第一天认识我，哥哥说句实在话，你完全没有必要一头栽进来。妹子，你再找个合适的男人吧，指定比跟着我幸福。"

白慕雅咬齿落泪，各种情绪涌上来，难过、落寞，甚至懊悔，如果不是她贸然闯进来，也不会逼得二哥说出这样的话。

她吸了吸鼻子，突然往窗户走了过去："二哥，你这屋里光线真暗，我帮你把窗帘拉开吧。"

钱傲拧紧眉头，不用猜也知道这丫头的鬼心思，长臂一探就把她拦腰拽了回来。

"唔，二哥，你弄疼我了！"白慕雅娇嗔一叹，顺势攀上他的脖子，整个身体依偎上去，踮起脚尖，直直吻向他……

没想到一向稳重的小丫头会做出这么孟浪的举动，钱老二也就愣了0.01秒，在她的唇还没来得及触上他时，就一把掐住了她的脖子，将她丢开："小雅，你是个好姑娘，别这么作践自己。我让司机送你回去。"

……

外面的嘈杂声终于消失了，元素慢慢从窗帘后出来，进了浴室。

她想将自己洗干净，可是这身体还洗得干净吗？她不停地洗，不停地洗，像有强迫症一样，一遍又一遍……不知道过了多久，外面传来重重的拍门声。

"元素，你再不出来，老子就撞门了。"

她扯了扯嘴角，反正门是你家的，你爱撞就撞吧。

她就像一个安装了发条的机器人，不停重复那道工序……

最后，门被野蛮人砰一声撞开了。

元素不抬头，看不见，听不见，继续重复。

钱傲站在门口，静静地注视着她不断重复的动作，锐利的视线仿佛要穿透她的身体："你发什么神经？沐浴露不花钱呀？"

"我存折里有 1800 元,全给你。"

元素的本事在于,她总能不咸不淡地说出一句话将钱老二噎得半死,他那个怒呀!

"可你都是老子的!"

他一把将她拽过来,作势要打她的屁股,可手刚贴上她滑腻的肌肤,只是蹭了一蹭,火苗就点着了,邪恶的小怪兽蠢蠢欲动,眼看就要攻城略地,就听到一声怒吼。

"滚!"元素发疯一般拿水泼他。

钱傲气得头皮发麻:"你干什么?不知好歹!别的女人求着我,我都不要!"

元素停顿了两秒,想到了单纯的白慕雅:"不要就对了,别坑害了人家。"

钱傲阴阳怪气地嗤笑道:"你这是卸磨杀驴?敢情我昨天晚上那么卖力地帮你解了药,没捞着好呀?"

元素双颊通红:"闭嘴!"

她的态度刺激到了钱老二,他伸出大手扳过她的下巴:"你敢说我昨晚没让你爽?"

元素羞愤得无以复加,一把推开他,举起淋浴喷头就冲他喷过去,他瞬间成了一只落汤鸡。

"惯的毛病!"钱傲深吸一口气,抓住她就在她屁股上使劲打了几下。

元素惊诧地轻呼一声,耻辱感瞬间涌上心头,她扑上去打他,完全是同归于尽的打法……

正在这时,楼下传来一声巨响。

"扑通!"有东西落地……

俩人匆匆下楼,只见兰嫂跌倒在厨房里,厨具散落一地,她脸色苍白、嘴唇发紫,翻着白眼,额头上全是冷汗,揪着胸口的衣服大张着嘴急促地呼吸着……

"兰嫂！"元素从来没见过这样的兰嫂，吓得声音都带着哭腔，"钱傲，快，快送她去医院！"

急救室外。

元素焦急地走来走去，其实她和兰嫂也不过见过两三次，可兰嫂人实在，将她照顾得无微不至，从不多嘴问一句让她难堪的话，是个善良的人。

看到医生出来，元素赶紧迎了上去，医生坦言："病人突发急性心肌梗塞，这种病，发病后一个小时内的抢救非常重要，幸好你们急救得当，要不然，病人很可能会猝死。"

元素错愕地听完医生的话，看了钱傲一眼："那现在情况怎么样了？"

医生看了一眼他俩别扭的样子："病人需要住院观察，你们先到收费处缴费吧。"

元素微微一怔，接过通知单。八千块？囊中羞涩的她根本拿不出钱来，只得转头看钱傲。钱傲双手插在裤兜里，眼望天花板，不为所动，像和他丝毫没有关系一般。

元素怒视着他："你是不是太过分了？"

钱傲从裤兜里掏出钱夹丢给她："你还别不信，小爷是真没钱。"

元素半信半疑地将钱包翻开，里面就一千多块钱，卡呀什么的都没有，根本就不够交住院费。她哪儿知道，像钱傲这样的人，身上怎么可能带现金？

钱傲看她发呆，适时提醒："不过你可以贿赂我，兴许我还能有办法。"

这男人还真是做生意的，从来不忘记抓住一切有利于自己的机会要挟别人，可兰嫂是他家的保姆，和她有什么关系？她很想甩手走人，可真能这么做，她就不是元素了。

"你有什么要求？别太过分就行。"

"很简单,兰嫂住院了,以后你帮我做饭。"

"……好。"

钱傲身心愉悦,一把将她搂了过来,吸了口气,真香!

元素一慌,急急地推开他,转头就看到白慕年站在一旁,嘴角噙着一抹揶揄的笑。

"钱老二,你火急火燎地叫我来,就是让我来看你发情的?"白慕年笑着调侃道。

钱傲摸了摸鼻子,看元素臊得满脸通红,不觉有些好笑:"废话少说,你快去缴费!"

白慕年笑着问道:"要做什么好吃的?也捎上我。"

"滚吧你!没你的事!"钱傲笑着一拳砸在他肩上。

白慕年深深看了元素一眼:"钱老二,你还真会卸磨杀驴。"

钱傲一愣,随即哈哈大笑:"真正会卸磨杀驴的人在这儿呢,我也是跟她学的。"

元素脊背一僵,恨得牙根痒痒,要是早知道他打了电话给白慕年,又何必把自己搭进去?

三十分钟后,钱傲跟在元素身边,两只手上都提着沉甸甸的购物袋。

"喂,女人,你够了呀,用得着买这么多菜吗?"袋子里装满了食材,害他跟着绕了一圈又一圈,可她还是意犹未尽的样子,非得到没有推车的农贸市场去买,要说不是故意整他,打死他都不信。

元素稍微放慢了脚步:"不是要贿赂你吗?菜式不丰富,怎么对得起你?"

钱傲无语望天。

"我看这些菜还不够,还得再添点。"元素面无表情地道。

钱傲差点骂娘。好不容易让这小姑奶奶折磨了个够本,终于购买完毕,他已经快累趴下了,而元素只轻飘飘地说了一句话:"你身体太差了。"

钱老二想揍人，可手又腾不出来，被气得七窍生烟："老子身体差？昨晚谁卖了一晚上苦力来着？"

满肚子委屈的他骂骂咧咧地回到似锦园，没想到还有更憋屈的事等着他——白慕年帅气地斜靠在他家门口，正低头玩着手机，见他下车，甩给他一个"吃定你了"的眼神。

"我来了！"

"年子，你发什么疯呢？"

白慕年懒得解释，直接跟着元素进了门，比进自家还要自然、随意。似锦园的里外大门采用的都是最先进的指纹锁，他心里有些吃惊，钱老二居然设置了元素的指纹钥匙。

一进屋，元素就将兰嫂用的围裙系上，将买回来的食材整理分类放进冰箱，又给白慕年倒了一杯水："白先生，请喝水。"

钱傲一把抢过水杯，皮笑肉不笑地道："别理这蹭吃蹭喝的玩意。"

白慕年也不恼，他俩打小一块长大，原本他以为钱老二只是玩玩而已，可这一次还真不是那么回事。以前钱老二怎么玩，他都无所谓，可这一次，他不得不为小雅担心起来："你玩真的？"

这一下倒把钱老二问住了。他愣了几秒，压低嗓子笑了："你说呢？"

白慕年若有所思："别误了小雅。"

钱傲拧紧眉头，刚想开口，就看到元素从厨房走了出来。他笑了一声，像没听到白慕年的话般，又开始吆五喝六起来："快着点呀，家里有客人。多做点！"

白慕年："……"

家务活是元素做惯了的。

两个男人在厨房外面有一搭没一搭地闲聊，眼神却不约而同地瞟向那个在厨房里洗菜、切菜、拿着锅铲忙忙碌碌的女人，各有所思。别说，这俩人有着一样的童年记忆，他们的母亲都是社交名媛，待在厨房的时间少之又少，而眼前的情景，就像是生命中某种缺失的遗憾，美好得让他们移不开眼。

这顿饭，钱傲吃得特别爽、特别多，就像是和谁抢食一般，风卷残云地全往肚子里倒，心情还特别好。而白慕年貌似吃得也挺开心，不过比起钱傲，动作就优雅了许多。

元素皱眉，真有这么好吃？

吃完饭，两个男人窝在沙发里，看元素打扫战场。

"年子，吃饱喝足了，该干吗干吗去！"

白慕年与他对视一眼，不以为然地笑笑："小气！"

"年子，"钱傲突然侧过头来，望着他的眼睛，"咱哥俩一块长大，情分没得说，大家都是男人，你懂我的意思，别搞得兄弟生分了。"

男人永远最懂男人，钱老二也不是傻子，年子的眼睛落在他女人身上的时间太长了，长得让他心慌。白慕年揉了揉眉心，一脸平静地说道："你想多了，我只是想到了我妹妹。"

钱傲飞快地瞥了他一眼，心里突然有点堵。

送走了白慕年，钱傲没来由地轻松了许多，可找事的又来了。

"钱傲，我不想住在这儿。"沉默的元素突然开口。

钱傲冷笑着瞪她一眼："你不住这儿，想住哪儿？"

"哪儿都成。这儿是你家，我上学、上班什么的都不方便。"

钱傲眉头一蹙，端起茶抿了一口，笑容灿烂起来："行，那这么着吧，我在市区有好几套房子，明天你去挑一套，我让人过户到你名下，那就不是我的房子了。然后，咱们就搬过去住。"

"咱们？"元素的心不断往下沉，"房子我不要，我想自己找地方住。"

钱傲握着茶盏的手紧了又紧，知道她想摆脱他，又是一声冷笑："今天我就把话撂在这儿，没门。"

元素咬着唇，默默地将桌子收拾干净，又把地拖了一遍，然后洗手、转身，一言不发地往外走。不答应，那就死磕到底好了！

结果，她还没走出三步，就被钱傲抓住手腕带了回来。

"元素，你最好安分点，别整天……"话没说完，他突然缩了缩手，眉头皱了起来。

胃里翻江倒海，痛得他不得不松开她，额头冷汗直冒，冲进卫生间就开始呕吐。

这下倒是把元素吓住了。

她虽不待见这个男人，可顿了几秒还是走进卫生间，皱着眉头轻拍他的后背，等他吐完，将他扶起，弄来温水给他漱口。

"怎么了？"

"胃……疼……"

他吃了那么多，胃能不疼吗？

元素将他扶到沙发上躺好，又返回卫生间拿来湿毛巾给他擦脸。钱傲胃里痉挛，抽疼得要命，只觉身上发软，浑身的戾气倒消散了不少。

元素暗叹一口气，进厨房取了一些葱白和葱的须根，又弄了点生姜，一起捣碎，把中午吃剩的米饭取了些来，放到炒锅里炒得滚烫，淋上酒，用一块棉布包成团，敷在他胃部，来回滚动着慢慢揉搓。

别说这土方还挺有效，不一会儿，钱傲胃部的不适感就减轻了不少。

"妞，这是啥玩意？"

元素不说话，也不抬眼看他。等布包冷却，她重新翻炒，又给他敷了一次才停下。如此下来，钱傲的额角都渗出了一层密密麻麻的汗珠。元素犹豫了好几秒，还是拿了毛巾给他擦拭。

然而，拂开他额头短发的一瞬间，她却停住了手。

在他额际有一条长一厘米左右的疤痕，很明显……

四目相对。

记忆如潮水般涌上她的心头……

一年零两个月，说长不长，说短也不短，那个被郝佳易绑架的时刻，那些痛彻心扉的难堪往事，那个刮风下雨的夜晚，那张病床，那个拿着花瓶砸人撒泼怒吼的女人，那个霸道得让人恶心却又屡次救她的男人……

一幕一幕，从她脑海里掠过。

"这是哪个没良心的砸的？"见她愣住，钱傲有气无力地肯定了她的恶劣行为，"好好的一个帅小伙，就这么破了相。"

"……"元素默然。

"妞，你说毁容是多大的事呀，你是不是得补偿我？"

元素撇了撇嘴，不置可否，但这回却没有再翻炒冷却的葱姜布包，而是用手从他的膝盖位置开始往大腿按压。小时候，灵儿经常嘴馋吃撑了，对街老中医教了元素这个方法，以指压梁丘穴，再朝大腿加压，能缓解胃部疼痛。

可是，才按压了几下，钱傲却突然拳起腿来，不让她动他了。她微感诧异，但什么也没问，面无表情地站起身，转身收拾厨房去了。

见她走开，钱老二才长舒了一口气，伸展开了腿，暗骂自己咋就这么不争气呢，人家就给你随便按按你也能起来，真丢人。

等元素再次出现时，他清了清嗓子，心虚地开口："妞，扶我回房间。"

元素淡淡地看了他一眼，没有反对。

好不容易将人高马大的家伙扶到楼上，元素差一点累得虚脱。一到床边，明明刚才还需要依靠她的力量才能行走的男人，却有力气把她一把拉倒在床上。她用力推他，可他身子一歪，手臂直接横在她身上，闭上眼，睡了过去。

元素扑腾了几下，也没有挣扎起来，终是累得闭上了眼。

一晚上没睡，又折腾了大半天，她其实也困得不行了。

这一觉元素睡得很沉，她太疲倦了。钱傲是被她手机的短信声惊醒的。他迷迷糊糊地伸手拿过来，一看，是仲尧发来的短信。

鬼使神差般，他打开了短信。

内容很简单，却让他异常烦躁。

"素素，我执行紧急任务，来不及和你道别，我想你，你想我吗？"

钱傲偏过头去，瞥一眼睡在他身边的小女人，见她细白的小脸上眉头蹙得紧紧的……他点了一根烟，长腿交叠着靠在床头，心里特别堵。

闹心！他觉得她的第一次是给了他，如果他不是被"发配"到了美国，能有仲尧什么事？一想到这儿，他狠狠握了下拳头，拿起手机就编辑了"不想"两个字，然后手一抖，发了出去。

看到屏幕上的"已发送"，钱傲有些蒙，他觉得自己的某条神经被某种无名怒火弄糊涂了。

如此反复，烦闷、焦躁……他干脆气息不稳地跳下床，快速地冲了个澡。他回到卧室，一看时间，已经是第二天上午了，这一觉睡得真久！见元素还没醒，他又拿过手机看了看，最终还是把她叫醒，锁紧眉头，将手机递给她："我替你回了。"

元素疑惑地接过手机，翻看了一下，气得直发抖，想也没想抬手就是一耳光，结结实实地打在了钱老二的脸上。

"你凭什么？"元素怒吼。

他霸道、强势，可他凭什么偷看她的隐私，践踏她的尊严？她不在乎他和仲尧说了什么，她在乎的是自己的尊严又一次被这个男人恶狠狠地踩在脚下，她是人，又不是他钱二爷的专用奴隶。

"姓钱的，你太无耻了，你欺人太甚！"

无耻？让她打了一巴掌，他还无耻了？

他钱老二是谁？谁敢动他一根手指头？可现在，他在她面前一天到晚跟孙子似的。他哄着她，惯着她，但为了一条短信，她就动手扇他耳光，在她心里，他连仲尧的一条短信都不如。钱傲脾气上来了，毫不留情地回了一个巴掌。

"啪！"清脆的声音响起。

元素捂着脸，眼泪夺眶而出，一转身就往外冲，可没走两步，就被疾步上来的男人狠狠抓住了。

钱老二活了这么多年，从来没有像今天这样沮丧过，平生第一次感觉自己被人看不上，怒火烧得他心里一阵阵发急："你给我站住！"

元素挺起胸膛，望着他："你还想打我吗？"

钱傲的唇角抿成一条线，冷硬的脸庞紧绷着，打量着她，沉默不语。

长得高大的人，最容易给人无形的压迫感，钱傲亦然。元素不敢与他对视，她心里比谁都清楚，其实她是怕这个男人的。

"我刚才太冲动了。"莫名其妙地丢下一句话，钱傲快速抽手，转身走了。

这算什么？道歉？元素不再犹豫，飞快地跑下楼，跑出了似锦园。

门口，钱傲的司机等在那里："元小姐，董事长吩咐，让我送你。"

元素走后，钱傲冷着脸去了公司，吓得整个董事长办公室的人大热天直冒冷汗，小尾巴夹得死紧，生怕触了老板的逆鳞。

没过多久，钱傲就接到了施羽的电话。

当初是他让施羽调查元素的，可现在他突然觉得没劲了，她是什么样的人，对他来说，重要吗？钱傲淡笑着让施羽帮忙调查加蓝湾的事和翔实公司的背景，至于元素的资料，他想了想，只说让施羽有空再送过来，就没了下文。

这时，王助理进来，给了他一个档案袋："董事长，你看这……"

钱傲随手翻开。果然不出他所料，姓郑的与翔实勾搭上了，那傻子估计现在都不知道被人家耍了。不过钱老二不急，让他们先乐和乐和也好。对他来说，越有挑战性，才越有意思。

这一次，他要做黄雀，看那两只螳螂可劲扑腾。

一整天都在公司忙碌，钱傲无暇他想。

临下班时，施羽过来了，他笑看着钱傲，自顾自地拉开他对面的椅子坐了下来："给你送那姑娘的资料来了。"

钱傲眯起眼睛："不急……"

"钱哥吩咐的事，兄弟哪儿敢怠慢？"

钱傲靠在老板椅上，笔在指尖来回颠圈，原本忙于工作没来得及上心的事又涌了上来。迟疑几秒，他才打开施羽给的资料。

一张照片掉了出来，他刚要去捡，手就僵在了半空中。

那是一张元素和钱仲尧的合照。钱仲尧高大帅气，笑得开怀，而元素像只小鸟一样依偎在他怀里，更是笑得合不拢嘴。照片上的她比现在青涩，像一个含苞欲放的花骨朵，纯洁得没有一丝俗气。

原来，他们在一起的时候，她可以笑得这么开心，难道这就是她说的爱？

施羽弯下腰，替他捡了起来。钱傲又拿到手里细细地瞅——元素那眉开眼笑的模样，是他从来没有见过的，那种无能为力的感觉让他有点沮丧。

"他们是怎么在一起的？"

"戏剧学院组织过一次慰问演出，仲少对她一见钟情，追了小半年吧，也没追到手……"说到这儿，施羽停住，视线掠过钱傲那张寒气森森的脸，"钱哥，你还是自己看吧，这里面有详细资料。这姑娘老不容易了，私生活也干净，和仲少恋爱差不多三个月，就和钱哥你……"

钱傲一脸不悦："既然和仲尧在一起，还会缺钱到出来卖？"

他一直以为自己是在仲尧之前认识她的，所以理直气壮地认为，她本来就是属于他的，万万没想到在认识他之前,她就和仲尧在一起了。

他闷闷地抽出档案袋里的东西，发现里面居然有一张小妞上幼儿园时扎着羊角辫、戴着小红花的照片。接着看下去，他的脸色越来越难看。

——元素性格的坚韧，生活的不易，为了报恩甘愿出卖自己……她从小挨打，她六岁会帮妈妈做饭，她一天打三份工，她总是遭男人骚扰却洁身自好……

这些，和他想的完全不一样。

放下档案袋，他的眼睛有些涩，半响才抬起头来，脸上恢复了平静："施子，辛苦了，这事……要保密。"

施羽扒拉扒拉头发，呵呵一笑："钱哥，你放心，兄弟我绝不多半句嘴。没有你钱哥，就没有我施羽的今天，有啥事你尽管吩咐，头别裤腰带上，兄弟都得在前面顶着。"

钱傲觉得脑子有些发晕，一出公司，就回了钱家大院。

结果，他一回家就被老爹好一顿数落，说他有家不回，一个人在外面住，尽知道瞎折腾，完了又被老妈唠叨个没完，无外乎是多陪陪小雅，别和不三不四的女人鬼混……

晚饭吃得不是滋味，数着米吃完，他借口有应酬，逃也似的溜了出来，在街上晃荡了很久，心里总是没着没落的，最后又鬼使神差地拨了元素的电话。

"妞，哪儿呢？"

"学校。"

"我去接你。"

"不用，我今天有事，不过去了。"

她的话像一块冰，幸好还给他留了面子，没破口大骂。钱傲叹口气，刚想再开口，手机里却传来了讨厌的嘟嘟声，元素直接挂断了。

他一拳砸在方向盘上，闹心死了！他一踩油门，布加迪威航就跟疯了一样，径直往戏剧学院而去。

不到半个小时，布加迪威航就停在了戏剧学院女生公寓楼下。一时间，整幢楼都沸腾了。暂且不说布加迪威航有多拉风，就凭这么晚了，这车还敢直接开到女生公寓楼下就很稀奇了。

因为，这里禁止车辆进入。

过往的女生们偷偷打量，这种高富帅实在太少，她们纷纷议论着这帅哥究竟是来找谁的。

元素接到电话，惊得差点跳起来："你……回去吧，我今天……真有事。"

无功而返，完全不是钱老二的个性。他玩味地笑道："五分钟后你没下来，我立马就上去，你还别不信。"

"你别太过分，这里是学校！"元素抱着最后一丝希望，吓唬他，虽然明知道这是徒劳,这男人什么时候在意过场合?

"知道是学校,就赶紧的。"

元素气得咬牙切齿。最后,她还是在五分钟内下了楼,死死瞪着斜靠在布加迪威航车身上摆酷的男人。

"哇,好帅!"

"原来是找咱们校花的,怪不得!"

"唉,没戏了!"

听到别人低声的议论,元素恨不得找个地缝钻进去,为免继续丢人现眼,她心烦意乱地拉开车门上了车。

"我还以为你喜欢被围观呢。"男人不疾不徐地道,听不出情绪。

女生公寓楼的窗口挤满了脑袋,直到车开出学校老远,元素还觉得脸在发烧,她的名声都快被这男人毁了,别人指不定会怎么议论她傍大款呢。

"还在生气?"钱傲主动开口,却没得到回应,吱的一声,他将车停在路边,扭过头来望着她,"元素,别轴了,顺着我不行?"

他伸手将她的小腰搂住,往自己这边带了带,通过车窗外的微光,看着她脸上微微的红肿,有点别扭。按说他也挨了她一下,可他皮糙肉厚,一点感觉都没有。一想到这个,他语气里就含了他自己都没察觉的疼惜:"痛吗?"

"你吃错药了?"感受到他的抚触,元素条件反射般双手抱胸,警觉地瞪着他,与他隔开距离。

"你非得这么说话?"

"人格分裂?!"元素毫不客气地回敬他。

钱老二咬了咬牙,最终没发火,抓过她的手放到唇边轻咬了一口,消了气:"算了,我不跟你计较!"

元素的喉咙有些发紧,抿着嘴看了他一眼:"请你以后,不要到学校来找我。"

"为什么?"

"我不想让别人认为我被包养了。"说完,她顿了顿,又自嘲道,"虽然事实也差不多,但能不能给我留点尊严?"

过了好一会儿,钱傲才问她:"做我的女人很丢脸吗?老子要是在你们宿舍门口吆喝一嗓子,保管一分钟跑下来百儿八十个女人,你信不信?你还嫌老子给你丢人?"

元素默然,不答。

钱傲带着浓浓的怒气,重新发动车子。他感觉自己再一次被人嫌弃了。

俩人一路无话。

到了似锦园,她喂大象、收拾屋子、洗澡、上床,倒也没整出什么幺蛾子,除了不吭声,一切她都非常配合。

可一到床上,钱老二就受不了了。元素睡觉总喜欢搂个枕头,可他偏偏喜欢抱着她,还是那种完全占有似的熊抱。从一年多前 H 市那张病床开始,俩人就为了睡觉怎么睡这档子事闹别扭,每次都是元素落下风,最招她痛恨的是,他总喜欢把她的两条腿夹在他的腿中间。

这晚又是如此,几番拉锯之后,钱傲恼怒地扳过她的身子:"再拧,老子马上就办了你。"

就算性子再轴,她毕竟只是一个那方面经历很少的女生,心里也有些恐惧。闻言,她一动也不敢再动了。钱傲闷闷地低笑,终于满意了,一天的阴郁都散去了,可那只手却没有变老实,从她的睡衣下摆摸进去,搂住她柔腻的小腰,叹了一口气。

"放心,我不做什么……我不会强迫你了。"

清早,钱傲醒来,发现臂弯里的女人不见了。

片刻的愣怔后,他空落落的心就被一阵食物的香气填满。室内窗明几净,连空气都格外清新,他突然觉得,这似锦园有哪里变得不一样了。在这之前,这里不过是他为了逃避老爹老妈疲劳轰炸的临时避难所,现在却多了人间烟火气。

餐桌上已摆好了早餐——几片吐司煎鸡蛋、两杯牛奶、两个煮鸡蛋、一盘洗净的水果。

他一下楼,就见元素从厨房出来,她刚洗过手,正忙着解开腰间系着的围裙。钱傲就这么打量着她,心里被一种莫名的美好感觉填得满满的。

元素淡淡地望了他一眼,平静地为他拉开餐椅,态度端正得让他心里有些发虚。

不对劲!这女人哪根筋又抽了?她昨天面对他还是一副深仇死敌的样子,怎么一觉醒来就变成了小白兔?

"我有事想和你说。"元素突然开口。

钱傲心里一抽,早餐什么的果然是糖衣炮弹。

他挑了挑眉,示意她说下去。

"今天同学过生日,我晚上就不过来了。"元素期待地看着他,眼睛晶亮。

"不行。"他一口拒绝。

"……"

见她垂下眸子一脸失望,他的心又软了,轻轻拍了拍她的手,放柔声音道:"这样,我也不是不通情理的人,你随便玩,不过晚上必须回来,不能超过十二点,我让司机去接你。"

"……"元素很无语,这男人比她妈管得还宽,还限时。看来这一早上,她全白忙活了,算了,就当喂了猪。

今天是颜色的生日,而且去国外近一年的好友程菲儿也回来了,一大早她就接到了颜色的电话,说三大美女碰头,必须好好聚一聚。

可现在……

吃完早饭,钱傲让司机送她去了学校,他心情愉悦地给老爹老妈打了一通电话。钱老爷子仍然对他进行了一顿政治教育,沈女士仍旧一通唠叨,可钱老二却破天荒地没打岔,也没挂电话,还笑眯眯地听完了。

他的心情太好了。

他洗漱穿戴一番后去了公司,从秘书到助理都被他脸上的笑容吓到了。王助理端咖啡给他时,他居然说了一句"谢谢",吓得王助理以为他中了邪。

最后,董事长办公室的人一致研究认为,老板谈恋爱了!

夜幕下的J市,流光溢彩。

兰桂坊酒吧门口,颜色刚载着元素赶到,穿着一身火红迷你连衣裙的程菲儿就直接扑了过来。她们仨人一时就住在一个宿舍,算是死党。大二时,程菲儿莫名其妙出了国,算起来元素和颜色有两年时间没见她了。三人一见面,又笑又闹,抱成一团。

颜色长相清纯,性子却狂野、急躁,程菲儿长得丰腴,也算是别有风情的美女,但她俩都对自己的长相略有遗憾。按她俩的说法,只有元素是最完美的绝世大美女。

三个女人坐下来,颜色就开始质问程菲儿:"先说说,这么久都没个信,为什么?"

程菲儿不太自然地笑了笑,眼神掠过元素:"这不是回来了吗?"

酒吧里音乐声大,光线却不太好,彼此都看不清对方脸上的表情。颜色嘟着嘴巴,说话都是用吼的:"好,那就原谅你,今天晚上,咱们三大美女喝个痛快!"

开阔的舞池,扭动着的身体,震撼的音乐,嘈杂的声音。

男男女女们摇呀摇,妖娆奔放……

元素突然扯过颜色摇摆着的手,颜色顺着她的目光看过去。

舞池里那个不是颜色的男朋友范长水吗?他怀里搂着的刚好是和颜色有过节儿的同班同学苏美,完了,事大了!

颜色咬牙:"走,跟着姐教训陈世美去!"

她的双颊都是不正常的酡红,眼瞪得老大,怒气冲冲地跳下凳子,一手一个，抓住元素和程菲儿就冲了过去。

"好你个劈腿人渣，老娘过生日你不来，倒是搂着这个小贱人风流快活来了？范长水，你对得起我吗？"

"哟哟，这话怎么说的？"苏美娇滴滴地勾住范长水的脖子，在他尴尬的脸上吧唧一口，毫不客气地讽刺道，"颜色，知道长水怎么说你吗？听清楚了，飞、机、场，还是跑国际航班的！"

说完，她捂着嘴笑得直不起腰来，那讽刺劲，踩到颜色的痛脚了。颜色怒火攻心，抄起一旁的酒瓶就要砸她，却被范长水一把抓住了："颜色，我们分手吧，我爱上美美了。咱们好聚好散，你别闹了，行吗？"

"范长水，臭不要脸的劈腿男，你不知道苏美是什么货色？她睡过的男人，她自己数得清吗？就你还拿她当宝。这种贱货你也要？"情绪失控的颜色大吼着泄愤，也不管说的话有多难听，惹来一群好事者起哄。

范长水脸上红一阵白一阵，一个巴掌就甩到了颜色脸上："你是不是女人？"

"你敢打我？"颜色愣了愣，泪水不争气地涌了出来。

元素咬牙、捏拳。从认识到现在，她没见颜色哭过，向来欢蹦乱跳的颜色居然哭了。没有人知道颜色对她的意义，颜色是她生命中最重要的朋友，欺负她可以，谁要是欺负颜色，那她必须跟人拼命。念及此，她抄起桌上的一杯酒，泼到了范长水脸上："不要脸也该有个限度！"

苏美叫了一声，看见是元素，立马阴阳怪气地讽刺起来："我当是谁呢，原来是元大校花呀，够拽，有脾气！好好劝劝你朋友吧，长成这副德行，凭什么和我抢男人？"

"嗤！"元素不怒反笑，半眯着眼，上下打量了苏美好几遍，才点了点头，"你长的这副德行倒还成，演部三流偶像剧也不算辱没你，不过，得演里面茅坑里的那块石头。"说完，不等苏美开口，她反手搂了搂颜色，"明骚易躲，暗贱难防，小颜子，人家要做傻子，咱也拉不住不是？乖，别哭了！不错过这种歪瓜裂枣，你哪儿能知道什么才是好货？"

苏美被元素气得双颊通红，本就喝多了酒，一下变成了大舌头："你、你们……你们给我等着。"

她腾出手就掏手机打电话。没过几分钟，外面就闯进来几个痞里痞气的男人，一进来就把元素她们三个围在中间，二话不说就揍人，然后逼她们跪下来端酒道歉。

也不知是醉的、怒的，还是被打的，颜色直接晕了过去。

这一幕，正好被二楼卡座里的徐丰看见，处在风暴中心的元素他认得，看情形不妙，他立马打电话。仲子的电话关机了，他又拨了钱傲的电话。

"疯子，啥事？"

徐丰直接说重点："我在兰桂坊呢，仲子他媳妇出事了，好像惹到了什么人，挨打了！"

电话里的声音一片嘈杂，钱傲皱眉听着，直到徐丰又说了一遍，他才反应过来："疯子，你别愣着，把人给老子看好了，我马上过去，少一根头发，就别再叫我'哥'。"

"人家几个大男人，我过去还不是输？"

"你赶紧的。"

钱傲怒吼着挂了电话。

妈呀，这火咋这么大？徐丰心里那个憋屈，他好不容易钓到一个小妞，要脸蛋有脸蛋，要身段有身段，心里正美呢，这哥哥一句话，得，煮熟的鸭子飞了。

哥哥下了死命令，他硬着头皮也得上呀。他撸了撸袖子，噔噔噔就冲下楼，把挨了揍的仨女人挡在后面。他咽了咽口水，最终也没敢动手，但范儿拿得稳："在J市，谁敢在老子面前耍横？经理呢？保安呢？出事了不管，还要不要做生意了？"

看他气势汹汹，穿得又人模狗样的，那几个痞里痞气的人面面相觑，不敢再贸然动手。

"你谁呀你？少管闲事！"其中一人问道。

不等徐丰回答，颜色就醒了。她挨了打的脸红得能滴出血来，像一只被打蒙了的兔子般，分不清是敌是友，爬起来一头顶在徐丰的下腹，破口大骂："王八蛋，喷再多香水，老娘也一鼻子就闻到了你的人渣味。"

"呀！"徐丰发出一声惨叫，捂住裆直跳脚。

元素望天，幸好反应还算快，扶住颜色，赶紧给徐丰道歉："对不起，她喝多了。"

徐丰恨恨地咬牙，也不好计较。

这时，动静大了，音乐声停了，酒吧的经理、保安也赶了过来，人群乱成了一锅粥。酒吧经理冷汗涔涔地劝解着两边，徐大少爷他得罪不起，可这几个是在道上混的，是这一带的地头蛇，他也不敢惹呀。

"怎么回事，谁在闹事呢？"施羽一进门就厉声问道，他一接到钱傲的电话，就开着警车一路过来了。

一看厅内的情形，他就暗道不好，隔着老远就喊："把这几个人，都带回去。"

施羽努了努嘴，后面几个警察指了指苏美和那几个拽得二五八万的痞子就要抓人。

"慢着！"

随着一声暴喝，人群自动让出一条道来。钱老二长得人高马大，样貌又英俊，在人群里特显眼，酒吧里女人们的醉眼都快要冒星星了，要不是他气势骇人，估计马上就会有人冲过去将他扑倒。

钱傲走近，像护犊子的野狼一般，扯过元素看了看她脸上清晰的指印，冷笑着解开领口，又挽起袖口，咬牙切齿地道："指给老子看，谁打你的，今天别想竖着出这门！"

这人的大爷脾气元素很清楚，可她不想把事闹大，若传到学校，她和颜色都不好做人，交给警察处理多好。打定主意，她直接摇头。

见她这副讨打样，钱老二心里的火一下就蹿了上来："你傻了？

谁打的你都不知道,灌了多少猫尿,姓什么知不知道?"

苏美那几个人一看这阵势,都怕了,谁都不是傻子,吃亏的事谁都不乐意干,互相望了一眼,撒丫子就想跑。

钱老二什么人?他们还敢跑!

他伸手拎过来一个,照着鼻子就是一拳,掐着脖子连踢带打,那杀气腾腾的架势,骇得人肝胆颤。

发起狠来的钱傲真不像个集团董事长,完完全全就是一头从原始森林里走出来的野兽,表情阴恻恻的。元素低着头,大气也不敢出,相处了这些日子,她也算摸到了些路数,这男人不能和他横,偶尔服个软,会事半功倍。

钱老二打完一个又一个,直到打爽了,也不管那几个人鬼哭狼嚎地在地上翻滚,拿纸巾擦擦手,对施羽说:"剩下的,交给你了。"

在旁边看热闹的徐丰一直处于错愕状态,这不是仲子他媳妇吗,把这哥哥急得:"钱老二,这……"

钱傲气也消了,这地他一秒也不想待,拉过元素就走,只甩给徐丰一句话:"疯子,那俩姑娘交给你了,你负责把人送回去。"

徐丰一听,急得直跳脚:"哎哟,我的哥哥,你饶了我吧,这醒着的还好说,这睡着的也太横了,差点没把我后半生的性福给断送掉,我哪儿敢送她?"

"没出息!"钱傲瞪他一眼,无视他的抗议,阴沉着脸揽着元素就往外走。

钱傲一出门,直接将元素塞到副驾上,上车,狠踩一脚油门,布加迪威航瞬间开出去老远。

车速太快了,喝了点酒的元素被颠得差点吐出来。突然,车子刹住,元素没有思想准备,脑袋重重地撞到了车上。

"不是说同学过生日吗?那是啥地方,是你能去的?"

"呃,是呀,生日,生日!"识时务者为俊杰,元素努力挤出笑容。

看她态度不错,钱傲冷哼一声,转眸,再次发动引擎,把她带回了似锦园。

翌日清晨,看着躺在身边的男人,元素感觉自己像做了一场梦。

这感觉,异常荒诞,两人成日里针锋相对,却日日相拥而眠。熟睡着的钱傲,看起来像一个无害的四好青年,说出去,都没人会信他那么恶劣,保不准都会认为是她非得爬他的床。

元素苦笑,刚想抽身离开,一条长腿就横了过来,将她夹住,不安分地顶来顶去。

"妞,我想要。"男人半眯着眼,嗓子微哑。

元素脸颊滚烫,伸手就去推他的肩膀。

钱傲一把抓住她的小手,滑腻腻的肌肤带着诱人的轻软,他喉头一紧,翻过身将她压在身下就是一顿狼吻。

"起开,你干吗?"

某狼低笑一声,凑到她耳边低语:"你。"

元素的小脸瞬间红透,知道他狗嘴里吐不出象牙,却又无处可逃,只能含嗔带怒地骂他,然而,在钱老二看来,这样的她风情万种,只会让他心神荡漾,又在她的小嘴上一啄,打趣道:"声音很娇,再骂一个给爷听听。"

"你脑残?"元素嗔骂。

"来,再骂一次。"他拉下脸来哄她。

"你傻了?"

"唉!"他乐了,抓过她水葱似的白嫩小手,放到自个儿脸上摩挲。

"你脑袋被驴踢过?"

钱老二这会儿心情美得跟什么似的,咬了一口她的指尖,嗤笑:"小妞这么娇,我就算被驴踢也乐意!"

"变态!"

这时,元素的手机响了。

对钱傲来说,这铃声要人命;可对元素来说,这铃声简直就是观世音菩萨显灵。她推了推死压在自己身上的男人,闷闷地坐起来,拿过电话,脸色倏地一变。

是仲尧。

她迟疑了一下,才接起来。

那头沉默半响,才传来钱仲尧轻柔的低语:"素素,我回来了。"

仲尧的声音温暖得如三月的春风,可她却像是被针扎过一般,拿着手机的手止不住地哆嗦,一句话都说不出来。

"喂!喂!素素,你在听吗?"

"在,我在。"她猛地回过神来。

"我去接你?"

"不用了,我自己打车。"

她刚挂掉电话,就被身后的男人一把禁锢在怀中,钱傲把她勒得紧紧的,他呼吸粗重,眼神里隐隐含着怒气:"不许去!"

他凭什么?凭什么?

元素羞愤难堪,狠狠地怒视着他:"滚开!"

滚开?钱傲将她掉在床上的手机捡起来,塞到她手里:"告诉他,你去不了,马上!"

元素的脑子里一团乱麻,原本做的那些心理建议,在听到钱仲尧声音的那一刻,全线崩塌。她以为她做得到,可以忘记仲尧;她以为她妥协,她不再拧着钱傲,就会让他失去征服欲,他就会放她离开。可如今,这些她都做不到,做不到!

"钱傲……你放过我吧!"她带着哭腔,像游魂一般气若游丝。

钱傲听了,却异常恼怒:"元素,你别不知好歹!"

元素与他对视,过去种种,羞辱、恼怒、痛苦、悲哀……各种情绪一股脑涌上来,汇成憎恨的巨浪,击得她痛彻心扉。她心中那些她之前逃避着不想去梳理的情绪,都渐渐清晰了起来。

这样的禁锢,到底算什么?

她赤着脚下床,换衣服、洗漱,不再吭声,仔仔细细地洗,可怎么也无法洗干净。她，脏了！真的脏了。

钱傲见她这副要死不活的样子就来气，冷着脸反手将她拉扯到怀里，笑得冷气森森："甩脸给谁看呢？嗯？"

"滚开！"元素张嘴对着他的肩膀就是一口。

"别给脸不要脸！"钱傲一把甩开她，表情变了又变，心里堵得厉害，最后坐在床沿上，掏出烟来，点着火，深吸一口，"什么都依你，想走，没门。"

冷血、恶魔、败类！元素的心突突地跳着，耐性终于被磨光，被泪水洗过的大眼睛直勾勾地盯着茶几上的一把水果刀。它狰狞的刀尖上，带着嗜血的冷酷，带着随时能结束一切的光芒。

结束！结束一切！元素脑子一热，倏地冲了过去，攥住水果刀，架在自己的脖子上，声嘶力竭地怒吼："畜生，你到底放不放我走？"

"你疯了？快放下！"钱傲眼里盛满了怒火。

爱？有多爱呀？这傻娘儿们什么都不知道，在这儿装坚贞给谁看呢？

元素盯紧他："今天我也给你两个选择：要么让我走，要么留下我的尸体。"

钱傲气得肝颤，怒火迅速掠过胸口，拳头捏紧又松开，再捏紧，终是吼道："滚！"

开门、关门，元素脚步踉跄地奔下楼，没有去看他是什么表情，只听得身后一声巨响，是某种物体被大力砸在墙上所发出的声音。

但她没有回头。

三十分钟后，元素来到和仲尧第一次约会的公园门口。

"素素！"

钱仲尧柔和的语调划过耳际，元素的心仿佛提到了嗓子眼，好像有一个世纪没见他似的，她用贪婪的目光看着他噙着笑站在阳光里，一如既往地温润如水。

"仲尧！"

她急切地想要去抓住他，去肯定他的存在，她希望那个男人带给她的只是一场梦。可迈出的脚步又迟疑了，眼前的仲尧那么美好，元素，你在想什么！你，怎么配？

"小傻瓜，想我没？"钱仲尧疾步上前狠狠将她搂进怀里，圈在她腰间的手紧了又紧，力道大得仿佛要与她融为一体。他的心怦怦地跳动着，她永远也不会知道，不在这个城市的这些日子，他是怎么熬过来的，是怎样发疯般想着她的。

"想。"元素埋在他怀里，不敢抬头看他的眼睛，心里的苦涩却开始蔓延。她这样算什么？不久前，她还是他叔叔豢养的女人，现在，她怎么能这么流畅地说出"想"字来？

"没有好好吃饭吗？怎么瘦了？"钱仲尧眼里满是心疼。

元素摇了摇头，勉强挤出一抹笑："你回来了就好！"

"素素，"钱仲尧捧起她的脸，摩挲着她光洁的面颊，看到她红红的眼圈，有些手足无措，便在她额角上亲了一口，"闭上眼睛。"

元素心乱如麻，愣愣地看了他半晌，依言闭了眼，感觉仲尧牵起她的手，然后一个冰冷的物体套在了她的无名指上。

她一惊，倏地睁眼，就见一枚在阳光下泛着光亮的钻戒戴在手上，她惊愕得说不出话来。

钱仲尧捏了捏她的鼻尖，将她揽进怀里，俯身吻上她几乎毫无血色的唇，低低浅笑："素素，我们结婚吧！"

元素呆立当场。

面对心爱之人的求婚，按说应该欣喜若狂才对，可元素心里却堵得慌。

她以前认为，自己这辈子都是要和仲尧在一起的。

可如今……就算她脸皮再厚，也没有资格去参与仲尧的一辈子了。

"仲尧，我不能。"她的声音很小。

"素素。"读出了她眼中的犹豫，钱仲尧顿了一下，又认真地望向她的眼。

不知过了多久,他再度搂紧她,眼中掠过一道黯然的光芒,轻叹:"傻瓜,别烦恼,你考虑考虑,戒指你保管着吧,反正你不要,它也永远不会属于任何人。"

一句话,堵住了她所有的犹豫。

从公园出来,天就变了脸,像是要配合她的心境似的飘起了细雨。钱仲尧牵着她,上了那辆迷彩绿的悍马。

元素没有问他去哪儿,这样的相守也不知道还能持续多久。其实,她多么希望他能把她带到一个没有人烟的荒岛,就他和她,没有任何世事的纷扰,平静地生活。莫名湖、塔子山……两个人整整逛了一上午,中午时又去了两人以前常去的星苑路吃花溪牛肉粉,时光在不知不觉中过得很快。元素什么都没去想,也没有想到,钱仲尧会突然把她带回钱家大宅。

天知道,她有多不想进入那个与她的世界格格不入的大宅子,可在他高涨的情绪的感染下,她还是忍住了心里那点纠结。

她这次不好意思再空着手去,便买了个精装水果篮提着。一想到那一大家子人,尤其是那个男人,她的头皮就开始发麻。

钱家。客厅里一屋子的人,严阵以待。

不仅钱傲在,白慕雅在,连钱仲尧刚读大三的妹妹钱思禾也在,这是元素第一次见到她,听仲尧讲过,她和自己同岁,但她看上去却稚气很多。

元素尴尬地打着招呼,恨不得挖个地洞逃走。

有人冷淡,有人沉默,有人戴着面具在笑,只有老爷子笑眯眯地让陈管家接过她手里的东西,热情地让人看座:"都是一家人,客气啥呀?下次不许带东西了,浪费!"

钱仲尧怕她拘束,始终不离左右地照顾着她,端茶递水,弄得元素大窘,很不自在。不过,钱家老爷子是家长,他的态度决定大家的态度,看他对元素客气,沈佩思的脸色也好看了不少,偏过头笑着嗔怪自己的儿子:"你看看仲小子,多会心疼自个儿媳妇,就你,只会委屈我们小雅。"

钱傲不以为意地点了根烟,眼皮都没抬一下。

白慕雅瞅他一眼,脸上红霞乱飞,一副小女儿的娇羞情态:"佩姨,二哥对我可好了。"

"你就护着他吧,将来有你罪受的。"

一屋子人哄堂大笑。白慕雅性格开朗,是钱家人的开心果,最能调节气氛,这一笑,气氛都轻松了不少。

说说笑笑了好一会儿,沈佩思忽然话锋一转,把她最急着解决的事情提上了日程:"咱这一家人好不容易凑齐了,我说个事呀,老钱把老二和小雅、仲小子和素素订婚的事交给我操办,我看下个月十五号日子就不错,大家没意见吧?"

她的声音不大,但是特别有气势和威严,她又是家里的长辈,钱老大和仲尧他妈朱彦对视一眼,心中不悦,可又不敢反驳,轻哼了一声算是回应。

事情来得太突然,元素措手不及,想要张嘴拒绝,可手心里却握着那份沉重——仲尧的心和尊严。

这些,她都伤不起。

她不能在众目睽睽之下给仲尧难堪。所以,她只能闭上嘴,不去看仲尧脸上的笑。

订婚的事提上日程,白慕雅的表情变得异常温柔:"我没意见,二哥……"

"我闹肚子!"钱傲瞟了一眼元素手上的戒指,狠狠捻灭烟,转身往楼上走,只当没看见他妈递过来的眼色,摆明了不给任何人面子。

白慕雅手指一屈,攥了攥,笑容有些不自然。但她善于拿捏分寸,也懂得把握时机,揣着明白也得装糊涂:"佩姨,二哥的意思是,我们做小辈的,全听长辈的意见。"

沈佩思点了点头。知子莫若母,她当然明白自己儿子没定性,对白慕雅也没多大心思,可要是由着他继续玩下去,指不定搞成什么样子。

"哇!这不是二叔吗?"一直埋头玩手机的钱思禾突然惊叫一声,成功吸引了满屋人的视线,连那个离去之人的背影也微微一顿,疑惑地扭过头来。

钱思禾稚气未退,一双明亮的大眼睛里写满了涉世未深的单纯,自顾自地说:"微博上都传疯了!

"昨晚兰桂坊酒吧……惊现本世纪最霸气男友,为替女友出头,单挑……

"咦,这女人是谁?"

吃惊、恐惧、心跳加速……这些都不足以形容元素此刻紧张的心情。她受到惊吓般看向钱傲,视线不经意与他的视线在空中相撞。他却只是淡然地皱眉,没表现出过多的情绪。

"拿来我看。"老爷子一声令下,手机就从钱思禾手里转到了他手里……然而,他越看脸色越难看,神情严肃得让元素从脚心到后背都爬满了冷汗,"小王八蛋,斗狠耍横,脾气真是越发见长了呀。"

此话一出,钱老二反倒平静了,老爷子还能怒能骂,那就说明没多大事。他走过去拿起手机,确实是昨晚在兰桂坊那事。他的样子拍得很清晰,可元素只被拍到了模糊的半边背影,估计是哪个花痴女拍的,他整个人就占了照片的三分之二。

钱傲松了一口气,懒洋洋地坐回到椅子上,也不拉肚子了:"您儿子这是英雄救美、见义勇为、痛打落水狗,老爷子你不该夸夸我吗?"

这小子打小就这样,又贫又横,歪理邪说一大堆,虎着脸和他对峙半天,老爷子余怒未消,又添新火,气得脸上一阵青一阵白:"你反倒教训起老子来了?媳妇定下来了,你就别跟老子整这些弯弯绕绕的烂事,不要和那些不三不四的女人纠缠,丢人现眼!"

不三不四的女人?

元素脸上有些挂不住,垂下头,心里别提多别扭了。

钱傲脸上阴晴不定,用了巨大的耐心,也无法继续聆听他老子的教诲了,不等他老子说完,直接上了楼,剩下老爷子干瞪眼。

沈佩思劝慰了他几句,也只有盯着楼梯口叹气的份,儿子被惯坏了,横竖都说不上理去,好歹婚事算是定下了,结了婚自然也就收心了。

接下来,众人便各自散了。

钱仲尧被钱老大叫去,老爷子一时兴起非要元素陪着下象棋,还特别嘱咐吃了晚饭才准走,盛情难却不说,他那发号施令的样子,让人压根就不敢拒绝。

对于下棋,元素算个半吊子,知道规则、走法,会,但不精。不过,赶鸭子上架也不得不应战,谁让老爷子是最招她待见的人呢?在她看来,钱老爷子平易近人,完全没有架子,让人忍不住想要亲近。

她下棋时视死如归,完全一副等着受死的玩法,老爷子乐得呵呵直笑,连脸上的皱纹都深了很多。不多会儿,看她的棋艺实在不堪一战,老爷子不下棋了,让元素陪他去后院为他种的菜苗浇水。元素没办法,只有硬着头皮跟着。

钱家老宅占地面积极大,偌大的后院里留了一大块田地出来,估计是为了满足老爷子"采菊东篱下,悠然见南山"的田园生活,地里绿油油的一片,看着格外喜人。

元素专心陪着老爷子翻腾着那些菜苗,蓝天白云,一念思悠悠,她的脸上总算有了笑意:"爷爷,你在网上种过菜没有?能种,还能偷!"

老爷子纳闷地摇了摇头,想不明白网上怎么能种菜,示意她说下去。元素笑了笑,将"QQ农场"这个妇孺皆知的游戏大概说了一遍,这一下,老爷子来劲了,摆弄完手里的活计,非得让她马上帮他申请QQ不可。

书房里,一老一少玩得不亦乐乎。元素实在想不到小小的"QQ农场",居然能逗得老爷子笑逐颜开。老来还小,果不其然。

"丫头,一会儿记得提醒我加老二的QQ,这小王八蛋,老子要偷他的菜。"

"呃……"

他有QQ吗?就算有,他也不会玩这种无聊的游戏吧?

"素素，你来帮我一下。"白慕雅站在书房门口，先乖巧地给老爷子问了好，再笑着冲元素招手。

事实上，与白慕雅相处，元素一直很拘束、敏感，可人都到跟前了，她也只能笑着应承："什么事，白小姐？"

"见外了不是？叫我……"白慕雅羞涩地回道，大概觉得叫"二婶"有点不合时宜，"算了，还是叫我'小雅'吧。"

元素笑笑，不说话，跟着她走了出去。

白慕雅说："我想给二哥做他最喜欢吃的川味鱼头汤，可是我不会……仲子说你会做川菜，你教教我吧？"

元素的视线落到眼前端庄优雅的女人身上，慢慢地笑开："好呀。"

她准备好鲢鱼头，将酸菜、泡椒等放入油锅中翻炒，白慕雅站在边上看着，不知道是有意还是无意，她突然笑盈盈地问道："素素，你觉得我二哥这人咋样？"

元素心下一窒，想了想，谨慎地开口："'情人眼里出西施'……来，加点高汤进去。"

"哦，好……素素，你听见了刚才的事，一定觉得我二哥……"白慕雅一边往锅里加高汤，一边眨巴着丹凤眼，"其实呀，他们都不了解他，他在外面玩，不过是作践那些女人的身体罢了，逢场作戏这种事我也不较真，由着他折腾……你说是吧？"

元素心里咯噔一下，拉响警报。

她拿不准白慕雅的意思，如果是单纯的聊天，这些话对方完全没有必要在她面前说，如果不是……要说不紧张那是假的，可除了点头，她不知道该怎么回应。

白慕雅忽然转头，直视她："那天窗帘后边的人，是你吧？"

第四章 觉醒的抑郁症

元素微愣。

惊吓还真是一个接一个,不过她当然不能承认。尽管她理不直,气也不壮,但她却毫不避讳地回视着白慕雅。这一刻,她有些庆幸自己是表演专业的学生。

"什么窗帘?"元素明知故问。

她的镇定自若,让白慕雅咄咄逼人的气势渐渐消了,白慕雅看向她的眼神有些复杂:"没什么,我认错人了。"

元素淡然一笑,两个人又开始谈论起川味鱼头汤来。

这件事就这么被揭过了。

晚饭时,钱家人围坐在一张餐桌前,菜式很丰富,元素却吃得战战兢兢的。开动了良久,钱傲才慢吞吞地蹭了过来,不动声色地环视了一圈,满不在乎地坐到了元素的右首边。

元素有些慌神。

钱傲一下午没出现，一来就作怪，她左边坐着钱仲尧，右边坐着钱傲，这饭还怎么吃得下？钱仲尧笑着给她夹了一筷子菜，眼里有波无澜，一丝异样都没有。脸上挂不住的只有白慕雅，她坐在钱傲的对面，即便委屈得眼眶泛红，也只能咬着筷子吃饭，不敢出声。

其他的人倒觉得正常，一看就明白老二是因为不待见白慕雅，不乐意与她坐一块，才故意坐到对面去的。

安静的餐厅里，奏着碗筷交响曲。

钱傲神色自若，吃了几口，突然拿起元素面前的水杯就喝。

元素身子一僵，好不容易建起的心理防线瞬间崩塌。她不知道他是无意还是有心，脸上有些绷不住了，但理智告诉她，不动、不看、不闻、不问，才是良策。

"二叔，你拿错杯子了。"钱仲尧轻声提醒，打破了饭桌上的安静。

"哦，这个杯子拿起来太顺手了。"钱傲放下杯子，扬了扬眉，完全没当回事。

"吃饭的时候喝水，对身体不好。"白慕雅终于忍不住出声，一脸的不高兴。

"关你什么事？"钱傲不给她好脸色。

一来二去，老爷子的脸就沉了下来。钱家家规，食不言寝不语，被这几个小崽子一搅和，全乱套了。他将筷子往桌上重重一放："吃饭时不许讲话。"

白慕雅见老爷子发火了，咬着唇，不敢吭声，眼泪都快掉出来了。钱傲则耸了耸肩，丝毫不惧。老爹对他来说，就是纸老虎，吓唬吓唬别人还行，对他，压根没用。

最难过的是元素，脑袋垂得低低的，就差埋饭碗里了。

然而，在不见光的桌下，钱傲的左手竟直接放在了她的腿上，有一下没一下地轻挠，她痒得肝颤，却只能咬着唇角不敢出声。

终于熬到吃完了饭，元素如蒙大赦一般坐在沙发上等仲尧送她回家,可仲尧被他父母叫上了楼,半天没下来。在钱傲淬了毒的眼神的注视下,她觉得屁股上像长了钉子,坐立不安。

差不多半小时后,钱仲尧下来了,后面跟着一脸铁青的钱老大,还有眼眶泛红明显哭过的朱彦。

"走吧,回家。"钱仲尧走到元素面前,放柔了声音浅笑道,替她拿过挎包,满脸宠溺。

元素点了点头,什么也没问,直接跟着他出了屋子。外面的空气似乎都清新了不少,她长长地舒了一口气,心里倍感轻松:"出来真好。"

"呵呵。"钱仲尧凑近了些,抬手撩起她额角的发丝,眉间、眼角全是笑意,"还要跟我的家人相处一辈子呢,这就受不了啦?"

相处一辈子?元素想笑,她该有多天真,才会相信他们还能相处下去?是该下决心了,快刀斩乱麻,感情这事,越是拖,越是伤。

上了车,她一路恍惚,直到钱仲尧将车停在一个小区楼下,她才回神,迷糊地望着他:"不是要送我回家吗?这里是?"

"我家。"钱仲尧笑了笑,拉过她的手凑到唇边轻轻一吻,"在不久的将来,也会是你家。"

元素神色一滞,有些不理解他的行为。

钱仲尧深幽的眸色沉了又沉,他抚摸着她柔顺的发梢,宠溺和失落的光芒交织着,在车窗外的霓虹灯的映照下若隐若现:"钱太太,上去坐坐吧,认个门。"

元素完全不敢与他深情的目光对视,心乱得像拧成了好几股的麻绳:"下次吧。"

钱仲尧出神地凝视着她有些苍白的小脸,心里一疼。他的情绪躁动了起来。他发疯一般想要她,想每天早上一睁眼就看见她熟睡的面容。

他这么想,就这么做了。

停好车,打开车门,他不给她反对的机会,直接将她娇小的身子抱起来就走:"不要犹豫了,钱太太,咱们回家!"

小区拐角处那一片阴影里,一辆布加迪威航缓缓驶出……

"钱太太,到家了。"钱仲尧的声音一如既往地轻柔。

元素怔怔的,整个人都恍惚了。

坐在沙发上,她看着这个充斥着单身男人气息的房间,橘黄色的暧昧灯光朦胧而美好,她的一颗心却一片冰冷。

"你看着瘦,抱起来……别说,还挺沉。"钱仲尧舒展着手臂,促狭地打趣道。

如果是以前,元素一定会说:"沉怎么了,你敢嫌弃我?"

可现在,她说不出口。抬起头,她看着仲尧好看的眼,里面满是深情,她竟无法直视,只能逃避地看向别处:"仲尧,有些事我们必须……"

"嘘!"钱仲尧倾身过来,毫无顾忌地圈住她的腰,轻声笑问,"想喝点什么?"

元素别扭地缩了缩身子,躲开他温柔的拥抱:"随便就好。"

钱仲尧笑着揉了揉她的头,端来一杯温水。元素捂在手心,一小口一小口地喝着,沉默不语。

气氛一时有点尴尬,最后还是钱仲尧打破了平静:"素素,我总不在你身边,让你受委屈了,咱们订婚后,我会想办法说服老爷子,回来工作,这样我们就不会总是聚少离多了。"

元素一怔:"仲尧,你说过,总有一天你的肩章是会镶上麦穗的,我知道你喜欢这身军装。别意气用事,其实,我们之间……"

钱仲尧伸手拿过她手里的杯子,眸色幽暗,低笑着打断了她的话:"钱太太,你真唠叨,放心,我有自己的打算……"

"仲尧……"

"来点水果吗?我记得你最喜欢啃苹果了。"

元素叹息,无奈将那些话吞回了肚子里:"那给削个梨吧。"

"好。"

……

看到他厚实的手指拿着那个削好的梨时,元素心里突然掠过一丝痛楚。她伸手接过,慢慢咬了一口,再一口,一点一点地吞咽。和仲尧相处的点点滴滴就在她脑子里，他的温柔、体贴、包容。

元素，你就是一个傻子！傻子！傻子！

这么好的男朋友，你怎么能放手？

可另一个声音却在不停地辱骂她：元素，你有什么脸再霸占这么好的男朋友？骗他，你忍心吗？

不知不觉眼眶竟有了湿意，她吸了吸鼻子，摆出一副轻松的样子："仲尧，这梨太大了，我吃不了，分你一半。"

她知道仲尧听得懂，分梨分梨，意喻分离。果然，钱仲尧怔了怔，深吸一口气，一把抓过她的小手："素素，我永远不会和你分手。"

他的认真像是一道凌厉的光，灼伤了元素。

她的眼泪不受控制地流了下来。

楼下。

钱傲拿出一根烟，划拉了几下火柴，没点着，一拳砸在方向盘上。

他觉得呼吸不畅，便解开领口，眼神不受控制地瞄向六楼那扇窗户，脑子里想着那两个人在里面做什么，接吻？拥抱？甚至……一不留神，他的大脑里全是他们纠缠在一起的情景。

火，蹿起来又被按下，被按下又蹿起来，如此反复，他觉得自己快要被逼疯了，狠狠地扒拉了几下头发，抬起手腕，看了看时间，低骂一声，忍不住拿起手机……

嘀嘀……

短信提示音传来，元素吓得一激灵，慌乱地从钱仲尧的怀里挣脱出来，从包里掏出手机。

"给你十分钟，你不下来，老子就上去。"

她知道，钱傲说得出，就做得到。那条短信上的字，如同他的声音，魔咒一般在她的耳边嗡嗡地响，让她周身像被冷气肆虐过一般，止不住地颤抖。

"很晚了，我妈催我了。"

"你妈？"钱仲尧拥紧她，笑了，略显粗糙的手指轻轻抚上她的面颊，顺手抽走手机，"来，手机给我，我和她说。"

"不要！"元素慌乱地阻止，害怕谎言被揭穿。

然而，钱仲尧拿过手机，直接就关了机。然后，他慢慢走到阳台的窗边，瞟一眼窗外的万家灯火，拉好窗帘，又走回到她的旁边，没有任何征兆地紧紧抱住她，紧得像是最后一次拥抱，声音里全是落寞："素素，不要走，今晚留下来陪我。"

楼下的钱傲不停地看着腕表。

时间过得太缓慢，慢得让他想杀人……

十分钟早就过去了，他等了很久，拿起手机拨号，然后愣住了。她居然关机了？他再抬头，一望，那扇窗里的灯，灭了。

他心里突然一阵绞痛，飞快地开了车门，甩掉烟头，狠狠蹍了几脚，径直往楼上奔去……

他犹如一头刚刚冲破囚笼的困兽，很快停在了钱仲尧的家门口，来回走动，几欲发狂，但一次次伸向门铃的手，又生生收了回来，一拳一拳狠狠地砸在墙壁上，仿佛感觉不到一点疼痛。

她是仲尧的女朋友，她说过，他们相爱。爱？爱是个什么鬼东西？他快被逼疯了，额角青筋凸起，仿佛随时都会爆裂开来。

他不敢去想，不敢去思索，更不敢去敲那扇门。不管他钱老二有多横、多霸道、多么不甘心，也不管元素和他之间有多少纠缠，有多少过往种种，他始终名不正言不顺。她为了离开他，刀都架到自己脖子上了，他闯进去，又能怎么样？况且，那个男人不是别人，是仲尧。

他纠结、挣扎、各种权衡……

算了，由她去吧，难不成没她不行？女人罢了，他到哪里找不到女人？

钱傲赤红的双目瞪视着那扇门良久，最终，逃也似的跑下楼，发动汽车,往"帝宫"疾驰而去,像一个逃兵,太窝囊了。

他到了"帝宫",直上九层,徐丰他们几个人正在那儿玩。

"哟嗬,我说哥哥,哪阵风把你给吹来了?"徐丰眼尖,看出了钱傲失魂落魄的样子,笑得眼睛都弯了,"可好奇死我了,究竟是谁把咱们钱二爷折磨成这模样了?"

钱老二没心情和他逗趣,一屁股坐下来,拎起桌上的酒,二话不说,拧开盖仰起脖子就往嘴里灌。

"我说,咋回事呀,这是?"徐丰不敢相信自己的眼睛,活像见到了基因突变的怪物一样。在他的眼中,钱傲一直是一个杀伐决断、泰山崩于前而面不改色的狠角色,传说中的借酒消愁,怎么算也不会发生在他身上,要说失态,这可是开天辟地头一遭呀。

白慕年皱着眉瞅了钱傲好一会儿,然后一把拽过他手里的酒瓶:"不是你的,就不要强求。"

"老子乐意,你管得着吗?"钱傲一把从他手里抢回酒瓶,心里挣扎了那么一下,还是憋不住那股直冒烟的邪火,用力一掷,酒瓶子就斜斜地飞了出去,砸到了墙上。

"砰!"瓶身四分五裂,玻璃碎片溅开,随着声响,包厢里一下就安静了。

"不是吧,敢情是为了女人?哥哥,你哪儿抽了?"短暂的愕然过后,徐丰差点不厚道地笑岔气,忍不住打趣他。

"滚,还嫌老子不够烦?"钱老二冷哼,眼皮都不抬一下,"年子,多弄点酒来,今天不醉不归。"

"德行。"白慕年又好气又好笑。钱傲上次来"帝宫"是多久以前的事了?算起来,好像是钱仲尧将元素以女朋友的身份介绍给大家时。

"我说哥哥,到底哪个女人把你祸害成这样了?年子这儿刚来了好几个好看的妹子,每一个都长得跟小妖精似的,能把你伺候得像神仙一样,你说,有了这样的妹子,你还闷个啥呀?"徐丰一边给钱傲倒酒，一边笑，"要不要试试？"

钱傲闷着头深吸了一口烟，端着酒杯晃了又晃，拿出手机瞅了又瞅，心里憋屈得慌……不过是一个女人罢了，他钱老二会缺女人吗？真是笑话！

如壮士断腕一般，他把心一横："成呀，弄个头发长点的，眼睛大点的，长得……"

白慕年怪异地看了他一眼，自然知道他想要什么样的。

不一会儿，一个妈妈桑带着几个漂亮的女孩进来了，那些女孩看年龄也就十八九岁，环肥燕瘦各有千秋，那小腰扭得别提多销魂了，一进屋就往他身边凑，小嘴像抹了蜜似的，一口一个"哥哥"叫得别提多亲了。

"选呗。"

这阵仗，换了其他人估计魂都没了，可钱老二觉得一点劲都没有，他看一眼一脸漠然的白慕年，突然觉得有点硌硬："年子，这么些年，你嘴边晃来晃去这么多姑娘，你就真吃素？"

白慕年只是笑，眼里闪过一丝落寞。

钱老二猛灌一口酒，甩了甩头，觉得头有些发晕，顺手一拉，抓住旁边的一个小姑娘，几乎咬牙切齿地道："就她了。"

也没看清她长啥样，钱老二就起身去了他的专用包房。

他前脚一走，女孩后脚就跟上了。然后，钱老二一头栽倒在床上，眼皮也没抬，那副要死不活的样子，根本不像是来找姑娘的，而像是来送葬的。

女孩卖力地给他按摩，讨好地在他胸口上画着圈，各种挑逗的技巧齐上阵，可钱老二这会儿脑子麻木，脸上一点表情都没有，只想透过她看到另外一个女人的影子……这小姑娘头发也很长，修理得也很美，他伸手摸了一下，可为什么就没有元素的头发那么细软，那么顺手呢？一想到这儿，他突然又心生恼怒："你没事留什么长发？"

他低骂一句，闭上眼，尽力把她幻想成那个女人，可仔细一想，元素根本不会这么讨好他，每次都得逼她才会就范，还每次都不情不愿的。

元素简直青涩得不行，在床上笨得像头猪，别说技巧了，连基本的都不懂，逼急了才咬着唇小猫似的哼哼几声，可他为什么就觉得她美得不行呢？

将她搂在怀里，他很踏实；她不在身边，他就心慌。

可这会儿她躺在别人的怀里……

怒火一簇一簇地往上冒，他跟自己较上劲了，发誓不去想她，可就是控制不住，满脑子都是她和仲尧两个人待在一起能干的那点事，一想到那画面，他的心就抽得有点痛。

"滚！谁准你碰我的？"

屋子里很静，没有开灯。

元素和钱仲尧静静地坐在窗边的长椅上，看着天空中忽闪忽闪的星星。

"素素，谢谢你留下来，陪我看星星。"

仲尧的声音始终很温柔，让元素心里又酸又难过，可她现在能做的，也就只剩下陪他看星星了，其他的，她再也给不起了。

见她沉默，钱仲尧的眼神有些黯然。他推开窗户往外一望，夜风拂过，街面上空荡荡的，连行人也没有，他的心情又舒畅了不少。

"不早了，你就在这儿睡吧。我睡隔壁。"

元素避开他火热的眼神，闷闷地点了点头。

夜深了，元素和衣躺在床上，用大被子紧紧捂住自己，在黑夜里环住自己的身体，睁大眼睛看着天花板。

爱情，不仅仅是两个人的事，当爱有了杂质，很多的美好就会慢慢变得模糊，坚持下去，又有什么意义？

何必伤人伤己？

也不知道过了多久,她爬起床,将无名指上的戒指取下,放到茶几上,发出叮的一声。

清脆的响声在静夜里显得格外清晰。她的心,仿佛也瞬间空了。

仲尧,她曾经的梦,她曾经的爱情。再见。

她走下楼,街边的阴影里,一辆布加迪威航静静地停靠着。

车窗半开着,钱傲斜趴在方向盘上,似乎睡着了,原本神采奕奕的一个人,此刻颓丧、无助,脸上满是疲惫,看上去竟有那么几分可怜。

元素皱眉,准备从旁边绕过去。这时,钱傲却倏地睁开眼,看到了她。元素加快脚步,他迅速下车拽住她的手臂,二话不说,直接将她拽上车。

车内充斥着刺鼻的烟草味,元素嫌弃地皱了皱鼻子:"你到底要做什么?"

钱傲一笑,竟又摸出一根烟来,点燃,懒懒地倚靠在椅背上,一口接一口地吸着,过了好半晌,黝黑的双眸才重新落到她的脸上:"这么早就完事了?"

元素心里一颤。

她知道他什么意思,也知道他在生气,但她没心思去琢磨那么多,更犯不着跟他解释:"我还想问你呢,大半夜在别人家楼下做什么?看夜景?"

"你说呢?"钱傲的嘴角噙着冷笑,他的领口敞开着,凌乱的头发在雾气的熏染下有一丝潮湿,看着有一种令人惊悚的凌厉。

元素不自然地别开脸去:"咱别兜圈子了,痛快点,你想怎么着吧?"

"我以为你该知道。"钱傲脑子一热,伸手抓住她的胳膊。

他的力气很大,元素被他这么一扯,吃痛:"有事说事,别动手动脚,你以为你是谁呀?有什么权利这么对我……"

她话还没说完,就被他大力推倒在座椅上,她唔一声,来不及喊痛,唇舌就被他紧紧吻住,或者说,这不是吻,而是毫无温柔可言的啃咬、吮舐，带着毁天灭地般的疯狂，他就像一头饥肠辘辘的野兽，恨不得将她吞吃入腹……

元素快要窒息了，发疯一般挣扎："放手呀，王八蛋！"

"换个新鲜词。"抽了太多烟，钱傲的声音有些沙哑，唇舌间全是烟味。

元素心里发慌，挣扎得更厉害了。可她越是抗拒，他就越是生气，两人像是在较劲一般。他大口喘着粗气，像是恨不得一把掐死她。

"不让亲？和他睡了，就忘记我的好了？说说，谁更能满足你？嗯？"

元素气得七窍生烟："你凭什么这么说？搞得像捉奸的丈夫似的，也未免太可笑了。"

"难道我不该？"

"你……真无耻。"

"我无耻？在你眼里，所有人都是好人，就我无耻，是吧？"钱傲急了，躁了，这女人一脸愤恨的样子，让他有些慌神，他相信，如果现在给她一把刀子，她定会朝他心窝里捅。

"对，我长这么大，还真没见过比你更让我恶心的男人。"元素定定地注视着他，说得愤恨，咬牙切齿。

"好，很好，你就是个没心没肺、没良心的东西。"钱傲心里的火压都压不住，他冷笑道，"得，那我坏人做到底……我现在就拉你上去，和他说清楚。"

说完，他拉着元素就往车下拽。

元素像被雷劈中一般，短暂的僵滞之后，突然回过神来，发疯一般尖叫着甩开他。

这个男人疯了，真的疯了！

说不出是难堪还是悲伤，抑或是纠结，所有的情绪都纠缠在了一起，瞬间将她的泪水逼了出来。她想骂他、打他、咬他的肉、喝他的血……但最后，只剩下歇斯底里的怒吼："你这个自私、冷血的畜生，没人性的怪胎！"

"我在你心里就这么龌龊？"看她一脸的泪，钱老二心里犯堵，一把将烟扔出窗外，腾出手来抬起她的下巴，"跟着我不好吗？奔驰、宝马、别墅、豪宅，天上飞的、地上爬的、水里游的……你想要什么，我就给你什么！"

"我要的东西，你压根给不起！"元素恶狠狠地看着他，恨不得把他大卸八块。

钱傲冷笑，大手下移，慢慢地扼住她纤细的颈子，一点一点地收紧，阴恻恻的声音仿佛来自地狱："别逼我犯浑，元素，你逃不掉的。"

元素看着他，两行泪静静地滑下。

她走了这么多弯弯道道，仍和这个男人纠缠不清。

她累了，一时间万念俱灰，双眼放空："钱傲，你会下地狱的。"

"下地狱好呀，咱俩一起……还有，你给我听好了，别想那些动刀、跳楼的事，你要是敢玩那些，你猜猜我会做什么？"

一心想逃离苦海，可苦海无边，回头也无岸，元素闭上了眼睛。

连死路都被堵住了，除了生，她还能怎么办？

很久很久之后，想起这天的事，钱傲心有余悸地问她，当初是不是想到了死。元素想了好久才点头。事实上，那个夜晚，是元素最难熬的一个夜晚。她对着电脑至少待了两个小时，玩了各种游戏。最后，她打开百度，将自己的心情交给它，结果度娘给了她一个满意的回答。

——抑郁症。

那一夜，睡姿依旧，元素瞪了一晚上的天花板，钱傲知道她心里别扭，腻乎了一会儿也就不招惹她了，结果，他睡得特别香甜。

第二天早上醒来，臂弯里的女人不见了踪影，他心下一惊，噔噔噔就跑下楼。

餐桌上已经摆好了牛奶和煎得嫩黄的鸡蛋，还有一碟洗净的水果，他只看了一眼就食欲大增。元素总能将简单的东西做出不一样的情致，奶还是那个奶，蛋还是那个蛋，水果仍旧是那个水果，可他没来由地就喜欢她做出来的味道，不可替代。

他移开水果碟，下面压着一张字条。

她的字很娟秀。

"大象喂过了，早餐自己吃。"

简单的几个字，钱傲看了不下十遍，嘴角一直挂着笑，心里暖融融、轻飘飘的，特别舒坦。

可是，他的好心情没持续多久。他一到公司，财务主管就慌里慌张地来汇报。阿瑞斯是J·K国际五年前收购的一家传媒公司，财务报表显示，近两年来，阿瑞斯利用会计假账，转移公司款项一亿五千多万元。

钱傲脸色漆黑："我去一趟阿瑞斯，你联系总会计师，制作一份详细的会计报告出来。另外，这事先不要声张。"J·K国际是上市公司，这种事爆出去，很容易引起公司的股价波动。

天空下起了蒙蒙细雨。

元素一大早就接到陈导的电话，去了阿瑞斯。

《唯愿此生不负你》找到投资了，而她是投资方指定的女一号，陈导让她去公司签合约、拿剧本。她有点发蒙，那感觉就好像被一个大馅饼砸中了脑袋。

学表演的，谁不想拍片呢？那长长的十几页合同，她并未细看，签完走出办公室，还有点回不过神，觉得幸福来得太突然。

"你好，元小姐。"有人叫她。

她下意识地回头，发现是艾嘉南。

这位时尚潮男今天穿了一身黑色西服，很整洁，与她印象中不一样。

上次因为他，她被姓钱的好一顿骂，她心有余悸，笑得有点僵硬："你好，艾先生。"

"还是叫我'嘉南'吧。"艾嘉南笑着耸了耸肩，"人生真的很奇妙呢，元小姐，我很荣幸与你搭档。"说完，他绅士地伸出手，元素出于礼节，很快回握，心里忖度着"搭档"是什么意思。

艾嘉南的嘴角再度弯起，扯出一个笑容："《唯愿此生不负你》男一号，艾嘉南。多多指教！"

他这样的身份，跑来她们的圈子里抢饭碗？元素差点惊掉下巴，足足愣了好一会儿，才勉强扯出一丝笑："好巧，请多指教。"

"元小姐谦虚了，你是科班出身，以后你得多提点提点我这半路出家的和尚。"艾嘉南半开玩笑半认真地说道。

半路出家？他这明显是皇室子弟出家吧，无须历练，直接成佛。

元素无法理解这些有钱人的思维，也管不了人家怎么想。兴许他就为了玩票呢？

"艾先生，我还有事，先走一步，回见。"

"我送你。"

"谢了，不用。"

艾嘉南挫败地笑道："元小姐，我不过是尽同事之谊，你这么拒人千里，不太好吧？"

他还委屈起来了，搞得元素哭笑不得，再拒绝就太矫情了，只能道："那就麻烦了。"

艾嘉南愉快地打了个响指，扬起眉梢大步跟着她，见她要往员工电梯走，一伸手将她拉过来，直接走向专属电梯。

元素还未搞清楚状况，电梯门就开了。

待看见里面的人，她整个傻掉了，真想来个雷直接劈死她。

巧，真巧！

没错，就像肥皂剧里的情节一样，电梯里站着那个恶魔，他身边跟着两个助理，扫射到她身上的目光让她很不自在。

元素不由得打了个冷战，迅速挣脱开艾嘉南的手，僵硬地笑了笑，机械般进了电梯。

艾嘉南愣了两秒，也跟进去："钱二少，好巧。"

钱傲冲他点了一下头，然后朝元素伸出手。

元素呆了呆，心里抗拒，没动。

“过来。”钱傲的手并未收回，一个字一个字慢慢出声，语气里透着不耐烦。

元素心里挣扎，横竖抹不开脸，固执地僵持着。

瞧见这情形，艾嘉南桃花眼一挑，觉得有些不可思议：“钱二少，强人所难似乎不太好吧？”

钱傲看他一眼，在持续走低的气压中，一把将元素扯过去拥进怀里，声音冷若冰霜：“我的家事，不劳你费心。”

接收到艾嘉南审视的眼光，元素有些难堪，脸上红一阵白一阵，觉得自己以后都没法做人了。

“二位，再见。”望了一眼被钱老二紧搂着的女人，艾嘉南礼貌地一笑。

钱傲若有似无地一笑：“不送。”

艾嘉南一离开，元素刚想迈步出去，就被钱老二狠狠一扯，她撞在他的胸膛上，嘴唇还被他咬了一口。

一阵刺痛传来，她彻底爹毛了。

二话不说，她抬起膝盖就发狠地往他下腹一顶。

钱老二侧身避开，钳制住她就吼：“疯女人，这地方能随便踹吗？”

一击不中，元素那个气呀，又打又踢又挣扎，《唯愿此生不负你》的剧本就从她手中掉落下来。

钱傲顺势捡起，翻开看了一眼就怒了：“呵？女主？艾老三是男主？还有这编剧，写的什么玩意，动不动就亲热……我看像三级片呢，不准拍！”

元素的脸腾一下红了：“你懂什么？就算有亲热戏，拍片的时候也是借位。”

“借位？借个屁，不借！”

对牛弹琴，元素气得声音都有些发颤了：“姓钱的，你小时候是不是被猪啃过嘴？说话这么臭。借位是一种拍摄技巧……”

"我管他什么技巧,总之不准拍,你实在要拍戏,我给你投资,演个老太婆或者杨过那只雕,我看还行!"说着,他低头在她鼻子上啄了一口。

元素气急攻心,被他这么一激,趁他不备拿过武器——手里的挎包就往他身上狠狠招呼。

钱老二一把抢过挎包,恶狠狠地拽紧她的手,四下一望:"回家再收拾你。"

说罢,他拉着她就大步走出了电梯。阿瑞斯大厅里的一干人等都瞪大了眼,难得一见的董事长,不是一向沉稳内敛、张弛有度的吗?还有,他手里牵着的女人是……

八卦的传播速度堪比光波。很快,阿瑞斯公司所有人都知道了,"追梦"的形象代言人傍上了黄金单身汉钱傲。各种流言蜚语经过八卦工作者们孜孜不倦的传播,变出了各种不同的版本。

钱傲怒气冲冲地把元素塞到后座,一脸冷漠地对司机道:"开车!"

司机冷汗直冒,一脚踩上油门。车内气氛僵滞,如同拉满的弓弦,不是好兆头。

元素一动不动,保持着冷静。钱傲见状,一张脸越发阴沉,总觉得她和别人在一起的时候就有说有笑的,跟他在一起就摆着一张死人脸,特别硌硬,也让他特别来气。

"没给你机会勾搭艾老三,你特恨我是吧?实话跟你说,你要是敢拍那接吻戏,老子就敢打断你的腿!"

元素心下一窒,冷笑道:"你以为所有人都像你这么不要脸?凡是出现在你身边三尺以内的女人,全都上过你的床?种马,你有多少女人,你自己数得清吗?怎么好意思来教训我?"

种马?钱老二双眼一瞪,被她噎得一口气差点上不来:"你还看不上我?"

元素那个气呀:"是呀,我看不上你。我实话告诉你,上谁的床我都乐意,就不乐意上种马的床,一想到那床不知道让多少女人睡过,我就觉得恶心,你知道吗?恶心!"

"恶心?"钱傲把她拎过来,一巴掌打在她的屁股上。

这个时候以他那点有限的情商,实在很难弄明白自己为什么那么生气。后来,他才懂得那叫嫉妒。疯狂的嫉妒,而嫉妒的原因,是他太在乎这个女人。

元素快疯了。她都这么大了,还被人家打屁屁。她气不过,一下没忍住,眼泪就哗哗地下来了:"你真不是个东西,一会儿晴一会儿雨的,是个人都受不住。我和艾嘉南不过就见过几次面,你犯得着这样吗?你凭什么这么对我呀?难不成我上辈子欠了你的?"

她哭得一脸委屈,钱傲一愣,心情突然变好了,伸手替她擦干眼泪:"傻呀你,你早说不就完了吗?"

"早说?你给过我说话的机会吗?"元素抽泣着,不想看他。

"得了,就算你没那心,可艾老三呢?我看他就没安好心。"他一边说着,一边把元素的脸扭过来,面对着自己,"好啦好啦,哭个屁,多大点事呀?行了,行了,这事就过去了,我不生你气了……我不也没嫌你吗,你还嫌上我了。"

这话更是火上浇油。他大爷当惯了,元素都不想跟他说话。

"还轴上了?行,这么着,我让你打回来,打脸,你看行不行?"说着,他还真皱着眉头把脸凑了过去。

元素闭上眼,不搭理他。

钱傲皱眉看着,忍不住凑上去啄了啄她的嘴,然后执过她的手,放到自个儿脸上:"妞,你倒是打呀!"

"你以为打回来就完事了?哪儿有这么便宜的事?"元素抽回手。

"你甭便宜我,千万甭便宜。这样,给你翻个倍,你多打几下?"

元素胸口起伏,和他完全没法沟通。她的自尊心受伤了,捡起来就能完好如初吗?

"我不打。"

"你必须打。"

"……"

第二天,元素去医院看兰嫂。

兰嫂是外来务工人员,在 J 市没有亲人,入院时,医疗档案上留的是元素的电话。由于钱傲请了护理照顾兰嫂,这几天她也就只去看望过兰嫂两次。今天医院来电话,让她接病愈的兰嫂出院。

兰嫂在鬼门关走了一遭,精神状态明显差了很多。人在脆弱的时候,总会特别思念亲人,此时的兰嫂也是这样。回到似锦园,她就开始收拾行李,不到半小时就收拾好了,元素怎么留都留不住她。

"元小姐,麻烦你跟钱先生说,我要回老家了,这次住院的钱,我回头有了再补给他……"

想到医生的嘱咐,元素有些担心兰嫂的身体,至于钱,那二太爷也不差这点,权当给他积德行善了。她想了想,道:"钱的事,你不用管,只是,你一个人在路上,怕是不行吧?"

"没事,我自个儿的身体自个儿知道。元小姐,等你和钱先生结婚时,要是不嫌弃我,我一定来讨杯喜酒喝。"兰嫂笑呵呵地打趣。

"你想到哪儿去了,兰嫂,我的情况,你不明白。"元素不便解释,只心虚地笑。

"我明白,我当然明白。我在似锦园做了三年,你是钱先生带回来的第一个女娃子,我不会看走眼的。"

元素笑了笑,任由她去想。

兰嫂又唠叨了两句,就着急要走。

元素好劝歹劝,兰嫂偏生死脑筋,执意要走。元素一来担心她的身体,二来为了逃避目前的烦心事,把心一横,在很短的时间就做出了一个大胆的决定——来一趟说走就走的旅行。

她打电话给颜色,让颜色帮她向学校请几天假,然后提着兰嫂的小行李箱,没有和钱傲联系和告别,甚至都没有考虑任何后果,直接关掉手机，像冲破囚笼的小鸟，带着兰嫂就奔去了火车站。

率性而为，她这辈子第一次这么干。

很疯狂，但她的内心充斥着前所未有的自由。

俩人坐了两天一夜的火车，到第三天傍晚，才到达兰嫂老家所在的小县城——位于西南C市的R县。一路颠簸，需要被照顾的兰嫂近乡心宽，精神倍好，而想要照顾人的元素却一脸苍白。

兰嫂的老家鎏年村，是R县最偏远的一个山村，要入鎏年村，先得转车去鎏年村所在的小镇。最让元素头疼的是，小镇到鎏年村这段十几公里的山村公路，不通公交，贫困的村民们惯常使用的交通工具，是一种历史差不多可以追溯到清末民初的马拉畜力车。

陌生的返璞归真的环境，让她有一种穿越时空的错觉。

到小镇的时候，天已经黑了，好不容易找到一辆拉了满车稻草回家的畜力车肯载她们一程，两人挤在尾部敞开的车厢里，空间狭窄，四周都是稻草，而夏季的衣服单薄，那稻草挠得元素全身发痒，欲哭无泪。

还有那条惨不忍睹的乡村路，烂得不可思议，深深浅浅的槽沟，立在路中间的凹凸不平的小石块，路陡车颠，不过走了一里来路，元素就把在县城吃下的一碗拉面全部吐了出来。

胃里翻涌得难受，她虽然家庭条件不好，可好歹也是在大都市生活的女孩子，哪儿吃过这种苦头？明明是她说要照顾兰嫂的，现在反倒成了兰嫂照顾她了。

元素整个人都要虚脱了。畜力车走走停停，天渐渐暗了下来，乡村的夜很寂静，路上没有灯，路长得似乎永远没有尽头。

每一秒都是折磨！

突然，那马一声嘶叫，车轮好像撞到了什么东西，一阵剧烈的抖动后，元素双眼一花，就被从车尾颠了出来，一路滚到了路边的草丛里。

那草挺高，草丛潮湿，她倒在下面，长发凌乱，一身泥土，要多狼狈有多狼狈……尽管这样，她也宁愿就这样躺着，而不愿再坐那车了。

"嘟——嘟——"

135

这时，后面诡异地传来了汽车的喇叭声，像是穿越而来的魔音一样，越来越近，车灯明晃晃地照着元素的眼，让她睁不开眼。

两辆越野车一前一后地开过来，元素正准备爬起来，脚上一滑，再一次滑倒。

她痛得揉着腰，其中一辆越野车突然在她旁边停了下来。

车门开了，一个男人从车上下来……

不对，怎么像是钱傲？

元素捂住嘴，惊叫一声，揉了揉眼，男人一步一步走近，车灯闪烁，她看不清他的表情，待到看清，吓得她真想挖坑把自己埋了。

"瞧你那点出息！"钱傲伸手把她拎起来，顺势拍了拍她身上的泥土，"胆子真肥，还跑不跑了？"

"我没跑……"元素小声抗议，"真没，我就是做好事来的……"

"结果反倒拖累了人家？"

元素知道自己的样子很狼狈，悻悻地叹了一口气，也没敢顶撞。她再仔细一想，C市离J市几千公里，从北到南，这家伙居然阴魂不散？

"你怎么来了？"她问。

"还敢问？"钱傲瞄她一眼，直接把她扛起来，甩到汽车后座上，"信不信老子掐死你，就地埋了？"

元素缩了缩脖子，不敢反驳。

钱傲见状，压下心里的火气，招呼兰嫂上来，然后低声吩咐司机开车。

几个人一路无话。

到了鎏年村，元素还没缓过劲来。

汽车停在村委会的大院里，离兰嫂家还有一小段路程，不过，已经没有汽车能通行的路了。村里的大人、小孩像围观动物园里的猴子一般，看着从汽车上下来的几个人，又好奇，又畏惧。

"哎呀，那个好像是×家嫂子呀？"

"是呀，是她，一看就是在城里发大财了。"

村里人实诚，认出兰嫂，都围上来问长问短。

一时间，众人七嘴八舌，好不热闹。兰嫂好不容易才把事情说明白，村民们听了直点头，认为她遇到了大好人，争先恐后地邀请他们去自己家里坐坐。

元素被村人的热情感染，脸上一直挂着笑："我们去兰嫂家住吧。"

钱傲没有多说什么，打开汽车后备厢，提出一个大行李袋，里面装着他俩的换洗衣物和洗漱用品。元素目瞪口呆，这家伙是有备而来呀？反观自己，行色匆匆，什么都没带。

冲动的惩罚呀。

兰嫂家的小院干净整洁，有五六间泥瓦房。家里除了她老伴，就儿子、儿媳和一个孙子。她在钱傲那里做工佣金不少，可她老伴有糖尿病，这些年下来，也没攒下什么钱。

进了屋子，兰嫂赶紧叫儿媳去张罗饭菜，自己将最大的主屋收拾收拾，换上压箱底的床罩、褥子给钱傲和元素休息，热情得让元素有些拘谨。

堂屋的灯光有些昏暗，大概是为了省电，灯泡瓦数太低，钱傲搓着手坐在矮小的土凳上，别扭着。而元素一直侧头看着堂屋中间的一幅财神画像，僵硬着。

良久，元素才注意到一个五六岁的小男孩怯生生地坐在门槛上不安地看着他们，元素冲他招招手："小朋友，我是元姐姐，你叫什么名字呀？"

男孩比较腼腆，慢慢蹭到元素身边，一张小脸通红，羞赧地回答："我叫虎娃子。"

元素见他偷偷瞅着钱傲，会心一笑，摸了摸虎娃子的小脑袋："虎娃子，他是钱二叔。"

"钱二叔好。"

带着乡土音的童声清脆悦耳，可一声"叔"，却让钱傲的脸黑了又黑。她是姐姐，他成了叔叔？他活活高了一辈。

盛夏的乡村，夜晚幽远宁静。元素心情不错。农家的饭菜太过粗糙，她是无所谓，钱傲却入不得嘴，象征性地拨了几口，就放下碗，搞得兰嫂有点愧疚。

吃完饭，他要洗澡，这又是一个大难题。今年C市干旱，贫困的鎏年村首当其冲，旱得好多水井都干涸了，现在全村人的饮用水都靠村东头兰家祠堂那口古井维系。

兰嫂赶紧让儿子去古井边守着。这个时间段，正是用水的高峰期，在古井取水得排队。花了将近一个小时，兰嫂的儿子总算是挑回来了一担水，装到水缸里，也不过才半缸。兰嫂为难地看着，正准备让儿子继续去挑，却遭到了元素的阻拦："吃的水都没有，还洗什么澡？"

她狠狠白了一眼那个坐立不安的男人，然后进了房间。

这间泥瓦房很陈旧，墙壁是泥土黏结的，可以看出主人家的困顿。

好半晌，钱傲低着头进来，坐在床边闷闷地抽烟。乡下的床都罩有蚊帐，元素很怕他的烟把蚊帐点着，一直皱着眉头。

钱傲不高兴了："元素，你什么意思？澡都不让我洗？"

对于这种不知民间疾苦的大少爷，元素没心思和他吵架："大少爷，你洗澡用一缸水，还不一定能洗得舒服，可是这水不仅浪费了人家几个小时的时间，还影响村民用水。你就不能克服一下？明天回去，你爱怎么洗就怎么洗，明白？"

"那你不许嫌我臭。"

钱傲把烟掐灭，躺到元素身边。蚊子在耳边嗡嗡地飞，本来他风尘仆仆地赶了几千公里路就有些气结，这会儿更是心烦意乱，坐起来不停拍打蚊子。可狡猾的蚊子根本不给钱二爷面子，死了一只再来一只。

元素被他弄得闹心，坐起身来命令道："把衣服脱了，躺好！"

"你要干吗？耍流氓？"钱傲扭头看她。

元素不吭声，蹙着眉头接过他的名贵衬衣，在蚊帐里来回舞动，直到蚊子都被赶到外面，才放下蚊帐门，用床单压好。这样，蚊子被完全阻隔在外，一方狭小的天地里，只剩下他们俩。

钱傲勾唇一笑，侧过身像往常一样将她搂在怀里闭上眼，就这么躺着，谁也没说话，屋外蛙声一片，独属于乡村夜晚的奏鸣曲此起彼伏。

陌生的地方，陌生的床，其实他俩都无法入睡。

好一会儿之后，元素听到钱傲有些低沉的声音："妞，你说咋会有这么穷的地方？连水都吃不上。我想出钱给他们打井、修路，再建一个大水库，你说好不好？"

没想到他沉默半天原来是在琢磨这事，元素愣了好久才道："你有这想法当然好，可这件件都是大工程，说来容易，做起来难。你这种万恶的吸血资本家舍得花那钱？"

"你！"钱傲在她腰上狠狠地捏了一把，想了想，又凑近她耳边低笑，"我做了好人好事，你给我什么奖励？"

"你想要什么？"她问得很认真，如果他真这么做，她是发自肺腑地认同和感谢，那么他要什么奖励，哪怕再苛刻，她也会满足。说白了，除了这身体，还真没有什么是她有，而钱傲没有的。

她答应得爽快，钱傲反而愣了。

沉吟了半晌，他抿了抿唇："我还没想好，你先答应，等我想到了再说。"

"好。"元素点头。

"说到做到？我要什么都行？"

"一言为定！"

钱傲揉了揉她的头发，将她抱得更紧了，极力克制着内心的邪恶想法，哑着嗓子说："睡吧，咱们明天就回。"

元素嗯了一声，便沉默了。

许久，元素听着他胸腔里有节奏的心跳，突然问："钱傲，你为什么要来？"

这话她之前问过，他没有回答。

而这一次，他思索良久，如实地说："我也不知道。"

这话不假。他并不知道为什么，只是不能适应没有她的日子，想

139

到她,那双腿就不听使唤。有时候他发现自己真是孙子,人家不稀罕他,他却稀罕人家稀罕得不行。

元素沉默。

他在床上辗转反侧:"妞,我身上黏糊糊的,睡不着。"

元素知道他没有吃过这种苦,为了那修水库和修路的承诺,她不情不愿地爬起来,去屋外打了一盆水进来,拿了他的毛巾递给他:"擦一擦吧,会舒服一点。"

"你帮我!"

"这算不算奖励?"

"我还是自己来吧。"

大福利怎么可以用在小事上?那岂不是亏大了。钱傲三两下爬起来蘸水擦身体。别说,他还真是觉得舒服了许多。

元素静静地望着他。

他那小麦色的肌肤、充满诱惑的六块腹肌,在昏暗的灯光下,泛着怪异的色泽,仿佛牵动着她心底一个软绵绵的角落……元素不敢再看,扭过头去,喉咙有些干涩。

钱傲一声闷笑,放下毛巾,上床躺好,将她扳过来面对自己,又低头在她粉嫩的小嘴上磨蹭着:"宝贝,想了?"

"一边去……"元素脸上发烫,没好气地瞪他一眼,然后闭上眼,努力平复着呼吸。

自从她说"一想到那床不知道让多少女人睡过,我就觉得恶心"之后,他虽然经常腻在她身上,可没有过实质性的举动,他知道她心里硌硬,所以一直忍着。可忍久了他也难免憋屈。于是,他赌气地捏了一把她的腰,咕哝:"傻东西!"

这话,他不知道说的是她,还是自己。

蚊帐里空间窄小,俩人的呼吸交织在一起,以最亲密的姿势紧紧相拥着,却似有难以跨越的距离。

轰隆……隆……

一声惊雷，直击地面，震耳欲聋。

元素瑟缩了一下身子，面露惊慌。从小，她就害怕打雷，那种不受人力控制的巨大的自然力量，让她心惊。

"傻妞，别怕，有我呢。"钱傲拉过被子将她裹紧搂在怀里，在下一声惊雷到来之前，自然地捂住她的耳朵。

元素没有抗拒，紧紧贴着他的胸口。

雷声阵阵，不一会儿，大雨倾盆而下，噼啪作响。

"钱傲，下雨了！"元素惊喜地坐了起来。

一把将她拉回怀里，钱老二有些不明所以："下雨你激动啥呀？"

"你傻呀，下雨了，就有水了，不干旱了……"

"你才傻，德行！"

俩人拌着嘴，语气却轻松了不少。元素被他紧紧箍在臂弯里，感受着他有规律的心跳，想着他跨越几千公里来逮她的事情。有那么一瞬间，她觉得自己真的无处可逃。

"喔喔喔——"

公鸡一打鸣，村里人就起了床。

雨过天晴，天气格外晴朗，清风里夹杂着清新的青草味。

一大早，钱傲的手机就响个不停，一连接了五六个电话之后，他有些烦躁了，不过，他还是带着元素去找了村长，把捐款修路、凿井、修水库的计划说了一遍，并留下了自己的名片，承诺一回J市，马上派人落实这些事。

村长感激涕零，那双布满粗厚老茧的手，将钱傲的手握了又握。然后他好说歹说，非得让俩人去看看兰家祠堂不可。村里人大多姓兰，祠堂和古井是鎏年村最骄傲的东西。相传祠堂是康熙年间修建的，历史很悠久。所以，村里人虽穷，可勒紧裤腰带也不断地修葺祠堂，不敢把老祖宗的东西毁了。

村长说，关于那口古井有一个传说，是龙王三太子与一凡间女子的爱情故事。一段不被天庭和龙宫允许的爱情……几百年来，村人一直流传,说古井是龙王三太子的化身,无论旱涝,水位不降亦不盈。

元素被传说吸引,对永不干涸的古井很有兴趣。

到了地方,发现古井静卧在祠堂口的古柏树下,有龙凤环抱的壁画,活灵活现,很有古韵。再一细看,井上还有一行蝇头小字的篆刻,可惜她不认得。

"求我呀,给你翻译。"钱傲居高临下地看着她。

元素惊讶不已。打死她都不信,钱傲能识得篆体字。不过转瞬间,她想到他那个古典风格的似锦园……似乎又不觉得奇怪了。

"真认识?"

"废话!"

"哪儿学的?"

钱傲瞥她一眼:"爷的本事,你不知道的多了去了。"

元素翻个白眼,懒得理他,坐在开满小花的井边草丛里:"别吹了,说说看,写的什么?"

钱傲哼笑一声,半蹲在井旁,念道:"生死轮回,此情不移。鎏年古井,寿与天齐。"

真是这个意思?元素听得有点呆。她一直对民间传说特别感兴趣,没想到古井果然与传说有关。可,是谁刻上这么美丽、忧伤的词句的呢?

"这得是文物了吧?"元素拔了根狗尾巴草在手中把玩着,思绪不知不觉陷入了那个美丽的传说,"你说,这古井的爱情传说是真的吗?"

钱老二挑了挑眉,忍不住笑出了声:"傻呀,传说你也信?"

元素瞪他一眼,起身又去兰家祠堂转了一圈,然后告别了村长,慢慢踱着步,原路返回。

远离了都市的喧嚣,这个世界如此安宁,她有些舍不得离开:"钱傲,你先回J市吧,我在这儿玩几天。"

"想什么呢?"钱傲横她一眼,趁她不注意,顺手从地上拔起一根狗尾巴草,突然低喝一声,"别动!别回头!"

"怎么了？"元素吓得一动也不敢动，刚从龙王三太子千年爱恋里转回神的她，被吓得心脏突突直跳，脊背上冷汗涔涔，"到底怎么了，钱傲？"

"你领口上有条毛毛虫。"钱傲慢慢从背后靠近她。

"呀，快……帮我弄掉它……快……"元素天生恐惧所有的软体动物，一时间汗毛倒竖，鸡皮疙瘩掉了一地，连声音都在颤抖。

"嘘……别说话，小心一会儿它爬到衣服里去。"

"钱傲……你快点……"

"马上就好，你别怕。"钱傲慢慢凑近，用狗尾巴草在她脖子里轻轻一扫。

"呀！"元素吓得惊叫一声，条件反射地用手去挠，却抓到了一根毛茸茸的狗尾巴草，她转过头，一看到钱某人因为憋笑而扭曲的脸，气不打一处来，折了一根树枝就要打他，"你神经呀，这么捉弄人！"

"哈哈……谁让你这么好骗！"

钱傲放声大笑，转身就跑，元素在后面飞快地追，下过雨的小路上满是水洼，溅得俩人的裤腿上全是泥点……

阳光、青草、绿树、蓝天、祠堂、古井……很久很久之后，他们回想起来，这一日竟是如此美好。

回到兰嫂家，二人收拾好简单的行李，就离开了鎏年村。

从贫瘠的小乡村到国际化的大都市，他俩像是经历了一次物质文明的穿越。当飞机降落到J市国际机场时，一切又回到了起点。

出了机场大厅，钱傲让元素先回似锦园，自己则直接去了公司。

等他回来的时候，元素正在喂大象吃东西。

钱傲的表情有些凝重，踌躇再三才道："妞，我得去一趟美国，一时半会儿回不来。要不，你跟我一块去吧？"

元素呼吸一滞，想也不想就摇头："不去。"

"那我走了，大象交给你！"钱傲抬腕看了看时间，皱了皱眉头，走到她面前，手指拂过她的脸颊，然后将她捞到怀里，死死扣住，好半响才放开,"我会给你带礼物。"

最后,他在她唇边印上一吻,便离开了。

钱傲走了,元素像一只被久囚笼中又突然获得自由的小鸟,深深呼吸,舒展双臂,惬意地走到阳台上,觉得日子舒服极了。空气像净化过一般,别墅楼下的花园里,每一朵花都在笑……

泡上一杯茶,在花园里支一张摇椅,然后托着腮发呆,她又活过来了。

接下来的日子,她上学,去医院看洛叔叔,陪颜色逛街,回家听老妈唠叨,或者躲在似锦园里安静地上网、看书、逗大象,一开始真的很放松,可渐渐地,又觉得生活里缺少了些什么。

第五天。

第六天。

第七天,她心里的不安开始放大,鬼使神差地关注起财经新闻,甚至娱乐新闻,并随身携带着手机,一听到铃声响就心跳加快……

可是,钱傲一走,就音信全无。

她每天躺在那张曾经和他彻夜欢好的大床上,心里的某个角落在慢慢崩塌,那个男人的样子在她脑子里则越发清晰。这种感觉,让她惶恐不安。

习惯,真的是让人最无法忽略的东西。

对,她告诉自己,这只是习惯!

接到钱仲尧受伤的消息时,元素正在院子里跟大象玩耍。

朱彦说,仲尧受伤了,很严重,让她马上过去。

那一瞬间,元素的脑子整个蒙掉了。她不知自己是怎么换的衣服,怎么下的楼,也不知道是怎么到的医院,一路恍恍惚惚,站在病房外时,双腿如同灌了铅,怎么都迈不动。

病房里除了钱仲尧,还有钱士铭和朱彦。钱仲尧的腿上打着石膏、绑着夹板,穿着病号服的他清减了不少,一见她进来,他的脸上就露出了惯有的笑容:"爸,妈,你们回去吧,我想和素素待一会儿。"

钱士铭夫妻的脸色相当难看,但钱仲尧的声音低低的,带着请求,像个受了伤要求庇护的孩子,他们拒绝不了。钱士铭点点头,带着朱彦走出病房。与元素擦肩而过时,钱士铭稍微停顿了一秒:"你出来一下。"

病房门口。

钱士铭虽然看起来很疲惫,但说起话来仍不怒自威:"元小姐,仲尧现在的情况很不好,任何刺激都可能影响他的康复。你……好自为之。"

元素沉默地点头,转身进了病房。

钱仲尧笑着向她招了招手,她走过去坐在床边,蹙着眉头看他抓着自己的那只手上隐约还有青紫的痕迹,心里说不出是什么感受,浓浓的愧疚感压得她连呼吸都有些困难。

"怎么弄的?"

"不小心摔的。"

"疼吗?"

"有你在,就不疼。"钱仲尧深深地看了她一眼,手指轻轻摩挲,"素素,过来,我想离你近点。"

元素听话地坐近了一些。钱仲尧微笑着,凑过头来想要吻她。

她心里一颤,像被什么尖锐的东西刺了一下,慌乱地避开,那个吻就落在了她的颈窝上。

"你别乱动,小心伤口……"她连忙扶他躺好,垂下眼掩饰自己的别扭。

钱仲尧的身体僵硬了一下,然后缓缓露出一抹笑,手指一点点摩挲着她姣好的面孔,从眉、眼到鼻子,最后指腹压在她红润饱满的唇上,一言不发。

"这里……不可以吻了吗?"他轻声道。

元素一怔,像是等待凌迟的犯人,被那触感慢慢地腐蚀了五脏六腑,全身的毛孔都张开了,脊背被汗湿透。她不知道自己在紧张什么,害怕什么。

如同被施了魔咒,她一动不动。

钱仲尧也停了下来,静静地看着她。

寂静无声的对视里,两人都没有提分别的这些日子,也没有提那个梨、那枚戒指。

时间静止,仿佛过了一个世纪那么久,元素叹了口气:"仲尧,我想跟你说清楚……"

"素素!"钱仲尧打断她,长叹一口气,手指轻轻拂动着她的发丝,"什么都不要说了。我们分手吧!"

钱仲尧的话,让元素有些不知所措。

分手,原本是她的意思,可在仲尧身受重伤的情况下……她觉得自己好贱、好残忍。

钱仲尧勉强地笑了笑,握紧她的手放在自己唇边亲了亲:"素素,说实话吧,我不想拖累你,我现在这个样子你也看到了,或许一辈子都无法站起来了……"

这话像一记惊雷,劈中了元素的心脏。

她认真地看着他:"别说丧气话,你会好起来的。"

钱仲尧淡淡一笑:"我现在这个样子,拿什么来保障你后半生的幸福?所以,听我的……"

他的声音低沉,一脸认真。于是,他的脆弱、无助,全部落在了元素眼里。想到钱士铭的警告,她觉得无论如何,自己都不能在仲尧最需要她的时候离开。落井下石的事,她干不出来。

"说什么傻话呢?别想太多,咱先把身体养好,行吗?"

钱仲尧脸上掠过一丝郁色,黑色的瞳仁在透窗而过的光线下显得有些黯然:"好。"

这天晚上,J市下了入夏以来最大的一场雨,暴雨洗涤了这个城市的尘埃。元素坐在似锦园的落地窗边抱着大象听了一夜的雨声。

清晨，雨停了，她将钱傲给的银行卡取出来，握在手里瞅了又瞅，最终放到了床头柜上。

很庆幸，这张卡里的钱，她一分都没有动过，不知道这样能不能让尊严稍微提升一点。

苦笑一声，她拿出纸，写了一条留言，然后撕碎，再写一张，再撕碎，如此反反复复无数遍之后，终于写成，把字条压在了银行卡下面。

离开似锦园后，她把钱傲的手机号码拉入黑名单，彻底将他屏蔽，却不得不带走大象——这只目前离开她就会饿死的狗。

走出奢华的别墅群落，坐上出租车，她给颜色拨了个电话。

带着大象，她不能住到学校，也不能回家。颜色自己在校外租了房子，只能去和她挤一段时间了。

元素到了颜色那套一居室的小出租房，刚敲门，颜色就穿着一件卡通睡衣迎了出来，对着她左瞅瞅、右瞅瞅，一脸不怀好意的奸笑："小圆子，什么情况？"

她俩之间，没有秘密。

元素瞧她一眼，坐下来，喝了杯水，才神情复杂地说了一下大概情况。

"小圆子，你就是天生女主的命呀，你瞅瞅你这遭遇，石破天惊，划过流星，飞来横虐，又飞来横宠……狗血偶像剧的节奏，有没有？"

颜色嗓门大，一双眼睛瞪得圆圆的，貌似已经完全从失恋的阴影里走了出来，整个人活蹦乱跳的。元素很羡慕她的洒脱，叹息一声，指了指怀里的大象："这小家伙，你偶尔帮我照看一下。我得常去陪着仲尧，他情绪不稳定。"

"什么？饶命！"颜色倒在床上，用被子盖住脑袋，"问君能有几多愁？最是懒人养只狗。"

"还是不是姐们儿了？"

"是是是。"颜色倏地坐起，望着她讪笑，"帮你养狗没问题，不过，你得告诉我那天晚上英雄救美的帅哥是谁。姓名、年龄、性别，呃，不，

147

这个不用……主要是有没有车、房？有多少存款？"

可怜徐丰一辈子就干过这么一件出彩的事就被颜色惦记上了。

元素想到他们那群人的生活常态，沉思半天，甩出三个字："均不详。"

"喵呜……老娘的桃花怎么开？怎么开？"颜色把大象提了起来，学一声猫叫，和它大眼瞪小眼，"小猫，你给我说说。"

"它是狗。"

"……"

没几天，学校就放假了，大三就这么结束了。

快乐也是一天，不快乐也是一天。元素把假期安排得满满的，医院、家、出租屋，去公司配合"追梦"做宣传，为《唯愿此生不负你》做前期，偶尔拍一些没有名气但能赚钱养家的广告，生活过得很充实。

如果不是大象的存在，她甚至觉得钱傲这个人以及跟他之间发生的一切，也许只是一场梦。

心一旦放轻松，时间也就过得飞快。

转眼，一个月过去了。

美国，洛杉矶。

钱傲上了飞机，怀揣着给元素的礼物，不知不觉扬起了笑容。这个脚链享有"钻石之王"的美誉，是某大师的收山之作，他花了天价才把它买了回来，仅仅因为那独特的名字——囚心。

不知道为什么，一看到这俩字，他心里就特激动。

他想元素肯定没见过，由十八颗顶级钻石内嵌的脚链，全世界独一无二的宝石和工艺……她看到了，会露出什么表情？

想到她吃惊的样子，钱傲心里就觉得美。

然而，当他风驰电掣地回到似锦园，兴冲冲地推开门，却发现房间里根本没有元素的踪影，只看到一张银行卡和压在下面的字条……

"大象我带走了，等你回国再送回。从此，我们桥归桥，路归路，别再逼我……有些罪，总得赎。"

钱老二将字条翻来覆去看了无数遍，阴鸷的眼神越发冷了。

他攥紧字条，捏成一团，扔到角落里，然后在沙发上坐下来。

本来想给她一个惊喜，却没料到等待他的是一个惊吓。

这次 J·K 的事太过棘手，从上次阿瑞斯查出亏空问题后，他逐一查账发现，J·K 集团内部的各个分部还有类似现象，给公司造成了巨大的损失。

钱傲在美国的这一个月，就一个字，忙。第一周他忙得脚不沾地，却不敢给她打电话。他怕一打电话，听到她的声音，自己就犯浑，撂下那一大摊子事跑回国。

一周后，他缓过劲来，几乎每天打，却怎么都无法打通。接下来，他几乎是和时间赛跑一般，速战速决，将原本需要三个月完成的工作量，硬是压缩到一个月就完成了。

结果，他一回来就看到了她划得一清二楚的楚河汉界。

掏出烟，点着火，他大口大口地吸着，等烟灰缸里竖了无数的烟头，他突然拿起车钥匙，一阵风般冲下了楼。

骨科医院。

元素缓缓地睁开眼，才发现自己趴在仲尧的病床边睡着了："不好意思，你渴了吧？我给你倒杯水。"

钱仲尧微勾一下唇，视线停留在她的脸上。今天她化了淡妆，可即便如此，还是没能盖住她眼圈下的一抹暗色。

"这些天，你没睡好吗？"钱仲尧抚了抚她的脸。

"嗯……还行。"她僵直着站起身来，在杯子里续满水，再缓缓摇动病床的摇杆，熟练地将床头摇起来，再把杯子递到钱仲尧的手中，"来，喝点水，你嘴唇都干了。"

钱仲尧接过杯子，笑了笑："素素，你不用每天都来陪我的，你都累瘦了。"

元素心里一紧:"没关系的,你养好病最重要。"

"辛苦你了。"钱仲尧的声音一如往常。

元素莞尔,接过水杯放回床头柜上,刚刚转身,病房的门就被人从外面推开了。

门口,站着消失了一个月的男人。他提着一篮水果,嘴上噙着意味不明的笑,一步一步朝他们走近……

元素的心脏剧烈地跳动着,她紧张得手足无措,脑子里嗡嗡响个不停,完全回不过神。

可钱傲只在她面前停顿了一秒,就与她……擦肩而过。

"你小子,怎么搞的?好好的也能把腿给弄折了!"

他在问候钱仲尧,元素松了一口气。

钱仲尧看了看她的表情,轻笑着摇摇头:"出任务呗,我哪儿能像二叔这么滋润呀,天天在花丛里泡着……对了,好像前几天杂志上还说有个小模特为了你闹自杀呢。"

"她死不死跟我有什么关系?"钱傲笑得云淡风轻。

那些人吃饱了撑的,动不动就把他连姓甚名谁都搞不清的甲乙丙丁生拉活扯地套在他的身上。不过他从来不屑于去解释,因为只会越描越黑。

但是这话落在元素的耳朵里,她就不是滋味了。

她一直恍惚着,心里乱成了一锅粥,恍惚中,突然听见钱仲尧唤她。

"素素,发什么愣呢?没看到二叔手里还拿着东西吗?赶紧帮着放一下。"

"哦!"元素心里直打鼓。

她走到钱傲面前接过果篮,若无其事地放到桌子上,然后走到钱仲尧身边。

钱傲看她一眼,强压下心里的酸涩,往旁边的椅子上一靠,双手环胸,一副玩世不恭的悠闲样子:"你这伤,还得养很长时间吧?"

"医生是这么说的。"

"行，那你小子好好养伤，旁的事，就甭操心了。"

"呵呵，我想操心也操心不了了。"

叔侄俩谈笑风生。

元素却觉度秒如年，忐忑不安。

不知过了多久，钱傲终于从椅子上站了起来："我还有点事，先走了。你好好养着，大老爷们，不就腿折了吗？没啥大不了，赶明儿又能活蹦乱跳了。"

"是呀。"钱仲尧淡淡一笑，突然拉过元素的手，半开玩笑半认真地直视着他，"其实，只要有素素，我一辈子瘸着也没关系……你说是吧？二叔。"

元素一愣，望向钱仲尧。他却不看她，与钱傲对视着，一脸笑意，可目光深处，却有一丝无法形容的凉寒。钱傲抿着嘴，心里闪过一丝异样，却什么也没有说，微微点头，然后径直离去。

天色渐渐暗了下来。

戏剧学院晚上有一个重要的排演，元素缺席不得，于是，她理了理衣服，站起来，准备离开："仲尧，我得去学校了，明天再来陪你。"

"路上小心。"钱仲尧淡笑着点头。

元素嘱咐了外屋休息室的护理，然后关上病房门走了。

一个穿着白大褂的医生敲门进了钱仲尧的病房，看他落寞地站在窗边，往下眺望，惊了惊，反手关上病房门，埋怨道："仲子，你咋起床了？要是被你爷爷知道你胫骨骨折是假的，我……"

"邵叔！"钱仲尧目光一黯，笑容有些冷硬，"放心，有事我扛着，落不到你身上。"

邵仪德看他脸色不太好，叹了口气："到底为了什么呀你？犯得着弄出这么大的动静吗？唉！"

晚上八点，戏剧学院请来了著名的戏剧表演艺术家，在表演系大厅排演剧目《你是我今生的爱人》，虽然参演的只是十几个学生代表，但导师却要求表演系的学生都来观摩学习。

元素是这十几个幸运的学生中的一员。

与元素搭档的男同学，是表演系的系草吴晨乐。

八点整，排演正式开始，各人按照剧本进入角色。

吴系草握住元素的小手，按照剧本念台词，演得相当投入："亲爱的小米，在这个世界上，有一个男人爱着你，不论何时何地，只要你需要，他都会出现在你的身边。那个人，就在你面前……"

按照剧本，元素应该含羞带怯地说："我知道，那个人是你。"

可是，她半晌没有反应，一动不动地站着，望着大厅门口。

她忘了台词，忘了台下数百双眼睛在盯着她。

"那位同学！"

"喀喀，那位演小米的同学！"

演播厅里顿时爆发出一阵大笑，元素的脸红到了耳根，不由得低垂着脑袋等着挨训。

"这位同学，你在台上魂不守舍，是对表演的不尊重，对艺术的亵渎，对搭档的轻视，像你这样的人，就不该选表演系。你不想演，有的是人等着演！"周教授吹胡子瞪眼，气得脸都变了颜色。

"啪啪啪！"这时，门口传来拍手的声音。

全场的注意力都被吸引了过去。

钱傲站在那里，眼神轻轻一扫，爆笑声就停下了，换成了一阵议论声。

戏剧学院的帅哥数不胜数，可钱傲这种刀削斧凿般的男人站在那里，仍然如同鹤立鸡群。他的气质，还有身上那莫名的狂傲劲，仿佛全天下人都不如他尊贵，那是修多少专业课都模仿不来的。

一时间，台下闪光灯亮成一片，不过这次的目标不是校花元素，而是那个瞬间惹出一片桃花的男人。女生们纷纷拿出手机拍照，花痴一般惊叫……

元素忐忑地看着他走近，身体僵硬得像一尊雕塑。

周教授认出他,突然一声低笑"二子,我当是谁呢,原来是你小子。"

"周叔叔,好久不见。"钱傲点了点头,又嗤笑一声,"您老这是表演骂人戏呢?真是入木三分,看得我怕怕的。"不管谁骂元素,他都觉得刺耳。

周教授不自然地笑笑,瞥了元素一眼:"你认识?"

感觉到周教授不太友善的眼神,元素心下微微一凉。

不料钱老二却淡淡地勾起唇角:"她是我……朋友。我找她有点急事。周叔叔,方便吗?"

周教授忙道:"方便,方便。"

元素:"……"

他方便,可她不方便呀!

元素惴惴不安地瞟了钱傲一眼,刚想拒绝,可一接触到他阴冷得像冰刀一样的眼,心慌意乱间,她终是没敢吭声。

空气中弥漫着一股耐人寻味的异样意味。

钱傲哼一声,在众目睽睽之下拉着她就往外走,毫无顾忌。

"你干什么?放开!"元素急欲摆脱他。

他狠狠一瞪:"再挣扎,你就死定了!"

元素脑子里一声轰鸣:"……"

两个人快速离开,留下演播厅里瞠目结舌的一群人。

怒火和屈辱直冲脑门,元素气得恨不得咬死他,可来来往往都是人,她一直忍着,直到走进一处两边都是植物的花坛中间,周围没有了像观赏濒危生物一样的怪异眼光,她才停下脚步,狠狠甩开他的手:"钱傲,麻烦你离我远点,好不好?你这样,让我以后怎么做人?"

钱傲的眉头皱了皱,似是完全听不懂她说的话一般,定定地注视着她,语气里满是漫不经心:"别生气,我给你带了礼物。"

元素脸上一阵青一阵白:"我最想要的礼物,就是你马、上、消、失!"

后面四个字,她说得咬牙切齿、一字一顿,钱傲听得暴跳如雷:"我大老远给你带礼物，你都不想看看？"

"不看。"

"小没良心的，回去再慢慢收拾你。"他压住火气，捏了捏她的腰，笑得暧昧不明，然后拽住她继续往前走。

元素气得想杀人："你有病吧？"

钱傲抿了一下唇，歪着头看她："对呀，就等你来治。"

元素："……"

四目相对，记忆如倒带一般在脑海中闪现，元素突然觉得腿脚有些发软，她将脑袋深深地埋进掌心，蹲下身子："你究竟要怎样才能放过我？"

钱傲一把将她拎起来搂在怀里，玩世不恭地笑道："放心，等我腻了，自然会放了你。"

元素错愕，脸色发白，气得整个身子都忍不住发抖："你怎么不去死！"

钱傲一笑："要死，我也得带着你。"

看他一副满不在乎的样子，元素连挣扎的力气都没了："说吧，你要带我去哪里？"

钱傲眯起眼："睡觉。"

元素大怒："不要流氓你会死呀？"

"不会。"钱傲轻笑，"但没有你，我会死。"

元素醒来时，已经是第二天上午了。

阳光透过窗户照进来，暖烘烘的，很舒服。

她伸了个懒腰，身上传来熟悉的酸软感，她一惊，捂住嘴坐起身，环顾四周，发现是似锦园的卧室，又哀叫一声，瘫倒在床上，直愣愣地看着天花板。

为什么每一次她都没有办法拒绝他？每一次的结果都是任他为所欲为？

元素正唾弃着自己,突然发现自己光洁的脚踝上不知何时缠绕上了一根精巧的脚链。

她错愕不已,因为她完全没有记忆。

不过她不用想也能猜到,肯定是钱傲弄上去的。

他这是拴狗呢?她试着取下,可左看右看,也不得其法。脚链像是为她特意定做的一般,不大不小,浑然天成。她想尽办法也取不下来,只能泄气地抓头发。

忍着身体的酸涩,她刚想起身,就见床头贴着一张字条,上面的字龙飞凤舞,一看就是钱傲的杰作:"我去公司了,你累坏了,好好睡一觉,晚上见。"

元素握着字条,真想去死。

在她二十一年的人生中,从未遇到过像钱傲这样强势的男人,嚣张、霸道、不可一世,像一头从原始森林里跑出来的野兽,只知道索求和占有。可什么时候,他学会了温柔?甚至还向她交代行踪?

安静的房间里,只有她一个人,但他留下的淡淡的薄荷清香,却若有似无地萦绕在她的鼻端,她拼命想逃离,却挥之不去。

一想到昨晚那些纠缠的画面,她的脸就忍不住发烫。

可是,他们这样下去算什么?头痛、纠结,她脑子里一团乱麻。

"主人,来电话了……"

手机铃声突兀地响起,划破了一室的沉寂。元素拿起来随意一瞅,发生是陌生的号码。

估摸着是推销、保险之类的,她漫不经心地按下接听。

电话里只有一个男人压抑的低喘声,像是为了制造某种恐怖的气氛,那怪异的声音里还夹杂着一阵莫名的骇笑,元素一惊,刚准备挂断,就听有人说话了:"我要你……元素……你等着我……一定等着我……"

那声音像是用变声器处理过的,不像真人的声音那么自然,因而显得尖锐而恐怖,尤其那一声直呼其名的"元素",吓得她如遭雷劈。

"你是谁?"

第五章 催命的灵符

"嘟嘟!"电话挂断了,死一般的沉寂。

元素觉得毛骨悚然,心跳快得差一点脱离胸腔,恐惧让她迅速做出反应,下意识地拨了那个从来没有存入通讯录,却不需要思索就能随手拨出的电话号码。

电话接通,钱傲轻轻喂了一声。

元素紧张地说:"钱傲,我找你有点事……"

"我这会儿很忙,等一会儿打给你。"

钱傲的声音很严肃,元素原本要说的话噎在了喉咙里:"嗯,没什么大事。"

那边,钱傲匆匆挂断,继续开会。J·K集团两个大的房地产项目一个接近竣工,另一个已经可以交付使用,而这次会议是为接下来重新竞标的老城区开发项目做研讨。

此时，会议室里静得掉根针都听得见。

一屋子人的视线都落在钱傲的身上，个个若有所思。

公司有明文规定，开会的时候不准接听任何私人电话。钱傲一向公私分明，这还是第一次自行破例。

元素拉开房间的窗帘，看着屋外灿烂的阳光，突然觉得或许是自己太敏感了。

光天化日之下，谁又敢真的对她怎么样呢？

这么一想，她安定了下来，匆匆洗漱后换好衣服就去了阿瑞斯。昨天她和颜色约好，《唯愿此生不负你》开拍在即，原本的女三号却突然怀孕违约不拍了，颜色决定去剧组试镜。出于姐们儿义气，她得陪颜色一起去。

她刚走到阿瑞斯门口，包里的手机就又响了。一看又是陌生的号码，元素有点害怕，直到铃声再一次响起，她才接起。

她没有料到，这个电话是朱彦打来的。

"元小姐，仲尧今天情绪有点不稳定，你能来一趟医院吗？"

"很严重吗？朱姨，我上午有点事，原本是准备下午过去的。"

"你还是来一趟吧，过来再说。"

话一说完，也不管元素答不答应，她直接挂断了电话。

元素愣了半响，然后一边给颜色打电话，一边跑到路边拦出租车……

医院里，朱彦焦急地在病房外来回踱步，旁边站着钱仲尧的主治医生邵仪德，他俩正在低声说着什么。

元素见状，心里骤然一沉，连忙小跑着过去："朱姨！"

见她来了，朱彦点点头，眉间却写满了不悦："这孩子也不知怎么了，一大早起床就傻坐着，不吃不喝，邵医生说他的腿又开始肿胀发炎了，要给他拍片看骨痂的生长情况，他却死活不肯。"

元素的脑袋阵阵发蒙。

邵仪德叹了口气，说："像仲尧这样的年纪，发生这种突发状况，很容易患上创伤性抑郁症。不过，你们也不必太过焦虑，只要家人多关心他，他的情绪稳定下来，还是很容易恢复的。目前，还是尽量不要让他受刺激吧。"

元素觉得自己的脑袋重若千斤。

昨天她走的时候还是好好的，怎么今天就变成了这样？

她步履沉重地推门进了病房，看到钱仲尧望着窗户在发呆。一个漂亮的小特护正蹑手蹑脚地打扫着地上的玻璃碎片，见到元素，像看到救星一般："元小姐，你来了？"

元素朝小特护摆摆手，示意她先出去，她则重新拿了一个杯子倒好水递给钱仲尧："你心情不好？"

钱仲尧转过头，他眼里布满了血丝，但还是勉强地笑了笑，接过水杯喝了一口："你来了。"

元素坐到床边，低声说道："一个人总会经历一些意想不到的困难，咱们应该去克服它、战胜它。我心目中的仲尧，是一个铁骨铮铮的男子汉，而不是自暴自弃的懦夫。"

钱仲尧叹了一口气，斜靠在床头，没有回答她这句话，只是淡笑着说道："你昨晚睡得好像很不错？"

话题转得太快，元素心里一窒，局促地望着他："怎么这么问？"

钱仲尧的视线落在她的脸上，像在研究一件价值连城的古董般仔细，末了，他温和地笑笑："你今天气色很好。"

元素暗暗舒了一口气，强自镇静地坐着，劝慰他："朱姨说你不肯吃饭，也不配合治疗，是怎么了？"

"没什么……"

"这样不行的，你要振作起来，等熬过了这段时间，就好了。"

钱仲尧动了动嘴唇："嗯，好。"

元素莞尔，心中的一块大石头终于落了地。

接下来,就是各种检查。邵仪德说钱仲尧腿上的骨痂已经开始生长,胫骨部分也在慢慢愈合,也就是说,钱仲尧生理上的伤其实是复原良好的。为此,朱彦专门打电话和钱家人商量,最后一致决定,让他回家养病,毕竟长期待在病房,天天闻着消毒水的味道,没病的人也会患上抑郁症。

接着,朱彦风风火火地去做准备工作了,只留下元素照看他。

以前他俩在一起,总有说不完的话,可现在病房里二人独处,却只剩一阵阵沉默。

望着钱仲尧的身影,元素心里止不住地发酸,觉得自己真不是个东西,可除了默默祈祷,她又无能为力。

"怎么了?瞧你愁眉苦脸的。"钱仲尧笑着打趣道。

元素实在笑不出来,偏偏这时,她的电话响了。

看了一下号码,她迟疑地看了钱仲尧一眼,转身走到外面去接:"喂。"

"刚才开会呢。什么事要说?想我啦?"钱傲开完会,语气又变得痞痞的。

然而,有的事,错过了那个最佳的表述期,换了时间,换了地点,就再也说不出口了。所以,元素犹豫了一下,没提那个电话,只是小声说道:"想你去死。"

"真呛。行了,不生气。我去接你吃午饭,你在哪儿?"

"医院。"

钱傲沉默了,半晌,直接挂了电话。

元素忍不住在心里爆了句粗口,然后回到病房。

她刚坐下来,嘀一声,手机又响了。

元素掏出来一看,不出所料,几个字简单、霸道,还是钱二爷的风格。

"医院后门过街,等你十分钟。"

"有事要忙了?"钱仲尧微笑着问。

元素抬头冲他笑笑："没啥事。"

"哦。"然后，他无话可说。

病房里气氛沉闷，她有一种逃离的冲动。

幸好，不一会儿朱彦就回来了。她带着担架，还有医生、护士一大群人，一看就是下定了决心要把仲尧带回去休养。

元素默默地收拾着东西。

在她身后，钱仲尧突然笑问："这条脚链很适合你，在哪儿买的？"

她脑袋里顿时响起轰的一声。

她紧张得话都说不利索了，随口说道："哦，颜色送的。"

钱仲尧目光一凉，随即哑然失笑："你们感情……真好。"

元素尴尬不已，只能笑笑。

半小时后，送走了钱仲尧，元素便离开了医院。

七月的太阳像一个大火球般炙烤着大地，脚踏在地面上，感觉暑气直往身上扑。

街对面的树荫下，停着一辆纯黑色的布加迪威航。

元素低下头，慢慢走过去，每一步都很艰难。

车窗缓缓落下，钱傲铁青着一张脸，扬了扬下巴："上车。"

"去哪儿？"

"吃饭，睡觉。"

"……"

J市的东兴路是有名的美食一条街，街道两旁特色酒楼鳞次栉比，各地风味食品云集于此。

钱傲带她去的是一家名叫"巴蜀人家"的川菜馆，面积不大，但主体装饰在这酷热的夏日里看着格外凉爽。

钱傲牵着她，直接上了二楼的包间。

很快，一道道菜传上来，色香味俱全，煞是丰盛，看得元素一边皱眉一边流口水："点这么多，太浪费了。"

钱傲不以为意，不停地帮她布菜："多吃点，别把咪咪饿瘦了。"

元素气结，半天没缓过劲来："姓钱的，你还真是个'种在地里也不出苗'的……"

"什么？"

"坏种！"

"我看你挺有种的！"钱傲往她碗里夹了一块水煮牛肉，慢条斯理地笑着说道，"只要你晚上让我多种几次，指定能出苗。"

元素拿眼剜他，冷飕飕地道："真稀罕，你能用成年人的思维，说出幼稚园孩子的话题。"

钱傲习惯了她的讽刺，不以为意地叹了口气，突然放下筷子，认真地说："妞，其实我最稀罕的人就是你了，你能不能别这么不知足？"

元素道："可是，我不稀罕你。"

"你敢不稀罕？"钱傲嘴角一弯，没脸没皮地说，"那你说，你究竟对我有哪点不满意？像我这样模样好、身材好、脾气好、出手阔绰，还能让你美得死去活来的男人，你上哪儿找去？"

元素差点没噎着："你确定说的是你自己？"

钱傲眯起眼："你说呢？"

"呵呵！"元素冷笑一声，却见钱傲脸上的笑容突然一敛，他猛地站起身，大步走了出去。

元素一愣，咬着筷子，随着他的身影转动。

对面包间里，一个女人在无声地抹泪。她三十岁左右，成熟女人的风韵和那种淡淡的书卷气结合在一起，看起来有一种独特的古典味道，清雅婉约，像从画中走出来的一般。

那女人不是钱傲喜欢的那种前凸后翘的类型。

元素想着，有些疑惑，目光探究地看了过去。

然而，对面包间的门缓缓关上了。

元素："……"

这么昂贵的餐，不吃白不吃。

管他谁是谁的谁,她必须拎得清……

吃着吃着,钱傲回来了,浓眉深锁地看着她,沉声说:"妞,我有点事情要处理,你先回家!"

"嗯。"元素二话不说,直接走人。

离开餐馆,她不想去似锦园,给颜色打电话,知道她约了程菲儿在逛街,便直接打车就过去了。

女人之间的友谊既干脆又简单,穿衣打扮、言谈举止,三两句话就知道能不能说到一块去,绝不拖泥带水,敌友分明。

元素和颜色、程菲儿之间也是这样,三人一起挤过食堂,一起抢过前排座位,革命友谊就此生根发芽,一不小心就长成了参天大树。颜色家境小康,程菲儿则是货真价实的"白富美",虽然她从来没有提过家里的情况,但是一看她的吃穿用度就明白了,实在是元素这种穷人家的孩子没法比的。

太平洋广场,元素下了车没走几步,就看到了颜色和程菲儿。

"嗨,美女!"元素打招呼。

"哟,小圆子,谁欺负你了?"

即便元素满面春风,眉梢带笑,颜色也一眼就看出她情绪不对。

为啥?笑得太过了呗。

都说没有女人不爱逛街购物,可元素就是一个例外,每次出来逛街都像要她的命一样。当然,颜色也明白,从深层次来说,元素是不想花钱。一旦哪天元素想花钱了,八成就是心里不痛快了。

"哪有人敢欺负我?你想多了。"

"真没事?不能吧,你笑得太吓人了。"颜色拽着她的胳膊,对着光仔细瞅。

颜色很护犊子。换作以前,不管是生活上的事还是感情上的事,元素都会第一时间和她分享。

可今天元素连倾诉的心情都没有:"走吧,逛街了。别耽误时间。"

"行行行。走!"一来元素演技太好,二来颜色是个没心没肺的孩子,见她笑吟吟的挺开心,也就没往心里去。颜色一手拉一个,叫着"走"就往商场进发。

这"时尚春天"商场,越往楼上走,东西的价格越贵。三个女人算来算去,也只有程菲儿买得起顶层那些名家设计的时装了。

"好美呀!我前些天在杂志上见过那条裙子。"颜色突然停下脚步,盯着橱窗惊叹道,移不开眼睛。

那是一件淡蓝色的连衣裙,华丽又不显张扬,简洁大方的线条很有设计感。

"好看,那就进去试试呗。"程菲儿率先走了进去。

颜色是个服装控,对那条连衣裙完全没有抵抗力。她拉住元素,就跟上程菲儿的脚步:"对,反正试装又不要钱。"

她们长得都挺亮眼,穿着也不俗气,店员瞧了一眼,就热情地迎上来:"这条连衣裙本来是一位女士预订的,可惜她突然怀孕穿不上,才又上了柜。"

颜色看了店员一眼,接过裙子就进了试衣间,站在镜子跟前左照右看,哭丧着脸道:"怎么就撑不起来呢,我要丰胸……"

颜色出来后,程菲儿拿着裙子进去了。半响之后,她出来了,裙子都没上身:"穿不上……"

颜色心理平衡了,幸灾乐祸地笑着说道:"小橙子,你该减肥了。"

说完,见元素坐在边上发愣,颜色走过去拍她的肩膀:"想什么呢?快去试试。"

元素拉过吊牌看了看:"不试了。"

"你敢!"颜色揪她,"你这是严重的脱离组织,快去!"

说完,也不管她同不同意,颜色直接将她连人带裙子推进了试衣间。

元素不情不愿地换上裙子,根本没什么兴头。当她从试衣间出来时,包括两个店员在内,大家都移不开眼了。

怎么有人可以长得这么好看?就像一幅画,找不到半点瑕疵,浑身上下散发着灵动又妖娆的气息，简直是天生尤物！

"小橙子，你看她像不像大明星？"颜色在元素身边转来转去。

见状，女店员赶紧上前，嘴巴像抹了蜜似的说道："这条裙子简直就像是为你量身定做的，除了你，我看没人能穿得出这范儿……你看，要不要帮你包起来？"

元素后背汗涔涔的，女店员嘴巴再甜，她也买不起呀。

"谢谢，不用了。"她赶紧道。

看她的表情，女店员心里有数了。一腔热情白瞎了，她有些不高兴，收拾裙子的时候黑着脸，走到柜台边跟同事交换了个眼神，没忍住小声嘀咕了一句："买不起，试什么试！"

她这话说得本来很小声，却不巧被颜色听到了。

颜色脸一黑，直接开骂："我说你怎么说话的？会不会做生意呀？"

看她急眼，元素红着脸拉住她："别闹了。"

程菲儿也有点受不了这气，低头凑到元素耳边道："我替你刷吧，以后有钱了再还我。"

元素知道程菲儿不缺钱，但她可不想平白受人这种恩惠："不用了。这条裙子，我也不喜欢。"

程菲儿皱了皱眉，笑了笑，没说话。

元素匆匆进试衣间换上自己的衣服，在那两个女店员鄙夷的目光下离开了。

三个人慢慢逛着，颜色一直在吐槽，元素不吭声，气氛有些沉闷。没想到，她们没走多远，刚才那个女店员就气喘吁吁地跑了过来，手里还提着一个包装袋。

"小姐，你的衣服！"女店员上气不接下气地道。

三个人同时转头看向她。

女店员看着元素，不好意思地说："那位先生帮你买了。"

元素一怔，转身一看，只见白慕年慵懒地站在那里，手插裤兜，脸上带着淡然的笑。

"不好意思,白先生……我、我不能要。"

元素不想去猜度白慕年这么做的原因,看颜色已经帮她从女店员手里把衣袋接过来了,臊得脸颊一红,一把抢过来,她走到白慕年的面前,双手递给他。

白慕年不接,莞尔道:"我只是单纯觉这条裙子挺适合你,不要你就扔了吧。"

说完,他转身走了。

扔了?元素看着他的背影,愣住了。

"等一下!"突然,她冲着白慕年的背影喊了一声,"这钱我会还你的。"

白慕年一怔,转过身来:"不用,我会直接找钱老二报销。"

"……"

出了"时尚春天",程菲儿就先开车走了。

颜色围着元素转了一圈,并用那不正经的小眼神打量她:"你是回我那儿,还是回他那儿?"

"我先去你那儿接大象,然后去那边。"

"好吧,走,小姐姐!"

对于元素的遭遇,颜色一向是喜大于忧,何况她性格大大咧咧,也没再多问,开着那辆二手小毛驴就载着元素回了家。

元素接了大象,再回似锦园时已是傍晚,她也没心思弄吃的,把大象安顿好,泡了一碗方便面吃掉,随便折腾折腾就到晚上九点了。

她倒在床上,却睡不着,脑子里总晃动着钱傲的脸。

辗转反侧好半天,周公就是不找她!

最后,她无奈地坐起身,扒拉扒拉头发,去书房打开了电脑。

她正百无聊赖地上着网,突然被书房墙上那一字排开的四幅字画吸引了注意力。

以前这些字画也在这儿,不过她从来没仔细看过,今天不知道咋回事,她突然觉得它们和书房的布置有些不协调。它们不是名家的作品,笔迹略显青涩，一看就出自女性之手。

"春日游，杏花吹满头。陌上谁家年少，足风流。妾拟将身嫁与，一生休。纵被无情弃，不能羞。"

"夏日游，杨花飞絮缀满头。年少轻狂，任意不知羞。为比花容，一身罗裳玉搔首，休言愁！"

"秋日游，落英缤纷花满头。儿郎情深，依依双泪流，恨离愁。不忍别，待到山崩水断流！"

"冬日游，似水云雪落满头。莫是谁家少年不知愁。纵无心，跌入云泥，相看笑不休！"

元素慢慢走近细看，字画落款就两个字：甄凡。

甄凡是谁？

她不想细究，只觉得心烦。

回到床上，元素好不容易迷迷糊糊地睡过去，身上的薄被却突然被人掖了掖。

"睡了？"

元素半梦半醒间嗯了一声，没有睁眼。

钱老二揉了揉她的脑袋，转身去了浴室。等他洗好出来，元素留给他的是一个冰冷的脊背，合着有些湿润的身子，他从后面贴上去，双手揽住她，轻轻摩挲。

睡衣太薄，接触感太强，背部与他心脏的位置贴得太紧，元素心里五味杂陈，淡淡地说了一句："钱爷，我累了，今天晚上不侍寝。"

钱傲将她搂紧，呼吸有点急促，闻言闷笑一声："从哪儿学的这半古不言的酸词？"

这能比"相看笑不休""一身罗裳玉搔首"更酸？

元素不理他，继续睡觉。

钱傲叹了一口气，把她的身子扳过来，拥进怀里："怎么啦？你在生气？"

元素身体一僵，烦躁地推了推他："睡觉！"

"元素,我是不是太惯着你了?"钱傲有些生气,一翻身,将她压在身下,又揉又捏,一如既往地放肆。她这会儿特别嫌弃他,想到他的嘴巴可能刚刚亲过别人,她不由得咬紧牙关,死都不松口。

钱傲恼了,狠狠用牙咬她:"松开!"

"我不!"元素很自然地开口。

她嘴一张,某禽兽趁此机会,舌尖就直接往里探入,把她一身的香软摆弄得像块嫩豆腐似的。

火苗蹿得很快,可身体一凉,她的脑袋就清醒了。

抗拒不过,她便一动不动,不给他任何回应。

钱傲一怔,泄气地在她上方撑开胳膊,拨开她散乱的头发,盯着她看了一会儿,低声问:"元素,你咋了?"

元素闭上眼,不理他。

这是她长期作战后总结出的战斗经验:硬抗,不如软抗。

"啥臭毛病?"钱傲一巴掌拍在她手臂上。

疼痛迫使她睁开了眼:"钱爷,难不成我还得说句'欢迎光临'?"

钱傲气结,半眯起那双锐利的眼睛,按压下她的肩膀,高大的身躯一寸一寸地贴上她:"别总是挑战老子的耐性。"

压迫感让元素无法呼吸,她想咬他,可他身手太快了,下一秒就擒住了她的下巴,另一只手扣住她的腰:"你属狗的?"

元素困难地咽了下口水,知道难逃一劫,索性把心一横:"要做就快点,不做就滚,我要睡觉。"

钱傲额上青筋暴起,双手死死按住她的肩膀,充血的眼里快要喷出火来:"元、素!"他的牙齿磨得咯吱响,声音几乎是从牙缝里挤出来的,"我真想掐死你!"

这不是疑问句,而是肯定句。

怒火差一点焚烧了他的理智,想他钱老二多么骄傲、多么强势、多么霸道的一个男人,走到哪里别人不是对他卑躬屈膝?可这个女人居然嫌弃他到这个份上。

狂躁的情绪撕扯着他,拳头如疾风骤雨般砸下,元素被吓得魂飞魄散。她紧紧闭上眼,等着那一拳的到来——可是,风声掠过,想象中的巨痛没有出现。

他的拳头越过她的头顶,砸到了床头。

她再次睁开眼时,只看到他穿戴整齐的背影,还有那扇被他摔得响彻云霄的门。

他走了。也好,这样不清不白的关系也该结束了。

元素坐起来,抱住自己的膝盖。

她脑子里乱糟糟的,睡也睡不着了,随手拿过遥控器,打开电视,想转移注意力。

换了几个台,谍战之后,就宫斗,宫斗完了又把谍战搬到宫廷里潜伏……心情糟糕的人,看什么都不顺眼,她放下遥控器,闭上眼躺着听电视。

"各位观众,本台刚刚发回报道,今日晚间八点十五分,在某高级寓所内发现一具裸体女尸。经警方证实,死者是某外国语学院三年级的学生,死者生前曾遭受过惨无人道的性侵害。这是连日来我市发生的第二起女性被害案件……"

元素瑟缩了一下,本能地恐惧起来。

独处的深夜、这样的新闻,让她毛骨悚然,刹那间就联想到那天的恐怖电话。头隐隐作痛,她扯过被子就将自己裹住。

突然,楼下传来大象呜呜的叫声,像被人踩到尾巴一样,在寂静的夜里,听起来格外凄厉。

元素一怔,来不及多想,翻身下床就直奔大象的狗宅。

大象耷拉着脑袋,无力地贴在她的脚边,叫唤着。元素蹲下身,轻轻拍它的头,摸摸它的皮毛。换以前,它肯定撒欢似的蹦来蹦去。可这会儿,它的四肢贴地上,下巴搁在地面上,只会可怜兮兮地瞧着她。

"大象,你怎么了?"明知道它不会说话,她还是问出了这弱智的问题。

大象看起来很痛苦，身子突然剧烈地抽搐，然后头朝地干呕起来。

元素有点慌，不敢再耽搁，抱起大象回屋，手忙脚乱地掏出手机给钱傲打电话。

音乐响起，他不接。她不死心，又拨了一次，那头还是没接。

看着大象痛苦的样子，元素的眼眶有点发红："你爹不要你了。"

实在没有办法，她抱着大象跑出了似锦园。

J市西郊一带全是富人别墅，白日里都要走十几分钟才有出租车，何况是晚上。

元素心急如焚，拿件衣服将大象裹起来，一人一狗一出门就开始狂奔。

这时，一辆黑色迈巴赫从她跟前疾驰而过，然后吱一声停下。

元素吓了一大跳，回头一看，就见到下车的白慕年。

"白先生！"她没来由地松了一口气。

白慕年俊朗的面容在暗夜下显得有些沉重。他没有多问，或者说没来得及问，只是迅速打开副驾让元素坐了上去，然后发动了车。

不远处，一辆隐藏在树荫下的车里，一个男人默默注视着这一切，嘴角带着一抹嗜血的笑……

一个小时后。

大象被推进了兽医院的手术室。CT显示，它的胃部有一根长约一厘米的细铁丝，而铁丝的一端已经插入了胃壁，还好救治得及时，算是保住了这条狗命。

手术结束后，原本活蹦乱跳的大象软绵绵地躺在保育箱里，腿上还扎着输液的针头，看上去毫无生息。

元素胆战心惊地探了探它的鼻息。

白慕年看她一眼："别担心，麻醉过了就会醒。"

元素悬着的心终于落下："谢谢你，白先生。"

白慕年面无表情地说:"叫我'白哥'吧。"

元素勉强一笑:"白哥,今晚麻烦你了。你回去吧,我守着就成。"

"没事。"

白慕年的声音低沉且有磁性,带着淡淡的优雅,像极了他这个人,静静地坐在她身边,就如同一座高山,让人打心眼里觉得踏实。

接下来,是长久的沉默。

他什么也没说,也不问钱老二去了哪儿,可偏偏就是这种"看破不说破"的感觉,让元素觉得心酸。

大象输完液,已是凌晨两点。

元素跟着白慕年离开宠物医院,回到了似锦园。

元素抱着大象下了车:"谢谢!"

"客气。"白慕年嗓音低沉,透过夜风飘过来。

元素微微一笑,刚想说再见,突然觉得胃气上涌,一阵阵翻腾,恶心又想吐。难道是刚才受了风,感冒了?元素尴尬地看他一眼,准备离开,却觉得头重脚轻,一阵眩晕感袭来,她有点站立不住。

见状,白慕年赶紧扶了她一把:"身体不舒服?"

元素来不及说话,把大象塞给他,蹲在路边就一阵干呕,却什么也吐不出来。

白慕年皱了皱眉,走过去在她后背上轻拍了几下。

"嘀嘀!"一阵汽车的喇叭声传来,接着,耀眼的车灯亮起。

白慕年转头,看到钱傲的车缓缓停至身边。

元素惊愕地抬头,直起身,傻傻地看着钱傲。

他慢慢下车,双眼盯着白慕年扶着元素的那只手:"年子,这深更半夜的,干吗呢?"

"碰巧遇到你家大象病了,送它去了趟医院,刚回来。"白慕年放开元素,顺便把狗塞给钱傲,"赶紧抱回去吧。"

白慕年跟钱傲住得近,当初兄弟俩为了方便,买了同一个小区的别墅。

原本没什么事，可钱傲心里就是觉得别扭，不高兴。

"给它吃什么了？连只狗都看不好。"

"……"

元素胃里翻江倒海，又被他一气，差点没死过去。

白慕年赶紧打圆场："得了，谁都有个不小心的时候。我先走了，回见呀。"

白慕年刚走，钱傲就没好气地训元素："大象生病，你不知道给我打电话吗？犯得着去麻烦别人？"

"给你打电话，你的电话能打通？"

钱傲一愣，掏出手机看了看，果然有未接来电。看来是他刚才敞开车窗，迎着风，车开得太快，没有听见手机响。他瞬间就放松下来，笑嘻嘻地将元素搂在怀里，吻了吻她的面颊："我的错。这么着，今晚罚我好好伺候你，行不？"

"臭流氓……"

"是是是，我是臭流氓，我就只对你一个人耍流氓。"

元素的脸色一阵发白："你……要不要脸呀？"

"不不不，我没有脸，压根就没有脸。"

见他一副没脸没皮的样子，元素气结："拉倒吧你，别扯这些有的没的。放手，回屋，我困了。"

钱傲皱眉看着她，黑眸里蕴藏着一抹复杂的情绪，还有一点点委屈："妞，咱别闹了成不？我很累。"

元素一怔，甩开他的手，转身进了似锦园。

当她再次醒来，浑身又是一阵酸软。

那些支离破碎的记忆，慢慢组合起来。她气自己不争气、没出息，可她拿钱傲真的一点办法都没有。细细想来，似乎每一次争执，他们都是在床上解决的……

不能这样下去了。她必须勇敢一点，彻底离开他，要不然，漫漫一生，要怎么过?

元素闭眼眯了一会儿,便起床开始收拾自己的东西。

她行李少,一个小包就装完了。其他那些不属于她的东西,不用带走。

当她准备去拿那件还欠着白慕年的裙子时,突然惊住了。

那条裙子正可怜兮兮地躺在垃圾筒里,几乎被扯成了碎布。

钱老二是疯了吗?

想到那条裙子的价格,元素心疼不已,她怒火中烧地放下行李,像一只炸毛的猫,伸出爪子冲了出去。

她一个个房间地找钱傲,却都不见人。

元素正觉奇怪,突然听到厨房里传来一声痛叫。

元素下意识地心头一紧,想着应该去看一看的时候,双脚已经站在了厨房门口。

厨房里一片狼藉,钱傲一身狼狈。

看到她,钱傲胡乱地把手指拿到水龙头下冲了几下,然后不好意思地抹了把脸,嘴角边沾着一块没来得及擦干净的鸡蛋黄,嘿嘿一笑,那样子别提多滑稽了。

"你醒啦?"

"……"这什么状况?

这男人十指不沾阳春水,千万别说他是在做早餐。

钱傲轻咳一声,将受伤的手背到身后,憋屈地道:"我想做个吐司煎鸡蛋给你吃,那个、那个吐司……居然敢跑。然后,我就……"

元素无语地瞥了一眼砧板上被切得七零八落的吐司片,走过去将他背到身后的手抓过来。

伤口虽然不深,看着却有点吓人。

元素默默地找出医药箱,仔细地帮他把伤口清理干净,然后把厨房里被损坏的食物通通扫进垃圾筒。

她站在灶台边,在锅里放上一点橄榄油、吐司、鸡蛋,小火慢煎,动作熟练而优雅。钱傲一只手插在裤兜里，倚着厨房门看她，眼里闪过一抹得逞的笑。

手指头挨的这一刀，值了！

她就是心软。

"妞，你做得真好，你走了，我就得饿肚子了。"他谄媚地拍着马屁，不停地巴结她，腻乎起来，就像一个没长大的孩子。

元素不理他，完全当他是空气。将食物端到桌上之后，她就上楼去拿行李了。

最后的早餐做好了，她仁至义尽。

她拿着小包下楼的时候，钱傲就站在楼梯口，怀里抱着大象，用委屈的眼神直勾勾地盯着她。

元素皱眉扫了一眼餐桌。

两分钟不到，他居然吃得一干二净。

他这是吃饭，还是倒饭？

她垂下眼，不管他，可没走几步，手腕就被他捉住了。

"别走！"

元素偏头望向一脸别扭的男人："放开。"

"不放！"

俩人四目相对。

"你要是个男人，就放手！"元素突然没了耐性。

她怕，怕他，更怕自己会招架不住他突然的柔情。

"如果你不放，那我就只有死在这里。"元素恨声道。

钱傲微微一怔，眯起眼看她。最终，他还是一点一点地放开了她的手。

元素头也不回地走了。

钱傲站在原地，看着她离去的背影，心不断往下沉，像有什么东西被活生生剥离了一般……

离开似锦园后，元素并没有感觉到轻松。人都是有感情的生物，尤其是女人，不管她对钱傲有多恨，毕竟他是与她滚过床单的男人，相处久了，总会生出一些不一样的情感。

昨夜被他折腾了一宿，几乎没怎么休息，上午她要拍一个体育用品的广告，可她精神不佳，一直不在状态，原本很轻松就能完成的动作，她却一直做不好，被导演批评了好几次，说她笑容僵硬、身体不协调。

"你搞什么呀？不想拍就别签，专业一点行不行？"在多次提醒她后，导演的耐心终于用完，他的话仿若冰刀霜剑，瞬间冻住了元素还在飘移的心。

是的，她这是在干吗？这是工作呀！

理智回归，她拍完广告，又严肃地思考了整个下午，终于下定决心和过去永远说再见。不管是仲尧，还是钱傲，都被她划入了过去。

接下来的三天，她没有回家，不见钱傲，也不见仲尧，关掉手机，不上网，断掉与外界的一切联系。除了工作，她就把自己丢在颜色的出租房里睡大觉，彻底自我封闭起来。

可没有用，该来的，始终会来。

这天，她刚和颜色走出阿瑞斯的大门，一辆豪车就停在了她旁边。

司机下车，没有说话，只做了一个"请"的姿势。

透过半开的车窗，元素看到了朱彦那张妆容精致的脸，她礼貌地问："朱姨，有事吗？"

"元小姐，上车吧。"在没有仲尧的场合，朱彦对她可谓冷若冰霜，也不解释，只是倨傲地看着她，不给她拒绝的理由，"为了仲尧。"

元素无奈，只能让颜色先走，自己默默地上了车。

朱彦开门见山地道："元小姐，你可知道我今天来的目的？"

元素摇了摇头，等着她的下文。

几秒后，朱彦冷笑一声："我和仲尧他爸商量过了，我们不反对你和仲尧交往。我今天来，是准备和你的家人见个面，谈一下你们的事。

看看是不是选个好日子,把你们的事办了。"

元素一惊,像被雷劈了。

也就是说,朱彦今天纡尊降贵来找她,是为了让她跟仲尧结婚?

元素直接拒绝:"抱歉,朱姨,我没这个打算。"

朱彦不动声色地问:"元小姐的意思,是看不上我们家仲尧?"

元素道:"你知道我不是这个意思,恰恰相反,是因为仲尧太好,我配不上他。"

"你很聪明。"朱彦深深地看了她一眼,顿了顿,又忍不住冷笑,"没想到元小姐年龄不大,心机却挺重,懂得对男人要欲擒故纵的道理,把我儿子吃得死死的。"

元素牵了牵嘴角,感叹说真话没人信,说假话别人反倒不怀疑。

朱彦哼了一声:"不管你怎么想,仲尧认定了你,我们做长辈的,只能顺了他的心愿。"

果然不是一家人,不进一家门。朱彦的话让元素想到了钱傲,她非常讨厌他们用这种咄咄逼人的语气和她说话,还擅自决定她的去留。

"对不起,我不同意。"

"你不用同意,好好准备就行。"

"……"

有钱人的逻辑,难不成都这样?以为自己统治全人类了?

元素有点恼火,但她不想伤害仲尧:"朱姨,我跟仲尧的事,我们自己会解决。你要相信,他总有一天会想通的,毕竟比我好的女孩,大有人在……"

朱彦眯起眼看她,沉默了好一会儿,突然冒出一句:"你认识陶子君吗?"

元素嗯了一声,颇觉意外地问道:"你认识我妈?"

"她是你妈?"朱彦上下打量她,"怪不得。"

怪不得什么?

据元素所知,妹妹元灵不到三岁时,她们的老爸就过世了。妈妈是外地人，和爸爸结婚后才留在了J市。这么多年，一家三口守着那老旧两居室，家里从未出现过一个有血缘关系的亲戚。

说实话，对于老妈的事情，她比谁都好奇。

"朱姨，你和我妈很熟吗？"她忍不住问。

"不熟，年轻时见过几次。"朱彦从她脸上移开视线，眼里情绪难辨。

元素正想继续询问，车却在这时停下了。她一路上都在胡思乱想，没有注意车居然开到了自己家外面的巷口。

"这……"她一脸疑惑。

朱彦看着她："请我进去坐坐吧，顺便和你妈谈谈。"

元素又好气，又好笑，又无奈。

朱彦把姿态放得这么低，人又到了家门口，她怎么拒绝？

元素硬着头皮带着朱彦穿过小巷，进了院门。

外面的阳光很耀眼，可一进低矮、阴冷、潮湿的住宅楼，就感到一阵阵阴凉。

元素正准备拿钥匙开门，门就从里面开了。

开门的，正是陶子君。

她的视线越过元素，看到朱彦，身体明显僵了一下："你怎么来了？"

"真巧呀，子君。"朱彦笑了笑，不自然地拢了拢头发，"我来看看你。"

"庙太小，容不下大菩萨。"陶子君堵在门口，一脸灰白，突然又想到了什么似的，转过头望向元素，"你怎么会和她在一起？"

元素完全不知道怎么开口。

见状，朱彦笑着拉过元素的手："你还不知道呀？子君，咱们呀，要结亲家了！"

"什么？"陶子君一口气差点没提上来，神色十分难看。

不过，她沉默了一会儿，最终还是将俩人让进了屋。

"里面说。"这话她是对朱彦说的。元素怔怔地看着，有些不明所以。

元素一个人坐在客厅等着，也不知道过了多久，陶子君和朱彦才从卧室走了出来。

两个人的脸色都不太好看，尤其是陶子君，可能是谈话不太愉快，她一张脸黑得像锅底。

朱彦倒是笑盈盈的："素素，朱姨就先走了，刚接到电话，仲尧他二叔摔了，从二楼的阳台摔到了楼下的花圃里，我得回去看看。"

"他摔了？"话一出口，元素就恨不得咬掉自己的舌头。

明明是在心里说的话，怎么就从嘴里冒了出来？

幸好朱彦并没发现她这话有什么问题，象征性地点了点头："是呀，回家不到半小时就出事了。仲尧这孩子也是，家里那么多人不使唤，偏偏使唤他二叔，惹得老爷子发大火……行了，不多说了。素素，你劝劝你妈，我先走了。"

"朱姨慢走。"

元素的心跳得很快，一种压抑不住的情绪在心里翻腾不已……她想去看看大象！

他受伤了，那大象不就没人照顾了？

朱彦心绪不宁地下了楼，刚坐上车，钱仲尧的电话就打来了。

"妈，你去找素素了？"

朱彦拿着手机的手微微一僵："嗯，怎么了？"

"妈，你对她说什么了？"

一听见他又着急又担心的语气，朱彦就头痛，被一个女人迷得神魂颠倒的，和当年的他……何其相似。

"妈，你说话呀！"钱仲尧不断地催促。

朱彦叹口气："仲尧，你死心吧……她妈是不会同意的……"

"她妈不同意？妈，你怎么知道？难道你认识她妈？"

"我……我上哪儿认识她？这不是刚见了一次吗？"

"我的事，以后你别管，我自有主张。"说完，钱仲尧就直接挂了电话。

朱彦愣了几秒,有点生气,不禁嘀咕:"这死孩子,自个儿的亲妈竟比不上一个破落户的女人。"

如果所有的事情都能预见,那么元素绝对不会选择再回似锦园。当她像个傻子一样打开指纹锁进去时,没想到迎接她的人,是在"巴蜀人家"川菜馆遇到的那个"古典美"。

两人四目相对。

"古典美"怀里抱着大象,一双美眸波光潋滟,长发披肩,淡青色束腰长裙衬得她温婉恬静,笑容也明媚灿烂。她对元素微微一笑之后优雅地转身,以一副女主人的语气对着里屋喊了一声:"小傲,有客人来了。"

小傲?他不是从二楼摔下来了吗?怎么会回了似锦园?

而且,这男人也太神奇了,那天拉着她的手恋恋不舍,她还犯堵了一回。原来,她前脚刚走,后脚就有人补了缺。

"不好意思,我马上就走。"元素不想在这里给自己找难堪,转身就要走。

"古典美"却一笑:"小姐,你是谁?回头我好告诉小傲。"

元素从她的目光里看到了防备,友好地一笑:"我是帮钱先生照顾狗的。"

说完她就想溜,可背后却传来钱傲的低吼:"站住!"

元素脊背一僵,不理他,加快了脚步。钱傲冲上去从背后紧紧抱住她,将她整个人镶在自己的熊抱里,紧得她甚至可以听到他激烈的心跳声。

"你干什么,放手!"

元素刚一用力挣扎,身后的男人就发出了嘶的一声痛呼:"轻点,痛死我了!"

元素咬牙,挣扎不了,又被第三个人看着,终于平静了下来,转回头看他。

这一看不打紧,她差点忍不住乐起来。

钱傲上半身赤裸着,胸部、背部和手臂上缠着纱布,看上去就像一只大粽子。

"别担心,没多大事,只是软组织挫伤。"钱傲盯着她笑,眼里闪着一种异样的光彩。

元素回道:"没人担心你,我是回来看大象的。麻烦你松手。"

"我的狗,你想看就看呀?"钱老二的自尊心又受打击了,恶狠狠地吼了她一句,又抱紧她,"反正我不准你走!"

他不准?他从来就没准过。可她没工夫陪他闹,再不走,她怕死在旁边那个"古典美"淬了毒的眼神里。

"你放开再说。"元素无奈地道。

"你想得美。"钱傲哼了一声,又突然软了语气,"行了,咱们不闹了好不好?你能和一个高危病人生气吗?"

他是高危病人?元素无奈一叹,小声斥他:"你家还有客人……"

"哦,我忘了!"钱傲低笑一声,像是刚刚反应过来一般,箍紧她的手稍微松了松,转头淡定地望向"古典美","甄凡,谢谢你来看我呀。你回吧,她会照顾我的。"

甄凡?元素怔了怔,想到了书房里的字画。

"好。"甄凡点头,温柔地扫了他们一眼,微微一笑,离开了。

元素纳闷了。

他和甄凡说话时的语气很温柔,对她也算与众不同,但为什么会让她走?

难道是钱某人因为和他的真命天女闹别扭,所以拿自己做挡箭牌?电视剧里都是这么演的。

元素像是突然找到了真相,甄凡前脚一走,她后脚就甩手:"钱爷,人走了,不要再演了。"

"嘶——痛!"钱傲被她一拐,痛得弓起腰来,"元素,你谋杀亲夫呀?"

见他捂着肚子,元素一惊,手忙脚乱地将他扶到屋里:"你要不要去医院看看?"

钱傲坐在沙发上,摆了摆手,脸色有些发白:"给我倒点水。"

"……"

元素心里五味杂陈,按理说这讨厌的男人倒霉了,她应该高兴才是,没放鞭炮庆祝就算是对得起他了,可为什么看见他痛苦,她心里却一点快意都没有?

给他倒了水,让他闭着眼休息,元素感叹着自己的奴才命,不禁有些出神。

想当初,她恨不得把这王八蛋丢到海里喂鱼,他横,他霸道,伤她,呛她,损她……可也是这男人救她,帮她,保护她,甚至还挤进他曾经不屑一顾的厨房笨手笨脚地想给她做吃的,每一次她做的饭菜,他都吃得津津有味,欢喜得恨不得舔盘子。

看来,他只是一个缺少关爱的孩子呀!

念及此,她忍不住有些想笑。

明明他肚子里全是坏水,他就是一头包装精美的禽兽,明明她现在就可以走,可为什么还要留下来照顾他?

最后,她给自己找到了理由:就当是报答他多次相救的恩情吧。不管他有多坏,有多讨厌,可每次她有事,他总是第一个冲出来……

兴许她是上辈子就欠了他的吧。

元素起身将窗户打开,然后就一直站在窗边,注视着花园里满树攀爬的牵牛花……不知道过了多久,她一转头,就对上了钱傲那双深沉的眼。

他不出声,眼睛一眨不眨地盯着她。

"醒了?"元素将他扶起来靠在沙发上,打算去厨房给他弄点吃的。

不承想,她刚一转身,就被他拉住了。

元素扭头看他,不知道他要干什么。

"别走!"他声音沙哑。

元素心里一窒:"放手,我去给你弄吃的。"

钱傲有些惊讶,随即放开她,咧嘴笑了:"好,妞,你别担心我,最多三天,不,明天我一定就又活蹦乱跳的了。"

"活蹦乱跳?你是青蛙吗?"元素眨了眨眼,有些不解地问,"你说你玩点什么不好,玩什么空中飞人?一不小心,小命可就没了。"

"妞,其实我……"钱傲定定地望着她,欲言又止。

"你,你什么?"

"没什么,我说,你咋和我妈一样,啥都问,老子乐意玩自由落体,行不行?"

他笑呵呵地打趣,轻易就将话题带开了。

元素哼了一声,去了厨房。

钱傲看着她的身影,心里突然又美了。

值得!除了眼睁睁地看着她跟别人双宿双飞,再多的气他都咽得下。

这晚,吃过元素做的晚饭,钱傲就身心愉快地享受起了她的服侍。擦身体、洗头发、再慢慢吹干头发,他这会儿心里那个舒畅啊,好比穷得揭不开锅的人,突然中了五百万大奖。

这种感觉,让他自己也很疑惑。

享受她的照顾、关心,哪怕一杯白开水,也有滋有味;哪怕她每一句话都呛人,从不贴心,他还是觉得无比痛快。

俩人相拥,一夜好眠。

次日一大早,元素就被一种麻酥酥、痒酥酥的感觉给闹醒了,她半睁开眼,面前是一张放大的俊脸,钱傲正撑着手密密麻麻地亲吻她。

元素脸一红,皱着眉问道:"怎么受伤了还不消停?"

钱傲啄一下她红扑扑的脸蛋:"宝贝,早。"

这个称呼,让元素觉得汗毛倒竖。按理说,他不是第一次这么叫她,不过，以往每次都是意乱情迷的时刻，而这会儿他俩都清醒着，在他的注视下，元素有些不好意思。

钱老二不介意她没回应，又笑着问："睡得好不好？"

"还行。你身体好些了吗？"

钱傲活动了一下，皱了皱眉头，随即又舒展开："别说，还真邪门了。你在我就不痛，你一走，就痛得很。你老实说，你是不是妖精？"

元素脸一红，拍开他的手："我一会儿要走。让开，我去给你做早饭。"

"不准走。"

"我有事要做。"

"那，我让司机送你？"

"不用。"

钱傲哼了一声，低头亲了她一口："那你记得回来。"

元素刚到公司就被颜色追问昨天的事。

此女八卦的功夫日益精进，可听完元素的话，她觉得，再八卦的桥段都没有元素的经历来得狗血。

元素瞪她一眼，悻悻地打开了几天没开的手机。一时间，仲尧的、钱傲的，各种短信涌进来。

看来她自以为清净的三天，根本不清净呀。

她没看短信，将它们全部删除了。

她刚准备放下手机，陶子君的电话就来了。

电话里，陶子君兴高采烈地告诉了她一个好消息：洛叔叔住院的医院，恰好有美国脑外科专家来调研，在查看了他的病情后，认为治愈的希望很大。而且，对方还不收取任何治疗费，说是由什么基金会赞助的。

元素听得一头雾水："莫不是骗子吧？"

陶子君呸了一声："骗什么呀？咱们有什么可骗的？人家院长都证实了，你还怀疑？"

元素不说话了。

她虽不反驳陶子君,却不太相信天上会掉馅饼。挂了电话后,她和颜色一说,颜色也觉得不可思议。如今各种骗术横行无忌,万一遇到医学骗子,打着治疗的幌子,用洛叔叔来做实验,测试医疗器械呢?

元素越想越担心,正打算往医院赶,手机铃声再次响起。

她拿起一看,发现不是别人,正是在家养伤的钱二爷,他一开口就是问:"妞,哪儿呢?"

"阿瑞斯。"

"你在门口等着,我让疯子接你去医院,你叔的手术联系好了。"

"你怎么会知道……我的事?"元素一惊。

"哥哥我上天入地无所不能,行不行?放心好啦,那几位专家全是脑外科的权威,说能治,那就一准能治。"

"……谢谢!"

"咱俩还客气?要谢,就早点回来伺候我。"

"……"

"你尽管使唤疯子,千万甭跟他客气……他该的!挂了呀,回见。"

徐丰该的?该什么?元素不理解他这句话是什么意思,可钱傲的心思她向来琢磨不透,也就懒得琢磨了。脑外科专家的事,她放了心,只不过这次,她貌似又欠了钱二爷的人情。

元素挂了电话,就发现颜色一直在瞅她。

她纳闷地问:"第一天看美女?"

颜色突然凑过来道:"姐们儿,这回你得捎上我。"

元素吓了一跳,看着近在咫尺的俏脸,心里生起一股不祥的预感:"为什么捎上你?"

颜色捋了捋头发,将手挂在元素的肩膀上,笑着说道:"小圆子,看我美不美呀?哼哼,这回他落到姐的手里,我让他插翅难飞。"

元素一愣,敢情这妮子对徐疯子还念念不忘呢:"小颜子,你就别作了,他花花公子一个,不是你的菜。"

183

"小圆子，求求你了，我爱你……"说着，颜色伸长脖子就往她脸上亲。

"别，别套近乎，姐三观正常，美女献吻，我受不起呀！"

两个人嘻嘻哈哈打趣着出了门，一出门就看到了徐丰那辆火红色的跑车停在阿瑞斯门口，特别醒目，引来无数过往的行人观看。

不过，今日徐丰不似往日那般玩世不恭，看起来有点沉闷，穿着一身浅灰色的休闲装，显得很低调。他长得人模狗样的，挺吸引人。

看见他，颜色的眼睛都直了，元素掐她一把，朗声打招呼："徐少！"

徐丰扭过头来，咧着嘴笑："美女，老大吩咐我来供你差遣，今日在下任你使唤。"

"……"

元素有些别扭，她和钱傲的关系，不知道徐丰究竟知道多少。

她愣神的工夫，颜色已经迅速蹭了过去，凑到徐丰身边，露齿一笑："哟，这不是姐的救命恩人吗？帅哥，幸会。"

徐丰望了她一眼，皱眉，貌似心有余悸："得了，最好别会！"

"别呀，必须会。"

元素忍不住摇头，这小妮子，怎么好了伤疤就忘了痛呢？徐丰和钱某人那一伙，哪一个不是在女人堆里泡大的？逗逗乐可以，她真怕颜色受伤。

然而，不管她怎么给颜色递眼色，颜色都全然不理会，一路上口若悬河地跟徐丰说话，而徐丰兴味索然，爱搭不理……这感觉让坐在边上的她像是在看一只鸡和一只鸭在讨论宇宙空间站的问题。

到了医院，院长迎了出来，直接带他们去了病房。

病房里，几位穿着白大褂的老外正在给洛叔叔做检查。虽说洛叔叔的病有治愈的希望，但元素站在边上看着，还是满心忐忑，紧张得双手冒汗。

颜色紧紧揽着她："别担心，咱叔肯定会没事的。"

"嗯。"

"会好的,一定会好的。"

时间过得很慢。专家们小声商议后,又把洛叔叔推进检查室折腾了一番,最后说需要先做一个颅内瘀血微创清除手术,手术时间视病人的身体情况而定。

让元素高兴的是,专家说,手术成功的概率很高。

从医院出来,元素就看到了满脸阴霾的陶子君。

"妈,你过来了?"

陶子君嗯了一声,视线落在徐丰身上:"这小伙子是谁呀?"

元素哭笑不得,她妈啥都好,就两样让她无奈:一是发酒疯,二是总觉得全天下有钱的男人都会打她闺女的主意。

元素刚想解释,颜色就冲了过来,直接挽住徐丰的胳膊,呵呵一笑:"陶姨,这是我男朋友,疯子。"

"咯咯!"徐丰差点没被自己的口水呛死。他正想反驳,胳膊却被颜色狠狠一揪,下一秒,颜色居然把嘴凑到他耳边恶狠狠地道:"别否认!要不然老娘把你胳膊砍了!"

徐丰顿感一阵恶寒,对于这种女人,他有点招架不住,索性闭了嘴。

颜色得寸进尺,整个身子挂到他身上,笑嘻嘻地开口:"傻蛋,叫陶姨呀。"

徐丰心里恼火。他脾气好,从来没发过火,更没对女人发过火,可这会儿要不是元素在这儿,他真想一脚把这聒噪又讨厌的女人踹到爪哇国去。

元素怕颜色玩笑开大了不好收场,赶紧接过话:"妈,你先上去看洛叔叔吧,我和颜色先走了。"

陶子君又上下打量了徐丰一眼:"去吧,别忘了妈说过的话。"

元素点头。能忘吗?从小到大,妈妈耳提面命了无数次,她想忘也忘不了呀。

看着陶子君离开的背影,元素长舒了一口气:"妈呀,真是……

185

谢谢你们了。"

对于元素家里的事，颜色不说全知道，但也了解大半。见状，她笑眯眯地蹭了蹭元素的肩膀："太后起驾了，你怎么感谢我？"

"得了便宜还卖乖！"元素白她一眼。

颜色一脸厚颜无耻的奸笑，搂过她的肩膀低声道："春天来了，老娘的桃花开了。"

徐丰斜睨她一眼，呸了一口："你这辈子肯定是男人投的胎吧？"

徐丰本来是送元素去似锦园的，可颜色非得死乞白赖地跟着，他恨得牙根痒痒。

一路上，徐丰和颜色这两个活宝又吵又骂，完全不消停。元素刚开始还劝劝，后来干脆听之任之了。

这天晚上，钱傲在似锦园招待徐丰吃饭。

当然，还是由元素掌厨。在做菜这方面，她挺在行的。大家都是熟人，也不必过于客套，她随便一弄，也不过四十来分钟，就麻利地端上了几荤几素，还有一个大汤。

饭菜摆上桌，又好吃又好看，徐丰夸赞不已，钱傲的目光更是盯着她不放。

四个人围坐，话题渐渐多了起来，徐丰和颜色两个活宝经过长时间的斗争，眼下也偃旗息鼓了，气氛很是轻松。

钱傲受了伤，不宜饮酒，元素虽然没有受伤，钱老二却介意她喝酒，于是，为免冷场，颜色豪爽地拍了拍胸脯，对徐丰说："来，我陪你喝！"

徐丰白了她一眼，狠狠地摇头。

兰桂坊某女喝酒闹事，差一点害得他性福不再的事，他还记得清清楚楚。

"我不跟女人喝酒。"他道。

"敢看不起女人？"颜色一拍桌子，拿起一瓶酒，将两个酒杯摆到一块,拧开酒瓶盖,将两个酒杯斟满,"实话告诉你,我老家是东北的。那儿的人喝酒,一上炕全干白的,这算啥?敢鄙视女人不能喝?"

徐丰爱搭不理地瞟了她一眼,端起其中一杯,慢腾腾地凑到嘴边:"行,谁不敢喝,谁滚犊子。"

"不敢喝的准是你!"

两个人还真杠上了。

元素看着旁边杯子里的酒,觉得那淡绿的颜色特别有吸引力,看上去特别像小时候她爸爸泡好的薄荷水,加上糖,甜丝丝的那种。那是一种她很想念的味道,记忆让她很想尝一尝那酒。

"我也来一杯……"元素跃跃欲试。

"不许喝。"钱傲直接否定。

元素本想驳斥,可气场不如人家强大,大腿不如人家粗,只能缩了缩脖子,忍气吞声:"谁说我要喝?我就想看看。"说罢,她拿起筷子开始吃饭。

钱老二扬了扬唇角:"多吃点,你懂的。"

多吃点,别把咪咪饿瘦了!

元素垂下眼,拼命吃饭。

而另两个人则一个劲拼酒。

"甜了吧唧的东西,没劲,不如老白干。"颜色说道。

徐丰双手抱臂,仰着下巴鄙视地道:"喝过吗?不懂装懂,有种继续呀。"

颜色喝得有些多了,她两眼一翻,瞅了酒杯一眼:"有种你先来一杯,老娘再来一杯。"

"一言为定。"

"骗你是狗!"

一杯接一杯,眼看酒没了,元素又从酒柜里拿了两瓶出来。没一会儿,两瓶酒就见了底。

徐丰和颜色都喝多了,两人你一言我一语,开始一起跑火车。

"用上半身征服女人的男人是下品,用下半身征服女人的男人,嘻嘻,才是上品。"

"那女人呢?"

"用上半身征服男人的女人是上品,而能用下半身征服男人的女人,那是极品。"

"……"

元素无语。

这都什么跟什么呀?

钱傲也听得眉心打结,实在受不了,起身去了卫生间。

他一走,元素再也受不了那"薄荷水"的勾引了,抓过酒瓶倒了一杯,咕噜噜就灌了下去。

别说,这"薄荷水"的味道还真不错。

她开心极了,又倒了一杯。

她喝完一看,得,瓶子见底了。

徐丰见状,嘻嘻一笑:"没事,再拿!再拿!"

等钱老二从卫生间出来,看到的就不再是两个醉鬼了,而是三个。

尤其是元素,直接喝趴在了桌子上,像个傻子似的笑着。

钱傲真想揍她一顿,好不容易才压下怒火:"疯子,那妞你扛到客房去。还有你,喝多了,就别开车了,自己找个地方睡吧。"

他一边说,一边将手臂放到元素的脖子后面,另一只手揽着她的腰,想把她抱起来。可他受了伤,这么一动,吃痛不已,愣是使不上劲。

"我说,哥……哥……"徐疯子喝得傻愣愣的,不过他总归还记得钱老二是伤残人士,于是口齿不清地问,"要……不要,我帮你,抱、抱嫂子上去?"

"滚!"钱傲瞪他一眼,直接拒绝。

他的女人,一根指头都不能让人动。

看他这样子,徐丰忍不住想笑:"年子没说错,哥哥,你果真陷进去了。"

钱傲只当没听见，直接蹲下身来，忍着身体的不适，将元素背在背上，然后慢慢起身……这一下，痛得他额头直冒冷汗。

"抱紧我的脖子！"他命令道。

"哦……"元素喝得有点多，脑袋不清醒，但还是条件反射地听从了他的话，牢牢地将他的脖子抱住。

被钱傲背在背上的感觉，让她想念起她那个短命的爸爸，虽然他不见得多爱她，但在她小时候，他也喜欢这样背着她到处串门。元素晕乎乎地想着，仿佛突然穿越了时空，回到了孩提时代。

她拍着钱傲的肩膀，醉声醉气地撒娇："驾，驾！骑大马了！"

"我……丢你了呀！"钱老二气得双眼喷火，浑身的肌肉痛得绷紧，汗水湿透了衬衫，但仍咬着牙背着她一步一步往上爬。

元素醒过来时，已经是后半夜了，旁边的男人睡得正香甜。

她愣怔了一下，想到喝酒前的事情，又觉得不对。

受了伤的他，是怎么把她弄上来的？

元素思忖着，缓缓把他圈着自己的手臂掰开，可还没等她掰开，勾在她腰间的手臂就条件反射地越收越紧。睡得正熟的男人，眉头突然紧拧在一起，模糊地呢喃了一句："元素，你别想跑……"

元素："……"

他跟她到底多大仇，多大怨？真不知他脑子里都装了什么。

元素瞪着眼瞅了一会儿天花板，就又困了，她再次酣然入睡。

这晚，她做了一个梦，梦见自己掉进了一个黑洞。那个黑洞很深很深，她一直往下掉，她很害怕，很恐惧，情急之中她一伸手，就攀住了一根很粗的紫色树藤。

她陷在无边无际的惊恐里，一直死死地抓着那树藤，不敢放手……

她想喊救命，却发不出声音。

她想挣扎，却动弹不得。

突然从梦中醒来,一睁眼,迎上钱傲深幽的黑眸,她蓦然一惊,大叫着放了手。

"救命呀!"这时,外边响起颜色杀猪般的嚎叫。

完了!元素的行动比大脑快,打开门就往声音传来的方向冲了过去。

"你吼个什么劲?"徐丰懊恼地问。

"呜呜……我的清白都没了,还不能哭一哭,哀悼哀悼呀!"

"嘶,痛,你这个疯婆子……你想让我断子绝孙是吧?"

"呜呜,我弄死你……呜呜……"

客房里,颜色一把鼻涕一把泪地说着,急得元素在外边直砸门:"开门,小颜子,开门!"

过了好半晌,门开了,待看清客房里的景象,元素愣住了。

两人是干过仗吗?地上一片狼藉,床单、枕头都掉到了地上,颜色哭得稀里哗啦,徐丰气得双眼翻白。

"小颜子,你……"元素还没说完又闭了嘴,觉得问这话完全没有意义,俩人在一张床上醒来,再加上这乱糟糟的屋子,任谁都能看出发生过什么。

事情已经发生了,责怪也无济于事,元素知道颜色嘴上说得很开放,骨子里却是一个单纯保守的女人。

"徐丰,你说说吧,你准备怎么办?"元素看着徐丰道。

"什么怎么办?"徐丰挠了挠头,"我迷迷糊糊的,我哪儿知道?"

元素瞪他一眼,心里又悔又恨。

早知道会出这事,她说什么也不会让这小妮子犯花痴。小颜子曾经说过,她的第一次必须保留到新婚之夜,这是她的愿望……谁知道就这么毁了。

真是闹心。

"事到如今,你总得负责吧?"元素问。

徐丰睁大双眼,脑子有些转不过弯来:"负责?天!没搞错吧?

拜托，都啥年代了，睡一晚就得负责，那我这辈子还活不活啦？……算了算了，这样吧，我可以在金钱上补偿她……"

"你，浑蛋！"这话差点没把颜色气死，"谁稀罕你的钱？"

"那你不要钱，还想要人？"徐丰惊道。

"我什么也不要！"颜色轻晃一下身体，吼了出来。

"大清早的，吵嚷什么？"门外传来钱傲的声音。

他打着哈欠走进来，一看屋里的情形，就大概明白了。

元素特别认真地打量着他，仔仔细细地观察着他的表情，可除了漠然，他脸上什么表情都没有，她不由得皱起眉头："钱傲，你觉得这事该咋办？"

钱老二皱眉，考虑了几秒，还是决定实话实说："这是他俩的事，你瞎掺和什么？走，我们出去，让他们自己解决。"

"钱傲！"元素怒了。

男人跟男人的感情与女人跟女人的感情，以及处理感情的方式是完全不一样的。

元素瞪着他，心里的火急速飙升："你们这些浑蛋，都是一路货色，不把女人当回事是吧？我姐们儿这亏就白吃了？"

一听这话，徐丰就不乐意了，脸色有些难看地道："我说美女，还指不定是谁吃亏呢。我这……"

"不要脸……"元素刚说出一句话，身子就被钱傲一把扯了过去。

"发什么疯？别闹了！多大点事？"钱傲冷冷地道。

元素心里一窒，气得手指发抖。

她算是明白了，他们这些人都一个德行，女人的清白在他们眼中连事都不算。

"放开我，你和他一样，都不是什么好东西！"元素口不择言，不停地挣扎，弄得原本就受了伤的钱傲身上一阵钝痛，不由得火起。

"你还有完没完了？！"钱傲吼道。

闻言，元素停止挣扎，面无表情地瞅着他，问了一句与这事毫无关联的话："钱傲，你有没有妹妹？如果你妹妹被人睡了，你也会这么说吗？"

钱傲一愣，怒目而视："那你想咋样？难不成今天就让他们领证结婚做夫妻？"

"谁稀罕他娶了？你们这些大老爷们做错了事，道歉都不会呀？钱傲，你和他没什么两样。你真以为有钱就是爷，全世界都得宠着你？"元素气得指着钱傲的鼻子恶狠狠地道。

一听这话，钱傲的眼眶就红了，究竟谁宠着谁呀？

他忍不住骂道："你再放屁，小心我揍你！"

俩人你一言我一语，越说越急，结果吵得比两个当事人还厉害。

最后，还是颜色回过神，大吼了一声："都别说了！是我把他睡了，我还怕他找我负责呢！"

元素知道她口是心非，攥紧拳头，脸色越发难看了。

闻言，徐丰扑哧一笑，掐灭手里的烟，望着颜色："瞎扯，你醉得跟烂泥似的，有那本事？行了，我认错。你有什么要求，直说吧，除了让我跟你结婚，其他都行。要继续跟我好，也成。"

闻言，颜色牙都快咬碎了。她冷哼一声，皮笑肉不笑地冲徐丰招招手。

徐丰怔了一下，走了过去。

不料，颜色突然一把拽紧他的领口，拉近他的脑袋，然后拍了拍他的脸："想多了吧？你床上功夫差，不够持久，体力也不行，姐还看不上你呢，玩一次都腻死我了，还想继续跟我好？你……跪安吧。"说完，她松开手，偏头对着元素一阵傻笑，"小圆子，姐给你丢人了。"

元素鼻头一酸，心里替她难过，又无能为力，只能走过去抱紧她："俩畜生，凑了堆。"

闹剧落幕。

徐丰气哼哼地走了，元素拒绝了钱傲的相送，自己陪着颜色回了她的出租屋。

颜色照常喝水，依旧有说有笑，照常讲她的花样美男……表面上风平浪静。可元素知道，她特介意，特难过。也许她是爱慕徐丰，但这不代表她就乐意在两人并不相爱的情况下把自己交给他，还被他好一顿奚落。

到了晚上，元素原是想陪着颜色的，可颜色却死活不肯，硬是撵元素回似锦园，说想一个人静一静。

元素无奈。

临走时，颜色突然一改平时的不正经，严肃地望着她说："小圆子，你那个是男主，跟我那个不一样。他爱你，你要珍惜。"

钱傲爱她？元素差点没被唾沫呛死。

"小颜子，你发烧了？怎么净说胡话？"元素觉得好笑。

"当局者迷，旁观者清。"颜色盯着她看了很久，又打量了半晌她脚踝上的脚链，叹道，"有句话咋说的来着？当一个男人在你的脚踝上扣上脚链时，那么你应该感到幸福和感动，因为那是一种对爱的占有和宣示。"

"哈哈，要是真像你说的，那这脚链，姓钱的得批发才够用。"

别了颜色，元素打车回到似锦园。车在门口停下，她突然从后视镜里看到后面的车道上停着一辆白色的宝马，在华灯初上的别墅群里，显得有些奇怪。

最近几天，她好像常常见到这辆白色宝马，总停在似锦园不远处。

是谁呢？元素想了想，又摇了摇头。管人家呢。

似锦园里灯火通明，钱傲还在灯下专注地看文件，此时的他看起来没有一丝痞气，不怒不吼时，也显得比较成熟稳重。元素看着他，不免有些困惑。

为什么两种截然不同的气质，会出现在同一个男人身上？

"回来了？"钱傲抬头望向她，嘴角噙着笑。

今天的不愉快被他一笑而过。

元素本来不想理他，可他毕竟受了伤，她还是忍不住爱心泛滥："吃饭了没？"

"没有，等你给我做。"

元素张了张嘴，却不知道说什么，索性直接换衣服进了厨房，继续当丫鬟。

她和颜色已经吃过了，所以，只是简单地给他做了一碗番茄鸡蛋面。

她煮好面，端到他面前，就见他双眼发光。他狼吞虎咽的样子，哪里像一个集团老大，完全就是饿死鬼投胎。

元素心里的火气又消了不少："你中午吃的啥？"

"没吃，你不在，没人管我。"

元素："……"

次日一大早，元素是被一阵急促的铃声吵醒的。

她迷迷糊糊地接起来，就听见一阵阵呜咽声从那头传来："姐，救我！"

元素心里一惊，困意全无："灵儿，咋了？"

元灵哭得没完没了，问她啥事，她支吾了好半天才扭扭捏捏地说："姐，我怀孕了。"

什么？元素又心疼又生气，都快糊涂了。元灵刚上大一，整天不着调，男朋友换了一个又一个，元素还得替她瞒着妈妈，要不然，以妈妈的脾气，非得打死她不可。

"灵儿，你先别哭，告诉姐姐你在哪儿。"

"我一个人在妇幼保健院……"元灵突然放声大哭，"姐，我不想活了，我……呜呜……"

"等我，我马上就过去。"

元素挂掉电话，急匆匆地换上衣服，和钱傲说了一声，就心急火燎地赶到妇幼保健院，见到元灵好端端地坐在妇检室的门口，这才稍稍放了心。

她俩虽说是一个妈生的，可元灵长得和她一点也不像。此时元灵那张稚气未脱的小脸上泪珠未干,可对堕胎的事,她却不怎么在乎。

元素拧紧了眉头:"灵儿,你不是在开玩笑吧?"

"当然不是。我这不是做手术没钱吗?要不然叫你来干吗?"

"那个男人呢?是谁?姐姐找他去。"

"姐,你傻了吧?都什么时代了,找人家,我还要不要脸了?"

元素气结,看着妹妹稚气的样子,一时间头昏脑涨,恨不得打醒她:"你怎么这么不懂得爱惜自己?"

元灵瞥了她一眼,那眼神就像在看怪物:"死脑筋了吧?我就不信你还是个处女,骗小孩子吧?"

天!

来个雷劈死她得了。

元素瘫坐在椅子上,眉头皱得生痛,难道自己真的落伍了?

在元素的陪同下,元灵做了一系列检查,最终,因为她年龄太小,又是第一次怀孕,医生建议药物流产,这样对子宫伤害较小,不会影响再次怀孕。在女医生不太友善的目光中,元素将药塞到包里,仔仔细细记下服药的时间和药流的注意事项。

可一出医院,她就头大了。

灵儿需要人照顾,又不能送她回家,怎么办?

思忖半晌,她拿起手机拨了钱傲的电话:"和你说个事……我妹妹在你那儿借住两天,行吗?"

"你做主。"

"……谢谢!"

元灵第一次见到大得令人咋舌的似锦园,整个人都呆住了,她无法想象,姐姐居然住在这么华丽的大别墅里。

可像这样的有钱人,哪一个不是肥头大耳、秃顶凸腹的中年油腻男?

想到这儿,元灵撇了撇嘴:"姐,你找的这男人可真有钱,多大岁数了？"

没料到灵儿会这么问，元素有点别扭，含含糊糊地回道："他只是我……老板。"

"老板？哦，我懂。"

"……"

看到灵儿的目光，元素觉得脊背凉飕飕的，尴尬地避开她的视线，把刚买回来的食材码好，开始准备午饭。

钱傲下楼时，第一眼看到的就是坐在沙发上腿跷得老高的元灵。她一只脚搭在茶几上，嘴里啃着苹果，正对着电视捧腹大笑。

他拧了拧眉，没有说话。

元灵转头看到他，突然呆了呆，捏着的苹果就在嘴边，嘴却不知道动弹了。

这不是言情小说中才可能出现的男人吗？高傲、冷漠、帅气，还这么有钱……

哦天！元灵问道："你、你是……我姐的老板？"

老板？钱傲嗯了一声，又转身上了楼。

"哇，真酷！"元灵目送那抹高大的身影离开，小心脏怦怦地跳，眼睛都挪不开了。

元素做好午饭后，忐忑了好久，才上楼去叫钱傲："钱傲，吃饭了……"

"你说我是谁？"钱傲坐在椅子上，阴恻恻地看着她。

元素心虚地咽了咽口水，看着他那张臭脸，不得不低头："钱爷，我妹妹生病了，借住几天。还有，能不能帮我隐瞒一下我们的……关系。"

"哦，行。可你得告诉我，咱俩啥关系？我是你老板？老板可没这义务。"

"……那你说，啥关系？"元素把锅丢给他。

钱傲挑挑眉，满意地从鼻腔里发出一声冷哼："记好了，我是你男人。来，照样子说一个。"

钱某人霸道惯了，元素不跟他急："是，你是我男人，行了吧？"

"乖！还有，你打算怎么报答我？"钱傲把她拉过来，在她唇上吧唧一口，直接"敲诈"。

"给你做好吃的？"

"哪儿那么容易？"钱傲直接拒绝，一看她皱眉，又捏了捏她的小脸，低声说，"饭有什么好吃的？如果是吃你，那还可以考虑。"

元素望着他，犹豫了一下，突然捧起他的脸，眼一闭，红唇直接盖在了他的薄唇上。

没料到她会主动吻自己，钱傲一怔，唇角扬了起来："算你过关！"

元素松了一口气："那钱先生，下楼去吃饭吧？"

饭桌上。

钱傲的眉头差一点拧成川字，他始终拉着一张脸，大热天的空气都发冷，骇得元素大气都不敢出，就怕他当着灵儿的面发脾气。而元灵初生牛犊不怕虎，开心得跟什么似的，叽叽喳喳说个没完，对钱傲的称呼也从"钱先生"变成了"钱哥"。

好不容易吃完这尴尬的一顿饭，元素的脊背都湿了。

元素把元灵安排在客房洗漱休息后，又下楼收拾饭桌，清理厨房，再把卫生做了一遍，然后才慢吞吞地进了元灵的房间。

元灵包着个头巾，看到她就双眼放光："姐，钱哥他有女朋友吗？"

元素蹙着眉头，深深地看了她一眼："灵儿，你才十九岁，还是做梦的年龄。不过，姐姐提醒你，他那种男人，你连梦都不要做才好。"

"喊，十九岁怎么啦？十九岁才青春粉嫩，惹男人爱呢……"

"你！"这丫头越说越不像话，不敲醒她，指不定会惹出什么乱子呢，元素有点后悔把她带来似锦园了，"我警告你，元灵，你再胡闹，明天我就把你送回家，看妈怎么收拾你。"

元灵翻了个白眼，泄气地往床上一滚，蒙着头装睡。

对着这样的妹妹，元素突然感到一阵无力。

沉默片刻，她缓缓地在元灵身边躺下。

在家里的时候，两姐妹就住在一个房间，睡在一张床上，可自从元素上了大学，这样的日子就越来越少了。

所以，元素很珍惜，甚至常常想，人要是不长大该有多好。那个跟在她屁股后面要糖吃、那个会对她呼叫着"姐姐，别哭"的灵儿，到底遗失在了哪里？

"嘀！"元素手机的消息提示音响了。

她一看，发消息的除了钱二爷还会是谁？

他的话一贯地霸道、简洁："过来！对我的报答在哪里？"

元素："……"

第二天一早，元素正在厨房做早餐，就见元灵兴高采烈地蹦跳着冲了进来，又响亮又愉快地叫了声姐。

元素侧过头，不解地问："你怎么啦？"

"嘻……好消息，钱哥说，我可以多住几天！姐，你说，他是不是喜欢我呀？"

"人家那是和你客气。"元素恨铁不成钢地瞪了她一眼，心里做了一个决定，"吃完饭，我另外找地方给你住。"

元灵一愣，哪里肯干："我不走……至少，等我休养好了再走，姐，好不好嘛？"

她可怜巴巴地拉着元素的手摇晃，一边求饶，一边注意观察元素的表情。从小到大，这一招她屡试不爽。

这次也不例外，尽管元素看妹妹这没出息的样子，很想结结实实地揍妹妹一顿，可她又不能真的狠下心来撵妹妹走。于是，她只能因为妹妹而对钱傲有求必应，从里到外被他吃干抹净。

对这所大别墅里发生的"奸情"，元灵似是毫无察觉，整天只管好吃好喝，将元素像用人一般使唤着，感觉到钱哥的"慈眉善目"，自个儿幻想着。她每天玩各种游戏，或者找同学聊天，把别墅的图片发到微博让同学们尖叫，日子过得风生水起……

就这样过了一周后，钱傲受不了偷偷摸摸的日子了："你妹妹到底要住到什么时候？"

想到他每次都拿妹妹来要挟她，元素哼了一声："不是你留的吗？"

"老子……"钱傲俊脸一黑，之前那点小心思当然说不出口，如今的问题是，没有元素陪着，他整夜整夜睡不着觉，这样下去可不行，"行了，赶紧把人给我弄走。"

元素为难地看着他，迟疑了一下："行，不过，她还病着，我得跟过去陪她。"

"她能吃能睡能跑，有什么病？"钱傲不解。

元素叹了一口气，讷讷地问："钱傲，其实你心里特瞧不起我，对吧？"

没料到她有此一问，钱傲不耐烦地揉了揉她的头发："少放屁，我怎么会瞧不起你？"

元素的声音有点飘："瞧得上你还不把我当人看？工地上的小工也能有个假期吧？我天天做牛做马地伺候你，就连古时候的通房丫头都活得比我有尊严！"

钱傲斜着眼看了看她，眉头紧锁："你就是没事找抽型的，揣着明白装糊涂，我对你咋样，你不明白？"

元素抿着唇一声不吭。

钱傲捏了捏她的脸："甭瞎扯了，去放洗澡水，我一会儿好好伺候你，行了吧？"

"……"元素无语，他这是典型的流氓风格。

第二天，医院为洛叔叔安排了手术，元素一大早就赶了过去。洛阳和陶子君也在，陶子君在她面前抱怨了好几次元灵去了同学家几天不回来，她都不敢开口。

医生说，因为瘀血压迫了神经，洛叔叔才会失去语言能力和行动能力。这个颅内瘀血微创手术，创伤轻微，手术时间不长，唯一需要注意的是,如果术后颅内再次出血,就会比较麻烦。

从洛叔叔被推进手术室,到医生宣布手术成功,整个过程,三个人都是提着心、数着秒钟过的。手术后洛叔叔回到病房,已经是上午十一点了。元素看了看时间,想到灵儿还在似锦园,得回去给她做午饭,就先行离开了。

医院门口停着一辆黑色的猎豹车,车后座的窗户半开着,露出钱仲尧憔悴的脸。

元素停下脚步,迎着他的视线,慢慢走了过去。

沉默几秒,她略带歉意地微笑着问道:"身体好些了吗?"

"上来坐坐。"钱仲尧浅笑。

元素知道他的腿不方便,便点点头,绕过车身,上了另一边的车后座。

钱仲尧的腿上还绑着夹板,她不知道他是专程等她,还是巧遇,只闷着头准备听他说。

"你过得好吗?"钱仲尧问。

元素微怔,轻轻点头:"还好。"

"那就好。"

曾经的恋人,如今却相顾无言,感情这东西,确实奇妙。

车内缓缓流淌着一首歌的旋律——《Loving》,音乐挣扎而凄哀,正如此时的他俩,再也回不到从前。

气氛尴尬,元素轻咳一声,打破了寂静:"仲尧,对不起,我不想说那些客气、虚伪的安慰话,但我是打心眼里希望,没有我,你能过得……更好。"

钱仲尧若有所思地看了她一会儿,突然拉起她的手,温柔地说道:"我说过,不管发生什么事,我都不会怨你,更不会放手。素素,回到我身边,好吗?我离不开你。"

"……对不起。"元素想抽回手,可他力道很大,她急得脸都红了。

钱仲尧凝视着她:"你不爱我了,对吗?"

元素看着面前的男人，心里一片凄凉。

他们曾经一起在余晖里谈人生，谈理想，谈抱负，曾经幻想过要一生一世一双人，许下过一辈子的承诺……那么，她应该是爱他的。可这个"爱"字为什么会变得这么沉重？可如果说不爱他，既然已分手，又何必多添伤害？

元素选择了沉默。

钱仲尧轻笑一声，放开了她的手，声音里有些疲惫："也好，你走吧，好好的！"

元素抬头："嗯，你也……好好的。"

下了车，看着猎豹开走，元素幽幽地叹了一口气。

她低着头，想给灵儿打个电话，刚把包里的手机摸出来，就一头撞在了一个男人身上。

"对不起……"脱口而出的道歉刚说完，她抬头就看到了钱傲的脸。

他还真是神出鬼没！

元素吃惊地问："你怎么来了？"

"和老情人约会，不想看到我？"钱傲挑挑眉，语气不太友善。

元素微微一愣，然后闭嘴。她心情很差，不想跟他理论，转身就想离开，但腰上却一紧，钱傲从背后抱住了她："妞，我没生气，我就是说说。"

他也不知道自己着了什么魔，看到她和仲尧在一起，就会忍不住说些难听的话。可看她要走，他心里又空落落的，甚至有一丝慌乱。

元素习惯了他以自我为中心的逻辑，也不多说，掰开他的手，转身淡然地道："走吧。"

"好，咱回家！"钱傲紧拧着的眉头舒展开来，拉着她的小手，就往停车场而去。

"站住！"突然，一声凌厉的暴喝在他俩身后响起，元素被吓得一激灵。

她错愕地转过身，母女俩的目光在空中交会："妈……"

"别叫我'妈',你还有脸叫我'妈'吗?"陶子君迅速扫了一眼他们拉着的手,愤怒的目光最后定格在了钱傲脸上。

她认得他,在派出所的时候,他说他是她的老板。

"你不是告诉我,你是同性恋吗?你不是说你得了白血病快死了吗?你牵着我女儿的手干什么?"

钱傲大窘。

当初为了替元素解围,他就随口那么一说,没想到陶子君居然当真了。

元素看着他,也是无语,原来他是这么跟她妈说的。

"阿姨,对不起,我是骗了你。"事到如今,钱傲索性承认了。

他拉紧元素的手,笑着说:"我是真心喜欢素素……"

"放开我女儿,马上滚!"

陶子君一脸愤怒,熊熊怒火透过眼神,传递给元素,让她的身子不由得一颤。挨打的经历太多,她已经有心理阴影了,对于母亲的怒骂,她条件反射地产生畏惧。

钱傲拍了拍她的后背安抚她:"别怕,我跟阿姨说。"

"素素,过来!过来!"陶子君瞪着元素大吼。

元素倒是想过去,可灵儿还在似锦园,她要是跟妈妈走了,还出得了门吗?放着灵儿一个人在似锦园,她怎么也不放心。

所以,她摇了摇头:"妈,以后我再跟你解释,你先回吧。"

陶子君脸上青白交错,那个气呀:"我告诉你,元素,你要是敢跟这个贱男人走,就不要认我这个妈。有我陶子君在一天,你就别想跟这种男人在一起!"

钱傲一听,气也不顺了。这辈子除了元素,就没人这么骂过他,他拿她没办法,但她妈也这么骂他,他哪里受得了?

这么一想,他就忍不住了,拉着元素就走。

陶子君气吼吼地追上来:"臭小子,你放开我女儿,放开我女儿!"

钱傲头也不回,小声叫元素:"走快点!跑为上策!"

陶子君毕竟上了岁数，追了一小段就跑不动了，只能眼睁睁地看着他们进入停车场，驱车离去，气得直跺脚。

这一幕闹剧有一个特殊的观众。

医院对街的转角处，猎豹车静静地停在那里，钱仲尧透过车窗，看着他们，紧攥着拳头，目光里是一缕一缕的恨意。

她是心甘情愿跟着钱傲走的。

没人逼她，没人迫她。

一路上，元素一直没说话。

回到似锦园，她脸色苍白地进屋，还没有从母亲的怒骂中回过神，又差一点被元灵气晕过去。

元灵化着浓妆，穿着露骨的半透明睡衣，拿着单反在客厅的沙发上玩自拍，那睡衣的透明程度，可以清晰地看到她一大片春色。

沙发上摆着一件件衣服，全是钱傲为元素定做的，但元素从未穿过。笔记本电脑放在茶几上，她一边拍，一边传到微博，玩得不亦乐乎……

"元灵，你在干什么？"

元灵吓得一激灵："钱哥不是去了公司，要晚上才回来吗？还有姐，你不是去医院了吗？"

呵！她还质问上了。

钱傲看都没看她一眼，直接穿过客厅，铁青着脸上了二楼。

元素走近一看，笔记本电脑里那些照片简直不堪入目……这不该是一个十九岁的女孩子做的事。她气得浑身发颤："你太不像话了！"

元灵局促不安地拽住她的手："姐，对不起……我不知道钱哥会这么快回来。"

"闭嘴！"元素气得声音都有些抖了，"你说……你说你小小年纪，不好好念书，做这些到底是为什么？"

元灵呆了呆。在她的记忆里，姐姐从来没有这么声色俱厉地骂过她。可转念一想，她冷笑一声，突然变了脸色，嘲讽地道："姐，你就别在我面前装清高了，你以为你是什么好人呀？别以为我不知道，你不就是钱哥包养的情妇吗？"

元素心里咯噔一声，震惊地望着灵儿，难以置信这话是从她最爱的妹妹嘴里说出来的。

元灵鄙夷地冷哼一声："你真当我是傻子呢，你天天摸上他的床，你俩在这屋子里干的那些事……所以，我就想不明白了，你都是这样的人了，怎么好意思来教训我？"

元素如坠冰窖，浑身的血液几乎瞬间被冻结："灵儿，不是你想的那样……"

"不是我想的那样，那是哪样？你这妻不是妻，妾不是妾的，你难道就不下贱？咱妈怎么说的来着？靠着有钱人，贱！"元灵冷冷地看着元素，越说越来劲，她心里有多嫉妒，出口的话就有多刻薄。

"灵儿？"元素心痛地望着妹妹，几近崩溃，"你怎么可以这样说姐姐？"

"我怎么说了？我……难道说错了？"

元素心里一痛，突然捂住胸口，只觉得胃里翻江倒海，止不住地恶心，猛地蹲下身呕吐起来。

钱傲一看这情形，火就压不住了，对着元灵怒吼："滚！马上给我滚出去！"

原本他不想插手她们姐妹之间的事，可他真是受够了，这些天这丫头没少来招惹他，为了元素，他都忍了，可这小丫头骂得也忒难听了，她姐掏心掏肺地对她，结果就换来一顿辱骂。

元灵被他吓住了，大气都不敢喘："钱哥，我……"

"我不是你哥，少套近乎！赶紧滚！"

元灵嘴巴一瘪，哭了起来，咬着唇委屈地吼："不就是嫌我碍事吗？好，我走。"

她噔噔噔地跑上楼，换好衣服，打包好自己的行李，头也不回地冲出了大门。

元素呆呆地看着,脑子里一片空白。

"妞,没事了,人都走了……"钱傲走过来,将她圈在怀里。

元素满脸泪水,一把推开他:"都是你,都是你……现在我妹妹也知道了,你满意了?我这辈子都抬不起头来做人了,你满意了?"

钱傲被她吼得呆住了:"你在发什么疯?我是在帮你呀。"

元素红着眼圈道:"谁要你帮了?我受不起!"

钱傲看着她,耐心被磨光,也怒了,一把甩开她,摔门而去。

望着他愤怒离去的背影,听着汽车发动的声音,元素慢慢地瘫软在沙发上,默默流泪,觉得自己快失去知觉了。

这一次,伤她的不是别人,而是她的亲妹妹。

这一次,她被伤得体无完肤。

客厅里太安静了,没有混乱,没有嘈杂,也没有哭声……

元素一动不动地窝在沙发上,时间缓慢得像过了一个世纪。

天慢慢地黑了。

一阵尖厉的电话铃声划破寂静,将她的思绪拉了回来。

"喂!灵儿……"她接起电话就急急地道。然而,电话里不是灵儿清脆的声音,而是一道催命的灵符。

第六章 惊雷

"你好,这里是市医院,陶子君你认识吗?刚刚发生了一起交通事故,她被车撞了,麻烦你马上来一趟……"

一记惊雷,击得元素脑子一蒙。

与任何一个听到亲人出事的人一样,接下来的好长一段时间里,元素都处于脑子严重缺氧的状态。她头晕目眩,耳鸣眼花,四肢无力。

她不知道自己是怎么打车去的医院,完全是出于本能做出的反应。

陶子君刚被从重症监护室送回普通病房,元素看到她的时候,她一脸苍白地躺着,毫无生气。

医生说,是路过的群众报的警。有目击群众说,撞她的是一辆丰田霸道,人当时就昏过去了,可肇事车辆一秒没停,径直开走了。不过,肇事车辆当时车速较慢,所以目前她母亲没有生命危险,但双肺挫裂伤,右下肢腿骨骨折，目前处于浅度昏迷状态。

元素怔怔地看着，嘴唇止不住地颤抖。

陶子君不唠叨了，不打她了，也不骂她了，可这样安静的母亲，让她更加痛苦。

她很害怕，怕陶子君像洛叔叔一样，睡过去，很久很久都不醒过来。

在她怔愣间，几个警察进来了。

他们是来了解情况的，先是例行公事地问了一些她母亲的基本情况，然后话锋一转，突然意有所指地问："你母亲最近有没有跟人结怨？"

元素一愣："我不明白，什么意思？"

"你母亲被撞时，并不在主干道上，从现场勘查的情况来看，这不是一起普通的交通肇事案件。"

元素一怔。怎么可能？陶子君就是一个普通工人，平时很少与人打交道，她做过的最大的恶事不过就是喝醉了撒撒酒疯，谁会没事去要她的命？

要说结怨……突然，元素想起中午在医院门口她母亲和钱傲争执的画面。

难道是他？不，不可能！她甩了甩自己的脑袋，转瞬间就推翻了这个想法。钱傲虽然有些霸道、不讲道理，但还不至于做出这种没有人性的事。

警察递给她一份资料："你看看，认识这个人吗？"

上面是肇事车辆的详细信息记录，车主的姓名、车主的照片、车辆的照片、车辆登记的车牌号、车辆的发动机号，等等。

元素咬着嘴唇摇摇头。

几个警察交换了个眼神，又问了一些情况，就走了。

送走警察后，元素僵坐在陶子君的病床边，握住她的手，好半晌才哽咽出声："妈，都是我不好……"

这场车祸对她来说太意外、太突然，冲击性也太大。看着亲人受苦，自己却什么也做不了，她甚至觉得自己是个灾星，凡是她身边的人，一个个都会倒霉……洛叔叔被车撞、钱仲尧腿受伤了,连钱傲这种铁金刚也能坠楼,现在,又轮到她妈妈了。

"笃笃。"敲门声响起,元素一回头,就看到了坐在轮椅上的钱仲尧。

他双手搭在膝盖上,捧着一个礼盒,皱着眉道:"我刚听说阿姨的事,来看看她,怎么,不欢迎我?"

元素从错愕中回神,勉强一笑:"怎么会?请进!"

钱仲尧推着轮椅进来,将东西递给她:"这是我的一点心意,给阿姨补补身子。"

"这……"

"老参,最适合阿姨现在用了。我受伤,家里囤的,我现在也用不上,借花献佛,拿着。"

元素犹豫了一下,轻轻点了点头:"谢谢你,仲尧。"

这话原是礼节,可听在钱仲尧的耳朵里,却是生疏和客套。

视线在她脸上停留了几秒,他摇头微笑:"别客气,应该的。我受伤的时候,你不也一直照顾我吗?"

元素心里有愧,局促不安地转移话题:"你的腿恢复得挺好的,我记得好像听谁讲过,至少得三个月才能坐轮椅呢。"

"是呀,我打小锻炼,复原能力强。"

"嗯,也是。"

话题终结,气氛又陷入尴尬。

钱仲尧看着她,笑了一声:"素素,那我就先走了。你也别担心,阿姨她老人家福大命大,一定会挺过这关的。"

"谢谢!"

除了"谢谢",元素实在找不出合情合景的词。

钱仲尧沉默了一会儿,最终还是笑笑,离开了。

钱傲兴冲冲地走出电梯,刚好与推着轮椅的钱仲尧碰上。

四目相对,两个人居然都很平静,甚至相视一笑。

"二叔,你来晚了。"

钱傲眉头一皱："仲子,你到底要怎样?"

钱仲尧勾起唇角："二叔,这话该我问你才对吧?"

叔侄俩僵持着,钱傲的拳头握紧又松开,松开又握紧,最终撸了一把头发,叹息道："你早就知道了?"

"是的,二叔,我早就知道了。"钱仲尧脸上没有明显的表情变化,只是用带着恨意的目光看着钱傲。

这话有些刺耳,但钱傲没法逃避。

"行!有脾气尽管冲着我来,你可以选择更高的楼层,我要是皱一下眉头,就不是个爷们。"他顿了顿,目光冷硬起来,"但是,你记住了,千万别动她,要不然……咱叔侄情分就没了。"

原来他都知道?钱仲尧诧异于他没找老爷子告状,低头轻笑一声,云淡风轻地说道："二叔,在你把她弄到床上的时候,咱们的叔侄情分就已经没了。"

钱傲动了动嘴唇,终究没有出声。这事,不管他怎么解释,都难以自圆其说。不过,要是他和元素在一起那会儿,他知道她是侄子的女朋友,他绝对不会那么做。可一切已经发生了,让他怎么放手?

"仲子,我也不逃避责任。这件事,二叔确实没办好。但是,这不关她的事,所有的火气,你都冲我来,成不?"

钱傲这句明显维护元素的话,让钱仲尧更为恼怒。从什么时候开始,钱傲和她成了一家人,而他反倒成了外人?这口气,他无论如何也咽不下。

"你以为,就凭这一句话,一切就可以翻篇了?"

"那你到底要怎样才肯翻篇?"

"你说呢?"钱仲尧一字一顿地道,"无耻!"

钱傲阴沉着脸,但不管钱仲尧说得多难听,他都不反驳:"仲子,是二叔对不住你,但是,人,我放不了手。"

"王八蛋!"

钱傲皱着眉头,冷静地扫了他一眼:"仲子,这一次是二叔欠你的。

但往后,我的女人,一根头发都不许你碰。"

说完,他大步离开。

钱仲尧看着他,胸口急剧起伏着,目光像淬了毒:"二叔,不是你的东西,强求也没用,她是我的,早晚都会是我的。不信,咱走着瞧。"

钱傲走进病房的时候,元素正小心翼翼地用棉签为陶子君润嘴唇。

看到钱傲,元素颇觉意外:"你怎么来了?"

"又是这句话,能不能有点新鲜的?"钱傲不太在意地坐下来,看着病床上的人,"你妈一直没醒?医生来过了吗?"

"嗯。"元素把刚才医生和警察的话大概说了一下。

钱傲听着,不觉微微皱眉,然后看了看病房的情况:"这地方是人待的吗?换地方。"

元素头也没抬地道:"钱二少,你回去吧,这破地方不适合你。"

钱老二郁结:"……我是说,你妈应该得到更好的治疗和照顾。你咋不识好歹?"

元素不吭声了。

"行了,你甭管,我来安排。"

此时的元素脑子里一团乱麻,也没个主意,只能由着他折腾,毕竟更好的医疗条件对妈妈的病情也会有帮助。

她正收拾着东西,一直昏睡的陶子君突然醒了。

睁开眼,看着钱傲,她气得手指不停地颤抖,直喘粗气。

元素赶紧上前握住她的手,激动地喊了一声:"妈,你醒了?太好了!"

陶子君死死地瞪着钱傲,嘴里发出呜呜的声音,似是极度愤恨。

钱老二被她的眼神看得有点发虚:"阿姨,我对不起您,我不该骗您……"

他的道歉,陶子君并不接受。刚刚恢复意识的她,眉头皱得更厉害了,嘴里呜咽着,费了好大劲都说不出话来。

见此情形,元素叹了口气,转身疲惫地看着钱傲:"你先回去吧。"

钱傲点点头。他本就不习惯用热脸贴别人的冷屁股,在陶子君杀气腾腾的眼神的注视下,没趣地转了身,刚要出门,那门就砰的一声,被人猛地推开了。

门口,站着元灵。

她指着钱傲,讥诮一笑:"他就是凶手!"

元灵这句话,在安静的病房里犹如平地惊雷,三个人瞬间都怔住了。

钱傲冷冷地盯着她,呵呵一笑:"我说妹妹,你这话是什么意思?"

元灵被他一瞪,咽了咽唾沫:"字面上的意思,你就是撞我妈的凶手。"

"那你报警吧。"闻言,钱老二嗤笑,平静得仿佛被冤枉的不是他。

"我会的,试试看好了。"

元素感觉自己的头更大了:"灵儿,你别瞎说!"

元灵一听,乐了,冷笑道:"姐,说到你的心上人,你就着急了?一味地维护凶手,连妈你也不管了,是不是?"

凶手?钱傲觉得自己比窦娥还冤,要不是看在元素的面子上,这小丫头今天必须为她的话付出代价。

"说话得有依据。"钱傲冷冷地道。

元灵底气不足,不过还是鼓起勇气,按照那人教她的,一字一顿地道:"今天中午我一回家,我妈就气冲冲地说要来找你,把我姐给找回来。结果她就出事了,难道真就这么巧?我妈可没仇人……还有,你看看,我妈看你的眼神……"

元灵像背台词一般噼里啪啦说了一堆。

其实在她心里,究竟谁是凶手并不重要,重要的是她要做人上人,做女人中的女人,而这些,那个男人都能满足她。

如果没有去过似锦园,她不会知道原来世界上还有如此奢华的地方。而现在,她必须、也一定要过上那种日子,做富太太,进出有专车,走到哪里都有人拍马屁,至少要比她姐姐更强。

元灵想到那个男人的承诺，喜色快浮上眉梢了："姐，这事你咋说吧？"

"你让我说什么？你都快成福尔摩斯了。"元素从她脸上移开视线，根本不想附和她的异想天开。

"我说的都是事实。"元灵道。

"灵儿，你就别添乱了。"元素太累了，整个人像要散架了一般，不想再继续讨论这些问题。

哪知道元灵是个不消停的主，嘴巴一撇，盯着元素的眼睛，就阴恻恻地问："姐，你凭什么肯定不是他？要是万一……"

元素心里都乱成一锅粥了，知道灵儿还在介意似锦园的事情，所以故意找钱傲的麻烦。

所以，她直接开口为他辩解："我怎么不知道？从中午到现在，我一直和他在一块，我会不知道他有没有做过什么？"

听着这话从她嘴里说出来，钱傲浑身猛地一颤。

一刹那的惊讶后，狂喜如潮水般涌到他心里。

强势如他，这一刻的感动，超过了以往任何时候。

原来，她这么信任他，那是不是代表，自己在她心里，也是有地位的？这个认知，让他像打了鸡血一般，莫名雀跃起来。

够了，在这个病房里，他只想对元素解释。

其他人说什么，他都觉得不重要。

几个人僵持了几分钟。

元灵眼看说不动她，赌气似的，转身走了。

眼见气氛没法缓和了，元素给钱傲使了个眼色，示意他离开。然后，她坐回病床边，为陶子君掖了掖被子，轻声问道："妈，现在感觉怎么样？"

陶子君的喉咙一直响，就是说不出话。

元素皱了皱眉，突然觉得情况不太对："妈，你怎么了？是不是说不出来？"

陶子君无力地点点头。

元素一惊，来不及多想，放开陶子君的手，就疾步冲出病房，冲着走廊上钱傲的背影就喊："钱傲，快来看看我妈……她不能说话了！"

这一系列的动作，她都没有经过大脑，只是脑子一热就这么做了。

她没叫医生，也没叫护士，而是叫了他。

钱傲一听，迅速转身回来搂住她，心疼地安慰："别怕，别怕，有我呢，我在！我在！"

"钱傲，呜……快……快……"

"你先去看着你妈，我马上去找医生来看看，甭急呀。"

这个社会就这样，虽然讨厌，但不得不承认金钱的重要性。

一会儿工夫，院长、专家、贵宾高级病房全都落实了，而检查结果也在一个小时之内出来了——颅内出血压迫神经，导致语言障碍。院方立马安排了手术。

经过一番折腾，元素已经疲惫不堪了。

她靠在钱傲身上，感觉自己从没有这么累过："钱傲，我妈她……会没事吧？"

"会没事的，我保证。"

"嗯……你说的呀。"

"我说的。我保证。"

……

仿佛经过了一个漫长的时间轮回，手术室的灯终于灭了，陶子君被推了出来。这次手术是脑外科专家亲自操刀的，非常成功。

麻醉剂药效还没过，陶子君是在昏睡中被推回病房的。

元素终于松了一口气，这时候才想起来俩人还没吃晚饭，确切地说，她连午饭都没吃。

钱傲叫了外卖，十几分钟就送到了。

两个人正吃着，钱老二的手机突然呜呜振动起来。

他看了一眼号码，起身走到外面："喂！"

"老板，按您的吩咐，车都处理好了。喷了漆，换了牌，任谁都认不出来……就是现在，真的要放到您家里？"

"嗯。"

这案子毕竟还没过去，万一哪天查起来，肇事车放哪儿都不安全，放在他家里，至少不会随便被人查，也能最大限度地保证仲尧的安全。

挂了电话，他若无其事地回到病房，几乎不敢看元素满是期待的眼神。

"钱傲，你是不是查到是谁干的了？"元素可怜巴巴地问。

"没有。"钱傲说，"哪儿有那么快？"

"哦……"

钱傲很不喜欢这种做违心事的感觉，可这次，他无论如何也得替仲尧把事情摆平，就像他当初帮徐丰一样。这么一想，还真是巧，一次是有意，一次是无意，两次都刚好伤害到了元素最亲的人，两次都是他在处理，他在隐瞒，他在作恶……他突然不敢想象，如果有一天，元素知道了真相会怎么样。

似锦园。

钱傲远远就看到了那辆重新喷过漆的丰田霸道。

让人把车停进车库，盖上车罩后，他才长舒了一口气："这事到此为止，谁也不许提！"

"知道了。"

回到屋里，他掏出烟来，深深浅浅地吸着，望着整洁的屋子，在元素的操持下有了家的味道，怎么看怎么舒服。

"嘀嘀！"信息提示音响起。

他打开短信看，心里一动。

是元素发来的，内容很简单："我妈醒了，你休息吧，今天谢谢你！"

钱傲愣了愣，回了一条："嗯，你也必须休息。"

一夜寂静，两处不成眠。

三天后，当元素趴在陶子君的病床边睁开眼睛时，窗外又是阳光灿烂。

这个季节，天气很好，看着妈妈一点点恢复起来，元素的心情也不错。

她揉了揉眼睛，撞上了陶子君的视线，微微一愣："妈，你醒了为什么不叫我？"

经过三天的恢复，陶子君已经可以正常开口说话了。

她皱着眉头问："灵儿那丫头跑哪儿去了？怎么几天没见着她了？"

手术后醒来，陶子君不仅精神状况有所好转，似乎连性格都好了很多，整个人显得很平静，不再动不动就发火，甚至都没有提之前的那些不愉快的事。

看来大难不死的人，容易想透。

不过，元素还是小心翼翼的，生怕又惹得她不开心："她呀，估计和同学玩去了吧。妈，你别担心。"

"能不担心吗？那天她回家，提着个包，我打开一看，里面好几套名牌衣服，还有一条看起来老贵的项链，我怎么问她都不说哪儿来的。你妹妹也不小了，你呀，多注意着她点。"

"我知道了，妈。"元素心惊肉跳，但脸上努力保持着平静。

不过，元灵在哪里拿的名牌衣服呢？似锦园的衣服都没有牌子，妈妈也不可能认出来……还有，她不记得自己有那样的项链。

母女两个正说着话，元素就听到自己的手机响了。

元素一接起来，电话那头就传来灵儿惊慌失措的声音："姐，救我……"

一听"救"字，元素就心慌。

她瞄了陶子君一眼，赶紧走到外面，急急地问："你又怎么啦？"

"姐,电话里说不清楚,你快点到凹凸娱乐会所来,记得多带点钱,要不然,我就走不了路啦……记住,不要报警呀,要不然,我就活不成了……"

说完,元灵挂了电话。

听着手机里传来的嘟嘟声,元素心里有些害怕。

难道妹妹被劫持了?

不对,劫匪哪儿能大摇大摆带着人质往人多的会所去?

在J市,凹凸娱乐会所是仅次于帝宫的娱乐会所,这样的地方代表的是纸醉金迷和莺歌燕舞,不管叫什么名字,都摆脱不了是个声色场所的本质。

元素让出租车停在会所对街的银行门口,她本想先取钱,但怕被人讹诈,左右一想,还是决定先进去看看情况再说。

外面阳光正盛,会所里却恍若夜晚。

元素进了门,就不停地拨打元灵的电话。几次无人接听后,元灵终于回了电话。照着元素给的路线,元素终于在二楼的一间KTV包厢内,看到了可怜兮兮地蹲在门边的妹妹。

元灵身上穿着这个会所里公主们统一的制服。

元素皱了皱眉,再转眸一看,包厢沙发上坐着一个打扮时尚的女人,她穿着一身V领开口的白裙,露出深深的事业线,嘴上叼着一根烟,长发散落,遮住了半边脸。

"元小姐,咱们又见面了。"

元素的目光与那女人的撞在一起,一下愣住了。

怪不得她觉得那女人有点眼熟,这不是她的师姐赵爱丽吗?

元素微微一顿,问:"赵师姐,这是做什么?"

"呵呵,问你的好妹妹吧。"

听她这么说,元灵的表情有些不自然,沮丧地垂下头:"姐,我……我……"

支吾了半天，她还是没说明白。

赵爱丽似乎没耐心听下去了，冷哼一声，嗤笑道："既然你来了，就直接说吧，要怎么赔偿？你妹妹在这里当公主，不肯好好干活，趁我不注意偷了我的项链……你说这事怎么解决？是赔项链，还是报警，让她坐牢？"

元素明白了。

怪不得妈妈说灵儿有一条老贵的项链，原来是偷的赵爱丽的。

她又气又急，可又无可奈何，转头瞪着元灵："项链呢？拿出来，还给人家。"

"……项链已经还了，可她不依不饶……说，得赔双倍……"元灵哭丧着脸。

"你……不争气的东西！"元素嘴上虽然骂着，可事情还得解决。

她这辈子就没有遇到过这么丢人的事，看着赵爱丽，自己也觉得脸红："赵师姐，我妹妹做错事，该罚……可这赔偿双倍，是不是也太过分了？"

"呵呵，过分？我这项链经了小偷的手，就脏了，不能戴了，我的心情也坏了，你觉得我要求双倍赔偿，很过分？"

看到她一脸为难的样子，赵爱丽抚了抚手上的项链，得意之情溢于言表，又补充道："更何况，这东西对我来说意义重大，这是我最爱的男人送给我的，这精神损失费，赔双倍不为过吧？"

她说"最爱的男人"时，元素莫名其妙地想到了钱傲。

元素头痛地问道："那你打算让我们赔多少？"

赵爱丽将烟摁灭在烟灰缸里，刚想说话，包厢内间的门就被人推开了。

一个穿着考究的年轻男人走了出来，眼神直直地落在元素身上："爱丽，这是怎么回事？"

元素看着这个人，惊得脸色一变，汗毛倒竖，不由得打了个寒战。

这人即使化成了灰，元素也认得，他就是一年多前在 H 市温泉池调戏她，被她无意弄到温泉池里摔伤的郝靖。

"郝少……"赵爱丽拂了拂一头长发，起身走到郝靖身边挨着他坐下，就像突然变了个人似的，声音又娇又嗲，"唉，也不是什么大事，这小偷呀，偷了一条我喜欢的链子，这不，正谈赔偿呢。"

"噢，那你们继续。"郝靖斜靠在沙发上，自顾自地点了根烟，一副看好戏的样子。

赵爱丽的眼神轻飘飘地扫向元素："师妹呀，你就放心好了，我这个人是最好说话的，绝对不会为难你，只要把钱赔上，这事就一笔勾销，我也不会往外说。"

元素算是看明白了，赵爱丽嘴上说不会为难，可每句话都是为难。

她一笑："说金额吧。"

"哟喂，好大的口气！瞧瞧咱们这师妹，果然是傍上凯子了……得，反正你有钱，算你五十万，没有委屈你吧？"赵爱丽咯咯笑着，激得元素起了一身鸡皮疙瘩。

她一开口就是五十万，不是漫天要价吗？

"赵师姐这是准备强人所难？"

"强人所难？行！那我就叫人打小偷了！"

赵爱丽神色一变，话音还没落下，突然就将缩在旁边的元灵揪过来，抓住她的头发扬手就是一个耳光。赵爱丽的个头本来就高，脚下又踩着一双足有十厘米高的细高跟鞋，那模样更是气势汹汹。

"还偷不偷？偷不偷了你？"赵爱丽边打边道。

元灵号啕大哭，捂着头拼命挣扎："姐，救我，救救我……"

一见妹妹被打，元素气血上涌，来不及多想，像个护犊子的小母兽一般，冲过去就护住元灵，心里却想，要是赵爱丽打伤了她，那医药费是不是可以抵赔偿款了？

俗话说，不怕天，不怕地，就怕人不要命。这一下，倒让赵爱丽愣住了。

"住手！"郝靖原本一直在看戏，见状，突然站起来抓住赵爱丽和元素的手腕，将俩人分开，"爱丽，为这点小事大动干戈值得吗？我看这事就这么算啦，你要是缺钱，明天来找我……钱这玩意，不就是纸吗？"

他抓住元素的手腕不放，慢慢转过头来："元小姐，咱们的交情也不是一天两天了，遇上这种事，我也不能不管，放心吧，我帮你摆平……"话锋一转，他突然又笑道，"不过，小孩子做错了事，小惩大戒还是很有必要的。"

看他二人演双簧，元素心里大概有数了："直说了吧，你们究竟想怎样？"

闻言，郝靖一笑，把桌上的一个杯子倒满酒，端到元素面前："来，先把这杯喝了。然后这事，咱们就一笔勾销。"

元素哪里敢喝这种人递的酒？一时间，脊背上冷汗涔涔。

"酒我是不会喝的，钱我认赔，不过，必须是在合理的范围内。"元素努力保持镇定。

见她这样，郝靖轻声一笑："元小姐，咱可说好的，不提钱。你怎么就这么不给郝某面子？还是你怕酒里有毒？"

"……我宁愿赔钱。"

赵爱丽冷哼出声："行呀，要赔还不简单？五十万，一分都不能少。"

"姐，不要呀，五十万……"一直戳在边上的元灵憋不住了，可她话还没说完，就对上了郝靖严厉制止的眼神，她赶紧闭了嘴。

"灵儿，没事的！"见妹妹懂事，元素心里稍微觉得宽慰了些，"只要这次给你的教训足够，姐姐做什么都值得。"

这倒霉事，她准备认了："说吧，怎么支付？"

郝靖脸上的笑容更盛了："如今这社会，像元小姐这样有情有义的人可不多了。"

"不用废话，说重点。"

郝靖顿了顿，微笑着叹了一声："好了，不和你开玩笑了。你走吧，这事我做主,就这么算了,酒你也不用喝,爱丽这儿,我会给她说……"

元素一愣。

这人唱的究竟是哪一出?

"谢谢!"元素当然顺着台阶下了,说完,她牵着元灵逃也似的离开了。

元素回到市医院时已近中午,她买了饭菜端上楼,意外地看到钱仲尧在病房里。

坐在轮椅上的他,一边削苹果,一边说着话逗陶子君开心。

陶子君一直半闭着眼,不怎么搭理他。

元素轻咳一声:"仲尧,你怎么在这里?"

钱仲尧回头,微微一笑:"我刚好来医院复查,就过来看看。"

元素微微一笑:"谢谢!"

这时,陶子君看到了蹑手蹑脚进入病房的元灵,顿时怒目圆瞪,没好气地骂道:"死丫头,你这几天野到哪儿去了?"

"妈,我找同学去了,忙功课呢。"元灵瞟了元素一眼,她撒起谎来脸不红心不跳。

陶子君看她这样,火气更旺了,要不是手上有伤,就该甩巴掌了:"别看你姐,素,你说,她干吗去了?"

"妈,她是找同学……"元素不擅长撒谎,但又不敢气到妈妈,不得不撒谎。

"阿姨。"钱仲尧小心翼翼地将削好的苹果递到陶子君手上,"吃个苹果,消消气。你这病呀,可不能动怒。"

"不劳你大驾。"陶子君不接苹果,憎恶地一挥手,钱仲尧手里的苹果就滚落到了地上,咻溜溜转了好几圈。

她心情很差,态度就更恶劣了,可钱仲尧不以为意,笑着转动轮椅,就去捡掉在地上的苹果。

"我来。"元素连忙拉住他,自己将苹果捡了起来,丢到垃圾筒里,

"谢谢你来看我妈,仲尧,你先回去吧。"

她不忍心仲尧被妈妈的态度伤害。

钱仲尧听懂了,目光微微一亮:"好,我明天再来。"

元素原本以为,仲尧只是客气地来瞅瞅妈妈。可哪里知道,从第二天开始,他天天来报到,风雨无阻。他绝口不提任何与感情有关的话题,甚至对于她妈妈能住得起贵宾病房这事都不觉得奇怪。他就像真的只是普通朋友一般来关心她,这让元素找不到任何理由来拒绝。

诡异的是,钱傲也每天一下班就来医院,有时候他还会在医院跟她一起吃外卖。

不过,虽然他每次来都带着大包小包,吃的、喝的、用的、补的,样样都买最好的,脸上也笑得像一朵花似的,可陶子君最不待见的人就是他。

说来也巧,钱傲和钱仲尧就像约好了一样,钱仲尧都是白天来,钱傲都是下班后从公司过来。只要钱仲尧在,钱傲就不在;钱傲在的时候,钱仲尧就不在,俩人从来没有碰上过。

一转眼,一周过去了。

陶子君的外伤已好得差不多了,除了腿脚不便,没别的问题。而同样腿脚不便的钱仲尧,通过半个月的努力,居然能让她和他说上几句话了,尽管只是关于如何做腿部复健之类的话题,但也是很大的进步了。

而元灵,每天早出晚不归,不知道整天在瞎忙什么,明明就是在暑假期间,可她待在外面的时间比上学的时候还多。劝了多次之后,元素就放弃了,妹妹大了,哪里还能听进去姐姐的话?

抓扯着三千烦恼丝,元素焦头烂额,有一种在夹缝中生存的惶恐不安,而那蓄意开车撞她妈的凶手,至今没有抓到。

最后,还是陶子君看不下去了。

元素原本是最听话的,又乖巧又懂事,从来不让她操心,要说让她不能放心的，那就是元素长得实在太好看了。

漂亮的女人，总是更能吸引男人，可天底下的男人，又有几个守得住真心，一辈子只对一个女人好？尤其是有钱的男人，外面的蝴蝶太多了，她真不愿意女儿上男人的当，毁了一生。

"素素，你知不知道自己到底在干什么？打小妈就教你，有钱的男人招惹不得，你倒好，一招惹就是俩，还轮番地来。"

元素不安地看着她："妈，我会处理好的。"

陶子君没有回话，只是伤心地闭上眼："我也是担心你呀。"

元素抿了抿唇，走上前去，亲昵地搂住陶子君的胳膊，蹭了蹭，像只小羊羔似的："妈，别生气了，我保证，乖乖的，不添乱。"

见她可怜兮兮的模样，陶子君的脸色缓和了不少："每次都这样，妈也懒得管你了！自己的事一定要处理好，要不然，以后有你的好果子吃。"

元素拼命点头，忙不迭地讨好："我一定会的。"

"素呀，你长得漂亮，打你主意的男人肯定很多，但是妈希望你做一个普通的女人，守着男人、孩子、柴米油盐，平平安安地过日子。"

元素点头，表示赞同。

陶子君顿了顿，突然一叹："钱仲尧那个小子……腿都伤成那样了，你让他别来回折腾了……他是个好孩子，他对你的心思呀我看明白了。可是，他家的高枝，咱们实在攀不上。"

陶子君没有提钱傲，只提了钱仲尧，看来在她的心里，他们俩已经分出了高下。

元素的心里突然有点不是滋味，勉强一笑："妈，想那么多干吗？我这辈子都不嫁人，就守着您……您不是嫌弃我吧？"

"说什么傻话呢？"陶子君急得一阵轻咳。

元素吓了一跳，赶紧拍她的后背帮她顺气："好啦，不说不说。"

事实上，不仅陶子君担心，元素自己也挺闹心。

每天钱仲尧来的时候，她都想方设法地避开，脑子都快炸掉了，不知道究竟如何跟他相处。

他是她的前男友？朋友？

再这样下去，事情只怕会更糟糕，误了他的感情不说，还弄得两人的关系越发复杂。可问题是他来根本就不是找她的，而是找她妈的，让她怎么办？至于钱傲，她就更加阻止不了了。他不想来，你请不来。他想来，你也拦不住。

每天下午，忙完工作，从公司直接驱车去医院，这几乎成了钱傲雷打不动的生活规律了。

白慕雅就是在停车场堵住他的。

钱傲刚停好车，就透过挡风玻璃看到她站在车前，吓了一跳。

"你在搞什么？神经呀！"钱傲有点生气，狠狠摁了一下喇叭。

白慕雅面无表情地看着他，绕过来打开副驾，坐了进来："二哥，好久不见。"

钱老二皱了皱眉，以前他和这小丫头也是有说有笑的，可订婚这事被长辈一提，俩人单独相处就不自在了。

"小雅，你找我有事？"

"没事不能找你？"

"……"

钱傲不想尬聊，看了看时间。

一会儿和几个哥们有饭局，他怕小雅这一耽搁，误了时间："有事说事，我很忙。"

他一脸不耐烦的样子，看得白慕雅眼眶都红了。

他爱玩，她是知道的，他身边从来都是各种各样的女人，按哥哥的说法，二哥换女人的速度比换衣服还快，可他从来没有认真过。

这次不一样了，她必须维护领地了。

攥紧了包包的带子，白慕雅的眼中泛起水光："我想见自己的未婚夫，还得在这儿厚脸皮地候着，你说可笑不可笑？二哥，你不觉得你欠我一个解释吗?"

她一控诉,钱傲就笑了:"小雅,如果你想听解释,麻烦去找沈佩思女士。是她要你结婚,不是我。所以,你跟她之间的事,与我无关,懂吗?"

"你……"白慕雅被他噎得哑口无言。

钱傲抬腕又看了一次时间,没耐心去管她为什么伤心:"下车!我要走了!"

白慕雅满腔怒火,一听这话,更是难过,声音都哽咽了:"二哥,你究竟把我当成什么了?我是你的未婚妻,你能不能关心我一点,哪怕只是一点,我就满足了,行吗?"

钱老二皱着眉头:"关心?没有。你要的不是钱太太的位置吗?沈女士已经满足了你,你还想怎样?"

钱太太的位置?白慕雅一脸错愕:"二哥,我要的是你这个人,而不是名分、地位。你知道我看着你整天关心的是别的女人,心里有多痛苦吗?"

"咳咳!"钱傲轻咳一声,调整了一下坐姿,认真地看着她,"小雅,你要明白,我没求着你来受这份气。挑明了说吧,我由着你们折腾,不代表我认同。我跟你之间,永远都不可能更进一步,明白吗?"

白慕雅面色一白:"二哥,一个脚踏两只船的贱女人,值得你这么做吗?"

一听这话,钱傲就急了,目光变得凌厉,连名带姓地叫她:"白慕雅,我的事情,你最好不要插手,要不然,别怪我不给你哥面子。"

说完,他黑着脸沉声命令道:"下车。"

白慕雅心里爱恨交织,眼眶中盈满泪水。

这个一心维护别的女人的男人,还是她心里那个二哥吗?是她想要托付终身的男人吗?她守了他这么多年,爱了他这么多年,到头来,她连别人的一根头发都比不上。

"不下车是吧?那我走,你自便。"

钱傲没耐心耗下去了,砰的一声摔上车门,径直离开,只留下一脸煞白的白慕雅,盯着他急切奔向别人的背影,一颗心被撕得粉碎。

钱傲怒气冲冲地进入医院大楼,一腔排山倒海般的怒意在见到元素的时候,又莫名消失了。

他道了一声阿姨好,见陶子君不理他,也不太在意,耐着性子坐着,等着元素把陶子君收拾好,才把她拉出了病房。

医院的走廊,几乎成了钱傲的"战略基地"。

在病房里没法说的私话,都留到了这里。

"素素,陪我出去一趟。"

"去哪儿?"元素一脸漠然。

"我还能把你给卖了?去,给你妈说一声。"

元素看着他,不自然地捋了捋头发:"钱傲,说句心里话吧,我特感激你的帮助。可是,你都要订婚了,咱俩、咱俩不合适……以后,你还是少往这儿跑吧,免得惹人闲话。"

钱傲目光一凝:"白慕雅找过你?"

元素眉头一皱:"没有。"

"那就是仲尧说了什么?"

元素一听,急了:"没有。你跟白慕雅的事,不是尽人皆知吗?"

好一个"尽人皆知",钱傲看着她,心里转过好多个念头,突然淡淡一笑:"你不喜欢我订婚?"

"不是。"元素微微蹙眉,否认。

钱傲呵一声,将她拽过来,低头认真凝视片刻,半开玩笑半认真地说:"你不喜欢,我可以不订。"

"我没有。"元素心里一跳,连忙否认。

钱傲似笑非笑地哼了一声:"那好。陪我出去一趟,我就相信。"

元素:"……"

还是那个叫"巴蜀人家"的川菜馆。

钱傲牵着她上楼，进了包厢，她发现还有一群人在。

白慕年、徐丰、吴少、陈少几个熟人都在。如往常一样，除了白慕年，其他人都带着女伴。奇怪的是，徐丰身边那女的一直垂着脑袋，往他身后躲。

元素仔细一瞧，发现竟然是颜色，有那么一秒，元素真的怀疑是不是自己产生了幻觉。

颜色怯生生地喊她："小圆子。"

元素想到那天的事情，一脸僵硬地冲她点点头，然后发现吴少和陈少看自己的目光不对。她这才想起来，比起颜色，其实她更尴尬。

上次见他们，她是钱仲尧的女朋友。

这次，她是被钱傲牵着进来的。

元素双颊绯红，恨不得找个地缝钻进去……

可钱傲毫不在意，而其他人心里揣测，却不会问，更不会说。

在众人的注视中，钱傲对她的关心更甚："想吃什么就说，不用管他们。"

"嗯。"元素要是知道是来吃这样的饭，打死都不会来。可现在人都来了，当着这么多人的面，她又不能让钱傲下不来台，只能不冷不热地应和着，避免尴尬。

"想什么呢？"钱傲低声问。

"嗯？"元素听到他问，转头。

"问你话呢。"

看到他探究的目光，元素微微一愣："我没听见，你再说一遍。"

"我说，有我在，你不用拘束，明白吗？"

"哦，好的。"元素低头说着话，脑子里一直在琢磨颜色和自己那点破事，却不知满桌子的人都在琢磨她。除了白慕年和徐丰，其他人都把她当外星人一样看待。

能抓住钱老二的人，不简单呀。

元素看不到别人的表情，自顾自地在碗里奋斗着，突然听到吴少打趣道："妹子，慢点吃，小心噎着。"

　　什么？元素抬头，正想说话，就被钱傲凌厉地打断了："叫什么'妹子'？叫'二嫂'！"

　　他一句简单的话，震惊了一桌人。

　　这称呼真新鲜！

　　是要确定她身份的意思？

　　要知道，这可是钱傲这么多年来第一次……

　　大家看着他们，等着他的下文，可钱傲压根不解释。

　　他轻飘飘地扫了一眼众人，一副心情很好的样子，勾了勾唇："吃呀，怎么都不吃了？"

　　无疑，他是最淡定的一个人。

　　吴少瞧着他，终于缓过劲来，率先站起来道："二嫂，我是吴哲明，多多指教。"

　　元素呆了呆，尴尬得话都说不出来。见状，陈少心知钱老二对元素是认真的，也赶紧站起身，满脸堆笑地道："二嫂，今天我请客，你看看想吃点什么。这'巴蜀人家'的川菜最地道，得劲，辣得够味！"

　　"来个清淡点的汤，她不喜欢吃辣的。"不待她开口，钱傲就直接帮她做了决定。

　　元素笑了笑，不吭声，也不反驳，只是心里稍有怨念。

　　这男人明明知道……她最爱吃辣的。

　　士别三日，当刮目相看。大家都当他大爷转了性，慢慢地，就不觉得奇怪了。聊着聊着，话题就转到了男人们生意上的事。

　　"听说郝靖那小子在老城区那个项目上栽了大跟头？项目重新竞标，他前期投入的资金全打了水漂。这笔钱够那小子喝一壶的了。"

　　徐丰一听，呵了一声："吴少，这你就不懂了，有咱们二爷在，那项目能有郝靖什么事？"

　　钱傲慢悠悠地放下筷子，抽了张纸擦了擦嘴，扫他一眼："疯子，贴你女人身上去，不懂就少插嘴。"

徐丰立马给嘴上拉链。

几个人笑了笑，有一搭没一搭地接着闲聊。

"听说那项目一启动，老城区那一片全得拆。话又说回来了，那片的人，那穷酸样，啧啧！穷鬼们拧成一股绳，对抗开发商，是出了名的'最牛钉子户'聚集地……"

听得这话，元素像被人狠狠打了耳光似的。

好巧不巧，她家就在老城区的水碾巷，那儿确确实实是这个城市里最贫穷的地方。

她放下筷子，慢慢地说道："我们老城区的人是穷，可还不至于为了黑几个钱去瞎闹腾。为什么有人做'钉子户'？还不是有些资本家心太黑、太毒，不拿出有诚意的赔偿方案，还动不动就搞强拆。"

吴少哪儿知道这话会触到她的软处，脊背凉了一下，他瞄了一眼钱傲，赶紧站起来，双手合十，笑着赔罪："二嫂，兄弟对不住了，你大人不计小人过……"

"得了。"钱傲知道这小子是说溜嘴了，示意他坐下。

接着，钱傲又转过头，拍了拍元素的手，哄她："气啥呢？他也不是说你。再说了，谁敢说你穷？我的不就是你的？只要你愿意，要什么没有？"

"咯咯咯！被喂狗粮了！"

"肉麻死了。"

在一阵阵带笑的咳嗽里，众人的目光意味深长。

钱老二泡妞可真够大手笔的，他的一切都是她的，那为了博红颜一笑，J·K国际他也能双手奉上？

刚才那话题是吴少提起的，闹得不太愉快，为了调节气氛，他笑着对自己身边的女伴说："宝贝，你不是说你们电视台刚收到了什么爆料吗？快，分享分享。"

没想到男人也爱八卦。

美女闷了那么久，一下被点名，兴奋得眉飞色舞："赵爱丽，大家都知道吧？可真惨啦，也不知她究竟惹到了哪路神仙，被人给……呃呃了，还拍了视频、照片，在网络上疯传……她呀，被狗仔追得从女厕所跳窗，把脸划伤了……"

赵爱丽还是有点名气的，这样的女人被嫉妒再正常不过了。

元素听着，内心有点唏嘘。

几个男人却集体静默了。

谁都知道，赵爱丽是跟过钱老二的。

是有人在太岁头上动土，还是太岁自己动的土？

元素原以为这顿饭会吃很久，甚至都做好了忍受被长久荼毒的准备，不承想，钱傲接了个电话，就问她吃饱了没。她刚一点头，就被他拉着走了，那速度快得，她只来得及和颜色摆一下手。

将元素送回医院后，钱傲直接驱车回了钱家大宅。

刚到门外，他就听到客厅里传来一阵笑声，尤其是他妈沈女士，乐得不行，声音穿透力极强。

"嗯嗯，老白呀，那孩子们的婚事，就这么定了呀？"

"哎呀，说什么呢，你家小雅没的挑，谢谢你养了这么一个好闺女，我家浑小子才捡得了这便宜。"

钱傲放慢了脚步。

原来十万火急的事，就是商量订婚？

他黑着脸进去，看到白慕雅的爸爸白振声也在。两家人都坐在客厅里，聊得挺开心。

他轻哼一声，坐到沙发上："你们在卖大白菜呀？也不问问我的意见，合适吗？"

"傻小子，说什么浑话？"沈佩思直朝他使眼色。有白家的长辈在，怎么能这么没规矩？

"妈，你眼睛长虫了？挤眉弄眼做什么？"

"……"沈佩思那个尴尬呀,恨不得捶死他。

钱傲转过头说道:"这样也好,趁大家伙都在,我说个事……"

"二哥!"白慕雅从他脸上读出了一种不好的信息,脸色一白,赶紧岔开话,"我今天煲了你爱喝的鱼头汤,要不要给你盛一碗?"

"别了。往后呀,麻烦你认清门,来我家是客,这些事,就不劳你大驾了。"钱傲说话一向直接又犀利,甚至不给人留情面。可当着这么多人的面,这话一出口,还是让在场的人都傻了眼。

沈佩思气得不行:"老二,你什么意思?"

"意思是,我不结婚,谁喜欢谁娶。"

钱家人都明白,不管是对待感情还是婚姻,钱傲从来没有过任何个人想法,一直都是顺其自然,由着家人折腾,不主动,也不反对,甚至可以说很配合家里的需求。

这些年,家里基本认定了这桩婚约,只等礼成。谁知道,事到临头,他居然反悔了。

不管出于什么理由,白振声脸上都挂不住了。

他尴尬地看了一眼正抹泪的白慕雅,沉声说道:"小雅,我们走,钱家我们攀不上。"

"老白……"沈佩思一脸尴尬地站起来。

白振声拖着女儿,头也不回地往外走。

白慕雅频频回头,目光切切地望着一脸漠然的钱傲,突然怒火中烧。

她停下脚步,狠狠地擦了一把眼泪,冷冷一笑:"爸,都是我不好,我今天在二哥面前乱发脾气,惹恼了二哥,所以二哥才要退婚,是我的错,不关他的事。"

说完,她看了看钱傲,又向钱家人鞠躬道歉:"伯父,佩姨,实在对不起。我……我先走了,等二哥冷静下来再说吧。"

这死丫头!白振声气得不轻。

他白家也是响当当的名门望族,被一个小辈拒绝,女儿还去道歉?丢人现眼!

怒火累积到了一个点，就会爆发。

白振声看她不停鞠躬，突然转身，一个巴掌狠狠地甩到她脸上："还嫌不够丢人，你是想要气死我？"

这个巴掌用了狠劲，白慕雅的脸一下就红肿起来："爸，你打我？"

这是白振声第一次打女儿，可如果不打醒她，这梦她还不知要做到什么时候。钱家那小子摆明了对她没有感情，她怎么就执迷不悟呢？

一时间，客厅里的人哭的哭、劝的劝。

可钱傲不是那种优柔寡断的人，他一旦做了决定，九头牛都拉不回来。

他看了众人一眼，站起来对白振声说道："白叔，对不住了。但这婚，我不会结，我跟小雅没什么以后。"

"混账东西！"钱老爷子一直冷眼旁观，一听这话，顿时黑了脸，"这婚是你想结就结，不想结就不结的？不想结，当初你干吗去了？谁当初给老子答应的？"

钱家最有气势的就是钱沛国了，可钱傲压根就不怵他："逼我是吧？也成呀！如果想让她守活寡，你们就继续逼。我呀，就不奉陪了。"

说着，他就想走，白慕雅却突然冷笑一声，含着泪问他："二哥，你考虑清楚，为了那种女人，究竟值不值。"

她的声音很低，但字字清晰。

钱傲的头皮微微一麻。他还没想好如何处理这事，如果家人现在知道了元素和他的关系，就麻烦了。他们这样的家庭，最在乎名声。元素之前是仲尧的女朋友，为了维护家族的名声，家里人是绝对不会同意他们在一起的。

想到这里，他笑了，勾起嘴角盯住白慕雅，警告道："我说过，我的事，不用你管。"

白慕雅抬了抬下巴，直视着他。

暗流涌动，火药味十足。

钱家人坐不住了，尤其是沈佩思："女人？小雅，你说什么女人？"

白慕雅淡淡一笑，不吱声。钱老二冷笑，也不吱声。

气氛诡异。

此时此刻，客厅里静得估计掉根针都能听见。

钱傲正寻思着怎么开口，就听到一道不合时宜的笑声。

"我知道。"来人的语气里带着淡淡的嘲弄。不是钱仲尧，还能是谁？

钱傲目光一转，见他推着轮椅进来，扯了扯唇角，没说话。

他盯着钱仲尧，钱仲尧也盯着他。

良久，钱仲尧突然一笑："瞧你们，急什么？我二叔这么风流，招女人喜欢也是正常的。"

沈佩思从惊讶中回神，觉得这俩小子不对劲："仲子，你别替他打掩护，快，你来说！"

钱仲尧抿唇，深深地看了钱傲一眼："最近，二叔和一个小明星闹绯闻，想来二婶就吃醋了呗。"

钱傲眯起眼打量着钱仲尧，终究什么话也没有说，直接走了。

这事也就不了了之了。

白慕雅随白振声回去了，订婚的事也就暂时搁置了。

众人各自散去。钱傲正准备去取车，背后突然传来钱仲尧的声音："二叔！"

钱傲转身，蹙着眉问："有事？"

钱仲尧缓缓说道："我只是想告诉你，不管你为我做什么，我都不会感激你。你也别想着良心能得到宽恕！"

俩人离得很近，彼此间压抑的冷意都能感受到。钱傲想了一下，哼笑一声："仲子，你错了，我压根就没想过要你感激。"他瞟一眼钱仲尧搭在轮椅上的腿，"至于我的良心，只要她能感觉到就好。其他人，我不在乎。"

"二叔，你真可悲，你难道不明白，她心里根本就没有你……"

他的话，戳到了钱傲的心。钱傲额上的青筋跳了跳，也不留情地道：

"如果她知道你做的事……甚至连你的腿伤都是假的,她心里还会有你吗?"

钱仲尧脸色一变,冷笑道:"那你为什么不告诉她?"

钱傲慢慢走近,直到离他仅一步之遥,才低下头来,双手撑住他的轮椅,重重地拍了拍:"你好自为之吧。"

雷雨多发的季节,天说变就变。

入夜没多久,就淅淅沥沥地下起了小雨。元素看着窗外,有点心神不宁——妹妹又好多天不知去向了,她一面担心,一面还得帮妹妹瞒着妈妈。

坐了一会儿,元素见陶子君睡得正熟,就抽空回了一趟似锦园。

在医院里洗澡不那么舒服,她又没带什么衣服,回似锦园,一是顺便拿几件衣服,二是看看大象。

离开了这么久,她真的有点想念大象。

说来也怪,她离开医院的时候下着雨,到似锦园时雨就停了。雨后的空气清新而潮湿,风迎面吹来,她深吸了一口,紧绷着的神经稍稍放松,心里惬意了不少。

她没有告诉钱傲自己回来了。

开了指纹锁进去后,她先去了大象在院子里的狗窝。

结果,大象不在窝里,元素奇怪地张望一眼,就听到大象的叫声。她顺着声音找过去,到了后院,远远就看到大象对着车库叫个不停。

这是后院里一栋独立的小楼,一层的车库很大,平常没有住人。大象叫着叫着,突然钻了进去,还在里头不停地叫唤。

元素唤它半天不见它出来,就走了进去。

"喵呜!"一声猫叫。她这才发现大象狂叫的对象是一只黑色的野猫,那只黑猫躲进了一辆盖着车罩的汽车里。大象抓不着它,正生气呢。

"喵……喵……"元素蹲下身唤着猫,想把猫唤出来跟大象玩,可那猫十分灵活,很会躲藏,小小的身子彻底缩进了车罩里,一只爪子紧紧攀在车罩上，就是不出来。

嘿！小东西！元素想都没想，直接把深蓝色的车罩给掀开了。

"我看你怎么跑！"话音未落，她突然一怔。

——那是一辆丰田霸道！

因为母亲的车祸，元素对丰田霸道这种车很敏感。

她下意识地绕过去，看了看车牌，然后暗自舒了一口气。

不是警察说的那辆，车身颜色也和肇事车不一样。

她觉得自己脑子抽了，不禁轻笑一声，将大象抱起来，摸了摸它的脑袋，然后慢慢走回去。

钱傲的别墅面积有点大，刚才在外面，元素压根没想到家里有客人。

进了二楼的客厅，她才发现颜色和徐丰都在，两人好像刚刚吵过架的样子，徐丰在跟钱傲说着什么，而颜色喝着水，眼圈有点红，一见到她，马上就恢复了以前的状态。

"小圆子，我可能要出国待一段时间。"

元素一愣："好端端的怎么要出国？你俩去旅游呀？"

颜色瞥她一眼，清了清嗓子，斟酌着语句："小圆子，我这辈子就搭在这男人身上了，但他家里人死活不让我跟他在一起，还扬言如果我不听话，就要我好看……天天这样也不是个事，我俩合计着，准备先离开一段时间，等他家里人的火气消了再说。"

"你俩准备私奔？"

事情发展得也太快了吧？

颜色什么时候跟徐丰情深似海的？

这事又是什么时候被他家里人知道的？

元素这些天一直在医院，完全不知道颜色身上发生了这么多事情。

"等等，我怎么没听明白呀？"元素忙道。

她的潜台词是，怕颜色被徐丰给骗了。

颜色冲她眨了眨眼，勉强一笑，满不在乎地说道："什么私奔啊，我是看他表现还不错,给他一个机会。"

又傲娇了吧?元素忍不住叹息:"准备什么时候走?"

颜色低头:"越快越好。"

作为她的闺密,除了支持她的决定,元素不知道该怎么劝她。而且感情的事,陷在里面的人,是听不进去别人的话的。

送走了他们,她进了厨房,做了几个菜,炖了一只鸡,一部分留给钱傲,一部分装进食盒,提着去了医院。

她进病房一看,陶子君已经醒了,正和钱仲尧聊天。

不知道钱仲尧讲了什么好笑的事情,陶子君乐得合不拢嘴,满脸是笑。

元素皱了一下眉头,将食盒放到桌上,拿了汤碗,盛上鸡汤,塞到陶子君手里:"妈,喝点汤。"

陶子君不接碗,也不吭声,就那么盯着她。

元素端着鸡汤的手就那么举在半空,有点尴尬:"怎么了?"

陶子君黑着脸问:"上哪里去了?"

当着别人的面被当成小孩子一样询问,元素有点难堪:"出去买了菜,给你做了晚饭。"

陶子君似乎猜到了她的去向,不高兴地哼了一声。见状,钱仲尧赶紧笑着打圆场:"鸡汤很香呀,我都忍不住想喝了呢。陶姨,你要不要尝一口?"

俗话说,见一面,三分情,何况天天见面?两个人聊来聊去,陶子君已经习惯了钱仲尧的存在,对他的好感也与日俱增。

"嗯。"陶子君顺手接过汤碗,喝了起来。

元素手上一空,她就纳闷了,陶子君到底是谁的妈呀?

钱仲尧转过脸,望着元素微笑道:"能不能借个光,也赏一碗给我喝?"

不等元素说话,陶子君就将手中的碗放到一边:"这丫头,会不会待客?给仲小子也来一碗呀!"

对于陶子君的性格,元素了如指掌,不争不辩才是最妥当的。所以,她又拿碗盛了一碗汤递给钱仲尧。

见他喝得挺开心,元素觉得好闹心。

现在,钱仲尧已经升级成了她母亲的客人,而不是她的客人,所以,她连与他保持距离都不容易做到。

"哟,都在呢?"房门被人打开,"失踪"了许久的元灵回来了。

元灵头发披散着,化着烟熏妆,打扮得完全不像一个十九岁的女孩。

一看到她,陶子君就气不打一处来:"死丫头,谁把你的魂勾走了还是怎的?这几天死哪儿去了?一个个的不省心,是想把我气死吗?"

得,连带着把元素也骂了。

"妈,我来看你,你不高兴吗?真是的,早知道你不乐意见到我,我就不来了!"元灵噘着嘴,却并没有真生气,看上去心情似乎很不错。

元素皱眉,看着这样的她,总觉得哪里不对劲,但又说不出来。还有,她这一身全是名贵品牌,她哪里来的钱?

不会又偷了别人的东西吧?元素有点慌,不停看她。

"你这死丫头,怎么跟妈说话的?"陶子君很生气。

元灵却满不在乎地耸了耸肩:"有我姐在,她能把你伺候好,我来也帮不上忙,还是不要瞎捣乱的好。你说是吧,姐?"

元素盯着她那个大牌小包,勉强一笑:"嗯。"然后,元素换了话题,"你吃东西没有?这是刚做好的,要不要吃一点?"

"吃啦,我在'唐朝大酒店'吃的呢。"元灵翘起的唇角带着一点怪异的炫耀,那神情不像单单是吃了一顿饭,而是吃了一肚子金条。

元素一噎,觉得在钱仲尧面前,这样特丢人。可元灵却不以为然,她慢条斯理地坐下来,靠在椅子上,翘着手指,细细打量自己新做的指甲:"姐,看到没有?漂亮吧?你知道一个这样的美甲要多少钱吗?我说出来,吓死你!"

元素:"……"

丢人!她耳根都发烫了。

钱仲尧静静地看着,见元素这样,眸色沉了沉,转头向陶子君告别:

"陶姨,你们聊,我就先走了,明天再来看你。"

"哎哎,好的,你腿脚不方便,慢点呀!"

病友之间的感情,别人是无法理解的。元素发现,她老妈对钱仲尧的好感都快赶上对她了。

钱仲尧前脚刚走,元灵后脚就想溜:"妈,姐,我还有事,也要走了,拜……"

为免老妈吼她,说完她就拎着小坤包风一样地跑了出去。

"死丫头,你给我站住!"陶子君瞪着眼睛吼。

元灵怔了一下,但仍头也不回地走了。

陶子君快气疯了,直接摔碗:"滚!白养你了!"

换成以前,元灵是不敢这么跟她妈说话的,如今她胆子怎么这么肥了?

元素望了陶子君一眼:"妈,我去劝劝灵儿。"

元素到电梯口的时候,元灵乘坐的电梯门已经合上了。

她换了旁边的电梯,到楼下时,刚好看到元灵扑上去抱住一个男人,整个人像软体动物似的挂在那个瘦削的男人身上。

男人身边停着一辆白色的宝马,他低头附在元灵的耳边说着什么,第一眼,元素没有看清他的长相,等走近看清了,被吓得差一点掉了魂。

那个男人居然是郝靖。

灵儿什么时候和他搅到一块了?

元素胸口一窒,吃惊地看着他们:"灵儿!"

元灵闻声回头,愣了一下,随即露出一抹得意之色,然后亲昵地在郝靖身上蹭了蹭,娇羞地说:"姐,这是我男朋友郝靖。靖,这是我姐姐,你见过的。"

男朋友?开什么玩笑?元素与郝靖对视一眼,没有错过他眼里的阴狠。他似乎也不想隐藏对她的心理,就那样站在元灵身后,对着元素露出一个阴恻恻的笑容:"元小姐,你好,又见面了。"

纵使站在阳光下,元素也不禁打了个冷战:"灵儿,你怎么跟这种人在一起?"

元灵撇了一下嘴:"姐,你是在嫉妒我吗?"

嫉妒?

"我靖他长得帅,又有钱,还很爱我。而且,我是他女朋友,不是他包养的情妇……"

"情妇"这个词,元灵咬得很重,就像在打元素的耳光似的,一点姐妹情分也不留。

那姿态,好像面前站的不是她姐,而是她的仇人。

元素的一颗心突然变得冰冷:"你是不是傻?他不是好人,你知不知道?"

郝靖一听,耸了耸肩膀:"宝贝,看来你姐姐不喜欢我。那……我先走了,你跟你姐回去吧。咱们呀,有缘无分。"

他明明是在对元灵说话,眼神却始终锁定在元素的脸上,他脸上那邪佞的笑,让元素感觉一阵恶心。

"我警告你,不要骗我妹妹,否则,我跟你没完。"

"行呀,要怎么没完?"

听了他的话,元灵怕他跟元素吵起来生气不要自己,狠狠瞪了元素一眼,牵着他的手,娇嗔道:"靖,我们走。我的事她管不着。"

陷在一厢情愿的爱情泡沫中,年轻的元灵一心以为自己马上就能飞上枝头做富太太了,但她根本就不知道,她扮演的角色连一颗棋子都不如。

元素眼睁睁地看着宝马缓缓离开,却无能为力。

说真的,这样的妹妹,她真不想理会。

可元灵再不是人,也是她的亲妹妹,她又不得不理会。

她怎么能看着元灵往火坑里跳,却不拉一把呢?

无暇多想,元灵拦了一辆出租车,就跟了上去。一路上,她不停拨打元灵的手机,可每一次元灵都直接挂断了。

此时正是中午,一天中最热的时候,柏油路被炙烤得像火一样烫。

宝马车停在了凹凸会所,元素坐在出租车里看着姓郝的带着元灵进去，赶紧下了车。

这次她长了个心眼，先给钱傲打了个电话。

"站在那里别动！"听完她慌慌张张地讲述的事情经过，钱傲再三叮嘱，"我马上过去，要是看见你不在原地，你就死定了！"

大白天的，凹凸会所音乐声震耳欲聋。

人走在里面，如同踩着鼓点，元素的一颗心止不住狂跳。

钱傲是一个人开车来的，他小心翼翼地牵着元素的手靠近包厢。

里面的声音不堪入耳，却很清晰地传了出来。

变调的女声，像被冲撞在海滩上的缺水鱼类，嗓子嘶哑地叫喊着，竟是元灵的声音……

元素心脏狂跳，连推门的勇气都没有了。

她的妹妹才十九岁呀，姓郝的畜生！

"钱傲，怎么办？怎么办？"

看着她没有焦距的双眼，钱傲微微蹙眉。按理说这种事实在不好办，元灵已经成年了，人家你情我愿的，他没理由去做什么，哪怕那个人是郝靖……可一看元素那张脸，他的心就软了。

他叹气，捋了捋她的头发："你说咋办就咋办。"

元素脑子里一片空白，咬牙说道："我恨不得打死他。"

钱傲："……"

打不打？钱傲正犹豫着，屋内突然传来一声从喉咙里发出的号叫："哦……元素……元素……小美人……元素……我的小美人……"

声音清晰地传出来，元素瞬间呆住了。

钱傲脸一沉，突然上前，一脚把门踹开。不待包厢里的两个人反应过来，他的拳头就已经砸在了郝靖的脸上。然后，他一把抓起郝靖的身体，大力往外一掷。

衣衫不整的郝靖就那么飞出去老远。

钱傲紧跟着出去，走近他，恶狠狠地掐住他的脖子："姓郝的，你是活腻了？"

被钱傲这样掐着，郝靖的脸涨成了猪肝色，根本说不出一句完整的话，他拼命摇头，喉咙里发出一阵呜咽："饶……饶……"

钱傲越发用力，很快，郝靖就翻白眼了。

"钱傲！"元素吓住了。

虽然她也恨不得这个畜生去死，可她不希望钱傲犯事。杀人是多大的罪呀？她从呆立中回神，赶紧过去拉他："你快掐死他了！"

"老子就是要他死！"钱傲双眼赤红。

他那副样子，好似已经失去了理智。

元素被他狰狞的样子吓了一跳，眼圈也红了："听我的，快放手，不然你会坐牢的！"

钱傲横她一眼，最终还是慢慢松开了手："郝靖，你最好收起龌龊的心思，要不然，有你的好果子吃。"

骂也骂了，打也打了，可他没有消气，一脚踹在郝靖起伏不停的心窝上，那厮半晌没有缓过劲，嘴上挂着血丝，直翻白眼。

元素看着元灵道："丢不丢人？跟我走。"

她想去帮元灵穿上衣服，没想到元灵直接甩开了她，一双眼里全是憎恨："我凭什么跟你走？贱人，只会勾引男人的贱女人！"

"灵儿！"元素一声怒吼，心里五味杂陈。

钱傲实在没有耐心看下去了，再多待一分钟，他真怕自己一冲动做出点什么事来。

"我们走！"他一把抓住元素的手腕，大步往外面走。

管好元素就行了，那个小丫头，他没心思管她的死活。

回去的路上，元素一直绷着脸，身体僵直着，一言不发。

"妞，你怎么了？"钱傲见不得她难过，一边开车，一边不停地看她，一个不留神，前面一辆车突然晃了过来。

钱傲一个急刹，发现一辆丰田霸道与他的车擦身而过。

差一点出车祸。元素被吓了一跳，待她稳住身子，再看一眼那车，直接吼了一声："钱傲，是丰田霸道，会不会是故意来撞我们的？！"

　　钱傲将元素带回了似锦园，没敢送她去她妈那里。
　　受了元灵的刺激，她的情况有些糟糕，这天晚上做了整晚的噩梦。
　　梦里是一片漆黑的天空，天空中有无数的黑洞，像是要把她的灵魂吸进去……
　　次日醒来，她已记不得梦的内容，整个人却有些恍惚。
　　颜色走了，灵儿也误会她，甚至憎恨她，怎么这么烦躁呀？
　　起床洗漱后，她就坐车去了医院，可是半道上，她发现忘了带手机。
　　她忍不住在心里嘲笑自己，并让出租车司机掉头，又回到似锦园。
　　刚一下车，她就看到门口停着一辆厢式货车。
　　元素奇怪地绕过去，发现大门敞开着，院子里，两个工人模样的男人拿着焊枪正在拆解那辆丰田霸道。车身已经被切割成了好几块，大梁、发动机、前后桥等部件也已分割开来，散热器、大灯等部件扔得满地都是……
　　好好的车，为什么要拆？
　　元素犹豫着进去，听到两个工人正在聊天。
　　"大哥，这崭新的车，干吗要拆呀？"
　　"干你的活，少废话。"
　　"我觉得这车看着有点古怪,油漆是刚刷的,车牌好像也是新上的,该不会是赃车吧？"
　　元素听着，像被雷劈了。
　　赃车？丰田霸道？钱傲？
　　鬼使神差般，她冲了过去看那车的发动机号，想知道它和警方提供的肇事车信息是否一致。
　　她越走越近，心里越来越慌。她希望不是他，可事实偏偏和她作对，那拆开的缸体上，发动机号和她记忆里的完全吻合。
　　钱傲，为什么会是你？

刹那间，元素如坠冰窖，彻骨的痛楚透过每一根神经、每一个细胞、每一寸皮肤蔓延到五脏六腑，她几乎无法呼吸。

她想哭，却哭不出来，想喊，也喊不出来。

双腿软得无力支撑她的身躯，每迈出一步，似乎都要用掉全身的力气。

周围的一切渐渐变得模糊，她听不到任何声音，脑子里像有千万只蜜蜂在飞舞，嗡嗡嗡嗡。她拿出手机报警，可听着接线女警的询问，她却什么话也说不出来。

最后，她默默地挂掉了。

他应该受到法律的制裁，可她做不到，做不到……

她不知道自己是怎么走出似锦园的，一路走，一路笑，笑自己痴，笑自己傻。

从头到尾，他都把她当成傻子一样对待，一面睡着她，一面阴着她，让她觉得自己的存在就是一个笑话，一个天大的笑话。

元素神游一般地走着，不辨方向，不看车辆，仿佛一缕游魂。

一入夜，天上又下起了雨。雨点来得又猛又急，但她浑然不觉，高跟鞋早就丢了，她光着脚丫，披散着头发，苍白着脸，拎着一个小包，走在路上，像一个女鬼。

她的思维乱了，感情乱了！

最后，她倒在大雨如注的街边，软成一团，晕了过去。

钱仲尧的公寓里。

他面无表情地看着刚刚从街上"捡"回来的女人，她紧闭着双眼，一脸苍白，额头上是一层薄薄的冷汗。

"别担心，她就是淋了雨，受了风寒，有点低烧。"邵仪德取下口罩，望了一眼沉默不语的钱仲尧，摇了摇头。

"没事就好，邵叔，你先走吧。"钱仲尧收起冰冷的眼神，回邵仪德一个淡然的笑容。

邵仪德点了点头,并不多言,给了钱仲尧一些感冒药,就离开了。

昏迷中的女人突然呻吟了一下,呢喃两声:"钱傲,钱傲……"

钱仲尧身体一僵,目光深深地看着昏迷中还叫钱傲名字的女人:"是你傻,还是我傻?嗯?"

一室寂静,无人回答。

钱仲尧始终沉默着,眼睛一眨不眨。

"主人,来电话了……"元素的手机铃声突然响起,钱仲尧忍不住轻笑一声。

她的手机铃声没有变,为什么偏偏心变了?

迟疑了一下,他还是掏出元素包里的手机,只见来电显示上显示着"大浑蛋"——她对钱傲的称呼。

"素素,既然他是大浑蛋,你为什么还喜欢他?"

元素静静地躺着,没反应。

铃声不停地响,钱仲尧终于接了起来:"二叔,是我。"

"仲尧?"一声压抑的抽气声后,钱傲冷笑道,"她人呢?"

"她睡着了。"

"你说什么?!"钱傲拔高了声音,感受到了心脏骤停一般的揪心之痛。

"呵呵!"钱仲尧这次是真的笑了,"二叔,你没听清吗?我说她累坏了,刚刚睡下,睡得很甜,我不忍心打扰她。对了,你要不要看看她睡觉的样子?"

钱傲一脸铁青:"钱仲尧,你千万别动她,不然咱们的情分就真的到头了。"

钱仲尧嗤了一声,怡然自得地笑道:"可惜,我已经动了,素素也很喜欢……二叔,时候不早了,你自个儿洗洗睡吧。"

说完,他直接挂掉电话,认真地凝视床上的女人片刻,对着她酣睡的娇颜举起了她的手机。

咔嚓!

角度不错，真美！

他欣赏了一下她美丽的睡颜，点击了发送。

收到信息的钱傲气得差点把手机砸了。

元素醒来的时候，有点睁不开眼，白晃晃的灯光刺着她的眼球。她左右看了看，辨不清在什么地方，便懒懒地又一次合上眼。

头好痛！真晕！

下意识地，她往旁边一摸。

空荡荡的，钱傲呢？

钱傲！她吓得一激灵，痛苦的记忆如潮水般涌来。

不，她的生活中再也不会有这个男人了。他是杀人凶手！

"素素，你醒了？"

仲尧？元素再次受惊，一睁眼就看到钱仲尧那张熟悉又陌生的脸。

他怎么会在这里？不对，她怎么会在这里？

元素搞不清楚状况，刚扯出一个笑容，外面就传来一阵重重的撞门声。

"仲尧？这是……怎么了？"元素一脸迷茫。

钱仲尧坐在轮椅上，吃力地扶她坐起来，优雅地笑了笑："没事，有只疯狗在闹。"

闻言，元素一愣，僵着身子半晌没说话，因为她听见了钱傲的吼声。

"……钱仲尧……你开门！"

听到他的声音，她的头就好痛。

他太可怕了，完全就是魔鬼！元素扒拉着头发，想让自己消失，或者他消失，她再也不想和他见面，再也不想面对他。可是，他来了，那么他和她的一切，是不是已经赤裸裸地暴露在了钱仲尧的面前？还是以这么不堪的方式。

她紧紧闭上眼，哑着嗓子问："你都知道了？"

"嗯。"

"对不起……"

她仍旧只是这一句话。

钱仲尧探过手，替她掖了掖被角："再睡会儿吧。"

元素疲惫地别过头："仲尧，我不想见他。"

钱仲尧安抚地拍了拍她的手，目光坚定地握住她的手，轻轻把她的头扳过来，让她与他面对面，然后用略带迟疑的声音，一如既往的温柔语气，说道："素素，咱们从头来过，好吗？"

"对不起，我……不行！"元素紧紧揪着被角，她憎恨自己，也憎恨外面那个仿佛要烧掉她灵魂的男人……

"砰——砰——砰——"伴随着剧烈的声响，房屋似乎都在颤抖。

紧接着，房门从外面被钱傲硬生生地砸开了。

元素惊叫一声："呀！"

钱仲尧也吓了一跳，这么坚固的两层防盗门，特制的防盗锁，他居然在这么短的时间里弄坏了，还闯了进来。

硬闯而入的钱傲瞪着一双赤红的眼睛，手里紧紧握着一个大铁锤，那模样，狰狞得像一头从原始森林跑出来的野兽。

"元素，过来！"他咬牙切齿地道。

钱仲尧嘲讽一笑，将僵硬着身子的女人往怀里带了带，完全没有放手的意思："二叔，这儿是我家。你再不走，我可要报警了。"

"钱仲尧，你再不放手，别怪我不留情面。"钱傲冷冷地道。

看到这个疯狂的男人，元素的脸上已经没了一点血色，浑身像被泡在冰水里一样，瑟瑟发抖。

钱仲尧安抚地拍了拍她，然后看向钱傲："你想怎样？"

怎样？还能怎样？这时候的钱傲已经不想再讲什么道理了，脑子被愤怒占据着，他突然丢掉手中的铁锤，冲上来，一拳砸在钱仲尧脸上。

"来呀，有种你给我站起来呀！"钱傲愤怒地道。

"你当我怕你？"钱仲尧握紧拳头，直接还了一拳。

看到他俩打架，元素愣了好久都没有明白过来——仲尧的腿，怎么说好就好了？

场面混乱,她的脸煞白煞白的。

钱傲完全是一副不要命的样子,将钱仲尧往死里揍。

钱仲尧怒吼一声:"钱傲,你疯了?"

"我是疯了,我的人,我一定要带走。"

"她是我的人!"

"滚!"

钱傲的怒火在看到钱仲尧和元素卿卿我我的样子时,早已将理智焚毁了。如果钱仲尧不是他的亲侄子,他真的会活活把钱仲尧打死。

两人打得不可开交,白慕年就是在这个时候进来的。

接到钱傲的电话,他就担心会出事,结果过来一看,果真出事了,叔侄俩打得跟斗鸡一样。

"两个大男人争风吃醋,好长脸呀!"白慕年难得发脾气,一脚踹翻茶几,"我说,你俩能不能先冷静冷静,打架能打出结果来?就不用听素素是怎么说的?"

三个男人的视线全都落到了元素身上,刺得她的脑子一阵发晕。

钱傲呼哧呼哧地喘着气,像头野兽似的:"妞,跟我走。"

元素一笑,讽刺地看向他:"我一辈子都不想再见到你,你滚吧。"

一听这话,钱傲像被人踩到了尾巴似的炸毛了:"你敢不跟我走?"

元素自嘲地笑了笑,脸白得像张纸:"不然你要怎样?杀了我,还是杀了我全家?"

原来他在她心中,就是这样不讲理的男人?原来他对她所有的好,连钱仲尧的一根汗毛都比不上?她的话像针一般扎进他的心脏,他不禁攥紧了拳头:"妞,不管什么事,咱们回家再说,好吗?"

这一次,他没有暴怒,没有嘶吼,只有不易察觉的丝丝委屈和淡淡哀求,像一只被人抛弃在街头的小狗。即便到了这种时候,他也没有说那件事是钱仲尧做的,甚至从来没有过这样的念头。

元素低下头:"从此以后,我不想再看见你。"

钱仲尧冷眼看着,漫不经心地坐到床沿上,朝着钱傲一笑:"二叔,素素的话，你听明白了吗？现在，请你立刻离开我家。"

钱傲好不容易压下的火又上来了："在我的字典里，就没有'放弃'这两个字。你今天走也得走，不走也得走。"

说罢，他就要上前去拉元素。

白慕年见状，不由叹了一口气，伸手拦住他："钱老二，我陪你先回家，咱先冷静冷静再说。"

钱傲梗着脖子转头，瞪着一双赤红的眼睛看向白慕年，那眼神就像看仇人一样："放屁！年子，她是我的女人，是我的，你明不明白？你想让我放手？你还是我兄弟吗？"

白慕年慢腾腾地把踢倒的茶几扶起来："你们这么闹，也不怕丢了钱家的人？钱老爷子知道了，非得活活被你们气死不可。"

钱傲面无表情地瞟他一眼，然后直接冲到床边，一把将元素拽了起来："妞，咱们回家。"

元素心里一抽，痛苦地挣扎："你放开我！"

"放开？我说过，除非我死！"钱傲完全不顾她的挣扎，将她打横抱起就走。

钱仲尧一怔，动作迅速地扑了上去，抓扯着他的肩膀，扬起膝盖一下顶在他的腰上。钱傲双手抱着元素，挨了打也不松手，而是反腿一脚，踹了过去，动作又急又狠，直接踹在了钱仲尧的小腹上，钱仲尧不禁踉跄着后退了几步。

"二叔，你犯什么浑？"

"我说过，我永远不会放手。"

钱傲扛着元素大摇大摆地出了钱仲尧的公寓，留下捂着肚子的钱仲尧和目瞪口呆的白慕年。

为了抢回自己的女人，他不在乎使用什么手段，更不在乎别人怎么说他。流氓也好，土匪也罢，只要能把元素带走，什么招好使，他就使什么招。

被他扛在肩膀上，元素被抖得头晕目眩，直想吐。

可最终吐了没有,她也记不清了。总之,她像一个被人绑架的肉票一样,再次被钱傲抱着下了楼,又气又急之下,脑子完全断片了。

"畜生!你害了我妈妈,还不敢承认,你算什么男人?"

钱傲身形一顿:"妞,我没……"

元素咬牙:"你没?你再说一遍?"

钱傲默默地看着她,片刻后,叹息一声:"事情已经发生了,你尽管算到我头上好了。不过,要我放了你,绝不可能。"说完,他加快了脚步。

"我恨你,畜生!"

"恨吧,我接受你的恨。"钱傲直接将她塞在副驾上,替她系好安全带,然后自己坐上去一踩油门,飞快地往似锦园而去。

元素看着他铁青的脸,实在想不通,他凭什么生气?对别人造成了伤害,他还觉得理直气壮?

她笑了,像看见了全世界最搞笑、最不堪的事情,甚至还笑出了眼泪:"钱傲,你也就欺负女人这点本事了。"

钱老二冷哼一声,并不反驳。恨也好,怒也罢,有本事、没本事都无所谓,只要她留在他身边,他什么都可以接受。

这么一根筋地想着,他把元素带回似锦园,直接带到楼上的卧室,丢在了大床上。似是为了洗刷掉钱仲尧在她身上留下的印迹,他扑上去逮着她就往死里亲,不管不顾地亲:"素素,你是我的,你是我的……"

"唔……放开……放开……王八蛋!"元素蜷缩着,完全无法反抗。

钱傲就这么亲着、吻着、宝贝着她,喜欢得跟什么似的,如同灰太狼刚刚抢回了红太狼,简直是往死里折磨。

"不要再亲了……畜、生!"

"宝贝,我爱你。"

"钱傲,我恨你!我恨你!"

"恨吧,恨吧!一直恨下去吧……"

不知什么时候,窗外又下起了雨。

雨点敲在窗上,似乎是为了配合钱某人的节奏,一浪接一浪。不管恨还是不恨,人都交缠在一起了,一个要死不活,一个如痴如醉。

最后,元素如濒死的人一般闭上了眼。

"妞?"钱傲捋了捋她乱成一团的长发,紧紧搂住她,又唤一声,"妞?"

她没有回应。

他像一个败军之将一般,狼狈地抱着她摇了摇:"元素!元素!"

她仍旧一动不动。

钱傲一惊,伸手探向她的额头:"元素?"

入手滚烫,钱傲被彻底吓住了。

他坐起来,准备打电话叫医生,可视线再往下,他惊悚地发现,床单上有一丝淡淡浅浅的红——

血!

钱老二慌了,他从来没有如现在这般强烈地感受到抽搐般的恐惧。

他轻轻一摸,指尖上血的颜色,刺疼了他的眼。

没想到,他又一次伤了她……

此时,深更半夜,大雨滂沱,他得找信得过的人来。

犹豫一秒,他拿起电话打给了白慕年。

白慕年的堂兄白应晖是有名的内科大夫,看个发烧头痛,应该没问题吧?

然后,他又顶着挨骂的风险,打了一个电话给他小姨吴岑——白应晖毕竟是男人,那个方面的伤,不方便让他瞧。

不过短短半个小时,白慕年就带着白应晖赶了过来。

薄被下的元素蜷缩成一团,身体拱得像一只大虾,脸上没有一丝血色,加上那张凌乱的大床,白应晖瞬间就明白了。

"钱老二,你真是……"让他说什么好?

钱傲叹了口气,看了白应晖一眼:"快给瞧瞧吧。"

白应晖什么也没问,保持着职业医师的专业水准。

"上呼吸道感染,高烧,三十九摄氏度。这倒不是很严重,不过……"

249

他看了一眼默不作声的钱傲,接着道,"我看她这情况,怎么感觉……她的生存欲望不强?"

在大学的时候,白应晖修过心理学。

又问了一些元素平常的反应和情况,他肯定地道:"我认为她应该患有抑郁症。"

抑郁症?

钱傲如遭雷击:"虽说她平时不算太活泼,但也不是太沉闷的人,偶尔还跟我开个玩笑、斗个嘴,怎么可能有抑郁症?"

白应晖看他一眼:"会说会笑,不等于不抑郁。我建议你找个专门的精神科专家看一下。"

精神科?钱傲又是一怔,声音嘶哑着问:"白哥,她的情况严重吗?"

白应晖摇了摇头,隔了好半响,又道:"目前来看,不算太严重,不过,抑郁症患者需要关怀,尤其不能经常遭受打击,要不然……会有很严重的后果,譬如,自杀。"

白应晖平常的一句医嘱,瞬间把钱傲推进了自责的深渊:"确实?"

"确实。"白应晖点头。

"能治吗?"

"当然。没你想的那么恐怖,不能掉以轻心,也不用太过担心,控制好她的情绪,不要再刺激她就行了……"

钱傲认真地听着。

这不是富贵病吗?气不得,惹不得,急不得,真是作孽!

既然什么都不行,那他这辈子就宠着她吧。

吴岑是冒着大雨赶来的。

进门数落了钱傲一番后,她为元素做了一个简单的检查。结果,她什么也没说,只是坚持要钱傲把人送到医院去,做进一步检查。

大晚上的,又下着雨,钱傲本来是不想折腾的,可吴岑严肃的样子吓住了他。为免元素真有什么问题,他还是把她抱起来,跟吴岑一起去了医院。

查血、做B超、妇检……

等待结果的过程是漫长的。

钱傲在吴岑的办公室里走来走去,烦躁不安。

终于,吴岑回来了,除了检验结果,他还给了钱傲一句重若千钧的话:"这丫头,她怀孕了……你不知道吗?"

什么?钱傲的耳朵里嗡嗡作响。

"轰隆!"外面响起一声惊雷,仿佛要将他的脑子劈开。

她怀孕了?元素怀孕了?

钱傲愣在原地,完全听不清楚吴岑后面说了什么,只觉得自己的五脏六腑都在翻腾,脑子里只有一个声音,像复读机一样不断重复:她怀孕了,元素怀孕了。

不对,他记得他看见过她放在抽屉里的那些乱七八糟的避孕药。她那么谨慎的一个人,应该是记得吃的,怎么会怀孕?钱傲眯起眼看着吴岑:"小姨,你没有误诊吧?"

"臭小子,你即使不信我的专业,也要相信科学吧?"吴岑瞪他一眼,转而认真地问,"这个孩子,你准备怎么处理?"

钱傲还没有从元素怀孕的震惊里回神,完全无视了他小姨。吴岑见状,大概明白他的意思了——他不会要这个孩子。老钱家更不会要这个孩子,以及孩子的母亲。

她叹了一口气,说:"行吧,等她身体恢复了,你抽个时间带她来我们医院,我亲自做。"

"做?做什么?"钱傲望着她,好半晌才反应过来,"哦,我是不是忘了恭喜你,要做姨奶奶了?"

251

SI JIN
WORKS

溺爱 成瘾

NI AI
CHENG YIN

姒锦 作品 [下册]

青岛出版社
QINGDAO PUBLISHING HOUSE

第七章 两个孕囊

在元素之前，钱傲从来没考虑过这种问题。他的防范措施一向做得极好，根本就不可能让谁怀孕。元素是一个意外，他一直以为她有吃药，也就没太在意，哪儿知道老天会给他开一个这么大的玩笑。

"什么？你要这孩子？"

吴岑傻眼了，不敢相信。

她和沈佩思是表姐妹，钱傲是她看着长大的，这小子多没正形儿她一清二楚。所以，她就没想到他会留下孩子。

"作为医生，这胎儿，我建议你流掉。作为小姨，我仍然建议你，这孩子要不得。"

钱傲心里一跳："咋了？姨，你能不能一次把话说完？"

"她见红了，出现了孕早期先兆流产迹象，胎儿保不保得住都不好说,这又是发烧又是抑郁的,生出来的孩子一旦有问题,后悔都来不及……何况,老二,你仔细琢磨琢磨,你家里能同意?你要真心为她好,还是流掉吧。"

钱傲脸色微白,紧捏着手,叹了一口气。

"那成,流掉吧——"

砰!

紧闭着的卧室门突然被从里打开,门口站着披头散发的元素。

她讽刺地盯着钱傲,那眼神、表情,全是恨意。

他凭什么要流掉她的孩子?

他怕什么?他在担心什么?担心她会借着孩子的由头缠上他?逼他娶她?

元素的心,阵阵疼痛。

"钱傲,你凭什么?"

元素也没有料到,当知道身体里突然多出另一个生命的时候,完全没有预想中的恐慌,甚至有那么一丝丝的欣喜。就像重新活过来一般,她脑子里突然充满了好好生活的念头。

她摸了摸小腹。

多么神奇!里面居然装着一个小生命,一个能与她共同呼吸,共同存活,会叫她"妈妈"的孩子。也是她和钱傲的孩子,是他和她骨血相融的孩子。

可是,他不要!

元素自嘲:"钱傲,我的孩子,轮不到你来做主,这个孩子跟你没有一点儿关系。"

钱傲一怔,焦急地说:"妞,你别激动,你听我说,这个不行,咱们暂时不要,你要是喜欢的话,以后咱们……"

"够了!"元素不想再听他的花言巧语,"我们没有'以后'了。"

伤害妈妈的凶手就睡在自己身边,她跟他还怎么可能有以后?

钱傲脸色变冷："不是你想的那样，妞……"

元素干脆不再看他，也不想再被他伪装的表情迷惑。

瞧着她这样子，钱傲头疼了。

既然她喜欢，管她生出什么呢，残的、傻的、痴的、癫的……不都是他们的孩子吗？只要她喜欢，哪怕生只小猫小狗，他也照养不误！更何况，如今医学这么发达，能有多大事？

叹了口气，他无可奈何地妥协："好，既然你想要，那就要吧。"

他本以为自己将姿态放得如此之低，元素能开心，怎知，她的笑容更冷了："钱傲，我说过，我要不要，与你无关。"

说完，她抬腿就往外走。

"元素……"钱傲哑着嗓子，语气里透着哀求。

他从后面一把抱住她："妞，别走！你还怀着孩子，生着病呢，别生气了，咱好好过成不？你喜欢怎样就怎样，我都听你的……"

这时候的元素，哪里还听得进去他的话，出这事之前，他嘴里哪天不是一口一个"宝贝儿"？可他做的那些事，是人干的吗？

她铆足了劲儿在他怀里挣扎："让我走。"

钱傲不敢束她太紧，只得放开手，小心翼翼地拦在她面前："不准！我说过，不要你走。"

元素冷笑，她一直知道这男人的思维模式和常人大相径庭，完全是二十一世纪还未进化完全的土匪。

"放开！"

"不放！"看她执拗的样子，钱傲的心都凉透了，失神地望着她，"我保证，一准儿对你好，绝不再犯浑了，成不？"

元素别过头去，不吭声。

……俩人僵持不下。

始终冷眼旁观的吴岑，突然开口："丫头！你俩进来一下。"

元素皱眉。

吴岑看出她的不信任："我是医生！"

元素想了想，跟着吴岑进了屋，戒备地坐在沙发上，双手保护性地抱住小腹。

吴岑叹气："这种事，一定要慎重，你考虑清楚了吗？"

元素缓缓低头，比以往任何时候都要固执："是，我要这个孩子。"

"那好，这样，我先给你注射一针黄体酮保胎。而且从现在开始，你必须卧床休息，不要乱动，明天再到医院检查一下，如果实在有问题，必须要终止妊娠，知道吗？这事不能犯倔，开不得玩笑。"

吴岑的表情是严肃的，元素和她对视片刻，最后，沉重地点了点头，然后乖乖地躺到了床上。

吴岑给她打了针，嘱咐了一些保胎事宜，临走时又特别叮嘱："注意，卧床休息，不要剧烈运动。晚上最好也不要外出！"

听见她这话，钱傲双手合十，简直要感激涕零了。

要不然，这女人大晚上作起来，他真是一点儿办法都没有。

送吴岑出去时，他一改往日的嬉皮笑脸，态度格外端正，讨好着帮她打开车门，最后，又补充了一句："小姨，记得先保密。"

吴岑无奈地叹气，径直离去。

有了吴岑的医嘱，一心要保住孩子的元素果然没再折腾，不闹着走，也不急、不吼，乖乖地躺在床上，闭着眼休息。

次日，他们早早起床去找吴岑。

元素面无表情，一声不吭，钱傲跟在她身边，不时观察她的表情。

可她始终不急不躁，连余光都不瞟他一眼，直到见到吴岑。"你们来了？来！跟我过来吧。"

接下来的超声检查，元素有点儿紧张。她静静地躺在B超床上，感觉着圆形的超声探头在她的小腹上缓慢地推来推去，在各个角度不断地探测,一颗心提到了嗓子眼儿。

这是在与她的孩子对接消息!

屏幕上,是一片模糊的画面,外行看不明白,吴岑却只看了一眼,就瞬间露出了喜色,转头冲他们乐:"呵!宫内有两个孕囊回声,好久没见到双胞胎了!"

双胞胎?钱傲冲进来凑近了看,神情专注,却什么都看不懂。元素紧紧揪着白色的床单,也死死盯着屏幕,看着那小小的黑点,情绪莫名复杂——她的孩子,两个孩子,这算不算惊上加惊?

钱傲见她咬着唇不说话,说不清心里涌动着的是什么情绪,怜爱地刮了刮她的鼻子。

"想乐就乐吧,发什么傻?妞,一次就俩,咱俩厉害了。"

他这么亲昵的动作,好像夫妻。

元素心里一抽,脸上仍旧没有表情。

钱傲很挫败:"妞,咱能不能高兴点儿……"

见他咋咋呼呼的,吴岑立刻轻咳一声,收回探头,顺手抽了一张纸巾递给元素:"好了,起来吧。"

元素伸手去拿,却捞了个空。纸巾被钱傲接了过去,他小心翼翼地替她擦拭着小腹上的凝胶,细致、温柔。那动作惹得吴岑失笑不已,边叹气边摇头,将打印机里打出来的超声波照片递过去。

"妊娠五十七天,从 B 超看来,孕囊发育良好。老二,你小子还是有福气的,头一胎就是双胞胎……不过,毕竟出现了先兆流产迹象,一会儿还是去抽个血,查下孕酮数值,再决定怎么保胎。"

想到自己吃过避孕药,又发过烧,还见了红,检查过程中,元素心里一直忐忑不安,没料到检查结果一切正常!

她激动得用双手紧紧捂住胸口……

谢谢老天!她的孩子一定福大命大!

从医院出来，元素怔怔的，心情复杂。

医院门口，人群熙攘，站在这儿，她的大脑像突然回归现实一般，恍惚了。不知道未来在哪儿，而现在她也没有了退路。

留下孩子这个决定，对她来说很冲动，但她不后悔。

她喜欢孩子，更喜欢双胞胎，这种概率如同中大奖，她认为这是老天的厚待。

钱傲上下打量着她，试探着跟她说话："妞，我先送你回家，然后再去公司，小姨说，你要多卧床休息。"

回家？

呵，那是他的家，不是她的。

忍不住喉咙发痒，元素轻咳了两声："你是忘性太大了吗？需要我提醒？"

钱傲急得赶紧顺她的后背："感觉怎么样，你嗓子发炎了，回家要多喝水。"

"……"

元素突然很奇怪。

自己居然没有想象中的那么激动。是不是对他的恨意深入骨髓，她就会如现在这般物极必反，云淡风轻？

换成以往，她最吃他这一套，他一哄她就会投降，可如今，出了陶子君的事，她的心凉了，怎么也焐不热。

所以，她无动于衷，漠然地转身。

见她不理不睬，完全把自己当陌生人，钱傲伸出胳膊就要拦她，谁知这手刚一伸过去，就被她抓住，狠狠咬了一口。

痛！刺心的痛。

她用足了力气，钱傲看着她，却没有将手缩回来，一点儿都没有反抗。

"咬狠一点儿吧，只要你开心！"

时间突然静止了。

元素尝到了血腥味，放开了嘴，抬起头，淡淡地看了看他："好了，钱傲，这一口下去，咱俩从此两不相欠。"

这话，把钱傲说蒙了，他闷着头半晌说不出话："你是要和我掰了？"

"是！"

"可咱俩两清不了呀，我这一辈子，都得欠着你。"

元素像瞧怪物一样看他，眼里又添了几分情绪，钱傲读不懂，这回真急了，面子、里子都不要了，拉着她的手，开始求情："我错了，对不起。不要离开，好吗？"

钱傲这辈子，道歉的次数屈指可数，尤其是这么真诚的道歉。可事与愿违，他这话，却让元素完全理解差了。

他说的"错了"，是她怀孕这件事，可元素听到耳朵里，却是撞她妈这件事。

她完全不再相信这个嘴上抹了蜜的男人了。他这样的人，漠视生命。

"你，真让我恶心。"

"妞，别生气，好吗？"钱傲的脸色有些难看，但还在努力克制。

元素却顺势推开他，一字一顿，字字清晰地说："我不生气，因为你，压根儿不配！"

说完，她转过身，头也不回地走了。

钱傲如遭电击，脸上倏地煞白，不甘心地冲了过去。

"元素，你到底要我怎么办？我改，我改还不成吗？"

"不可能了。"元素疲惫地闭了闭眼，决然离去。

看她像逃避瘟疫的样子，钱傲站在医院门口，胸口抽痛得无以复加——突然，他背转过身，用力往脸上抹了一把。

这冰凉的液体是什么？

这些天的清晨，元素都是被邻居家的小孙子的哭声吵醒的。

陈旧的筒子楼隔音效果很差，一点点的风吹草动，都能影响到邻居。吆喝早起的、打骂孩子的、夫妻吵架的……平实简单，像一首生活奏鸣曲。

元素家在这一片，算是外来户，她妈妈是外地人，两夫妻投靠在J市落的户，老爸在她很小的时候就过世了，她家与老爸家的亲戚也不太走动。所以，洛家算是她们最为亲近的人了。按她自己的说法，洛叔叔像她爸，洛阳像她哥，都是她的亲人。

离开钱傲，她终于回到了原来的轨道，就像认识他之前的那些日子一样。

妈妈的伤好得差不多了，就是腿脚还有些不利索，需要借助轮椅和拐杖才能动。妹妹灵儿越发不听话了，几乎整天不着家。而且，有了那些不太愉快的经历，两姐妹之间似乎也回不到从前了。

洛叔叔出院后，虽然身体恢复得很不错，但不能再开出租车了，于是，他就在巷子的街前盘了一个早餐店，卖豆浆、油条、包子、面条什么的，生意清淡，但差不多可以养家糊口。

这一切，和那个奢华的似锦园，像两个世界，但元素却惬意得好像重新活了一次。

肚子里的两个小东西，她没有跟任何人提起，她甚至已经想好，当有一天肚子瞒不住时，该怎么面对！

早上七点，元素收拾好自己，洗漱妥当就往洛叔叔的店里去。

临出门，陶子君嘱咐她："今儿就别让洛阳送早餐来了，这孩子天天开出租车，也挺辛苦的。"

"行，我一会儿给您送过来。"

洛叔叔出事之前，他们两父子是轮换着开出租车的，一个跑白天，一个跑晚上。现在洛阳另外找了一个合伙人，毕竟不如父子那么好说话，时间上就不太宽裕了，人也辛苦了许多。

元素想着自己闲，能多做一点儿，就多做一点儿。

到了早餐店，她从侧门进了厨房，刚准备去接水，就见洛阳跟了过来。

"素素，叫你早上多睡会儿，怎么不听呀？"洛阳接过她手里的桶子。元素也不和他争，她现在随时都顾惜着自己的身子，那先兆流产吓得她足足在床上躺了三天，现在可不敢乱折腾。

"你也是，多注意休息。"

"呵。我没事。"洛阳憨憨地笑。

"对了，我听三嫂子说，她给你介绍了一个对象，人长得可水灵了，你咋不去看看？"

洛阳低下头，隔了小半会儿才说："俺家穷，养不起人，别给耽误了。"

元素撇了撇嘴，然后偏过头，神秘兮兮地问："我说哥，你别不是，心里边有人了吧？"

"没，没有。"

洛阳是个实诚的男人，被她这么一打趣，脸上跟猴屁股一般，通红通红的，赶紧耷拉下脑袋。

元素喊了一声，和他调笑了几句，洛维新已经打开了店门。

对这种小餐馆，不对，应该说是连餐馆都算不上的小早餐店来说，周末的生意是最不景气的。开门一个多小时，也就有稀疏的几位客人，一共也就卖出去了几碗豆浆、几根油条、几碗面。

眼看生意清冷，元素想着洛叔叔刚出院，起早贪黑的太辛苦，怕他熬出病来，就催促他回去。

"叔，你回去休息，我和洛阳在这儿就行了。"

洛维新推托了几句，到底拗不过她的一片孝心，提前离开了。

时间过得很快，没多一会儿，太阳出来了，斜斜地照进店里，元素的心里也像映上了阳光，觉得这小日子，其实挺美的。

她刚伸了个懒腰，店里就来客人了。

来了五个人，其中一个染着黄毛、穿着铆钉裤，耳朵上还戴着俩耳钉。一人一碗豆浆、一根油条，完了又各点了一碗炸酱面，吃得很快。可东西吃完，几个人探头探脑的，剔着牙，好像没有结账离开的意思。

这种"土地公"，走到哪儿都以吃"霸王餐"为荣。

元素和洛阳交换个眼神，原本寻思着，这种地头蛇，惹不起就躲，大不了不收他们的钱就好了。然而，他们不吭声，那为首的小青年却冲元素吹了个响亮的口哨，一双眼直勾勾地落在她身上。

旁边的几个小青年开始瞎起哄。

"'黄毛'，上呀，'黄毛'，上呀，再不上，哥们儿可就上了……"

元素差点儿把鼻子都气歪了，自己居然被几个小屁孩儿调戏了。这几个家伙还没有她大，可那说话的轻佻劲儿，实在让她觉得恶心。

捂住小腹，她往后站了站，想要避开。

可那"黄毛"被几个弟兄怂恿，还果真就上来了，皮笑肉不笑地对着元素腻笑："小妹妹，不，小姐姐，有男朋友没有呀？"

"噢……噢……噢……"

"哈哈……哈哈……"

一个"鸡冠头"带头起哄，又吹口哨又尖叫，学着港台电影里的古惑仔，个个都认为自己是陈浩南……

"你们要干什么？"洛阳站了过来，挡在元素面前。

这时候，店子外面，有好几个人在驻足观看。不过，这个社会，看热闹的人，永远比帮忙的人多。不仅没人上来阻止，甚至连在店里吃面的两个客人，也赶紧跑了出去，生怕摊上事。

"黄毛"见状，更加得意了："小姐姐，咱俩谈个恋爱吧？"

"小姐姐，听见了吗？哥几个都等不急了，走，咱们一起去玩玩？"

他们一口一个"小姐姐"地调戏着元素！

元素冷着脸。

"滚！"洛阳急得吼了一声。

"呵！还骂人？生意还做不做了？"一群人听了这话，立马冲了过来。

洛阳虽然没有打过架，可毕竟是男人，赶紧搂过元素，把她往后带，可他的手臂刚圈住她，就被条凳砸中，硬生生地挨了一记闷击，连带元素的手腕也被砸到了。

元素痛得忍不住低呼了一声。

这一下，她有些慌神儿了。

顾不得那么多，她红着眼跑到厨房拿出一把铁钳，紧紧握着，指着那群人："你们滚，都给我滚，再不滚，我就报警了！"

她的性格不算刚强，可触到底线，也会顽强抵抗。尤其她和钱傲待在一起的时间长了，性格也横了几分。

"哈，有意思，小姐姐还会打人？"

几个小混混闹得更起劲儿了。

他们把店里能砸的东西都砸了，碗、筷、食物垃圾，一片狼藉。

打斗声、嘶叫声、痛呼声，引来无数的围观群众。

对于做小本生意的老百姓来说，被地痞流氓欺负，首先想到的一般不是报警，而是忍。为什么？因为警察前脚一走，人家后脚又来闹你。你开店的，一次两次三次，生意都不用做了。

然而，事情愈演愈烈，元素管不了了，抓过手机就要报警。

"住手！"正好这时，外面又冲进来两个男人。

走在前面的穿着黑衣服的男人高大粗犷，目光炯炯有神，他一吼，那几个小混混全都住了手。

在他后面，跟着一个唯唯诺诺的"小平头"。

"耗子哥，兄弟们是来收保护费的，这家店，居然敢不给，所以……"

"闭嘴，还不快叫飞哥！"

那被称为"耗子哥"的"小平头"急匆匆地骂了几句，然后恭敬地转过身来,谄媚地对着"飞哥"哈着腰:"对、对不住!兄弟们不懂事。"

"飞哥"哼笑一声,语言简单犀利:"道歉,赔钱。"

"小平头"一怔,赶紧赔笑:"好的好的!这就赔,这就赔!"

形势急转直下。元素拿着手机,还没反应过来,那个"耗子"和几个小流氓又是收拾屋子,又是赔钱的,对着元素不停求饶,就差直接叫"姑奶奶"了。

"飞哥"看了一眼,没多停留,转身就走。

"耗子"赶紧跟上去:"飞哥,你大人不计小人过……"

"胆儿真大,知道她是谁吗?""飞哥"一脚踹在他肚子上。

"耗子"捂住肚子痛得直哼哼:"不、不知道,弟弟要早知道她,她是飞哥的人,哪儿敢让兄弟们去收、收钱呀?"

这"耗子"是个聪明人,懂得避重就轻,没敢提调戏这茬儿,只说收保护费。

"飞哥"冷哼:"她不是我的人,是钱二爷的人,懂了?老子给你这一脚,算是轻的了,长点儿记性吧!"

"哪、哪个二爷?""耗子"忍不住哀叫,这上面神仙太多了,他拜都拜不过来了。

"你没资格知道!滚吧!"

"是是是,这就滚——"

早餐店发生的事,元素回家只字未提,不想让她妈妈担心。出了车祸以后,她妈妈的脾气变了很多,像褪去了一层锐气似的,以前动不动就打骂她,现在是越看越慈祥了。

这算不算因祸得福?

元素硬生生地挤出笑容,看天气好,就把褥子、被套、床单拆洗了一遍。等她去院子里晾晒时,见好几位邻居聚在一起七嘴八舌地聊着天。

"墙上那'拆'字都快晃瞎眼了,这回保准得拆!"

"这破楼,拆是早晚的事,就看怎么赔了!"

"这个谁知道呀?那翔实的开发商出了名的心黑,街道主任说,一平方米就赔五千块。谁跟他签合同?那真是脑子进水了!"

"一样是拆迁,差距可真大,去年宽门胡同大院拆迁,人家遇到好公司了,一平方米给赔了一万块!也不知咱能不能这么好命。"

"做梦呢?人家那是J·K国际,能说遇上就遇上吗?"

"……"

听着他们聊天,元素默默地晾着床单,没吭声。

但J·K国际的名字从那些人嘴里说出来,还是让她的心跳不由得加快了。

同在一个城市,可她和他,已是隔了天地。

晾好床单,元素抚了抚平坦的小腹,脑子里一片空白。

接下来,一连好几天,各大报纸、电视台、电台和网络媒体转载了J市今年的重头戏——老城区开发项目。

发言人称,老城区开发对J市的城市发展具有划时代的意义,这个项目由J·K国际名下的置恒房地产公司承办,老城区一带将被建成最繁华的商业圈,这个规划设计相当庞大,因此,社会各界给予了高度的关注。

钱傲每天待在办公室的时间越来越长。

这个项目对J·K国际来说至关重要,对他也是一样。这个项目是他接掌J·K国际的权力棒以来,执意往地产界发展的关键一战,上上下下,不知多少人盯着呢。

换句话说,好多人都等着看这纨绔子弟吃瘪呢。以前他还是J·K副总裁的时候,取得再多成绩,别人都不会认同,认为他只是在吃老一辈的现成饭。

所以，对钱傲来说，生活只有一个字——忙！

不过，他现在特别喜欢忙，忙了就没时间想元素，忙了就不会动不动就拿起手机想拨她的号码。

元素也忙。

她忙着保胎，忙着胎教，忙着照顾家里，忙着让自己保持微笑。

因为她的生活里，怎么也免不了一地鸡毛。

这天晚上，好久没露面的元灵回来了。她一进门，见到在厨房里忙碌的元素，就一脸的幸灾乐祸。

"姐，你这是被人给甩了？"

她甩了甩刚烫的大波浪鬈发，大大咧咧地坐在沙发上，腿往茶几上一放，那双至少有十厘米高的高跟鞋，底儿朝天地翘着，一晃一晃地打着节拍。

"说话呀！怎么啦？哑巴啦？"

元素听见了，瞥一眼元灵，皱了皱眉，没吭声。

她俩虽是一个妈生的，可她如今觉得自己……没有立场去管束元灵。

元灵见她不理会，索性搬了个凳子到厨房来，一边看她炒菜，一边落井下石地说道："唉，分手费拿得不少吧？你也整俩钱给我花花呀！"

元素牙都咬紧了！

可怀着孩子，她不想生气。

她咽了下唾沫，忍了。

元灵见状，更来劲儿了："不会是没拿到分手费吧？姐，你也真是没出息，人没捞着，连钱也没捞着！"

元素沉默。

元灵抬抬眉，奚落她："是你活儿不好，讨不了男人喜欢吧？依我说，像钱哥那样有男子气概的男人，就该配热情似火的女人，像你这么个性子……"

"闭嘴！行不？"元素的火气，终于被"钱哥"两个字逼出来了。

看她生气，元灵怔了一下，轻笑："不闭又怎样？"

元灵一脸得意，完全忽略了元素脸上的火气。

啪，一个耳光，就那么生生落了下来。

元灵被打蒙了，捂着脸瞪大了眼睛，不可思议地瞧着姐姐："你打我？你居然敢打我？"

"我打的就是你！"

元素死死盯着这个张扬的女孩，她打小像宝贝般疼爱的妹妹，眼睛一片赤红："元灵，你太过分了！"

元灵哇的一声哭了出来，恼羞成怒："你自己被男人甩，把火往我身上撒，你要不要脸啦？怪不得钱哥不要你！你活该！"

她这话，声音提高了至少八度，惊动了屋里的陶子君。

"整天不着家，一回来就吵架！吵什么吵？"

元素心里咯噔一下。

她这一冲动，差点儿忘了家里还有车祸后腿伤未愈的母亲……

元灵看到老妈，缩了缩脖子。

她知道母亲护姐姐，不敢吭声。

元素一肚子的火，最终，也只能选择忍气吞声。

将菜端到桌子上，她转身回屋，关上门，倒在床上，咬紧牙关调整自己的情绪。

她不能难过。

谁都不能让她难过！

她得为肚子里的孩子负责！

可是，原本被她刻意遗忘的男人，在灵儿的挑动下，生生往脑子里钻。她头昏脑涨，恨不得去撞墙。

"可惜不是你，陪我到最后——"

元素刚蒙住脑袋，手机铃声就响了。

想曹操，曹操到！

来电的人，是钱傲。

元素咬着嘴唇，犹豫了几秒才接起来："喂！"

电话那头的钱傲没有说话。

他忙了一整天，就想听听她的声音，哪怕听听她喘气也好，这种迷恋、贪恋让他情不自禁地拨了她的号码。但他怕惊了她，怕惹了她，所以，不敢吱声！

元素顿了片刻，淡淡地说道："没事？那我挂了。"

"别！妞，别挂！"

"有事？"

钱傲深吸一口气，诚恳地说道："你别这样行吗？"

"……"

"你跟宝宝还好吧？"

"……"

元素沉默，但没挂电话。

对钱傲来说，这就是好现象。

他的语气越发柔软了："宝贝儿，这法官判了罪，也得有个刑期不是？古人说'知错能改，善莫大焉'，你就不能看在孩子的面子上，给我一个悔过的机会吗？"

孩子？他好意思拿孩子做砝码来谈条件？

元素眼眶泛红，咬紧了嘴唇。

钱傲终于泄气："成成成，不理我是吧？好，等你气消了我再接你回来。现在你吃完饭，要早点儿睡，不要乱跑……对了，睡前喝杯牛奶，你们娘儿仨一起喝，乖。"

元素仍然不回应，钱傲自言自语了半天，叹息一声，狠狠地挂断了电话,一个人怔怔地坐在办公室宽大的老板椅上,半晌没动弹。

他还在加班。

他越来越不敢回似锦园了,更不想回钱宅。

一个家没有人气,一个家人气又太足。

最主要的是,他的生活,缺少了他想要的那个人。

翌日。

大清早,元素像往常一样,早早起床,做完家务活儿,去店里帮忙。今天早餐店生意不错,洛阳出车去了,她和洛叔叔忙得不可开交。

不一会儿,店里的几张小方桌就都坐满了人。

门边桌上是巷东头的三嫂子,她不是本地人,早年死了丈夫,是有名的媒婆,据说她嘴里成的好事,都是美满姻缘。

三嫂子像看猎物一般直勾勾地盯着忙碌的元素:"素妹子,谈对象了没有?"

元素尴尬地垂下头:"现在不想谈。"

三嫂子一笑,把她的拒绝当成了羞涩:"妹子,女人这一辈子,嫁人才是头等大事呢。我大姨妈的五表哥家的小儿子,刚从日本留学回来,他们叫啥来着,'海龟',对'海龟'……我觉着跟你挺配的!"

元素哭笑不得:"三嫂子,我现在真的不想谈对象……"

"害什么臊呀,你这姑娘!"三嫂子吃饱喝足,临走时还留下一句话,"人我帮你约,这事包在三嫂子身上,就后巷子那间咖啡馆,现在的年轻人,就爱喝那玩意儿……明儿上午,我来接你,不见不散哟!"

说完,她就笑着出去了。

元素拿着抹布,彻底无语。

尽管三嫂子的热情仿佛冬天里的一把火,可元素压根儿不想回应。

第二天,三嫂子再次来店相邀,被元素再次拒绝了。

谁料,这三嫂子屡战屡败,屡败屡战,离开不过半小时,就领进来一个穿着粉色衬衣,干净白皙得过分的男人。

这一次,元素真的无语了。

三嫂子自顾自地拉着那个男人坐下来,笑嘻嘻地介绍道:"素妹子,这位是小宋……"

等她转头想向小宋介绍元素的时候,却见他的眼睛早就落到人家妹子身上去了。

好家伙,三嫂子眯眼一看,有戏!

"小宋呀,素妹子是咱水碾巷的一枝花,是不是漂亮得像小仙女似的……"

一枝花,还一枝梅呢!

元素真急了:"三嫂子!我不交男朋友,我谢谢您了,成吗?"

三嫂子善于察言观色,一看就知道这丫头准是没看上小伙子,而小伙子摆明是相中了。

这么一想,她职业病又犯了,旁敲侧击地劝:"素妹子,这人都来了,你就坐下来陪人说说话呗,中不中再说嘛。"

元素沉默了一下,端上豆浆、油条、油饼,摆到方桌上。

"三嫂子,来了就是客人,这早餐我请了,至于其他,对不住您了。"

"海龟"小宋看了看面前的一大堆吃食,露出一脸的笑:"你做的?真是心灵手巧,要不,咱坐下来聊会儿呗?"

"你要找心灵手巧的聊聊?"

"是,是,心灵手巧,人又长得好……"

"别这么说……"元素看他这酸样子,有些忍俊不禁,直接冲里屋叫了一声,"洛叔叔,有人找你。"

洛维新擦了擦手,从小厨房里出来:"素,啥事?"

元素冲他挤了下眼睛,又对"海龟"小宋努了努嘴:"你要找的'心灵手巧'来了,你们俩聊聊吧。"

小宋瞬间石化:"这、这是……"

元素不理会他,对着一头雾水的洛维新笑了笑:"洛叔叔,他是你的 fans(粉丝),找你签名的。"

"芳丝?"

"粉丝!"

洛维新搔了搔头,疑惑了一下:"不好意思……本店没有粉丝,只有面条。"

元素意外地愣了愣,然后忍不住笑出了声,刚准备说点儿啥,不得罪三嫂子,却见几个人大声说着话从外边走了进来。领头的人,正是昨天在店里闹事的"黄毛"和昨天来过店里的"小平头"。

糟了!

元素心下一凛,戒备着。

然而,那几个人一进门,就齐刷刷地朝她鞠了一躬,异口同声地叫道:"二奶奶好!"

二奶奶?这哪儿跟哪儿呀?

元素僵在原地,眼前一阵火花闪过,好像突然又有点儿明白了。

"公众场合,乱叫什么?"

"是,二奶奶,不乱叫了。"

"小平头"和"黄毛"说完,相视一笑,接着猛一巴掌拍在桌子上,面露凶光地对着"海龟"小宋,厉声吼道:"小子,是你吧?是你想打我们二奶奶的主意?"

"海龟"小宋吓了一跳:"不不不,误会,是误会!"

元素对他没心思,他也不想当出头鸟,直接否认后,起身就想走人。

可"小平头"哪儿能让他如愿?一脚踩在椅子上,伸手就将他衬衣的领口揪了过来,一个巴掌结结实实地掴在了他脸上。

"想跑？道歉了吗？"

旁边的食客一看，纷纷缩着头叫结账。

看这情形，元素真的快气死了。

他们总这么闹，洛叔叔还要不要做生意了？

她真是恨透了那个自以为是的男人。她牙根一咬："你们到底要干吗？"

她这一怒，"小平头"赶紧哈腰："二奶奶，这种牙齿都还没长齐的小子，咱们帮二爷拾掇拾掇，您先坐好，别污了您的眼。"

"海龟"宋同学一听这话，彻底慌了，他护着脑袋就求饶。

"二奶奶……救命……"

天！元素呆了两秒，恨得牙根痒，又不得不叫"黄毛"放人。

"他对我没意思，把人给放了！"

"是，二奶奶。"

"黄毛"他们几个听话地放了人，"宋海龟"脚底抹油溜了，三嫂子一出屋，就跟外面的人们窃窃私语起来。吃瓜群众的脑洞都大，他们说陶嫂子家的元素，不干什么好事，连小混混都叫她"二奶奶"了，八成是给人家做小了。

不怕起哄，就怕起哄没个完。

难听的话听多了，元素难免郁闷。

打开门做生意，也能遇到泼脏水的。

而脏水的源头，还是那个姓钱的男人。

"素素，这是咋回事呀？"洛维新瞅着，弄糊涂了。

"洛叔叔，我不认得他们……"

她不想让洛叔叔胡思乱想，可那几个没脸没皮的家伙，听了这话，又毕恭毕敬地再鞠了一躬："是，二奶奶不认得我们，是我们认得二奶奶。"

"二奶奶？二你个头呀！非得给我惹事是吧？"

元素参毛了!

她这情绪一激动,那几个家伙赶紧懂事地帮她解围。在"小平头"的眼神示意下,"黄毛"掉过头去,抄着一条凳子,对着外面那群围观的人就是一顿乱比画。

"谁再嚼我二奶奶的舌根,就把谁的舌头给割掉!"

一般好事的人,其实也是最怕事的人。

他这么挥舞了几下,大家伙儿就开始散了。

"黄毛"瞪着三嫂子:"尤其是你,给我记好了,再找事,就割了你的舌头!"

"……"

元素看着,不免气结。

作孽!以后还让她怎么在这儿生活呀?

原本心情就够烦了,可元素一回家就见到了打着哈欠,一脸不屑的元灵,她还顶着鸡窝头,元素更觉闹心。

"姐……"

元灵看到她,突然亲热地喊了一声。

元素皱了皱眉:"干吗?"

元灵一般用这个语气叫她,就是有求于她了。

果不其然,元灵噘着嘴撒娇:"我想吃巷东头的五香卤牛肉了。"

要吃不会自己买吗?元素的火气有些上来,可待在家里也烦躁得很,不如出去走走——尤其,妈妈坐沙发上看着,她实在不想跟元灵吵架。

"好。"

拿过包,她再次换鞋出门,没看元灵一眼。

巷东头那地方,道路很窄,稍有车辆经过就拥挤不堪,间或还有小孩在那儿滑旱冰、滚铁环、大声喧嚣。

那家卤牛肉店在巷尾,九曲回肠一绕,其实有点儿远。不过,住这附近的居民都知道一条捷径。

元素蹚过一个小水洼,走了小道。

没走多远,她就听到附近传来一道哭天喊地的女声:"哎哟,饶命呀!"

元素原本不是个多事的人,当然也没有见义勇为的胆魄,可这声音是她熟悉的人发出的。

稍加思索,她慢慢靠近。

她只瞅了一眼,就惊住了。

那几个阴魂不散的小流氓,嘴里叼着烟,手里拿着明晃晃的匕首,在三嫂子圆润的脸上比画着,骂骂咧咧。

三嫂子满身是伤,全身上下像筛糠一样在抖,不停求饶。

"小兄弟,不要呀……我错了……饶了我吧!"

几个小流氓大声哄笑:"敢给我们二奶奶说媒,你自找的!"

三嫂子瑟瑟发抖,连连磕头:"不、不、不说媒了……真不说了……"

"不说了?"

"是、是、是不说了。"

"还敢不敢私下议论我们二奶奶了?"

"不、不、不敢了!"

"那这事就揭过了。不过,还得在你脸上留点儿记号,要不然,你不长记性……"

"黄毛"作势要往她脸上划,元素吓得心脏一缩,扯开嗓门儿就吼:"你们住手!"

几个小混混闻声转头。

他们怔了怔,赶紧放下刀,如同在早餐店里时一样,一字排开,学着香港片里的古惑仔,恭声齐问好:"二奶奶好!"

元素吓得脸都白了:"你们放了她。"

几个小流氓面面相觑："是，二奶奶！"

这时，三嫂子终于回魂儿，双眼翻白看着元素："素妹子，饶了我吧，三嫂子以后不敢了。"

元素抿着嘴不吭声。

"黄毛"见元素脸色不好，赶紧巴结道："二奶奶，这老太婆让你不爽，二爷就不爽，二爷不爽，咱哥几个就不爽，所以，得让她长点儿记性。"

元素后背上全是冷汗，憋了一天的火气终于爆发。

"滚！你们通通都滚！"

"是是是，滚，滚，通通都滚！"

她一生气，几个小流氓什么都顾不得了，相互对了个眼神，撒丫子就跑。

元素心急火燎地把三嫂子送到医院后，立马就后悔了。干吗要让他们滚？他们滚了，这医药费谁来出？

冤有头债有主，元素想到了罪魁祸首钱老二。

不能这么便宜他！她心下有了计较，掏出手机，拨出他的号码……

然而，她连续拨了好几次，电话却始终没拨通。

"对不起，您所拨打的电话暂时无法接通……"

元素毛了。

这男人，不知到哪儿风流快活去了！

元素有点儿激动了。

一个小时后，她站在了J·K国际的楼下。

来的时候满肚子是打抱不平，可这会儿，迎着阳光，看着高耸入云的摩天建筑，她又突然却步了。是她高估自己的承受能力了，仅仅是一座大厦的阶级感就能阻拦她的脚步，何况是那个站在最顶端，高高在上的男人？

说实话，如果元素是一个聪明的女人，她就不应该去管这种吃力不讨好的事，可她是聪明人吗？她不仅不聪明，还是一个轴性子的人。

几分钟后，她深吸一口气，抚了抚肚子给自己打气，攥紧拳头，昂首挺胸地走进了那扇看起来无比华丽的大门。

前台接待看到她，礼貌地问好："您好，欢迎光临J·K国际，请问有什么能帮到您的？"

接待小姐标准的微笑，让元素原本忐忑的心，稍稍安定了。

她礼貌地回以一笑："你好，我找人。"

"好的，请问您找谁？"

"我……"元素犹豫。

在接待小姐的注视下，她正了正自己的衣服，轻咳一声，才勉强微笑着说道："我找钱傲。"

此话一出，连带旁边的两个接待小姐，目光都朝她扫了过来。刚才还满脸微笑的接待小姐，脸上的表情略微一变，露出明显的不屑。

"请问，你有预约吗？"

"我没有。"

"那……不好意思，请等待吧。"

元素抿了抿唇："能不能麻烦你帮我通传一下，就说我姓元。"

姓元了不起？

接待小姐瞥她一眼，语气越来越不耐烦"不好意思，我们有规定的。别说你姓'圆'，就算姓'扁'，我也没资格为你通报。"

元素咬了咬嘴唇，有点儿受不了对方的脸色："你告诉他，他一定会见我。"

几个接待小姐相视一笑，脸上的轻蔑和嘲笑，都快要盖不住了。

"小姐，实话告诉你吧，几乎每天都会有像你这样的漂亮小姐来找董事长，个个都说是他的相好，个个都说是他的真爱，你说，我们信谁比较好？"

元素石化了。

默默吸了一口气，她说："那你告诉他，我是来找他讨债的！"

扑哧！几个接待小姐笑了起来。

其中一个努了努嘴，指向大厅左侧半敞着的接待休息室。

"那边还有一个，在这里等了好几天了。天天来，哭天抹泪的，也没换来董事长的一个眼神。小姐，你是要等，还是……回去算了？"

元素捏紧拳头，指关节泛白。

尽管很不情愿，可她的眼睛还是不由自主地在休息室那位美女身上转了一圈——很漂亮，看起来有点儿眼熟，网红明星大众脸。

元素暗自咬了咬牙，好不容易挤出几个字："那我等，麻烦来杯水。"

说完，她不顾几个接待小姐诧异的目光，径直往休息室而去。

"脑残花痴女，真是越来越多了！"

"被男人睡了一次，就上赶着……真不要脸！"

"看她一身地摊货，说不定，压根儿没睡过呢。"

"哈哈，有可能。"

背后那些话太恶毒，元素的脊背僵了僵，在休息室找了把椅子坐下来。

休息室里的那个女人，瞧着她，报以同情的一瞥。

J·K大厦顶层。

钱傲放下手上的文件，仰头望了一会儿天花板，叹口气，又低头接着看。

咚咚咚——

王助理敲了半天门，没见他回应，慢慢走了进去。

"董事长，有一位小姐……"

"出去！没见我在忙？"

钱傲一吼，王助理周身就结出了冰霜。

好在，王助理跟他的时间挺长了，多少能摸着点儿这位老板的脾气。

她刚办完事回来，在底楼看到了元素。那些接待小姐不认识元素，可她常跟在钱傲身边，知道有这么个人。并且，直觉告诉她，这位元小姐对钱傲的意义是不同的。

所以，她为自己壮了下胆，又开了口："董事长，她是元小姐。"

"管她什么小姐，老子是想见就见……"钱傲的脑子还没转过来，气咻咻地吼了半句，猛地一回神儿。

"元小姐？"难道是元素？

他像打了鸡血一般，黑眸扫向王助理，那惊悚的表情吓得王助理一个哆嗦，差点儿没站稳。

而钱傲，却像着了魔一样，脸上突然染上狂喜，一句话竟说得结结巴巴的："你、你说什么，再说一遍，什么、什么，小姐？"

可怜的王助理，被这大老板吓得，也跟着结巴了起来："她、是、是、元小姐。"

她话音刚落，只见钱傲的身子绷着向前一倾，一阵冷风袭来，他已经被那阵风给刮走了。

呼！

王助理刚松一口气，那阵风又将老板刮了回来。

"人呢？她人在哪儿呢？"

他刚忘记问了。

王助理被他杀伤力十足的眼神给震住了，她怎么也想不明白，平日里呼风唤雨的钱董，竟然会为一个女人手足无措——

"底楼，接、接、接待休息室……"

钱傲不耐烦地搓了搓头皮，在原地转了两圈，纠结地朝她挥了挥手："你去，赶紧把她给我请上来。"

"哦，好！"

王助理刚要迈脚，他又想通了，阻止她。

"不、不、不，你别去，还是我自己下去接她。"

"……"

这会儿的钱傲，就像一个火烧屁股的猴子，冲到专属电梯那里，不到几秒又傻乎乎地奔回来，一脚踢开他休息室的门，冲进了盥洗室。

理了理头发，扯了扯衣服，号称"帅遍天下无敌手"的钱二爷，突然对自己的长相不太自信了。

"怎么变三孙子了？"

他冲着镜子里的帅哥唾弃了一把，又一阵风地冲出了盥洗室。

楼层太高，电梯太慢，他迫不及待。

5、4、3、2、1、

叮——

电梯门一开，钱傲就冲了出去！

大厅里，所有人的视线都落在了他的身上，从错愕到不可思议，不过短短几秒的时间——高高在上的钱董，居然那么急切地奔向那个女人？

刚才出言讥诮的几个接待小姐，浑身凉透了。

"妞！"

元素闻声抬头，还没看清楚人影，身体就落入了熟悉的怀抱，那种像要把她给捏碎般的拥抱法，让她很不舒服，短暂的几秒后，她伸手推他。

"你先放开，我有话说！"

钱傲当然不会放，两只眼睛直放光："说什么？宝贝儿，你是不是想我啦？"

"我以为你该知道。"瞅着他不以为然的样子，元素就特别来气。

三嫂子都躺在医院里了,他却跟没事人一样。

她一挣扎,钱傲就无奈。

他不敢用力搂她,只能不情不愿地松开手,然后,对她的话莫名其妙:"你说什么?我该知道?什么东西我该知道?"

他还装,真会装!

元素嘲讽地掀唇:"你找人跟踪我?"

"那不是跟踪,那是保护。"钱傲郁闷了。

"你找人破坏三嫂子给我说媒?"

"是呀。不破坏,由着你去相亲吗?"

元素深吸一口气:"浑蛋!那你也不至于找人打三嫂子吧?"

"嗯?我打她?老子有那闲工夫?"

元素定定地看着他狡辩的样子,忽然笑了:"你凭什么?我元素相亲,我元素嫁人,关你姓钱的什么事?你有权有势,就可以随便干涉别人的私生活了?"

钱傲想了她这么多天,没想到她就是来指责他的,也被刺激了。

"凭什么?就凭我是你肚子里孩子的亲爹。元素,看不出来呀,你还真打算带着我的孩子嫁给别的男人?"

元素挑衅地抬头:"你倒是提醒了我,我这俩孩子,真得管别人叫'爸爸'。"

她坏心眼儿地想,就得让这个男人抓狂。像他这种高高在上的人,都不愿意接受这种结果。可他越是不高兴、生气,她就越有报复的快感!

果然,钱傲被她这话给气得,满脸通红,咬牙切齿地把她扯进怀里,占有似的搂着她,脸上表情怪异,像一只受伤的小兽,嗷嗷地吼:"有我在的一天,你就休想!"

她嫁给别人,让他的孩子管别人叫"爸爸",只是想想,他都得发疯!要真这样,他不得杀人呀?

元素浑身僵硬，推他："你松开！"

"不松！"

"你勒着我了，我不舒服！"

钱傲的脸色很难看，可听到这话，还是不情不愿地松了手。

"喀喀！"

这时，他俩边上被忽略了好久的时尚美女，终于尴尬地开了口。

"钱董，你好，我找你有点儿事……"

钱傲转过头来，这才发现边上还有这么一位。

"你谁呀你？"

美女难以置信地张了张嘴，不甘心地提醒道："我、我是小薇呀，市电视台的……"

"不好意思，我不认识你。"钱傲表情平静，那样子不像是在说谎。

美女急了，匆匆忙忙地从包里掏出一张报纸，摆到桌面上。那是一份娱乐周刊，一年多前的旧报纸了，上面头版头条刊登了一则娱乐八卦——J·K国际副总裁夜店买醉，再传绯闻，绯闻女友为某电视台美女主持人……

报纸上，还有一张男女相拥的大幅照片……

钱傲瞥一眼报纸，再转头看到元素脸上鄙夷的神色后，一张脸全黑了。

"你走吧，我跟你不熟！"

美女试图挣扎："钱董……我……"

钱傲："保安！"

在保安到来之前，那美女哭着走了。

元素稍微一愣，哼了一声后说到正题："钱傲，我来找你，是管你要医药费的！"

钱傲看着她疏离的眼神，有点儿慌乱，哑声说道："妞，你先听我说，那时候，我是挺荒唐的，但我跟她真没什么……"

元素睨他一眼:"这跟我没有关系!"

"有关系!关系大了去了!"钱傲以前的脾气,两三句话不合适就奓毛了,可对着元素,他真的半点儿脾气都没有,一边揽过她的腰求饶,一边解释。

"元素,你信我,我跟你在一块儿后,就真没别的女人了,别说上床,抱都没抱过,龟孙子才说谎!刚才这女人,我可能喝多了,但我真记不起来,根本没发生关系……你信我,好不好?妞,我错了……"

元素轻轻推开他:"说正事,三嫂子是不是你让人打的?"

钱傲一怔:"不是!"

"你发誓!"

"我发誓!"

元素看了他许久。

"那好!"她点头,"一码归一码,不是你,那医药费我就不找你要了。我走了。"

见状,钱傲呆了呆,一把抓住她。

"管我要没问题呀!我就喜欢你管我要……"

元素低头看他紧攥着的手,幽幽一叹。

"松手吧。玩弄女人的男人,早晚也会被女人抛弃!"

她这话,戳在了钱傲的心窝子上。他傲慢、霸道,从来没在女人面前栽过跟头,元素可不就是专门来抛弃他的吗?

钱傲的喉咙有些干涩:"素,你说得对。我知道错了!你跟我回去,好不好?咱俩好好过日子,以前的事,咱都揭过去,我发誓,指定好好对你,如若不然,天打雷劈。你回头看我的表现,成不?"

他说得真诚,元素却只是一声冷笑。

揭过去?哪儿那么容易揭过去?

"你这个人,永远以自我为中心。"

元素看他一眼,面色平静地出了休息室。

钱傲疾步跟上,嘶哑的声音叫道:"妞!"

元素脚步不停,慢慢走到前台,冲刚才奚落她的那几个接待小姐,慢慢地说道:"看清楚了吗?你们的钱董事长,我真的不稀罕!"

"……"

大堂里,一片安静。

元素潇洒地转身,几个接待小姐呆若木鸡。

钱傲气得胸口疼痛,但狠狠地瞪了一眼几个接待小姐之后,还是追了出去。

"元素!"

三伏天挤公交,简直就是活受罪。

钱傲跟在元素后面,眼睁睁看她上去,他能不上吗?

工作不顾了,面子不要了,天塌下来他也不管了。这个时候的他,甚至都不是自己了。无论如何,今天也得跟她把事情解决了不可。

他知道元素心里有怨气,但他愿意弥补她,用他能想到的一切来弥补。就当上辈子、上上辈子,他欠了她的。所以,这辈子做孙子来了。

这时候,正是出行的高峰时间,公交车里人挤着人,胸贴着胸,或者胸贴着背。钱傲看着不远处的元素处于三个男人的包围中,急得满脑门儿都是汗,又挤不过去。

元素看到钱傲了,可这时,她顾不上他。

一个女人尴尬地挤在三个男人中间,进也不是,退也不是。一张脸热得通红。公交车上,没有剩余的空间供她挪动,挤得久了,她渐渐有些缺氧似的眩晕,一只手拉着吊环,一只手捂着肚子,胃里的不适感越来越强烈——

"哟!麻烦让让!"

她想吐。

可她的声音,如同落入大海的小水珠,马上就被淹没了,压根儿没人理她。

但钱傲听见了!

看她难受的样子,钱傲受不了了,大力将身边的美女推开,在众人的责骂声中,硬生生地挤了过去,使劲儿拍在元素背后那个男人的肩膀上。

"哥们儿,麻烦让让!"

那男人吃痛,转头怒视:"你谁呀,干吗?!"

钱傲冷冷地看着他:"让开。"

"凭什么让你?"那位也是个脾气不好的人。

"哥们儿,这是我老婆。"钱傲指了指元素,"她怀孕了,不舒服呢。"

老婆?那男人怔了半晌,慢慢往边上站了站,把路让了开来。

钱傲道了谢,两手一揽,就将边上的人隔开,将元素搂了过来。

"妞,现在好受点儿了吗?"

"……"她分明就是更难受了。

元素的身体僵硬着,却没有动弹。一是身体不舒服,也动不了,二是相比之下,被他抱着,总好过被其他男人揩油。

见她不说话,钱傲的内心却是激动的。

俩人很久没有这样静静地相拥了。

他甚至希望,这辆车永远没有终点……

然而,很快,公交车就到了下一站。

元素不想和他这么暧昧,管不了这是不是她要到的地方,车刚停下,她就推开了环着自己的手臂,一言不发地跟着人群从后门下了车。

这地方,是位于市中心的商业街,人来人往,就连不远处的天桥上,都是人群熙攘。

"抢劫呀!救命呀!"

站台不远处是一家金店，声音就是从那里面传来的。

在闹市区抢金店？

女人惊慌失措的喊声，金店里的玻璃的碎裂声，仿佛电视剧里的警匪片桥段……

人群一片慌乱。

大家都不确定发生了什么事，只是本能地往外跑。

元素脸色一变，侧头看向钱傲，发现他的脸色，比她还要难看，他怔怔地看着金店，目露冷霜。

元素怀着孩子，不敢剧烈运动，更何况，往人多的地方挤，只怕没有被打死，也会被这慌乱的人群踩死。

短暂的紧张后，她四处寻找可以躲藏的位置，钱傲却突然从后面抓住她的手，拦腰一抱，将她整个人抱了起来，就大步往天桥上跑。

跑过天桥，他将她放下："宝贝儿，你不要过去，乖乖在这里等我。"

说完，钱傲揉了揉她的脑袋，转身往事发点跑。

元素瞧着他的背影，张了张嘴，本想嘱咐一句，却没有说出口。

前后不过几分钟，警察就到达了现场。

他们在离金店一百米处拉上了警戒线，警车、救护车，还有闻讯赶来的新闻记者……

这里简直就是警匪片第一现场呀。

紧张和恐惧，也没能阻止人们看热闹的心。

天桥上的人群，兴奋得跟什么似的，指手画脚，沸沸扬扬。

元素看着钱傲走向了那个为首的警察，两个人似乎是熟人，低头在聊着什么。

一个拿喇叭的警察在喊话："里面的人听着，你们已经被包围，立即放下武器，释放人质，还有一条生路！不要伤害人质，争取宽大处理……"

喊话不过几秒，一名歹徒逼着男店主在门边喊："警察同志，不要管我，我们是私人恩怨，是我犯贱，是我犯贱！我是贱人！"

这店主被枪指着脑袋，让说什么就说什么，警方当然不可能受这种小伎俩的麻痹。指挥员一边让人和歹徒周旋，一边拿着对讲机下命令。

"狙击手就位！

"注意捕捉战机！

"要是情况不好，直接击毙！"

拿喇叭的警察正喊着话，突然，砰的一声响起，他头上的帽子就飞了出去。

钱傲站在指挥员祁伟边上，闻声，皱了皱眉："口径7.62，有效射程50米，54式手枪。"

祁伟看他一眼，拿着对讲机吼："狙击手，到位没有？"

"报告！狙手已到位！"

"对方手上是口径7.62，有效射程50米，54式手枪！"

"是！"

"注意调整位置！"

"是！"

这时，两名歹徒分别压着人质出现在玻璃门后，显然已经失去了理智。其中一个拿着手枪抵在男人质的脑袋上，冲着警方发狂一般地大吼。

"大家听好了！这王八蛋搞了我老婆，那淫妇我已经杀了！现在我要当着众人的面杀了这个奸夫，再杀他全家，杀光这店里的人！我要让你们看着，贱人都是有报应的……

"这些贱人，害了我一家！老子不甘心，不甘心！"

气氛紧张到了极点，那颤抖着身体的男人质正是刚才说话的店主，他脸上全是鲜血："大兄弟，你饶了我吧，我错了……我错了……"

警察捡起帽子，继续喊话："不要冲动，你放了人质，其他事情，我们慢慢解决……"

"没用的！我已经杀了一个！不在乎多杀几个！"歹徒大吼着。

祁伟脸色一变："狙击手准备！注意！有两名歹徒，你们行动统一，一击必杀。"

"明白！"

"明白！"

"救命呀……"那男人大概也知道命快要保不住了，像濒临绝境的动物一般，嘶吼着，"警察同志……救救我……救救我……"

这时候，后面那名歹徒也押着一个女人质向前推了一步，遮住自己的身体，那女人吓得，整个人如风中的树叶，不停地瑟缩着。

突然，她像是看见了什么似的，一双原本因恐惧和绝望变得死灰般的眼睛，恢复了神采。

"小傲，救我……小傲，救我……

"小傲，快！救救我呀……"

元素在天桥上，隔金店大约有二三百米，透过那扇玻璃门，她看到那个因为恐惧而失去了优雅的女人，突然就明白了刚才钱傲脸色变白的原因。

歹徒手里那个女人质，是甄凡。

她不由自主地望向背对着自己的钱傲，看到他和那个为首的警察在说话。

元素看不到他的表情，只见他突然轻轻举起右手，冲着金店做了个手势，原本恐慌的甄凡慢慢平静了下来，甚至停止了挣扎。

这算不算默契？

砰！

突然，一声枪响，那凄厉的声音仿佛不是人类所发出的。

店主倒在了血泊之中，杀他的那名歹徒哈哈大笑。

见有人死了，人群里的骚动更强了，人们变得异常亢奋。

"狙击手开枪！"祁伟命令。

"报告，无法锁定狙击目标……"

"调换狙击位置。"祁伟再命令。

"报告，仍然无法锁定目标……"

祁伟低骂一声。

这种情况，着实棘手。歹徒不要钱，不要命，一门心思杀人复仇，如果不能狙击，要怎么处理？

形势紧张，祁伟的脑门儿上都是汗。

"枪给我。"一直沉默着的钱傲突然开口。

祁伟怔了怔："这不合规矩，会有麻烦的！"

"死了人，你更麻烦！"

"钱傲……"

"时间不多了！没人会知道——你就说我是狙击手！"

祁伟皱了皱眉头，直接让人递上一支狙击步枪。

记者们咔嚓咔嚓拍着照！

那两名歹徒也发现了那个位置的异常。

可是，这愣怔的一秒，却成了他们留在人世间最后的一次思考时间。

砰！砰！

两声清脆的枪响后，两名歹徒同时被击毙。

好多人都没来得及回神儿，甚至根本就没有人看清，究竟是谁举枪射击的，人就已经没了。

哗！人群哄叫。

那是一种被人扼着咽喉，接近死亡的感受。

元素也不例外。

她瞪大双眼，一眨不眨地看着钱傲。也是在这时，她才真正相信，他以前没有吹牛。

"小傲……"甄凡回过神儿，第一个动作就是迅速向前奔去，然后一把搂住钱傲，失声痛哭，"谢谢你救了我，小傲……谢谢你……"

远处，元素叹息一声。

警匪片演完了，英雄救美也已落幕。

她抚着肚子，慢慢转过身，随着人群散了。

于是，等钱傲把受了伤的甄凡放到救护车上，再往天桥上瞅时，却没有看见元素。

钱傲第一次感觉到，女人这生物，最是不可理喻，你挖了心捧到她面前，她也不屑一顾，连冷眼都懒得给你。钱傲将电话拨了至少三遍，元素终于接了起来，声音冷得比冰块好不了多少。

"有事？"

"你哪儿去了？"钱傲原本就不是个有耐心的人，这一天吃了她不少的瘪，心里烦躁得要命，话里就有了责问的意味。

"回家了。"

"怎么半天不接我电话？"

"我有这个义务？"她的声音里无波无澜，好像他就是一个与她毫无关系的陌生人。

这感觉，让钱傲很恼火："元素，找个地方，咱俩谈谈，成不？"

"没必要！麻烦你不要再来打扰我的生活，我也不想再见你。"

"妞，我……"

没等他回答，元素就直接挂断了电话。

钱傲握着手机，气得爹毛了："没良心的东西，你的心怎么比石头还硬？老子低三下四，三孙子般宠着你，还不满足？"

钱傲一直是一个习惯掌控的男人，掌控自己的情绪，也掌控别人，就连对待女人也一样。可这一次，他面子、里子都不要了，第一次尝试去宠一个女人,还闹了个灰头土脸。

站在人群熙攘的街道,他竟有点儿不知所措。

元素去了银行,再去了医院,给三嫂子预交了医药费。

毕竟这事因她而起,如果不做这些事,她心里怎么也过不去那道坎儿。

回到家的时候,已是下午两点。元素意外地接到了颜色的电话,那小妮子说自己刚和徐丰从巴黎飞回来,对着她吐了半个小时的苦水。

颜色原本以为离开这里,就是两个人的世界,一切都可以抛到脑后了。可最终,他们还是不得不回来面对现实。

"小圆子,这就是现实和爱情!人呀,没办法躲的!"

元素除了安慰,没有别的建议。毕竟这时候的她,自己的情感也拎不清。

末了,颜色说得口干舌燥了,又笑着吼了一声:"不说了,咱们晚上见面再聊。"

晚上见面?

元素这个时候的状态,不适合出去跟她疯。

"小颜子,我……"

感觉到她的迟疑,颜色直接堵了她的话:"别我我我的了,这么久不见,难道你不想我?记得打扮得漂亮点儿呀,我来接你,咱们去找帅哥哥……"

"……"

傍晚的时候,颜色果真开着她那辆二手小波罗来接她了,车停在外面就给她打电话,她没有心思按颜色的指示打扮,只是穿得宽松、舒适了一点儿,简单的条纹衬衣,裙子长到小腿,一双白色板鞋,整个人简单得不行。

"哎哟喂!这小妹子是谁呀?"

颜色下车快步走了过来,揽住她就是一顿亲:"小圆子,你瘦了,脸都尖了。"

"哪儿有?是你长圆润了,瞧瞧,胸都大了,看来徐疯子功劳不小。"元素将了捋长发,转移话题打趣道。

"你怎么和钱傲一个调调了?"

颜色大嘴巴,一说出口,立马闭嘴,吐了吐舌头,扶着她上了车。一路上,颜色说了些自己在国外的趣事,大多跟徐丰有关。元素见颜色很开心,稍稍欣慰。

俩人一路聊着天,不承想,颜色说是请元素吃饭,车却开向了郊外。最后,颜色将车停在了一幢看上去像花园别墅的房子外。

"怎么来这儿了?"元素问。

"这儿呀,疯子的金屋,藏娇用的,走吧!"颜色笑着眨眼。

元素明白了。

她俩进了大门,里面有一个宽敞的院子,面积不大,却装修得相当精美,房间里更是如此,将奢华展现得淋漓尽致。元素想到了水碾巷那些居民……两个世界,两种人生。

院子里,架着好几个烧烤架,男男女女十余人,都是徐丰的狐朋狗友,欢迎他从国外"凯旋"的。气氛热火朝天,嬉笑怒骂,好不热闹。

元素没看到钱傲,松了一口气。

徐丰小跑着过来,接过颜色手里的东西,冲元素打招呼:"二嫂,来了?"

元素微微一笑,不反驳,不吭声。

颜色不悦地瞪了徐丰一眼:"二你个头,你才二……"

"是是是,我最二,媳妇儿说得对!"徐丰虽然刚从国外回来,不过消息挺灵通,大概也知道钱傲和元素的事情了,不多说,赔着笑邀请她们加入派对。

元素看他对颜色好,心情也好了很多。

两个人刚坐下来，一个大男孩从旁边经过，眼前一亮："哎哟，这大美女是谁呀，没见过呀，丰哥，赶紧给我介绍一下呗？"

"元素，我媳妇儿的朋友——"徐丰的话还没说完，肩膀就被人摁住了。他回头，看到钱傲的脸，条件反射头皮发麻，"怎么跟个鬼似的，声音都没有？"

钱傲阴着脸，不回答他，只看着那个调侃元素的男孩："姜涵可，加拿大的鲑鱼怎么没噎死你？我的女人不认识呀？活得不耐烦了？"

"哈哈，原来是二嫂呀。"姜涵可打个哈哈，对着元素挤眉弄眼了一下，在钱傲的拳头到来之前溜了。

元素默然。

徐丰搓了搓手，问钱傲："是休息，还是烧烤？"

"你不用管我。"

钱傲说完拉了凳子就要坐到元素身边。

谁知道，凳子刚放下去，元素起身就跟着颜色走了。

众目睽睽之下，她一点儿面子都不给他。

钱傲心里那个气呀。

他坐下来，和徐丰他们几个侃着大山，享受着几个美女贡献上来的烧烤，看着美滋滋的，可凳子上就像长了钉子一样，时间越长，他越是坐不住，眼神一直往角落里那个女人身上瞟。

"素素！"

元素正和颜色聊天，听到有人打招呼，下意识地回头。

白慕年？元素讶异。他是从哪儿钻出来的？

"年哥没跟他们去喝酒、吃肉吗？"

"我今儿不想喝酒。"白慕年笑着，又解释，"看你在这边，过来打个招呼。"

"哦。"元素点头，冲他微微一笑。

"坐这儿可以吧？"白慕年指了指她身边。

"随意！"元素抿唇。

白慕年坐下来，优雅地挽高袖口："你们聊，我帮你们烤肉。"

她俩只顾着聊天，又都懒得动手，有了免费的劳工，颜色当即高兴得不行："谢谢你呀，年哥，老听疯子念叨你，说你人好，原来你比他说的还要好！"

"他小子，真会表扬我？"

白慕年笑着瞄了徐丰一眼，回头问她们："要不要喝点儿什么？"

元素摇了摇头，那一排全是碳酸饮料，她要忌口。

颜色本想喝点儿，但不好冷落了元素，也拒绝了。

刺啦刺啦！肉被火烤的声音异常清晰——

白慕年把烤好的食物一样样放到桌上："尝尝我的手艺！"

别说，他对美食还真有天赋，就这么随便一捣鼓，就比她们烤的好吃。

肉香扑鼻，元素口水都快流出来了。

作为一名孕妇，她的嘴本来就馋，也没客气，捞了一串鸡翅就往嘴里塞。

"不准吃。"钱傲走了过来。

元素头也不抬，更不理睬。不承想，下一秒，到嘴的食物就飞了。

"吃这种东西，对孩子不好。"

钱傲皱了皱眉，转头对在旁边服务的小姐说："去，弄点儿有营养的东西来。"

元素撇嘴："用不着你管。"

钱傲猛地挑眉："不用我管，你要谁管？"

白慕年见状，不禁失笑，从旁边拿过两个杯子，又去架子上拿了一瓶酒，倒满两杯，递了一杯给钱傲："消消火。你又不是来吵架的。"

钱傲接过酒杯,一口灌下去。心里有气,又喝得太急,呛得他咳嗽了起来。

"慢点儿!没人抢你的。"白慕年再给他倒满,"有什么话,好好说。"

钱傲一动不动,眼眸里全是挫败感。

"妞,别和我闹了成不?跟我回去,成不?"

元素一动不动。

事到如今,她其实不想再去埋怨什么,憎恨什么了。这个男人对她好过,她也知道,自己心里装了他。可让她如何去和一个伤害自己母亲的人再续前缘?

忘记他,或许很难,但接受他更难!

元素慢慢站起来:"小颜子,送我回去吧,我有点儿不舒服!"

"妞!"钱傲一把拽住元素的手腕,一双狼眼可怜巴巴地望着她,"别走,好不好?我们好好说说话,行不?"

元素心里一窒,面无表情地斜视他:"放开!"

钱傲小心翼翼地将她圈住,抱在怀中:"元素,咱俩都走到这份儿上了,孩子都有了,你就不能听我一回?"

元素脑袋里嗡嗡的,这个男人服软,一直是她的死穴。

吸了吸鼻子,她小声笑:"钱傲,我是演戏的,你准备让我扮演什么角色?不义不孝的女儿?你后宫里的宠妃?还是什么?"

提起这个,钱傲就火大:"老子没有后宫!你也没有不孝,咱们以后可以好好孝顺你妈,行吗?"

元素推他:"你说你钱二爷……找什么女人没有?为什么对我纠缠不放?!"

"老子犯贱,成不?"

"……"元素无语。

"小颜子……"她觉得身上乏力,条件反射地抚着肚子,"先送我回去吧。"

　　颜色始终跟元素站在一边，尽管看着钱傲的样子，有点儿同情，但绝不会拖元素的后腿。她点点头，二话不说，拿起车钥匙就走。

　　徐丰拼命给她使眼色："媳妇儿……"

　　颜色狠狠瞪他一眼："闭嘴！"

　　说完，她扶着元素："走，我送你！"

　　徐疯子哭笑不得："你别跟着掺和，你的脑袋已经够糊涂了，别再传染给二嫂。"

　　"我呸！你说我俩谁糊涂？"

　　"我。"徐丰为嘴巴上了封条。

第八章 深入骨髓的瘾

这夜，烂醉如泥的钱傲被白慕年送回似锦园后，还是没有忍住，顺手就拨了那个记在心尖上的号码。电话响了几声，她接起来，没有称呼，没有犹豫，礼貌、客气又生疏。

"喂，你好！"

最简单的三个字，最平常的开场白，却将他的心击得七零八落，自从她与他发生过关系之后，她不管什么时候接电话，从来没有这么平静地对他说过话。她会骂他，会讨厌他，会憎恨他，她叫他"浑蛋"，叫他"王八蛋"，叫他"姓钱的禽兽"，偶尔也有一两次柔声叫他"钱傲"，可那些词都是有感情色彩的词。而不是平常得如同对待一个普通人，和张三、李四、王麻子没有任何差别。

"喂？说话。"

听筒里传来她均匀的呼吸声,她的呼吸并没有因为他的电话而起伏,可他的心却怦怦直跳,只需听着她浅浅的呼吸声,他就能在脑子里细细地描绘她无瑕、美丽的小脸,以及他曾经不厌其烦地触摸过的她的每一个棱角和线条。

原来,他想要戒掉的瘾,早已深入骨髓,没有一刻忘却。

心绞痛,慌乱,他不知如何开口。

嘟嘟——

那一头,元素挂掉了电话。

她屈膝环抱着自己,整个人看上去像一个雕塑。

这一夜太漫长,她坐了好久,也没有睡。

窗户打开着,午夜的微风将窗帘吹得沙沙作响。

她的心很乱。

她也不懂,为什么还忘不掉……

明明他就是个浑蛋,明明他的女人多如牛毛,明明他就是企图杀害她妈妈的凶手,明明他……她的心里波涛汹涌,面上却平静得如一潭死水,原来,心的麻木,才是真正的麻木,原来痛到极致,只剩平静。

第二天,元素照常起了一个大早,去店里帮忙。

这已经是她目前最简单的生活规律了,一直忙到晌午,她才回家。陶子君正在客厅里做复健,出院后,她已经很少管女儿们的事情了,但今天瞧见元素脸色不太好,她还是问了一句。

"素,你没事吧?"

"没事。"元素转身进了厨房,在锅碗瓢盆的交响曲中,沉淀情绪。

午饭大多时候只有她和妈妈两个人,元灵不着家已成常态。

没想到母女俩刚端上碗,外面就响起了敲门声。元素以为元灵突然回来,随意地走过去开门,不承想,门口站着钱仲尧。

他的身体看上去已经大好,没有轮椅,也没有拐杖,仍旧是一副恬静优雅的样子,笑容如三月里的春风。

元素微微尴尬:"你,怎么来了?"

"不欢迎我来串门吗?"钱仲尧微微一笑。

过往的一切,就像不曾发生,他们就像普通朋友。

元素咬唇,来不及说话,陶子君已经热情地出来招呼了。

她寂寞久了,想念有人陪着唠嗑的日子,像钱仲尧这样有耐心的年轻人,可不多见。

"仲小子,快进来!快进来!"

元素垂着头,将钱仲尧让进了屋,随手接过他拿来的礼物,礼节上,他总是这样,滴水不漏。

陶子君问:"吃饭了吗?一起?"

"成,那就打扰了。"

钱仲尧客气地坐到了饭桌边,陶子君挺欢喜,赶紧又吩咐元素去做两个菜。

元素勉强笑了笑,进了厨房。

听到妈妈开心地同钱仲尧聊天,元素叹口气,一边炒菜,一边想着事情,情绪越发低沉了。她厨艺还不错,很小的时候就会自己做饭做菜,那时候妈妈上晚班,经常都是她踩在小板凳上给妹妹煮面条。

渐渐长大,她竟无师自通地有了一手好厨艺,在似锦园,钱傲也总是夸她。

噼啪!

一声油爆,将她从思绪里拉了回来。

丢开铲子,她憎恨自己居然又想起他。

她将菜起锅,关火。一个家常的青椒肉丝被她翻炒得香气扑鼻。

钱仲尧看着她端菜的样子,面容不禁变得柔和起来,胃口也出奇的好。不过,他始终默默地吃饭,并不多言。这样子的他,每多看一眼,就让元素的心里多纠结一分。

"来,多吃点儿。"陶子君对待他,一如既往的热情,将最好的菜端到他的面前,像对待贵客一般。

钱仲尧愉悦不已，嘴角、眉梢全都带着笑容："谢谢陶姨。"

"不用谢，家常便饭的，你别嫌弃就成！"

"哪儿能呢？素素做的菜，很好吃。"

"那以后常来呀……"

"我可不会客气的。"

元素吃着碗里的饭，头也不抬，面色平静地听他俩寒暄。

一顿饭，就是在这种诡异的气氛下吃完的。

陶子君很欢喜，元素很平静，钱仲尧很安静。

吃完饭，坐了一小会儿，钱仲尧就起身告辞了，临走到门边，突然望了元素一眼，面色柔和地笑了笑："送我一程吧，聊聊！"

元素愣了愣，他就静静地站在那里，等着她回应，俩人都这么静默着，似乎在比较耐性，不尴不尬地戳在那儿。

瞧这情形，陶子君摆了摆手："去吧，送送客人。"

元素低头，慢慢走了出去。

两个人沿着楼道踱下来，前尘旧事浮光掠影一般在眼前闪过，突然回首，发现原来时间已经过去了那么久。久得有些感情都不知如何去拾掇了。

对于那天在公寓发生的"恶性斗殴"事件，俩人都心照不宣地没有再提，钱仲尧没问她和钱傲的事，元素也没有主动解释。

走过那条狭长的巷子，钱仲尧的那辆悍马依旧停在熟悉的位置，好像从来没有改变过一样，但元素心里明白，回不去了。

钱仲尧脚下一顿，突然转过身来。元素一抬眼，与他四目相对，立马移开了。她实在不知如何整理心情，如何面对这个前男友。

钱仲尧看见了她眼底的血丝，低低地问："又没睡好？"

"不，睡得很好。"她轻笑。将疏离和态度，全写在脸上，但这对钱仲尧来说，都不重要，事情的发展，本就已经偏离了轨道，只要尚未尘埃落定，一切就都还有可能。

沉默了片刻，钱仲尧犹豫着开口："他对你不好？"

299

元素有些尴尬，笑了笑："不说这个，行吗？"

钱仲尧难掩内心的失望，她这一张嘴就是拒人千里的托词，摆明了就是要与他永远划清界限。他颓然地将手插到兜里，继续往前走，平复着心底的酸涩，点了点头。

"有事记得找我，别客气。咱们还是朋友。"

元素低敛着眉眼，不敢回视他，僵硬地轻嗯一声。

车门打开，又关上了，钱仲尧犹豫几秒，他很矛盾，很嫉恨，却对这个女人束手无策。他从没想到那件事的结局会是这样的——他赢得了她母亲的喜欢，却丢失了她的感情。

手紧握住车门的扶手，他眼神复杂地看着元素："你爱上他了？"

闻言，元素脑中如惊雷闪过。

良久，她压低嗓子，仍旧说了那三个字："对不起。"

"嗯，那我走了，你要好好的。"钱仲尧扯出一丝难看的笑容，紧握着的手指捏得泛白。

"嗯，都好好的。"

钱傲再没打过电话，也再没有出现在元素的生活里。反而是钱仲尧后来又来家里几次，不过元素却没有再和他深聊过，总是找借口去了洛叔叔店里。她再回来时，他已经走了。

在她的忐忑不安中，终于迎来了水碾巷的拆迁。拆迁的事从去年就提上了日程，开发商也换了两个，大大的"拆"字在水碾巷的内外墙上挂了好久，可始终只见打雷，不见下雨。而这一次，由 J·K 国际名下的置恒地产承办后，拆迁的前期工作终于如火如荼地开展起来了，直闹得人心惶惶，走到哪儿都有人议论拆迁的事。

在繁华的城区，水碾巷这样的旧宅，拆迁本就是避无可避的一件事，居民们在意的是如何能多拿些补偿。元素对此却毫不在意，拆就拆吧，怎么赔，也不能让人没地儿住不是？

对她来说，颜色回来了，生活就多了一抹亮色，而那个消失在她生活里的男人，由着他去吧。

这天，元素忙完店里的活儿，陪着颜色去了公司。元素接了一个洗发水广告，报酬不低，她没有理由拒绝。养家、养孩子，她需要工作，这种轻松赚钱的工作，她还是挺乐意做的。一个多小时，工作就结束了，而颜色的镜头还没有拍完，元素站着等颜色觉得乏，就去了休息室。

她现在越来越嗜睡了。

靠在椅子上，她就昏昏欲睡起来了。

不知道过了多久，耳边响起颜色的声音，她睁眼一看，这小妮子眉心都拧到了一块儿，人至，声到，大呼小叫："完蛋了，小圆子，完蛋了，小圆子！八卦满天飞呀！"

"小声点儿，别吵到我的宝宝！"这小妮子一惊一乍的，元素先抚住小腹，白了她一眼，"我还没完蛋呢。"

"快看！"颜色样子挺严肃，将手里的一本娱乐周刊递给她。

"啥玩意儿？"元素下意识地皱眉，她很久不看这种东西了。

"自己看。《J市顶级钻石王老五钱傲，戏剧学院玩车震，性爱视频曝光！》"

嗡！

元素的脑袋像被雷劈了，眼前直冒金星，手止不住地发抖。

"这女人是不是你？"

颜色将报纸往她跟前推了推，指着报纸上一张模糊不清的照片问她："你看看，这是不是你？"

元素紧张地咬着唇，继续往下看——

"据知情人爆料，J·K集团董事长钱傲再传绯闻，'车震门'性爱视频曝光，引各界哗然，各大门户网站纷纷转载……"报纸上截取的是视频片段的照片，很明显被人为处理过，好在她和钱傲都衣着完整。钱傲背对着镜头，不见脸，而她的脸，被打上了马赛克，根本看不清楚，单凭照片，其实不能肯定照片上的人究竟是谁。只不过，那一辆太过高调的布加迪威航，那透明的全景天窗……

想否认都难！

报纸上首先大篇幅报道了钱傲的过往风流韵事，然后，罗列了一大串女人的照片，各种分析，各种解说，这"车震门"的女主角到底是谁……

元素纳闷儿。

为什么偷拍了又不直接曝光？偷拍者意欲何为？

颜色见她脸上变幻莫测，心里就明白了，从她手中抽过杂志，蹭了蹭她的肩膀："淡定点儿，没啥大不了，又看不清楚是谁，让他们说去呗。就算认出来又怎样，一炮而红，也是好事！"

"……"元素白她一眼。

元素的手机突然嘀嘀响起。

她连忙打开，一看，发件人没有号码，内容简单，却让人恶心不已："看到网上的视频了吧？那个动作是不是让你特爽？呵，你那诱惑人的表情，我每天要看无数遍，我一定要和你试试，等着我。小乖乖！"

仿佛挨了一记闷棍，元素脸色苍白。

走出阿瑞斯公司的大门，元素直接招了一辆出租车。她告诉自己，她现在不是一个人了，是两个孩子的妈妈，不管发生什么事，她都得坚强，没有过不去的坎儿。

她一路望着车窗外的街景，手机突然响了起来。

元素看了看，愣了两秒，接了起来："喂！"

"妞，你没事吧？"电话里，钱傲有些急躁，他怕她受不了打击，又不确定她是不是知道了视频的事，所以，试探性地问道。

元素嘲弄一笑，淡淡地说道："有事的是你吧？你女人那么多，人家猜不到我头上来。"

钱傲被她给噎住了，好半响才叹息一声："行。反正你别怕，这事我会处理，你只管照顾好自己和咱的宝宝。"

听着他关心的话语，元素保持着平静："我的孩子，不劳钱爷记挂。"

钱傲咳嗽一声："宝贝儿，咱别这么说话，成不？我不是不相干的人，我是孩子的爸。"然后，也不管元素听不听得进去，他自顾自地劝慰，说一些放下包袱，两人好好过日子的甜言蜜语。

元素很安静地听他说着，面无表情，直到他停顿下来："说完了？"

"完了！不，没完呢……妞，回来吧，嗯？"

元素直接挂了电话，手指颤抖着叠放在小腹上，伪装的平静，刹那间崩裂。

那个男人的声音，让她脆弱的心理防线不堪一击。

舒了一口气，又抵挡住了一波糖衣炮弹的她，实在不知道自己能撑多久，也不知道，那个男人对她的兴趣还能持续多久。

车停在水碾巷时，已经快到中午了。

原本冷清的小地方，随着拆迁的临近，最近是越发热闹起来了。

不过，今天似乎有些不对劲儿。

人群往前挤压着，外面停满了警车、消防车、救护车……手持警棍的防爆警察，将道路戒严了。

元素没敢往前凑，保护性地抚着肚子往后退。

她就近一打听，原来是因为拆迁赔偿的问题，这一片的住户联合起来，拒不搬迁，静坐示威，要求开发商给出更高的赔偿款，还有就是关于拆迁安置房的问题。拆迁后，这里将会被建成繁华的商业圈，居民们的拆迁安置房将往外挪，很有可能被修建在五环以外，这对居民来说，吃穿住行都不方便，谁愿意搬呢？

利益较量的结果，就是居民们使劲儿拖延，而开发商为赶工期，拼命游说，讨价还价之间，或达成协议，或争执不休。为着这城市建设的大势所趋，拆迁动员会开了几次，也没法兼顾所有居民的要求，很快家家户户都收到了拆迁通知，在限期前必须搬离。

这就是所谓的，强制性行政指令。

元素原想绕到后街，从另一边回家，可她刚走没多远，突然看到对街的柳树下，停着钱傲那辆霸道、张扬的布加迪。

隔了一条街的距离，透过半敞着的车窗，那个让她爱恨交加的男人，懒洋洋地坐在后座上，环抱双臂，也望着她的方向。

元素目不斜视地往前走。

刚走到后街的巷子口，就听到一声轻唤。

"妞！"

这称呼是他的专属。

元素知道这个阴魂不散的家伙跟了上来，不由得叹一口气，怀着身孕的她，不想跟他较劲儿，索性停下来，转身与他面对面："你到底要做什么？"

钱傲凝视她数秒，眼中闪过一抹复杂的情绪，随即又换上一副表情，三分痞气，七分认真："想你了，来看看你，行不？"

元素一言不发。

这人嘴上说得动听，可她一句都不信，那边的热闹她都瞧见了，居民和他的公司闹得不可开交，他来肯定就是为了解决那事的。

"走吧，送你回家。"钱傲笑了，习惯性地牵起她的手。

"放开我！"元素低吼，将手抽了回来。

钱傲也不恼，对着她笑："小脾气还是这么轴！不过，我喜欢。"

"钱董，那边的热闹你没瞧见？你们这些特权阶级，没长心吗？"

他没事人一样的表情，让元素有些烦躁。这人，总是若无其事，好像他们之间压根儿没有矛盾一样。还有现在，他的公司搞拆迁，把她和街坊邻居们，全逼到那么远的地方去住，他怎么好意思对着她笑的？

钱傲目光柔和地看着她："这事也不完全是由我做主的，你说这些人闹腾啥呢？这赔偿已经是J市的最高标准了，何况，这一片建成商业圈，不比现在这鸟不拉屎的样子强？"

"是，你们就会喊口号，城市进步需要牺牲，可凭什么都是底层的老百姓来承受这牺牲、痛苦？"

"痛苦吗？住新房子，拿高额赔偿，会比现在更痛苦？"钱傲似笑非笑地反问。

要不怎么说他是个傻子呢？明明是认真的大实话，可他用那开玩笑的语气说出来，硬是被元素听成了讽刺和嘲笑。

元素看他一眼，掉转头就走。

这后街穿到水碾巷的路很窄，两边的下水道将道路浸润得一片潮湿。路面软软的，而元素的心却越发冷硬了。

钱傲忍不住叹息。

这女人咋怀了孩子后，小性子比以前还要轴呀？

他心里犯堵，也只能跟上。

"怪不得都说女人头发长，见识短呢。水碾巷在整个老城区的东端，交通不便，生活结构不科学，已经完全不适应现代化的城市发展了，如果不拆除，还影响'三横九纵'的交通规划。"

元素加快脚步。

"还有，拆了之后，建商圈能带动老城区的经济发展，拆迁安置房虽然远了一点儿，但地铁马上建成，进城也就几分钟，有什么不好？"

钱傲是个商人，不唱什么"为国家做贡献，为老百姓办实事"的高调，但追求利益的多边化，各取所需，在既得利益里不亏待他人是他的宗旨。

"之前，我们公司和居民代表磋商后，都对拆迁的补偿协议没有异议的……谁知道，隔天就出事！元素，我告诉你，今天这出闹剧，表面上看是水碾巷的居民和开发商之间的矛盾，事实上，完全就是别有用心的人恶意挑唆的结果。"

"这些人太容易受人唆使，被人当了枪，压根儿不知道。"

"搞这事的人，我心里明镜似的。你放心吧，老子饶不了他——"

失去了老城区开发项目，白白搭进去一笔钱的翔实公司，怎么可能善罢甘休？

元素突然停下脚步："你说完了吗？"

钱傲："……"

两个人大眼瞪小眼。

轰！

这时，一声巨响传来。

像是房屋突然倒塌的声音——

两个人齐齐转头，元素吓得脸都白了。

听声音的源头，正是她家的方向。

记挂着单独在家的陶子君，元素疾步如飞，抱着肚子小跑了起来。

钱傲紧紧跟上她，一边走一边担心地喊道："别急，慢点儿，小心孩子！"

"孩子是我的，关你什么事？"元素心里急躁，烦死了！

"怎能说是你的？没有我的辛勤浇灌，你一个人能开出花儿来？"

元素咬牙："懒得跟你说，无赖！"

钱傲嘿嘿两声，上前握紧她的小手，赔着笑脸："宝贝儿，我这不是担心你和咱宝宝吗？"

元素微微一怔，这些话从蛮横跋扈的钱二爷嘴里说出来，怎么听怎么肉麻，鸡皮疙瘩都掉了一地。她瞟一眼旁边的男人，发现他下巴上有淡淡的青色胡楂儿，这让向来注重仪容的他，显得有些憔悴。

这些天，他过得不好？

钱傲对上她的眼神，面上一喜，邀宠般扯着嘴角痞笑："妞，你瞧我这邋遢样儿，没你在，还真就不行，你就当为了拯救濒危生物，搬回家住吧？"

他是濒危生物？世上就该没活人了。

而且，他总说"家"，"家"这个字，对元素来说，是不存在的。姘居的生活，姘居的地方，也能叫"家"吗？这个男人将"家"字说得如此理所当然，难道不知道他俩之间，离"家"这个概念有多远？

"钱傲，我俩已经没有瓜葛了，你怎么不明白？"元素的嗓子有些发哑。

说完，她不想再争论这些永没结果的话题，步子迈得更快了。

钱傲呵笑一声，缠上来半搂住她，还蹭了蹭她发烫的小脸："你肚子里，是我钱傲的孩子，老子亲自种上去的，你怎么能说没瓜葛？"

他说话永远都是那种不要脸的口气！元素脸上一红，恶狠狠地瞪他一眼："放手呀你！没听见那边的声音吗？指定出事了！"

水碾巷。

这里闹哄成了一团，居民们指指点点，七嘴八舌地议论着。

人声鼎沸。

"一大早看到几台机器开到附近停着，就知道准没好事，后来听到机器轰鸣，我老公过来看，那底楼的前面都掀掉了，突然就倒塌了下来……"

"没伤到人吧？"

"应该没吧，少说也在这儿折腾了四十来分钟，在楼里的人，谁不知道跑呀？傻等着压死自个儿？"

"唉，没天良的……"

元素气喘吁吁地跑过来一看，她家那幢楼居然倒了，塌方的建筑压在了另一幢居民楼上，歪歪斜斜地倾斜着，吓得她惊叫一声，嘶吼起来。

"妈！我妈还在里面！"

她妈妈腿脚不便，指定跑不出来的，怎么办？怎么办？

一颗心怦怦直跳，她手足无措地冲上去，却被钱傲一把拉住："危险！"

残留的建筑随时可能二次倒塌，到处是人，元素心急如焚，局势也越来越乱，人群不知道受到谁的挑唆，开始往前挤压，有一些情绪不稳的居民已经开始嘶吼着要负责人出来说话了。

钱傲拽着元素的胳膊往人群外面走。他怕出现踩踏事件，可元素一心记挂着她妈，哪里肯依？

"都是你们这些王八蛋，仗势欺人，居然强拆别人的房子……你放开我，让我进去找我妈！"

她一脸的泪水，双眼瞪得钱傲闹心死了，发狠似的把她抱起来就往外走："你不顾自己，连肚子里的孩子都不管了？"

被他这一吼，元素回过神儿来，觉得他说得有道理，又忍不住哽咽："那我妈在里面，怎么办？怎么办呀？"

"急也急不来！"钱傲放软了语气，连忙哄她，"你先等着，我来想办法。"

钱傲怕她乱跑，一只手禁锢着她，另一只手掏出手机，不停地打电话。

说实话，出了这事，他比谁都急。

拆迁工作刚开始，这房子是被谁强拆了？

他的电话不断，元素在旁边火急火燎的，早就方寸大乱："怎么样了？有消息吗？"

"你妈没事。"钱傲放低声音，神色怪异地瞟她一眼，"有事的是仲尧，是他将你妈背出来的……他受了伤。已经送到医院了，目前不知道情况……"

嗡！

元素心里一窒，仲尧？

略微思考后，她说："我要去医院。"

钱傲脸上情绪不明："我送你。"

闻言，元素身子一僵，没有拒绝："谢谢！"

俩人一路沉默。

元素望着车窗外一排排整齐的法国梧桐枝繁叶茂的样子，心里一阵慌乱。

她欠仲尧的债，这辈子怎么还？钱债再多，终究有个数，这人情债，一旦欠下就还不了了。

以前他们恋爱的时候,他总说要竭尽所能去关心她、爱护她,保护她一辈子,那时候她总是笑他傻,压根儿不信。结果到了如今这地步,仲尧仍在默默为她付出,甚至为了救她的母亲,再次把自己弄进了医院。

她这辈子是注定对不住仲尧了!

也许,在上一世的轮回里,仲尧欠了她的,而她欠了钱傲的。于是,这辈子就都来还债了。

"妞,想啥呢?"钱傲挑了挑眉。

元素转过头,认真地反问:"钱傲,你究竟想要什么呢?你该知道,我和你耗不起这岁月……"

这句话,她问钱傲的次数很多,可从来没有真正得到过答案。

她不知道,这个男人,究竟准备把她怎么办。

钱傲静静地注视着她,片刻,握了握她的手,紧了紧,最终,一言不发。

医院,一屋子的钱家人,全都守在钱仲尧的病房里,有钱老大夫妇、钱仲尧的妹妹钱思禾,还有钱傲的母亲沈佩思。元素站在门口,有点儿尴尬。众人诧异地看着与钱傲一起过来的她。

最后沈佩思开口:"老二,你俩咋一起来了?"

钱傲打量了一下元素平坦的小腹,沉默几秒,轻描淡写地回答道:"在楼下碰到的。"

他的回答干脆、直接,元素松了一口气。

沈佩思看了他俩一眼:"进来吧!戳在门口做什么?"

钱仲尧只受了点儿轻伤,没有多大的问题,不过在父母的眼里,哪怕擦刮,也是头等大事。

朱彦看到元素,没什么好脸色,心里觉得儿子太傻,为了救一个有腿伤的老太婆,把自己搞得这样狼狈,可当着儿子的面,又不好直接说什么,只是不理元素。

元素在一束束不太友善的目光里,默默低头走到病床边。

"仲尧,这次多亏有你,不然我妈就危险了。"

"应该的,其实我就受了点儿轻伤,陶姨……我找人送到你洛叔叔的店里了,你就放心吧。"钱仲尧的声音低低的,脸上带着惯有的微笑。

"谢谢你……"元素再次道谢,找不到别的话可说。

朱彦却急了,憋不住心里的火气,哼一声,音调提高了至少八度:"瞧瞧我儿子被你害的,你是怎么做人家女朋友的?就你这样的女人,想做我们钱家的儿媳妇,实在差得太远了!"她这话里话外,全是不屑。

元素一言不发。

她不知道钱仲尧为什么没告诉家里人,他俩已经分手了。但这种情况下,她又不好直接说出来。毕竟,仲尧无辜,他又刚刚救过她妈妈。

朱彦教训元素,众人皆不吭声,钱傲脸上却挂不住了。

"大嫂,你这是欺负老实人呢?"

没料到钱傲会帮她说话,朱彦斜斜地打量他:"老二,我教训自己的儿媳妇,你少管闲事!"

这话让钱傲彻底上火了,梗着脖子站过来:"怎么不关我的事?我看不过眼,行不行?"

"老二!"沈佩思见状,低喝了一声。

钱傲咬着牙,正想还嘴,沉默老半天的钱仲尧突然开了口:"够了!妈!我和素素早就已经分手了。"他又不好意思地转头向元素道歉,"素素,不好意思,我妈误会了。"

众人都愣住了。元素也被他的话弄得心里难受,连忙摇了摇头,冲他微微一笑:"没事,是我该谢谢你……"

一时间,气氛有些尴尬。

钱傲的火总算下去了,朱彦悻悻然也没开口,其余人默然不语。

沈佩思突然笑了笑,直接岔开了话题:"老二,那女人,咋回事?"

"啥女人?"钱傲心头一震,半眯着眼睛反问。

"别和你妈装蒜,那视频的事,闹得沸沸扬扬,我和你爸的老脸都被你丢尽了，你说你老大不小的人了，这不是成心要气死我吗？"

钱傲沉默几秒："管好你和老钱的事，我的事，你们少管。"

"唉，你这小子，我还等着抱孙子呢，你给我弄这些……"

钱傲吸气，瞥了一眼元素的肚子："孙子，会有的。你急什么？"

一听这话，元素紧紧捏着手指，一颗心被搅得七零八落，觉得自己在这儿越发尴尬，忙不迭地告辞："那个……叔叔、阿姨，我得先走了，去瞧瞧我妈……仲尧，你好好休息。"

"我送你。"不顾在场人脸上的惊讶，钱傲站了起来。

然后，他看了一眼元素脸上的忐忑，嘴角动了动，露出一抹意味不明的笑容，又轻飘飘地吐出了两个字。

"顺路。"

送元素回了水碾巷，钱傲径直开车走了，没有平日里死乞白赖和嬉皮笑脸的纠缠。

元素心想，强拆房屋这事的善后工作，也够这家伙忙一阵了吧？

这样，是不是代表她可以清净一阵子了？

元素开心了不到十秒，又灵魂归位，回到现实。房屋倒了，家没了，她们要住哪儿去呀？

洛叔叔家也倒了，就剩了一间租来的小店铺，怎能安家？

好在J·K的赔偿方案来得很快，她到医院这么一会儿工夫，被强制拆迁导致房屋倒塌的十五户居民都拿到了为数不少的临时安置费。拿到了钱，大家就都闭上了嘴，这事好像就烟消云散了一样。

对普通人来说，房子就是生活的重心，房子没了，家就没了。不过，活人总不能被尿憋死。众人合计一阵，决定先找一个附近的房屋租住，一来方便照顾生意，二来大家也习惯了这个地方。

洛阳出去找房子，很快带回好消息，离早餐店大概两条街的地方，有一个挺好的小四合院要出租。最让人欣喜的是，地方干净，价格还不贵，比市面上的房租便宜了一半不止。

这简直是天上掉馅饼的好事。

房子塌了，一应家庭生活用品都随之损坏了，只剩下从废墟里刨出的一些重要物件，两家人整理出两个行李箱，连搬家公司都不用请了，一手提一个，叫了出租车，直接去了新家。

一路上，受惊过度的陶子君情绪不稳定，唠唠叨叨地说了好几遍，这次要不是钱仲尧冲进来背自己下楼，自己肯定就没命了。元素听得有些头大。她现在顾不上这些，重新置办一个家，花钱不说，还得花费时间和精力，她得仔细盘算一下。

"素素，仲尧这孩子，真是不错的，你跟他一块儿过吧？"

元素被这话弄得措手不及。

"妈，我说过这辈子都不嫁，就陪着你，你不喜欢？"

"傻丫头……"陶子君叹息，有点儿后悔自己以前的阻拦了，"都怪我，要不然，你俩都该让我抱外孙子了吧？"

"……"

元素默默抚摸了一下自己的肚子。

出租车停在了一个胡同口。元素下车，先将折叠轮椅安放好，再拜托出租车司机帮忙，将陶子君扶到轮椅上，推着走了十几步，就瞧见一个环境清幽的四合院，还有先她们一步到达的洛阳和洛维新。

"这地儿挺不错的。"

"走，咱们进去瞅瞅新家。"

洛阳憨憨地笑着，推开门，走在前面。

元素跟进去，眼前一亮。

这是一个传统的旧式四合院，庭前种了几垄青葱的翠竹，檐下挂着鸟笼，墙上贴着儒雅的水墨画，干净、整洁、一尘不染。这份闲情雅致，让元素不由得猜想，这家房主，就算不是文人墨客，也是风流雅士，就冲着这环境，收的那点儿房租，实在太厚道了。

一个四十来岁的中年妇女，从屋子里走了出来，没等洛阳介绍，就自报家门，称自己是房东太太。她带着众人走了一遍，边走边介绍，那态度好得没话说。

元素很感激。

这独门独院的地方，一共十几间房屋，东西厢房，他们两家人居住，实在再适合不过了。不过，令人感到奇怪的是，饭厅、厨房、卫生间、卧室走遍，家具、家电、床上用品，甚至连锅碗瓢盆都有，还是崭新的。

她很怀疑，这么低的租金，真能租到这么好的房屋？

元素心里不安，隐隐觉得不太对。

"我说房东太太，这房子不会是有啥问题吧？"

"什么？"房东太太一愣。

"是不是死过人啥的？"

房东太太不自在地干笑了两声："你们误会了。放心吧，甭担心房子有问题，这原本是我和老伴儿准备自个儿住的，谁知道刚把东西置办好，我家大闺女就生了个大胖小子。这不，得去照看小外孙，房子没法住了，但我也不想租给不三不四的人，怕把房屋糟蹋了，瞅着你们都是实诚人，所以才算得这么便宜，就盼着你们能好好照看我的房子。"

房东太太说得合情合理，可元素还是不太敢相信，这简直就是做梦呢。

可陶子君的心早就被打动了，她拍板定下，元素也只有干瞪眼儿。

最后，房东太太笑眯眯地拿着房客预付的三个月房租走了。

她走出院门，钻进胡同外停着的一辆奥迪车。

司机是一个中年男人，见她出来，紧张地问："成了？"

"成了成了。我办事，你放心！"

房东太太点头哈腰地笑着。其实吃到馅饼的人是她，随便那么一演，包里瞬间就多了好大一沓鲜红的钞票。表面上她少了租金吃了亏，事实上她拿到的钱多了去了。而且，里面置办的东西，她一分钱没花。

中年男人没和她多说，发动汽车出了胡同，到街面就把她放了下来，然后，拿起手机恭敬地汇报："老板，事情办妥了。"

四合院门口。

元素看着远去的奥迪车，松了一口气。

刚才她有些怀疑这事是钱傲在搞鬼，这么一看，终于放下心来。不是钱傲那辆布加迪，奥迪车里的中年男人她也不认识，看年纪像是房东太太的老公。只要不是平白受人好处，那她就住吧！

"素，干吗呢？快来帮着收拾东西！"陶子君在里屋喊。

"来了！"元素的怀疑烟消云散，瞅着窗明几净的新家，心情也是一片大好。

她愉快地拾掇起来，忙活一阵，差不多安排妥当了，她回卧室躺到床上休息，抚着肚子默默地憧憬着未来，迷迷糊糊地睡了过去。手机铃声响起时，她困得睁不开眼，本不想接，但铃声响个不停，她难受地揉着太阳穴，接了起来。

"喂！"

"元小姐……"那头传来了阴森森的男低音，有点儿熟悉。

"是你？"

"呵呵呵，元小姐觉得那视频的效果怎么样？"

元素身子一凉："你到底要干什么？"

"如果元小姐不希望视频满世界乱飞，影响你的生活，那么，就按我说的去做。"电话那端的男人语气森冷，声音平淡得没有一点儿波动，还夹杂着不正常的电流声，像是变声处理过一般。

元素抿唇："别绕弯子，直接说重点。"

对方凉凉地笑道："我要二十万现金，在指定的地点、时间交到我手上。"

元素瞠目结舌，太意外了。

这和她料想的出入太大。她原本猜测的对方目的里恰好不包括金钱，没想到居然还偏是要钱来的……但他要钱为什么不直接找钱傲？

二百万对钱傲来说都是九牛一毛，何况二十万？还是这人吃柿子找软的捏，挑自己来下手？

她心下有了计较："成，你说时间、地点。"

"两个小时后，中山公园，你到了门口，我会与你联系……记住，敲诈勒索的国际规矩，不许报警，要不然，明天娱乐版的头条，将会是你元小姐！"

元素愠怒不已，却不得不强压下胃里的恶心，镇定地回答道："你很幽默，行。一言为定。"

两个小时后。

元素背着一个旅行包，如约站在了人来人往的公园门口。

烈日下，尽管打着遮阳伞，她还是有些头晕。心里满是不安、害怕，但还算镇定，因为她知道，警察会保护她——来之前，她报了警。

等了大约十分钟，她的手机响了："元小姐，进公园找到那个标志性雕塑，在它的底座里有一样东西……拿到它，再按我的指示办。"

仍然是那个阴沉的变态男人，声音没有高低起伏，如一潭死水。

说完，他直接挂掉了电话。

元素没有犹豫，按吩咐找到了公园里的雕塑，底座被掏出了一个豁口，她伸手一摸，里面放了一个塑胶的小盒子。打开盒子，里面只有一张机打的字条："按照字条上的地点，找到下一个目标点。不要停留，不要报警。"

神经病，跟她玩游戏呢？

元素感叹着歹徒的狡猾。

一个人处心积虑布置好一切，真就只是为了二十万块钱？如果一个人非得用犯罪的方式去赢得财富，要么是走投无路，要么是"变态"，以此为乐。

这个人，她感觉是后者，甚至目的并不是那么单纯。

但她无奈，只能陪这变态继续玩着"找找看"的游戏，在公园里兜兜转转了大半天，当玩到第二十五次的时候，"变态"终于玩腻了。这一次元素拿到的盒子里，除了一如往常的小字条外，还有一把钥匙，字条上的地址，也不在公园里，而是在郊外。

元素下意识地看了一下四周，然后抚了抚肚子，疾步走出公园，打了一辆车……

"什么？你们居然把人跟丢了！"

J·K国际大厦，钱傲放下电话，暴怒地将一桌子文件拂到地上，翩翩飞舞的纸片，散落一地，吓得王助理不敢吱声。

钱傲颓丧地跌坐在椅子上，思考一会儿，又突然站起，飞奔下楼……

布加迪在公路上狂奔，他咬牙切齿，恨恨地想着不听话的元素，想着她会遇到的各种各样的可能。他知道那个勒索电话，是郝靖打的，可郝靖的目的，当然不可能是区区二十万人民币，那不过是掩人耳目的手段罢了。

他一直就知道那王八蛋居心叵测，但没想到郝靖敢玩得这么大！

钱傲一拳砸在方向盘上，想到元素可能遭受的……他疯狂地憎恨自己，早知如此，不如直接将郝靖绑成肉粽子，沉到海里喂鲨鱼。

手机铃声，拉回了他的思绪。

"老板，人还没有找到……"

"没找到你打个屁的电话？"

钱傲的怒气噌噌地就上来了，握着方向盘的手都在止不住地哆嗦。

叮……

瞥了一眼来电显示，钱傲紧张得心都揪了起来。

"喂！"

"二爷，二爷……"

"你吼什么？"钱傲急躁地问道。

电话那边的人擦了擦汗水，连忙回答："找、找到了！"

"在哪儿？"钱傲满腔的怒火瞬间消失。

"不、不是元小姐被找到了!"

"你……"钱傲气得语无伦次。

"我的意思是,找到了郝靖……但,没有元小姐。"

刺!

汽车停在路边,钱傲揉了揉跳动着的太阳穴,觉得自己应该冷静冷静。心跳得太快,这情况让他有些消化不了:"说清楚一点儿。"

"郝靖那家伙已经被我们找到,他在郊外一幢废弃的房子里,目前已处于我们的监控范围中。不过,我们始终没有看到元小姐出现——"

还好,还好!

只要她没落到郝靖的手里就好……

可她究竟去了哪里呢?

钱傲呼出一口气:"将那浑蛋给我看牢了,一刻都不许放松,眼睛都不许眨!"

"是!"

在钱傲为了找她忙成一团乱的时候,元素究竟去哪儿了?

坐上出租车,她直接去了医院。在公园走的时间过长,精神又紧张,这时候的她,胃里翻天覆地,想吐不说,小腹还隐隐作痛,她记得医生提醒过她,这种情况必须马上去医院。

上了车,她直接关机——

那个人渣爱怎样怎样,慢慢等去,她不想奉陪了!

所有人,所有事,都见鬼去吧。

这个世界上,只有她的孩子最重要。

到了医院,一系列繁复的检查,让她累得够呛!眼巴巴看着别的夫妻,恩恩爱爱相携而行,或不时低语,或相视一笑,那种平常的幸福,那种爱人间的默契,看得她眼眶有些发热。

她今天动作太大,状态不太好,医生要求她卧床休息保胎,挂了五百毫升营养液,注射了一针黄体酮,然后,她困得在床上直接昏睡了过去。

这一觉她睡得天昏地暗,谁知道外面人仰马翻?

等她醒过来,窗外已是华灯初上,病房里静悄悄的,医生、护士都下班了,值班的小护士也没叫她。

元素动了动四肢,酸软无力。

好不容易爬起身,去了医生值班室,又问了一下情况,得知孩子平安无事,她拖着双腿走出医院时,慢慢地就露出了一丝笑容。

微笑,微笑,保持心情愉快,要听医生的话……

她不住给自己心理暗示。

咔嚓!咔嚓!

快门的声音打断了她的思绪,她转头,看见一个大男孩正在不好意思地对着她笑。

他手机的镜头对着她,那声音明显是他拍照时发出来的。

元素不悦地皱紧眉头:"你拍什么?"

"没什么,你笑起来很好看。"

"把照片删掉!"元素对偷拍深恶痛绝,尤其是莫名其妙地被陌生人偷拍。

"小姐,你长得很漂亮,比明星还好看。"那大男孩露出两颗虎牙,再次微笑着装傻。

"你这是侵犯别人的肖像权,究竟删不删?"元素不理会他的恭维,脸色难看到了极点。

可那人除了傻笑,什么话也不说,也不删照片,还把手机拿到了身后。

元素捏紧拳头,极力控制着火气。

"不删是不?不删我就报警了!"

那人继续摇头。

元素真气急了,老虎不发威,谁都拿她当病猫呢,连这些小屁孩都敢欺负她。于是,她保护性地抚着自己的小腹,用眼神严厉地警告着那个大男孩，拿起手机。

"再不删，别怪我不客气了……"

刺！一声汽车急刹车的声音响起，元素愣了一下，扭头。

从车上走下来两个男人，紧绷着脸，满脸严肃。

歹徒？！元素的心抽成了一团，转身想走，却被那个偷拍她的男孩一把拽住了胳膊。

"是她吧？"

"是，干得不错。"

从车上下来的男人掏出照片比对了一下，然后面无表情地看着元素："元小姐，请上车！"

元素震惊得无以复加，这都啥情况？大街上公然绑架？

"我为什么要上车？"

"那只好得罪了！"

男人向旁边的人使了个眼色，吓得元素赶紧捂着肚子："别碰我，我跟你们走。"

汽车驶离，元素一路忐忑……好在车上的人目不斜视，没有对她动手动脚。而且，汽车也没有往偏僻的郊区开，她的心中总算安定了不少。看这样子，她不至于被杀人灭口。

时间一分一秒地过去了，她不知道车要开到哪里去，心里急得如热锅上的蚂蚁一般，局促不安，但这种时候，慌乱是没有用的。她戒备地护着肚子，等着应付接下来的状况。但她没有想到，汽车最后停在了J市刑警支队门口。

她跟着车上的人进了办公室，见里面的沙发上，坐着钱傲。

看到她的第一眼，钱傲暴怒得像一只炸了毛的公鸡，腾一下站起来，长腿一迈直接冲她走过来，拽着她的手臂，上下打量着，扯着嗓子就吼："你这个女人……到底跑哪儿去了？"

他这么一吼，元素也上火了，从脚尖到头发丝儿都是气。

原来他也知道她被人威胁的事？可这到底怪谁？

要不是那天他非得在车上,能让人给拍下来?

元素猛地推开他:"你少假惺惺的,没你能有这事?"

看她生气了,钱傲一怔,火也就下来了。

虽然他觉得自己也挺憋屈的,但她怀着孩子,急不得。

"妞,我错了,是我不好,别生气了好不好?"

喀喀!旁边的刑警队长祁伟尴尬地咳嗽了两声。他认识钱傲这么多年,啥时候见他对女人低声下气过?还表现出这种强烈的,不添加任何杂质,甚至不做任何掩饰的情感?

真稀罕啦!

所谓一物降一物,就是这么回事吧?

"行啦,二位,没事了,可以回家啦!"

元素缓过气来,先谢过警察同志,又淡淡地看向钱傲。

"钱爷,你要没别的吩咐,我得先走了!"

这称呼,又来了!

钱傲憋闷地松了松领口,被她呛得喘气都不顺了:"元素,你非得这么和我说话?咱俩好好说,不成吗?"

元素不再看他:"跟你没法好好说,你钱爷多厉害呀,唤上一车人,想把我往哪儿带就往哪儿带,你喜欢耍着我玩,这是上瘾了是不?特有意思是不?"

钱傲愣了,眯着眼睛瞧她半晌,最后,拧紧眉头:"素,我在你眼中就是这种人?"

知道她不见了,怕她有危险,他丢下正事,急得像只火烧屁股的猴子,整整一个下午,为了找到她,他花了多少心思,拜托了多少人。为什么他做的这一切到她眼里,就只剩下轻蔑、讽刺和不屑了?

"老子一颗真心,被这样被当成了驴肝肺?"

钱傲冷硬的一张俊脸,在办公室白炽灯的映照下,染上了不知名的情绪——沮丧、颓然,还有得不到认同的悲哀。

他已经将态度放得低得不能再低了,她哪怕随便给他点儿阳光他就能灿烂。可似乎他连这点儿小小的要求,都是奢望。看来,在她母亲这件事情上,她不打算原谅他了。

办公室里,一阵沉默。

元素哑然失笑:"钱傲,你问这话挺有意思,如果你的所作所为,还算是个人的话,我也很想问问,你究竟是哪种人?"

钱傲冷冷勾唇:"只要你不生气,你说我是哪种人,我就是哪种人。"

彼此对峙,元素轻嗤:"我要是说,你不是人呢?"

钱傲叹了一口气,拿这个软硬不吃的女人毫无办法。

但他始终没想告诉她真相。哪怕他知道,只要他说出来,以元素的性格,就能马上原谅他。

陌生的钝痛感袭击着他的心脏,五味杂陈。

他笑了笑,艰涩开口:"成,我送你。"

夏季的气候最是无常,他俩一出门,发现又下雨了。

车停在胡同口,元素低着头,想了半晌,还是低声道了一句"再见",伸手推开车门,却被钱傲一把抓住手腕。

"妞……"

他们的距离很近,呼吸声清晰可闻,肌肤的接触,让元素的心猛地一跳,一手紧紧抓着汽车扶手,使劲定了定神儿,淡定地问:"有事?"

"今儿,我……"钱傲欲言又止,吞吞吐吐。

这样的他让元素有些纳闷儿。他们在一起的时间不短,这男人向来是有话就说的,脸皮比城墙还厚,啥时候变成这德行了?

在她的注视下,钱傲慢慢放开了她的手腕,长舒一口气:"算了,没事,回去吧,好好睡觉,睡前记得喝牛奶!"

心中千万个不愿意,但他不想再引起她的反感。一个不注意,他就连话都没得说了。

元素嗯一声,面无表情地下了车,将车门后的男人,屏弃在了她的世界之外。

钱傲看着车灯下的背影，移不开视线……

"傻子！"他骂的是自己。

为什么不直接告诉她，今儿是他的生日呢？

钱傲扯了扯领口，开车出了胡同口，直接打电话约了白慕年和徐丰。哥几个好久没聚了，现在他孤家寡人，多可怜，得找朋友说道说道。

这种夜晚，回家？他不敢想……

"魅力四射酒吧俱乐部"，钱傲赶到的时候，白慕年和带着颜色的徐丰已经到了，他们离得近，已经坐下来等了小半会儿，正琢磨着钱傲今天过生日，怎么没回钱宅，而是召集了他们几个喝酒呢。

钱傲久不进酒吧，进门的时候，不习惯地眯了眯眼。

震耳欲聋的音乐声，领舞的美女随着节奏激情舞动，男男女女奋力地嘶吼，吐着蛇信子的蛇妖般扭动着身体……

钱傲瞧着这热闹，拧紧了眉头，上楼进了包间。

哥几个一见面，烟、酒自是不可少的，从皇家礼炮一路喝下来，钱傲较着劲儿似的喝，徐丰舍命陪君子，就连一向不嗜酒的白慕年也被逼喝了不少。

三个男人都醉了，唯一清醒的，就是颜色了。

徐丰酒量差，满脸涨红，磨磨叽叽地挨着颜色，蹭了蹭，打着酒嗝念叨："钱傲，钱哥哥，钱二爷，按说你也是挺带种的一个爷们儿，原来全是糊弄人的？这栽到一个小女人手里，算哪门子爷们儿？嗯？你给弟弟说说，你咋想的？"

听这话，颜色怒了，揪着他的领带，铁青着脸问："小女人怎么啦？你徐少看不上女人？那你跟着老娘干吗？一会儿出了这门，别让我再见到你！"

徐丰连忙赔着笑脸："媳妇儿，媳妇儿……别、别、我不是说你，我不是在说钱傲家里的女人吗？"

颜色："男人才没一个好东西，满脑子除了床上那点儿破事，没个正经的，什么玩意儿？还敢看不上女人？"

"嘿嘿！"徐丰傻笑着，顺势将她搂在怀里，声音低低的，嘴里喷出来的都是酒味，"媳妇儿，我爱你，来，让我亲一个！"

"我去！"钱傲一把揪住徐丰的后领，直接将他从颜色身上拽开，"疯子，你真招人恨……滚回去亲热！"

徐丰喝得身子都软了一半，钱傲一放手，就软倒在了沙发上，醉眼蒙眬地笑着说道："钱老二，甭怪弟弟说你，瞧瞧你现在，被那女人给闹的，整个就一神经病，你说你何苦？要么你直接告诉她，人不是你撞的，谁爱背黑锅？要么你就放手，天涯何处无芳草，漂亮的妞多了去了……"

"你说什么？"颜色一怔，突然扑了过来，"说清楚，小圆子的妈究竟是谁撞的？"

徐丰后知后觉地反应过来，这钱傲千叮咛万嘱咐不能讲的话，咋就说溜了嘴呢？他连忙摇手："媳妇儿，媳妇儿……不能说，不能说，不过，真不是钱傲干的，你想想，他多稀罕你那姐妹儿，撞她妈这吃力不讨好的事，他不会干的。"

俩人在这边推推搡搡，转过头一看，钱傲把桌上的酒喝光了，酒杯都扔了，直接上酒瓶。

"我说哥哥，你不能喝了……"

"是哥们儿的，甭劝我，我自个儿犯贱，成不？我稀罕人家，人家不稀罕我，我就是稀罕她，咋办？你说咋办？"

徐丰想劝，白慕年冲他摇了摇头。

说白了，感情这事，只要陷进去，不是疯的，就是癫的，不是癫的，就是傻的，谁劝有用？

事实证明，白慕年的想法是对的，钱傲喝得东南西北都辨不清了，还执意不让人送，出了酒吧，上车一踩油门就跑。他这不是疯、傻，又是什么？

白慕年和徐丰都喝了酒，只有颜色没喝，颜色载上他俩跟着钱傲的车屁股就追了过去!

汽车飞驰在深夜的公路上,车窗外暴雨如注。

钱傲并不是一个喜欢酗酒的人,可是今晚,要是不借酒消愁,他没法挡住那邪火。

开着车,他不知道该往哪儿去,在路上兜兜转转,掏出一根烟点着,叼在嘴上,就那么漫无目的地晃悠着。

究竟是什么时候发展成这样的呢?他在意那个女人,程度不断扩大,扩大到,在意她的衣食住行,在意她的所想所思,在意她对他的看法。而这些,都是他以前最嗤之以鼻的事情,是他最瞧不上的男人干的事。

如果说恶有恶报,这是老天终于派人来收拾他了。

他后悔死了。

早知道会遇到这么一个让他牵肠挂肚的女人,那他以前就不那么混账,不那么爱玩了,或者干脆守身如玉,把第一次都留给她,从开始到结束,就她一个女人。那么,他在她心里的印象,是不是会好一点儿?

可是,发生过的事,来不及后悔了。事到如今,他也没多大奢求,不敢奢望她会喜欢自己,唯一的念想就是,只要她能站在那里,愿意让他去喜欢她,给他机会表现,就成!

越想,钱傲越纠结。

他一出生,似乎就已经拥有了全世界。别人没有的权势、地位、金钱……而现在打开手心,他突然发现,其实什么都是虚的。他,其实一无所有!

也许是真喝多了酒,他这会儿脑袋里全是泛着酸的文艺词语,换着花样地袭击着他的大脑,不管他的理智怎么挣扎都没用。

爷们儿,钱傲觉得自己压根儿就不是个爷们儿。

他怎么就能那么黏一个女人,那么没出息地去念着一个女人?

他喝多了,真喝多了!

因为他的脑袋里已经生出了一幅其乐融融的画面,画面里是牵着孩子的他和她,一个男孩长得像他,一个女孩像她,他们一家人……

可那是梦!

是他喝多了想出来的!

假的!

假的!

钱傲情绪冲脑,他的布加迪如同疯了一般,在路上狂飙,最后,他几乎把整个脑袋都搭到了方向盘上,完全看不见前面的路……

轰!

突然一声巨响,那车直直地从主干道滑了出去,撞到了路边的隔离带……

迷迷糊糊的元素接到了颜色的电话。

"小圆子,钱傲不见了!"

不见了?元素完全没明白过来她的意思。

他好端端的一个大活人,还能走丢了不成?

颜色在那边大呼小叫:"他喝多了酒,开着车在路上狂奔,我们追了他半天,等追到的时候,只看到了撞在路边的车,不见他的人……"

这下元素吓醒了,直接从床上弹坐起来,拿过床头的手机一看。

凌晨一点。

窗外雨声阵阵,钱傲这家伙发的哪门子疯?

"喂,小圆子,你到底有没有在听呀?喂,小圆子!"电话那端的颜色,急吼吼地叫。

元素回过神儿来:"说吧,我在听。"

"我告诉你一个事,你可得听仔细了……"颜色放慢了语速,"撞你妈的人,不是钱傲!真不是他,徐丰不敢骗我。不过究竟是谁,他打死都不肯说,你放心,这事包在我身上了,我早晚给套出真相来。"

元素揪住被角，觉得心脏都快要停止跳动了。

身子微微颤抖着，她怎么也无法平复自己的心情。

不是他？不是他？

她知道，颜色不会撒谎来安慰她，既然颜色说不是，那肯定就不是。可不是他，他为什么宁愿被误会，也不愿意说真话呢？

只有一个原因——他要保护那个真正的凶手。

又会是谁，值得他这么去做？

元素的心乱了。

其实听到他出事的消息，她就有些方寸大乱了，忘了愤怒和仇恨，只剩下担心。挂掉电话，她坐起身来拥着自己的双臂，心跳得怦怦的，像要从嗓子眼儿里蹦出来了一般。仔细考虑再三，她咬了咬牙，最终拨打了那个烂熟于心的号码。

无法接通……

她再拨，仍是如此。

元素的手指微微颤抖着，不断地安慰自己，钱傲不是普通人，他是那种牙齿一咬钢筋都能断的男人，不会那么容易出事的。

镇定，镇定，为了孩子她必须安静下来。元素抚着肚子轻轻摩挲，乖乖地躺在床上等消息，她现在是怀孕初期，还有流产先兆，她不得不逼自己冷静下来。

然而，听着窗外的雨声，她怎么也睡不着。

她不时拿过手机，瞧一瞧，拨一拨。

不知道究竟过了多久，她数着秒钟的时间，过得十分艰难。

砰砰！

外面传来一阵拍门声，在寂静的夜晚听起来特别刺耳。

深更半夜的，谁在敲门？

她家没有亲戚，又是刚搬到这儿……

元素原本不想理会，可拍门声响个不停，陶子君觉浅，她怕影响妈妈休息，索性爬起来，打开卧室的门，撑了一把雨伞到门口。

"谁呀？"

"妞……"模模糊糊传来一声轻唤，吓得她心里一跳。

她这是产生幻觉了吧？

"妞，开门，我想见你！我要见你……"

那声音更清晰了，确实是钱傲的声音。是那个先喝酒再撞车然后失踪了的钱傲。

他居然跑来找她了？元素深呼吸一口气，迅速拉开大门。

站在风雨中的男人，正是浑身湿透、狼狈不堪的钱傲。

"浑蛋，你跑到哪儿去了？你不要命了吗？钱傲，浑蛋，你个大浑蛋，呜呜，你让人担心死了……"

她这话一出口，泪水就不听话地从眼眶里飙了出来，混着雨水，肆意流淌。

她哽咽、呜咽、语无伦次，泣不成声！

下一秒，她的身体连带着她的埋怨瞬间就落入了男人熟悉的怀抱里。湿漉漉的触感，让她忍不住一阵激灵："钱傲……钱傲……"

男人身上浓重的酒气扑面而来，她呜咽一声，想要说话，他却低头吻住她不停埋怨的小嘴。渴望了太久的纠缠，两个人，四片唇，火热地纠缠在了一起。

雨伞下，俩人的身子紧紧贴在一起，那么契合。

情绪在胸间激荡，这世上似乎再无旁人，只有他和她而已。

所有的一切，都抵不过这一吻……

出车祸时，安全气囊弹出，钱傲随车翻滚了一圈，抑住身体那一阵阵的疼痛后，他的第一反应就是要见他的女人、孩子。除此之外，他什么念头也没有。劫后余生的他，只知道如果今天晚上不见到她，他会痛不欲生……

顾不得身上的伤，他打了一辆出租车就奔这儿来了，激动得像回到了青葱热血的年纪，像个轻狂的少年，催促着司机一路狂奔，只为了这一刻，与她相拥、相吻，不再分离。

元素紧贴在他的胸前，一边吻一边掉泪，不敢乱动。他的呼吸有多急促，她一清二楚，她的手安抚般在他的背上轻轻滑动，一下又一下，就像对待肚子里的宝宝。然后，她发现，自己非常非常想念这种与他相拥的滋味，想念那种恨不得融入对方骨血的情切。

那么熟悉，那么自然。

一吻方罢，元素晕乎乎的，泪水止住，却像被抽去了力气一般，靠着男人的力量才能支撑身体，嘴里喃喃的，还是那句话："钱傲……你真的是个浑蛋……"

"是，我是浑蛋。"钱傲的呼吸有些急促。这样的动作牵扯到他身上的伤口，稍稍用力，就疼痛，他克制着，朝她勉强一笑，"妞，我饿了！"

他逆着光的样子，像一个孩子。

元素鼻头一酸，差点儿又落下泪来，她刚从颜色口中知道今天是他的生日，她突然有些心疼他，再也不想跟他犟了。也许没有明天，也许没有未来，但这一刻，她想遵从自己内心的召唤，不想再拒绝他。

他是个骄傲得不可一世的男人，他能在这种时候来找她，拉下脸来哄她，那证明，他心里有她，这样就够了，不是吗？那他以前有多少女人又有什么关系？谁还能没有过去？

元素说服了自己，让出路来："走吧，进来再说！"

不得不说，元素其实挺勇敢的。至少，比她自己想象的要勇敢，因为，她居然敢在这样的夜晚，将一个男人带进自己的家。她没有考虑陶子君，甚至也没有顾得上去琢磨，为什么自己敢于为了钱傲对抗母亲，当初却不敢为了钱仲尧超越一点点的界限。

外面下着雨看不清，进了屋元素才看清钱傲的样子。

然后，她被吓得魂儿都快没了。

这还是钱二爷吗？他的额头破了，脖子上有被划开的血槽，血液已经凝固了，手背、胳膊上全是破了皮的擦伤，衣服、裤子都被蹭破了……

"钱傲,你是傻子吗,伤得这么重,怎么不去医院?跑到我这里来干吗?"

她那自然流露的心疼,听到钱傲的耳朵里,别提多受用了。

"你比医生管用,医生治伤,你能治心。"

"……"她还能说什么?

"元素!你得对我负责。"

元素头皮发麻,白了他一眼,利索地拉过他:"走,去医院。"

"我不去!素,不要赶我走!"

钱傲喝得有点儿多,这个时候酒都还没醒呢,那模样像个孩子似的,动都没有动一下,一双晶亮的眼,像狼崽子似的,一眨不眨地盯着她,可怜巴巴的。

元素哭笑不得:"你必须去医院,要不然死在我家里,警察该找我麻烦了。"

钱傲说道:"你当我傻呀?你就是想找借口赶我走……"

撒泼打滚,死乞白赖,他还真像个孩子呀。

元素心软了,将手机递给他:"打电话给你的人,叫他们来接你吧,你瞧你这样儿,伤口不处理不行。"

她是一番好心,不想,钱二爷喝了酒,梗着脖子比她还轴,坐在椅子上,扯住她的衣角就不放手:"宝贝儿,我知道错了,你行行好,别撵我走,好不好?"说着,他又抓住她的手放到自己的胸前,龇牙咧嘴地笑,"我的伤真没事,不信你捶我几下,我保证一声都不哼哼……"

"……"

她能怎么办?

她也没辙呀。

元素找了一件自己的宽松睡衣出来,直接将他湿透的衣服剥干净,也顾不得害羞,仔仔细细地将他身上都检查了一遍,发现确实没有比较严重的伤口,这才放下心,又将自己那件睡衣甩给了他。

"穿上。"

"我穿你的衣服?"钱傲看她手上拿着的衣服,瞪大了眼。

"不然呢?"

"我还是裸着吧!"

元素无奈,看他自顾自地爬到她的床上,大大咧咧地躺着:"你……"

"素,我饿了……"

元素去了厨房,煮了一碗鸡蛋面,算是给他补过了生日。四合院的厨房,是老式的那种,昏黄的灯光暖暖的,盛水、打鸡蛋,香气慢慢飘出来,她做得很用心。她突然一扭头,愣了……钱傲将她的睡衣裹在身上,像一个移动大粽子,很滑稽,但是她却笑不出来。这感觉,像回到了似锦园那天早晨,他就那么倚在门边看她。

元素淡淡一笑。他也笑。

"吃碗长寿面,祝你生日快乐,遗臭万年。"

没工夫理会她的呛话,钱傲瞧着面条两眼放光,坐下来呼噜呼噜就吃光了。

他吃了面,胃里舒服了,心里也舒服了,浑身都舒服了。可是,他那迷糊的醉眼瞧着元素在面前晃来晃去的样子,某个地方却有点儿受不住了。

日思夜想的女人就在身边,为他做吃的、帮他护理伤口、打水帮他洗脚,这伺候得他那叫一个舒服,他真心觉得,这车祸太值了。

如果天天有这福利,他宁愿天天出车祸。

他坐在床沿,元素拿着吹风机在帮他吹头发,那轻柔的动作,让钱傲暖到了心尖上:"妞,往后你这脾气也得改改,轴得太招人恨,你都不知道,有时候,我恨得牙根痒,恨不得……"

元素停下动作:"你恨不得咋样?"

钱某人直接就没脾气了:"恨不得,恨不得让你打一顿……"

元素翻了个白眼,继续吹头发,钱傲的手却就势放到了她的小腹上,趁她没来得及反应,又贴了上去:"听听我家乖儿子……会不会叫'爸爸'了。"

元素："你傻呀？"

钱傲："你咋骂人呢？等着，回头我再慢慢收拾你！"

元素一抿嘴，笑得合不拢嘴。

"这回看我吃瘪，你可算满意了吧？"

钱傲搂住她的腰，蹭来蹭去，那一脸荡漾的模样，就像八辈子没见过女人似的，这里亲亲那里摸摸，气得元素又想翻脸："钱傲！干吗呢？"

钱傲目光一闪，嘻嘻笑："宝贝儿，你叫我名字，真好听。"

元素："说正事呢！"

钱傲："行！领导，请指示。"

元素放下吹风机，歪着头打量他："你最近是不是特别缺女人？非常饥渴？"

"喀喀！"

钱傲不看她的眼睛，突然捂着伤口，嘶一声，又咳嗽起来，那脸上的表情，像是在极力压抑着疼痛。这一下，元素忘了刚才的话，反过来给他顺了顺后背，紧张地问："你咋了？是不是哪里不舒服？要不要去医院？"

钱傲捉住她的手，大脑门儿往她怀里钻："是呀，妞，我好不舒服。"

"哪里？我看看。"

"我饿……我要吃奶……"

这话要是换了以前，元素会毫不犹豫地掐死他，可今天她没有那么激烈的反应。这孩子喝醉了，出了车祸，还过生日……她狠不下心拒绝，以前他俩该做的都做过，也不差让他占这一点儿小便宜，也就由着他折腾了。

"素……"

"嗯？"

"妞……"

"嗯？"

"我想你……"

"……"

他变着花样地唤她，性感的嗓音里透着宠溺，让元素的鼻头有点儿泛酸。

"钱傲。"

"嗯？"

元素想说，"我也想你"，但到底没说出口。

她也来不及说出口，门外就突兀地传来一阵敲门声。

紧接着，响起陶子君的询问："素，深更半夜的，谁来了？"

元素头大了，看了一眼面色潮红的男人，正睁着一双无辜的眼睛望着她……

怎么办？跟妈妈摊牌？

可这不是白天，而是晚上……这样子怎么说？

死了，死了！死定了！

以前在医院，钱傲那样表现，都没讨到老妈的一个好眼神，要是让老妈发现他钻进她的被窝了，会不会直接气晕过去？

"素素！深更半夜的，闹腾啥呢？"陶子君继续敲门。

元素心下发虚，硬着头皮回答："妈，没事，刚才有只老鼠，已经被我撵跑了！"

"早点儿睡！"

陶子君自言自语地走了。

元素才松了一口气，就被钱傲搂了过去，直接堵住她的嘴，边吻边问："谁是老鼠，嗯？"

元素差一点儿被他吻岔气，含糊地支吾着，轻捶他的肩膀："又没说是你，急啥？"

钱傲低头闷笑，不规矩的手伸了过来："你说急啥？"

"……"

"素,你对我,其实挺好的。"
"……"
"你心善人美,我真的好喜欢你。"
"嘴巴再甜也没有用,明儿一早你就滚蛋!"元素心里一片柔软,嘴上却强硬。

钱傲低笑着,搂上她的腰,亲了亲她的脸,宠溺地说道:"我要是滚蛋,也得带着你和咱孩子一起滚!"

这男人服软的时候,说话总这么动听,可是他俩之间……元素不是傻子,他对她好,对她有感情,她感觉得到,可他也从来没有给过她任何一句与未来有关的承诺。对女人来说,至关重要的承诺。

她不喜欢含糊的感情。

要么不要,要么就是全部,任何一种形式的分享,她都做不到。

何况,钱家,钱家,一想到钱家的人,她就头痛,那个家哪里是那么容易让她踏进去的?当初的钱仲尧尚且不行,何况是这时候的钱傲?在身份上,彼此又尴尬了一层。

"宝贝儿!"

钱傲的一声轻唤,拉回了她的思绪:"嗯?"

"我要做爸爸了,你真好!"

他的大手暖暖地放在她的小腹上,小心翼翼地摩挲着,一丝力度都不敢用,元素感觉到他指尖的温暖,轻叹一声,算是回应。

"睡吧。"

钱傲醒来的时候,天已经大亮。

暖暖的晨光透过碎花窗帘照进小屋,给人一种不真切的虚幻的感觉。在这旧式的四合院,他睡了一个好久不曾有过的好觉,身心舒服透了。元素还在睡着,发丝细细软软地缠在他的手臂上,红润、白嫩的脸泛着光泽,迷离梦幻。钱傲贪婪地望着怀里的女人,嘴唇怜惜般轻轻落在她的额、眉、眼、唇上……

元素懒洋洋地睁开眼，看到近在咫尺的男人，微微一怔。

做梦一样。

钱傲忍不住扯了扯嘴角，笑容暖暖的。他疼惜地牵着她的手，凑到嘴边，轻轻吻了好几下，眨了眨眼睛："宝贝儿，我把你吵醒了？"

"没有，起吧，懒鬼！"

"你才是懒鬼！"

"是，我是懒鬼，你是酒鬼行了吧？"

元素舒舒服服地伸了个懒腰，轻轻将被子掀开，准备穿衣服，钱傲半躺着枕在手臂上，饶有兴致地盯着她笑，准备观看她的穿衣表演。

虽说她的身体，早就被他看光了，但在这样一个久别重逢一起醒来的清晨，在他恶趣味的注视里，元素还是有些不好意思的。

"闭上眼睛，不许你看！"

"傻妞，你全身上下哪里我没见过？包括你没瞧过的，我都瞧过……"他坏笑着，那声音充满着刚刚苏醒的慵懒和沙哑。

元素红着脸推搡了他一把，突然想起一件事情来。

"钱傲，你老实说，你是不是有什么事瞒着我？"

钱傲微微一愣，懒洋洋地伸个懒腰，经过这一夜的休整，身上那些伤似乎都不那么痛了，一身舒坦："嗯，我是有事瞒着你……"

"快点儿说！"

被她严肃的样子逗乐了，钱傲痞痞地凑到她耳边，一脸的暧昧："你不在的时候，我都自己那什么，这算不算？"

元素先是不解地皱着眉头看他。瞧着他一脸的坏坏的表情才恍然大悟，脸上立马染上了一层绯红，笑着推搡了他一把："你老实告诉我，我妈的事，是不是你干的？"她顿了顿，双手缠到他脖子上，逼视他的眼睛，"如果你敢撒谎，我就让你儿子管别的男人叫'爸爸'！我是认真的。"

她叫他名儿的时候，声音软软的，糯得像块糖，瞧着他的那模样儿，又执拗得像头牛，钱傲莫名一慌："那事确实不是我干的。但是，这人是谁我真不能说，我知道你有怨有恨，全冲我来成不？咱别追究了，我保证，加倍对咱妈好，成不？"

咱妈咱妈，既然是咱妈……

"为什么不能说？"元素较起真来，一点儿也不含糊，"说！我是认真的。"

钱傲略微僵滞，伸出手抱住她，下巴在她脑袋上蹭来蹭去，又是巴结又是讨好："宝贝儿，不带这样刑讯逼供的。"

看他服软，元素心里莫名一沉："那给我一个不能说的理由。"

钱傲深幽的眼里，全是不可言说的无奈。

"因为我是个男人。"

元素低下头，默然。

他不想说的话，她知道永远也问不出来，既然不是他，那一定就是对他来说很重要的人。要不然，他为什么宁愿让她误会，也不肯出卖那个人？

元素不禁失笑："行了，这事以后再说吧。你该走了，赶紧打电话叫人给你送衣服。我妈在屋里一般不出来，衣服来了，我去拿，然后你偷偷地溜。"

见她不再追究，钱傲笑得格外谄媚："妞，你真好！"

说到这里，他突然敛住笑容，拧眉看她："要不咱回家住吧，你瞅瞅这里，环境不好，对咱宝宝也不好！"

元素愣了愣，心里有些苦涩，他说是"回家"，可事实上，她算他的什么人？更何况，她妈妈的身体还没有大好，她怎么能离开？

第一个理由，她说不出口。

所以，她选择了第二个理由。

"我还得照顾我妈……"

钱傲皱眉，提出了另一个方案："那把咱妈接过去。或者，我住这儿来?"

元素觉得他想象力真丰富,以她妈的性格,这种可能性,微乎其微。

她白他一眼,毫不客气地泼冷水:"我妈的脾气,压根儿没可能……"

不等她说完,钱傲就从后面揽住她的腰,接着又将她的脑袋扳过来,面对面地问:"元素,你不想承认我,是不?"

元素窘了,到底谁不想承认谁呀?

"以前你不是说,男人女人有一个两个小情人是再正常不过的事吗?我就当你是我的小情人行了呗?"

"我不会不承认你的。"钱傲像是看穿了她的心思。

"承认我什么?"

"承认你元素,是我钱傲的心肝宝贝,是我孩子的妈。"他的语气,尽显张扬,"你放心吧。我钱傲爱跟谁在一块儿过日子,谁管得着?你担心什么?再说了,元素,你看我是那种扛不起事的男人吗?"

他说得不可一世,飞扬跋扈,但元素心里却明白,其他人他也许可以不管,可钱家人……钱家的人,全是他的亲人,他能毫不顾虑?感情浓烈的时候或许可以,但在这样一个浮躁的都市,他们的感情保鲜期能有多久?她又有什么地方,值得他不离不弃?

有时候,她其实想不明白,钱傲到底看上了她什么。

姿色?她或许是好看的,但漂亮的女人太多了。

或许,就是因为她逆了他,不顺着他吧。如果一开始,她也像其他女人一样,花他的钱、缠着他买礼物、刷他的卡、不停地追逐物质享受。那么,这个男人,还会像现在这样待她吗?

"钱傲,如果有一天,咱俩缘分尽了,你会怎么对我?"

"不要瞎说!别说这辈子,下辈子咱俩都完不了,我呀,得一直缠着你!"

还有比这更动人的情话吗?

元素的鼻子酸了,暖暖地注视着他,用力回抱着他,哽咽着说道:

"好。一言为定。"

"一言为定。"

钱傲揉了揉她的脑袋,心里化成了一汪水。

"你妈那儿,交给我来处理。"

想到他上次办的那事,元素忍不住想笑。

他怎么处理?又告诉老妈他有白血病,还是同性恋?

先入为主的态度,太难改变了。她妈又是一个别扭的人。

"别,等等吧!"

钱傲的脸色变得有些难看,却只能无奈苦笑。

"成吧,咱家你做主。"

第九章 蜜里调油的日子

  一晃三天过去，他俩的感情，突然从寒冬腊月，一下来到了春暖花开，甜蜜得总让人有一种不太真实的感觉。
  蜜里调油的日子，完全是以热恋的模式展开的。
  钱傲每天晚上，都会来元素的四合院，俩人偷偷摸摸像对暗号，居然在陶子君眼皮底下，搞起了潜伏，做贼似的感觉，他觉得好玩，似乎玩上瘾了，翻墙进屋，飞檐走壁，死乞白赖，但求一睡！
  生活如意，他的工作也没耽误。水碾巷的拆迁工作已经完全展开，钱傲公司的事务越来越多，他凡事又喜欢亲力亲为，所以，整天忙得脚不沾地，但每晚对元素的例行问安，仍是一日不落。
  天不亮，他就走了，夜深人静时，再偷溜回来。

其实很辛苦,但他乐此不疲,只因有个女人在等他。

……

元素这几日越发能睡了,每天睡到自然醒,洛叔叔的店里添了小工,也用不着她帮忙,母亲的身体也大好了,不用轮椅也可以自己下地了,休了病假在家,也用不着她太多的照顾。

如此,她成日里就变着法子煮好吃的慰劳自己和肚子里的宝宝,有时候做了好吃的,就偷偷留一份,等着夜里那只偷腥的猫儿回来,他俩再一起吃。

吃得多,她的身子也就越来越沉了。

元素穿着宽大的睡裙照着镜子,越发不得劲儿,觉得这样子早晚会被老妈发现的……

怎么办?

颜色的电话,就是这时响起的。

"救命呀,素素——"

"呀,你怎么了?"元素打着哈欠,不知道她大清早鬼哭狼嚎个什么?

"没良心的女人,重色轻友。说说,你多久没找过我了?"

"我宅呀,哪儿像你,小日子过得风生水起……"

各自调侃了几句,颜色开始说正事:"亲爱的,这回你得帮帮我,要不,呜呜呜,我就不行了啦……"

"别磨叽,直接说重点。"

颜色哈哈大笑道:"就知道你最懂我了。小圆子,我九姨转行做制片人了,拍一个剧,预算不够,目前的情况是,因为酬劳问题,有一个女演员不干了……我寻思着你去客串几集,帮帮忙……"

"我怀着孩子呢,而且……"元素顾虑,"他不会同意的。"

"小圆子,不是我说你呀,别把心拴死在男人身上,瞧瞧你现在这小媳妇儿样子……现在,我只准你说一个字,帮还是不帮?"

"一个字？当然是'帮'啦！"元素抓狂。

"好，谢谢！"颜色没客气，直接照单全收了她的回答。末了，她似乎还是有些顾虑，绕着弯儿地说道，"不过，你别告诉你男人，说咱们拍片差钱什么的，他要是知道了，就等于疯子知道了。"

"还说我呢，不知道谁的心拴人家身上了。"

"我呸！不关他的事。"颜色死鸭子嘴硬。

元素叹气，还有……惆怅。

果然，这天晚上，她把事情一说，钱傲当即投了否决票。

"不行。"

她使出浑身解数软磨硬泡了半天，他一点儿没松嘴："拍那玩意儿干吗，咱又不差钱！搁平时你喜欢玩我也不拦你，可你怀着孕呢，何苦呢？"

"钱傲，就一次，就一次行不行呀？！"元素放软声音，娇滴滴地捧住他的脸吧唧一口，为了颜色，她不惜牺牲色相。

她难得主动，钱傲心里美，嘴上依旧不松："老子行不行，你又不是不知道。"

元素咯咯直笑，拽紧他的手臂撒娇："行行行，钱二爷最行了。那你这么行，能不能同意呢？就一次，嗯？"

钱傲看她的眼睛都快弯成月亮了，有些无奈："真是拿你没办法。"

"这才乖嘛。"元素心里一喜，讨好地亲了亲他的唇，脸颊笑出了两个小梨窝。

钱傲沉默一下，开始讨价还价："不管在哪儿拍，每天必须给我报备，衣食住行样样不能少，手机不许关机，不许和男人讨论与工作无关的话题，不许……"

"我天……你有完没完？我又不是你养的宠物。"元素霍霍磨牙，扭头不理他，"只知道说别人，你自己呢？公司里一大堆的漂亮女人，个个眼睛贼汪汪地盯着你，还有时不时的应酬，谁知道你有没有带女人去鬼混？"

越想越窝火，她整张脸都气鼓鼓的。

"哟嗬，夅毛了？来，哥哥给你顺顺毛呀……"

钱傲笑嘻嘻地耍赖，挠她痒痒。

元素气都喘不顺了，憋不住，又咯咯笑了起来。

她一笑，钱傲心里的烦闷一扫而空："明儿，我派司机送你。"

天不亮，钱傲早早地走了，睡懒觉已成习惯的元素是被颜色催命般的手机铃声闹醒的，将头埋进被子，她咕哝："小颜子，再给我三十分钟，我再睡一会儿。"

"你不是正和你男人运动呢吧？三十分钟，你男人够用吗？要不给你一个小时呀？"颜色惯常的口无遮拦。

"我马上就来，怕了你了……"

挂了电话，元素不情不愿地起床洗漱，整个过程她都是迷迷糊糊的，这日子过得真像猪，天天穿着家居服，她已经好久没有穿过正式的服装了。她在衣柜里找到一条宽松休闲的裙子，看镜子时却吓了一跳。

她的脖子上、锁骨上……全是深深浅浅的吻痕。大热天的，让她怎么见人？

钱傲，故意的。

元素咬了咬牙，重新找了一件领子较高的衣服，但穿到身上就紧了一些。看着自己这模样，她不敢想象，到生孩子的时候，会肥成什么样子。

她一边打理着自己，一边胡思乱想。

给老妈告了假，她走出胡同，发现一辆宾利车停在外面。

还是那个熟识的司机，见到她，赶紧来开车。

"请上车，夫人。"

司机恭敬地垂着手，低眉敛目："老板吩咐的，将夫人送到地方，以后，夫人需要用车，我会随叫随到。"

元素皱眉、叹气，上了车。

剧组位于情人湖畔，有一间别墅酒店。元素到的时候，离约定的时间还有二十分钟。她远远地下车，慢悠悠地走进去，颜色在忙，看到她，除了招手，只剩呼呼喘气了。

元素在戏剧学院是学表演的，可始终是新人，到了剧组，什么都得慢慢学起。

这个剧本的内容是时下比较流行的古装题材，以幽默、诙谐、搞笑为主。

接待元素的是一个留着中分长发的圆脸姑娘，自我介绍叫来喜，是剧组的临时助理。元素一听她的名字就乐了，不仅名叫来喜，笑容也可爱。

元素友好地朝她伸出手："我是元素。"

"你好，元小姐，请跟我来。"来喜话不多，羞羞涩涩的一个小姑娘，简单介绍了一下剧组的情况之后，就递给了元素一个剧本。

元素进了大厅，来喜找个地方让她先坐，就忙其他事情去了。元素看着剧本，不停打哈欠。怀孕后的她，太嗜睡了，好久没有工作，这稍稍用点儿劲儿，就浑身不对劲儿。

另外一组沙发上，还有几个人在聊天，看元素一个人，其中一个穿红裙子的女孩子主动过来找她搭讪。

这女孩叫魏文紫，聊了几句，看元素兴致缺缺，还一直刨根问底："元素，以前你跟过剧组没有？在剧组里，没点儿名气的新人可不好混哦。"

"没有。"元素回答得很干脆。

"这戏的男一号是施霖盛，女一号是周秀，他们两个都是国内一线大牌……我可喜欢施霖盛了，那个帅哦，一会儿找机会管他要签名。"

"哦……"

"小圆子！"颜色来了，打断了她俩的聊天，递了一瓶矿泉水给元素,"你的戏,总共五场,一会儿在湖边拍。"她拧开矿泉水盖,一饮而尽,然后话锋一转,"要去看施霖盛吗?真人很帅的哦!"

元素笑问:"是你家疯子帅,还是他帅?"

"当然是他帅!"颜色翻个白眼,"其实你男人比较帅,要是出道,肯定一炮而红。我家那头猪,皮相稍差点儿,但性格好,刚好合我的口味。"

"猪?你认真的?"

俩人正聊着,来喜过来了。

"各位,准备开工啦!"

元素有点儿紧张,深吸一口气,调整好状态,跟大家一起出门。

今天阳光很好,情人湖畔,微风习习,杨柳依依。认真说来,就算不是来工作,单纯来度假,也很不错。剧组很热闹,剧务、服装、美工、道具、群演……大家都在忙。

元素在剧务安排的凳子上坐下,观摩别人表演,等着自己上场。

"施霖盛和周秀还没到?"

"大牌嘛,总是最后一个登场的……"

"你大牌了,会这样?让所有人都等你?!"

有人私底下议论着,元素不吭声。

魏文紫却突然转过来,用手肘碰了碰她:"你怎么不说话?"

元素一愣:"说什么?"

魏文紫:"等得烦不烦?"

元素笑了笑:"还行吧。"

魏文紫耸了耸肩膀,见她无趣得很,又和身边的人八卦起来。

其实元素也不是不八卦,只是不习惯和不熟的人八卦。

"我去拿两瓶水过来,刚才忘了。"

元素不想坐在这里听人家议论。她只是来帮忙的,一共才五场戏,但圈子里水有多深,她一概不知,不想被人家拉入浑水里。与其坐着干等听八卦,不如活动活动,权当做有氧运动了。

她沿着情人湖畔的碎石小路往别墅区走。

阳光暖暖的,她走得很慢,拿了水回来,脑子里也一直在想自己的事,没太留意身边,一不小心就被旁边急匆匆的人撞上了。

砰!水没拿稳,一下掉到了地上。

她没去捡,而是第一时间护住自己的肚子。

"不好意思!"她客气地首先道歉。

"没教养的东西,会不会走路呀?"

元素凝神一看,一对俊男美女,身边带着几个助理,看着有些面熟,可不就是一线明星施霖盛和周秀吗?

骂她的人,是一个女助理。

元素没发飙,淡淡地问:"说谁呢?"

女助理很强势:"说的就是你!"

呵!怎么到处都有仗势欺人的人?明明她先撞上来,还敢先怼人?

元素不想理睬这种人,慢慢蹲身捡起那瓶水,拍了拍上面的灰尘。

"矿泉水,对不住,撞了你!"

说完,她转头就走。那女助理气得不行,跺了下脚,刚想说话,就被施霖盛拦住了。他看着元素,目光闪了闪,摘下足足遮了半边脸的蛤蟆镜,盯住元素白皙的脚踝……

那根脚链在阳光下,泛着耀眼的光亮。

这独一无二的钻石之王"囚心",原来在她的身上?

有趣了!施霖盛饶有兴趣地喊了一句:"前面那位小姐,稍等一下。"

元素听见了。

但是,她没有回头。

不承想,施霖盛不怒反笑,三两步赶上来,与她并肩走着,优雅地弯唇而笑:"小姐,你这样可真没礼貌。"

"有事?"元素反问。

施霖盛看着她。

他很好奇,这女人穿着一套普通的无腰裙,一双朴素的平底板鞋,脚上为什么却戴着价值连城的"囚心"？而且，她看到他的态度，完全把他当成是一个路人甲，这让习惯了被人追捧的他，心里隐隐有些落差，以及不甘。

元素本不想搭理他，可施霖盛亦步亦趋，让人烦不胜烦，她索性停下脚步。

"施先生，你的行为不是更没礼貌？"

"原来你认识我？"

元素抬了抬下巴，不回应："麻烦你，不要跟着我。"

施霖盛看着眼前这绝色美人，想起那一场别开生面的拍卖会，和那个有意思的竞拍规则，勾起唇角，笑得意味不明："你似乎误会了，我感兴趣的不是你，而是你的脚……链。"

"不好意思，我讨厌别人对我的任何东西感兴趣！我更讨厌三尺之内有陌生人的味道。"元素微微一笑，漫不经心地说完，看他一脸错愕的表情，哼一声，平静地转身。

就冲刚才他助理趾高气扬那态度，他足以让元素鄙视一百次，当然不会给他好脸色。而且，她的胃口和审美，已经被钱傲养刁了。现在除了钱傲，她看全天下的男人，都一个样子……

她觉得自己完蛋了！

回到片场，元素坐在等候区。

尽管头上有遮阳伞，她仍是出了一层薄汗。

随着男女大牌的驾临，等他们化完妆，着好装，又是足足四十分钟过去了，终于开拍。这场是男女主角的对手戏，镜头主要是穿越前男女主在现代拍婚纱照的情景，最引人注目的是有一组长达三分钟的吻戏。

拍摄吻戏前，导演参考了男女主角的意见，是借位还是真吻。施霖盛表示无所谓，周秀声称为了追求真实，追求艺术的唯美，真吻比较好。

对此，导演也觉得很好。可原本以为会很快通过的一组镜头，周秀总出状况，在 NG 了无数次之后，导演急了，指着周秀就是一顿说，连方言都上了，你好歹也是一大腕儿，装什么新手上路，接个吻有那么难？

又一次 NG，总算过了。

"下一场！"

各方人马上阵，开拍下一场，演员们补妆的补妆，换服装的换服装，背台词的背台词。

这一场有元素的戏，可刚才等得太久，这么一折腾，都快到中午了，她肚子饿得有点儿难受。怀孕以后，她人懒了，变馋了，还特别容易饿，一饿就心里发慌，胸闷气短，就像低血糖一样。

元素的脸色有点儿差，幸好这场戏就几分钟，她寻思着拍完赶紧去吃饭。可副导演刚叫她过去，她的手机就响了。

之前，钱傲有过特别交代，不许关机，所以她一直都开着机。这突兀的手机铃声，惹得大家都看了过来。元素的脸颊有些烫，但还是咬了咬唇："副导，能不能给我一分钟的时间？我接个电话？"

"工作时间，你接什么私人电话？"副导演有些不高兴。

元素的笑容稍稍一僵："不好意思，不好意思……"

说完，她顾不上别人的看法，拿起电话就往边上去。

"喂！钱傲！"

"妞，收工没有？肚子饿了吧？"

"咕噜！"

肚子配合地发出了声音，元素又窘迫又暖："有颜色在呢，你放心好了。"

钱傲哼了一声："就因为有她在，我才不放心，你那姐妹儿，压根儿就是一个惹事精。"

元素没时间抬杠，匆忙说了两句就准备挂电话："我来不及了，叫我了。回聊！"

挂掉之前,她隐隐听到这家伙说"探班",也没当真。他公司的事那么忙,哪儿来的时间跑到这儿陪她吹冷风?

元素回到片场,看到导演那张要吃人的脸,心里咯噔一下,只当为颜色两肋插刀了。

"赶紧的!"

导演脾气不太好,语气冲,元素头皮发麻。吸气、吐气,她调整着心态准备上场。

她的角色,是一个婚纱影楼的化妆师,这场戏她得光着脚丫踩在湖边,为拍摄婚纱照的施霖盛和周秀不停补妆。

"小姐,麻烦您侧过脸来。"

元素跑到指定位置,站在周秀身边,拿着粉饼,照台词说着,准备把周秀脸上有些汗湿的地方补上粉,并将残留的睫毛液刷走。

然而,刚才被导演骂,又等了元素两分钟,周大牌很不爽,穿着白色婚纱的她冷漠得像一只白孔雀,鼻孔都快翘上天了,摆明了不给新人一点儿面子。

"会不会呀?懂不懂规矩?"

"……"元素是赤着脚的,而她穿着至少八厘米高的高跟鞋。元素本就需要踮着脚才能完成这个动作,她又不肯配合,这就很无奈了。

算了,忍她,几分钟的事。

拍完去吃饭,吃饭,吃饭……

元素小心翼翼的,没想到元素刚准备给周秀刷睫毛,她突然一偏头,胳膊一甩,睫毛刷就糊到了她的婚纱上,一团黑色,在她胸前格外刺眼。

周秀脸色一变,指着元素的鼻子就开骂:"哪儿来的不懂规矩的新人,会不会拍戏?不会拍滚蛋!完了,这婚纱完了!"

她急切地抓扯着,胸前几颗泛着光的珠子就这样被她扯脱了线,掉进地上的沙里……

这才是真的完了。

"你得赔!"

347

元素一愣:"你故意偏头,还拿手甩我,关我什么事?"

周秀被激怒了,伸手就想拽她:"小×,你……"

"不可理喻!"元素也气急了,实在不明白她这么糟糕的德行,是怎么火起来的。还真是人不可貌相。

她俩一嚷嚷,片场就乱套了,众人交头接耳,却没人过来劝,施霖盛索性找了一张凳子坐下来,似笑非笑地看热闹。

导演一个头两个大,这戏还怎么拍?

不过,最让他头痛的不是戏,而是那件婚纱。

剧组为了达到拍摄效果,特地到婚博会租了这件名为"玛莉格"的昂贵婚纱。婚纱是专业设计师打造的,不仅绣艺超群,还有上等的镶边珍珠和钻石胸饰,好不容易托熟人才租了出来,结果……

他气得脑袋快抽筋了,虚弱地按了按眼角:"你俩先别吵吵,先说说婚纱毁了,谁的责任,谁来赔?"

周秀指着元素:"是她!看我胸前的睫毛膏,就是她故意糊的……"

元素没有太多与人吵架的经历,被这泼妇一指,急得脸红脖子粗:"你耍什么无赖呀,分明就是你自己……"

两个人争执不下。

导演调解不成,吓唬元素说:"不肯承认是吧,那报警好了!"

"报警好,看看到底该谁赔。"周秀一听说报警,连喘的气都粗了不少。

等待警察的过程中,戏也不拍了,片场的人个个都挺兴奋,不管谁倒霉,对他们来说,都是一场热闹。

颜色就是在这时赶过来的。

她听了事情的原委,并听说周秀报了警,气得都笑了。

"行呀,报警就报警,难不成派出所是你家开的吗?"

"呵呵!"周秀只笑不语,坐到了遮阳伞下。

元素还没有把颜色带来的那一盒酸奶喝完,警察就到了。

坐在伞下的周秀,看到警察就掩着脸伤心起来,然后指着元素,泣不成声、添油加醋地把"事故原委"说了一遍,演技简直满分,把元素看得一愣一愣的。

警察听完,走到元素面前。

"这个事,你是准备公了还是私了?赔,还是不赔?"

看他们的表情,是基本上相信周秀了。

元素的性格本来就轴,一听这话,不乐意了:"你什么意思?你是警察还是法官?不用审理就定罪吗?证据呢?凭什么说是我?"

那警察看了看周秀,又回头审视元素和颜色。

"婚纱上的污渍在那里,人证、物证都在,你还想要什么证据?不赔,就带走!"

颜色挡在元素身前:"明明就是那娘儿们自己弄的,凭什么怪到我朋友头上?你们吃什么长大的?还讲不讲道理了?"

她性格又急又冲,这一顶撞,那警察脸上更是挂不住了。

"一起带走!"

"你敢!你这什么警察,我看是土匪吧?"颜色撸起袖管,一脸不服。

元素看她胆子大了,竟然想袭警,迅速摁住她的手,摇了摇头,无奈地掏出手机,给钱傲发了一条可怜兮兮的短信:"亲爱的,我被捕了。"

发完短信,看警察不耐烦了,她拉住冲动的颜色:"行,婚纱我赔!"

"那成,在这上面签个字,证明你是这事件的责任人。"

"我现金赔偿,不用签吧?放心,我老公马上就带钱来。"

元素说得认真,可人家却不太敢相信。

这婚纱随便谁都能掏出现金来赔?

"你老公啥时候来?"

"会来的。"

元素说完,周秀踩着八厘米的高跟鞋就过来了:"警察同志,我看她就是在拖延时间,想找机会溜了不认账,这女的是剧组新人,你们可不要上了她的当!"

警察看一眼元素,不待她说话,颜色突然竖起中指,冲周秀比画了一下:"贱人,你挺带种的嘛,这么陷害人,一会儿有你好看的。"

"你敢骂人?"周秀脸色一变,上前就要扇颜色的耳光。

元素来不及反应,看到她抬手,下意识就要帮颜色,几乎没过脑子,一个响亮的耳光就甩了出去。周秀被打得措手不及,脑袋蒙了好一会儿。

"你敢打人?"

"打了。就打了,怎样?"颜色恶狠狠地瞪着她。

周秀骂了一句,第二个巴掌直接就冲元素捆了过来。

元素条件反射地抬手,正要阻挡,身体就被裹进了一个熟悉的怀抱。

她的耳边,响起钱傲的声音:"这次干得不错,没丢老子的脸!"

元素:"……"

知道他来了,元素绷着的心弦,微微一松。

"你、你,明明就是你打我!"周秀捂住被元素抽过的脸,柔柔弱弱地哀号了两嗓子,突然转过身,看着那挺着啤酒肚的警察,"呜呜,我不管了……干爹……她打人!"

干爹?

元素愣住了。

所有人都愣住了。

怪不得她有恃无恐呢。

钱傲勾了勾唇,在元素的背上轻轻拍了拍,算是安抚,脸上一点儿表情都没有。

"喀喀!"那"啤酒肚"看了钱傲一眼,语气缓和了不少,"这事总得解决,你老婆把剧组的婚纱弄坏了,人家报了警,警方就得出面解决。你们看看,这事咋办?"

钱傲没接他的话,低头问元素:"宝贝儿,你弄坏的?"

元素摇头:"她陷害我。"

钱傲听完,哼笑一声,眯了眯眼。

"既然是我老婆弄坏的,那咱就赔吧,婚纱拿来我看看。"

众人长长地松了一口气。

他居然同意赔?再好不过了。

导演连忙把周秀换下来的婚纱拿了过来。

然而,谁也没有想到,钱傲接过婚纱,二话不说就把上面镶的珠子扯得七零八落,滚了一地,然后一把甩给了那个挺着啤酒肚的警察:"婚纱算我的,不过这钱,你得回去管你们局长要!看他给不给你,准备怎么给你!"

众人哗然。

钱傲不再搭理别人,只是笑着摸了摸元素的脑袋:"肚子饿了吧?"

元素摸着肚子:"你怎么知道的?"

钱傲柔声,哼笑:"我儿子告诉我的。"

元素:"……"

他俩旁若无人地打情骂俏,那"啤酒肚"一脸菜色。

很明显这件婚纱人家不会赔了,而他自己,被那声"干爹"一叫,会有什么处分,还得看命,弄不好,连工作都要一并交待了……

从剧组回来,元素就病了。

一个喷嚏接一个喷嚏,钱傲心疼不已,赶紧把她带去医院,然后借颜色之口向陶子君请假,说她去了外地拍片,时间不定。当然,"时间不定"这完全就是他自己编的。元素住在四合院,他翻墙飞檐走壁,偶尔即可,多做伤身。

他天天住在那里受折磨,哪儿有把她带回家养着舒服?

颜色把怀孕的元素弄得中暑感冒,心里本就有愧,自然是直接照办。而这次折腾,最有福的还是她九姨,直接得到了徐丰公司赞助的一大笔投资。当然,颜色没少"回报"徐丰……用她的话说,最苦的人就是她了,没钱还债,只有肉偿!

元素在医院睡了一觉,脑袋还是晕沉沉的。

醒来看到钱傲黑沉沉的脸,她突然一惊,脑子串线了。

"钱傲?我的宝宝呢?宝宝是不是……不在了?"

她狗血剧看多了,这种桥段简直信手拈来,一觉醒来,孩子没了,然后女人歇斯底里地痛哭……

钱傲一愣,看着她的样子足足呆了好几秒,扑哧一声笑了出来。

"你只是生病了。猪呀你!"

元素回过神儿来,扶额,心虚地咳了两声,岔开话题。

"颜色呢?我把她这片儿给搞砸了……她九姨那里要怎么办?"

钱傲挑了挑眉,没好气地说:"你还有心思管她?要不是她搞这么一出,你能有事?你们这些女人,脑袋怎么长的?"

"我长脑袋了吗?貌似没有长……"

元素眨了眨眼,摸着自己的脖子,服软。都说两个人相处,不是东风压倒西风,就是西风压倒东风,偶尔让让他,她也挺乐意的。

果然,这一逗,钱傲又乐了。他拍拍她的头,忍不住叹气:"素,以后这种用钱就能解决的事,咱别折腾了行不?"

"……"

霸道总裁既视感。

阶级不同,价值观不同,元素不和他争。

"我可以出院了吧?"

钱傲吻了吻她的额角:"不成,你刚才发烧了,之前又有过先兆流产迹象……还是观察一下比较好。你现在不是一个人,宝宝还在肚子里呢,住在医院比较方便,你说呢?"

"嗯。"元素无奈。

看他的紧张程度,不知道的人,肯定以为她是癌症晚期。

感冒不是病,感冒起来要人命。

元素怀孕刚刚三个月,这种药不能用,那种药用不得,原本以为很快就会康复的小病,结果一把鼻涕一把泪地折腾了好多天,才好了个七七八八。

钱傲把她接回了似锦园。

可生过病的人,精气神一时半会儿回不来。钱傲瞧她那可怜样儿,心疼得不行,每天去公司之前,千叮咛万嘱咐,到了公司还得来来回回打好几通电话给兰嫂,询问她的情况。

这表现,俨然一个五好居家男人,准时上班,准点下班,偶尔中途还跑回来。要是有什么应酬,能推则推,实在推不了,也是能早退就早退,以前玩的圈子,也都疏远了。

总而言之,他就喜欢待在元素身边,她在书房上网,他就在旁边处理公文,或者他处理公事,她就枕在他腿上看书。他总会为她倒好水,冲好牛奶,很多事情都不假手于兰嫂,能自己做的,都包了。

浪子回头金不换,钱傲彻底贯彻了这句话,把心完全放在了元素身上。

这种生活,对元素来说,美好得不可思议,甚至,不敢相信。

一切都很好,就是元素的屏幕处女秀,终究还是夭折了,被她的感冒扼杀在了摇篮里。从颜色那里得到消息的时候,她忍不住叹息了一番。

"傻不傻呀?!喜欢演戏呀?以后我给你投资一个,你去演个鸡蛋里的石头?"

"你才是鸡蛋里的石头!"

"乖!这不,被你挑出来了吗?"钱傲笑着揉了揉她的脑袋。

这天,临出门的时候,钱傲告诉她晚上有一个应酬,会晚点儿回来。元素迷迷糊糊地应了,又回去睡了一个回笼觉,完全把这事忘在了脑后。吃过午饭,她和兰嫂聊了一会儿,回房间靠在沙发上看电视,一则新闻播报,引起了她的注意。

"今日上午,老城区开发项目的首个工程,怡都花园开工奠基仪式暨新闻发布会隆重举行,该项目由J·K集团旗下置恒地产承建,市委市政府主要领导出席了奠基仪式……"

屏幕上，鼓乐震天，礼炮齐鸣，人头攒动。高高的彩虹门上，写着"热烈庆祝怡都花园盛大开工"字样，鲜花铺就的主席台，长长的红地毯庄严肃穆，画面切换时，正好是钱傲致辞。他俊朗的脸上意气风发，那模样像是古代征伐沙场的大将军，手一挥，千军万马投入麾下……

老实说，这样的男人很有吸引力。

元素眯起眼，有些不敢相信电视上那个睥睨众生的男人就是那个每天晚上宁愿翻墙也要死皮赖脸睡在她身边的男人，是她肚子里两个孩子的爸爸。而她，成了现实版的灰姑娘。

突然，画面再一次切换，一群拿着铁锹对着奠基石挖土的人里，不仅有钱傲，还有端庄大方的白慕雅……嗯？她也在？

元素正纳闷儿呢，手机铃声就响了起来。

她社会关系简单，能给她打电话的人，用膝盖都能猜得出来。果然，电话里是小颜子愉悦的声音："亲爱的小圆子，我来接你去约会啦，快出来！"

要说谁是元素的克星，这颜色铁定算一个。

人都先斩后奏地来了，她能怎么办呢？

她换好衣服，懒洋洋地出了大门，一眼就看到了颜色。

"你个衣冠禽兽，明知道我现在喜欢宅在家里。"

"没良心！我让你出来透透气，对胎儿是有好处的。成天宅家里干吗呢？你不憋屈，不能憋坏我两个大外甥……"说来说去，颜色总是最有理的那一个。

元素无奈，举手投降："说吧！上哪儿？"

"陪我买东西。"颜色眨了眨眼，发动了她那辆二手小破车。

最近，徐丰另外购置了一处爱巢。为了躲避家人，他俩打一枪换一个地方，小日子过得还挺滋润。一路上，颜色聒噪不停，下了车，带着元素就直奔商城，购置日用品，准备迎接她再一次新生活的到来。

人流量大的地方，简直是元素的死穴，连气都不顺。

逛了一圈，她坐在休息椅上，说什么都不动了。

"你自个儿去买，我在这儿等你……"

"呃，看你这样，以后打死我也不生孩子！"颜色叹口气，坐下来陪她。

"你去买吧。"元素瞥她一眼。

"我哪儿敢丢下你一个人？要是出了事，你家钱二爷不得把我杀了？"颜色说着，就掏出手机来，随意地摆弄起来。

元素嫌恶地皱皱眉："拿到边上去，辐射！"

颜色刷着微博，嗤一声："别这么多讲究了，这点儿辐射，没有问题的……"

元素瞥她一眼，刚好看到她屏幕上弹出的一条消息。

又是钱傲的名字。

元素好奇，伸了头去瞧。

消息是关于今天怡都花园开工的报道，下面还有很多对此事的精彩评论。

"老乡们，有钱的抓紧投资××社区吧，看这里，看这里（左一×领导千金，左二J·K财阀老大，画重点，他俩是一对），这种投资不会错的，J市最有潜力的黄金地带，快卖血投资等着被潜吧。"

"是一对？我去，好般配呀！"

"楼上的关注点偏了吧？重点是赶紧卖血卖肾去买楼！"

评论热火朝天。

颜色刷了几条，将手机拿远，回头看元素："小圆子，这都是应酬，人家是瞎说的，你懂的。你家钱董对你那是没话说的……"

元素比她淡定，诧异地瞅她一眼："莫名其妙，你以为我在乎？"

颜色一愣，冲她竖起大拇指："姐妹儿，你牛！"

俩人聊了一会儿，正商量着去哪里吃饭，颜色就接到了徐丰的电话。他俩你侬我侬地聊个不停，元素看得起了一身鸡皮疙瘩。

过了好一会儿，颜色才挂掉电话，冲元素神秘一笑："小圆子，姐妹儿带你去吃大餐！"

元素好奇地问道:"你又要干吗?!"

颜色嘿嘿干笑,突然沉下声音:"陪我去捉奸!"

"捉奸?小颜子,你犯什么毛病?"

"一个字,去还是不去?"

她真是交友不慎,颜色动不动就用这一招。元素揉了揉发胀的太阳穴:"一个字的选择,还有得选吗?去!"

唐朝大酒店,奠基典礼招待酒会正在隆重举行。

颜色带着元素到了地方,从侧门的酒水通道混了进去。大厅里觥筹交错,衣香鬓影,美女云集,记者如云。所以,在这样一个场合,穿着白衬衫、牛裤短裤的颜色和穿着孕气十足直筒长裙的元素混在中间,是多么的不合时宜,可想而知。

元素进来一看,就傻眼了。

"你这是发什么疯呀?"元素扭头瞪了颜色一眼,拉着她就要走,"走啦,别丢人了!"

"我不丢人,我找人。"颜色回答得理所当然。

她四处张望着寻找徐丰,可宴会厅里人头攒动,哪里寻得到她的男人和他的奸情?是徐丰先看到她们的。没办法,她们在人群中间,太引人注目了。

"徐丰!"许亦馨的声音突然从旁边冒出来,徐丰吓得差一点儿抽筋。

"你干吗呢?"许亦馨一过来就亲热地挽住了他的手腕,"你在躲我,是不是?"

"这不是很明显吗?躲你你还来自讨没趣?"徐丰瞥她一眼,正想甩胳膊,颜色那双 X 光透射眼就发现了他们。当她看到徐丰身边的许亦馨后,不对,是她看到许亦馨挽着徐丰的那只手臂后,那一张脸,瞬间拉得老长。

"好呀,徐丰,怪不得不要我来!"

颜色咬了咬牙，被刺激得血液沸腾，恨不得马上冲过去。

这时，宴会厅里灯光一聚，焦点集中到了主席台上。

元素按住颜色的手臂，一抬眸就看到了主席台上的钱傲。

哪怕是在优秀男士汇聚的高端宴会上，他仍然是最引人注目的一个。他穿着一身纯黑色手工定制的西服，嘴角挂着若有似无的笑，脸上是一副沉稳练达的社交表情，台上的他，得俘获多少美女的心呀？

"各位来宾，大家晚上好！很高兴今天与大家一起见证J·K集团老城区开发项目的第一弹，怡都花园……"

他在台上说。

台下的元素，眼睛一眨不眨地看着他。

颜色掐了她一把，贴近她的耳朵根："姐妹儿，你说我该咋办？"

"少安毋躁！"元素冲她摇了摇头，这样的地方，不仅不适合打架，也不适合抢男人，更不适合冲动撒泼。丢了男人的脸不说，还会丢自己的脸。

"我气不过嘛！"

"气不过，就忍！"

"……"

热烈的掌声里，钱傲的致辞结束了。

司仪接过话筒，用愉悦的声音说道："接下来，是我们答谢酒会的开场舞。有请J·K集团的钱傲先生和白慕雅小姐……"

白慕雅今天很出挑，穿着一件高调的露背小礼服，既高贵，又不显张扬，特别符合她的气质。音乐声里，她无视一众女人羡慕的眼光，自然地走到钱傲面前，主动伸出手。

"二哥，请！"

钱傲微微皱眉，慢慢拉过她的手，揽住她的腰，随着音乐的节拍，他随意地走着舞步，目光自然而然地落在人群里。倏地，他面色一变，看到了人群里的那个女人。

元素也正望着他。

两个人，四只眼，穿越人群，视线在空中碰撞。

现场乐队的立体声伴奏，很带感。

元素听着，没什么表情，钱傲的舞步没有停，视线一直落在角落里。尽管她没有穿华贵的晚礼服，但在钱傲的眼里，仍旧没人能有她那般明艳照人。

所谓吸引，应该如是。

钱傲的心不在焉，白慕雅很快就察觉到了。

顺着他的视线，她也看到了人群里默然站立着的元素。

她怎么来了？真是阴魂不散。

白慕雅暗自咬牙。

元素却远远地，朝白慕雅一笑。

"小圆子！"颜色突然拉住她的胳膊，恨得牙根痒痒，"我忍不了啦！你看见没有？看见没有，徐丰和那个女人，他俩一直在那儿拉拉扯扯。这不是欺负人吗……"

她是个急躁的女人，性格急，脾气直，一根肠子通到底，话没说完，突然撸起袖子，直接就冲了过去："今天非得给他点儿颜色瞧瞧不可！"

颜色要拿颜色给人瞧？

元素惊叫："小颜子！"

颜色愤怒："别拦我！"

元素："……"

颜色的性格元素很了解，能被说服的可能性为零。

所以，元素还是默默地跟着她上去了，抢男人这事，一个人确实不好使，不管小颜子有多冲动，闺密的关系，那不是假的。

"徐丰，你个浑蛋！"颜色像吃了炸药似的，冲上去就是一顿骂。

徐丰的心抽搐了一下，慌乱地转眼，干笑着不停地拽许亦馨的手，可她偏就不放，徐丰又气又急，又不好在这种场合大喊大叫，只能朝颜色眨眼："媳妇儿……你回去，你先回去，我待会儿回去了再跟你解释……"

"我呸！解释个屁！"颜色不客气地啐他一口，攥紧拳头，冲上去就扯住许亦馨挽在徐丰胳膊上的手，"放开我男人！"

许亦馨也是个厉害的主儿，玩味地冲她笑了笑，扭头就吼："保安呢？你们是干什么吃的？这俩人是谁放进来的？她们有没有请柬？"

"许亦馨，你什么意思？"徐丰恼了，不由自主地提高了声音。

"意思就是，这种破烂货，不配站在这里。"许亦馨回答得很干脆。

这话不仅颜色听了抓狂，元素心里也不太舒服。但是，她比颜色理智，不想做这种无意义的争辩。

然而，不待她说话，颜色直接一脚就朝许亦馨踹了过去。

"我去你的高贵。高贵还抢男人？踹不死你！"

"哎哟！"许亦馨吃痛，扯住颜色就与她扭打到了一起。

女人打架，徐丰头都大了，他怕颜色吃亏，可怎么都拉不开，急得直骂娘。

这时候，几个人高马大的保安冲了过来。许亦馨被颜色揪着头发，发型乱了，低胸的小礼服被她扯得差点儿遮不住春光，恼羞成怒地嘶吼着："快，快把她们赶出去！"

场面顿时乱成一团。

不知谁的酒杯碎在地上，也不知谁踩到了谁的脚。混乱中，颜色和许亦馨还在扭打，元素心急如焚，又不敢上去劝。混乱中，许亦馨被颜色推了一下，直直地朝元素撞了过来。

"小圆子，小心！"颜色大叫一声。

元素想避开，小腿又被人蹬了一脚，她只来得及护着肚子，身体却避无可避，被许亦馨结结实实撞倒在地，一阵头晕目眩，手臂被碎玻璃片划了一道口子，鲜血顿时流了出来。

"小圆子！"颜色想要过去扶她，却被许亦馨紧紧拽住了。

"元素！"钱傲看清风暴中心的人，一个哆嗦，目眦欲裂，"元素……"

他一路拨开人群冲了过来，气喘吁吁地奔到她的面前，顾不得宴会上的目光和那些兴奋地等着挖掘新闻的记者，俯身一把将她抱起。

"嘶！"元素吃痛，惊呼一声，惊魂未定之下，直接环上他的脖子，傻呆呆地看着他，"是你？"

"不是我，你想是谁？"他没好气地吼道。

元素紧张兮兮地看看四周的人。

难道他不怕人家看到吗？

"犯什么傻？有没有伤到哪里？"钱傲一脸担心与自责，说完，也不等她回答，就做了决定，"我们去医院。"

"我不用……"

"听话！"说完就抱着她准备出门。

宴会厅里，一片哗然，众人交头接耳，镁光灯不停闪烁。

门外等候着的记者更是兴奋得像打了鸡血，冲上来就问："钱董，这位是不是你的正牌女友，和上次'车震门'的女主角是同一个人吗？"

"滚开！"钱傲怒不可遏，可偏偏还有一名不怕死的男记者横在他面前，拿麦克风堵住了他的去路。

钱傲看到元素胳膊上的鲜血，脑袋都快充血了，哪儿听得进去这些？他抬起一脚就踢了过去："滚！"

那男记者被踢倒在地，人群哗然。

钱傲双目赤红，突然将元素的头按入自己怀里，然后面对镜头，冷着脸说道："你们说的全都对，她是我喜欢的女人，我在意的女人，唯一、永远，满意了吗？现在，麻烦通通给我滚蛋！"

"咔嚓！"

"咔嚓！"

多角度照片生成。

有些性子急的记者马上将现场的视频发到了网络上。

这可是大新闻！J·K集团年轻有为的董事长冲冠一怒为红颜，简直是重量级的爆点，那些白天还在猜测钱白两家好事不远的媒体，马上转变了风向。

"钱傲!"元素瞟了一眼尾随着的记者,手指揪紧了他的袖口,"放我下来吧,我可以自己走。"

钱傲低下头,给了她一个安心的笑容:"有我在,你啥都不用管。他们爱拍就拍吧,没有什么比你和孩子更重要。"

夜幕的灯光下,从元素的角度,正好可以看见他完美的侧颜。

还有,他的冷硬、蛮横、目空一切。

元素喉咙一哽:"谢谢你,钱傲!"

"谢我什么?"他没好气地笑。

元素心绪波动,哽咽着说道:"谢谢你对我好。"

钱傲叹口气,哭笑不得:"傻妞,你是我的女人,我不对你好,对谁好?"

在医院一通折腾,元素那一跤没有摔出毛病,但她怀着身孕,医生建议留院观察两天。得知母子平安,钱傲终于松了口气,而他的手机,一直被狂轰滥炸,铃声响个不停。

钱傲懒洋洋地接了起来:"喂!"

沈佩思一肚子的火气终于找到了发泄之地,对着钱傲噼里啪啦一顿骂:"老二,你怎么回事?你是嫌钱家的脸面太好看了,给抹点儿黑是吧?你是准备把你妈气死才甘心?以前你爱玩妈都不管你,可元素是谁?她是仲子的前女友!你找谁不好?为什么找她?你这样做,让妈的脸往哪儿搁……"

钱傲安静地听着,没有像以往那样贫嘴岔开,也没有打断,等沈佩思说完,他才一本正经地哑声说道:"妈,我不是玩,我是认真的。"

"认真?你、你、你……"

沈佩思半晌讲不出话来,毕竟是自己的儿子,什么德行她一清二楚,这小子这样严肃地对她讲话,说他对感情认真,还是第一次。

"认真有用吗?没用。我告诉你,你爸这回可是气大了,咱老钱家的脸都被你丢尽了，你自个儿小心一点儿，马上给我回来！"

"妈，你们不用逼我。我什么脾气你清楚，我认定的事，什么时候变过？我不回来。她在哪儿，我就在哪儿。"

"你小子是不是要造反？"

"是！"钱傲挂掉电话。

站起身，他转头，他的眼睛撞上了元素的眼睛。

她躺在床上，双眼晶亮，直勾勾地瞅着他。

"傻女人，吃错药了？老盯着我瞧什么？"他有磁性的声音里透着浓浓的宠溺，对刚才的电话，只字未提。

"我都听见了，钱傲。"元素轻轻地说着，嗓音猫儿一般慵懒无力，带着一丝叹息。

钱傲揉了揉太阳穴，勉强地笑道："没事，一切都会过去的。"

元素嗯一声，轻轻拉过他的大手，眼眶泛着红："你别担心我，我很坚强。"

钱傲心里一荡，俯身将她轻轻一搂，吻就落在了她的眉心处："咱一起面对，不要怕。"

元素莞尔："傻呀你，我怕什么？又没人会把我吃了。可是……你为了我跟家里翻脸总是不好的。这样吧，你先回去，给二老请个罪。"

"何罪之有？哼！胡扯！"钱傲伸出手搂紧她，又笑了起来，"小没良心的，想赶我走？我偏不上你的当。你这个女人，放在眼皮子底下才能省心。"

"我不省心？"

"你觉得呢？"

他微微眯了眯眼，手指缓缓地在她的唇瓣上来回摩挲："要不索性把你吃到肚子里，更安心？"

元素头皮发麻，拍开他的手："讨厌！"

钱傲轻笑，低头吻来。

这时候，他俩背后突然传来几声压抑着的低笑，然后是徐丰的调侃：

"啧啧啧，瞧瞧，瞧瞧……真是让人羡慕呀！"

元素双颊通红，钱傲却不在意，看着她，还意犹未尽地舔了舔唇，方才转头恶狠狠地看向徐丰和颜色："呵呵，请罪的人来了。"

"哥哥，你说的哪里话？"

"你俩这是吃饱撑的，还是闲得慌？打架？厉害！还会打架？"

元素两次进医院都是颜色闹的，要是换了其他人，钱傲早就参毛了，这么数落两句，算是轻的。徐丰看一眼颜色，看她一脸内疚，出了这事也没工夫和他算账，心情一下轻松了。

"是是是，我们肯定没下次了。就是哥哥你，下次亲热，注意关门，咯……"

"滚，两个神经病！"钱傲哼了一声，冷眼看着他们。

从进门开始，颜色一直低着头，这回她真的老实了，她怕惨了这钱二爷的脸色，说话也忐忑："小圆子，对不起，我错了，对不起你和宝宝……"

钱傲气闷，哼了一声不理她，元素看他一眼，明艳艳地笑了起来："过来坐呀，小颜子。你假不假。咱俩谁跟谁，说这个可就见外了……"

颜色嘟着嘴，哦一声，蹭了过去。

可看看钱傲，她又退了回来。

徐丰见状，轻咳一声，望了望门口，岔开话题："你俩可千万别出这门呀！医院外面，多少记者在那儿候着呢……我说哥哥，你这一怒老吓人了，还敢打记者，哈哈，看他们怎么写你吧，我怎么突然好期待呢。"

"怕什么？"钱傲嗤之以鼻。

徐丰将大拇指往上一竖："啧啧，悲壮……"说着，他眉头一皱，"对了，有首歌怎么唱的来着？'把你捧在手上，虔诚地焚香，剪下一段烛光，将经纶点亮，不求荡气回肠，只求爱一场，爱到最后受了伤，哭得好绝望……'"

扑哧！元素和颜色忍不住笑出声来。

钱傲一个枕头扔到他身上,怒笑:"滚吧你!"

第二天,J市各大媒体头版头条刊登了唐朝大酒店那一桩八卦新闻,《钱傲冲冠一怒为红颜,钻石王老五名草有主》,《落地为安,名媛淑女芳心碎一地》。那张他在宴会上抱着元素着急离开的照片更是转发得到处都是,有些媒体干脆直接将此次事件与上次的"车震门"画上了等号。

舆论遍地开花,搞得像娱乐新闻一样,无孔不入的记者更是在短时间内就将元素的背景挖了出来,包括她曾经的男朋友钱仲尧和钱傲的关系。

公众哗然!

三个人合在一起的捆绑报道随处可见,如野火燎原,越传越玄。真真假假,假假真真,除了当事人谁都不清楚这些八卦的真实性,不过,钱家却很不幸地成了别人茶余饭后的笑料。

两天后,元素出院,被钱傲接回了似锦园。

虽然早有准备,但是当沈佩思找上门来时,元素还是隐隐有些紧张。

沈佩思是典型的豪门贵妇,给人看到的永远是她端庄的外表、得体的举止。哪怕她再痛恨元素,仍然毫不吝啬地给了她一个礼貌的微笑:"元小姐,你长得很漂亮,难怪我儿子迷上了你。"

钱傲早上去了公司,兰嫂买菜去了,此刻,安静的似锦园里,只有她们两个。

元素握紧手心,笑了笑:"沈姨,你也很漂亮。"

沈佩思表情不变,冷笑一下,尖锐反问:"沈姨?我记得,你以前是叫我'姨奶奶'的。"

沈佩思这么一说,元素自然明白她话里的意思。可是,到了这个地步,元素还能退缩吗?

元素微微一笑:"那些都过去了,沈姨。"

对于那段她无法抹掉的过去,她找不到反驳的语言,既定的事实,哪怕大家的心里都有疙瘩,她也必须承认。而未来,她想要争取。

呵!沈佩思冷冷地瞥了她足足半分钟,又是一笑:"元小姐,你是个聪明的女孩子,你猜猜,我今天来找你是想做什么?"

这话把元素问住了。

如果按照小说里的豪门戏码,沈佩思要么会声色俱厉地让她离开钱傲,要么会递一张支票给她,直接谈钱。

元素摇了摇头:"沈姨,您直说吧。"

沈佩思优雅地笑了笑,端过元素为她沏的茶喝了一口:"说说这茶吧,老二家的茶,是好茶不错,可经了你的手,泡出来终究还是难喝了些。你说,这是可惜了茶,还是可怜了你?"

这是说她低贱,配不上钱傲?侮辱人还能面不改色,元素不由得佩服起沈佩思来:"沈姨,你说得真好。"

被点了赞,沈佩思微微一怔:"元小姐!"

元素继续微笑:"沈姨,您说,我听着!"

沈佩思哼了一声,虽掩饰得很好,但也无法掩盖眉目间那一抹不屑:"元小姐,你是不是以为我今天来是想让你离开老二的?"

难道不是?元素狐疑地望着她。

沈佩思高深莫测地一笑:"我也不和你绕弯子,毕竟你肚子里有两个孩子,大人有错,可孩子是无辜的。我们钱家的孩子,我们没有理由不让他们认祖归宗。这一点,你放心。"

听她说到孩子,元素双颊滚烫,觉得有点儿丢人。

沈佩思瞄她一眼,又喝一口茶,很满意她的表情,到底是穷人家的女子,稍微两句话就能将她的自尊踩碎。沈佩思掀唇,话锋一转:"当然,这事也不能怪你,我的儿子我明白……"

元素听着,越发不懂她了。

沈佩思笑容一收:"不过,元小姐也清楚,我家老二浪荡惯了,他的感情未必持久,我真是不愿意看到你最终落得个悲惨下场——一、无、所、有!"

她说得异常缓慢,一字一顿。

元素愣了愣:"沈姨这话,我不太明白。"

装傻?沈佩思心平气和地看着她:"那我说明白点儿,你是想要光明正大地嫁入钱家,得到所有人的承认,得到丈夫一辈子的疼爱,还是想要偷偷摸摸继续这不知能持续几天的露水姻缘?"

元素默然。

沈佩思笑了笑:"我也是过来人,我尊重你的感情。元小姐,我给你这个机会,咱们以一年为限,如果一年后,我儿子还这般死心塌地地喜欢你,我不仅不拦你,还会帮你扫清一切的障碍。但是,你得答应我,这一年内,你不能利用他头脑发热撺掇他和你结婚。"

一年,三百六十五天。

一年后钱傲如果依然喜欢她,入不入钱家门,有什么关系?

一年后钱傲如果不再喜欢她,她入钱家的门,又有什么意义?

沈佩思见状,冷冷一笑:"元小姐,是对这段感情没有信心,不敢赌吗?"

闻言,元素笑了起来。不说她对钱傲有没有信心了,在她和钱二爷相处的时间里,大多数时候,根本不由她说了算。

可是,她能说"不"吗?

"好!"元素微微点头。

沈佩思满意地一笑:"那咱们拭目以待。现在你就好好养胎,不要想别的事。你怀了我的孙子,就算最后没能嫁给老二,我也不会亏待你。"

"……"元素无语。

这和感谢一头母猪生了八头小猪崽,个个肥嘟嘟,然后喂它吃上等饲料,似乎没有任何区别。

钱傲还在外面就看到了沈佩思的车,这一下他慌得不行,就怕这两个女人一言不合吵起来，或者动起手来。他不怕元素过激，就怕他妈，沈佩思女士他太了解了，不可能待见元素，如果她这么一闹，鸡飞蛋打了，他怎么办？

结果，他一进屋，下巴差点儿掉在地上。

两个女人居然相谈甚欢，这……哪里出毛病了？

钱傲瞄了元素一眼，没见她脸上有什么异样，又赔着笑："妈，你怎么来了？"

沈佩思嗔怪："我怎么就不能来？我来看看我的孙子！"

钱傲一愣，像个拿到特赦令的囚徒，脑子里瞬间涌上狂喜，内心升腾起前所未有的感动："妈，您真好，儿子真心感谢您。"

沈佩思脸上的笑，僵硬了一秒。这个儿子，从小到大就知道皮，在家里很少说几句正经话，更别说这样流露感情了。没想到，他第一次真心感激她，居然是为了这个女人……

"素，没事了！我妈同意了。"钱傲没有注意到沈佩思眼中的阴霾，兴奋得伸手就将元素揽入怀中，亲了亲她的额头，一脸的温柔，"太好了，对不对？我们不用担心了。"

元素身子一僵，淡淡一笑："是呀！"

一阵穿堂风吹过来，沈佩思冷眼将儿子脸上的狂喜再打量了一遍，再次确定自己的决定正确。他的脾气，是绝对不能拧着来的，一年时间，孙子生了就好，儿子的心思，到时候也不可能还在元素身上。

沈佩思轻咳一声，将钱傲的注意力拉了过来"老二，以后有什么事，别瞒着你妈，难不成妈还会害你？你小姨也是,竟然替你瞒得滴水不漏,宝宝有三个多月了吧？再大一点儿就该显怀了，在你这个破园子里，没有专业的人照料，对孩子不好，咱们干脆回家里养着吧？"

又是养。

元素觉得在她的眼里，自己已经变成了一只待产的母猪。

钱傲看元素一眼，握紧她凉凉的小手，笑盈盈地抬抬眉："回去干吗？一堆人围着看热闹，有意思吗？我就喜欢二人世界，要做点儿什么都方便不是?"

沈佩思用手指点点他,皱着眉:"你呀,哪儿懂得照顾孕妇?只会瞎折腾……唉,算了,既然你决定了,妈也拦不住你。"

说完,她看了元素一眼,勾了勾唇:"我走了!"

元素半垂着头,低眉敛目:"沈姨慢走!"

沈佩思微微一笑,拒绝了元素相送,只让儿子一个人送了出来,临走前,苦口婆心地交代了一些事情,最后又沉眉说:"找个时间带她回去吃个饭,顺便跟你爸认个错!"

钱傲一怔:"哦。"

他无法再拒绝。

这就是沈佩思的高明之处,轻而易举就把这道难题给解决了——稳住元素,生下孩子再说。至于别的事,一年后再说吧……

第二天晚上,钱傲一下班就带元素回家了。

道歉要趁早,他对他老子还是有几分忌惮的。

"素,紧张吗?"

元素嗯一声,看着他,摇头。

这是她第三次来钱宅。身份的转变,让她很尴尬,但既然已经决定了,就不能退缩。人家要嘲讽、要鄙视、要冷笑、要骂要打就随他们去吧。

"不要紧张,有我呢。"钱傲替她打开车门,小心翼翼地扶她下车,察觉到她身体紧绷,又低笑着轻吻了一下她的额头,"放心,什么都不用怕。"

元素回给他一个灿烂的笑容:"好。"

沈佩思站在大厅门口,远远地看到他们过来,皱了下眉,马上换上了一张笑脸:"老二回来了!"

白慕雅从里屋一下走了出来,可看见钱傲手里居然牵着元素时,笑容瞬间僵硬在了脸上:"你、你们……"

钱傲紧了紧元素的手,跟沈佩思打了声招呼,越过白慕雅进屋。

元素有些不安,像一个赶赴刑场的囚犯。没想到刚碰到一个白慕雅,进了大门,就遇上了从楼上蹦跳着下来的钱思禾。她穿着一身小短裙,速度飞快,差一点儿扑到元素的身上。

钱傲吓了一跳,条件反射地将元素搂在怀里:"你跑这么快干什么?"

钱思禾不是故意的,不过,看到二叔紧张元素那样子,她仍然掩饰不住脸上的不屑。元素当初和她哥哥谈恋爱,现在又和二叔搞到了一块儿,她自然对这种人没好脸色。

"二叔,瞧你紧张的,喊!"

元素来之前,已经做好了心理建设,看到钱思禾眼里的鄙夷,她没有生气,反倒客气地冲钱思禾展颜一笑。

钱思禾:"你谁呀?冲我笑什么笑?"

元素:"……"

钱傲生气了,不悦地瞪她:"没点儿眼力见儿,还不快叫'二婶'?"

"……"

"叫!"

"二婶!"钱思禾不情不愿地叫了一声,将脸扭到一边,又小声而迅速地补充了两个字,"我呸!"

"钱!思!禾!"钱傲咬牙切齿地吼了一句,正准备骂人,就被元素拉住了手臂,然后见她轻轻摇了摇头。

这是她早晚要面对的,他的维护,只会增加他们的厌恶而已。

钱傲哼一声,还想再说什么,眼神一斜,就看到了钱仲尧。

元素也看见他了。他就静静地站在那里,原本好看的五官,难掩憔悴,透着一股陌生的疏离。

"二叔,回来了?"

气氛骤然紧张起来,三人对峙,有点儿荒谬。

元素惭愧地低下头,钱傲却在这诡异的沉默里,阴晴不定地笑着打破了僵局:"是呀。仲尧,我给你介绍一下,这位是你二婶。"

他隆重地介绍她,不为别的,只为今天起划清界限。

钱仲尧又怎能不懂?

他冷笑一声,不回答钱傲,只看元素:"你幸福吗?"

"她幸不幸福,与你无关。"钱傲直视着他。

元素的心跳得很快,手指紧攥着,在两个男人火一样的注视下,她沉沉地点了一下头:"对不起,仲尧……我,很幸福。"

钱仲尧瞥一眼他们紧握着的手,怪异地动了动唇:"我想也是。"他将视线移到钱傲身上,又冷下声音,"不过,我不会祝福你们的。"

钱傲的唇角微微荡开一抹笑容:"这样最好。"

钱仲尧眼一眯,捏紧了拳头。

眼看战火一触即发,客厅里的沈佩思突然提高声调,重重咳嗽一声:"客人来了,还不招呼过来坐?老二,戳在那儿干吗?小雅,快去给素素倒水呀。"

一句话,亲疏立显。

一声"客人",就把元素划分到了外人那一边。

不过,也成功地化解了叔侄俩的戾气。

元素笑了笑,道了一声谢,没说什么。钱傲却不依了,他见不得元素受委屈,也压不住火,毫不客气地反驳道:"妈,怎么说话的,谁是客人?"

沈佩思笑着摇了摇头,对他的言语冲撞丝毫不恼:"急什么呀?不是还没进门吗?当然是客人,等以后进了钱家的门,就不是客人了。"

这话听上去滴水不漏,钱傲也挑不出理来:"好吧好吧,妈,你是越老越有理。"

沈佩思:"去你的,你个臭小子。"

元素弯了弯唇角,沉默不语。

这样的事情,她不是第一次经历。钱家人的冷淡疏离、客套假意她并不在乎。嘴角噙着笑,她不卑不亢,恪守礼节,他们也没有为难她,直到钱傲被他爹的警卫员叫走。

"素，我去去就回。你坐一会儿。"

元素点头，目光里带着坚定。

随着钱傲的脚步声消失在楼道，客厅里的女人说话就没么好听了。

元素一直垂着眼皮，假装没听见。

这时候，她的胳膊被人碰了碰，她扭头一看，碰她胳膊的人是一脸阴沉的朱彦。

她指了指院子，示意元素跟上。

元素犹豫了一下，跟着她出去，习惯性地唤了一声："朱姨，你找我有事？"

院子里，凉风习习。

朱彦轻哼了一声："你也好意思叫'朱姨'？咱们不是马上就要变妯娌了吗？"

元素沉默。

不管怎么说，对于钱仲尧，她始终认为自己是有愧的。

朱彦冷笑："当初还真是没看出来，你脚踏两只船，居然都踩到了钱家人的身上，本事挺大的嘛，怪不得不愿意和仲尧订婚，原来是攀上老二了！呵呵。不过，我劝你呀，别做白日梦了！一个妓女，也真敢想……"

"你……""妓女"两个字，像两个耳光，抽得元素脸颊烧痛。

她强装的淡定瞬间没了，呼吸也沉重了不少。

朱彦看她变了色的面孔，似乎心情好了不少，更是专找恶毒的话来说："被我说中了吧？讲不出话来了？我告诉你，你的那些龌龊事，咱老钱家人全都知道，你现在倚仗的，不过是肚子里的孩子，一旦生下孩子，你以为你是什么东西？"

是吗？元素双眼通红，但仍然保持着微笑："仲尧的事，我很抱歉。至于我和钱傲的未来，就不劳您费心了。"

朱彦呸一声，咬牙切齿地说道："我儿子千挑万选，就找了你这么个货色，我真替他不值。先勾引仲尧，再上老二的床，你这种女人，实在太无耻了。"

元素听得牙根发痒,也不知道怎么辩解,索性闭上嘴,听完淡淡一笑:"说完了吗?说完我回屋了……"

她转身回屋。背后,是朱彦没头没脑的骂声:"破鞋、妓女,和你妈一样下贱,除了靠身体勾引男人,你还有什么本事?!你比你妈更下贱,你妈还知羞呢,你连羞都不知道,还敢上门!"

这朱彦也不知是哪根筋搭错了,完全没了风度。

元素瞬间垮了脸,转过头来:"我看在仲尧的面子上能原谅你的谩骂和无礼,但我不能容忍你骂我妈!"她脑子里像有一团火在烧。不管朱彦和妈妈有什么宿世恩怨,任何一个女儿,都不能接受母亲受这样的侮辱。

她怒火中烧,却笑了,还笑得意味深长:"好心提醒您一句,这女人哪,不怕被人骂'下贱',就怕想下贱给人看,都没人稀罕!"

这话毒,朱彦的脸都被气绿了!

元素哼一声,转身回屋。刚走进去,楼上就传来了一阵乒乒乓乓的响声,接着,一个烟灰缸顺着楼梯滚了下来,居然没有被砸坏。

众人瞠目结舌!

直到烟灰缸滚到客厅里,大家才反应过来,这老二又和他老子吵起来了!

客厅里,一点儿声音都没有。

谁都不说话,接着又是一阵阵的动静极大的响声,其间还隐隐有老钱同志的暴喝。

完了!元素尴尬地站在那里,正不知所措之时,一道重重的脚步声就从楼道传来。不过转瞬间,就见钱傲铁青着脸冲了下来,拽住元素的手:"咱走!"

第十章 更多的挑战

男人手上那不容挣扎的力度,让元素微微一愕。

然后,她反手握住他,点了点头。她没有问,也不打算问他为什么刚来就又急着走,只是与他对视一眼,就像彼此本就有的默契。

钱傲一旦做了决定,是八匹马都拉不回来的。

楼上的老钱,恰好与他是一个脾气。这不,老钱同志气得够呛,双手叉腰站在楼梯口,气哼哼地吼:"滚!小王八蛋,没脸没皮的东西,滚了就别再踏入我老钱家的门,老子看到你就气不顺,狗东西。"

老爷子的性子是直的。

他火了,他怒了,直接就爆发了。

可他怒,钱傲更怒:"得了,不用你撵,我这就带着我媳妇儿、儿子通通滚蛋,免得污了您的眼,以后您也千万甭来求着我,想看一眼孙子,没门儿!咱就试试看,谁先过不去坎儿!"

"老二，怎么跟你爸说话的，快给你爸道歉！"沈佩思看这两父子掐上，比谁都急。她对着钱傲说完，又瞪老钱，"儿子好不容易回来，你这发的哪门子火呀？"

两父子没一个领她的情，老爷子指着钱傲就骂："让他滚，滚了就别回来，看着碍老子的眼！"

这边骂得乌烟瘴气，那边白慕雅坐不住了。

她站出来做和事佬："二哥，你好好和钱伯说呀，他会同意的。这都快开饭了，素素，你也劝劝二哥……"

美人在旁，温言细语地劝慰，是个男人都不能狠心！可钱傲偏不是个会怜香惜玉的人，受不了她瞎起哄，冷眼一扫，就没好话："小雅，你闲得找抽是不？钱家什么时候轮到你说话了？"

白慕雅眸色一黯，当即红了眼圈。

白慕雅是沈佩思看着长大的，沈佩思一看就心疼了："老二！越说越不像话了，你就不能跟小雅好好说话？"

"妈，我跟她原本是好好的，为什么好不了啦？不全是你们闹腾出来的吗？我压根儿不喜欢她，你凭什么非得将她塞给我？我问你，当初要是你和我爸被人活生生拆散了，你咋办？"

"……"沈佩思一脸青白。

"这能一样？"

钱傲冷笑："行，你们继续想吧，我不奉陪了！"

朱彦看着这一幕闹剧，心中冷笑，语气里也全是嘲讽："老二，容我说句不中听的，这女人把你们叔侄俩玩弄于股掌之中，一只破鞋踏两只好船，你就没想想为什么吗？"

"为什么？钱吗？"钱傲冷笑，"你是瞧不上我呢？还是瞧不上仲尧？我们除了钱，就一无是处了？"

朱彦语塞。顿一下，她哼了一声："这女人根本就配不上你。就刚才，我好好和她说话，她竟然骂我，好大的胆子，好大的脾气，这种泼妇，你还真敢往家里带呀？"

钱傲冷笑了两声，直视朱彦："大嫂，不瞒你说，她的胆子、脾气，都是我喜欢的。我乐意惯着、宠着。你有意见？"

朱彦一怔，憋着一口气："老二，你现在可真是出息了，为了这种女人忤逆长辈、斥责大嫂，你真以为你捡到的这破鞋是个什么宝贝吗？我告诉你，她不过是一个妓女生的贱种。"

众人皆是一震。

元素气得紧捏拳头，胸腔里燃烧着熊熊烈火，脸上却是冷笑。

她将手轻轻从钱傲手中抽出，拍了拍钱傲的手以示安抚，然后突然转身，拿起茶几上还没有凉透的茶水，直接走到朱彦面前，猛地泼了过去。

"洗洗你的嘴吧！"

猝不及防，一室震惊。

朱彦狼狈地拍着自己的衣服，恼羞成怒地抬手就打："你个贱人敢泼我——"她的巴掌没有落下，手腕就被钱傲紧紧地拽住了。

他将元素拉到身后，黑眸冷冷一扫："我的女人，你没有资格打。"

朱彦吃了亏哪里肯依？

她嘴里尖叫："人呢，都哪儿去了，快把这个女人给我拉出去！"

元素冷笑："不用拉了！"

她慢慢将茶杯放到茶几上，回到钱傲的旁边，站好。她环视了一下这个房子，凉凉地说道："房子大，关系冷；用人多，亲情无……这样的家庭，你们以为人人都喜欢吗？"

这态度够蔑视！

她说完，用同情的眼光看着钱傲："你留下来吧，我走。"

"妞……"钱傲眼神复杂地盯着元素看了好几秒，然后像往常一般揉了揉她的头，"不是你走，是咱俩走，他们不稀罕咱俩，咱俩还不稀罕他们呢……"

元素抿嘴，内心有点儿酸！

他俩出门时已是华灯初上。

元素心里很忐忑,她刚刚的做法,解恨是解恨,爽快是爽快了,可反击过后,关系就更难缓和了。她图了一时的痛快,可是以后呢?钱傲是钱家人,朱彦是他的大嫂,多尴尬呀?

"钱傲,我是不是闯祸了?"

钱傲没有回答她的话,将车停在街边。

元素一愣:"钱傲,你不开心了,是吗?"

"傻妞,我开心着呢。"钱傲轻轻抱了抱她,咧嘴一笑,那坏坏的、痞痞的笑容就盛开在了他英俊的脸上,"咱们下车走一走吧,顺便买点儿东西。"

元素莞尔,漂亮的大眼珠子里流露出的全是笑。

他开心,她就愉快。

钱傲将车熄了火,牵着她的手,慢慢往前走。

他们穿过街道,沿着河边缓缓散步,像其他情侣那样,将城市的夜点缀得格外妖娆。

绕过河边,后面是一排排的小商铺,像所有的城市里的步行街一样,热闹、喧嚣,有一些违规经营的小摊儿,也有别的地方吃不到的美食。

街上有卖旧书的,码得整整齐齐,花花绿绿的书里,有很多怀孕和育儿方面的书……《怀孕280天》《西尔斯怀孕百科》《妈妈宝宝护理大全》《怀孕圣经》《新妈咪1200问》等等!

钱傲看她一眼,让老板全装起来。

元素傻眼了:"钱傲!"

"嗯!"

"一本就够了啦……"

"瞧你这没出息的样儿,一本哪儿够看?"

元素惊了!这么多书,她看到宝宝出生都看不完。钱傲却很兴奋,翻一翻,这本不错、那本还行,全往口袋里塞。元素眼睛瞪得像铜铃:"钱傲!你疯了?"

钱傲转眸,轻声低笑:"元素准妈妈,胎教,胎教你懂不懂?咱们多学点儿知识,生出来的宝宝绝对是天才,像他们老爹一样!"

"……"

书摊外,有一个卖椰子的小摊位。经营小摊的是一位四十来岁的大婶,旁边一张折叠的矮桌上,有一个正在做作业的小女孩。

元素舔了舔唇,怀孕了连带口味也变了,以前她最不喜欢喝的就是椰子汁,现在突然看到,很想尝一尝。

"大婶,给我来两个椰子!"

"一个。"钱二爷拒绝喝这东西。

笑话,大街上……被人知道他蹲在街边喝东西,不被人笑掉大牙才怪!

卖椰子的大婶操着南方口音的普通话,笑着对他们说:"好多谈恋爱的小青年,喜欢买一个椰子,插两根吸管一起喝,听说这叫'情调'。"

元素接过大婶手里的椰子,上面果然插着两根吸管,她就着其中一根吸了一口:"哇,真甜!"

说完,她将另外一根吸管凑到钱傲的面前,示意让他也喝。

钱傲皱眉,摇头。

他对拉下脸来在小摊儿吃东西,接受不了。

"你试试,真的很甜。"

"说不喝就不喝,苦的。"

元素微微一笑,又喝了一口,脑袋凑得近了些,执拗地将吸管伸过去:"试试嘛,没试过的东西,你咋知道是苦的?"

钱傲还是不领情,偏过头去,皱起眉头:"我喝过,就是苦的。"

"我保证,绝对是甜的。"

"如果不甜,那你嫁给我?"钱某人讨价还价,眼神放光。

嫁?元素突然一愣:"如果是甜的呢?"

"那我娶你!"

元素微微仰起头,视线落在他张扬的笑脸上。

"你……在开玩笑吗?"

钱傲目光一闪,勾起唇角对她神秘一笑:"你记不记得在鎏年村的时候,你曾经答应我,要给我一个奖励?我随便要什么都可以。"

元素心里一跳,全身过电一般:"你不会为了不喝椰子汁,就拿这个搪塞吧?"

钱傲笑了一下,拂了拂她的发丝:"你当老子傻?奖励得用到刀刃上,最好让你欠我一辈子。"

"……"

他并没有继续刚才那个话题。

元素嗯一声,不答。

钱傲接过吸管:"好啦,别苦着个脸了,我喝。"

一个椰子,两根吸管,俩人头碰头在这车水马龙的街边,慢慢地喝着。

人逢喜事精神爽,钱傲为自己放了两天假,丢开工作,什么也不做,就陪元素聊天、逛街、购物,两个人整天腻腻乎乎地相处,慵懒地过着日子,时间好像也慢了下来。

转眼,到了九月中旬,戏剧学院开学了。元素原是准备去上学的,结果却接到系主任的电话——钱傲为她办了病休。系主任说,她不需要去上课,毕业证会照发。

元素有些无语。

不过,她也害怕孩子再出什么问题,所以,为了宝宝,她索性宅在家里,成了一只大大的米虫,享受着钱二爷安排好的一切。

她懒着,各种懒!这种居家生活,元素慢慢习惯了,以前的"禽兽"现在看在眼里,也帅了,毛病也少了。她没事的时候喜欢看他,看他穿衣、看他吃饭、看他刮胡子、看他吻她、看他每一丝小动作里细致的温柔和性感。

如果不是沈佩思再次造访,她就快要沉溺其中,忘记俗事烦恼了。

该来的,终归会来。元素除了礼貌地接待,别无他法。

不过,沈佩思表现得体,并没有要为难他们的样子,脸上甚至是挂着笑的:"我想和你俩谈谈。"

开门见山。

元素的手心里有点儿汗,不知道怎么开口,钱傲却无所谓,唇角上扬,对沈佩思懒洋洋地开口:"这位女士,你到我家有何贵干?"

元素吓了一跳,沈佩思却是满脸和气:"老二,少挑你妈的刺儿,我今天来,是诚心实意地接你俩回家的。"

钱傲对这个结果似乎很满意:"那我的要求都同意了?"

沈佩思尴尬地笑笑。那天他指手画脚地跟他老爹急,非得娶元素回家,这一点,老钱夫妻俩是不肯同意的。可他们妥协不是,不妥协也不是。

沈佩思的目光落在元素的肚子上:"你总得给你爸一点儿时间……"

钱傲:"那就免谈了!"

沈佩思抿唇,无奈地笑了笑,突然望向元素:"其实我这儿子,坏毛病真的太多了,也幸亏是你,才能这么包容他。"

元素没明白她的意思,也没打断。

沈佩思越扯越远,一开始细数钱家和沈家的家史,完了又数落自己儿子的不是。说钱傲从小到大干过无数不让人省心的事,说他最是喜新厌旧,曾经因为看上了爸爸朋友家一只会讲话的八哥,好歹弄了回来,可不到两天就厌了,一眼都不愿再看……

一件一件,她如数家珍!

慢慢地,元素明白了。

沈佩思是想说,别看钱傲对元素好、宠,那也许就是三分钟热度的事,不要以为他们可以一直好下去……洗脑一样的规劝,元素无言以对。

钱傲也不打岔,等她说完,才冷冷一笑:"沈女士,话讲完了?"

沈佩思嗯一声:"你有什么想法?"

钱傲摸了摸鼻子，似笑非笑地摇头："没有。咱俩不是一个阶级的，说不上话，您请回吧。"

沈佩思似乎早料到了他的反应，不疾不徐地抿了一口茶："我这次来，不仅是我的意思，也是你爸的意思。当然，我也尊重你们的想法。"她微微一笑，目光扫过两个小青年，"老二，我问你，你是希望她堂堂正正地嫁入钱家，还是想让她走到哪里都被人戳脊梁骨？"

钱傲一怔。

沈佩思接着说："你呀，打小就是个没定性的人，你也明白我们钱家这样的家庭，一旦结了婚，是不能闹离婚的，我和你爸丢不起这人。所以，我和你爸商量好了，打算给你俩一个考察期，为期一年。一年后，如果你俩还决定在一起，那就给你俩办一个隆重的结婚典礼。"

钱傲笑了："骗三岁小孩呢？"

沈佩思也笑了："如果你们真心相爱，为什么连一年都不敢试？那我是不是可以理解为——其实，你们的感情并不坚定，也不牢固？呵！这样的感情，你怎么敢拿来跟我和你爸的感情相提并论？"

激将法，很狗血，但往往很适用，尤其是对付钱傲这种眼高于顶的人。

如果他不同意，那等于变相承认，他俩的感情太不牢固，连一年的光阴都不敢等待，如何携手到老？如何让父母认同？

姜还是老的辣，沈佩思完全摸准了他的脾气。

钱傲看了元素一眼："好，我赌。"

元素心里一窒，扭脸看向窗外。

……

翌日，元素带着打包好的行李，跟钱傲再一次踏入钱家。

这一次她的感受和以往截然不同。

她来这里，只有一个目的——她和钱傲的未来。为了验证他们的感情，她愿意陪他赌一局！

不管是婚姻，还是爱情，在这个多元的社会关系里，从来都不单单是属于两个人的事。如果眼前的事情不解决好,未来漫长的一生,还会有各种各样无法预知的变故,那他们怎么去应对?

一年,她不愿意做缩头乌龟。

将车停到停车场,钱傲牵着她的手进屋。

"不要紧张,一切有我。"

他还是这句话。但元素知道,到了这里,很多事必须她自己解决,他帮得了她一时,帮不了她一世。至少,他没有办法让钱家人改变对她的看法,而她可以自己努力。

"我没事的,放心吧。"元素俏皮一笑。

她想让他安心,他也想让她安定。

"记住,我不会允许任何人欺负你。"

钱傲目光坚定,意有所指。元素点头:"我知道的。"

她暖暖地笑着,将手指与他紧扣到一起。

客厅里灯火通明,椭圆的雕花餐桌上,摆满了食物,穿着工装的女佣忙忙碌碌。

"二少爷好,元小姐好!"

女佣礼貌地问候他们,说明钱家人至少在表面上接受了她。

元素的心弦略松,钱傲也缓了一口气。

沈佩思坐在沙发上,唇角噙着笑,看上去就像是真心接受一样:"回来了?赶紧洗手,准备开饭,就等你们两个了。"

听了这话,张嫂恭敬地说:"太太,大少爷说今天晚上有应酬,大少奶奶说要和朋友一起打麻将,小姐说要和同学蹦迪,仲少说和朋友喝酒,他们今天晚上都不回来吃饭了……还有,老爷说,他身体不舒服,让把饭端到楼上去吃!"

元素捏了捏指尖,很明显,她不受欢迎。

钱傲面色一沉,冷笑:"不回来挺好的,免得我看到他们心烦!"

说完,他揽住元素的肩膀,温和一笑:"咱们吃。"

"吃吧,你爸知道你俩回来,是高兴坏了,我先上去看看,他是不是哪里不舒服。这人呀，年纪大了，见不着孩子，难免心里不痛快！老二，你一会儿吃过饭，记得上去看看你爸！"

沈佩思的礼数无懈可击，说话非常讲究艺术。她没有说任何一句伤害人的话，却让人如芒在背，还找不到理由反驳。

钱傲没有说话，元素更不好说什么。

一顿饭，俩人都不吭声，默默地咀嚼着，偶尔对视一眼。

元素怀着孩子，不会和身体过不去，哪怕味同嚼蜡，她仍是吃了满满的一大碗饭，还喝了一大碗汤。见她吃得好，钱傲心里也舒坦，陪着她吃完，牵着她的手上楼。

"走，带你看看我的房间，不对，咱俩的房间。"钱傲意味深长地用手肘碰了她一下，笑容里的意思不说自明。

元素有些脸红，瞥他一眼。

"钱傲，你就不担心吗？"

"担心什么？"

"接下来，我们是不是要迎接更多的挑战了？"

她一脸认真，攥了攥拳头，那模样让钱傲一怔，哑然失笑："没那么严重，钱家又不是龙潭虎穴。你适应一下，实在不舒服，咱俩再出去就是，谁也管不了我！"

元素嗯了一声，握拳："加油！一定要赢。"

钱傲拍拍她的脑门儿，乐不可支："傻妞。你早就已经赢了。"赢得了他，难道不是赢得了一切吗？

"我赢了？！"

"我人都是你的了，你还没赢？"

"你是我的吗？我怎么不知道？"

"一会儿试试，你就知道了，你中有我，我中有你……"

说着说着，这家伙又开始两眼冒狼光，元素好笑地推他一把："大色狼，你整天想着这事，就不知道累吗？"

"你说呢？不准小看你男人！"

"嗯嗯，我男人最厉害。"

没有男人不喜欢自己女人对他房事的赞美，钱傲也不能免俗，见她一副好媳妇儿的模样，他眉开眼笑，一张俊脸在柔和的灯光下，极是好看。暧昧的光线下，元素一头青丝低垂下来，肌肤如玉似凝脂，锁骨曲线优美性感……

钱傲口干舌燥："宝贝儿，走，洗白白！"

"别！我听医生说，会伤到孩子……"

"我听医生说，小心点儿，不会伤到孩子……"

"……"

她那雪白的后背、起伏的曲线，乱了钱傲的神经。

情到浓处，他抱住她就是一阵疯吻。

"老二！"突然，门外传来咚咚咚的敲门声。

"……"

钱傲起身，扒拉扒拉头发，为元素盖好被子，穿衣服去开门。

"妈，你这是干啥呢？"

沈佩思端着个托盘，里面盛着一杯热腾腾的牛奶，透过钱傲，她的视线落在凌乱不堪的床上，又瞄了一眼满脸通红的元素，语带责怪："叫你分房，你不肯听，这才刚入夜呢，就开始折腾，伤到孩子怎么办？"

说完，她冷眼一扫元素，将托盘递给钱傲，转身走了。

她那眼神，就像在看祸国殃民的苏妲己！

元素拉着被子坐起来，恶狠狠地瞪着钱傲："看吧！"

钱傲耸耸肩膀，喂她喝完牛奶，哧溜一下钻入被窝，将她扶着搂在怀里，吻了吻她的额角："睡吧，是我不好。"

这么一吓，元素哪儿还有睡意？

"唉！"

"我妈其实也是好意,只是方式不对……"钱傲简单地做了个总结，轻轻拍着她的后背，轻声细语地哄她睡觉。

元素没法入睡，对未来的生活充满了不确定。

钱傲心疼地抚摸着她柔软的头发:"你别胡思乱想,你得信我,有我在的一天,就没有人敢欺负你。"

"嗯。"

迷迷糊糊睡去,一觉到清晨,元素是被电话铃声吵醒的。

"喂,妈妈!"

"你还有我这个妈吗?你长大了,翅膀硬了,什么事都不跟我商量,你这么没脸没皮地上赶着,不是让人作践吗?素,你怎就这么傻?"

元素知道她会生气,只发了一条短信说了这个事,都不敢打电话。没想到,今天陶子君言语虽然犀利,却没像以前那样直接开骂。她那略带疲惫的语气里,全是担心。

"妈,是女儿不孝,让你难堪了,但你要相信我,钱傲他是个好男人。你信我,成不?"

"傻孩子,你是不撞南墙不回头了……唉!你记住,聪明的女人,不会把心全放到男人身上,懂不懂?"

"懂的!"

陶子君足足给她上了半小时教育课,手机都说烫了。

挂了电话,元素趴在床上,睡意全无。她转眸四顾,突然又发现床头柜上,有一张小小的便利贴,上面画着一个眉开眼笑的小人儿,还有一行龙飞凤舞的留言。

"起床记得吃早餐,吃饱点儿,要是不够,我回来再喂你吃好的。"

元素微微一笑,伸了伸胳膊、腿,进卫生间洗漱,收拾好自己,站在镜子前愣了良久,慢慢下楼。偌大的别墅里,除了用人,只有沈佩思一人在家。

元素是孕妇,睡了懒觉,沈佩思也没有表现出不高兴,立马让张嫂安排早餐。吃完,沈佩思又把她叫到沙发上坐下,开始灌输一些规矩。

"到了钱家,得多学着点儿,做事不要毛毛躁躁的。"

"我知道了,沈姨。"元素点头,端庄地坐在她对面。

沈佩思打量着她："一会儿去量量尺寸,我让人给你做一些孕妇装。"

"谢谢沈姨。"

她没有拒绝,继续微笑。

"老二是个男人,有很多事情要做,你要有分寸,不要整天缠着他,少了爷们儿的脾气。"

"是。"

不管沈佩思说什么,元素都听话地点头说好,不发表任何意见,这让沈佩思有一种拳头打在了棉花上的感觉。而且,她怀着孩子,沈佩思也不好折腾她,于是,两个人说着话,气氛倒也算和睦。

她俩正聊着天儿呢,管家叩门进来了。

他的后面,是拖着行李箱的白慕雅："佩姨,我来了!"

她甜甜地笑着,声音一如往常般清脆,她穿着价值不菲的连衣裙,裙子上垂着飘逸的流苏,衬得她越发身娇体贵了。可是,在这样一个早晨,提着行李突然到访的她,到底还是少了一些底气。

元素淡定地笑着冲她点点头。

沈佩思却开心了起来："小雅来了?赵管家,还不把小姐的行李放到客房去?"

白慕雅放松下来："是的呀,佩姨,按照您的吩咐,小雅准时报到来了。"

沈女士的吩咐?!元素一愣。

这感觉怪怪的。

沈佩思点头称好,脸上没有多余的情绪,依旧是不温不火的样子。

认真说来,白慕雅是被钱傲下逐客令骂走的,这次叫她来,沈女士却是一半为公一半为私。前些日子,她筹备了一个以J·K的名义发起的爱心慈善基金,确实也需要一个信得过的人来帮忙打理一些慈善事务。另外,她也喜欢白慕雅在跟前叽叽喳喳地说话,图个热闹。

慈善,是上流社会的女人热衷的活动。

白慕雅被召唤,自然是开心的。她坐在了沙发上,和沈佩思讨论起基金会的大小事务,如筹委会的设定、资助管理、发放原则、活动的发起、进行等细节。

俩人谈得热火朝天。

元素除了耐心倾听,插不上嘴。

白慕雅说得兴起,瞟了元素一眼:"佩姨,素素闲在家里也挺闷的,不如你给她一些简单的事做,让她去活动活动?"

白慕雅很聪明,她的低姿态,确实能让人产生好感,在沈佩思心里,她和元素有着云泥之别。她俩一个是懂事体贴、在社交场合面面俱到的富家千金,一个是只会靠脸蛋狐媚儿子的贫家女子、扶不起的阿斗。沈佩思喜欢谁?

果然,白慕雅的提议,受益的只是她自己。

沈佩思不出她意料地反驳道:"怀着孩子,就好好养胎,哪儿来的工夫掺和这些?"

白慕雅哦了一声:"是我没考虑周全。"

她若有似无地看了元素一眼,三分得意,七分叫板。

不过,她想错了,她认为很有面子的社会交际,元素压根儿就不想参与。

"谢谢沈姨体谅,我这孕期长了,人就变懒了,整天不想动弹,只能在家享福了。就是这样一来,得多辛苦白小姐一些了。"

她这话说得意味深长。

人家怀着钱傲的孩子呢,你白慕雅算什么?无非是一个做事的外人。

沈佩思没料到元素会反将一军。但元素都将话说到这份儿上了,伸手不打笑脸人,除了点头,她还能怎么说?

白慕雅目有凉意,却掩饰得很好。

这时,张嫂小心翼翼地端着个托盘进了客厅:"太太,这是二少爷为元小姐准备的燕窝粥,二少爷早上走的时候特地吩咐厨房,说上午十点元小姐要加餐的。"

元素暖暖一笑，燕窝粥来得正是时候，为她解了围。

"哎呀，真的好幸福呀。"白慕雅扯了扯嘴角，勉强地一笑。

沈佩思瞥一眼，语调没有起伏："去吃吧。"

吃过饭，沈佩思午睡，白慕雅去了客房。

钱傲偷偷从公司回来睡午觉，潜入房间，元素正在研究他房里的那些书，腰就被人抱住了。她一惊："怎么回来了？"

钱傲将她搂入怀里，满脸笑容："想你了。"

"我也想你。"元素仰起头，说得比他认真。

钱傲："元素，是发生什么事了吗？"

"没有啦……"

"那你这小表情，可吓死我了……"钱傲笑着低头吻她的额角，一半是安慰，一半是浓情蜜意。见状，元素把今天白慕雅来的事情说了一下。

钱傲听完，忍不住笑着刮她的鼻子："傻瓜，以后有什么事，给我打电话，我来解决。知道吗？"

元素抿嘴一乐，笑而不答。

正如钱傲不想给她压力一样，她也不想钱傲为她担心。

他并不闲，那么大一家公司，得花时间去管理的。

两个人对视着，目光流转间，不知谁先动了情，四片唇突然就吻到了一起。钱傲在这件事上，就像只狼，吻着吻着就加大了力气，把对她的思念，重重烙刻在津沫的交流中，贪婪、温暖。

"嗯，嘴都快被你咬破了！"

元素皱着眉头，推开钱傲，佯怒地捂着嘴巴。

"我看看——"

钱傲认真地拿开她的手，正要查看，不料元素突然狡黠地一笑，一把勾住他的脖子，朝他唇上吧唧一口："骗你的，傻瓜！"

"好哇，看我怎么收拾你——"钱傲捉住她就要啃。

元素又一次尖叫起来："呀！窗帘后面有东西……"

"还想骗我？"钱傲哭笑不得。

"真的，真的！你快看……"

钱傲的目光一变，掉头看去。

那扇巨大的落地窗口，有一幅窗帘在微微颤动……

钱傲低吼："谁？"他走过去，一把拉开窗帘。

"喵呜！"——窗帘后，一只碧蓝眼睛的波斯猫瑟瑟发抖，无辜地看着他，片刻后，它吓得迅速跳了出去，顺着半开着的窗玻璃，一跃而下。

"是猫！"钱傲拉好窗帘。

"奇怪，我明明记得关好窗户了呀，猫怎么跑进来的？"元素低低喃喃着，又问，"这猫是谁的？长得好漂亮。"

"小禾的。"

"哦。"元素这次到钱家，还没见过钱思禾。

"别紧张——没事的。"

这话说的，钱傲自己都不信。

钱家有一个规矩，宠物都不能进主屋，因为沈女士有洁癖，认为人和动物混居影响环境，还非常不卫生，怕宠物身上的细菌感染到人。所以，哪怕这只波斯猫是钱思禾喜欢的，平时也都关在主屋外面的另一幢房子里，那里猫猫狗狗，鹦鹉八哥的，养了好些宠物。而且，元素是孕妇，连"大象"都被狠心地"隔离"了，如非有人恶作剧，猫怎么会来这里？

"钱傲！"元素的声音淡淡的，没有紧张，却有一些感慨，"二爷，我想'大象'了。"

看到猫，想到狗，钱傲一愣，揉了揉她的脑袋："改天，咱们接它回来。"

"好。"元素牵唇一笑，与他十指相扣。

……

休息了一会儿，钱傲去了公司。元素继续小睡，心里装着事，好一会儿才迷迷糊糊地睡过去，刚睡着张嫂就上来叫她，太太说，让她准备一下，马上去慈善会。

怎么又让她去了？元素困惑却没有置疑，起床挑衣服。她的肚子还没显怀，但衣物钱傲全是按照孕妇标准来置办的，她选了一套宽松的无腰连衣裙，这件连衣裙甜美优雅的气质里有一种淡淡的轻熟女味道，柔和、妩媚，为她加分不少。

对着镜子，她抿嘴一笑，很有准妈妈的样子了呢。

现在是九月末，她们刚出门就下起了小雨，微风轻拂，温暖宜人。

元素跟着沈佩思到了慈善活动启动仪式现场。远远地，她就看到了"行善天下，善行天下"等字样的大幅慈善标语悬空垂立，活动大屏幕上，播放着《爱心暖天下》宣传片，以及介绍脑瘫、智障、肢残、贫困儿童的纪录片。

民政、团委、残联及一些资助企业代表与会，各大媒体更是早早到场。见到沈佩思的车，工作人员立马过来迎接。沈佩思下车，不论看到谁，都是点头微笑，维持着优雅高贵的形象，白慕雅跟在她身边，也频频向在场的人问好。

这个圈子，她们熟悉。相对而言，元素就有些尴尬了。

对她来说，以这种不明不白的身份参加活动，是绝无仅有的一次。她这会儿，早就已经成了J市的"名人"，那些八卦新闻，老百姓或许有不知道的，但J市有头有脸的人，谁还不知道钱家那档子破事呀？

看到她跟着沈佩思入场，观众席上有人忍不住议论了起来。

"这钱家还挺有意思的，两个女孩哪个才是准儿媳？瞧钱太太这一视同仁的样子，还真是猜不出来呢……"

"富家千金与贫门贱女……嘻嘻，谁的希望比较大？"

"唉，你们看那女人，长得还真是像那么回事，怪不得能把钱二那种花花公子改造成天字第一号的专情好男人！"

"得了吧,还不是一时新鲜……"

有些小声的议论,免不了往耳朵里灌,元素想不听都难。

她轻轻攥手,强迫自己镇定下来。

微笑,她始终保持着微笑。

她心弦一松,豁然开朗,哪怕内心波澜壮阔,面上却平淡如水,举止从容,不为别人的议论露出半分浮躁,让人挑不出一点儿毛病来。

幸亏有表演系那些专业课!她暗自庆幸。

不承想,在登上主席台的那一刻,沈佩思突然顿了顿,瞥过眼来,用只有她们三人听得见的声音说道:"表现不错。"

元素淡淡一笑,信心倍增。

白慕雅心里一窒,佩姨竟然夸元素了?

沈佩思一般不夸人,其实钱傲的性格,大多来自于她,骄傲、狂妄,很少有人入得了她的法眼,白慕雅想到这里,突然生出些嫉恨来。要知道,她用了多少年的心思,才得到了沈佩思的喜欢呀。

活动开始,在捐款环节,沈佩思激情洋溢地讲话,然后直接代表J·K国际首先捐出了三亿人民币作为慈善基金的启动专项资金。

在场的人,一片哗然。

掌声雷动。

沈佩思面带微笑,盛情邀请在场各位参加慈善晚宴答谢会,然后又在倡议书和爱心卡片上签名,现场资助了某孤残学校的一百多名贫困儿童。在她的带动下,捐款捐物签署长期捐赠意向书的人多如牛毛。

活动很顺利,沈佩思露出满意的笑容:"感谢各位的参与,下面我宣布,由J·K国际发起的'善行天下'慈善基金会启动仪式……"

"圆满结束"几个字还没来得及出口,嘉宾席上,突然发出一道不可抑制的大笑,在炎炎的夏日,带起一抹诡异的气氛,并打断了沈佩思的话。

那是一个看上去妖娆无比的女子,她骤然从嘉宾席站起来,揭开头上的遮阳帽,取下墨镜,长长的伤疤横亘在她漂亮的脸蛋上,狰狞的五官让人大白天看着，都觉得有些恐怖。

"天哪！"

所有人的目光，都聚焦到了她的脸上。

她是赵爱丽。

被毁了容的赵爱丽。

她迎着众人诧异的目光，一把抢过一个嘉宾的麦克风，大声质问："请问沈女士，你把慈善做得风生水起，为什么不肯对我慈祥一点儿？你和你儿子的惺惺作态，实在令人作呕，大家看到我这张脸了吗？这就是她的儿子，J·K国际的钱傲先生，为了她旁边那个女人对我做下的……"

赵爱丽咬牙切齿地说道："相信在场的记者朋友都知道，一个多月前发生在我身上的事情，我被人毁容了……钱家，就是钱家的人干的……他们都是魔鬼，魔鬼做慈善，连鬼都在笑……"

吸气，哗然。

场上的声音此起彼伏。

窃窃私语间，人群隐隐有些骚动。

八卦嘛，要的是扒，不一定需要真假……

有些事情一旦传扬出去，是真是假都不重要，名声始终会受损……

局面乱成一团，沈佩思脸上挂不住，气得微微颤抖。眼看人群中的置疑声越来越大，迎着赵爱丽愤然的目光，元素急中生智，快步跑过去，直接扯掉麦克风连线，然后将现场音乐声开到最大。

"感恩的心，感谢有你，伴我一生……"

歌声响彻会场，元素一转过头，就看到了赵爱丽狰狞的眼。她看着元素，在声嘶力竭地大喊，不过，她的声音别人再也听不到了。

元素松了一口气。

接下来，如何控制舆论，如何进行危机公关，就不是她能做的了。

沈佩思很快回过神儿来，她维持着优雅的形象，指挥组委会的安保人员，带走了赵爱丽。

局面得到了控制，不承想，老天也来作妖。

噼啪一声，雷电响过，一台电器设备被击中，竟然嚓嚓蹿出了火花。

会议是在露天的场地召开的！那火光蹿起，人群乱成一片。

闪避的、躲藏的，纷纷逃走……大家都只顾自己，元素在惊诧中，发现一个戴着小红花的残疾儿童代表仍旧傻傻地坐在小板凳上，她听不到，也感觉不到凶险，居然瞧着发光的地方咧了咧嘴，然后，跑了过去。

她以为自己看到的是绚烂的烟花，哪儿知道危险就在头顶？

没有人拉她，大家都只顾着逃命！

电光火石间，出于一种母性的本能，元素冲了过去，一把抱住那个小孩想跑开……可是，一根冒着乌黑浓烟的电线倏地掉落，眼看就要砸向她俩的头顶……

"元素！"沈佩思吓白了脸。

呀一声，逃命的人群里，也传来了惊呼！

"素素！"

一个人影冲了过去，直接抓住那根通着电的电线。

元素瞪大眼，脸色陡变："仲尧！"

钱仲尧只手抓住火花直蹿的电线，一张脸看起来有些耀眼，听到她的叫喊声，他深深地看了她一眼，却没有看到电线，紧接着，身体慢慢软倒在地……

元素的身子止不住地颤抖，吓得脸都白了。

由于慌乱的人群不断地冲击，露天的简易棚突然崩塌，一根柱子直接斜栽了下来，再次砸在了钱仲尧的腿上……

"仲尧！"

元素鼻尖一酸，高声大喊。

"快！快来救人呀！"

元素顾不得别人说什么，也顾不得有记者会报道。她蹲身探了探钱仲尧的鼻息，再摸了摸他的胸口，有呼吸，但心跳微弱，她吓傻了，脑子里迅速搜索着触电的急救常识,将他的衣领口解开,保证气道通畅。

"仲尧,醒醒。快醒醒!"

不过瞬息之间,工作人员已经切断了电源。有人叫救护车,更多的人则是慌乱成一团。

沈佩思听到动静跑过来,狠狠瞪了元素一眼:"快,有没有人懂得急救?"

救人要紧!

有工作人员跑过来,采取了一系列的急救措施,人工呼吸、心脏挤压……

可,收效甚微……

时间一分一秒地过去了,钱仲尧始终昏迷着。

元素插不上手了,愣愣地站在一边,却没有任何办法……直到听到救护车的声音,她才缓缓地松了一口气,双眼发晕跌坐在椅子上,眼底浮上了一层薄薄的雾气……

沈佩思要留下来处理现场的事务,元素和白慕雅跟去了医院。

救护车开着急救灯疯狂地行驶在马路上,钱仲尧躺在担架上,紧闭着眼睛,一直在安静地沉睡……元素看着他,很慌、很累、心惊胆战。

救护车到达医院,跟着医生急促的脚步,元素的腿上有种轻软的感觉。

等钱仲尧被推入急救室,她下意识地攥紧手,无力地找个休息椅坐了下来。

白慕雅盯着她打量了半晌:"素素,仲子要是有什么事,你的良心过得去吗?"

"对不起,我没你那么悲观。"

这句话元素说得明显底气不足,听到白慕雅的耳朵里,却变成了挑衅,她冷哼一声:"但愿他没事,要不然你……"

要不然怎样?白慕雅还没来得及说,电话就响了起来。

她拿起手机转身离开。

393

然后，这位白小姐竟然再也没有回来。

元素很无奈，白慕雅走了，医院里就剩她自己了。

思忖片刻，她掏出手机给钱傲发了一条短信："仲尧为了救我受伤了，还在医院抢救，我在医院。"

将事情的原委说清，其他的不用解释，也不用多说，她相信钱傲能理解她。果然，几秒之后，钱傲就回了短信："我已经知道了，一会儿来陪你，别急。"

元素那颗忐忑的心，落回原处，刚放好手机，就见到两名穿着白大褂的医生，一左一右地从急救室里慢慢走出来，看了元素一眼："请问你是不是病人的家属？"

元素有些窘迫："他怎么样了？"

医生："很庆幸，照明电路的电流较小，加上急救得当，已经没有了生命危险，不过，醒来后可能会有一些身体不适，比如发烧、头晕等等，这个因人而异，过几天就会恢复正常，稍等一下他就可以回病房休息了！"

医生给了一个不算坏的答案，元素踏实了不少。

这么想着，她突然想到刚才在慈善会现场时，搭建简易棚的一根木头在钱仲尧抓电线时，好像在他腿上砸了一下。凝神片刻，她突然追上去："医生，等等！"

"还有什么事情吗？"医生一脸疑惑。

"是这样的，这个病人，他的腿部曾经受过伤，胫骨骨折过，刚才又被砸到了腿，我想，能不能麻烦你们给他仔细查查，以防腿伤复发。"元素尽量说得简单点儿，三言两语就将事情说清楚了。

"好的，我让人给他做个CT。"

医生离开了。

元素继续坐下等待，觉得脚软，心绪不宁。

大约半个小时后，医生回来了："我们检查过了，病人的腿上只是有点儿剐蹭的皮外伤……还有，这位小姐，你是不是弄错了？病人的腿,根本就没有胫骨骨折过的痕迹呀。"

怎么可能?!

钱仲尧在骨科医院时的情形瞬间就出现在了她的脑海中,他上夹板、打石膏、坐着轮椅……不可能有假呀……

元素瞬间迷茫了:"你们不会弄错了吧?"

年轻的医生表情有些茫然:"这个当然不会,一会儿取到CT片子,小姐你可以再看一下。"

元素摇头,难以置信:"不对呀,他明明骨折过……"

医生抱歉地笑了笑:"我还有事,小姐,你要是没有别的疑问,我就先走了。"

望着医生远去的背影,元素的脑子里一团乱麻。

她想不通。

医生不会骗她,难道钱仲尧骗了她?也骗了所有人?

拿到CT片子,她纠结了一会儿,推门去了钱仲尧的病房。

他已经醒了,俩人相视一眼,元素快步走过去,将CT片子放到他的床头。

"你好些了吗?"她问。

钱仲尧皱了皱眉,虚弱地问:"那是什么?"

"你腿部的CT片子。"

她淡淡地答,钱仲尧微微点头,手攥着被子的边角,捏得死紧。

她知道了,却什么也没问,对他来说,比她问了,更痛苦、难过。这个女人已经不在乎了,不在乎他的一切,不在乎他是否骗了她……

他的细微动作,元素注意到了。她也看到了他那修长的手上涂过药水后触目惊心的伤。

"谢谢你,仲尧,今天多亏了你。"她小心翼翼地说道。

钱仲尧垂下眼睑,闪动的视线里,充斥着不安,突然伸手抓住她:"素素,你知道吗?我一直都爱你,我对你的爱,甚至超过了对自己的爱,除了爱你,我都不知道,我还能爱谁,还能接受谁,你能不能,再给我一次机会？给咱俩的感情一次机会？"

元素身体一僵，有些慌乱，她想缩回手，可他却抓住不放，甚至不管他自己受伤的手会有多痛。她不想再刺激他，平复了一下心情，看到他茫然而空洞的眼睛，到嘴的话换成了一声叹息："仲尧，一切都是我的错。"

钱仲尧苦笑出声。

她总是认错。

她总是说"仲尧，对不起"。

可他要的不是对不起，而是她回到他的身边。

钱仲尧的声音有些发颤："素素，你知道我有多后悔吗？后悔当初向你隐讳了家世；后悔在你最需要我帮助的时候，我什么也不知道；我更后悔的是，为什么没有把你看紧一点儿……"他的语速越来越快，越说越激动，到后面，几乎有些哽咽，"素素，回到我身边，好不好？"

元素心里一跳，连忙掉转视线，看向窗外。雨过天晴，阳光居然又明亮了起来，正如这人生，总是在不停地变化，谁也不知道谁在主宰自己的命运。而今时，已不同于往日。元素红着眼圈："是我对不住你，仲尧，你恨我吧，但是，请你以后好好爱自己，咱们这辈子，错过了，就回不去了。"

说完，她伸出另一只手，将他的手掰开，目光坚定又决绝。钱仲尧满脸痛苦，他受不了她如此抗拒，这个女人，原本是属于他的，是属于他的！

他错了吗？

没错，他一直在骗她，可那都是因为爱她，爱有什么错呢？

所有的感官都乱了，他的呼吸急促起来："素素，你说如果一个人，他因为喜欢另一个人，而身不由己地做错了事，值不值得被原谅？"

"那得看是什么事吧。"元素睫毛一抖，语气里没有责备，更多的是替他难过。

钱仲尧忍不住抬起手，就像以前一样，要去抚摸她的脸颊。

这个动作，他在心里模拟过无数遍，事到临头，他做了，可依旧唐突了她，元素侧开头，不着痕迹地避开，淡淡一笑。

"一会儿，你父母应该就来了……你饿了没有？要不要给你弄点儿吃的？"

"不用。"钱仲尧缓缓合上双眼，心碎了一地。

哪怕只是一个简单的触碰，他都没有机会了吗？

"素素，如果时光倒回，让你重新选择……你还会那么做吗？"

元素心里一窒："对不起，仲尧！老天不会给我重新选择的机会。"

钱仲尧呼吸微滞，胸腔里有莫名的情绪在涌动，几乎疼得爆裂开来，他控制不住自己，身子微微发抖，顺手拿起床头柜上的玻璃水杯，狠狠地砸了下来。

玻璃撞击地面。

碎裂，四处溅散的碎片，正如他俩的关系一样。

元素被他的举动吓了一跳，身体骤然一冷。

在她的记忆中，这是他第一次发脾气。

她觉得也好，让他发发火，郁结就会少一些。

可是，还没等她想好怎么安抚，病房外，一阵阵急促的脚步声就传了进来。

房门被推开，钱老大、朱彦，还有两三个元素不认识的男人。朱彦看到地上的玻璃碎片，面色一变，咬牙切齿地看着元素，目光里全是厌恶和嗜血般的愤怒。

"你这个贱人，又欺负我儿子。"

元素目光一沉，拼命抑制着还嘴的冲动，一声不吭。

"贱人！"朱彦带着哭腔又补了一句。然后，她像一阵突然刮到的台风一样扑到钱仲尧的病床前，心疼得直落泪，"我的儿呀！你这是……怎么就不听妈的劝呢？为了一只臭不要脸的破鞋，你一而再，再而三地把命搭进去，值得吗？"

她将刀锋又转向元素，此情此景，实在难堪。可元素又实在没法争辩,仲尧救她是事实,她也是要当妈的人了,暂时能理解朱彦怜惜爱子的焦急怨怼——忍吧,让朱彦过过嘴瘾,自己也不会少块肉。

朱彦哭哭啼啼,突然又转过头来,气势逼人地吼道:"元素,我告诉你,仲尧要是有个三长两短,这辈子我都和你没完!"

元素嘴角一抽,很无奈。

他明明没事了,偏要被她说成"三长两短"。

"贱人,你干吗不讲话,你哑巴了,你不是挺能讲的吗?"

她一口一个"贱人",实在听得不太舒坦,元素淡淡地反驳道:"讲话也得挑对象。"

"妈!"钱仲尧虚弱地喊了一声,把朱彦的视线抢了过去,"和素素没有关系,你为难她干吗?"

朱彦的脸上更不好看了:"你这是作的什么孽呀?这种女人,不知廉……"

"妈!"钱仲尧微微摇头,"我这都是小伤,手上蹭了一下而已,没什么大碍,明儿个就能出院了……"

朱彦又生气又心疼,脸色慢慢缓和了下来:"儿子,我和你爸合计过了,准备给你挑一个门当户对的媳妇儿……那种势力眼儿,咱绝对不能要。"

钱仲尧叹息,不耐烦起来:"妈,我的事,你别瞎掺和。"

"怎么?你还真打算在一棵树上吊死呀?仲尧,你也老大不小了,该考虑自己的终身大事了。"

钱仲尧不经意掠过元素依旧淡然的脸,觉得有点儿悲哀。

她不在乎,不在乎他是不是要和别的女人在一起了。

"妈,你早点儿回去休息吧,把自己的身体累垮了,我也难受不是?回吧,不用在这儿守着我!"

朱彦欣慰地叹了一口气:"儿子,妈在这儿陪着你。"

"元小姐你也走吧,免得在这儿招人闲话。"沉默了半晌的钱老大突然开口,让元素微微一怔。

本来她觉得自己就这么抽身离开太不厚道，可这么一来，不走反而让人误会了。

她点了点头，起身出门。

可她刚扶到门把，门就被人从外面推开了。

元素惊诧地瞪着眼，还没反应过来，就被匆匆进门的钱傲拉到了一边。

"撞到你了？"

元素摇头，眼圈突然一红。

"撞痛了？"他又问。

"没有。"

没有撞到，为什么这表情？

钱傲皱了皱眉头，伸手在她脑袋上乱揉一气："走路风风火火，心不在焉，你慌啥呢？"

他这是恶人先告状呀。

元素快速地瞪他一眼，又缩回脑袋："明明就是你走路不看人，你还凶！"

在钱傲面前，她的委屈没了，不由自主地柔软了下来。

钱傲眼睛一亮，笑着揽住她的肩膀："是，我错了……等一下我看看仲尧，咱一起走。"

他望向躺在病床上的钱仲尧，不经意与钱仲尧似讽似嘲的眼光撞上。

"仲子，好些了？"

钱傲的声音响起的时候，人已经进了屋子，笑着望向钱仲尧："听说是你救了素素，二叔特别感谢你……"

钱仲尧没有理他，更没有讲话。

沉默，往往让气氛更尴尬。

钱傲轻咳两声，在病床边坐了下来，真诚地望着他："仲子，过去的事，咱就翻篇成不？都不翻旧账，不管谁对谁错，都是一家人……"

399

钱仲尧照常当他是空气……

钱士铭看不下去了:"都回去吧,一屋子人戳在这里干什么?都走,让仲尧好好休息。"

"行。"钱傲看他一眼,"那我先回去了,大哥,有用得着我的地方,就开口,甭客气……"

钱士铭听了直接点头:"走吧!"

钱傲起身,拉住元素的手,往外走。

谁知,他脚还没迈出去,就听到钱仲尧冷冷的声音:"二叔,你留一下,我有话想和你单独谈谈!"

他的话没有多余的情绪,淡淡的,听上去很平静,闲话家常一般。

"仲尧,受了伤就好好休息。"钱士铭停住脚步,不悦地说道。

钱仲尧脸上带着笑:"爸,你今天不用开会?我跟二叔唠唠有什么?"

钱士铭叹了一口气,担忧地扫了他俩一眼,最终还是走了。

钱傲拍了拍元素的小手,示意她先去外面。等人都走了,他轻轻掩上门,回到病床边,仍旧坐在刚才那张凳子上面。

病房里,只剩下了他们叔侄二人。

钱傲:"说吧,咱俩有啥说啥,你骂你打,二叔都受着。"

钱仲尧沉默地看了他一小会儿:"二叔,我听姨奶奶说,素素的孩子三个多月了?"

钱傲不知道他葫芦里卖的什么药:"怎么了?"

钱仲尧突然讥讽地笑出了声:"日子算起来差不多。"

"啥意思?"钱傲一愣之后,心里顿时多了几分不舒服。

钱仲尧脸上的表情越发意味深长了:"二叔,你还记得那个晚上吗?"

"什么?"

"那晚,你守在我公寓的楼下,我和素素在楼上,那晚上,我和她……"

钱傲一窒,像是被人揍了一拳,眼眶都红了:"过去的事,你总提它干吗……仲子,这样有意思吗?我不管你和她之前有什么,以后,她都是你的二婶,明白?"

明白?!钱仲尧确实明白了。

原来钱傲一直都不知道真实的情况,很明显,素素也没主动和他解释过,那么……对不起了,二叔,给你添点儿堵,我就会不堵。你不愉快,我就愉快。

于是,钱仲尧轻描淡写地说道:"二叔,难道你就没怀疑过,素素肚子里的孩子,究竟是不是你的?"

钱傲如遭雷击,身子猛地一震,从凳子上弹了起来,怒视着钱仲尧,那声音犹如困兽:"钱仲尧,你实在太无耻了!"

看着他铁青的脸,钱仲尧眼中的笑意更深了:"生气了?别急,其实这个也挺容易解决的,要不咱去医院查实一下,孩子是谁的,素素就跟谁过,免得到时候让钱家闹笑话。"

"放屁!"

钱傲咬牙切齿,不由得欺近一步,一把拽着钱仲尧的衣领,手指收拢、捏紧,狭长、锐利的眸子里,充斥着从未有过的阴冷:"钱仲尧,是个爷们儿,你就不该讲这种话,拿孩子来说事,卑鄙。"

钱仲尧嗤笑一声:"钱傲,你是怕了吧?可我,真的很期待呢,说不定孩子还真是我的,哈哈……"见他一脸怒气,钱仲尧心里没来由的爽快。

钱傲生气了,怀疑了……

钱仲尧报复的快感攀升到了高峰。

这痛苦的滋味,怎么着也该轮到钱傲来尝尝了。

钱傲的目光冷冷地扫向钱仲尧:"钱仲尧,你压根儿不懂老子在气什么。"

他的话让钱仲尧有些摸不着头脑。

钱仲尧再一定神儿,只见他目光里,除了愤怒之外,还有一层冰冷。

钱仲尧勾唇一笑："承认吧,你怀疑了!"

"别浪费时间和精力了。"钱傲说得斩钉截铁,"你永远都不会有机会。"

钱仲尧脸色一沉："你敢说你不怀疑?"

"对,我不怀疑。"

"呵,为什么?"

"因为我相信她。"

"相信?!既然相信,那你为何会气成这样?"

钱傲淡淡地回答道："我为什么愤怒?那是因为你,仲子,竟然会想到用这么低劣的手段来离间我俩的感情。"

钱仲尧拧紧眉头,脸上越发难看了。

钱傲别开视线,走过去打开窗户："仲子,你压根儿不了解她。这么跟你说吧,如果她肚子里真怀了你的孩子,哪怕是有这种可能,她也绝对不会跟我,你明白吗?"

要说元素的性格谁最了解,非钱傲莫属。

她的外表温温顺顺的,而骨子里却异常倔强,如果孩子真有可能是钱仲尧的,打死她都不可能笑嘻嘻地和钱傲一起来期待孩子的出生。

因为信任,所以了解,因为了解,所以信任。

钱仲尧冷冷地笑道："二叔,说得这么肉麻干什么?你心里清楚,她爱的是我,一直都是我,你是用什么手段得到她的,你自己清楚。所以,我瞧不上你!"

"那么你呢?钱仲尧,你所做的事,比我阴险一百倍。我要她,我是光明正大地要,我从不隐瞒,我也从来不在背地里搞花样。"

他这话,说得钱仲尧的脸色有些发青,钱仲尧忽然觉得自己的举动有些可笑,原本想给他添堵,没想到,堵的却是自己的心。

痛恨突然涌起,钱仲尧双眼赤红："得了!钱傲,你得了便宜还卖乖,抢侄子的女朋友,还敢说得这么大义凛然!"

钱傲冷冷地点头："仲子,我是怎么跟她认识的,我们又是怎么在一起的？这怪谁呢？怪你自己，你从来没有给过她充分的信任……"

钱仲尧狼狈地将脸捧在手心里，那只握过电线的手腕上，有鲜血渗了出来。

"我是不知道，因为我没有你那么不要脸，不要脸地占有她、轻薄她，不给名分就让她替你生孩子，我爱她、珍惜她……珍惜和爱，你懂不懂？"

钱傲瞥他一眼，收起脸上的所有情绪，正色道："仲子，你错了，女人的身体才是最忠实于内心情感的，她乐意跟我，那是因为爱我，相信你也看到了，她跟你在一起的时候，有这么开心吗？所以，她从来就没有爱过你，要不然，也不可能放弃你……真正的情感，永远不可能被替代。"

这番话，字字敲在钱仲尧的心坎儿上，他几乎崩溃，一直以来，他都相信素素是爱他的，她跟着二叔，不过是因为二叔的强势和霸道……可如今，他连反驳的信念都没有了。

他目眦欲裂，握住拳头，恶狠狠地瞪着钱傲，松开、握紧，握紧、松开，额头上青筋绷紧，仿佛随时都要爆裂开来："王八蛋！"

他的拳头砸在床上，力道很小，已经没有了刚才的盛气凌人。

钱傲不说话，昂着下巴，含笑看着他："仲子，醒醒吧，让一切都过去吧。"

钱仲尧的身体急剧地起伏着，面部表情由愤怒慢慢变成了痛苦。

"二叔，来根烟。"

钱傲从兜里摸出烟盒扔过去，深呼吸一口："我走了，她还在等我。"

钱仲尧抬眼看他，又似乎没有看他，点燃一根烟，狠狠吸了一口，只觉得嘴里苦得要命："去吧。"

说实话，看到钱仲尧落寞的样子，钱傲也不好受，他不是个善良的人，可他觉得自己幸福了，就会感觉到别人的不幸。而钱仲尧的这种不幸，从某种程度上来说，有他的因素在里边。

他什么也没说。

一切，让时间去抹平吧。

开门，他走了出去。
元素焦急地在走廊上来回踱步，看着她渐渐圆润的身子，想到她肚子里怀着他的孩子，钱傲微微一笑，原本重若千钧的脚步，刹那间轻快了起来。

"宝贝儿，久等了……"
他怎么开心成这样？元素抬头看他："怎么了？"
"没事。咱们走吧。"
元素打量着他："你不对劲儿呀，二爷！"
钱傲幽深的目光微微一荡："就是看到你，有点儿开心。"
"……"
瞧她当了真，钱傲心里乐开了花。
"害羞了？"
"你，无聊……"
元素翻了翻白眼，转念一想，又正经八百地问他："你和仲尧谈什么了？"
钱傲一愣，揉了揉她的脑袋，耸耸肩膀："男人的事，女人少插嘴。"
元素哭笑不得："行行行，你改姓'理'好了。什么都有理。"

他俩一起下楼，听见一阵闹哄哄的声音，这才发现出事了。
医院门口，围满了吃瓜群众，一个个探着脑袋向里边看。
他俩也朝声源处看过去，这一看不打紧，差点儿把元素的下巴给惊掉——冷漠的钱老大、趾高气扬的朱彦，被一个披头散发的女人抓扯住，那女人往死里撒泼，钱老大他俩竟然毫无办法。
那女人像个疯子，不管不顾地在骂人："姓朱的，你把我的女儿弄到哪儿去了？还我女儿……"
朱彦目瞪口呆，钱士铭皱起了眉头："小舒，这里人多，咱们找个地方说话。"

他没有去扯开那女人的手,只是皱着眉头解释。

简直太难想象了,钱老大也会有这么温柔的声音?

"闭嘴,姓钱的,你以为你是好东西?骗了我,还纵容这个女人抢我的女儿……"那女人完全不听任何劝告,状似疯癫,一把鼻涕一把泪地嚷嚷。

三个人拉拉扯扯的,被人指指点点,钱老大夫妇脸上挂不住了,在这J市,他俩都是有头有脸的人物,可被人拽住又毫无办法,显得有些狼狈。

钱家的事,元素大概知道一点儿,瞬间她就明白了,这个叫小舒的女人,应该就是钱思禾的亲生妈妈,是钱老大以前在外边的女人。

"朱彦,狠心的臭娘儿们,你把我的女儿弄到哪儿去了?大家都是做妈妈的人,你就当可怜可怜我……我想见见她,我只是想见见她……"

钱老大被她说得脑袋嗡嗡响:"小舒,我是对不起你,不过,思禾她好好的在家……你不是不要她吗,怎么又想她了?好了好了,别胡乱折腾了,我给她打电话,让她马上来看你。"

女人嘤嘤地哭:"姓钱的,你傻了吗,你养的那个,压根儿不是我们的女儿,我们的女儿不见了,被这个狠心的女人弄走了,我没疯,我真的没疯……你明不明白呀……那个不是咱俩的女儿……"

钱老大捂了捂脸,没有发火,而是扶起泣不成声的女人:"小舒,你冷静点儿!你的情绪不太好,咱们换个地方说,女儿是咱俩看着出生、看着长大的,她好好地活着,真好好的,我很爱她,真的,很爱她……"

不知道为什么,尽管他的语气很淡,但传到元素的耳朵里,却有一丝不易察觉的哽咽。

以钱老大这冷漠的性格,能做到这一步,也是不容易了,被那女人拽得死紧的朱彦,一脸淡然地冷笑着。面对这个跟自己的老公好过,甚至生了一个孩子的女人,她的脸上似乎并没有太大的波澜。甚至,还不如她看到陶子君时激动。

这不对劲儿呀,不符朱彦那容易愤怒的性格呀。

难道,她不爱钱士铭?

小舒挣脱了钱士铭,趴倒在地上,放声大哭。

"女儿,我的女儿!"

钱老大皱着眉,又去扶她,却被朱彦拦住了:"老钱,你愣着干吗,还不走?嫌不够丢人还是怎么的?你看不出来吗?这个女人神经有问题。你跟一个神经病有什么可谈的?"

神经病?小舒抹了一把泪,指着朱彦就是一顿乱骂:"贱婆娘,你才是神经病,你们全家都是神经病!钱士铭,你狗眼瞎了,女儿不见了,女儿是真的不见了……"

朱彦脸上红白交织,而钱老大压根儿没有脾气:"小舒,别闹了,走,一会儿再说。"

不料,小舒抬腿踢他,又打又咬,那癫狂的样子,看上去确实不太正常。

元素扭头看钱傲:"咱们是走,还是?"

钱傲伸出一只手搂住她的腰:"走吧,咱也帮不上。"

元素的嘴角漾着轻笑:"好。"

这种事,最好不要插手,有朱彦在,没事都能惹一身腥,何况是有事?

俩人挤过人群往外走,钱傲去停车场取车,元素在原地等候,不一会儿,她就听到身后不远处的人群里传来一阵惊呼,此起彼伏,一声压过一声。

"快看,她要跳楼!"

"哇,真的是个疯子耶!"

元素心里一跳,转过身,抬头——

医院住院部就六层高,楼顶栏杆外坐着的,正是那个披散着头发状似疯癫的女人,她的两只脚放在外边,一晃一晃的,煞是骇人!

元素不由得紧张起来。

这边僵持不下,闻讯赶来的钱思禾终于到了楼下,她结结实实地被吓了一跳,平日里她见亲妈的时候很少,每次去见,亲妈要么不见,要么就是摆冷脸,慢慢地,她也就不去了。

可毕竟血浓于水,接到父亲的电话,她很快就来了。

"妈,你下来……"钱思禾带着哭腔的声音高亢、响亮。

"我不是你妈,你滚!"小舒坐在楼顶,大声地吼,形若疯癫,"士铭,士铭,我求你,找回我们的女儿吧。她不是我们的女儿,我们的女儿不见了……你相信我!……你们都去死吧,你们都去死吧!"

钱思禾急得直哭,又束手无策。

眼看闹剧愈演愈烈,钱士铭飞奔着赶到了楼顶,也不知道他跟小舒说了什么,前后不过几分钟,小舒竟然乖乖地拉着他的手,扶着栏杆下去了。

围观的人们松了一口气。

一会儿触电,一会儿跳楼,元素觉得,自己今天的生活真是精彩。

"上车,走吧。"钱傲把车停在她的身边,半敞着的车窗里,他的嘴角扬着笑容。

"好。"她知道钱傲最不喜欢插手别人的私事,哪怕是他自己的亲哥哥。

汽车缓缓行驶,离医院越来越远。

听着车内的音乐,元素的心却平静不下来……

"钱傲。"

"嗯?"钱傲稳稳地开着车,闻言瞟了她一眼。

"仲尧的腿,没有骨折过。"

这事压在元素心里,她觉得有些累,特别想要和人诉说一下,而钱傲无疑是目前最好的倾诉人选。可他没有一点儿吃惊,只是淡淡地嗯了一声,算是回应。

元素纳闷儿:"你是不是早就知道?钱傲,你到底有多少事瞒着我？还有我妈那事，你整天藏着掖着的，凶手到底是谁，就不能跟我直说吗？"

钱傲从方向盘上拿下一只手，紧紧握住她的手，声音很温柔："你呀，不要想这么多，只管安心养胎，替我生俩白白胖胖的小子就成。"

元素白他一眼："你就只喜欢小子，万一是姑娘咋办？"

钱傲微微一愣，顿了顿，又笑了："如果你喜欢姑娘的话，那咱就生龙凤胎，刚好组成一个'好'字，象征着咱俩百年好合、好事成双、好运连年……"

一连几个"好"，逗得元素笑逐颜开，被岔开话，就忘了再问他。

俩人没有马上回家，趁着有时间，钱傲带她去附近的山下走了一圈，吸了吸新鲜空气，再回家时，已是华灯初上。

天黑下来了。

钱家的客厅里灯火通明，灯火下，落地窗边的两盆枝叶舒展的兰花略显瑟缩，宽大的沙发上，除了朱彦和钱思禾，其他人都在。

瞧这阵仗，元素的手心里有些冒汗。

钱傲捏了捏她的手，扶她坐在沙发上，一如往常般淡定。

厅里沉默了半晌，还是钱老爷子憋不住火，大发雷霆地将一份报纸直接丢到钱傲的身上："看看，你们给闹的！"

元素一怔，垂下脑袋，不敢去看老爷子那张铁青的脸。

"最近咱们老钱家，可算是出大风头了，你们一个个的也都出息了，尽给老子整那些糟烂事，小的不像话，大的也不像话。一大家子，就没有一个省心的。"

钱士铭也低下了头。

医院那档子事，老爷子知道了，他气得不行，大的在外面养情妇，私生女，情妇玩跳楼，说孩子不是亲生的。小的抢侄子的女朋友，毁女明星的容，准儿媳在慈善会现场又被人拍到和侄子拉拉扯扯……不知真的假的，可被人一说，他脸红，觉得老钱家的脸，也都被丢尽了。

大厅里，一片冷寂。

谁也不敢搭话，只有钱傲沉得住气。

他看着他老子，轻轻一笑："爸，你就放心吧，我保证，明儿这些新闻，通通都会消失。嘴长在人家身上，爱说说呗，动不动就生气，会影响身体的。"

"你个小王八蛋，你还有理了？"钱老爷子眉毛一竖，咬着牙齿，像是要把这儿子给吃了。

钱傲重重地叹了一口气："怄气伤肝，自个儿的身子不好，学什么年轻小伙子？别生气了，一会儿又该送你去医院了，那才是真的鸡犬不宁。"

钱老爷子气得直磨牙："小王八蛋，你到底是不是老子的种？"

听到这话，钱傲笑得更为得意了："如假包换！瞧您儿子这德行就知道，完全是您的翻版，放心吧！"

扑哧！沈佩思实在没忍住，笑出声来。

"老二你真是越发贫嘴了，老钱你也是，父子俩一凑到一起就开火。真是前世的冤家，今生才做了父子。"

钱傲讪笑着，拿过报纸瞅了一眼，脸就拉下来了。

"这写的什么玩意儿？得了，媒体这块我去解决，如果有必要，我会召开一个记者招待会，把事情原原本本地说一下。"

"记者招待会？不行。"钱士铭挑了挑眉，"这种事，只会越描越黑，完全没必要。"

"那就由着人家乱写？"钱傲一脸诧异。

钱士铭揉了揉额角："老二，这事你别插手，我来解决。"

"好。"钱傲半眯着眼睛打量着今天有些反常的老大，若有所思。

这事就这么敲定了，相当于一个简短的家庭会议取得了圆满的成功，众人都松了一口气。

元素一直乖乖坐在钱傲身边，插不上嘴，也不敢插嘴。

钱傲感觉到了她的紧张，笑了笑，转向一边侍立着的张嫂："麻烦给我媳妇儿削个苹果来。"

元素一愣，不好意思地摆手："谢谢，不用了。"

都在聊天，还没开饭呢，她怎么好意思一个人吃东西？

她话音未落，钱老爷子突然抬起头来，吩咐张嫂："还不快去？"

元素错愕，连沈佩思都投去了诧异的一瞥。

钱老爷子轻咳两声，端着老脸，不太自在："别饿着我孙子。"

"……"

张嫂笑眯眯地将削好的苹果放到果盘里，端到元素面前。

元素一脸窘迫，钱傲见状，又不客气地挑起一块喂到她嘴里："吃吧，发什么愣呀？"

他那眼神，那表情、动作，比对谁都上心。

瞧着这一幕，沈佩思与钱老爷子对视一眼，心里都在叹息。

元素细细地吃着苹果，听着他们聊家常，直到用人来通知开饭，众人才鱼贯而出，往餐厅去。

钱家的饭菜永远色、香、味俱全，丰盛营养，面面俱到，尤其是家里有了孕妇后，那餐桌上的菜色，一看就知道，有好几样菜都是孕妇菜系。

元素小小的感动了一把，尽管没什么食欲，却抵不住钱傲的热情，她几乎不用自己夹菜，他一直给她夹菜、盛汤，殷勤有加。

沈佩思朝他使了好几个眼色，他装看不见。

钱老爷子轻咳几声以示责怪，他干脆直接询问："老爹，你毛病又犯了，今儿晚上，嗓子似乎不太舒服，用不用叫医生来看看？"

逆子！

钱老爷子差点儿被他气死。

钱老爷子哼了一声，黑着脸又转头问元素："没听你提起过你爸爸？"

一桌子人均是一阵错愕。

钱老爷子居然主动找元素说话？

元素也有些奇怪，抬眼与他互视，心里有些紧张："我五岁的时候，爸爸就过世了。"

"你父母是做什么的？"

"普通的工人。"元素放下筷子，照实回答。

钱傲见状，轻哼一声，不悦地说道："家规，家规，吃饭的时候，问什么话？你查户口呢？"

钱老爷子横着眉毛瞪他一眼，没再问元素，沉吟半晌，像是又想到了什么似的，望向钱士铭："小禾的事，你要引起重视。"

钱士铭没有回答，嗯了一声，低头吃饭。

接下来的日子，元素过得还算平顺，哪怕其间有一些不尽如人意的地方，可丝毫不妨碍她和钱傲之间的浓情蜜意。

他俩的日子，真真是蜜里调油！

这期间，他俩抽空去了一趟似锦园，拿了些私人物品，顺便把"大象"接到了钱宅，虽然它不能养在主屋，可时不时能在院子里远远地瞧着它，元素也挺开心。

这些天，朱彦没时间跟元素过不去，尽管私下里不给她好脸色，可面子上还过得去，尤其是在钱老爷子和沈女士的面前，装得还是挺有大嫂该有的样子。只有面对仲尧的时候，她始终无法摆脱那种不自在的尴尬，不过，钱仲尧似乎也意识到了这一点，从医院回来后，他白日里基本上见不着人，晚上回来也是深夜，听说总是喝不少的酒。

他俩能照面儿的时间，实在很少。这样的仲尧，是元素不熟悉的，以前的他，遵循一切良好的生活习惯，而现在……除了歉疚，她只能感叹，造化弄人。

兴许是钱傲太过执拗的表现震撼了他的父母，他们也没有再找过元素的麻烦，沈佩思还想着法儿给她补身子，每天晚上雷打不动，一碗营养汤，实在花了不少心思。虽然元素知道，这和养猪生猪崽子有异曲同工之处，但她是个善良的孩子，依然会感动，在钱傲面前说他们对她的好。

是不是实质的好，对她来说，并不重要。重要的是，钱傲对她好，掏心掏肺的好。所以，她习惯去依赖、信服，这种相互抱着取暖的信任，有人说，是摧枯拉朽的坚贞，对他俩来说，却是奠定爱情的牢固基石。虽然他俩谁都没有提过"爱"，但她跟钱傲在一起，好像整个人都重新活过了一次。

俩人分开的每一分每一秒，都互相牵挂；在一起的时刻，不忍分开。他俩恣意地拥有彼此，分享快乐，感受幸福。

一个字：甜！

两个字：贼甜！

甜蜜的日子总是过得特别快，不知不觉宝宝已经四个月了，同时，也迎来了元素的第二次产检。这次产检，除了常规的称体重、量血压等检查项目，主要内容就是令他俩期待的听胎心音，以及唐氏筛查。

唐氏筛查需要空腹抽血，今天元素没吃早饭，空腹的结果是，久不发作的孕吐又来了，吐得她头晕目眩，把钱傲心疼得要命，恨不得代替她受这份罪。而沈女士对这次产检也相当重视，一大早就安排了车辆，还全程陪同。

到了吴岑所在的妇幼保健院，沈佩思首先下车，转念一想，又不好意思地理了理衣服，掩饰自己的急躁。第一次做奶奶，她得端庄。

上楼的时候，沈佩思的眼睛不停地往元素的肚子上瞄："双胞胎就是不一样，四个月的肚子，瞧上去和五个月差不多。"

元素腹诽，主要还是沈女士养得好吧，天天跟养猪似的，各种拼命地灌吃，搞得她明明才怀孕四个月，人都胖了一圈。尤其是小腹，在孕妇裙宽大的裙身里，也无法掩住那微微的隆起。

今儿是周末，来做产检的孕妇不少，一个个挺着肚子的准妈妈在准爸爸的陪同下，排着长长的队伍，沈佩思皱了下眉头，直接找到了吴岑。厨房有人好添汤，元素身体不舒服，直接在钱傲的搀扶下，进了医院的贵宾产检室。

时间是和吴岑约好的,她很快就过来了,笑着让护士取血样。

元素从小就怕打针、抽血,再加上胃中空空,精神又紧张,脑袋一阵阵犯晕,恶心想吐。钱傲看着她苍白的脸,不停地在她的后背上轻搂轻揉,比起她,他的紧张有过之而无不及。

"甭怕,就一下,一下就好。"

元素吸了一口气,勉强一笑:"我没事。"

"嗯嗯,没事的,没事的。"

抽完一管子血液标本,没花多长时间,可元素还好,钱傲的脸都快白了。

吴岑呼出一口气,告诉他们,结果要五天才出来。

接下来,就是听胎心音。

第一次与宝宝的亲密接触,通过仪器感受跳动的小生命的成长,是一件让所有父母兴奋和期待的事。在吴岑的吩咐下,元素静静地躺在床上,紧张得心脏怦怦直跳。

吴岑在胎心仪的探头上涂好耦合剂,拿着探头在她的小腹部缓慢推动、寻找,过了十来秒,床头的仪器里,就传来扩大版的怦、怦、怦的有节奏的声音。

"这就是胎心音了……右边和左边,两个胎心,哦,好像右边的比左边的跳动得更为有力一点儿。"

元素不解地问:"怎么会一个比另一个更有力呢?有没有什么问题?"

吴岑笑了笑:"没事,宝宝体质不一样。"

钱傲正处于兴奋之中,闻言说道:"一个小子,一个闺女,小子当然比闺女更有劲儿。"

他嘚瑟着,正准备凑近耳朵仔细听听,吴岑就拿开了探头。

"小姨!"他不满。

吴岑瞪他一眼:"咋了?两个宝宝的胎心音都很正常,猴儿急什么?生出来有你烦的!"

元素扑哧一乐，脸上溢满了笑容，这真是世界上最美妙的声音呀。

沈佩思竖着耳朵听了片刻，小声地问："他小姨，能瞧出来是小子还是闺女吗？"

吴岑白她一眼，感叹着这位表姐的心急，随口说："医院禁止非医学性窥视胎儿性别。"

"老钱家的宝宝，咱老钱家人还能不爱？不过就是想早点儿知道宝宝的性别罢了。"

"现在四个月，彩超是可以知道宝宝性别的，不过，不排除有误差。"

她俩的谈话传到元素耳朵里，实在有些无奈，这钱家人还一个个都重男轻女，如果，如果真是两个女儿，该如何是好？她不禁有些担心起来。

很久之后，一行人转移到了彩超室，再次躺到床上，元素觉得自己完全像一只待宰的猪。

吴岑检查得很仔细，可是由于宝宝体位的关系，还是费了好一番周折。

"恭喜呀，真的是一个小子一个闺女。龙凤胎呢。"

沈佩思大喜，乐得嘴都合不上了。

"龙凤胎好，吉祥、有福气！"

钱傲高兴地凑近屏幕，对着那不停蠕动的物体眨巴着眼睛："小姨，我咋看不出来呢，你不是骗人的吧？"

吴岑面上带着笑，轻嗔："你能瞅明白，你小姨就该回家喝西北风了。"

"呵呵……"钱傲傻呵呵地笑着，小心翼翼地替元素擦干净肚子上的耦合剂，"妞，我说得没错吧？咱俩在一块儿，那就是上天的安排，不管怎么凑，都是一个'好'！"

元素抿着唇，想镇定一点儿，又实在按捺不住喜悦之情："嗯，钱二爷说什么都对。"

一群人都笑了起来。

离开医院,沈佩思就给钱老爷子去了电话,说起龙凤胎,笑得嘴都合不拢。可高高兴兴的产检之旅,一回到钱宅,元素和钱傲就被拉回了残酷的现实。

院子里的一幕,把元素吓了一跳。

"大象"倒在地上,拖了一路的鲜血。

"'大象'!"

"嗷嗷嗷——"

"大象"听到她的声音,摇着尾巴跌跌撞撞地奔了过来,浑身鲜艳的红色,尤其是那张尖翘的小嘴,一路走,一路滴血,看得她心脏狂跳。

"'大象',你这是怎么了?"元素奔了过去。

"大象"当然是说不出话的,瑟缩着小小的身体,它脚步不稳地奔跑着,白亮的毛皮被染成了暗红色,那哀恸般的狗吠声,让元素心疼不已,就像自己的孩子受到了伤害一样,眼泪忍不住往下掉。

第十一章 挟持

"'大象'。"元素轻唤一声,连走上前去抱它的勇气都没有了。血,一看到血她胃里又开始翻腾。见这情形,钱傲比谁都要急,"大象"从奶狗的时候就被他收养,他对它的感情岂是三言两语就能说清的?

"是谁弄的?"他怒火冲天地抱起"大象",活像一个炸开的汽油桶,"人呢?都给我出来!"

"医生,钱傲,快找医生!"

"嗯!"钱傲拍拍她,"别慌!"

很快,医生来了,看到钱傲的脸,他吓了一大跳:"天!这是怎么回事?那个,二少爷,我不是兽医……"

"不是兽医,就不能看狗了吗?"

医生硬着头皮,给狗看伤。

钱傲急得不行，眉头皱成了一团："到底咋样？"

医生擦汗："好像，好像没大事，都是皮外伤，消消毒就没事了。"

"那它嘴里咋这么多血？"很明显，钱傲怀疑他的医术。

"外伤，外伤也会有血的……"医生继续擦汗。

钱傲皱眉，对他模棱两可的答案无法接受，正准备去外面找一个兽医，别墅附楼里，就传来一声尖叫。是平日里专门照顾宠物的程妈发出的尖叫，她慌慌张张地跑了过来："哎哟，不得了啦，小姐最喜欢的猫，死了！"

猫死了？

元素想到那天莫名其妙出现在卧室的那只猫。

"是那只狗，是它和猫打架，把猫咬死的……"

钱傲一愣，一听说这么小个子的"大象"把爪子凌厉的猫咬死了，而它自己就受了一点儿轻伤，他反而乐了，火也消了。还拍了拍"大象"的头："有出息，没丢老子的脸。"

"呜……二叔，这只狗咬死了我的咪利！"钱思禾呜呜地啼哭着，跑了过来，手里托着明显软下去的猫尸，哭得撕心裂肺，"咪利死了，我的咪利死了……"

"死了有什么办法……厚葬吧。"钱傲挑了挑眉。

"呜呜……"钱思禾见二叔说得这么轻松，不服气地吼了一句模糊不清的话，然后直接冲了过来，抬腿就朝"大象"踢去，直接将因疼痛乖乖趴在元素脚边的它踢开了足有两米远。

"嗷……嗷嗷……"

"大象"疼得直叫唤，缩着尾巴抖动着身子，下巴靠在地面上，可怜巴巴的……

元素大惊失色，跑过去就要抱"大象"。谁知道，钱思禾一脚踢完，还不解恨，紧跟着第二脚就来了，直接踢到了元素的背上。

元素吃痛，收势不住，一屁股跌坐在地。

"干什么？"钱傲气得不行，冲上去将元素扶起，仔细瞅着她，握住她的手不住地询问有没有受伤,直到她摇头,再三保证没事,他才微微松了一口气,铁青着脸骂人。

"钱思禾,你今儿发什么疯?!"

钱思禾被他的怒吼声吓住,事实上这一脚她不是有意要踢元素的,不过,在她的记忆中,二叔从来没有这么粗声怒气地吼过她。

"哇!"失去猫的伤心加上被钱傲骂,她忍不住失声痛哭起来,"我的猫死了,二叔,你还凶我……"

"老子不仅凶你,还要揍你,你信不信?你脚上长钉子了,痒得慌?踢老子的狗就不说了,还敢踢你二婶,不知道她怀孕了?"

钱傲瞪大眼睛,余怒未消,元素尴尬地拉了拉他的衣服:"钱傲,她不是有意的。"

她原是好心解围,不料不仅没有息事宁人,反而换来了钱思禾的不满:"不要你装好人,你这个烂女人!都是你教的好狗,咬死了我的咪利……呜呜……"

"再说一句,老子真揍你了!"钱傲怒吼。

钱思禾咽了咽口水,瞟他一眼,愤恨而委屈地闭上了嘴。

钱傲的眉梢轻轻一挑,又消了火:"好啦,小禾,改天二叔给你买只一模一样的,成不?"

钱思禾红着眼圈,抽泣:"能一样吗?我把你的女人杀掉,改天给你找个一模一样的,你说成不?"说完,她身子一扭,气哼哼地走了。

钱傲牙根痒痒,冲她的背影骂道:"这丫头,惯的啥臭毛病?"

钱思禾迈开脚步,跑得更快了。

元素见状,心里不是滋味。

这件事后,钱思禾每次见到元素都是一张黑脸,但不再提起那只被"大象"咬死的波斯猫。钱家人怕她难过,也都默契地不提。日子仿佛又恢复了平静。可元素孕期渐长,人也莫名其妙的敏感起来,她总觉得这家人突然变得怪怪的,尤其是他们瞧钱思禾那眼神……

医院那天的事，她是知情者。

瞧这情形，她不由得冷汗涔涔！难道还真被那个小舒说中了，钱思禾不是钱士铭的女儿？

不能吧？这么狗血？

无聊的时候，她偶尔八卦地想一想，但没有去问钱傲，钱傲对这件事，似乎也不太关心。

于是，一天过去……

两天过去……

三天过去……

时间在平静中悄无声息地溜走，元素也渐渐习惯了每日在豪门大宅里穿梭的日子，没有了当初的尴尬，大宅的人们见到她，也自然、顺眼了。

她心情放松，日子也雨过天晴。像一个进入了童话世界的灰姑娘，她的生活发生了翻天覆地的改变，过起了豪门少奶奶十指不沾阳春水的生活，吃穿用度一切有专人伺候，性子变得更为温顺了。而钱傲的改变，也让钱家二老欣喜，直叹太阳打西边出来了。

二十几年来，他从来没有像现在这样有规律地生活过，准点出门去公司，准点回家吃饭，整个人意气风发、红光满面，见到谁都是笑脸。为此，哪怕他们对元素仍有不满，对她的态度也好了很多。

空气里、微风里、阳光里，都充斥着幸福的味道。

这天傍晚，钱傲换好衣服准备出门，一个被他推三阻四的宴请，最终躲不过，他还得去应酬一下。硝烟弥漫的商场，犹如男人的战场，元素理解，帮他整理好领带，噙着笑，又凑上去亲了他一下。

"少喝酒，多吃菜，见到美女不要去爱。"

钱傲笑呵呵地揉了揉她的脑袋，把她拉过来靠在怀里："我会早点儿回来，你要是困了，就不要等我，知道吗？保证睡眠。"

"嗯，知道啦。"元素在他怀里蹭了蹭，满脸带笑，心底跟打翻了糖罐一样，"快去吧，别磨蹭了。"

钱傲拉开门，临走，又转头看她一眼，那眼神中满是依依不舍，元素有些好笑，上前挽住他的胳膊，一起出了房门："走吧，二爷，我送你出大门。"

"真乖！"钱傲拍拍她的头，乐滋滋地笑。

俩人有说有笑，刚下楼梯，就碰上了许久不见的钱仲尧……

他不知道是什么时候回来的，正端着一杯冒着热气的茶坐在沙发上，拿了本杂志在看，元素看他一眼，表情有些不自在，钱傲则是淡定地揽住她的肩膀，手掌在她肩上摩挲了一下。

"你回房去吧。"

元素点头："嗯。"

钱仲尧古怪地一笑："二叔，怎么了？见到我就把人藏起来，怕我给你吃了？"

"说啥呢？"钱傲望着他，颇有深意地笑道，"你二婶怀着孕呢，这两天不太舒服，我让她回去歇着。"

钱仲尧毫不客气地大笑，目光定定地看着元素，眉目之间带着掩饰不住的凉意："素素，你看上去像是胖了一些？"

元素有些头大，但同在一个屋檐下，碰面是早晚的事，她得学着面对："呵，是呀。"

钱仲尧直勾勾地盯着她，手指紧捏，被她不在意的淡然表情刺激到了："好奇怪，为什么你们都能这么镇定自若呢？"

钱傲脸色一沉。

元素尴尬，抚了抚隆起的小腹："钱傲，我先上去了。"

钱傲盯住钱仲尧，拍拍她的手："嗯。"

"你注意安全！"

她的意思是，钱傲去公司要注意安全。

可听到钱仲尧的耳朵里，却变了味道。

他脸色一白，冷笑出声："真是恩爱呢。"

元素舒了一口气，回到卧室，关上门。

坐了片刻，她实在闲得无聊，将俩人的贴身衣物搜罗到一起，放在盆里用手慢慢洗净，将卧室又里里外外地收拾了一遍，连最隐僻的角落、缝隙都不放过，权当锻炼身体，打发时间……而且，她喜欢做这些杂事，因为这样，更像是一个家。

把能做的做完，她百无聊赖地又找了本育儿书籍翻看起来。

咚咚咚！

有节奏的叩门声传来，元素愣了愣，起身走过去。

打开门，她愣住了。

门口站着的是满脸阴寒的钱仲尧。

这些日子，他从来没有主动找过她，此刻相见，元素不免有些慌乱："仲尧，找我有事吗？"

她站在门口，完全没有要他进屋的意思。谁知道，钱仲尧一声不吭，直接推开她的手，闯了进去。

他看了一眼这间透着温馨的卧室，目光凉凉地落在那张床上，冷笑着，坐到了她刚才坐着的躺椅上，顺手拿起她刚才翻看的育儿书籍："日子过得挺滋润的嘛。"

元素的脑袋嗡嗡作响："仲尧，如果你没什么事的话……"

"素素，你怕我？"钱仲尧打断她，眼神里写满了伤痛，淡淡的黑眼圈显示着他的憔悴，"我有什么可怕的呢？跟你说几句话，就能把你吓成这样？"

"我……"元素头皮发麻，不知道该说什么。

在钱傲面前，她是个要债的，在钱仲尧面前，他像个讨债的！

来个地缝吧，让她钻进去得了。

钱仲尧见她窘迫，脸上恢复了一贯的笑容，淡淡地说："素素，最近我总做梦，梦见我们以前在一起的日子，在莫名湖的阳光下泛舟，在塔子山看烟火……素素，回想起来，你知道我有多后悔吗？"

他始终处在后悔与痛恨中，不能自拔。

那时，她如花般绚烂的笑容，如弯月般亮丽的眉眼都是他的，她会开心地叫他"仲尧"，她偶尔也会说喜欢他，尽管她对他的一切都很被动，但他知道，如果没有二叔的横插一脚，这个女人一定是他的。可是，生活瞬息万变，她投入了二叔的怀抱，他想抓住她，可越是用力，她离得越远，而他，就越是痛苦得走不出来。

"素素，你说我该怎么办？我忘不掉你，怎么办？"

元素长长地叹了一口气，内心万分纠结，脸上却不敢表现出丝毫情绪，因为她知道，"对不起"三个字好说，但最没用，现在不管怎么做，伤害已经造成，何必再给彼此多添烦恼？

"仲尧，过去的事情，咱们不要再提了好吗？人都不可能重新来过。现在，能不能请你离开我和你二叔的房间？这样，对咱们都好，你说呢？"

"你变了，素素。"

"有吗？"

钱仲尧抿了抿唇，艰难地开口："有，你现在心硬得像块石头，你越来越像他了。"

"不，我没变，只是你从来没有真正认识过我，我其实比谁都冷血，比谁都无情，只不过，你以前只看到了我好的一面……麻烦你，离开，谢谢！"

她语气生硬，没有一点儿回旋的余地。

钱仲尧放下手上的书，冷笑着站起身，一双黑眸，寂静而痛苦："我来是想告诉你，我的病假差不多到期了，过完中秋节就该走了，这一次培训，大概需要二十天……"

他一件一件地说着，思维似乎还停留在以前，她是他的女朋友，每一次的行程，他都会仔细地告诉她，等着她耐心听完，嘱咐他要注意安全……

"停！仲尧，这些，你不用告诉我的……"元素别过脸，不让他瞧到自己眼睛里的情绪。

"我走了!"钱仲尧苦笑。

他错了,他的一切她早就不关心了!

正如来时一样,钱仲尧悄无声息地走了出去。元素转身,看到他落寞的背影,心里挺不是滋味,眼眶红了又红。

抱歉了,对不起!

她给自己倒了一杯水,坐在床边,愣愣地出神儿。

电话铃声响起,将她从繁杂的思绪中拉了回来。

电话是颜色打来的,语气里充满了欣喜:"喂,猜猜我是谁?"

元素紧张地问:"小颜子,你在哪儿?"

"嘻嘻,怎么,想我了?"

"废话,当然是想的。"元素红了眼睛,"这么久没联系,你上哪里去了?"

颜色不回答,只问她:"你呢,过得咋样,和钱傲还好吧?"

元素随口嗯嗯两声,又把皮球踢了过去:"你到底跑哪儿去了?我跟你说,你家徐丰找你都快找疯了……"

"小圆子,别,别跟我提他……"刚才还谈笑风生的颜色,一听到"徐丰"两个字,立刻打断,"再提他,我就挂电话了。"

"颜色!"元素焦急的声音传了过去。

电话那头,颜色的语气又缓和了不少,一副潇洒的语气:"出来吧!咱俩聊聊……我还在J市呢!"

"好,你等我。"元素挂断电话,换了衣服,告诉沈佩思一声,就去了和颜色约好的咖啡厅。

到了约定的地方,元素找到颜色所在的包间,一眼就看到了独自啜饮的姑娘。颜色穿着件白衬衣、一条清清爽爽的牛仔短裤,扎着马尾辫,这模样让她看起来像一个高中生。

"嘿,这儿。"颜色笑着朝她招手。

元素点点头,走过去坐到她对面:"小颜子,你这是何苦?"

颜色一怔:"你知道我的个性,我没得选择。"

"徐丰,他不是有意的,有些事情,他也很为难……"

"我知道!"颜色回答,对她的话,就没有一点儿怀疑,也没有一点儿波动,"谁又活得容易呢?对不?"

"那你还走?"元素不解。

在她目光烁烁的瞪视中,颜色捋了捋头发:"你可能觉得我傻,可我真的累了,小圆子,你不知道天天过街老鼠一般被人喊打喊杀的感觉,得不到家人的支持,又被各种阻挠、陷害的感情,是走不到一块儿的……我没有你那么坚强,明知得不到,何不早放手,早死早超生。"

元素无法认同,又无力反驳。

每个人的人生选择是不同的,她没法替小颜子做决定……但是,她可以替小颜子争取。

"我上个厕所。"离开座位,她躲进洗手间,给钱傲打了个电话。

不承想,她刚打完电话回来,走到包间门口,就瞧见颜色瘫软着身子,被人恶狠狠地绑着,正要被带走。

她一惊,停下脚步,刚准备退出门,就被人发现了。

"这儿还有一个。"

"一起弄走。"

元素还没有看清说话的人,就闻到了一阵香气。

"嗯……"她想挣扎,意识却突然迷糊,什么也瞧不清,身子一软。

唐朝大酒店。

和元素通完电话,钱傲先打电话给徐丰,告诉了他咖啡馆的地址,再三叮嘱徐丰看好元素才挂掉,然后慢吞吞地回包厢。

这饭局七点整就已经开始了,他早就不耐烦了。可商业饭局,就算再不情不愿,在目前的大环境下,他不得不去应付。

推门进去,他收敛起不耐烦的情绪,脸上恢复了一贯的表情:"电话有点儿久,各位不好意思。"

"没事没事！"参与饭局的人都知道，这顿饭本来就是宴请他的，他才是主角。在这之前，就因为他的推托，这顿饭一再延后，完全就是按这位爷的作息时间来安排的，又哪儿会在意他耽搁的这一会儿？

不过，只要菩萨来了，还愁不受香火吗？于是，你方唱罢我登场，众人变着法儿地给钱傲敬酒。换作以前，生意场上的酒水，他会照单全收，可今儿不知道为什么，他总有点儿心神不宁，完全没有心思喝酒。

他随便找了个借口，一杯酒轮了一圈，接下来就不肯喝了。

那些人也不敢勉强他，组局的人定了定神儿，朝坐在钱傲身边的美女使了个眼色。

这种饭局，少不得女人作陪。这个长头发、大眼睛的妹子是这些女孩子里最漂亮的，酒宴一开始，她就被安排在钱傲的身边坐着，如今接到授意，马上一笑，表示了解。

她不是没见过世面的女人，长得好看又有钱的男人也不是没见过。可是，仅是匆匆一瞥，甚至连钱傲的目光都没有与她正面相撞，她的心就开始不断沉沦。这种男人，是女人的死穴，他仿佛永远站在巅峰，睥睨天下，等着女人去瞻仰，骨子里霸道，用情却专一。

她端着酒杯，声音柔腻，音调适中，知道怎么让自己在男人面前更出彩。

"来，钱哥，妹子敬你一杯。"

钱傲转眸，瞟了她一眼，没瞧见她的脸，倒是瞧到她一头的长发了，不知道怎么的就想到了元素的头发。这么一想，他还真就问了："这头发，得留不少年月吧？"

妹子心底一颤，抿着嘴媚眼生波："哥哥把这杯酒喝掉，我就告诉你。"

钱傲眯着眼打量她，忽然哦了一声，转过头笑着看向组局的人，说道："找个这么敞亮的妹子陪我，你老这不是成心让我犯错误吗？"

男人在外面应酬，真真假假，假假真真，谁也不知道哪句是真，哪句是假。钱傲以前是出了名的浪荡公子，瞧这情形，几个人互视一眼,哈哈大笑,打趣着说道:"钱董开玩笑了,在这J市,您跺一脚,整个商界都得震一震,这妹子有机会伺候您,是她的福气。"

钱傲笑了笑,不置可否。

几乎每次应酬,都有人想往他怀里塞女人,环肥燕瘦,他早就习惯了,都懒得回绝,基本是吃完走人,人家也就懂了。

可今儿这妹子没有会过意来,满脸酡红地往他胳膊上一搭,咪咪直笑:"钱哥,今儿晚上,妹子就归你了……由着你使唤。"

钱傲不着痕迹地拂开她的手,似笑非笑地问道:"我回家你也跟着?"

这妹子没有察觉到他的不悦,娇笑道:"可不是吗,人家说归你,当然是你在哪儿,我就在哪儿……钱哥,你要不要我陪呀?"

钱傲挑了挑眉毛斜睨她:"陪我睡觉?"

那妹子羞答答地笑着垂下头,嫩白的小手又搭了上去:"瞧你……"

钱傲苦恼地皱着眉头:"可问题来了。你去了,我老婆睡哪儿?"

那妹子不明所以,错愕地张着嘴,还没来得及开口,就见钱傲变了脸色,将她伸过来的咸猪蹄随手一推,眼神阴沉地说:"自重吧。大好的时光,谈点儿正事多好。"

一桌人顿时沉默,组局的人酒也醒了大半,尴尬地坐在那里,知道自己把这事办砸了,不敢得罪这位祖宗。

他有些尴尬,正好钱傲的电话响了,为他解了围。

钱傲低头一看,是徐丰打来的,心里顿时有了一种不祥的预感,他接起,还没等说话,徐丰就开始念叨了:"哥哥,你听我说,咱俩的媳妇儿好像都没了,这里的情况有点儿不对劲儿。"

这傻子!钱傲心里发慌:"什么叫'没了'?你说清楚。"

徐丰:"她俩没在咖啡馆,可是,你家司机一直在咖啡馆门外等着的,说是没瞅着她俩出来,按道理说不应该呀,怎么会莫名其妙地失踪?"

钱傲脸一沉:"徐丰,你先别慌,听我说!"他说着话,双腿已经往包厢外跑了,没有给在场的人一句解释,压根儿把这群人给忘了。

他嘱咐完徐丰,一边走,一边拨打元素的手机。

可是,已经关机。

钱傲气得砸电话。

接下来,他和徐丰像是疯了一样在J市找人,几乎挖地三尺,把各路神仙都找遍了,拉网、盘查、调监控,可是一个小时过去,两个小时过去,音信全无。其间不停接到各种信息,有人说,二环路上刚刚发生车祸,醉酒驾驶,有两个女人死亡,身份不明,身高、体型恰似他们提供的女人的信息,问他俩要不要去看看。

徐丰差点儿晕倒:"尸体?尸体?不可能,怎么可能?"

那边很快传来照片,虽然照片上的女人血肉模糊,可还是一眼就能认出来,不是她们。

"呼!吓死我了。"

"不是她们……可她们,人呢?"

时间一分一秒地过去,依然没有消息,徐丰已经紧张得没了章法:"怎么办?哥哥,怎么办?"他来来回回不停打电话,脸色比钱傲更加苍白。

"疯子,有点儿出息成不?慌什么?"钱傲瞪他一眼,手握成了拳头。

徐丰终于闭了嘴。

世界清净了。

可钱傲又哪儿能真的不怕呢?时间拖得越长,代表危险性越高,已经临近午夜十二点了,他的心,也越来越沉。电话铃声再一次划破寂静的时候,钱傲接电话的手,都有些颤抖了,他怕还是那些不靠谱的信息……

这次来电话的是施羽,他的声音略为沉重:"哥,嫂子找到了……"

"在哪儿?你快说!"钱傲见他半晌不吭声,怒不可遏,"说!"

元素从昏迷中醒过来,四周一片漆黑,脑袋有些发晕。

这是啥地方?闭眼,再睁开,反复几次后,她终于适应了微弱的光线。混沌间,她摇了摇头,想要挣扎,却发现,双手竟然被绑上了绳子。

完了,她真的遇到绑匪了!

元素转头,看到同样被绑成粽子一般的颜色。

元素心下一慌,手动不了,伸出脚,蹬了蹬颜色的小腿:"小颜子,小颜子,快醒醒。"

蹬了好几下,颜色才听到她的声音,睁开眼,半晌没反应过来:"小圆子,你干吗呢?干吗把自个儿捆起来?咦,不对呀,这里是哪儿?你搞什么?怎么把我也绑了?"

"……"元素咬牙,哀悼自己的命运。

她怎么就遇上了一个这么迷糊的主儿呢?

颜色也不是真傻,不过几秒,就恍然大悟,惊叫起来:"这是,哦,天哪,难不成咱们被人绑架了?"

"恭喜你,说对了。"颜色的反射弧长得让元素欲哭无泪,不过,她好歹跟着钱傲混了一段日子,性格上磨砺了不少,她明白着急上火不管用,得想办法逃离才行。

没再理会颜色,她打量着这个房间,可惜,窄小的房间被厚厚的黑色布帘挡住,光线太差,看不到陈设,就像是一个废旧的杂物间,没有窗户,门紧闭着,不见天日,也辨不清白天和黑夜。

她气急了,完蛋了。

"这到底是哪儿呀,谁这么缺德呀,绑咱俩干吗?"颜色脾气暴躁,忍不住吼了起来。

看她心急火燎的样子,元素叹息:"不知道,闭上眼休息一会儿吧。"

"小圆子,你不害怕吗?"

"害怕有什么用?"

"傻子。"

"你才是傻……唉,怪不得……"

"怪不得什么?"颜色疑惑。

元素打趣道:"怪不得钱傲让我少跟你来往,你瞅瞅,你都成我的灾星了,每次碰上你,准没好事。"

"……"

颜色扑哧一笑,放松下来。

元素转眸,就着微弱的光线,看到颜色被绑着的手腕上有一丝血痕,而她自己,虽然同样被绑着,却轻松不少。她慢慢往颜色的身边挪了一下:"小颜子,别怕。"

"老娘怕个屁,我一没钱,二没色……不对,色还是有一点儿的,不过有你在,我还是比较安全的,要强要轮,人家指定也是先挑你……"

"去你的!"到了这地步,这小妮子还有心思开玩笑,元素看她一眼,闭上双眼养神,"睡觉。"

"睡个屁,醒着的时候多活一会儿,睡过去就没法醒了。"颜色郁闷地从鼻孔里哼了一声。

元素眉头一挑:"死?我可不想死,没活够呢。"

她还没有嫁给钱傲,她肚子里还有一对双胞胎儿女,这么死了,会不会太可惜?

就算要死,她也得见钱傲最后一面吧?

她昏昏沉沉地想着钱傲,祈祷着,他能快点儿来救她。

突然,砰一声巨响,门从外边被踹开,元素猛地眯眼,一道刺眼的光线射了进来,她动了动,可蜷缩得太久,双腿都麻了,完全动弹不得。

进来的是二男一女,共三人。

元素瞧了瞧,她全都不认识。

为首的女人二十五六岁的样子,黑色皮裙罩着高挑的身材,漂亮的五官冷厉逼人,高昂着下巴。她的五官无一不美,人间绝色……美中不足的是,杀气太重,让人莫名地感到恐惧。

颜色没心没肺,挣扎着问:"你们到底是谁,为什么要绑我们?"

黑衣美女嗤笑一声,半蹲下身子,轻轻挑起颜色的下巴:"就你这小妞?怎么看上去像根小黄瓜似的?"

颜色非常不爽被这女人勾着下巴,力道还老重,嫌弃地偏头:"美女,你认识我?"

美女挑眉:"今天以前不认识!"

"我就说吧,这肯定是误会,我把我家祖谱往上翻十代也不能和你这么高贵的美女搭得上关系才对……"

颜色挺识时务,小嘴甜得有些过分。

元素的嘴角不停地抽搐。那美女眸光一闪,眼底略带几分不明的笑意:"误会?!可我表妹说,是你抢了她的未婚夫……"

表妹?未婚夫?

敢情这大美女是许亦馨的表姐?

"呸!"刚才还嬉皮笑脸的颜色,立马就变了脸,"有本事让她把男人抢回去,来阴的,算什么玩意儿?不要脸。"

那女人摸了摸鼻子,笑了:"这么能说会道,那就怪不得了……"

"你到底要干什么?"

那女人貌似为难的样子,突然冷着脸凑近颜色,抓起她披散着的头发,逼她抬起头:"装傻呢,小妞……啧,可怜了这张脸,真想帮你整整容。"

然后,啪的一声,她甩了颜色一个耳光。

颜色的半边小脸,一下就红透了:"贱人!"颜色是个不服输的人,被打了,手不能动,但嘴能说话,狠狠啐一口,她得替自己讨回来。

元素的眼神扫过去,制止了她,元素沉声对面前的美女说道:"这位小姐,有话好说,暴力解决不了问题,更挽回不了感情。你这样做,是想彻底地断送你表妹的幸福吗?你仔细想想,颜色要是真的出了什么事,徐丰这辈子,还能娶你表妹吗?"

她分析得头头是道,那女人手一顿,冷哼一声,突然俯下身来,凑到元素耳边说道："你很聪明，被你说中了，这正是我的目的，你得替我保密哦。"

说完，她直起身，咯咯直笑……

元素半晌没明白过来，这女人神神道道的，不是脑子有问题吧？

见她发愣，那女人潇洒地打了个响指，没打算给她解释，直接向后面的两个男人招手："这俩小妞交给你们了，甭客气，好好弄舒坦了，姐少不了给你们的打赏！"

"收到！谢姐姐赏！"两个高壮男人淫笑着凑上来，还果真如颜色刚才玩笑所说，毛手直接往元素身上抓。

"住手！"颜色拼命地扭动身子，顺势一滚倒在了元素的身前，将她拼命地护在身后，"你们别动她！……你们，要怎么玩都成，姑奶奶陪你们……有种你俩一起上！看看有没有这本事让姑奶奶求饶！"

元素脸色灰白，呼吸困难起来："颜色！"

颜色完全没有让开的意思，笑得明媚如春："乖，小圆子，别担心，有人乐意伺候老娘，那是好事，就是怕他们技术不行。哈哈哈……"

听了她这话，其中一个男人转而笑嘻嘻地勾起她的下巴："看不出来呀，妹子，这么刚，有劲儿。你喜欢一起，还是喜欢一个一个来？"

"都可以……"

哕！元素的胃里直翻腾，身体却被颜色死死挡在了后面，动弹不得，她急得脑袋直冒烟："不行，小颜子！不行！"

能拖一分是一分，能拖一秒是一秒。她的声音有些颤抖，但无比坚定地说道："放开她，你们听着，你们要是敢动她一根汗毛，我保证，保证你们不会有好下场的，相信我，你们会比我们惨十倍、百倍，被人挫骨扬灰……"

"呵呵，下场？小娘儿们，嘴挺硬的，你是想找死吗？知道咱们是谁的人？"

他们能接话就好，能接话就能拖时间，元素按捺住心底的紧张："不管你们是谁的人，天王老子也一样，只要今天敢动我们，就有人能活活玩死你……"

"哈哈哈！小丫头有种！老娘还真想试试被人玩死是什么滋味……"那美女笑着，又呵斥两个男人，"还愣着干吗，上呀……"

那两个男人再次往前凑，其中一个狠狠抓住颜色就将她提了起来，哪怕颜色死活都不让开，也没有办法抵抗男女间力量的悬殊，眼看另一个男人走向了元素。

"不要！"颜色大喊，张嘴咬在男人的手臂上，"老娘陪你们玩，陪你们还不行吗？你们一起来，来呀！不要动她，求求你们不要动她，呜……她怀着孩子，给你们的祖宗积点儿德吧……"

泪水，瞬间吞没了她的思维，她只知道，小圆子该是幸福的，有一个深爱着她的男人，还怀着两个孩子，小圆子怎么能够被人糟蹋呢？而她，什么也没有，更没有什么可失去的。

"你们来呀……老娘陪你们玩……"

她死死挡住元素，拼命阻止两个男人。

也不知道是她的哭喊起了作用，还是那个女人突然良心发现，挥手喝退那两个男人。

"停！"

她话音未落，一声大力的撞门声传来。

然后，砰一声巨响，门直接被人踹开了。

黑衣美女被撞得脚下趔趄，差点儿摔倒，一转头，她愣住了。

元素也看到了来人，忍着的泪终于流了出来。

"钱傲……"

钱傲身板挺得笔直，一双杀气腾腾的眸子，气势凌厉。他将元素的绳子解开："乖，没事了，你知道，我会来的。"

元素低着头，没有说话。

黑衣美女冷冷看着，没有元素想象中的惊慌，甚至森然一笑："钱二，好久不见。"

钱傲转眸，狠戾的目光里像是凝聚了千年怒火："曹璨，你这出国一趟,是把胆子练肥了,敢动老子的人?"

"这不是不知道吗,要是知道是你二爷的人,我哪儿敢呀?"曹璨轻笑,咳了一声,掩藏起自己的心虚,笑着问,"这些年,你们都还好吗?"

钱傲将元素抱了起来,护在怀里:"托福,老子活得太滋润了。"说完他抱着元素头也不回地往外走,末了只丢下一句,"自求多福。"

元素有些蒙了。

难道就这样放过她了吗?

如果他晚来一步,她和颜色的清白就被毁了呀。

"钱傲!"元素不解。

"唉,傻妞。"钱傲轻叹,拥紧了她,"这事,有人会处理。"

有人,有人是谁?

元素有些想不明白,但钱傲抱着她穿过杂物间那小门,一眼就看到了急匆匆赶来的白慕年。他的脑门儿冒着汗,一脸沉重,与往常那个斯文稳重的样子,判若两人。

白慕年看到他俩,蹙紧眉头:"没事了吧?"

元素一愣,摇了摇头。

"那就好。"白慕年目光微敛,与他俩错身而过,挺拔的身子显得有些沉重,"我去看看!"

这什么情况?元素看傻了。

钱傲却不以为意,揽紧了她噔噔就下了楼。

元素皱眉,吸鼻子:"钱傲,那个女人,该不会是你的老相好吧?"

钱傲揽紧了她,低下头狠狠一啃:"闭嘴!"

元素嗯嗯一叫,不甘心地挣扎:"臭流氓,你放开我……嗯嗯嗯……"

"相你个头,欠收拾!"

"那到底为什么?"

钱傲轻轻拍了拍她的后背,没有停下脚步:"没事就好,交给年子吧,咱回家。"

元素看着他脸上淡定的表情，简直不敢相信自己的眼睛："难道那女的是白慕年的……不对呀，就算是他的什么人，这犯了法，也必须让她受到法律的制裁呀。"

"别说了，我不会让任何人伤害你的。"钱傲略略沉思，"其实，她就是吓唬吓唬你们，不会动真格的。"

元素真的生气了。

事实都摆在眼前了，她那叫不动真格的？

这不是笑话吗？那人都扯颜色的衣服了，还叫"吓唬"？

"钱傲，你眼睛没瞎吧？怎么是非不分？她是你的女人，还是你的红颜知己？你就这么了解她……"

钱傲一愣，抱着她哭笑不得："行了，别瞎嚷嚷，让人听见了笑话。"

元素扯开他的手："让我下车。"

"你要去哪儿？"

"要你管我？"

"傻妞，我不管你，谁管你……"

元素哼了一声，突然往左右看了看："颜色呢？"

钱傲拍了拍她的手："放心吧，刚才我和疯子不确定你俩的位置，分头行动的……现在你那个小姐妹儿，我已经让人打包给疯子送过去了。"

什么？元素平复了的心情又紧张了起来："那他俩还不自相残杀呀？"

"那就不用你费心了。"

"……"元素嗔他，"咱俩现在去哪儿？"

"回家。"

元素不知道的是，她们被关押的地方，是一处漂亮的花园小别墅，院子里种着许许多多的玫瑰花，粉的、红的、黄的，有些品种更是世间罕有。

夜幕下的别墅,灯光透亮,玫瑰花开得很漂亮,鲜艳的颜色夺人眼球,满院的芳香,庭院的深处,有一个高高支起的秋千架,在风中轻轻地荡。

此时,秋千架上,坐着仪态万千的黑衣美女曹璨。

离秋千架十来米的地方,有一张实木框镶大理石桌子,石凳上坐着风雅从容的白慕年。

夜风微凉,俩人久久不语。

他俩的故事,发生在五年前。

原来以为五年很长,如今回顾,其实很短,好像不过一晃,就这么过去了,那年的中秋节,美丽的少女就坐在秋千架上笑着问他,喜不喜欢她,要不要她。

青葱岁月的情感,如今回忆仍旧清晰,可是物是人非,她不再是那年的单纯少女,他亦不再是轻狂少年。记忆,也永远无法和现实重叠。

"年……"曹璨声音微哑。

白慕年微微蹙眉,为什么她连声音都不再是他记忆中的清灵婉转了,为什么她会干出这么让人不齿的事情?

"时间,原来真的可以改变人。"他忍住心中的怒火,安静地问,"曹璨,你为什么要这么做?"

听他用这样疏离的语气唤她,曹璨冷哼一声:"我喜欢、我高兴,我见不得别人比我美,见不得别人比我幸福,这个理由成不成立?"

白慕年轻叹:"你还是这么任性。"

任性?!原来在他的心里,她很任性?他哪里知道她满腔的恨意,五年前的耻辱和仇恨。曹璨扬起唇角,对着满园的芳香,没有为自己辩解,只是绝美的眸子幽远得找不到落点。

"这五年,你都没有来过这里吗?玫瑰花,凋谢了好多,它们都没有人打理了呢。"

她喜欢玫瑰,各种各样的玫瑰,这个男人曾经说,要找遍世界上所有的玫瑰品种，要为她种上一辈子的玫瑰，这个漂亮的玫瑰别墅也是他亲自设计的，那时的他，目光中柔情似水。那时的他，会为一个难以成活的稀有玫瑰品种，整整一夜不闭眼，守着护着……

可，都只是曾经。

青梅竹马、两小无猜、门当户对，原本他俩早就该共结连理，幸福快乐地生活在一起了，可是美好遭天嫉，就因为那个女人，她的一切都毁了……现在，坐在这秋千上，回忆往昔，她只剩痛苦。

"年，这么多年，你还是一个人？"

"嗯。"白慕年微微眯眼，看着面目全非的曹璨，无心欣赏她，也无心欣赏玫瑰，原以为永远无法痊愈的伤口，到如今，除了淡淡的忧伤，竟然不再疼痛。

当年的曹璨，讽他、讥他、嘲笑他，最后弃他而去……他以为自己再见到她，会难过、难堪、不知所措，可真正站在她的面前，看着她在时光里荒芜的脸——他才发现，一切，真的过去了。

瞥了一眼坐得很近，却又离得很远的男人，曹璨冷笑："为什么呢？没有遇着合适的？"

白慕年微愣，合适？世间之事哪儿来那么多合适？他觉得适合自己，可人家不觉得他合适。

他轻声叹息："嗯。"

还是一个字，淡淡的，没有多余的情绪，好像她的问题云淡风轻得掀不起他内心的一点点波澜。这样的他，直接证实了曹璨心中的猜想。

"你不爱我了。"

白慕年一怔，目光飘得很远。

曹璨心中微微一动："年，你爱上了别人？"

她直视着他，她知道，白慕年在她的面前，从来就不会撒谎，哪怕他俩分开了整整五年，他依旧不会说谎。

"嗯。"白慕年轻声回答。

曹璨冷笑："她是谁？"

"你不认识。"

"不认识你就告诉我,告诉我,我就认识了。"曹璨将手臂一甩,站起身来,一如往常,淡笑。

白慕年看着曹璨,一言不发。

这么多年,他一直以为,他爱着她,自己对她那份心思,是永远都不会丢掉的。可为什么那么深、那么沉的感情,会没了?当年的璨璨,单纯的璨璨,也不见了。以前,他习惯了宠爱她,习惯了和她在一块儿,习惯了她的依赖,他习惯去爱她,可当他彻底失去了她,痛苦过后,他也习惯了失去,以前的一切习惯如今都变成了不习惯。

眼前这个女人,是谁?

他不了解曹璨,不了解她为什么竟会想到收拾徐丰的女人,以期达到报复表妹的目的。这还是以前的她吗?

曹璨看着他,脚步一晃:"她漂亮吗?"

"嗯。"白慕年微微苦笑,目光晦涩。

"她任性吗?"

"……"这一次,白慕年沉默了。

曹璨冷冷一笑,看着玫瑰园,觉得无比讽刺。当她听说他等了自己五年,当她终于决定放下心中的包袱,好好守着他的时候,他说,他爱上了别人。

她姗姗来迟了,年?

从来没有想过,他爱上了别人,会是怎么样的感觉,她以为,他永远也不会爱上别人……

不!也许他只是在赌气,气她一去五年,气她当初弃他远走。

一定是,一定是这样。

"年,你没有爱上别人,是吗?"

看到她的笃定和自信,白慕年不想辩解,随口说道:"随你怎么想吧,我走了。"

他说走就走,曹璨瞬间慌神儿,手臂一拦从背后紧紧抱住他的腰:

"年，你要去哪里？"

"回家。"

"今晚留下来好吗？这些年，我好想你，年，你曾经说过的，有我的地方，就是你的家，咱们重新来过，好吗？"

重新来过？太迟了！

如果是五年前，他该多欣喜，而现在的他，这种感情，他要得起吗？

在他被她伤害得体无完肤，固执等待的第五年，在他喜欢上了别的女人时，她说不要离开？说要重新开始？

稍稍一顿，白慕年就挣脱开来，转身盯着她，他的眼里，是她不熟悉的微笑。

"你也说了，那是曾经。再见，我走了。"

"不！"曹璨的目光冰冷得骇人，"你是喜欢我的。年！我错了，当年我不该离开你，可是，我是迫不得已的……相信我。"

白慕年的声音微哑但坚定："我知道！可这些都不重要了，过去了，就是过去了，误解也罢，误会也罢，咱们都忘掉它，好吗？"

再温润的男人狠心起来，都会比女人更狠，男人的爱与不爱，分得清清楚楚，从来不会像女人一样拖泥带水。曹璨的手紧紧攥住，指甲陷入肉里，掐得她很疼："年，我只想要一个答案，问问你的心，还爱不爱我？"

"不。"一个答案，对他而言，并不难开口。

曹璨身子一颤："她是谁？"

"她是我的天使。"白慕年沉声说着自己心底的答案。

"呵，天使！天使！"

曹璨的心，碎了，裂了，那本就疼痛的伤口，一时间血流如注，支离破碎的记忆，原来都是她的自作多情。

从那天开始，元素在钱家大宅的日子，又如流水一般安静了下来。她享受着与钱傲的甜蜜与温馨，静静地期待着宝宝的到来，做孕妇操、散步、胎教、听音乐……日子过得慢而悠闲。

这天,她正坐在客厅里吃着钱二爷准备的下午餐点,就看到钱士铭急匆匆回家,元素抬头,冲他友好地打了个招呼,钱士铭顿了下脚步,神色怪异地看了她一眼,欲言又止地微微颔首而过。

元素纳闷儿。

他这是怎么了?

朱彦刚下楼,就看到了钱士铭的眼神,一脸阴沉地笑着问道:"回来了?"

钱士铭皱了皱眉,下意识地望向元素的小腹,然后,冲朱彦使了个眼色,自己先上了楼。

斜阳西照,昏暗的书房里。

钱士铭盯着朱彦,许久没有说话。

"老钱,"朱彦见他这样,心里有点儿发毛,"是不是找到了?"

这些天,钱士铭都在往小舒那里跑,并且在小舒的撺掇下,寻找"亲生女儿"的下落。这些事,朱彦是知道的,但她并没有很在意,反而关心地问。钱士铭看了她片刻,摇了摇头:"没有,时间跨度太长,二十多年,上哪里去找?大海捞针似的,不过……"

"不过什么?"朱彦斜着眼看他。

"我调查了小舒生产的那间医院当年的婴儿出生档案,查到小禾出生的当天,那家医院只有两个女婴出生。今天,我刚拿到另一个女婴的资料……"

他欲言又止,朱彦追问:"什么结果?"

钱士铭:"这事奇了,那个女婴,竟然是、竟然是……"他停顿下来,似乎难以启齿,"竟然是元素。"

"什么?她!"

瞥了一眼靠在椅子上的钱士铭,朱彦脑中灵光一闪,忽地扑上前去抓过他带回来的资料袋:"老钱,照这么说,孩子出生后就没离开

439

过医院,而出生第二天你就去瞧过,那么……有没有可能,是医院在孩子出生的时候弄错了?"

钱士铭揉着发胀的太阳穴,无言以对。

朱彦瞅他半晌,忽然紧紧捂着自己的嘴,语无伦次起来:"老钱,要坏事呀……如果真是这样,那咱家可就乱套了,乱了、乱了……元素是老二的亲侄女……天哪!"

"闭嘴!"钱士铭瞪她一眼,"没谱的事,你瞎嚷嚷什么?害怕别人听不见?"

朱彦脸色阴沉,将调查资料翻了又翻:"老钱,还是查查吧,这要是万一……这事怎么收场呀?"

钱士铭像被人扇了一耳光,脸上火辣辣的。但朱彦的话,又句句说到了他的心坎儿上,让他不得不做点儿什么。沉寂半晌,他突然抬起头:"你把嘴闭严实了,不许透出风去……另外,给我弄点儿元素的头发来。"

"头发就成?"

"嗯。"钱士铭望向朱彦的眼神,多了一丝严肃,却依然透着让她讨厌的疏冷,他一辈子看她都是这种眼神。朱彦冷笑一声,努力让自己看起来平静,毕竟几十年都过去了,她和钱士铭不爱彼此,却又彼此利用、彼此使唤,已经是注定的相处方式。

"好吧,这事就交给我了。"

"切记,管住你的嘴。"

朱彦冷笑一声:"放心吧!"

楼下客厅里,元素美美地吃着东西,压根儿就不知道自己被牵扯进了这么大的一件事,而她的人生,也会因此产生翻天覆地的影响。吃完,她直接上楼回了她和钱傲的小窝。

她看了会儿书,无聊。

她又看了会儿电视,无聊。

她想上网,又不敢,怕辐射。

她还能干什么?

她瞪着大眼睛和镜子里的自己对视着,胡思乱想了片刻,敷了张面膜,躺回到了床上。

钱傲进来的时候,一眼就瞅到了那个盖了一张画皮的女鬼,他忍不住失笑,轻手轻脚地走过去,探手将她脸上的面膜扯开。

"起来了,懒猪。"

"别吵。"元素眯着眼,拂开他捣乱的大手,清醒片刻,又打着哈欠问道,"今儿这么早回来?"

还早呢?钱傲没好气地瞪她一眼:"妞,不是和你说了吗,今晚有个饭局,跟我去玩玩吧,整天闷在家里都快憋坏了吧?"

元素乐了:"真的带我去?不会需要报酬吧?"

钱傲才不会上当呢,狡猾地笑了笑:"去还是不去?"

他不回答,就是需要报酬,那去,还是不去?

好吧,元素咬牙:"我去。"

为了出去逍遥一晚,她也拼了。

钱傲勾唇:"傻子,出个门这样开心?"

"嗯!"元素重重点头,"开心呀,我在家里都快闲得长霉了。"

"那好吧!"钱傲神秘一笑,"赶明儿哥哥带你去玩点儿更有趣的……"

"更有趣的?什么?"

"保密!"

元素喜欢这样的季节,气温适宜,有夏季的旺盛又有秋季的凉爽。只不过,她没有想到,在这个十月,钱傲会带她来到一个叫"八月"的婚纱摄影工作室。

拍婚纱照?确实很有趣。

在工作人员的带领下,他们坐车到了一处薰衣草庄园。元素眼前一亮，扬起手臂，仿若置身于紫色的海洋、浪漫的花海，让她愉悦又放松。

可是，接下来拍摄前的第一件事，就让元素不高兴了。

照相之前要做头发，对方又是一个非常厉害的发型师，她原本想要尝试其他造型，改变形象的，钱傲却不乐意，他爱的就是她这一头原生态无污染的干净长发，怎么舍得让发型师乱折腾？

剪发？钱傲反对。

烫发？他不同意。

理由？对宝宝不好。

元素憋屈死了："连头发都做不得主？还活个什么劲儿？"

她的好心情被一扫而光，钱傲左哄右哄，却毫不让步："小姑奶奶，身体发肤受之父母，剪发在古时候可是断情的象征，多不吉利？"

元素瞪眼睛："原来你喜欢的不是我这个人，而是我的头发。"

两个人相持不下，结果那个发型师给她绾了一个漂亮的发髻，留几缕长发散在肩上，总算完美地解决了问题。

"真是好看。"钱傲忍不住赞美。

元素对镜自照，也挺满意。

可是不巧，等她从更衣室出来，竟碰上了好久不见的艾嘉南。

看到元素，他愣了一下："元小姐，好久不见。"

是有点儿久了。元素友好地笑了笑，可不等她开口，钱傲就迎了上来，抓起她的手，锐利的眼神扫向艾嘉南，语气不悦："换个衣服怎么这么久？"

元素错愕，这、这……久？不过十几分钟呀。

艾嘉南对他俩的事，有所耳闻，见状，耸了耸肩膀，不以为意地笑道："还没有恭喜二位修成正果呢。"

钱傲笑得玩味："托你的福，谢了。"

艾嘉南嗤笑："好说，好说。"

两个人大眼瞪小眼，艾嘉南原本是来薰衣草庄园写生的，可不巧遇上，钱傲总觉得这厮有花花肠子，心里着实不美……这敌对的情形，瞧得元素恼火，生怕钱傲再说些什么不好听的，赶紧拽住他的胳膊："走吧走吧，你到底还拍不拍了？"

"拍，怎么不拍？"

钱傲微笑着揽了揽她的肩膀，正准备走人，突然看到艾嘉南那小子的眼神不对——顺着他的目光，钱傲直接绕到元素身后，脸立马就黑成了一片。

她这穿的什么衣服？刚才从正面、侧面都看不出异样，可衣服的背后，连一块布都没有，整个美背直接延伸至臀部，大片大片的雪白肌肤露在外面，简直就是引人犯罪。

再看一眼艾嘉南似笑非笑的眼神，钱傲突然生出火来，一把扯过元素，将她的背靠在自己身上："穿这种衣服能见人吗？这么丑，赶紧去换。"

造型师助理一听，急了，赶紧上前解释："这款式可是独一无二的纯手工面料，一般人穿上身都出不了形儿，最适合孕妇了，质地轻软，昨晚赶了一晚上工呢，你夫人身材好，不穿真是可惜了……"

他越说，钱傲越生气："听你的还是听我的？我说丑就丑，真是丑得掉渣。你们还有没有别的衣服？"

元素一直僵在原地，听他一句一个"丑"，脸上发烧，火也是噌噌地往上飙——孕妇本就气大，一旦发起飙来，更是收不住。

"行了。我丑，我求着你看我啦？不拍了。"

说完，她转过身就往更衣室走。

钱傲眼睛一瞪，扯着她的胳膊："说你一句就不乐意,你想穿给谁看？"

他的情商真的太低了。吃醋就吃醋呗，不乐意就不乐意呗，你直接说不就完了吗，都这时候了，还装什么大爷呀？元素气得七窍生烟，一把拍开他的手腕，冷着脸看着他："要你管我？你有什么资格？我是你养的宠物吗？这不准，那不许，你把自己当谁呀？"

这话说的！钱傲心里一激，欺近一步，眯着眼睛直视她："我是你男人，我没资格，谁有资格？仲尧？还是艾老三？"

这气话太冲了，又粗糙又无礼。元素的身子颤了颤，脸色瞬间变得苍白，突然觉得以前那个嚣张、不讲理的钱二又回来了。一阵风吹过，她的身子有些冷："你不是，你什么都不是，正如我什么都不是一样。"

听了这话，钱傲的眼皮狠狠一跳，心里一慌，猛然清醒过来，伸出手，想要搂她："算了算了，咱们先拍。"

"不拍了！"

"别生气……我，是我犯浑了……"

他夹着尾巴灰溜溜地装孙子，可元素憋着一肚子的火气，哪儿那么容易被说服？

"二爷怎么会犯浑？二爷永远是对的，都是我自己犯贱，长得丑还上赶着让人挤对。"

"我不是说你丑，你又不是不知道，你在我心里，美若天仙……我是说，这衣服难看，你是瞧不到后面，就跟光着屁股似的，让人家瞧到多不好。"

露个背被他说成"光着屁股"？元素不知该气还是该笑。

"你能不能说得再夸张一点儿？"

瞧她气得不轻，钱傲放低了声音，勾着她的腰，又亲又哄："宝贝儿，不要跟我较劲儿了。乖，刚才是我语气不好，但我也是为了你好不是？"

元素哼一声，气鼓鼓的，默不作声。半晌，她才直视他的眼睛："你保证，以后不骂粗口，不说脏话。"

钱傲深吸一口气："我保证。"

"如若再犯？"

他伸出手牵住她，痞笑着凑近她的耳朵："如若再犯，我就死在你身上，精尽人亡。"

元素的双颊瞬间变红，从他手里抽回手："不要脸。"

钱傲勾起嘴角，笑得像个孩子："妞，咱俩和好吧？"

元素别扭地牵了牵嘴角，不置可否。

这时候，傻眼半晌的造型师才敢过来打圆场。重新开始，钱傲不敢把他妞的着装交给造型师了，交涉半天，最后，在他的直接干涉下，元素换了一件彻头彻尾的"解放初年"那种保守得密不透风的裙子，不露大腿不露背，恨不得将脖子都裹起来。

元素直望天，到底还是依了他。

于是，史上最诡异的婚纱照即将出炉。

男人穿着一身笔挺帅气的正装西服，女人穿着一件老古董连衣裙，梳着电视剧里小龙女的发型，完全不搭调，摄影师的脸抽了又抽，这么没艺术、没水准的活儿，他真不乐意干，可为了钞票，他只能忍了，昧着良心说假话。

"这套照片！绝对是影楼史上最美的一套！"

两个人手牵着手回家的时候，钱士铭正在客厅里看报纸。

见到他俩，他抬头，目光不太自然地落在元素凸起的小腹上："刚回来？"

"嗯。"这不是废话吗？

钱傲微微点头，并不打算多说，可钱士铭竟然望着元素，又反常地问了一句："怀孕辛苦吧？"

钱傲皱眉："她好得很，能吃能睡。"

元素抽了。这怎么听着都像是在说一只猪！

钱士铭沉默了一下，笑了笑："哦，那就好，元小姐，你今年几岁了？知道自己是在哪儿出生的吗？"

大哥这是吃错药了？钱傲将眼睛微微眯起："大哥，瞧你这话问的，啥意思？"

"就是唠唠家常，还能有啥意思？"

眼看钱傲又该生气了，元素赶紧握了握他的手，礼貌地微笑道："钱先生，我今年二十一岁，听我妈讲，我是在包家巷的区妇幼保健院出生的。我妈还说，我出生那天，J市刚好下当年的第一场雪。"

钱士铭脑子里一阵轰鸣,将手里的报纸捏得分外的紧。

真巧!二十一年前,那年冬天下第一场雪的那天,正是他和小舒的女儿出生的日子……

钱傲见他愣住了,奇怪地眯起眼:"大哥,问完了吧?没事我们就走了。"

这时,偏厅里传来沈佩思的声音:"老二,你们干吗去了,你今儿不去公司?"

"不去了。有十万火急的事。"

"你这孩子,什么事是十万火急的?"

元素任何一次外出,她都担心,恨不得将元素整天放在自己眼皮子底下,直到大孙子出世为止。可钱傲丝毫不领情:"上午拍婚纱照,下午陪老婆看丈母娘,是不是十万火急呢?"

"……"沈佩思无言以对。

钱傲说到做到,这一天都陪着元素,说是要将功赎罪,吃过饭就带着她去了老城区,回家探母。元素看着熟悉的街道,忽然有些紧张起来:"钱傲,你怕不怕?"

"我怕什么?"

元素打量他:"如果我妈把你撵出来咋办?"

"白痴。"钱傲似笑非笑,"她才舍不得呢。就算她烦我,也得看在外孙的份儿上,原谅这个准女婿吧?要不然,以她的脾气,不是早就打上门来了吗?更何况……"

说到这儿,他停住了,低笑不语。

元素忙问:"更何况什么?"

钱傲慢悠悠地开口:"更何况,像我这样一表人才、相貌堂堂、衣冠楚楚、举止文雅的女婿,咱妈打着灯笼在全城转上一宿,能碰上一个不?"

扑哧!元素笑翻:"你说的这些成语,有一个和你贴近的吗?不,有一个……"

"哪个？"

"衣冠楚楚……"

"是吧？嘿嘿！"

"衣冠楚楚的禽兽……简称衣冠禽兽。"

元素笑得上气不接下气，钱傲也忍不住乐了："开心了？现在不紧张了吧？"

元素一愣："看你这么傻，我紧张不起来。"

"哦！长本事了。"钱傲一叹，含情脉脉地牵住她的手，轻轻一吻。

俩人一路调戏与反调戏，不多会儿就到了陶子君住的四合院。

钱傲扶着她下车，便吩咐司机打开汽车后备厢。元素目瞪口呆地看着他一件件从里面拿出大大小小的高档礼品，瞬间石化。这些东西都是他准备的？要不要搞得这么隆重呀？

"带着老婆、孩儿回娘家，不用再翻墙了吧？"钱傲笑着去敲门。

元素脸上发热，紧张地攥紧了手："妈，我回来了！"

门开了，陶子君站在里面。元素不敢看她的眼睛，敛着眼神，正准备接受妈妈的化骨绵掌，谁知道，陶子君只是略微皱眉，就松开了门把上的手。

"进来吧。"

"陶姨，你好。"钱傲礼貌地喊着，递上礼品，又煞有介事地躬身行了个礼。

说实话，元素心里挺感动。他现在是放低姿态来讨好她妈妈了，据她所知，这家伙连对自己的父母都没这么知礼过。

陶子君看了他一眼，淡淡地说道："去里面坐吧。"

虽然情绪不大好，但陶子君还是热情地准备了饭菜，大鱼大肉地弄了满满一桌，谈不上精致，但很尽心，又提前打电话给洛维新，让他赶着午饭点回来。

席上，元素怕钱傲局促，一直照顾着他的情绪，不停帮他布菜，陶子君看在眼里，不喜也不怒，只是淡淡地说道："粗茶淡饭，真是委屈钱先生了。"

钱傲赶紧谄媚地表示："挺好吃的，谢谢妈。"

闻听此言，元素脸色微红，这"妈"叫得也太自然了吧……

他刚才还叫"陶姨"，坐上饭桌，连"妈"都叫上了。陶子君沉默了几秒，不悦地低声说道："这'妈'叫早了吧？"

钱傲笑得含蓄："不早不早，您是我媳妇儿的妈，我孩子的外婆，当然就是我的妈。"

陶子君的身子僵了僵，不由得叹了一口气。

她心里的结，一时半会儿是解不开的，可是所谓生米煮成熟饭，大抵就是如此吧，她无奈，又没有办法。

钱傲冲元素一笑："是吧，媳妇儿？"桌子底下，他紧紧握住了元素的小手。

元素望天："是的。"

钱傲微微一笑，俊朗的脸上始终挂着得体的笑容，不紧张不浮躁，谨言慎行，完全是一副新女婿上门的样子。为了不至于冷场，吃过饭，洛维新就拉着钱傲去下象棋了，俩人在院子里的葡萄架下摆开了阵势，杀得昏天黑地，元素则被陶子君拉到了屋里。

四合院东厢房，元素的房间。

好久没回来住了，一进门，元素便轻轻倒在自己的床上，抱着自己的枕头，满眼都是小星星："哇，真舒服呀。怪不得都说，'金窝银窝，不如自己的狗窝'呢。"

陶子君脸色阴沉，看她抱个枕头也笑得这么开心，不由得闷声开口："你这往后，究竟打算怎么办？"

元素闭上眼，索性装死，不敢回答这个问题。怎么办？能怎么办呢？一年后再说吧，沈女士说过，一年后，就会给他们的爱情一条生路。

陶子君叹口气，语重心长地说道："素呀，一个女人的青春和情感都是有限的，别看他现在宠你、爱你，但是你的未来，其实是没有任何保障的呀！"

元素睁开眼，发现她眼圈通红，安慰地笑着伸手环住母亲瘦削的臂膀，像小时候一样撒娇："妈，其实结婚证不过是一张纸，它能拴住什么？婚姻？爱情？不！其实它什么用都没有。我和钱傲，就算是一场豪赌，我也认了……妈，相信你女儿的眼光，好吗？"

"唉！"陶子君无奈地看着她，不再相劝，而是循循善诱，"产检记得按时做，如果他没空，妈可以陪你去，我好歹生了两个孩子，有些经验还是可以传授给你的。还有，你呀，不要盲目乐观，到头来，承受不住打击，像妈妈一样……"

说到这儿，她骤然停顿，没了下文。

"你怎样？"元素追问。

陶子君惊觉失言："没什么。"她说完，又将元素按坐在梳妆台前，站在她背后直视着镜子，"妈是说，你跟妈妈长得很像，你瞧瞧，是不是？"

"是呀！"元素对着镜子微笑。

"妈还记得，你出生那天，雪都盖到屋顶了。你呀，就那么小的一点点，哇哇地哭……如今，连你都快要做妈妈了……"说着，她伸手抹眼泪。

元素沉默，双手紧紧抱住她。

没有无缘无故的爱，也没有无缘无故的恨。爱过，才会痛，痛过，才会有深深的烙印，元素心知母亲心里有一道血淋淋的伤口，却连翻开的勇气都没有……

在离开房间的时候，陶子君从抽屉里拿出几样东西，交到元素手中，让她自个儿看着办，说这全是钱傲差人送来的。

元素一一翻开，发现是这四合院的房屋产权证，上面写的是陶子君的名字，还有一张尾数有很多零的存折。

这个傻男人，背地里为她做了这么多事，为她尽孝，却从来也不告诉她。

元素明白，他怕她不接受，怕伤害她的自尊心抑或是自卑心。

"妈，你先收着吧！"元素抿了抿唇，"他那里，我会用一生的爱来回报。"

她了解钱傲，如果不接受，他会很不开心。她既然已经默认了自己的米虫定位，那就接受他的关爱吧。

这晚。

俩人刚回家，钱傲就被老爷子叫去了书房。元素知道他又要接受思想教育了，一时半会儿回不来，自己进浴室洗了澡，刚一出来，就听到了敲门声。

元素猜测是女佣送炖好的营养汤上来了，可没想到，打开门，眼前却是穿着一身纯粉色公主裙，脸上挂着甜笑的钱思禾。

太阳打西边出来了？

她端着托盘，满脸含笑："二婶，补品送到。"

元素怔了一秒，赶紧把托盘接了过来："谢谢小禾，你叫我的名字就成。"

"别客气，虽说咱俩一般大，可好歹辈分不一样，我还是得叫你'二婶'的。"

"……"

"喝吧，二婶，趁热喝，这汤冷了可就不好喝了。"

元素迟疑着，在她的盯视下，将汤碗凑到唇边，可刚喝下这么一口，砰一声，手里的碗就掉到了地上，整个人被钱傲卷入怀里。

她大吃一惊："怎么了？"

钱傲低头看着她："你没事吧？有没有哪里不舒服？"

元素摇了摇头，疑惑地看着他。

钱思禾的脸色青一阵白一阵："二叔，你什么意思？"

"你说什么意思？"钱傲直接上手，一个耳光甩过去。

钱思禾一愣,眼泪夺眶而出,哇一声哭了出来:"二叔,你打人。"

"打你算轻的。"钱傲恶狠狠地说,踢了一脚地上的汤碗,将手上的一个纸包伸到钱思禾跟前,那目光里全是愤怒的火焰,"你自己看看,这是什么东西?我刚在厨房拿到的,张嫂说,这是你带回来的……我没有说错吧?"

"我……我……"

钱傲急得想踹她:"说!这里面放的是什么?"

钱思禾吓得嘤嘤地哭,啥话也说不出来。

元素见状,简直难以置信,这不是宫斗,也不是宅斗,难不成还有人放堕胎药害她?

不想不觉得难受,这么一想,她突然觉得胃里翻腾,喉咙口隐隐有些发痒,止不住地想吐。

哕……她往洗手间奔去,对着马桶就狂吐起来。拼命地吐,将手指伸到喉咙口,逼自己全都吐了出来,不管有没有放药,先吐掉再说,她不希望自己的孩子出一点儿问题。

钱傲跟进来,看她狂吐的可怜样儿,又慌又怒:"这小禾是越来越不像话了,都是大哥惯出来的毛病,不就是'大象'咬死了她的猫吗?怎么报复心这么重?"

刚才从书房出来,要不是他一时兴起亲自去厨房端汤,要不是被他无意发现垃圾筒里的可疑物品,再追问张嫂,如果这一碗元素都喝了下去,会发生什么情况,他不敢想象。

钱傲越想越慌,但没有乱掉分寸,迅速叫来了钱老爷子的私人医生。

钱思禾见状,也吓得不轻,号啕大哭着,像个孩子。她的哭声,引来了钱家二老和钱士铭夫妇,钱老爷子铁青着脸:"不像话,整天鸡飞狗跳的,这又发生了什么事?"

"问问你的孙女,惯的毛病,敢在元素的汤里下药。"

"什么?"

一阵整齐的抽气声。

钱士铭怒不可遏:"小禾,你二叔说的是不是真的?"

钱思禾打小被爸爸娇纵,一向无法无天,闻声吓得抽泣不已:"爸爸,我只是、我只是……呜,二叔他打我……"

"快说,到底放的什么药?"

钱思禾哭泣着,断断续续地说出一个令人啼笑皆非的答案:"是……是泻药……我就是想让她闹闹肚子,我没成心害她的孩子……"

沈佩思气得七窍生烟,恶狠狠地瞪了钱思禾一眼,扯着嗓子问医生:"怎么样了?需不需要去医院?"

医生自然知道这肚子有多金贵,擦了擦汗,回头说道:"毕竟是孕妇,建议还是送到医院检查一下比较好。"

钱傲一怔,一把将元素抱了起来:"送医院!"

院子里,汽车刚刚发动,沈佩思就急冲冲地跑了出去,不管三七二十一,拉开车门就坐了上来。

"我也去,你爸不放心,让我跟去看看。快开车,快点儿。"

一路上,沈佩思不停给吴岑打电话,那焦急的模样,比元素本人还要紧张。

司机一脚油门踩到底,往妇幼保健院而去。

元素趴在钱傲怀里,没多会儿,小腹就阵阵绞痛起来,她捂紧了肚子:"钱傲,我肚子痛,好痛……"

钱傲面色一变,搂紧了她,手心都溢出了冷汗:"妞,别怕,别怕……会没事的。"

沈佩思也被吓得不行,嘴里念念有词:"坏了坏了,祖宗保佑,菩萨保护,我孙子千万不要有事呀!"

元素觉得五脏六腑都在翻腾。

她发誓,她已经在拼命忍耐了,可还是忍不住呻吟出声。这一路上,时间好像过得特别慢,汽车驶入妇幼保健院,不等停稳,钱傲就跳了下去,然后抱着元素就往楼上跑。

为了钱家的宝贝孙子,吴岑早早就等在那里了。她接到人,直接将元素送入妇检室,约莫半个多小时的检查,在一群人的焦急等待中,终于结束了。

沈佩思紧张得声音都在颤:"我孙子,没事吧?"

吴岑摇头:"她就是有点儿闹肚子,问题不大。不过……"

见她欲言又止,众人的心都提到了嗓子眼儿,沈佩思问道:"不过什么?你快说。"

吴岑:"我刚看到元素的唐氏筛查结果,既然你们来了,我就把报告给你们。"

沈佩思急不可耐地追问:"结果怎么样?"

吴岑抿了抿嘴,实话实说:"唐筛结果显示有两项高危,唐氏综合风险为一比十六,胎儿神经管缺陷的风险比例比较高,建议等到胎儿十九周的时候做一个羊水穿刺检查,进一步诊断……"

几个人同时绷直了身子,屋子里静得落针可闻。

神经管缺陷?神经管可是胎儿的中枢神经系统,如果有缺陷,那不是代表这俩是傻孩子、弱智儿?

一比十六的风险?

天。

元素和钱傲对视一眼,骨头缝都凉了。

吴岑看他们过度的反应,无奈一笑,再次解释道:"你们别这么垂头丧气。实际上,就算唐筛显示高危,发生畸形的比例也是很小的。不用这么害怕。"

钱傲一听,松了一口气,捏住元素的手,调侃道:"是呀,都担心啥呢?咱要信科学,信小姨。"

吴岑抿唇乐了:"臭小子,就你贫。确实是不用太担心,孕妇放松心情,好好养身子才最重要。"

沈佩思将信将疑,瞥了吴岑一眼:"行吧,听小姨的。"

……

等他们回到钱宅，已经是两个小时以后了。

大厅里灯火通明，他们还没进去，就听见钱思禾哭哭啼啼的声音："爸爸，我错了，以后不敢了……"

钱士铭长长地叹息一声："你呀……"他话没说完，就听到了外面的动静。

钱傲阴沉着脸走进去："你还有脸哭？"

钱士铭看了一眼元素，急切地问："怎么样了？"

钱傲眉目发冷："老大，这就是你惯出来的好女儿。"

钱士铭皱眉，没有辩解，又望向元素："医生怎么说，孩子没事吧？"

"哼！"看他是真的关心，钱傲将检查结果大概说了一下，又狠狠地瞪向钱思禾，眼睛里都是被怒火烧出来的血丝，"好好反省，今儿敢下药，我看你明儿就敢杀人了。"

钱思禾的眼睛肿得像桃子，抽搐着没敢抬头。

没有吃过苦的孩子，一点点的委屈，都感觉是世界末日。

她害了人，但她比谁都委屈："是，我，我错了，我不过就是、就是给她下了点儿泻药……让她难受……难受……现在，你们都不喜欢我了……爸爸也不喜欢我了……我、我做错了什么呀……我？"

听她这话，钱士铭的眉头皱得死紧，钱傲气得哼了一声，拉起元素就上了楼。

自始至终，元素未发一言。

这天晚上，元素睡得并不安稳。

她迷迷糊糊地从噩梦中醒来，习惯性去摸身边的人，可手边空空如也……

她猛地睁眼，人呢？她打开台灯，目光扫了一圈，卧室里只有她自己。

入秋的夜，凉风阵阵。元素蹑手蹑脚地走到书房，果然看到钱傲坐在昏黄的灯光下，双眼紧盯着电脑屏幕，专心到连她进来都没有发现。

元素靠近，只见屏幕上，全是有关唐氏筛查的信息。

看来，他也有犯傻的时候嘛。

他一边安慰她，一边偷偷找"度娘"。

元素伸手，想去蒙住他的眼。

可动作还没做到位，钱傲反手就拉过她，一脸宠溺的笑："傻妞，怎么起来了？"

元素半开玩笑半认真地说："你不在，我就睡不着。"

这话，钱傲爱听。他俊眉微挑："傻瓜！走吧，睡觉去。"

元素想了想："查了这么久，可有什么发现？"

钱傲将她拉过来，坐在自己腿上，慢声说："小姨说得没错，这唐氏筛查就是一个风险的概率估计，有很多孕妇孕检都是'高危'，做羊水穿刺检查就没事，甚至有些人压根儿没做进一步的检查，生出来的孩子也没问题。"

"所以……"

"所以，咱俩不用担心。"

元素嘴角含笑："你呀，大半夜的不睡觉……你说，到底谁比较担心？"

呵！钱傲直乐："你心安，我才心安嘛。"

元素轻轻环住他的脖子，将唇落在他薄薄的唇上，笑得像一只猫："嘴上抹蜜啦，咦，你怎么越发腻歪了？不嫌臊？"

钱傲挑了挑眉头："有什么可臊的，我呀，如果早点儿遇着你，早就学会腻歪了。唉！白白浪费了老子的大好青春。"

"你的青春还在呢。"

他粗糙的大手摩挲着她的小手："是呀，有你在，我的青春就在。"

"得了吧！走啦，回去睡，小心被人瞧见。"

"瞧见怕什么？"钱傲低笑，点了点她的鼻子，"在自己家里，搂着自己的媳妇儿亲热，怕什么？"

他的声音很好听，尤其是在这样寂静的夜里，一句一句挠在元素的心尖上。

"想啥呢？"见她不出声，他又揉她的脑袋。

"我在想……你说的话都好对呀。"

"……"钱傲笑着搂起她，用下巴上刚冒出的胡楂儿去蹭她的脸，"那宝贝儿，今晚有没有奖励呀？"

元素的心尖尖难受，麻酥酥，痒痒的……

"要什么奖励？"

他就着她的颈子轻咬一口，温柔地诱哄："你说呢？"

又羞耻，又甜蜜。

元素微微一颤："钱傲，别，回房……"

钱傲轻笑着，黑眸幽深，恨不得在她迷离的视线里沉沦。这时，背后突然传来一阵轻微的脚步声。

一刹那掠过，在这样的夜晚，尤为清晰。

可等他俩回头，房间里却空无一人。

元素不安，疑惑地问："好像有人。"

"没人。"钱傲气定神闲，抱着她走入房间，脚尖轻轻一勾，卧室的门瞬间合上。

同时，也阻碍了那道神色黯然的视线。

第十二章 爱情路过死亡

哄好元素，等她睡去，钱傲下了楼。

其实对于钱仲尧做的事，钱傲心里的不快不亚于元素，但是他是男人，看见了钱仲尧，也声张不得，打落了牙齿，也只能往肚子里吞。不管怎么说，钱仲尧的戏总算是落幕了。而且这一次，他是真的从钱仲尧的眼睛里看到了放弃。

绝望之后，希望他能开始新的生活吧！

他单手扶着扶梯，看了片刻，刚准备转身，突然听到一阵乒乒乓乓的声音，从钱士铭的书房里传出来。

咋了？钱傲慢慢走过去，推开门："老大……"

钱士铭拿着一个锦盒，见到他似乎有些慌张，把桌子上的文件一股脑儿往抽屉里塞。而地上，全是被他撕碎的文件、书籍和画作，还有一只碎得四分五裂的茶杯。

他调侃地掀起唇角，走过去："搞啥玩意儿？练六指神功呢？"

"没事。"钱士铭撑着脑袋，摆了摆手，"去休息吧。"

"什么情况？我发现你最近，白头发都多了不少呢。"钱傲敲了敲桌边，又促狭地笑，"是不是犯错误了？生活作风问题还是工作作风问题？"

钱士铭苦涩地笑笑："去去去，多大了还没正形儿。"

钱傲突然脸色微变："是不是在为我小侄女的事烦？你不是说有眉目了吗？找到人没，需要帮忙尽管开口。"

钱士铭神情古怪地望了他一眼，起身走向窗边，唰一下拉开窗帘，大口地呼吸着新鲜空气，视线不自然地落在窗外的某一处："老二，你这个问题，真的把我问住了。"

那个让他震惊不已的DNA亲子鉴定结果正躺在他的抽屉里，上面详细而清楚地写着："根据DNA检测结果显示：待测父系样本无法排除是待测子女样本亲生父系的可能，基于15个不同基因位点结果的分析，这种生物学亲缘关系成立的可能为99.9999%。"

钱士铭难以置信，又不得不接受这个结果，元素就是他和小舒的亲生女儿。

可是……

他该怎么办？

好一会儿之后，钱士铭下定决心般，转过身来，书房的光影照在他灰白的脸上，一夕之间，沉稳练达的他仿佛老了十岁："老二，你要怎么样才会和元素分开？"

钱傲一愣，脸上闪过一抹异色，今儿老大是脑子出问题了？皱了皱眉，他摸着鼻梁，半开玩笑半认真地说道："除非，我死。"

他说得掷地有声，让人辨不出真假，却让钱士铭如遭雷击，手指紧紧地缩到一起，整个人仿佛都在颤抖。

钱傲不是傻子，自然捕捉到了他的异样。

审视半晌,他在钱士铭的软椅上坐下,掏出烟点上,瞅着钱士铭赤红的眼,吐出一圈烟雾,然后勾唇一笑:"老大,直说吧。"

钱士铭张了张嘴,不敢和他的目光对视。

"抽屉里,有一份DNA医学检测报告,你看看吧。"

钱傲心里闪过一丝不祥的预感。

他拉开抽屉,翻开文件。

这个动作,他做得很缓慢,很缓慢……

暴雨初歇,秋季的夜,凉如水。

元素窝在钱傲的怀里静静地翻看着一本育儿画册,忽地抬起头,却见他出神地望着窗外,一脸迷茫。

"钱傲。"

"嗯。"他蓦地回神儿,微笑着回应她。

元素蹙眉,放下画册,蹲在他身边,手支着脑袋瞅他:"钱傲,你怎么了?"他现在的样子,是她从来没见过的,情绪内藏,满腹心事,那双眼她看不懂。

钱傲一怔:"傻妞,我在想,咱俩的宝宝取什么名字呢?"他疼爱地揉了揉她的脑袋,将她拉起来拥在怀里,安安稳稳地放置在自己的腿上,下巴搁在她的肩膀上。

他的心很踏实。

他挂着笑,细细低语:"儿子,就叫钱小宝,女儿,就叫钱小贝,一对宝贝,和他们的妈咪一样,让我宝贝一辈子,行不?"

"不行!"元素笑着回头,"儿子跟你姓,女儿跟我姓。"

钱傲刮一下她挺翘的鼻子,眼里闪过浓浓的爱意:"那……依你吧。"

"咦,今天这么好说话?"

"我哪天不好说话?"

元素抿唇:"好吧。"

俩人拥在一起窃窃私语,说着不着边际的话,彼时,他们的世界里,仿佛只有彼此……

钱傲似乎迷恋上了这样的日子，去公司的时间渐渐减少，每天花很多的时间，陪在她的身边，看着她隆起的小腹，一脸成就感地带着她到处疯玩。

这一晃，就到了农历八月十五。

一大早厨房就忙活开了，钱家请来了专门制作月饼的大厨，现上灶做出来的月饼，制作精细，馅料考究，外形更是美观，为了满足大家不同的口味，月饼也同样做出了多种风味。

家里喜气洋洋，元素的精神头也好。

吃完早饭，钱傲取了DV就拽着元素去了后院。

钱宅的后院很大，有一幢小白楼，旁边的空地里，有钱老爷子闲暇时种的菜。高高矮矮的绿色植物，花草，四周竖着竹篱笆，上面缠绕着粉紫色的牵牛花。

大自然的一切，实在太美了！

元素张开双臂，笑声朗朗，由着钱傲给她拍照。

瞪眼、挑眉、笑、做鬼脸、弯腰……

她配合地在镜头里表演。

钱傲跟着她的脚步，边拍边摇头："小妞，真招人烦，怀上孩子后，怎么变成小孩子了？"

"那你还要不要拍呀？"

"拍！"钱傲赶紧跟着她，"我要把宝宝四个半月的样子拍下来！"

"是拍宝宝，还是宝宝妈？"

"宝宝……妈。"

吧嗒！元素踮脚奖励他一个吻，顺势拍了拍他的肩，对他的行为进行了充分的肯定和褒扬："孺子可教。"

钱傲将DV架在一边，龇牙咧嘴地抓住她，使劲儿揉她的脑袋，元素躲呀躲呀，躲不过，最终被他捉入怀里，两个人开心地笑……笑声、笑脸，全部都记录在了DV里。

"钱傲，以后咱俩老了，就去种地吧。"

"没问题！我现在也可以……天天种地。"

元素瞪他一眼："我是说，等咱的儿子和女儿都大了，不需要咱们了，咱俩就找个地方隐居，看夕阳、落日，采菊东篱。"

钱傲低头思索片刻，吹了一声口哨："可我认为，大隐隐于市，小隐隐于床。"

"讨厌！"元素又去打他，钱傲哈哈大笑，狠狠地抱紧她，一脸宠溺。

这一天，是他们相识一年零六个月的日子。

这一天，是中秋节，天气很好，晚上的月亮也很圆。

钱家有赏月的习惯，晚上在院子里设上香案、摆上小桌、放上果品和月饼祭礼，然后由沈佩思带头拜月，香烛高燃，烟雾缭绕，很是喜庆。祷告后，一家人坐在一起，喝茶、吃月饼，聊一些趣事。

此情此景，元素想着家人，心思有点儿飘。

钱思禾却突然愉快地叫喊起来："各位，各位，我有个事情要告知大家一下……"

朱彦笑问："什么事呀？"

钱思禾对着众人做了一个邀请的手势："在我们学校的中秋晚会上，在下的演讲荣获了一等奖——现在，请诸位移步客厅，欣赏一下钱思禾小姐卓越的演讲。"

本来就是喜庆的日子，自然没有人会去扫兴。大家伙儿说笑着，整整齐齐地坐在了客厅的沙发上，甚至连家里的用人们都被邀请了过来。

钱思禾站在投影机前，礼貌地鞠躬，然后按了播放键……

然而，画面上出现的，不是她在学校的演讲内容，而是钱傲和钱士铭在书房里交谈的画面。这段视频明显被人剪辑过，几秒钟的时间，在钱氏兄弟来不及阻止的情况下，几句对话瞬间响起——

"元素是我的亲生女儿……"

"老大，我……"

"老二,你打算怎么做?"

"不要告诉她。"

众人骇然色变。

一时间,钱家宽阔的大厅里,鸦雀无声,用人们都面面相觑,一脸被雷劈中的样子,好半晌,没有发出一点点声音。

家丑外扬,家门不幸。

"谁拍的视频?"沈佩思要面子,首先想到的是罪魁祸首。

"都出去!"钱傲蓦地站起来,对用人们挥挥手,"你们都出去!"

"是!"

大门关上了,连窗户都紧闭了起来。

钱家人坐在明亮的灯光下,都不敢去看钱傲的眼睛。而元素缩在沙发里,脑子一阵阵地犯晕,抚着肚子,绷紧肩膀,遍体生寒,连呼吸都困难了起来!

"我不是幻听了吧?"

"元素……"钱傲豁出去了,似乎怕她会突然消失一般,紧紧抓住她的手,"你没有听错。"

元素看看钱士铭,再看看神色各异的众人,又盯着钱傲:"不,我不信。你们凭什么?"

"素……我……"钱傲眉头紧蹙,被元素冰冷的手刺激着心脏,嗓子眼儿里也像被人塞了一把稻草,一句话都说不出来。

客厅里,气氛压抑。

所有人都在震惊状态,唯有朱彦,眼睛里隐藏着阴毒。

"有什么不好说的?士铭,你就挑明了说吧,DNA鉴定结果已经出来了,认定的事,赖不掉的。大家还是商量一下,怎么办吧。到底是要认女儿呢,还是要认弟媳?"

钱老爷子铁青着脸:"老大,这是怎么回事?"

钱士铭一脸灰白,沮丧地撸着头发,哽着嗓子将原委一一道出,然后，舒出一口长气："素素，确实是我跟小舒的女儿。但视频……不是我拍的。"

他森冷地望了朱彦一眼："是不是你干的？"

朱彦悻悻地一叹："老钱，我也是为了你们好。不把事情说出来，到底要拖到什么时候？拖到那两个神经管畸形的孩子出生，让人笑话我们老钱家人乱来吗？"

神经管畸形的孩子？元素肩膀一抖。

"闭嘴！"钱士铭厉喝，"都怪你，当年要不是你……孩子怎么会弄错？"

朱彦怔怔地呆愣片刻，猛地站起来："我说老钱，你可不要得寸进尺呀。你和小三生孩子，我没找你的晦气，你倒找上我了……"

"都给我闭嘴！"钱老爷子一巴掌拍在茶几上，指着他们，手臂不住地抖，神情极是激动，"你们、你们……你们……是要气死我吗？"

"老爷子，你甭激动，慢慢说，慢慢说……"

"是呀，千万不要气坏了身子……"

一家人在唱大戏，元素像一具被抽干了力气的僵尸，脸色苍白，明明知道他们在说话，声音却像隔了几亿光年。

什么小舒？什么DNA？全是笑话。

她不相信，根本不相信。

"钱傲，他们说的，全是假的，对不对？"

钱傲握住她的手，狠狠闭了闭眼："元素……"

钱士铭看着安安静静的元素，抹一把脸，老泪纵横："素素，都是爸爸不好，你不要怪爸爸……"

"我不怪！"元素冷冷地说，"我只想知道，这报告哪里来的？"

"是我们拿你的头发，做的DNA比对。"

"凭什么？"元素的眼圈都红了，"你们经过我同意了吗？"

朱彦一听就冷笑："现在说这些有用吗？当务之急，还是得解决事情吧，元素肚子里的孩子，留不得。就算侥幸不是傻子，可让他们以后怎么做人？"

钱傲眼神阴沉："大嫂，老钱家的家务事，啥时候轮到你姓朱的干预了？"

朱彦假笑两声，摊手："那随便你们了，我只是好心建议。"

"你闭嘴！"钱士铭瞪完她，又转头望向元素，声音哽咽，"素素，都是爸爸不好，不过……孩子，真的不能留。你乖乖地听话，以后，爸爸会好好待你………你和二叔，你和二叔，就各归各位吧……"

各归各位？

钱士铭的声音清晰地传到元素的耳朵里，她身子一僵，端着的水杯握不住了，砰一声掉到地上。

"钱傲！"她目光冰冷，"我再问你一遍。你信吗？"

"元素……"钱傲张了张嘴，说不下去了。

"你说呀！说！"

"隐瞒你，是我不对。可事情……是真的。"

这种事，大哥不会拿来开玩笑，DNA 鉴定更不是随便做出来的。如果不是万不得已，他也不愿意当着众人的面，被人这样狠狠地拆穿，再当众向她承认这样的不堪——原本，他是要缓一阵的，缓一阵再来想个两全的办法。

"我懂了。"元素稳了稳心神儿，面色苍白地笑了笑，"你们商量吧，我去上厕所！"

钱傲不放心："我陪你。"

"不用。"元素垂下眼睑，逃也似的匆忙跑向洗手间。

这里的气氛太压抑，她的脑子乱了，嗡嗡作响，心也慌了，像要从嗓子眼儿里蹦出来。

这种笑话，她不相信，绝不相信。

有人想害她。

有人想害她的孩子。

分明就是他们故意的,故意的……

可为什么钱傲要相信?

不能!不能让他们害她的孩子!

他们是她的宝宝,不能让别人来决定他们的生死。

元素惶恐地躲进洗手间,匆匆反锁上门,白着脸站在那里,突然胃气上涌,一阵阵恶心感袭来,头晕目眩……

哕!她奔向马桶,吐了。

她一直吐,一直吐。

她什么都吐不出来了,视线模糊了,脊背也被冷汗浸透了……

她颤抖着手,扶住盥洗台想站起来,可手下却毫无力气,眼前一黑,脚一软,就坐在了地上。

咚咚咚!

猛烈的敲门声,带着钱傲激烈的吼声。

"元素!元素!"

元素听见了,又像是没听见,头靠着马桶,没什么知觉。

钱傲紧张得手心里都是汗:"元素!你快开门,快点儿开门……"

"……"

静静的,还是没有反应。

钱傲低咒一句,抬腿踹向木门!

砰!结实的门竟然被他踹开了。

"元素!"钱傲视线一凝,脸上闪着愤怒的光。

卫生间里一片狼藉,元素就那么一动不动地软在地上,双眼睁开着,看着他,却像一片随时都会飞走的纸片,看得他的心脏剧烈地跳动着,身体里似乎蕴藏着一股郁积着的凉气,仿佛有什么东西,正在失去……

"元素!"钱傲心底泛起一阵酸涩,呢喃着,"没事的。会没事的。"

嗯一声,元素慢慢揽住他的脖子站了起来:"是的,会没事的。"

钱傲松了一口气,轻轻拍着她的后背,像安抚失去依靠的小猫一样:

"我们会有一个两全的办法。你相信我……"

"嗯！"

这天晚上，元素的话很少。

她不问、不提，也不听。

钱傲整整陪了她一夜，几乎没有合眼。

翌日，看着她熟睡的脸，钱傲没忍心吵醒她，上午接了个紧急电话去公司，还没到中午就又匆匆赶回来，一脚油门踩到底，飞奔回家，迫不及待地推开了卧室门。

"元素，我回来了……"

余音未落，迎接他的却不是女人温软的身体，而是一室的冷空气。

钱傲推门的手僵在半空："元素？"

床头柜上，压着一张字条："钱傲，我走了，不用找我，我们从此各归各位吧。"

施羽接到钱傲电话的时候，差点儿被他吓住了。

短短几个月，钱傲为了这女人，都折腾多少次了？现在他更是三魂七魄丢了一半，好好的一个小霸王，活生生被这个女人整治成了痴情梁山伯。

施羽叹着气，立马就差人去找。

然而，音信全无。

元素没坐飞机，没坐火车，没住酒店，短时间内，上哪儿去找一个蒸发了的人？

一天……

两天……

三天……

钱傲彻底慌神儿了，他已经没法正常处理公司的事务了，那种找不到她的失落感，让他像是失去了心尖最柔软处的一块肉，痛得他常常直不起腰来。于是，他索性连家也不回了，要么傻愣愣地待在似锦园，要么就像个疯子似的开着车大街小巷地乱转,不停拨她的电话,听到手机一响就条件反射地惊厥。

可是,仍然只有失望。

无穷无尽的失望。

钱家也没能幸免,一阵鸡飞狗跳后,一个家也被弄得四分五裂了。钱思禾搬到学校去住了,不再回来;元素离开后,钱士铭也直接住到外面去了,就给朱彦留了一句话,"离婚吧";钱老爷子两口子,每天长吁短叹……没想到,最正常的人,竟然是钱仲尧。

他正常起床,正常吃饭,正常睡觉,正常外出……

可太过正常,还算不算正常?

"这钱家还是个家吗?"

钱老爷子忍无可忍,和沈佩思一起,找到似锦园来了。

一踏入客厅,沈佩思就不由自主地倒抽了一口凉气。

"这房子,怎么乱得跟个猪窝似的?"

地上倒着空空如也的酒瓶,横七竖八地摆放着,丢了一地。地毯上不仅有枕头,还有烟头,遮光窗帘拉得严严实实的,灰头土脸的钱傲像一个与世隔绝的怪物,哪儿还有昔日"骑马倚斜桥,满楼红袖招"的得意?

"喀喀!这哪儿是人住的地方?"

沈佩思的眼圈马上红了,一边咳嗽,一边数落:"老二,儿子……你这样,这样不是要妈的命吗?"

钱傲还穿着离家时穿着的那身衣服,躺在沙发上一动不动。

要不是还在喘气,乍一看他就像个死人。

钱老爷子老脸铁青,他可没有沈佩思那么好的耐心,顺手抄起一个花瓶,就劈头盖脸地朝钱傲砸去,那力道大得,压根儿没有留一点儿情面,吓得沈佩思失声尖叫。

"老钱,你想打死儿子吗?"

钱老爷子气都喘不过来了:"老子就是要打死他,打死这个逆子!"

"老钱——"沈佩思拉住他的手。

钱傲却笑了,睁开眼,迎着他爹的狠戾,一脸莫名其妙的笑容:"来呀!打死我吧……反正我也不想活了……"

"瞧瞧这没出息的样儿。小王八蛋……"钱老爷子气得指着他的脑袋骂人,见他没有反应,一脚将茶几踢翻,可最终,也只剩一声长叹。

"这是作的什么孽哦……"

元素离开J市的第四天。

元素迈着沉重的步子,拖着一个简单的行李箱,站在这片熟悉又陌生的土地上,一颗心浮浮沉沉,脑子里恍恍惚惚,发现自己接下来,不知道要去哪里,又能去哪里?

那天出走太匆忙,她坐上长途客车,像逃兵一样,不敢待在城市,也害怕回家,生怕被钱家人发现,然后生生把她的孩子给拿掉——她只想离钱傲和钱家人远远的,但她从来没有认真思考过,当这个世界里没有他,只剩下她自己的时候,会是什么样子。更没有想过,为什么她明明躲着藏着,居然又回到了这里。

鎏年村——这个他俩第一次接近彼此心脏的地方。

算了!

剪不断,理还乱,那就不剪不理吧。

元素拖着箱子,慢慢走入村子。

可这儿,哪里还有当初的影子?

这里有着青山绿水,农作物高高矮矮地生长在田地里,角落开着许多不知名的小花,五颜六色的,一座座现代化的新型农村房舍,整整齐齐的,宽敞的水泥路直接修到了村口,新建的小学,四层高的小洋楼上,插着鲜艳的五星红旗——

元素怔了片刻,不由得感慨:钱傲是信守承诺的人。

他也许不是一个好人,但他是一个讲信用的人。

"元姐姐?妈,妈,元姐姐来了!"

村西口,兰嫂家的虎娃子眼尖地发现了她,一路狂奔过来。

"妈!快来呀,元姐姐来了。"

小孩子天真无邪的热情感染了元素,却把虎娃子妈弄得哭笑不得,她扫了一眼元素的肚子,飞快拉住儿子,说道:"虎娃子,元姐姐肚子里有小宝宝了,你不要碰着她。"

"小宝宝!哇!小宝宝是这样长出来的吗?"

扑哧!元素乐了,捋了捋头发,在虎娃子妈的嘘寒问暖下,不好意思地说道:"大姐,不好意思,这次我可能,又得来打扰你们一阵了。"

"哎哟妹子,这说的是哪里话,你是贵客,我们想请都请不到呢,你看,我们村的变化好大的,全是你们家钱总派人落实的。简直……嘿嘿……嘿嘿嘿……都跟着你们享福了,过上了城里人的日子……"

虎娃子妈一脸真诚,喊着,笑着,不一会儿,就来了许多村民。他们围着元素,不停地表示感谢,现在耕田有水,种地有苗,孩子有书读,交通又方便……这全靠钱傲的一句话呀。

元素频频点头,表情尴尬,不知道怎么表达,人家谢她只能回谢,这一来二去的,村民们都邀请她去家里住,最终,元素选择了跟着虎娃子妈。因为她知道,那里有一张床,在那个蛙声一片的夏夜,在那个阵阵雷雨的清晨,她曾经睡得很安稳。

"妹子,这回钱总没陪你来吗?你准备住多久呀?你这肚子看着也不小了,再大点儿就不适合奔波了哦。"

"住几天。"元素没有想好未来,随意地应付着,从包里掏出钱来,说要租他们一间房子,却被虎娃子妈拒绝了。

"收你的钱,不是折我的寿吗?放着放着,你要是爱住,住多久都成!"虎娃子妈小心地扶着她进了自家的房屋,台阶上青苔太多,她怕贵客滑倒,一路小心翼翼的。

元素连声感谢着，想到了那口有着美丽传说的鎏年古井。

"现在不缺水了吧？"

"不缺了，山顶上修了两个大水塔，家家都有自来水了，水龙头一拧，嘿，水就来了，方便多了。"

"那村东口的古井呢？还是永不干涸吗？"

虎娃子妈一怔，心疼地捂着胸口摇头："干了。哎，就是前两天的事，好邪门儿，看着看着水位就降了，然后一滴水都没了。村里的老人说，几百年都没有干过，这样子怕是会不吉利，要出乱子的，我呸呸呸……不灵不灵！"

元素愣住，不由得想起那几个篆体的古字，还有钱傲那充满磁性的声音。

"生死轮回，此情不移，鎏年古井，寿与天齐。"

寿与天齐的古井都干了，那么此情……是不是也该移了？

元素静静地坐在房门口，回忆着那天的阳光青草、绿树蓝天、祠堂古井……然后，苦笑。

当元素思绪难平的时候，钱傲找她找得已经快要发疯了。

三天了，整整三天，他像一只无头苍蝇似的到处奔走，都无功而返。最后，抱着试一试的心态，他准备去找颜色。可是，他到了徐丰和颜色居住的花园别墅，砸了老半天门，才看到满脸阴郁的徐丰。

"哥哥，你找我？"

徐丰满嘴的酒气，那邋遢的形象和钱傲有一拼。

"颜色呢？元素有没有找过她？"

徐丰一愣，知道钱傲的来意，突然哈哈大笑："有意思了。你找我媳妇儿，我还想去找你媳妇儿呢。"

钱傲脸色一变："你说什么？"

徐丰摊手："不好意思，我媳妇儿，也没了……"

钱傲一把揪住他的衣领："说清楚一点儿，什么叫'没了'？"

徐丰:"'没了'就是'走了''跑了''不知道哪儿去了''不要我了'……听懂了吗?"

钱傲都快崩溃了。

这什么世道?现在的女人一个个都长翅膀了吗?动不动就开溜。

钱傲丢开徐丰,又一把将他捞过来,拍了拍他的肩膀:"兄弟,原来咱俩同病相怜!"

徐丰被他这句话逗乐了,嗤笑一声:"那,来来来,咱俩喝一杯,庆祝恢复单身。"

钱傲一拳砸在他背上,没好气地嚷:"瞧瞧你这样儿!这样就放弃了,妥协了?!"

"哥哥,那你说我怎么办?"

钱傲揉了揉太阳穴:"继续找。"

"上哪儿找?"

"……"

"找得到,我还喝闷酒吗?"

"……"

两个大男人相顾无言。

轰隆隆!

好好的天,突然下起了雨,小山村的寂静被打破,顷刻间,闪电伴着惊雷,打在屋顶上,如同久困牢笼的野兽,叫嚣得山崩地裂。

噼啪!一道闪电,吓得元素赶紧捂住肚子。

她害怕,又怕宝宝会被吓住!

窗外暴雨如注,她却突然有点儿想哭!

在这样的天气里,她突然想到了钱傲所有的好。

他的笑,他的怒,他的温柔,他的霸道……

元素蜷缩在床上,按了手机开机键,无数的短信汹涌而至。

她随便翻看了两条,立马有电话打来。

钱傲!

她一惊,慌不迭又关上手机。

她不敢看,也不敢想!

过去吧,让一切都过去吧。

元素拽住手机,床在微微地颤……

不对!床为什么在颤?

元素望着窗外,呆住了。

刚才还绿油油的山坡,现在被一排排的泥土挤赶着,不停往下滑,整个世界,地动山摇一般,像是一辆推土机在耳边震动……

"地震啦!"

"地震啦!"

J市。

钱傲惊喜地拿着手机,一只手在微微颤抖……

元素开机了,又关机了。短短不过半分钟,却给了他一个极大的惊喜。

施羽很快发来定位,地图显示,手机所在的位置是C市鎏年村。

"她居然去了鎏年村?"钱傲不知该高兴还是该难过。

高兴的是,她去了那个世外桃源,他们待过的地方……

难过的是,他居然一点儿都不了解她,现在才反应过来她会去那里。

"等着,看我找到你,怎么收拾你!"

钱傲吸了一口气,订好一个小时后飞往C市的机票,刚准备去机场,徐丰就来电话了。

"二嫂找到了吗?"

"找到了!我正要赶过去。"

"你说,我媳妇儿会不会和她在一起?"

"……"

钱傲不回答这种猜测性的问题,也没工夫和他瞎扯,打开门就往外冲。

电话里,徐丰尖叫道:"哥哥,一起!咱俩一起去。"

"赶紧的,机场见!"

钱傲话音未落,突觉脚下一晃,感觉整幢房子都在晃,客厅里的灯具砰砰作响,一个花盆砰一声掉到地上,裂成了碎片。

地震了?

钱傲稍一犹豫,开了车直奔机场。

外面到处都是避震的人,黑压压的。

震级很大,没人敢待在家里。地震引起的信号中断,更让人惶恐——无法与家人联系,也不知道究竟哪里发生了地震。一路上,交通非常不好,钱傲急着赶飞机。

半小时后,他的手机终于有电话进来了。

通信恢复了,第一个打进来的就是钱老爷子的电话:"臭小子,你在哪儿呢?"

"去机场呢!你们都没事吧?"

"我没事!你妈吓得不轻!"钱老爷子顿了顿,"我接到紧急任务,必须马上赶往震区!"

震区?钱傲看着前方公路上的车辆和人群,眉头皱了起来:"是哪里地震了?"

"C市。八级地震。"

C市?C市!

钱傲面色一变,猛地踩油门。

"震中在哪儿?"

"C市文秀镇……"

文秀镇,不就是鎏年村所在的地方吗?

手机滑落到地上,钱傲怔了下又捡起来,心跳加速,脑门儿上直冒虚汗。

"爸!你等着我。我跟你一起去!"

473

他已经很久不曾认真叫过"爸"了。

钱老爷子一怔:"你去干什么?添乱吗?"

"爸!元素。元素在文秀镇!"

这么巧?

钱老爷子来不及多想,叮嘱他速度快一点儿,回屋换上军装,一脸威严地走了出来,没见钱傲,又打电话给他:"南郊机场见。"

"是!"

钱傲一脚油门踩到底,又给徐丰打电话:"半小时后,南郊机场见,过时不候。"

从 J 市到 C 市,两个小时的航程。

不长,不短,对钱傲来说,仿若一个世纪那么久。

在钱老爷子抵达 C 市之前,前线的情况陆陆续续地传来了。

"C 市抗震救灾指挥部成立,救灾工作已经展开。"

"重灾区交通完全瘫痪,人员和物资无法通行……"

"震中文秀镇通信完全中断,无法与外界取得联系,陆航侦察机几次前往均因天气情况不得不返航,至今仍旧不了解震中情况,有附近震区逃出来的老百姓表示,如今文秀镇已经被夷为平地。"

一个又一个指令被下达。

钱老爷子指挥着紧急救援任务,想着那几十万老百姓。钱傲心如擂鼓,始终安定不了。闭着眼睛,他的眼前全是元素痛苦和惊恐的样子。

气氛一时间变得很沉重。

两个小时后,飞机终于抵达 C 市某军区陆航团。

钱老爷子直接去了临时组建的抗震救灾指挥部,而钱傲朝徐丰使了一个眼色,脱离了他爹,单独行动,去了陆航团的飞行指挥中心。

飞行指挥中心里,一片忙乱,飞行情况和抢险情况不停传来,通信声此起彼伏。

"报告,074 机组进入待飞状态,请求指示!"

"报告，076顺利返航。"

"报告，077可以起飞，077可以起飞！"

钱傲冷静地找到指挥员："震中有人进去了吧？"

指挥员认识他，闻言摇了摇头，一脸焦急："进不去，山势险，天气情况太差，我们想了很多办法了……"

"伞降呢？"钱傲补充。

指挥员一听，脸就沉了："伞降？那是不可能的。你压根儿不了解文秀镇的地貌，那里完全是V形峡谷山区，垂直落差几百米，最主要的是那边现在在下雨，能见度特别低，而且震中山形有没有被地震改变还不知道，仅仅靠着导航进去，就是送死！"

钱傲微微眯了眯眼："那我来飞？出了事算我的！"

指挥员吓了一跳："开什么玩笑？！玩命也不是这样玩的呀！"

"玩什么命？老子也是在特种飞行大队混过的。"

"我知道！但现在……没有命令，我不能这么做。"

不论钱傲怎么说，对方就是不同意。毕竟是生死攸关的事情，虽然进入震中了解受灾情况很重要，虽然他相信钱傲的能力，但他怎么敢让钱傲拿自己的生命开玩笑？两个人就着一张卫星地图，分析着情况争执不休，这时，背后突然传来一道浑厚的声音。

"我来吧！"

钱傲一怔，突然松了一口气，心里一下踏实了。

"邢帅！"他转身，一个拳头砸过去。

那人肩膀一缩，与他相视一笑："怎么想到亲自出马了？"

"一言难尽！"钱傲搂住他的肩膀，重重地捶了几下，"有你在，我就放心了！"

"行。"来人回头看那指挥员，"马上准备！"

"是！"指挥员哑了声。

邢帅，真名邢烈火，是钱傲在"红刺"特战队服役时的战友，一个屡立奇功的年轻特种兵指挥官。钱傲性格狂妄，这辈子真正能让他服气的人，寥寥无几，邢烈火算是其中一个。骄傲的男人之间，惺惺相惜。钱傲看邢烈火，经常有一种像照镜子的感觉——不是说都长得帅，而是他俩骨子里的那种劲儿，一样一样的。

停机坪上，直升机的螺旋桨呼呼在转，像即将奔赴战场的勇士一般，机身在剧烈地轰鸣。钱傲一言不发地套上跳伞装备，上了飞机。徐丰整个人都在抖，有些不敢，但想想颜色，还是硬着头皮穿好了装备。

邢烈火坐在驾驶舱，调试片刻，摘下耳麦转头戏谑。

"'小鹰'号准备完毕，请指示！"

钱傲嘴角微抽，挑挑眉，一脸正经地说道："邢帅，你可想好了，老邢家可就你一根独苗，指着你传宗接代呢。"

邢烈火戴上耳机："得！你都不怕。我能怕？快点儿！"

钱傲比一个"OK"的手势，坐到副驾位，帮邢烈火押机。

直升机徐徐升空，将停机坪的草都吹得弯了腰……

这场地震，在过去很多年后，还让人记忆犹新。它不仅影响和改变了很多人的命运，也增强了国人的凝聚力，那种当灾难来临，自然之力对人类的毁灭已不可阻挡之时，身处绝境的人们，从人性中迸发的神圣之光，让无数人感动、唏嘘。

所有电视频道滚动播出灾区消息，网络媒体实时报道。有人在奔赴灾区前线，有人正在前线救援，无数的志愿者涌入C市——

同胞在流血，有无数的生命在消逝，但在大自然面前，渺小的人类，大多只能看着，或默默流泪，或放声大哭。

元素这辈子也忘不掉那地动山摇的一刻，天空变成了一只会吞噬生命的怪物，大地变成了一只扼住她咽喉的手，撕扯着她的神经。她什么也做不了，除了死死地抱着肚子往外跑，什么也做不了。

这个时候，生命随时可能终结。

这个时候，到处充满绝望，如同人间炼狱……

这个时候,她也依稀想到了母亲,想到了妹妹,想到了钱傲——那些暗夜里的低低细语,那些温柔缠绵,那些日子里在她枕边戏谑的笑脸,在似锦园里的日日夜夜,他的笑,他的吻,一起洗澡,一起散步的幸福时光。

在生命的尽头,那一切都更加美好。

都说人间不值得,可人间谁都舍不得。

元素只跑到门口,她的逃亡就中止了。门框被挤压变形,她使出吃奶的力气,拼了命也拉扯不开。她绝望了,急红了眼睛,一种生命本能的恐惧,让她嗅到了死亡的味道。

砰!

砰砰砰!

有人在砸门!

元素生出希望:"我在这儿,救命!"

砰!又是一声,房门被人从外面砸开了。

是虎娃子的娘和爹,他们手上拿着斧头,砸开门,把元素拖了出去。

"妹子,快跑!"

"谢谢……快!闪开!"元素的话还没说完,一根大梁就倒了下来,生生地砸在了虎娃子爹的腿上。

"他爹!"虎娃子娘扑了过去。

元素也跑过去,拼命帮着抬大梁:"腿怎么样?有没有事?"

虎娃子爹看着她没事,发自内心地一笑:"妹子,你没事就好,我皮实着呢!"

元素呜咽一声,咬着唇,压着心底的悲伤,帮着虎娃子娘把人弄了出来,相互扶着往外跑——

"又震了?"

"余震来了!"

"快去操场!"

"谁家的孩子……"

"哎哟，猪就别管了！快跑——"

大地无情地摇晃着，到处都是村民的嘶吼声。村里的房屋除了那所钱傲捐赠的希望小学，几乎全部被夷为平地了，地震伴着泥石流、山体滑坡，村庄被掩埋在了地下，无数村民被压在了瓦砾之下。几分钟前还生机盎然的小村庄，瞬间变得满目疮痍。

幸亏希望小学的教学楼坚固，鎏年村和附近三个村子在这儿念书的小孩，共有一百多人，无一伤亡。村民们不停感慨，如果是以前那所破旧的房舍，后果不堪设想……

村长在组织人们自救，元素跟着虎娃子娘，穿梭在希望小学的操场上，在临时搭建的棚子里，安抚孩子、照顾伤员。

教学楼没有倒塌，但楼体到处都是裂缝，已经没人敢再进去了。地震之后，一个接一个的余震袭击着这片满目疮痍的大地，倾盆的大雨也不留情，还在继续地倾倒——如今的鎏年村，已经被大自然的魔力毁灭，变成了一片残垣断壁的末世之境。

人们的阵阵呼号，凄厉、绝望。

废墟上，灰头土脸的村民哭声震天，疯了似的刨着瓦砾、砖块——他们在寻找被掩埋的亲人。

不知有多少鲜活的生命逝去，绝望已经占领了这座村庄。

地震、大雨、泥石流——只是噩梦的开始。

没有食物，没有饮水，没有衣服，所有与生活相关的物资，全都缺乏，那些平日里人们并不在意的东西，在这一刻，成了必需品。出村的路早就被封死了，临近的村庄在这儿上学的小孩子们，也没有等到家长来接，情况不容乐观。

进不来，出不去，没有通信，不知外面发生了什么，有人说世界末日了，有人开始编造一个个离奇的故事——先是鎏年古井干涸，然后发生地震，肯定是有人惹龙王三太子不高兴了……

谣言此起彼伏，元素只能仰望天空，默默祈祷。

几千米的高空中,武装直升机的机舱里,徐丰大汗淋漓地呕吐着,五脏六腑都快移位了。直升机起航不久就遇到了几波余震,在强气流的影响下,飞机在峡谷雨雾中穿行,剧烈的颠簸,没有经过训练的人,很难挨得住。

徐丰晕机,被摇得生不如死。

"早知道……早知道就不来了。"

钱傲头也不回地问道:"那要不要丢你下去?"

"别!哥哥,别开玩笑!"徐丰扶着椅子,难受得连翻白眼的力气都没有了。

"不想死,就给我忍住!"

钱傲低斥一声,对徐丰的哀叫,不再理会。

直升机已进入重灾区,他们脚下是满目疮痍的大地。

"抓稳了!小心。"

伴着邢烈火的低吼,机身突然剧烈颠簸起来,像是扎进了云团,翻滚、下降,翻滚、下降……直升机里面的人视线变得模糊,山高谷深的地势,两座山间的距离最小不到三百米。

钱傲脸上阴晴不定:"邢帅,注意,前方四百米有山。"

"余震来了!"

"好强的气流!"

"钱傲,帮忙踩死右舵。"

"收到!"

"呀!"这是徐丰发出的尖叫。

"呀呀呀呀!"这还是徐丰发出的尖叫。

同一时间,C市陆航团飞行指挥中心。

"报告!'小鹰'号武装直升机从雷达上消失。"

指挥员瞅一眼空白的雷达显示屏,一颗心变得冰凉。

完了!

他拿着呼叫仪,忍不住手抖:"特级警报!特级警报!保障大队立即启动紧急救援预案,做好随时救援的准备!"

"保障大队收到!"

天色渐渐暗下来。

余震变小,雨也停了。

希望小学的操场上,汇集了全村的幸存者,操场中间燃着一堆篝火,村民们或站,或蹲,或坐,不同的是姿势,同样的是无家可归的落魄与惶恐。

没有人哭,就连不懂事的孩子也因为过度疲乏,躲在妈妈的怀里睡着了,大家从最初的惊慌失措,到现在变成了慢慢接受命运的安排。

"生存下去,等待救援"成了大家唯一的支撑。大家都没有吃晚饭,男人们在废墟里刨出了一点儿食物,又去田地摘了一些没有被压碎的野菜,熬成一大锅杂食,找了几只破碗分发给众人,大家轮流喝,没人嫌弃谁,数得出米的杂食,已经是上天最后的恩赐了。

几只狗也受到惊吓,钻入人多的地方,蜷着身子瑟瑟发抖。

它们一身的纯肉,却没有人提起把这几只劫后余生的小东西宰来果腹。

大难不死,连畜生也贵重了起来。

大家数着时间,分分秒秒,饥饿感抓挠着每一个人的胃。

他们渴望与外界联系,渴望得到救援,但四处寂静无声。前去探路的男人们回来说,山塌了,路没了,鎏年村已成了与世隔绝的一隅。

人们静静地等着,在等待生存。

又像,在等待死亡。

不知道过了多久,在近乎绝望的气氛里,天上突然响起一阵直升机的轰鸣。

"有飞机!"

"我听错了吗？是不是有飞机？！"

"快看！有光！天上有光！"

村民们从诧异到惊喜，纷纷叫嚷起来！

元素也不由自主地站起来，跟着村民仰起头往天上看。

可是，她什么也看不见。

"是真的！是真的！飞机来了！"

"来了来了，有人救我们来了！"

人们像被投入水里的鱼儿，瞬间欢畅起来，大人、小孩们欢呼着、叫唤着、沸腾着，对着天空不停地呐喊，元素受到感染，也激动地挥着手，然后，突然怔住——

不对！飞机上的人，听得见他们的喊声吗？看得见他们吗？

她突然一惊，转头拿起一根树枝，挑开篝火，大声说道："快，快！把火烧旺一点儿，再旺一点儿！让飞机上的人看到我们！快，再多添点儿柴！"

四千米的高空上，钱傲拿着航线图，对照导航坐标，在夜航的灯光下凝视着，心情激动："鎏年村！邢帅，下方就是鎏年村的位置！"

邢烈火看了下情况："这天气，机降不可能！我们最多投一点儿救援物资下去！"

"我伞降！"

"伞降更危险！没有地面引导，山地地形又复杂，万一你掉到陡坡悬崖里，小命可就没了。"

"只要有一线希望，我都要下去！"

钱傲大声吼，邢烈火的眉头皱了起来："你图个什么？"

"图个人！"钱傲深吸一口气，看着航线图，"邢帅，差不多了！下降！尽量下降！对，再降，再降……"

"已是最大限度！地震后磁影响大，再降高度，会出事的。"

"好！就这样！"钱傲不怕，但不能让别人陪他玩命。

481

他的手掌重重落在邢烈火的肩膀上:"谢了,兄弟。"

邢烈火冷冷地凝视他:"三千米高空、夜间伞降,你非跳不可?"

"非跳不可。"钱傲坚定地点头,回头看着就剩一丝气息的徐丰,叹了口气,"疯子,你回去吧……留着命,如果我出了什么事……你记得帮我找媳妇儿、养儿子。"

"哕!"

徐丰吐得嘴唇发抖,眼神都飘了:"行,哥哥,你保重,要是见着我媳妇儿,就说,就说,我是个胆小鬼,你替我照顾她……"

钱傲走过去,拍了拍他的肩膀:"别废话了!通信器材给我。"

绑好通信器,调整了一下伞包,钱傲拉开舱门,深吸一口气,纵身一跳。

好冷!他的身体急速下降,如自由落体……

高空跳伞,全靠操纵伞具的技术,想要精确降落非常困难。钱傲拼命寻找着鎏年村的位置,身体越来越接近地面,隐隐地看到地上的点点篝火……

他调整位置,往火光处去!

再降!再降!他终于可以看到火堆边的人群了,黑压压的一堆,热情的村民含着眼泪在惊叫、欢呼,有的人脱掉衣服在向他挥舞。

"解放军来了,是解放军救我们来了!"

人群沸腾了!

大人、孩子全部奔向落地的人。

元素没有跑,她紧紧环抱着自己,因兴奋和紧张瑟瑟发抖。他就落在她的面前,是钱傲,居然是钱傲来了。她的眼泪夺眶而出,她却不敢相信自己的眼睛。

"钱总……"

"是钱总吗?"

有人在问,钱傲却不答。

他走向元素,死死地盯着她。

她也盯着他。从雾气中落下,他的头发、眉毛全都在滴水,就连那身迷彩服也湿透了,整个人狼狈不堪,却丝毫不减风采,眼眸璀璨,宛若繁星。

元素抽泣着,鼻子酸得厉害:"钱傲!"

"是我。元素,我终于找着你了!"

元素捂着脸,终于忍不住,大声抽泣,身子抖似筛糠。看她哭成那样,钱傲又气又心疼,三两步走近,不由分说地将她结结实实地搂进怀里,贴在自己心脏的位置:"说,你还跑不跑了?嗯?以后还敢不敢跑了?"

隔着湿润的迷彩服,元素听见了他狂烈的心跳声,累积了几个小时的恐惧,堆积到了极点,她死死环住他的腰,像个孩子般大哭:"你怎么才来,浑蛋,钱傲,你怎么这么久才来?"

她哭得像个神经病似的,嘴里反反复复就这两句,不停地说,反复地说。钱傲叹口气,拍拍她的头,将她狠狠束在怀里,像一头饥渴了八百年的野兽突然找到食物,一丝都舍不得松开,又不得不松开。

他将她拉开一些,从头到脚仔细地看了一遍,然后拆解自己身上的装备,熟练地摆好海事卫星电话,用几乎无法压抑的激动心情,与指挥中心通话。

"报告!我已顺利抵达震中文秀镇鎏年村!据目测,震中房屋基本垮塌,食物短缺,有人员伤亡,急需救援。"

许多人眼含热泪,因为这是鎏年村与外界失去联系后发出的第一句求救。

好半晌,那头传来钱老爷子哽咽的声音:"收到!我为你骄傲。这次……好了,算你将功抵过。"

"邢烈火没事吧?"

"'小鹰'号已顺利返航,现在我命令你,就地组织村民自救,让大家放心,已经有多支部队正在往震中进发!请大家耐心等待救援,好好活下去,不要放弃生存的希望!"

"是。"

"卫星导航系统刚刚检测到,有一支携带了'南极星一号'终端机的部队,正以每小时七公里的速度急行军奔赴灾区,目前已进入文秀镇境内,往你方向而来!"

"明白。"

村民们擦着眼泪,听着外界的声音,激动不已。

"太好了!我们有救了!"

"解放军来了!我们都有救了!"

钱傲让元素先去简易竹棚休息,自己组织村里的男人到周围地区寻找"小鹰"号投放的救援物资。然后,他从随身背包里掏出一罐八宝粥,架到火上烧热,拉开盖子递给元素:"快吃,别饿坏老子的儿子和闺女!"

钢铁般的男人,也有柔软的心。元素的眼睛微微一红。她怀着孩子,早就饿得不行了,所以没办法拒绝食物。但看到钱傲疲惫的样子,她又有些心疼:"你要不要吃一点儿?"

钱傲皱着眉看着她:"我不饿。快吃,别饿着我的宝贝!"

"……"元素摸了摸肚子,控制住想要冲出眼眶的泪水,哽咽着笑道,"看你爸爸,又欺负你妈了。"

钱傲哼一声,将她揽过来:"算了,我喂你!"

"不用!"

"别动!"

"说不用就不用!"

钱傲看她一眼,闷闷地问:"你还在生我的气?"

元素摇头:"没有。"

钱傲不信:"你肯定生气了。"

不生气怎么会跑?看他犟成这样,元素哭笑不得:"刚才还是跳伞英雄,怎么转瞬就变成半大的孩子了?我真的没生气,我保证!"

"好吧……"钱傲的唇边有淡淡的笑,"那你亲我一下,我就信。"

元素在他唇上吧唧一口:"行了吧?"

"不行,再来一下。"

元素搂紧他的脖子,再亲了一口。

"乖,真乖!"一种失而复得的感动和恐惧,让钱傲抱着她就不想放手,"冤家,上辈子我究竟欠了你多少呀?"

"你说多少……"

"一定很多,我得用一辈子来还!"钱傲的额头抵着她的额头,目光烁烁,"元素,你都不知道,我有多害怕……"他嗓子沙哑,像是哽咽一般,后面的话说不下去了。

元素温柔地握住他的手,牵到自己的小腹上放好:"来,摸摸咱俩的孩子,他们这次的表现可棒了。长大了一定也能像他们的爸爸一样,成为人中之龙、盖世英雄……"

"呵!你就给我戴高帽子吧,没被你整死,算我命大!"钱傲喃喃着,轻轻抚摸着她隆起的肚子,喉咙微紧,"要不要去看一下,有没有人需要帮助?"

"嗯……"

操场上很静,年轻力壮的村民寻找救援物资去了,还有一部分人在寻找自己失散的亲人,有人在挖刨倒塌的房屋,没有一个人闲着……钱傲从背包里取出一只手电筒,带着元素,凭着记忆里的方向慢慢走出来。一路上,到处都是残砖断瓦,兰家祠堂倒塌了,鎏年古井被掩埋了井口。

"真是可惜。"

元素想着那一日他俩在祠堂、古井边嬉戏的旧事,手指紧紧捏着,怀着孕的身体紧绷成一道奇特的曲线,一双眼充满惆怅……

"以后再想办法恢复吧。"

钱傲搂紧她,低头吻了吻她的鬓发。

元素嗯一声,闭上眼,站在这一片残垣上,体会着这一刻用生命写下的缠绵。

噼啪！一道亮丽的光线，突然划破天际，将黑夜照亮，天空突然变成了艳丽的红，血红，透过那一抹光线的折射，俩人的双眼像是突然失明了。

呀！元素惊叫一声，漂亮的小脸瞬间惨白，身子轻颤着偎向钱傲："钱傲，这是怎么了？"

钱傲脸色一变："余震来了！"

轰！哐！

大地剧烈晃动，耳边几乎能听见地层断裂的声音。

地震后的地壳相当不稳定，这一次余震的震级特别大，不过转瞬之间，他们站立的地方就以极快的速度分裂开来。

两米来宽的大裂缝，触目惊心……

"天！地裂了——"元素尖叫，钱傲也是惊出了一身冷汗。

不过，他的动作比大脑的反应更快，几乎是吼着说的："快！抱紧我。"

他的声音在空旷的静夜里，有些骇人。

不过几秒，鎏年古井的周围已经被拉出一条长长的沟壑，地面从中间断裂，大地正在不断地坍塌，像一只吃人的怪兽，遍地狼藉，而他俩站立的地方，正在不断下沉。

"钱傲！"元素惊魂未定，下意识地护着肚子，下一秒，只觉腰间一紧，整个身子被提离了地面，慌乱中，她听到钱傲在她耳边大吼："元素，接下来不管发生什么事，你都要抱紧肚子蜷缩在我怀里，听见了吗？"

元素眼睁睁地看着地面以惊人的速度下沉，紧张得声音都扭曲了。

"不！钱傲，钱傲，我好怕，我怕！"

"乖，闭上眼睛，不要怕，我会陪着你。"

钱傲的脑门儿上全是冷汗，心里是从来未有过的害怕。不是怕自己出事，而是他的怀里，有他的媳妇儿和孩子。其实，刚才那一瞬间，如果只有他自己,他有百分百的概率逃生,可是多了一个怀着孕的女人,他不能……

毕竟这个女人,比他的生命更重要。

又一声巨响,地面剧烈颤抖了几下,然后就是阵阵尖锐的摩擦声。

世界在翻滚,他俩的身体在失重。

旋转,碰撞,翻滚。

急速下降中,元素恐惧地尖叫。

"不要怕!我在,我在!"钱傲本能地把元素搂在身下,攥紧她的双臂还得小心护着她的肚子,这样一个高难度的技术动作,他持续到滑入地底。

四周一片黑暗,他俩被困在一个闷闷的空间里,头顶有细沙、泥土不断在掉,四周是坚硬冰冷的石头……钱傲不知道这儿是哪里,只是把元素死死地护在怀里,直到大地终于停止了它魔鬼般的舞步。

静静的,没有声音。

一块几百年的石凿井壁压在钱傲的腰上,另一块压在他的腿上。而他双手撑着地面,硬生生地为女人和孩子撑出了一片天空。

"元素?"

怀里的女人软绵绵的,毫无声息。

钱傲看不见她,本能地想去摸索她,身体传来刺骨的疼痛,他出了一身冷汗,心里明白了。石板压断了他的腿,肋骨大概也断了几根。

元素没有反应。

钱傲又叫了一声,一只胳膊搂住她,另一只手抓住旁边的石壁,尽量用自己的身体挡住头顶上还在往下掉落的泥沙:"元素,快醒醒!快醒醒!"

元素依旧没有反应。

钱傲倒抽一口凉气,被失去她的恐惧紧紧箍住了心脏。他想将她扶起来,可身体却动弹不得,稍稍一动,便是剜心的痛。

他忍着剧痛,不断地拍打她的脸,温柔地轻唤:"元素,快醒醒!你能不能给老子争点儿气呀?"

"元素!"

"元素!"

"嗯!"元素像做了一场噩梦,幽幽醒来,"钱傲?我们……这是在哪儿?"

钱傲没有回答她,而是反问:"你有没有受伤,咱孩子还好不好?"

"嗯!好……"元素动了动身子,浑身痛得直冒冷汗,"钱傲,你还好吗?"

钱傲拼命咬着牙,尽量让声音听上去平静:"我也很好。"

元素瞬间红了眼眶。两个人贴得这样近,呼吸可闻,她能明显感觉到他忍痛的喘息,但她没有拆穿,这个男人,一直是那么刚硬,他不愿意在她面前露出怯弱。

她不作声,默默淌泪。

"元素,你注意护着肚子,我得把身上这石板挪开。"钱傲不知道自己还能撑多久,在这之前,他必须把压在背上的石板弄走,要不然等他不行了,被他压在身下的元素就活不了了。

他咬着牙,拼尽力气一点儿一点儿挪动。

他痛得钻心!吸气,再来……不知用了多久,那石板终于被他挪开了。

呼!钱傲稍感轻松,可腿上的石板却找不到着力点,怎么都搬不动。

算了,压着吧。

他因为疼痛而不断滴落的冷汗淌到元素的脸上,混着她的泪水,顺着脸颊往下流,但她紧咬着唇,没有哭出声。她什么都知道,他为她做的一切,她都知道。

"钱傲!你好傻。"

黑暗的狭小空间里,他们看不到彼此。可元素从他胸口处抬头,分明能看见他的眼睛,那么的锐利、晶亮。她的心,忽地就安定了。

她以前在小说里,总能看到同生共死、共赴黄泉的内容,如今和喜欢的男人体验一次,这辈子也值得了。

他,她,还有他们的孩子,生同衾、死同穴,有什么不好?

"钱傲,和你死在一起,我很幸福。"

"别胡说八道。"他叹息,"素,我死了,你也得好好活着,给我把孩子生出来。"

元素的手紧紧捂着嘴,偷偷哭泣:"钱傲!"

他虚弱地笑了笑:"哭什么呀?傻瓜。人总会死的。不过,你得记住了,老子死了,你也得为我守寡一辈子,你要是敢让其他男人碰你,老子做鬼也不会放过你。"

"钱傲。"

一听这话,元素更是泣不成声。她从来没有见过钱傲这样,一直以来,他在她的面前,总是那么强势、霸道,好像没有任何事情能压垮他。

"钱傲,我不许你死,要死咱俩一块儿死。"

"放屁!"

钱傲低吼一声,突然控制不住地咳嗽起来,嘴角有黏稠的液体,滴在了元素的脸上。

元素心里一惊,伸手摸了摸,吓得心都乱了:"钱傲,你不要吓我⋯⋯不要吓我⋯⋯"

钱傲甩了甩头,努力保持着清醒:"我没事,没事的⋯⋯"他虚弱地说着,眼睛慢慢适应了黑暗,隐约看到他们身处的地方,像是一个小石屋。

难道这是鎏年古井的井底?

钱傲伸手在石壁上摸索半晌,突然又低低地笑出了声。

"宝贝儿,我给你讲个故事。"

元素抽泣着:"什么故事?"

钱傲又咳嗽了几声,断断续续地说着:"就是这口古井的故事,刻在石壁上的……喀喀……三百多年前，康熙年间，兄妹俩，情不自禁地爱上了彼此，发生了不伦之恋……为了躲避世俗的眼光，他俩凿了这口井隐居，名为井，底下却是一间石室，就是咱俩目前所在的地方……他们昼伏夜出，彻底消失在了世人的眼中……喀喀……"

听着他颤抖的声音，元素赶紧制止："钱傲，你别说话了，保存体力……"

"我没事，元素，我是想说……咱俩，没有错……错就错在……喀喀……"

"我让你别说了！"元素知道他伤得很重，带着哭腔打断他，"别说了……我们那个根本就不是……就算是真的，我也不怕，只要和你在一起，我什么都不怕……"

她的吼声在空寂的石屋里，回声阵阵。

可是，钱傲半晌没有动静。

元素一边哭一边伸手去摸他的脸："钱傲，你怎么了……你怎么了……"

钱傲身体微微一动，慢慢转醒："我没事，我在，你别怕。"他顿了顿，像是突然想到似的，颤声说道，"宝贝儿，我的裤兜里有手电筒，你把它掏出来，记住，电要省着点儿用，这样你就不怕黑了。"

元素呜咽，咬着嘴唇，从他裤兜里掏出手电筒。

啪！元素按亮手电筒，下意识地照向钱傲。

她的眼泪再次决堤。

认识钱傲这么久，她从来没见过他如此狼狈，以前的钱二爷，多么的光鲜耀眼、意气风发？现在的他浑身上下全是血迹，有的还在流，有的地方已经干了，在手电筒的光线下，他的脸被染着血迹的迷彩服衬得苍白如纸，一脸的汗水和血水。

"钱傲……"

元素哀呼,缓缓从他怀里抽出自己的手。

一看,她满手鲜红……

她呼吸一滞:"钱傲,你疼吗?"

他违心地摇头,带点儿笑:"不……我不疼。"

"你怎么这么傻?你这辈子栽到我手上,你值得吗?"

"值得。再来一次,我还是会选择……你。"

他慢悠悠地说着,头慢慢地垂了下去。

"钱傲——"元素颤抖着捂住他的伤口,又去擦拭他的脸,"你不要睡,不要睡,听到没有?"

"嗯……"

"钱傲!"

元素深吸一口气,吻了吻他带血的嘴唇,为了不让他睡过去,只能不停地引诱他说话。

"钱傲,你为什么喜欢我?"

"第一次见你,我就想……和你睡觉。"

她鼻子一酸,又问:"然后呢?"

"睡了,还想睡。"

"然后呢?"

"上瘾了,想一辈子睡下去。"

"然后呢?"

"不仅仅想睡你,还想……得到你的心。"

"然后呢……"

"……"

他没有再回答,手指不停在石壁上摸索着,然后看着她,说道:"素,你试着从我身下爬出去。"说完,他再次忍着剧痛撑起自己的身体,"来,用力,爬出去先——"

元素哽咽着点头,小心挪动身体,一点点地从他为她撑着的空间里挪出来。

"好了!"她自由了,蹲下身子,拿着手电筒,看他一身鲜血的样子,膝盖发软,半跪在地上,抚摸他的脸,"钱傲,我不想你有事。我该怎么救你?告诉我,我该怎么做?"

钱傲轻吸一口气,强打起精神:"宝贝儿,现在你仔细听我说,据我判断,咱俩目前应该是在地底二十米左右,地面情况不明,等救援怕是等不到……根据石壁上的记载,这个石室是有出口的,你等一下在左边找找,有没有一条甬道……"

元素吸了吸鼻子:"你怎么看得见上面的字?"

"忘了告诉你……老子,老子是会盲语的。"

那个时候,老钱老来得子,和沈佩思欢喜得不知怎么疼这宝贝疙瘩才好了。为免自己早早过世,留下小儿子在世间变成一无是处的纨绔子弟,除了让他学各种本事,更是早早把他丢去部队锻炼。可以说,能学的东西,他都学了。他就连琴、棋、书、画也是无一不通的。只是因为叛逆,总跟父母对着干,他才把自己搞成了后来元素见着的模样。

元素不了解以前的他,也来不及了解。

她扶着他的肩膀,摇头:"不,我不离开你,要死,咱们死在一块儿……钱傲,我不怕死!"

钱傲笑了笑:"傻妞,如果你不走,怎么救我呢?"

元素呜咽着摇头,像一个失去保护的小动物,边哭边说:"我不要离开你……"

钱傲虚弱地闭了闭眼:"傻瓜,去吧,一直往前走,不要怕黑,不要回头……甬道会很长,很曲折,我……我不能再保护你了,这次你必须靠自己……"

"不!我不要离开你。"

"宝贝儿,要有活下去的信念……"

元素捂着嘴,已经哭蒙了,这个男人从几千公里之外赶来,为了救自己弄成这副模样,她痛恨自己,恨不得杀了自己……

"元素,如果你不想我死,就去搬救兵……"钱傲拼命让自己的语气听上去轻松,"你看我的伤势很严重,如果不能得到及时的治疗,只怕……去吧,乖,去吧!一直往前走,不要怕……"

"那你一个人在这里,会不会怕黑?"

"不怕,我是男人……"

元素犹豫着张了张嘴,突然感觉到孩子在肚子里动了一下。她惊喜地抓住钱傲的手,放到自己的肚子上:"钱傲,你摸摸看,摸摸看……咱们孩子动了,胎动了……"

钱傲睁开眼,笑了。

"老天,你也没有亏了我钱老二。"

至少,还能感受一次自己孩子的胎动,至少,孩子认真跟他告别过了……

钱傲艰难地喘息着,硬挤出笑容:"为了咱的孩子,你必须走出去……"

说着话,他的唇角又有血丝缓缓溢出,元素心疼得眼泪无法抑制,不停地帮他擦着血:"钱傲,你不要说了,不要说了,我帮你,我先帮你止血……"

她将自己的裙摆撩起来,用牙咬碎,撕开成条,想替他包扎,却被他死死按住,摇着头说:"乖,听话。没用的……"

"钱傲!"

他颤抖着唇,目光定定地看着她:"对了,我的裤兜里,有一个本子,还有笔,你帮我掏出来,然后……去吧。"

元素将牙一咬:"那你一定要等我。"

钱傲点头:"你一路小心,我在这儿等着你。"

元素点头,再点头,小心翼翼地靠近他,把头搁在他的背上,听他熟悉的心跳,然后捧着他的脸,轻轻地吻了一下:"钱傲,我爱你。"

钱傲的身体微微一颤:"妞……"

她含住他的嘴唇,细细吸吮着,像平日里他亲吻她一般。

493

"钱傲，你听着，一定要等着我来救你……如果你敢放弃自己的生命，那么，我会带着你的孩子，嫁给别的男人，让别的男人睡你的老婆，用你的钱，打你的儿子，如果你想试试，你就去死。"

说完，她咬唇站起来，忍着泪按他的要求，把笔记本和笔放在他的手边，又从自己的脖子上取下那块他亲自给她戴上的如来佛挂件，戴在他的脖子上，摸了摸他的脸，眼神坚定地说："等我。"

钱傲笑了笑："乖，去吧，记住我的话，一定要为我守寡，不管天上地下，阴间阳世，你只能是我的。"

元素两串眼泪不听话地滑落，咬牙切齿："你如果不等我，休想。"

"好，好，我等你，这次，我给你表现的机会。"钱傲的双眼亮了一下，看着她摸索着找甬道而弓着身的背影，忍不住轻喊——

"元素！"

元素转头，看着他。

他抬起手，又挥了挥，笑着说道："素，你一定要活下去。"

元素看着他在笑，也咧了咧嘴。

"钱傲。等着我，你一定要等着我。"

她努力想让自己笑得好看一点儿，他就像懂了一样，眼睛一眨不眨地盯着她，似乎想要把她的容颜永远地记在心底、刻在骨头上，带到黄泉。

"赶紧的，不要犹豫，坚强一点儿，以后……你都要坚强一点儿。"

元素看着他，腿怎么都迈不动，她想停下来，和他一起死，可她知道她不能。因为钱傲，因为孩子，哪怕只有一丝希望，她也不能放弃。

甬道很长，钱傲没有说错。

可甬道很狭窄，很潮湿，他没有说过。

元素低着头，拼了命地往外爬，膝盖磨破了，手也磨破了，但她感觉不到疼痛，弓着的身子早已酸软无力，四周是看不清的环境，偶尔有老鼠从她身边迅速地经过，彼此恐吓后，留下它们凄厉的叫声……

但元素麻木了。

不怕，不痛，只知道一味地爬行，一定要救钱傲和孩子的信念，支撑着她的意志。手电筒的蓄电越来越少，光线越来越弱，能见度也越来越低，她的意识在渐渐涣散，身体却下意识地服务于大脑，手足并用，一直往前爬……

甬道似乎没有尽头，越来越陡，身上越来越冷，她没有停，一步一步，艰难地爬下去。

"钱傲，你要等着我。

"钱傲，你一定要等着我。"

手电筒终于彻底失去了光亮，再也辨不清路了，她索性甩掉它，用手摸索着往前爬。

钱傲说，元素，你要坚强，一直往前走，不要回头，一直往前走，不要回头，不要回头。

"我要一直往前走，不要回头，不要回头……"

元素没有眼泪，也不再顾及她漂亮的脸蛋，脸颊、额头早就被碰到的尖利棱角划破，但是她不怕，因为她知道，哪怕她毁了容，钱傲也不会嫌弃她。

想到钱傲，她不禁又伤心起来。他一个人躺在黑暗里，得多孤独？她多想哭，可是她告诉自己，她的眼泪只能在他面前流，要哭，也只能在他怀里哭。她不是胆小鬼，她要做一个能与他匹配的女人。他能为了她从三千米高的云端跳下，她难道就不能为了他爬行几公里吗？

她累了，但不能停。

她必须快，一秒的耽搁都可能要了他俩的性命。

隐隐地，她听到水流的声音，叮咚叮咚，毛骨悚然，她终于爬出了甬道，看到了开阔的空间，她终于可以直起腰来了。

元素粗重地呼吸着，左右四顾。

黑暗，让她什么也看不见。

不过，有水流，是不是表示接近地面了？

元素顺着流水声摸索着走过去，终于，有一丝丝光线了，她睁大着眼，喘着气，什么也顾不得了，抱着肚子疾步走出去。

她跌倒，再爬起来。

她爬起来，又跌倒……

终于看到了天空，身心疲惫的她，一口气提不起来，就那么软倒在了地上。

此时，钱仲尧正带着部队，带着"南极星一号"终端机翻山越岭，急行军几十公里进入鎏年村。这里属于极重灾区文秀镇，一路上，交通全部堵塞，地质环境遭到了极大的破坏。这个村子，除了那所学校，已经没有了任何的建筑。

村民们都站在空地上，钱仲尧四处看了一下，腿脚有些发软。

"解放军来了！解放军来了！"

村民们看到部队进村，激动得哭了出来，村长更是老泪纵横，快步过来，操着一口不太利索的普通话说道："你们总算是来了，解放军同志，昨天晚上从天上跳下来的那个钱总，还有他的老婆，他们都不晓得到哪里去了，我们找遍了村子，也没有找到，怕不是出事了……"

钱仲尧一震，二叔？素素？

他压抑住狂乱的心跳，吸了一口气："放心。交给我们。"

战士们四散开来，带着生命探测仪，在鎏年村的废墟上四处寻找着，可是没有任何一个村民能够提供他俩的去向。鎏年村里到处是垮塌的房屋，被地震掀翻的树木，辨不清原貌，一切都扭曲得变了形，好多地方甚至完全被山上冲下的泥沙覆盖了。

学校操场附近找不到人，战士们扩大了搜索范围，可他们一共只有四十来人，没有大型机械，单靠人力徒手挖掘，还不能确定地点，比登天还难。

找不到人,钱傲和元素仿佛凭空消失了一般。

钱仲尧的心,越来越凉,恐惧不断滋长。

他不知道他俩被埋在了废墟的哪个角落,只想快点儿把他们翻出来。

他恨过,怨过,也后悔过。

可此时此刻,一切的情绪都没有救他俩的心情来得急切。他爱的人,他的亲人,如今生死未卜,还有什么可怨恨的呢?

他拼了命地在废墟里刨着。

村民也配合着战士们的行动,很多人没有吃早饭,到了中午也没有吃午饭,直到天边的晚霞给这个苦难的村庄抹上了一层诡异的色彩,才有人将跌跌撞撞的元素带了过来。

"救、救命……"

元素是被宝宝的胎动弄醒的,她已筋疲力尽,仍是勉强支撑着找了回来,拼尽全力用破哑的嗓子放声哭喊。

"大家快去救钱傲,他在鎏年古井下面。"

听到她的声音,废墟上的钱仲尧身体一颤。

他转过头,一瞬间脸上满是惊喜的表情。

他以百米冲刺的速度朝着元素奔过去,然后一把接住摇摇欲坠的她。

"太好了,你没事,真是太好了……"

元素看见是仲尧,无力地摇着头,虚弱地喊:"救他!钱傲,古井下面……"

她急切的目光里那一种仿佛来自地狱深处的恐惧,清晰地传递给了钱仲尧。

"你在这儿待着!我带人去。"

钱仲尧让村长带路,领着部队往鎏年古井跑。可元素哪里愿等?明知道钱傲被压在下面,她无法好好地待着。于是,她疯子一般披头散发地跟着队伍冲过去。

鎏年古井已经不是当初的鎏年古井了,井口在大自然的鬼斧神工下被合在了一起,只剩一道半米左右宽的裂缝,单从地面看,什么也看不见。

元素跟着战士们和村民,不停地刨着乱石沙土,执拗地刨着,脑子已经迷糊了,饿得前胸贴后背,却奇迹般保持着某种战斗力。

"钱傲!我来了,钱傲!你要坚持住!"

她的思维已经混沌了,耳朵里听不到任何声音,只是一直在叫钱傲的名字,像一个癫狂的疯子。

"找到了,这儿,这儿。"

一个战士的喊声惊醒了她。

所有人都沸腾了,惊喜地凑过去。

石块、泥土被刨开,下面是一个斜坡,竟然还有梯形的石阶,那个被掩埋的石室已经洞穿,底部被石板压着的人,正是钱傲。

所有人都怔住了。在地面坍塌的瞬间,钱傲得承受多大的力量挤压,才能巧妙地撑起身子,把元素护在身下?

"钱傲!钱傲!"元素迅速地冲了下去,手脚并用地顺着斜梯滑下去,完全忘记了自己是一个孕妇,钱仲尧怕她摔着,紧紧护在她身后,可是,她看不到身后的他,只看得到被石板压着的钱傲。

"钱傲,我来了!我找到人来救你了。"

她的一声声呼喊,没有得到任何回应。

钱傲一动不动,了无生息。

随之赶到的医疗兵蹲下身子,探了探钱傲的颈脉,又探了探鼻息,慢慢地站起身,遗憾地摇摇头。

轰——

元素的脑袋,瞬间嗡鸣。胸腔里像有什么东西被撕裂开来,痛苦席卷了她的神经,无法思考。

怎么会?

怎么可能?她明明听到他的声音了呀。

他说，我等你。

他说，素，你要勇敢。

他说，宝贝儿，咱俩都要好好的。

他说，咱的儿子叫钱小宝，女儿叫钱小贝。

他说，元素，你要一直往前走，不要回头。

他说，你得为我守一辈子寡，否则老子做鬼也不会放过你。

元素瞪大双眼，突觉喉头一阵腥甜，胃气翻腾着涌上来，倏地吐出一口鲜血……

"元素！"钱仲尧扶着她。

元素视线模糊，慢慢蹲下身，伸手去触摸那个男人——他安安静静地匍匐在那儿，为她遮风，为她挡雨，将她阻隔在狂沙巨石之下。他身上的血液已经完全凝固了，刺目的红色变成了深黑色。

"钱傲？"她的指头抚上他的脸，怎么这么白？他的脸怎么能白得像张纸？

元素的眼泪啪啪往下掉："不是说好的吗？说好要等我来的。"

她念叨着，忽然恼恨起来，发疯一般摇晃他："你不讲信用……浑蛋，你是个不要脸的浑蛋……你凭什么这么对我？你凭什么……"

近乎撕裂的痛楚，让她的天地，全都黯淡了。

她抓住了他的手，突然发现，他的手上，紧紧握着笔记本。

是她临走时，他让她放好的笔记本。

元素抽泣着，将笔记本从他手里轻轻抽出来。她看到笔记本上是钱傲的一手好字，凌乱地写着几行遗言。

元素，如果你活着，一定要记得，我永远是最爱你的男人。

本人钱傲，自愿将我个人名下所有的动产和不动产，包括房屋、车辆、银行存款、基金、有价证券以及J·K国际股份的百分之五十赠予我的爱人元素。另外百分之五十，交予我的母亲沈佩思女士。

元素，老子想了又想，还是不要你替我守寡了，仲子已不可能……

年子是我哥们儿,他挺喜欢你的,把你交给他,我放心。记得,替我尽孝,记得,想着我……

备注:如若元素也不幸遇难,看到这个的救援人员,麻烦你们将它转交给钱沛国,不孝子对不住父母。老钱,你把我和元素的尸体合葬了吧。

元素拿着笔记本,瑟瑟发抖。

场面混乱,人群嗡嗡说话,她却听不清,只看着他们抬开石板,将钱傲放到担架上,看到他们用一块象征死亡的白布盖住他英俊的面孔,看着他们将他抬出古井,看着担架越来越远,越来越远……

她的胸口像被人活活扯开了一个窟窿,突然飞奔向担架,大声嘶吼。

"钱傲——你等等我。"

"元素!"钱仲尧伸手扶她。

"他没死!"元素喘着气,疯狂地扯开盖着他的白布。

钱仲尧紧紧抓住她的肩膀:"你要面对现实!"

"他没死!没死!"元素挣扎着,"求你,救救他,救救他……"

"你冷静点儿,素素!冷静点儿!"钱仲尧抱紧她,"他真的已经去了。但你还在,你和他的孩子还在,我……也还在。"

说到这里,他的目光突然变得炽热:"素素,他遗书里说的是不对的。"

元素呆呆地看着他,什么都听不清:"救他,救他……"

钱仲尧不让她分心,定定地看着她的眼睛:"他说,我和你……已经不可能。他错了,我可以。我可以的。"

元素傻傻地、震惊地看着他。

钱仲尧艰难地抬起手,为她拭了拭脸上混了血迹的泪水,苦笑一声:"不!其实错的不是他,是我妈。她……骗了你们,骗了大家。"他惭愧地低下头,将下巴搁在元素的肩膀上,"我妈自私地以为,设计一出连环戏,再用一张假的DNA亲子鉴定结果骗过所有人,就可以拆散你们，不让你进钱家，报复你、我爸、你妈，报复所有对不起她的人……可她太天真了！有情人是拆不散的——"

元素骇然一惊，涣散的意识突然清明，心脏剧烈跳动着，仿佛知道了什么，又无力去深思细究："仲尧，这些以后再说好吗？先救人！救人呀！"

这个世界上有什么东西比生命更重要呢？

在死亡面前，一切恩、怨、情、仇都会烟消云散。

"他没死，钱傲真的没有死。"元素的脊背挺得笔直，含泪的目光有悲伤，却没有怯弱，"仲尧，快救他，快想办法救他，要不然，就来不及了呀……"

"他死了！"钱仲尧轻声重复。

元素狠狠抹了抹滑下的眼泪，倔强地吼："他没有死，没有。为什么你们都不肯相信呢？"说着，她双膝一软，扑通一声跪下，"仲尧，我求你，赶快找医生，找专家，找教授，他真的没死，真的！我感觉得到，他舍不得我和孩子……他想让我救他！仲尧，求求你！救他！"

钱仲尧扶住她，看着她苍白的脸，视线被泪水浸染得一片模糊。

突然，他闭了闭眼，松开她，转头大吼："马上连线指挥中心，要求派直升机支援！"

一天后，C市，某医院。

清晨的阳光透射进来，元素恍惚睁开眼，鼻间充斥着消毒水的味道，她动了动，浑身像散了架，难受得要命。

入目的，是一片雪白。

在医院？她猛然惊醒，从床上坐起来："钱傲？"

"别乱动。"一道男声传来，元素转头，僵硬的身体有些不听使唤，手背一扯，传来一阵刺痛。原来她在挂点滴。

"白哥？！"元素看了看白慕年，眼泪夺眶而出，"钱傲呢？"

"素素，你坚强一点儿……"白慕年蹙眉。

元素一听，吓得差点儿不会呼吸："他是不是……"她问不出口，想到"死"这个字，她的喉头便是一阵腥甜，根本就说不出口。

"瞧把你吓的！"白慕年一叹，"他还活着，不过没有脱离危险，情况不容乐观。"

"不容乐观"对元素来说，已经是很乐观的结果了。

她如释重负，发自内心地微笑："那就好，只要他活着就已经很好了。白哥，他也在这家医院吗？我要去看看他。"

白慕年点点头："他在重症监护室，不能探视。"

"嗯。"元素慢慢躺下去，"他一定会挺过来的。"

想了想，她又补充道："一定会的。"

可老天似乎并没有听到她诚心的祈愿，钱傲一直都没有苏醒。

由于C市受灾，医疗条件有限，他俩被送回J市。沈女士请了国内外的专家多次对钱傲的病情进行会诊，情况渐渐改观，但在重症监护室观察了两周，他始终处于昏迷状态。像一个植物人，有呼吸、有心跳，没有知觉。时间一天一天过去，慢慢地，他接回原处的骨头已经开始重新生长，身体的器官也在恢复，什么都开始好转，但就是没有睁开眼睛。

元素心急如焚。

她拖着越发笨重的身体，不顾别人的目光，一天一天地守着他。对钱傲的护理，丝毫不假他人之手。她知道，钱傲醒过来，一定想在第一时间看到她。她必须确保他的眼睛一睁开，她就在身边。

对她的行为，沈佩思一开始是拒绝的，三番五次地提醒：第一，她不适合照顾钱傲，第二，她没有特护的技术；第三，她的身体情况，也不允许她照顾钱傲。

这些话元素都当成了耳边风，钱傲觉得她适合，那她就是最适合的。给他擦脸、擦手、擦身体，帮他翻身、剪指甲、刮胡子、倒大小便、换干净睡衣，让他舒舒服服地睡觉，就是她的日常。当然，她最喜欢做的事是跟他说话。不管她怎么损他、骂他、吼他，他都乖乖地听，从来不会反驳。

元素有些无奈。

"太阳晒屁股了，懒鬼，还不起床？"

"钱傲，你说说你，怎么这样浑蛋呢？天天装睡折腾我，你怎么这么不要脸呢？"

"起来吧，我陪你去晒晒太阳。"

"唉！今天的天气真好！你睁开眼睛看一下可好？"

床上的男人，一动不动。

元素慢慢低头，靠在他的胸口："钱傲，你太过分了！"

"假装自己是植物人，很好玩对不对？难道不觉得丢人吗？钱二爷不是最讨厌懦弱的男人吗？你呀！瞧瞧自个儿，都变成什么样子了。"

"算了，你不理我，我也不想理你了。"

"别怕！我不走，我做做操，带孩子活动活动！"

元素拍了拍那张清瘦的脸，伸了个懒腰，开始在室内做孕妇操。

她很努力地调整着身体和心情，为了做一个健康的妈妈，生一双健康的宝宝。

日子就这么平静地过去了。

眼看，十月过去了。

十一月、十二月也过去了……

再一眨眼，迎来了第二年的元月。

夏天变冬天，骄阳变暖阳，元素肚子里的龙凤胎已经七个多月，她每一天的日常，除了陪钱傲说话，又多了一项——和宝宝说话。

"小宝小贝，要快快长大哦，等你们出来了，我们就可以一起唤醒爸爸了！"

钱家人每次来看到他俩的样子，就摇头抹泪，元素麻木了，也不再理会他们说什么。整个钱家都被愁云惨雾笼罩着，唯独她，永远保持微笑。

"钱傲,你都睡了快四个月了,也该醒了。"

"快醒来晒晒太阳,感受一下这灿烂的阳光吧。"

"我的王子,灰姑娘天天吻你,你都感受不到吗?"

元素拉开窗帘,让阳光照进来,然后趴在床边,继续和他讲话:"哦,你是不是怕自己变丑了,不敢醒呀?放心吧……我不会嫌弃你的啦。我脸上也留了疤。"她摸了摸脸,"疤痕还没有消呢,我想等着你,一起痊愈,一起变美……"

她又亲了亲他的唇角,叹息:"钱傲,你再不醒,老婆就要跟人跑了。"

"我要嫁人了……真的,你再不醒我就嫁人了……"

"唉,孩子都要出生了,你还睡呢?做现成老爸好意思吗?"

……

元素感觉有些累了,掀开被子侧躺到他的身边。

这么些日子,她都是这么过的。困了,就搂着他睡觉。

她将头靠在他的胸口,像以往的每一个日夜,微眯着眼,露出猫儿般慵懒的神情:"不愿醒就再睡一会儿吧。不过你要答应我,孩子出生前,一定要醒过来好不好?我不想一个人,一个人到天荒地老……"

她懒洋洋地说着话,手指慢慢摸索着解开他的睡衣,在他渐渐失去弹性的胸膛上,轻轻地按压,帮助他恢复……

她一边按,一边说话,突然,她吓得一激灵,像发现了新大陆一样,睁大眼抬头看去。钱傲的脸上,居然出现了一片潮红,他的呼吸也急促了起来,眉头紧蹙着——

他醒了?!

元素惊喜地叫他:"钱傲?"

她趴过去,再按他。

钱傲的睫毛,微微一颤。元素激动得双眼越睁越大,越睁越大,她垂在他手边的那只手,突然被他握住,一点儿一点儿地收紧,握牢。

"钱傲！"失而复得的喜悦，让她忍了几个月的泪水，夺眶而出，"浑蛋，大浑蛋，既然醒了，就睁开眼睛吧。"

他的手动了，睫毛动了，眉头动了……

仿佛一个世纪那么久，他的眼皮才终于睁开。不适应光线，他没看清她，又慢慢闭上，唇角奇异地一扯，沙哑着嗓子笑问："元素，你刚才是准备……对我做什么坏事？"

"……"

元素哭笑不得，扑上去抱紧他："你个浑蛋！浑蛋！浑蛋！"

病房外。

钱仲尧收住脚步，静静地看着相拥着的俩人。

那一年夏天的钱仲尧，正迎着阳光推开礼堂的门走进去。

"你好，同学！我叫钱仲尧，交个朋友吧？"

这一年的钱仲尧，却慢慢合上房门，背对着阳光黯然转身。

这结局，也好。